UN DÉSIR D'ORIENT
Jeunesse d'Isabelle Eberhardt (1877-1899)

Edmonde Charles-Roux est provençale et fille de diplomate. Elle a vécu à Prague ses sept premières années puis elle a quitté la Tchécoslovaquie pour Rome où son père est nommé ambassadeur auprès du Saint-Siège. La découverte de l'Italie, qui est la grande aventure de son adolescence, exercera une profonde influence sur son œuvre, mais c'est à l'Italie du Sud que vont ses préférences et à une certaine Sicile, celle qu'elle apprend à connaître à travers les romans de Brancati et de Vittorini.
En 1939, quand éclate la guerre, elle s'engage comme infirmière dans une ambulance du front. Elle est blessée à dix-sept ans et citée à l'ordre du Corps d'Armée. Après avoir milité dans la Résistance, elle est affectée pendant la campagne de France (1944-1945), à l'état-major du général de Lattre de Tassigny. Blessée à nouveau, elle fit l'objet d'une deuxième citation. Après sa démobilisation elle opte pour le journalisme. Elle débute au magazine Elle, *puis devient rédactrice en chef de l'édition française de la revue* Vogue.
En 1966, son premier roman, Oublier Palerme, *lui vaut le prix Goncourt. Elle est l'auteur d'un autre roman,* Elle, Adrienne *(1971), et de biographies :* L'Irrégulière ou mon itinéraire Chanel *(1974) et* Stèle pour un bâtard *(1980).*
Edmonde Charles-Roux est membre de l'Académie Goncourt depuis 1983.

Depuis longtemps, le destin d'Isabelle Eberhardt (1877-1904) hésite entre une histoire et une légende dont personne, à ce jour, n'avait osé explorer toutes les énigmes. Que savait-on, en effet, de cette jeune femme d'origine russe qui décida, par défi, de se convertir à l'Islām et de rompre avec les mœurs de son temps ? Qui choisit, par goût de la transgression, de porter des vêtements d'homme avant de devenir, sous le nom de Mahmoud, cette rebelle qui fascina Lyautey ? Pour la première fois, on va donc la découvrir telle qu'elle fut, éprise d'absolu et proche du Rimbaud qui avait voulu, comme elle, se perdre dans un désert.
Pour Edmonde Charles-Roux, il y avait là toute la matière d'un prodigieux roman vrai. A travers des archives inédites, elle a ainsi recomposé l'itinéraire tumultueux d'une héroïne « irrégulière » et mystique. Complice, elle l'a suivie depuis sa naissance sur les rives du lac Léman jusqu'à l'instant où Isabelle accepte

(Suite au verso.)

d'assumer le « désir d'Orient » qui la hante. On voit alors, dans une prodigieuse résurrection, toutes les figures dostoïevskiennes qui ont accompagné sa jeunesse et forgé son insoumission. De la Russie des tsars à Genève puis à Marseille, de la diaspora anarchiste aux milieux littéraires, de l'exil à la révolte, c'est toute une époque qui, soudain, se révèle dans la féconde effervescence d'un Occident qui va changer le siècle.
Isabelle Eberhardt voulait écrire et se battre. Elle voulait tout vivre et tout connaître. Elle fera de son œuvre un combat et, de sa vie, un chef-d'œuvre.

Paru dans Le Livre de Poche :

OUBLIER PALERME.
ELLE, ADRIENNE.
UNE ENFANCE SICILIENNE.

EDMONDE CHARLES-ROUX
de l'Académie Goncourt

Un désir d'Orient

Jeunesse d'Isabelle Eberhardt
1877-1899

GRASSET

L'auteur remercie Mademoiselle Christine Drouot et Monsieur Olivier Vergniot de leur collaboration féconde et constante pendant l'écriture de ce livre. Il rend hommage en particulier à leur inestimable travail de recherche sans lequel bien des aspects de la vie d'Isabelle Eberhardt auraient pu rester dans l'ombre.

A la mémoire de G. D.
ce livre,
commencé avec lui
terminé sans lui.

« Est-elle une des cinq ou six créatures humaines qui naissent dans tout un siècle pour aimer la vérité et pour mourir sans avoir pu la faire aimer aux autres ? Est-elle de ceux que nous appelions *les sauvages...* »

GEORGE SAND, *Jacques.*

I

Racines
1858-1878

Mais quoi ? Il n'est secours qui ne vienne des racines
Et les miennes où sont-elles ?

JEAN SENAC, *Les Désordres.*

1

Même par le biais des rapports de police il n'est pas aisé de découvrir la vérité.

De quelle voix parlait-elle ? Grave, sourde, chaude, monotone ? Ce qu'il y a, dans un être, de force ou de douceur, de délicatesse ou de fermeté, de sensualité ou de froideur, ce qu'il y a de vanité aussi ou de naturel, se devine au son d'une voix. Pour ma part, quelque chose m'interdisait de négliger cet aspect-là d'Isabelle. Longtemps je suis restée indifférente à toute autre préoccupation. Allez tirer du néant une femme, couchée sous terre depuis plus de quatre-vingts ans, allez prétendre ne rien ignorer d'elle si sa voix vous est demeurée étrangère... Son accent en français ? Cette question très ordinaire m'a tracassée aussi. Je me faisais de cet accent une idée exaltante. Rien de commun avec les afféteries que charrient, comme des oripeaux garantis d'origine, les cosmopolites de salon. Non. J'imaginais un accent sans horizon ni frontières, l'effet de quelques détournements inconscients, opérés par Isabelle au détriment des diverses langues dans lesquelles elle s'exprimait avec une surprenante aisance. J'imaginais un français chantant, comme celui que l'on parle dans le canton de Genève, j'imaginais une musique où s'égaraient des *h* en forme de soupirs, comme l'exige la langue anglaise, et des *r* savoureux, les *r* roulés d'Isabelle, ces *r* de Russie, son pays d'origine. J'imaginais enfin un parler hybride portant aussi la marque un peu sèche, un peu rêche de l'allemand. Mystérieux, en somme, le parler d'Isabelle, fait de cachettes et de recoins, un parler comme l'immense décor de lieux évanouis ou comme un creuset où seraient venus puiser tous les parlers d'Europe, c'est ainsi que je l'imaginais. Mais de là à supposer qu'un fonctionnaire de police ait pu se montrer sensible à cet aspect des choses, quelle illusion !

Or, je tenais pour certain que le souci de noter les intonations particulières d'Isabelle avait été celui de tous ceux qui l'avaient approchée, et je me croyais en droit d'attendre des nombreux rapports la concernant tous les éclaircissements nécessaires.

On l'avait tellement eue à l'œil, Isabelle...

La présence en Suisse d'« indésirables venus de l'Est » préoccupait les autorités helvétiques. Ces Russes, qui traînaient de banquette en banquette et de café en café, n'avaient pas leur pareil pour franchir clandestinement les frontières. On conçoit que le préfet de Haute-Savoie, lui aussi, se soit tenu informé de leurs moindres déplacements. C'était faire preuve d'élémentaire prudence.

Etre né sans air de famille a toujours suscité les suspicions. Isabelle n'avait de ressemblance avec personne : elle était, de naissance, condamnée à inquiéter. Aussi fut-elle l'objet d'une incessante surveillance tant en Suisse qu'en France. Rien, me disais-je, ou du moins rien d'important n'avait pu échapper à tant d'honnêtes limiers attelés à leur tâche, se tuant au travail, des malheureux, scrupuleux en diable et qui, par ordre supérieur, avaient été attachés aux pas d'Isabelle, sitôt celle-ci en âge de sortir seule. Ses parents n'étaient ni traîtres à leur patrie ni espions. Ils n'étaient ni buveurs ni tapageurs. Ils étaient sobres, mais russes... Cela suffisait. Si bien que la police eut à cœur de leur porter une attention sans bienveillance, et cela dès leur arrivée en territoire helvétique. C'était aux premiers jours de l'année 1871. Une fois l'habitude prise, aucune raison d'y renoncer. On les surveilla pendant vingt-sept ans.

Et les fiches de s'empiler...

Mais quelle allait être la part de la voix dans ces observations, et la part de l'accent d'Isabelle? Les Suisses, me disais-je, c'est de la précision garantie. J'avalais à longs traits le fade contenu de grimoires dont les en-têtes impressionnants – Département de Justice et de Police, canton de Genève; Annemasse, Commissariat spécial, Surveillance des étrangers – justifiaient les plus grands espoirs. J'attendais beaucoup d'un certain Vallet, inspecteur des gardes ruraux en 1888 et qui vivait alors à Saconnex, une commune proche de Meyrin où la famille d'Isabelle s'était établie; j'ai passé ses fiches au crible, ainsi que celles du maréchal des logis Willemin qui surveillait la famille d'Isabelle en 1899, et celles de l'agent de sûreté Charbonnier, qui en faisait autant au même endroit et la même année; j'épluchais les rapports de tous les sous-brigadiers de gendarmerie du poste de Meyrin – Pomel en 1898, Not en 1900; j'admirais les sages écritures aux lettres posées bien droit sur le pointillé des formulaires. De fantaisie, point. Mais rien, non, rien sur la voix d'Isabelle et rien sur son accent. Les dignes argousins n'avaient pas cru nécessaire d'agrémenter leurs travaux de quelques remarques personnelles. Pas un mot à ajouter, compris? Ils se plièrent à l'ordre froid qui leur était imposé, plutôt que de porter témoignage selon un ordre différent qui risquait d'être qualifié de « désordre », comme tout ce qui avait trait à ces gens au comportement surprenant : les Russes...

Inverser les questions, apporter un peu de vie dans la sinistre nomenclature, la transgresser au besoin, ajouter en bas de page le mot *voix?* Un risque inutile. « Changer » était la bête noire des chefs. Question/réponse, question/réponse, on n'allait jamais sortir de là. Comme si, une plume dans une main et l'autre sur la couture du pantalon, l'enquêteur, qu'il fût français ou suisse, comblant les pointillés – *Nom?* « Eberhardt »; *Prénom?* « Isabelle » – demeurait mentalement figé dans un irréprochable garde-à-vous. La consigne? Etre bref, oui, et éviter les fioritures : *Née?* « Le 17 février 1877 », *Lieu?* « Genève ». Ne rien éluder, pas même les secrets de famille : *Fille de?* « Naturelle, sauf votre respect », *et de?* « Nathalie de Moerder, née Eberhardt, sa mère, une dame originaire de Moscou, Russie » – avec cette précision supplémentaire : la fille, Isabelle, « sans profession, domiciliée route de Meyrin, villa Neuve, habitait le canton de Genève depuis sa naissance ». Et les enquêteurs disciplinés de donner, à la page suivante, le signalement de l'étrangère. *Taille?* Moyenne. Elle mesurait un mètre soixante-sept, pas davantage. *Menue?* Non, mince. Ne rien omettre de ces questions entêtées, persistantes surtout ne rien omettre. *Cheveux?* « Blonds, coupés court » – s'obstiner, même si cette adolescente à la chevelure rase paraissait plus que bizarre en ces dernières années du XIXe siècle, même s'il fallait feindre, par respect des chefs, de ne point s'étonner de l'incongruité de certaines demandes. Ainsi à la question *Barbe?* répondre honnêtement : « Sans ». Au pis aller, tenter de répondre par deux mots au lieu d'un. C'était envisageable à titre exceptionnel. Ainsi un brigadier de sûreté, M. Kohlenberger, qui aux dires de ses collègues en savait fichtrement long sur Isabelle, dans un rapport daté de 1899, à la rubrique *Démarche?* écrivit « D'un homme » et à la question *Nez?* déclara que celui d'Isabelle était « concave, épaté », ce qui pouvait être la marque d'un charme particulier, quelque chose de mongol, « la pointe du nez kalmouk[1] », ou au contraire le signe d'une absence de charme, car ça ne plaît pas à tout le monde un nez camard. On eût aimé en savoir davantage sur ce point. Mais l'inspecteur Kohlenberger n'était pas là pour juger de la beauté des personnes suspectes, il était là pour les surveiller. Et puis il n'était pas homme à s'amuser de pareilles vétilles. Il lui fallait mener à bien sa tâche de remplissage des pointillés et établir au plus vite le signalement qui donnerait à la police genevoise les moyens de reconnaître la jeune fille au premier coup d'œil. Les Russes... Tous les Russes, n'est-ce pas, étaient des terroristes en puissance. Pourquoi la demoiselle Eberhardt eût-elle fait exception? A toutes fins utiles, la prendre en filature, cette Isabelle alors âgée de vingt-deux ans qui déambulait par les rues de Genève « coiffée d'un fez », vêtue en homme « d'un complet gris et d'un manteau croisé ». Curieuse tenue pour une suspecte. Si curieuse qu'elle aurait pu rendre inutile un signalement plus poussé, « vêtue en homme, coiffée d'un fez... » cela aurait pu suffire. Mais le moyen d'échapper au rituel? Il fallait remplir le questionnaire, il fallait noter que l'étrangère aux yeux gris portait en d'autres circonstances une tenue masculine de teinte différente – « un complet veston, brun foncé » – qu'elle avait la bouche grande, les dents bonnes, le front haut, le visage pâle et un passeport aimablement renouvelé par l'ambassade de Russie à Berne, parce que « régulier », c'est-à-dire établi à Saint-Pétersbourg par les services d'Alexandre II, tsar de toutes les Russies. Et là on touchait au comble de l'embrouille. Comment se faisait-il qu'Isabelle, à la différence de ceux de ses concitoyens venus en Suisse pour se soustraire à la terreur policière, fût bel et bien en possession d'un passeport régulier et ses parents aussi? Mais qu'importe... Elle avait trop occupé les gens de l'ordre, et surtout pendant trop longtemps, pour que l'on cessât de lui prêter les plus noirs desseins. Mystère des fiches policières! Elles offrent toutes le même mélange de tortuosité et de candeur. Pourquoi se mettre à nier comme ça, brusquement, et pour une simple question de passeport en règle, le caractère hautement interlope du personnage d'Isabelle? Elle demeura suspecte. Une suspecte de l'espèce la plus rare, puisqu'elle était pourvue de ces documents que les vrais suspects, ceux qui avaient quitté leur patrie clandestinement, ne possédaient pas.

Un absurde courroux me prit lorsque, au bas du rapport de l'inspecteur Kohlenberger, je découvris cette simple phrase : « A été interrogée spontanément », sans un mot de plus. Peut-être la place manquait-elle pour dire en quoi avait consisté cet interrogatoire si spontané. Que faire d'une suspecte pleine de paroles inconnues ? Et sa voix ? Mais la voix n'était pas pour cet imprimé-là. Le costume oui, la voix non. La bêtise de tout cela...

Si je n'ai presque rien retenu des rapports que j'ai lus par la suite, c'est sans doute que ma désillusion fut trop forte. Il y avait de la honte à laisser sans voix un corps si finement décrit. Les policiers avaient fait merveille et je savais tout : la taille d'Isabelle, la couleur pâle de ses cheveux, et celle de ses yeux – ils étaient gris et mélancoliques –, la beauté de son regard, la blancheur de son teint, le saisissement que provoquait une tenue masculine qu'elle portait en toute circonstance. Je savais aussi qu'en ces années-là, ses dents, ses dents d'avant l'Afrique, étaient excellentes mais un peu trop écartées, je savais même comment elle avait le front – très haut et trop bombé –, mais jusqu'au bout j'ai essayé d'imaginer sa voix.

Fort heureusement, certains biographes d'Isabelle, ceux du moins qui furent de ses amis très proches, allaient me permettre de remédier aux lacunes des polices d'Etat. Robert Randau[2] avait écouté Isabelle Eberhardt assez souvent et avec suffisamment d'attention pour substituer à l'image muette, conservée dans les dossiers de surveillance, une image parlante, celle d'une femme s'exprimant couramment en plusieurs langues, l'allemand, le russe et le français, mais lentement « comme si elle cherchait ses mots et avec l'accent nasal le plus désagréable du monde ». Aucun doute possible, j'avais bien lu : « l'accent nasal le plus désagréable du monde ».

Un autre ami d'Isabelle, Raymond Marival[3] dont Randau nous rapporte les propos, donne de la voix d'Isabelle une idée plus précise encore : « Quand elle parlait, c'était avec un accent nasal, prononcé, très désagréable à entendre. » Quant à Jean Rodes[4], il en rajoute : « Elle avait une voix affreusement nasillarde. » Enfin Victor Barrucand[5], aux prises avec une Isabelle en colère qui le bombardait de coussins, nous livre l'image d'« un démon vautré sur un divan proche » et précise que le démon « claironnait du nez des imprécations ».

Un dernier regard sur Isabelle, car elle était belle à sa façon et il me semblerait injuste de ne pas évoquer, ici, l'amour qu'elle inspira. Elle plaisait. Mais, à l'évidence, elle avait une voix qui ressemblait fort peu à l'idée que je m'en faisais. Il est permis de supposer que le nez kalmouk y était pour quelque chose.

Ajoutons ceci : la petite personne avec une vilaine voix parlée avait « une belle voix pour écrire[6] » et c'est là l'essentiel.

2

Devenir général ou mourir : les Moerder.

QUAND le lieutenant général Pavel Karlovitch de Moerder se proposa d'épouser celle qui, à quelque vingt ans de là, devint la mère d'Isabelle Eberhardt, son projet fut soumis à l'approbation du tsar et reçut son assentiment. L'enquête préalable, sans laquelle un officier n'était pas autorisé à contracter mariage, ne laissait aucun doute sur « le sérieux de Natalia Nicolaïevna et la respectabilité de sa famille ». La fiancée, qui n'avait pas encore vingt ans, vivait à Saint-Pétersbourg où elle était née. C'était un tout petit bout de femme au nez retroussé[1] et qui ne connaissait pas grand-chose de l'existence. Avec ses grands yeux gris et rêveurs, ses cheveux châtains qu'elle portait coiffés en bandeaux sages retenus par un ruban, mais d'où s'échappaient toujours des mèches, elle avait l'air d'une gamine.

Natalia Nicolaïevna était orpheline de père. A l'époque de sa mort, Nicolaï Eberhardt était conseiller de collège, un titre enviable qui, selon la table des rangs[2] en vigueur depuis le règne de Pierre le Grand, mettait cet honnête fonctionnaire au même échelon qu'un colonel.

Et ce fut encore un colonel, mais un colonel pour de vrai cette fois, qui devint le beau-père de Natalia quand sa mère contracta un second mariage. L'époux, le baron de Korff[3], noble et en retraite, était d'une très ancienne lignée de hobereaux allemands. Venus de Westphalie, les Korff s'étaient établis dans les brouillards des provinces baltes d'où ils avaient proliféré, amélioré leurs alliances et étendu le réseau de leurs activités. Il y avait des Korff dans l'armée, il y en avait dans la haute administration et il y avait des Korff à la Cour. Celui qui devint l'époux de la grand-mère d'Isabelle Eberhardt était à la fois bon et fortuné. Il avait doté sa belle-fille et se proposait d'en faire son héritière, à l'époque où des démarches étaient entreprises en vue du mariage de Natalia. Le choix de la famille s'était porté sur un général. Entre les accordailles et les épousailles, on eut à peine le temps de souffler. L'affaire fut rondement menée. En prenant pour femme Natalia Eberhardt, le lieutenant général de Moerder allait faire ce que dans la bonne société il est convenu d'appeler « un bon mariage ». Sous-entendez par là un mariage avantageux.

La fiancée était de religion luthérienne mais cela ne présentait aucun inconvénient. L'exemple venait de haut. Une luthérienne de plus ou de moins... De règne en règne, des princesses luthériennes s'étaient succédé dans le lit des tsars[4]. Il ne fallait pas grand-chose pour faire d'une Sophie une Marie, ou d'une Louise une Elisabeth. Une fois les prénoms étrangers transformés en prénoms russes, le tour était joué. A l'époque des fiançailles de Pavel Karlovitch de Moerder, c'était Maria Alexandrovna qui partageait le trône d'Alexandre II. Née princesse de Hesse, elle était devenue orthodoxe par baptême à quelques mois de son mariage.

Ce qui était bon pour le tsar était bon pour ses officiers. Alors, on n'exigea même pas de Natalia Nicolaïevna qu'elle abjurât. De ses futurs enfants on ferait des orthodoxes, cela suffirait bien.

Le mariage eut lieu en 1858. Natalia Nicolaïevna avait vingt ans. En ces temps où le servage était encore en vigueur[5], il n'était pas dans les habitudes de demander aux filles si le mari qu'on leur avait choisi était ou non à leur goût. La mère d'Isabelle Eberhardt n'eut donc pas son mot à dire lorsqu'on lui présenta, en qualité de futur époux, un haut gradé, homme imposant, de gloire ancienne et de quarante et un ans son aîné. On expliqua à l'intéressée qu'il était d'usage qu'une jeune personne de son âge se marie et que c'eût été folie de laisser échapper un parti aussi brillant.

Elle se maria donc par inexpérience, mais rien ne permet de supposer que son union fût malheureuse, rien non plus que le lieutenant général de Moerder se comportât en tyran. Il est cependant permis de s'interroger. Combien de fois les fiancés s'étaient-ils rencontrés avant de se retrouver sous les ors de l'iconostase, un long cierge effilé à la main ? Et que fut la cérémonie ? Pathétique ou joyeuse ? Natalia Nicolaïevna fut de ces mariées à peine sorties de l'enfance. Elle apparut corsetée dans une robe à la dernière mode. Sur elle, les manches à gigot avaient l'air d'être là par erreur. On l'aurait mieux vue en communiante, la pauvre enfant, avec son visage bouleversé, son cierge tenu de travers à cause de la peur, de l'envie de crier, de supplier, et un trop-plein de rage aux lèvres. Derrière elle, une maman mûrissante et ravie se disait : « La petite est casée. » Des parents apaisés faisaient leurs comptes : ils allaient continuer à tenir leur rang. Et puis un bon parâtre, au visage sombre, gardait les yeux fixés sur le gendre, ce général moustachu, ce vieil homme à qui l'Eglise venait de jeter sa gentille Natalia en pâture... Un tableau de famille auquel, pour être vrai, il ne manquait que les pleurs de la petite, la tremblante lueur des cierges et le talent d'un Vassili Poukirev[6]. Mais où est le vrai et où est le faux dans ce tableau ? Et qui nous dit que Natalia Nicolaïevna s'était fait violence ? Impossible de décider. Peut-être après tout était-elle consentante, et même assez satisfaite d'aller jouer à la générale et à la maman, en ce foyer où grandissaient trois enfants. Ah oui, parce qu'il y avait aussi ça ! Le général de Moerder était veuf et il fallait d'urgence trouver une nouvelle mère pour son fils Constantin, né du premier lit. Au bébé de quelques mois s'ajoutaient deux filles, Alexandra, qui allait sur ses six ans, et l'aînée, Sofia, treize ans. Avec une jeune belle-mère on n'allait pas s'ennuyer. Quand Natalia Nicolaïevna occupa sa place à la table familiale, les aînés lui firent fête. Elle était comme ça, Natalia, les enfants l'adoraient. Bref, le lieutenant général avait eu du nez.

Il est des gens qu'un mot suffit à décrire. Pour les Moerder c'était le sérieux. De vieille noblesse saxonne, ils s'étaient fixés en Livonie, où ils s'étaient mis au service du tsar dès 1701. Pas un mariage de la main gauche, pas un polisson dans leurs rangs. Jamais on n'avait vu un Moerder boire plus que de raison, se donner en spectacle avec une tsigane, dilapider au jeu la fortune de son épouse, mettre une « Française »[7] la tête en bas afin de lui verser du champagne sous les jupes, ou s'afficher au Grand Théâtre au bras d'une danseuse. Et s'il en était ainsi, ce n'était pas faute de tempérament mais de moyens. Les Moerder ne possédaient ni terres ni palais. Restaient le goût des armes et la connaissance des chevaux, qu'ils possédaient au plus haut point. Il n'en fallait pas davantage pour avoir accès aux champs de bataille où ils s'illustrèrent avec éclat. On était officier de père en fils dans cette famille, où il était de règle de briguer les plus hauts grades. Le secret même de leur vie était un sens inné de l'avancement : avec eux il fallait être général ou mourir, rien de moins.

Ni Pavel Karlovitch, l'époux de Natalia Nicolaïevna, ni son frère Karl, de sept ans son aîné, ni ses jeunes neveux, Piotr et Ivan, le contemporain de Natalia, n'avaient failli à cette règle. Pas un qui ne se voulût général. Tous y parvinrent.

Certains dépassèrent même le but qu'ils s'étaient assigné. Ainsi le très estimable frère aîné de l'époux de Natalia, le général Karl Karlovitch de Moerder, avait-il été distingué par Nicolas Ier, qui d'abord se l'était attaché en qualité d'aide de camp et lui avait confié ensuite l'éducation du tsarévitch. Ce fut donc autant à son sang prussien qu'aux enseignements de Karl Karlovitch de Moerder qu'Alexandre II fut redevable de son souci de la discipline et de son beau maintien sur les champs de manoeuvre.

Quant à celui qui fut le conjoint de la mère d'Isabelle, ce Pavel Karlovitch, formé au Ier corps des Cadets, il n'eut en ses débuts à compter que sur lui-même et sur les forces obscures qui font d'un homme ordinaire un héros. En mai 1812, lorsqu'il s'engagea en qualité d'enseigne au régiment de Pernovo, dit « du prince de Prusse », Pavel Karlovitch croyait en toute bonne foi n'avoir pas d'autre perspective que de suivre l'exemple de ses ancêtres : il allait donc se soumettre aux obligations du service, lire peu, se garder des grandes idées, se tenir l'esprit en ordre et aussi net qu'une écurie militaire, respecter le règlement et faire une belle carrière. Mais le temps était à la turbulence et l'époque allait exiger de lui bien autre chose. Et pas seulement le mépris des fatigues et de la mort... Une surabondance d'événements stupéfiants allait contraindre chaque soldat et chaque officier de l'armée du tsar à se surpasser afin de rendre possible, jour après jour, nuit après nuit, la défaite de Napoléon.

L'enseigne Pavel Karlovitch de Moerder prit son service le 27 mai 1812. Le 24 juin, l'empereur des Français franchissait le Niémen. L'enseigne au régiment de Pernovo vécut ses premiers jours de guerre sous la forteresse de Dunabourg, août le trouva sous la ville de Polotsk, quand vint l'automne il était au bord de la Desna, en novembre sur la Berezina. L'année suivante il continuait la guerre, mais hors des frontières de l'Empire. Il poursuivait l'envahisseur en pays saxon d'où ses ancêtres étaient originaires, le 15 août il participait à la bataille de Dresde, il était engagé en octobre dans les batailles de Leipzig et de Hanau, enfin, sans cesse au feu et sans que ces combats lui eussent causé la moindre blessure, Pavel Karlovitch prenait part, en mars, à l'encerclement de la capitale française. Il entendit alors de grands tirs sur les hauteurs de Montmartre, assista le 29 à la résistance désespérée qu'opposaient à l'avance des Alliés les troupes du duc de Raguse, et fut enfin témoin d'un événement qu'il n'eût jamais osé imaginer : la capitulation de Paris.

Et c'est en cette occasion que Pavel Karlovitch éprouva le plus vif étonnement de sa vie : aux fenêtres des plus belles maisons de la capitale française, dames et damoiselles, qui pourtant paraissaient fortunées et de bonne naissance, avaient eu à cœur de réserver le plus chaleureux accueil à son maître bien-aimé, l'empereur Alexandre Ier.

L'enseigne de Moerder en avait eu le souffle coupé.

Il avait été élevé dans le respect des femmes. Il eût souhaité rappeler les Parisiennes à une attitude plus réservée et à un peu plus de décence. Mais elles applaudissaient à tout rompre, les chiennes... C'était le 30 mars 1814, sur les boulevards. Le tsar et une bonne vingtaine de souverains étrangers avaient fait une entrée triomphale par la porte Saint-Denis. Le défilé avait duré quatre heures. L'impudence avec laquelle la haute société parisienne accueillait les vainqueurs inspira à l'enseigne de Moerder un mépris durable. Il pensa qu'une manifestation d'enthousiasme aussi spontanée ne pouvait naître que d'une société gangrenée, et l'idée lui déplut.

Mais, arrivé à ce point de ses réflexions, Pavel Karlovitch retrouva sa sérénité. Car cette société n'était pas la sienne et son expédition en France avait eu au moins ceci de positif : elle l'avait aidé à comprendre les raisons profondes de la victoire des siens. En Russie, face à un ennemi résolu, chacun, qu'il fût prince ou moujik, s'était considéré tenu de manifester le caractère indestructible du peuple russe, et chacun dans cette tâche s'était senti indispensable.

Enfin Moerder reprit définitivement ses esprits, quand lui fut communiquée une nouvelle le concernant : il était promu lieutenant. Cela se passait à Paris le 15 mai 1814. Et c'est là aussi qu'il reçut et porta pour la première fois une médaille d'argent, ouvrant la longue série des récompenses qui allaient jalonner sa carrière : la médaille commémorative de la prise de Paris. Pouvait-on être plus heureux ?

3

De la bienveillance impériale vécue comme une entrave au mariage. L'éclatante carrière de Pavel Karlovitch de Moerder.

COMMENT comprendre les sentiments de révolte, l'impression de déchéance qu'éprouvèrent les fils de Pavel Karlovitch de Moerder pendant leurs années d'exil en Suisse, si l'on ignore tout de la carrière de leur père et de leur petite enfance? En outre, ces descendants d'un homme comblé d'honneurs ont été ce qu'Isabelle Eberhardt a eu de plus proche aux premiers jours de sa vie et de plus cher au temps de son enfance. Malgré les drames et les affrontements, jamais ces frères ne cessèrent de hanter sa mémoire. Et jamais, où qu'ils se trouvent, jamais leur sœur Isabelle, cette Isabelle du bout du monde, exilée à son tour par amour de l'islam, cette Isabelle déracinée, expatriée, indésirable, ne cessa tout à fait de leur écrire.

Or le passé de leur famille était bien trop pesant pour ces garçons, trop glorieux aussi, pour qu'ils se résignent à vivre en Suisse. Jamais ils ne se laissèrent imposer un mode de vie qui leur apparaissait comme une honteuse faillite. Tandis qu'Isabelle... Elle était née en Suisse et le passé des Moerder ne signifiait rien pour elle. Aussi trouvait-elle tout naturellement sa place dans un décor familial qui semblait planté pour elle.

Telle est la contradiction permanente qui a profondément marqué cette enfance.

Elle éclaire les disputes, les haines qui divisèrent les

siens. Elle montre aussi qu'Isabelle a assumé une part non négligeable du passé russe de sa famille. C'est dans cette perspective que de telles questions – qui était Pavel Karlovitch de Moerder? Quelles aspirations étaient les siennes? Quel genre de vie mena-t-il, quelle sorte d'homme était-il? – ne peuvent rester sans réponse.

Revenu des sentiers de la guerre, le lieutenant de Moerder fut de ces privilégiés sur lesquels la TRÈS HAUTE FAVEUR[1] de trois empereurs successifs[2] se manifesta avec la régularité et l'abondance d'une manne saisonnière. Pavel Karlovitch n'eut jamais à ronger son frein. Il alla de grade en grade comme soutenu par une mystérieuse protection. A peine capitaine, il fût promu « de la garde impériale » au régiment Semionovski, qui avait été celui du souverain régnant au temps de sa jeunesse. En janvier 1825, alors que le tsar Alexandre Ier venait de mourir, Pavel Karlovitch reçut du nouvel empereur l'ordre de Saint-Vladimir, puis il fut promu colonel et affecté au régiment Ismaïlovski, « de la garde de Sa Majesté ».

Or, l'histoire virait au noir...

L'armée venait de connaître des heures empoisonnées. Cent vingt officiers appartenant à la noblesse libérale avaient fomenté contre le pouvoir la rébellion des décembristes[3]. Que penser de factieux qui avaient encouragé la troupe à se mutiner et à réclamer publiquement une constitution? Des officiers indignes. Et une constitution, pour quoi faire? C'était du moins l'opinion de Pavel Karlovitch. Voilà des fils de famille qui avaient eu le front de former des sociétés secrètes et de lire de mauvais livres. Des fous qui, de plus, avaient honteusement exploité l'ignorance de leurs hommes. En criant « *Konstitoutsia! Konstitoutsia!*» les mutins, ces inconscients, illettrés de surcroît, croyaient ovationner l'épouse de ce grand-duc Constantin[4] dont leurs supérieurs exigeaient le couronnement.

Cinq officiers furent exécutés et les autres expédiés au

bagne. Jamais l'armée russe n'avait été soumise à pareille épreuve.

On parlait de « ferment intellectuel » et de « courant idéologique ». Mais ni le « ferment » ni le « courant » n'avaient si peu que ce soit troublé le colonel de Moerder. Il ne voulait rien savoir de réunions où l'on discutait d'idées nouvelles. Il refusait de s'apitoyer sur le sort de ceux que l'on avait emprisonnés, exécutés ou déportés en Sibérie. Combien de fois avait-il interdit aux jeunes gens placés sous ses ordres de s'adonner à des travaux intellectuels...

« Pas de marottes », disait-il.

Pour sa part, ses préoccupations artistiques se limitaient à ne jamais manquer un concert militaire. C'était un homme d'ordre dont on admirait les connaissances : ordre dans les ateliers, ordre dans les usines, ordre dans les universités et les casernes, ordre partout. Aussi se vit-il nommé à un poste où il eût été inconcevable, compte tenu des récents événements, d'affecter n'importe quel « va-t-en-guerre », fût-il couvert de gloire. Et Pavel Karlovitch reçut en 1827 le commandement du corps des gendarmes[5], aux enviables culottes couleur « ciel du Nord », une unité d'élite, plus spécialement chargée de la police politique et de la répression. Promotion inattendue qui l'éloignait des théâtres d'opérations extérieurs, mais le rapprochait des lieux de « haute faveur ». C'était lui faire beaucoup d'honneur. Moins que jamais il n'allait trouver le temps de se choisir une épouse.

Et que penser de ce poste? Tant qu'à se faire tuer, Pavel Karlovitch eût préféré que ce ne fût pas au coin d'une rue. Que ne l'avait-on affecté en Caucasie? C'était à Erevan qu'il aurait souhaité être, quand la cité était tombée aux mains des Russes. Pourquoi fallait-il que lui, Pavel Karlovitch, fût confiné en des lieux sans histoire, à guetter les soulèvements, à épier les conversations? Mais, une fois de plus, le colonel de Moerder se résigna à faire passer la discipline avant ses convenances personnelles.

Voilà qu'il allait être en relation avec les responsables de l'énorme machine répressive mise en place par Nicolas Ier, et plus particulièrement avec cette Troisième Section[6] que dirigeait de main de maître un intime de l'empereur, le général comte Alexandre de Benckendorff, l'homme « au regard de plomb[7] », tel l'œil même du Dieu de la Russie dardé sur chacun de ses sujets.

Voilà donc Pavel Karlovitch se familiarisant avec l'impitoyable train-train de la haute bureaucratie impériale. Devenait sien un monde où tout était fixé d'avance, depuis la hauteur des cols jusqu'à la coupe des moustaches. Dans son nouveau commandement, la paperasserie, mal d'époque, se faisait dévorante. Allait-on lui laisser le temps de se marier ?

Par bonheur, le maître du Caucase, le général Ivan Paskévitch, commandant en chef des troupes russes, celui-là même qui venait de flanquer aux Turcs une dégelée mémorable – oh ! Erevan, toujours Erevan ! – ce Paskévitch que le tsar, par amitié et parce qu'il avait servi sous ses ordres, appelait son « père-commandant » – jugez de l'honneur –, Paskévitch donc, estima bon de réclamer la présence en Arménie du bouillant colonel de Moerder.

Pavel Karlovitch ne se le fit pas dire deux fois. Aussitôt averti aussitôt parti. Il alla se dérouiller les jambes du côté de la mer Noire.

Mission fructueuse pour Pavel Karlovitch. Il vit un large morceau d'Arménie, arraché aux Turcs, venir compléter le territoire de l'Empire. C'était en 1829, date à partir de laquelle Pavel Karlovitch arbora avec un plaisir attendrissant une toute neuve médaille d'argent, la médaille de Perse, à laquelle s'ajoutèrent la croix du Caucase, l'ordre de Sainte Anne de 2e classe avec croix en diamants et, hommage suprême, « pour service parfait et diligent », l'expression de la TRÈS HAUTE BIENVEILLANCE DU SOUVERAIN [8].

Pavel Karlovitch supposa qu'il allait enfin bénéficier d'un temps de répit. Il se proposait de le mettre à profit pour choisir une épouse. Un contretemps l'en empêcha : l'armée fut mise en alerte.

La révolution de Juillet et la « canaille française » avaient leur part de responsabilité dans cette tension soudaine. Ce qui n'était pas pour étonner le colonel de Moerder. Rien à attendre d'un peuple aux mains sanglantes, rien des belles aux mains gantées qui applaudissaient si fort la défaite des leurs, et rien non plus d'un désordre d'autant plus contagieux que des écrivains se mêlaient d'en vanter les mérites. On se mit à craindre pour la Pologne. Allait-elle prendre prétexte des folies de Paris pour se livrer, elle aussi, à des extravagances semblables ?

Les Polonais étaient pour le colonel de Moerder un inépuisable sujet d'étonnement. Le défunt tsar Alexandre Ier, dans son infinie magnanimité, leur avait pourtant accordé une constitution à ces gens, un gouvernement propre et une armée. Comme il fallait s'y attendre, les Polonais en firent le pire usage. Leur bienfaiteur à peine mort, ils se hâtèrent d'utiliser les forces dont la Russie les avait gratifiés pour chasser de Varsovie le grand-duc Constantin, propre frère du tsar et commandant supérieur des troupes russes en Pologne. Que restait-il à faire ? Déclarer la guerre, dépêcher sur place le « père-commandant », faire de lui un feld-maréchal, le placer à la tête de cent mille hommes et imposer silence à ces ingrats.

Ce qui fut fait. Dans le sang...

Plus de constitution, plus d'armée, une langue nationale en sursis, un nouveau vice-roi – le prince Paskévitch, car le bon « père-commandant » avait été anobli – en un mot plus de Pologne. On allait enfin pouvoir respirer.

Alors le colonel de Moerder songea que le temps des guerres était passé et que les marques de bienveillance de l'empereur étaient comme autant d'encouragements à s'établir. Mais ses illusions étaient fragiles. Parfois il y croyait, parfois il n'y croyait pas. « Pas de marottes », se disait-il.

Lorsque la TRÈS HAUTE FAVEUR se manifesta brusquement sous forme de dons en espèces, il se reprit à rêver. N'était-ce pas un signe? Le 6 avril 1832, le colonel de Moerder reçut trois rouleaux de mille roubles « pour service parfait et zélé ». Moins d'un an plus tard, Nicolas Ier remettait ça. Encore trois mille roubles pour le brave colonel, qui y vit la formulation à peine déguisée d'un vœu impérial : on souhaitait qu'il se marie. Pavel Karlovitch en était plus convaincu que jamais. Le temps était enfin venu de renoncer aux « réjouissances de derrière les rideaux[9] », dont il s'était évertué à faire un usage d'autant plus modeste que mêler l'amour et le péché le fatiguait.

Il faut dire que Pavel Karlovitch nourrissait la secrète nostalgie d'une vie douce dans le confort d'une maison sans histoire. Son sang allemand, peut-être. Il n'allait quand même pas rester célibataire toute sa vie! Il fallait aviser, trouver une femme et lui faire des enfants. Mais une fois encore la TRÈS HAUTE FAVEUR ne lui en laissa pas le loisir. Le colonel de Moerder admit la probabilité d'une erreur et se reprocha les emballements de son imagination enfiévrée. Car le doute n'était plus possible : Sa Majesté ne souhaitait nullement qu'il cédât aux obligations contraignantes d'une vie matrimoniale, la meilleure preuve en étant que, le 6 mai 1834, Pavel Karlovitch fut promu général-major, grade dans lequel il se fit aussitôt remarquer par un zèle exceptionnel.

Ainsi se trouva-t-il hissé au quatrième échelon de la table des rangs, ainsi eut-il le droit dans les banquets à une place flatteuse qui lui donnait pour voisins de hauts personnages, ainsi lui accordait-on l'insigne privilège de trinquer avec des conseillers d'Etat et des conseillers secrets, ainsi les personnes du sexe lui donnèrent-elles de l'« Excellence », ce qui était toléré bien que peu protocolaire. Que de chemin parcouru!

Encore un petit effort, encore deux échelons à gravir, les deux derniers, et, quelque bonne guerre aidant, il parviendrait enfin tout en haut de l'échelle. Il serait alors au sommet, présidant à toutes les parades au côté du tsar. Mais, « foin des marottes », les choses se passèrent tout autrement.

Le très honorable général-major de Moerder n'était pas au bout de ses peines.

On fêta ses vingt ans de « services irréprochables » qui lui valurent, par TRÈS HAUTE FAVEUR, une nouvelle décoration : l'insigne du mérite sur ruban de Saint-Georges. Après quoi il fut expédié à Moscou en qualité de général de région, chargé de la surveillance intérieure. Toujours la surveillance, toujours l'ordre, l'ordre, oui, plus que jamais nécessaire.

Car le venin libéral n'avait pas fini d'empoisonner les esprits...

Le mal venait encore de frapper. Cette fois sous forme d'un ouvrage. Le pire étant que son auteur, Piotr Tchaadaiev[10], était un ancien officier de hussards. Impardonnable, cet homme; on ne s'expliquait pas que la censure eût laissé passer ça. Pouvait-on, sans frémir, entendre affirmer que la Russie n'appartenait à aucune des grandes familles du monde civilisé, qu'elle n'avait assimilé aucune des cultures, aucune des traditions qui faisaient la force des autres nations, enfin que, n'ayant rien appris, la Russie n'avait jamais contribué au progrès de l'esprit humain?

Tandis que le souverain exprimait publiquement « sa bienveillance et sa reconnaissance » à Pavel Karlovitch pour la promptitude avec laquelle il avait rappelé sans délai et rassemblé à Moscou les officiers en permission, on se réunissait pour statuer sur le cas de ce malappris de Tchaadaiev. Fallait-il aggraver le scandale en le faisant passer en Haute Cour ? Dans ce Paris, là-bas, où l'on était toujours disposé à faire un héros du premier chien coiffé à condition qu'il fût conspirateur, quelle aubaine que l'affaire Tchaadaiev ! Allait-on déporter le fautif, allait-on le pendre ou le fusiller ? On préféra le déclarer officiellement fou. Il fut placé sous surveillance médicale dans un asile d'aliénés, c'était plus expéditif et plus discret.

Le souverain vint à Moscou et, après avoir constaté l'ordre parfait des bataillons cantonnés en cette ville, il décida d'octroyer à Pavel Karlovitch l'ordre de Saint-Georges et deux mille déciatines[11] de dunes et de marais en Carélie. Le général-major de Moerder devenait propriétaire. Bien que ces terres fussent ingrates et à proprement parler incultivables, il était impossible de se soustraire à tant de bienveillance. Ce n'était décidément pas un temps à se marier, et le tsar semblait souhaiter que de Moerder se trouvât partout où il allait.

Pendant dix ans, que ce fût à Toula ou à Orel, c'était toujours à Pavel Karlovitch qu'était signifiée l'EXTRÊME BIENVEILLANCE DU SOUVERAIN, toujours son nom qui était cité en complément des ordres du jour, à l'occasion de parades où l'excellent état des bataillons placés sous son commandement était constaté. Un homme indispensable et qui devait se réjouir d'être né dans un tel siècle. Mais était-il si heureux que cela ?

Lorsqu'il s'entendit signifier que pour célébrer sa vingt-cinquième année de service « sans défaut », et toujours par TRÈS HAUTE FAVEUR, cela va de soi, il allait recevoir l'insigne du Mérite, Pavel Karlovitch décida brusquement que les honneurs dont il était l'objet allaient cesser de mettre un frein à son désir de vivre autrement. Alors il se maria. Un coup de tête. Il avait quarante-huit ans et fit un « mariage de garnison ». Il prit pour épouse, à Moscou, une jeunesse dont curieusement le nom n'a laissé aucune trace, feuille envolée, document perdu par l'effet de Dieu sait quel désordre survenu dans les archives, guerre ou révolution, difficile à dire... Car tout ce qui concerne notre Moerder est conservé à Leningrad, et c'est miracle qu'en ce lieu, qui fut neuf cents jours durant un carrefour de fureur et de mort, on puisse, aujourd'hui encore, en apprendre tant et tant sur un général russe au nom allemand qui, bien que marié de frais et père d'une petite Sonia, prenait en 1847 le chemin du Caucase.

Ainsi en avait décidé Nicolas Ier. C'était le général-major de Moerder et nul autre qui serait porté au commandement de la 1re brigade des bataillons de ligne du Caucase. La pacification de cette région laissait à désirer. Tel fut le prétexte invoqué pour arracher Pavel Karlovitch à la vie familiale. La Russie ne pouvait décidément plus se passer de lui. Il se retrouva en pleine turbulence, parmi des tribus qui lorgnaient tantôt du côté de la Perse, tantôt du côté de la Porte, et ne perdaient pas une occasion de se soulever.

Mais Pavel Karlovitch était sans illusions. Si le choix du tsar l'avait désigné, c'était surtout pour que soient surveillés certains régiments cantonnés dans la région. Régiments à problèmes, disait-on. Et pour cause! Dans ces unités-là d'anciens officiers décembristes, après avoir échappé à la potence et résisté à des années de pourrissement au cachot, de pauvres hères rétrogradés à l'état de simples soldats, avaient été habilement disséminés.

Surveiller, toujours surveiller, c'était le lot de Pavel Karlovitch.

Il se surprit de plus en plus souvent à s'égarer dans des rêveries qui lui faisaient regretter une vie tranquille, en compagnie d'une jeune épouse qui aurait passé des journées entières à l'attendre, tandis que lui, le général-major, se serait adonné en toute quiétude à son occupation favorite : rédiger des rapports. Et les jours d'exercices sur les champs de manoeuvre boueux, lorsque pour faire avancer ses gendarmes et rouler les tambours il hurlait ses ordres d'une voix à casser les vitres, ces jours-là aussi la jeune épouse débonnaire l'aurait attendu en trottinant par la maison, en pianotant, bâillotant, allaitant ou mâchonnant des sucreries. Au lieu de quoi l'épouse débonnaire était à Moscou, hélas, et lui Pavel Karlovitch était en Transcaucasie. Combien de temps allait-il continuer à courir de place en place pour vérifier l'alignement des culottes couleur « ciel du Nord »? Il demanda une permission. Sa femme... il ne l'avait vue de deux ans. On ne donna pas suite à sa demande. Que faisait-il là? Il faisait mine d'accepter les salamalecs de tribus mal soumises. Oui, que faisait-il là en fin de compte? Le diable le savait...

Et puis les vies comme il en rêvait poussent rarement sur terres de guerre.

Or, toutes sortes de bruits couraient...

En France, l'époque fermentait comme jamais. La Russie allait-elle se charger de la mater une nouvelle fois? Il en était fortement question. Mais ce n'était là que vaines rumeurs et conséquences d'une fureur larvée du vénéré souverain. Plus convaincu que jamais de sa mission civilisatrice, Nicolas Ier voulait affirmer aux yeux du monde son image d'autocrate contre-révolutionnaire. Les événements de 1848 l'avaient mis hors de lui. Ses conseillers militaires avaient eu grand mal à le dissuader de lancer quatre cent mille hommes sur Paris. L'alerte avait été chaude, mais Pavel Karlovitch n'allait pas revoir la France de sitôt : reprendre Paris n'était plus à l'ordre du jour.

Cependant, la permission que le général-major attendait depuis si longtemps ne lui était toujours pas accordée. L'oubliait-on dans sa lointaine garnison? Il n'en était rien. On lui fit savoir qu'il fallait qu'il se tienne prêt. Prêt... Prêt... C'était toujours la même chanson. Prêt à quoi? A ce que des troupes soient prélevées sur ses réserves : les Hongrois s'étaient soulevés.

Lorsque l'empereur François-Joseph appela à son

secours celui qui passait aux yeux des chancelleries pour être le nouveau « gendarme de l'Europe », le tsar n'écouta que son bon cœur. Et l'insurrection hongroise, comme l'insurrection polonaise dix-huit ans auparavant, fut réprimée dans le sang : le « père-commandant » lui-même, si brave et si aimé du tsar, Paskévitch en personne, toujours lui, fut chargé de la remise en ordre.

Mais le général-major de Moerder n'avait pas été du voyage et l'expédition punitive s'était déroulée sans lui.

Que lui réservait-on? Une riche province, des chantiers navals en pleine expansion, et dont on allait avoir sacrément besoin avec les menaces qui pesaient sur les Détroits, tout cela était à surveiller. On l'envoya en Tauride. Pavel Karlovitch fut nommé gouverneur général de la base maritime de Nicolaïev. C'était une promotion. L'ordre... Il fallait aussi que l'ordre régnât en mer Noire.

PAR TRÈS HAUTE FAVEUR, et pour que la population se sentît honorée par un tel choix, le nouveau gouverneur fut décoré de l'ordre de Sainte-Anne. On le récompensait plus que de raison, on le soignait, le général-major. Pas de doute, le chapitre des Ordres[12] n'y allait pas de mainmorte avec lui... à moins que ce ne fût le tsar.

Avant de rejoindre son poste, le gouverneur réussit à faire admettre qu'un détour par le quartier général s'imposait. Une fois là il en profita pour aller chez sa femme. Visite furtive. Il eut à peine le temps de lui faire un enfant.

Mais : « Pas de marottes! »

A Nicolaïev, on attendait la joyeuse entrée du nouveau gouverneur pour tirer des salves.

De toute façon, il avait perdu l'habitude du bonheur.

C'est à Nicolaïev, en 1852, que la nouvelle lui parvint : le ciel lui avait donné une deuxième fille, Alexandra. Drôle de cadeau. C'était un fils qu'il lui fallait. Aurait-il par malheur choisi un ventre à filles? Les lettres de sa belle-famille n'arrangeaient rien. On lui narrait sur un ton de reproche une grossesse difficile. Etait-ce sa faute? On lui recommandait d'attendre longtemps avant de recommencer. C'était à rire... Comme si le tsar n'allait pas se charger de le tenir éloigné du ventre en question! Car il fallait une forte dose de bêtise ou d'aveuglement pour ne pas voir que la guerre menaçait. Allons! Les lettres de la belle-mère confortaient le gouverneur général-major dans son opinion : les choses allaient mal, ses beaux-parents étaient des sots et, qu'ils le veuillent ou non, Pavel Karlovitch saisirait la première occasion pour aller à Moscou faire un garçon à sa femme.

C'était compter sans l'accélération brutale des événements. A vouloir partout se mêler des affaires des autres, l'empereur de Russie faisait l'unanimité contre lui. Jusqu'à la *Queen* Victoria... Elle avait loué le profil superbe et la belle taille de Nicolas Ier, mais s'était étonnée d'un regard, comme fort heureusement elle n'en avait encore vu à personne. Elle avait décrété que « l'esprit de ce tsar était celui d'un homme non civilisé ». On ne pouvait être plus explicite : elle avait dit *uncivilised*.

Et l'expédition de Crimée fut décidée.

L'Angleterre, la Turquie, la Sardaigne et Napoléon III, que Nicolas Ier avait toujours considéré comme un dangereux révolutionnaire, se coalisaient. C'était la guerre pour de bon. Elle fut déclarée le 28 mars 1854.

Six mois plus tard, dans le *New York Times*, paraissait un article intitulé « La guerre ennuyeuse[13] ». L'auteur prédisait que si la campagne de Crimée traînait en longueur, les seuls vainqueurs de ce conflit seraient la fièvre et le choléra. L'article était signé Karl Marx. Mais Pavel Karlovitch ne lisait pas cette presse-là.

Maintenu d'office à son poste, le gouverneur de Moerder ne fut mêlé que de loin aux événements en cours. Plus question pour lui de s'éloigner de Nicolaïev. Sébastopol était à un jet de pierre et tant de choses restaient à surveiller. Les chantiers navals surtout. Le gouverneur général fit planter deux doubles rangées d'acacias, afin d'isoler les ouvriers et de leur ôter tout sujet de distraction. Heureuse initiative. Des acacias... PAR TRÈS HAUTE FAVEUR une couronne impériale fut ajoutée à son ruban de Sainte-Anne de 1re classe.

Or les flottes anglaise et française croisaient bel et bien en mer Noire. Elles entraient et sortaient de Constantinople sans plus de façons que l'on en fait pour se glisser dans de vieilles pantoufles. Qu'était devenu le rêve du « lac russe » et des détroits cadenassés? Pour ne rien dire des rêves de vie douce du général-major de Moerder...

Le siège était mis devant Sébastopol. La presse française voyait là l'entreprise la plus grandiose de notre histoire nationale. Mais l'auteur de « La guerre ennuyeuse » voyait les choses tout autrement. Malgré l'énormité des moyens mis en œuvre, il affirmait qu'on ne s'en sortirait pas. Et le choléra faisait rage. Karl Marx pouvait ironiser : « Si Napoléon Ier avait vu les batteries dont on faisait usage devant Sébastopol où il y avait une abondance de pièces inouïe..., l'empereur aurait éclaté d'un rire inextinguible... »

A quoi bon l'obstination et les souffrances des défenseurs de Sébastopol? A quoi bon les « Mourons, enfants... » lancés par Kornilov à ses soldats, et le « Hourra! Mourons! » qui fut leur réponse? A quoi bon... Ce n'était pas l'héroïsme, ce n'était pas l'insouciance des assiégés, et des femmes en particulier qui, malgré les bombes et jusqu'au dernier jour, se retrouvaient autour du kiosque à musique en robes de fête, ce n'était pas le thé à la crème et les chansons tsiganes chantées en chœur, le soir, dans des maisons éventrées, ce n'étaient pas les touchantes chroniques dont l'auteur, défenseur du quatrième bastion, beau comme la jeunesse, un garçon tout brun qui, par la suite, se fit connaître sous le nom de Tolstoï, ce n'étaient pas les écrits de ce dandy, ni le fait qu'à peine parus dans *Le Contemporain* ils aient ému aux larmes l'impératrice Alexandra Fiodorovna, ce n'était pas non plus une chanson[14] d'une effronterie à peine croyable, et que l'on ne fredonnait qu'en sourdine à cause des impertinences de l'auteur – toujours le dandy au poil dur et frisé, toujours lui, le Rastignac aux longues côtelettes barrant ses joues fraîches –, ce n'était rien de tout cela qui pouvait faire illusion ou changer quoi que ce fût à l'histoire, puisqu'il n'y avait plus rien à espérer et rien à choisir. Le pis était là : Sébastopol allait capituler et l'armée du tsar avait fait piètre figure.

L'irrécusable vérité écrasait ceux qui, tel Pavel Karlovitch de Moerder, avaient cru, dur comme fer, aux vertus du prussianisme de Nicolas Ier.

Aux premiers jours de mars 1855, le gouverneur général de Moerder reçut une dépêche qui bouleversait tout : dans la petite chambre aux murs nus qu'il occupait au palais d'Hiver, Nicolas Ier était mort. La version officielle accréditait la thèse d'un mal pulmonaire foudroyant. Une version moins officielle laissait supposer, face à l'échec, le suicide par le poison.

Stupéfaction des stupéfactions, l'*uncivilized one* n'était plus.

Le gouverneur général de la ville de Nicolaïev ordonna des salves. Le premier jour, ce fut pour l'empereur défunt, le jour suivant pour son successeur. Pavel Karlovitch de Moerder connaissait les usages. Son expérience lui avait appris que ni ses inquiétudes quant à la situation générale – derrière les fortifications effondrées de Sébastopol la garnison russe résistait encore – ni sa perplexité quant à sa situation personnelle – allait-il encore et toujours bénéficier de la « haute faveur » – rien ne devait transparaître. Ce rien, cette opacité absolue était le principe fondamental, le b-a ba de toute vie officielle. Pavel Karlovitch ne l'ignorait pas. Aussi, lors de la réception qu'il donna pour célébrer l'accession au trône du tsar Alexandre II, le sourire merveilleusement inexpressif du gouverneur, son regard qui se posait sur le visage de ses interlocuteurs avec l'air de les avoir toujours connus, sa démarche égale et sa certitude qu'autour de lui chacun était convaincu que ce sourire, ce regard, cette démarche signifiaient quelque chose, tout son corps donc eut pour mission de démontrer que la Crimée en péril et la flotte perdue n'étaient que des incidents mineurs.

Vingt-cinq jours à peine s'étaient écoulés depuis la mort de Nicolas Ier, quand Pavel Karlovitch de Moerder fut informé qu'il était élevé au rang de lieutenant général « avec maintien à son poste ». On ne refusait pas les bienfaits du tsar et cela faisait un échelon de plus de gravi. Mais cela faisait aussi trois ans que le gouverneur militaire de Nicolaïev vivait loin de sa femme et, pire que tout, il n'avait toujours pas de fils. Pourquoi le laissait-on là ? Il s'ennuyait mortellement. Sous les murailles de Sébastopol, les armées coalisées allaient d'assaut en assaut ratés.

L'année 1855 se passa ainsi jusqu'en septembre. Une année d'attente entre les longues rangées d'acacias tout neufs, toujours dans le parfum entêtant des fleurs blanches et la solitude.

Puis l'ordre vint d'évacuer Sébastopol, et un silence de plomb tomba sur cette région du monde.

Après trois cent soixante jours d'une résistance acharnée, le calvaire des assiégés prenait fin et, avec lui, une série presque ininterrompue de revers. Mais l'exilé de Londres avait vu juste. Qu'était la perte de Sébastopol ? Peu de chose, après tout. « Pour importante qu'elle soit aux yeux des Alliés et de toute la bourgeoisie libérale de l'Europe, elle ne compte guère pour la Russie[15]. » Le tsar demeurait maître de la Crimée. Il disposait dans le voisinage de Sébastopol d'une base de remplacement : Nicolaïev. Le colosse russe tenait bon, et le grand vainqueur du siège était, ainsi que prévu, les forces coalisées du choléra et de la fièvre paludéenne.

Quand le lieutenant général de Moerder pensa que l'évacuation de Sébastopol aurait pour conséquence son rappel immédiat au quartier général, il se racontait des histoires. O chimères, douces chimères! Comme il eût été heureux qu'on le fît venir, heureux d'être reçu, heureux de s'entendre dire : « Vous devenez chef d'état-major, mon cher... », heureux de fourrer son nez dans les paperasses confidentielles, où il aurait bien fini par dénicher le nom de ceux qui avaient rendu la victoire impossible en Crimée.

Mais il lui fallut déchanter...

Il ne fut pas rappelé à Saint-Pétersbourg.

Jamais sa présence à Nicolaïev n'avait été jugée plus nécessaire. Du moins est-ce ainsi qu'en décidèrent, dans les bureaux où ils siégeaient, les inefficaces sacripants qui, Dieu leur pardonne, si galonnés qu'ils fussent, si étoilés, si décorés, n'en avaient pas moins négligé d'acheminer sur le front de Crimée, les uns des équipements indispensables, les autres des médicaments essentiels, ou, plus criminel encore, avaient omis de signaler les ravins sur les cartes d'état-major.

En décembre 1855, Pavel Karlovitch PAR TRÈS HAUTE FAVEUR, fut muté dans l'infanterie et maintenu une fois de plus à son poste. Il passait du commandement des gendarmes à celui de la piétaille. Mais les priorités de l'époque donnaient à ce passage d'une arme à une autre le caractère indéniable d'une promotion. Ce qui restait des forces russes sur les rives de la mer Noire était à réorganiser de fond en comble. Et puis la décision du souverain était accompagnée des habituels salamalecs : compliments de toutes sortes, vœux pour la célébration de « ses quarante ans de services sans défaut », et quantité de flatteuses bricoles à faire bringuebaler sur sa poitrine.

Pendant un an encore le gouverneur accomplit ce que l'on attendait de lui : inventorier les vestiges des treize divisions qui avaient été concentrées sur les côtes de la mer Noire, dans les joyeuses conditions que l'on sait. C'était comme de ramasser un à un les débris encore utilisables d'un immense corps détruit. Il fallait pourtant en passer par là.

Enfin, au début de l'été 1856, la « haute faveur » se manifesta de façon éclatante. Par *oukase* d'Alexandre II, ordre était donné au lieutenant général de Moerder de siéger au Sénat. Le souverain lui-même se disposait à le recevoir, et un traitement de trois mille roubles d'argent par an allait être dégagé à son intention sur le Trésor de l'Etat.

Alors, les messages affluèrent et les échines se courbèrent un peu plus bas. De lointains amis, sa belle-famille, des parents qu'il connaissait à peine se rappelèrent à son souvenir. « Je vous félicite, mon chéri... Je vous félicite, mon fils. Je vous félicite, mon cousin. Je vous félicite, Excellence. » On l'imaginait déjà portant la tunique écarlate, brodée d'or des épaules jusqu'aux genoux, on le voyait dans le brillant uniforme qui tachait d'incamat les réceptions à la Cour.

Il retourna à Saint-Pétersbourg et, de là, gagna Moscou. Son absence avait duré huit ans.

Il retrouva ses deux filles et sa femme. On lui laissa quelques loisirs que Pavel Karlovitch considéra des plus légitimes. On lui déconseilla de faire un enfant. Mais, « foin de marottes!... » il était de nature obstinée et souhaitait un fils plus que tout.

Lorsque sa femme lui annonça qu'elle était enceinte, il éprouva une joie prodigieuse. Il avait vieilli, il perdait ses cheveux, il avait pris du ventre, mais la nouvelle le ravivait. Pavel Karlovitch était un homme nouveau.

Et « le ciel lui donna un fils », un beau petit qui

gigotait et criait d'une voix de stentor, tandis qu'une *niania* le lavait dans un baquet.

Curieusement, cette naissance laissait sa femme indifférente.

« Et alors, es-tu heureuse? » lui demandait-il.

Elle ne répondait rien. Elle était devenue terriblement silencieuse. Et sans cesse on lui voyait des larmes aux yeux. Qu'avait-elle?

Elle mourut deux jours plus tard.

Pavel Karlovitch de Moerder songea qu'il avait fait le malheur de cette femme. La maison de ses beaux-parents n'était que désagréments.

La « très haute faveur » vint le rappeler fort heureusement à des pensées plus exaltantes : il était promu chevalier de l'ordre de Saint-Vladimir. Cela lui suffit pour retrouver son sang-froid. Ce grand cordon écarlate, il se promettait de l'étrenner lors des festivités qui se préparaient pour célébrer « ses cinquante ans de services irréprochables ». On allait donc se retrouver entre « grandes épaulettes ». On allait faire des discours. On entonnerait le *Bojé Tsaria krani*[16]. Il y aurait beaucoup à boire.

Il fallait impérativement qu'il se remarie.

Et c'est ainsi qu'il fut conseillé à notre héros vieillissant de prendre pour épouse une jeunesse, et que son mariage avec Natalia Nicolaïevna Eberhardt fut célébré en 1858.

4

Vivre à Pavlovsk. Où Natalia Nicolaïevna Eberhardt est accueillie dans le clan des Moerder et met au monde de nombreux enfants.

Natalia Nicolaïevna vécut les premières années de sa vie conjugale dans le commerce quotidien de divers spectres familiers : souverains défunts dont les bienfaits avaient eu sur la carrière de son mari de si heureux effets, illustres personnages qu'il avait approchés et dont on gardait pieusement les photographies encadrées et rangées en rond, comme des reliques, sous les lampes du grand salon, événements plus ou moins hallucinants dont son époux avait été le témoin, percées glorieuses, charges et oriflammes, tragédies et piétinements, blessures atroces, soldats pressant sur leurs lèvres les icônes salvatrices, gangrènes et pieds gelés.

Non que ces spectres aient été, dans la vie courante, le sujet unique des conversations familiales. Le sénateur de Moerder se montrait étrangement discret sur ses prouesses passées. Mais malgré ses réticences, les spectres étaient là. Ils formaient la trame inavouée de la vie quotidienne, ils s'introduisaient entre les pages des livres et celles des albums, on se cognait à eux jusque dans les silences et les demi-mots, jusque dans les regards et les baisers qu'il distribuait à ses enfants en tendre père de famille.

Natalia Nicolaïevna le comprit fort bien. Elle était une bonne personne et tout le contraire d'une nature révoltée. Au prix d'efforts répétés, elle chercha sa voie dans cette forêt de souvenirs et la trouva. Elle s'appropria chaque culte, chaque objet de vénération, si bien qu'elle acquit une sorte de connaissance intuitive d'un passé qui collait à la peau de chacun des hommes de son entourage.

Paraître renseignée, faire mine de savoir, prendre la mesure du glorieux passé de l'époux : un jeu dans lequel elle excella. Elle devint ainsi membre à part entière d'une coterie recherchée, dont elle n'eut jamais à mesurer l'oppression froide, parce que sa famille n'eût jamais toléré la moindre pensée sur un tel sujet. Je le répète, elle était très jeune et s'était mariée par inexpérience...

Un certain nombre de témoignages peu contestables semblent prouver qu'elle s'adapta sans mal aux goûts des Moerder, à leur mode de vie, et qu'elle fit sien le raffinement discret qui était celui de tout milieu disposant à cette époque d'un pouvoir social tel que le leur. Elle découvrit ainsi, non point le luxe, mais l'aisance d'une espèce humaine bien différente de celle dans laquelle elle avait été élevée, un milieu où l'on était forcément membre de l'armée, si possible général et presque toujours titré; on y respectait les formes extérieures d'une légèreté de bon aloi, d'une conversation sans aspérités et n'ayant pas plus de poids qu'une écume de neige.

On ne se recevait qu'entre gens bien nés, comme en témoigne un fragment de lettre que je cite ici. Elle a été écrite par une femme qui allait jouer un rôle déterminant dans la vie d'Isabelle Eberhardt. Voici ce que lui écrivait Lydia Alexandrovna Pachkov : « J'ai connu votre mère chez sa belle-sœur, la femme du général de Moerder, commandant le régiment Préobrajenski. (Elle – la belle-sœur – était née Apraxine.) Votre mère demeurait beaucoup à Pavlovsk et aimait les chevaux. Ma sœur Vassiltchikov la connaissait plus que moi, parce que mon beau-frère servait au régiment Preobrajenski[1]. » C'est peu de chose, j'en conviens, à peine une ébauche de souvenir et Lydia Pachkov se trompe, car le général en question n'était pas le beau-frère de Natalia Nicolaïevna, mais peu importe puisque ces quelques lignes permettent d'imaginer les dimanches chez les Moerder et Natalia Nicolaïevna parmi les siens.

La voici en compagnie de Piotr Karlovitch[2], un général qui, en sus, est aide de camp attaché à la personne de l'empereur; voici Natalia Nicolaïevna mise de la façon la plus simple, toujours coiffée en bandeaux sages et toujours avec son air de gamine, recevant l'épouse du général, cette dame Apraxine, et aussi cette princesse Vassiltchikov, toutes deux de haute naissance, portant des robes de chez Madame Olga[3] et fréquentant les Majestés.

Chez les Moerder, les générations communiaient dans une même passion : les chevaux. Mais ne nous y trompons pas, ce n'était pas l'esprit cavalier qui les habitait, c'était l'esprit d'élevage. Un terrain sur lequel ils se savaient imbattables. Tous connaisseurs. On les entendait échanger des phrases telles que : « A Krenovoï, on les bichonne trop... », ou encore : « Les lignées de Derkoulsk ne valent pas celles de Limarevo... » On les entendait aussi affirmer que « les chevaux de Ianov, dans le royaume de Pologne, avaient une beauté de jarret qui allait à l'âme ».

Natalia Nicolaïevna croyait les Moerder sur parole.

Le plus savant en la matière était le plus jeune. Comme elle aimait l'écouter, cet Ivan Karlovitch[4], officier des haras impériaux, pour qui Natalia Nicolaïevna éprouvait plus d'amitié que pour d'autres, d'abord parce qu'ils étaient du même âge, elle et lui, et aussi parce qu'il lui prêtait toutes les montures qu'elle voulait. Chevaux aux robes luisantes, aux crins tressés, sur lesquels elle allait chaque jour se promener en forêt... Oui, comme Ivan savait bien raconter les marchés aux chevaux dont le spectacle l'enthousiasmait, et les foires –

il y en avait plus de quatre cent soixante à travers la Russie – et les sociétés de courses au galop dont il était membre, et les sociétés de courses au trot qu'il méprisait. Natalia Nicolaïevna ne se lassait pas de l'entendre. Ne lui eût-il jamais expliqué qu'il n'existait rien de plus enviable que d'occuper une place d'honneur dans la tribune de la Société impériale des courses de Tsarskoïe Selo, cette pensée ne l'eût jamais effleurée.

Certes, la tête lui tournait un peu après une soirée passée en famille à comparer les races, leur force, leur agilité, leur résistance au froid, à la faim, et elle se perdait entre tant de particularités évoquées. L'ancienneté du cheval bitug, la simplicité rustique des chevaux khirgizes, l'ardeur des chevaux de Sibérie, l'allant des chevaux bachkirs, la souplesse des chevaux du Don, la belle allure des grands livoniens... Natalia se perdait, mais faisait de son mieux afin que cela ne se vît point.

Elle affectait ne rien ignorer de la folle endurance des chevaux tcherkesses dont on pouvait tout exiger et tout attendre, de la robustesse des karabagh qui étaient l'orgueil des haras de Mechti-Kouli-Kan, un mot qu'elle se répétait tout bas pour ne pas l'oublier, « Mechti-Kouli-Kan, Kouli-Kan, Kouli-Kan... », cela sonnait comme un air d'autrefois. Certes, elle partageait pleinement le regret généralement exprimé quant aux petits cleppers d'Estonie au trot vif, mais dont les origines obscures empêchaient qu'on leur fît confiance. Par contre, elle avouait ne rien comprendre aux savants croisements imaginés pour créer la lignée des chevaux de selle Orlov, du nom de leur créateur. Natalia était étourdie. Elle avait mal suivi, mal entendu, et aux mots «... selle Orlov », qu'elle avait fait répéter deux fois, elle s'était imaginé qu'il s'agissait d'un rôti. Alors elle avait demandé un peu sottement : « Est-ce un plat nouveau ? »

La famille en avait fait des gorges chaudes.

Du coup elle s'était désintéressée des alliances plus

compliquées encore, qui avaient conduit à la création de la célèbre race Rostoptchine, un mélange inouï de sang des steppes, de sang anglais, turc, persan, arabe, un produit supérieur dont les Moerder parlaient comme d'un joyau ou comme d'une personne aimée. Au seul nom de Rostoptchine, la famille s'enflammait, s'emballait, se pâmait – quel cheval de selle! – et l'on se taisait pour mieux mesurer sa grâce, jusqu'à ce que sonne minuit, l'heure d'aller se coucher.

Alors Ivan Karlovitch parlait du livre qu'il voulait écrire, et disait comment il s'y prendrait pour raconter ce qu'il savait, tout simplement comme il l'avait fait ce soir-là, sans pédanterie[5]. Il remonterait aux origines, il établirait la généalogie des chevaux russes jusqu'au XIIIe siècle, jusqu'à l'heureux épisode dont les Moerder se réjouissaient si fort, puisque les ancêtres aux jarrets merveilleux, aux reins puissants, à la croupe longue, devaient à cet épisode d'avoir eu la vie sauve. Les envahisseurs barbares, ces hordes qui n'épargnaient rien sur leur passage, ni hommes ni bêtes, avaient bizarrement négligé d'exterminer un troupeau de chevaux, un seul, celui d'une communauté monastique. Dieu veillait... Et ces chevaux, Ivan en avait la certitude, étaient à l'origine de toutes les richesses chevalines de la Russie des tsars.

Alors Natalia se levait, sachant que ce livre, elle le lirait un jour. Mais pouvait-elle imaginer que ce serait ailleurs, très loin, à une époque où, ayant définitivement quitté la Russie et bravé les interdits de son milieu, elle aurait découvert une autre vie, un autre monde?

La lettre de Lydia Pachkov permet aussi de se représenter Natalia Nicolaïevna chez elle, dans la maison rustique qu'elle occupait à l'orée du parc impérial, une maison de bois, un ancien pavillon de gardes, et qui n'avait rien d'un palais, avec sa véranda étroite et des fenêtres, à peine des embrasures, que cernaient des cadres dentelés. A Saint-Pétersbourg, l'appartement de fonction attribué à Pavel Karlovitch dans la Fontanka, à proximité de la caserne de cavalerie Nicolas, paraissait en comparaison si froid, si conventionnel.

Cette maison, souvenir d'un temps lointain, où Pavlovsk n'avait été qu'une forêt touffue, sans palais, sans parc ni statues, et la Slavianka rien qu'une petite rivière comme une autre, Natalia Nicolaïevna réussit à en faire la maison de famille des Moerder. Vivre à Pavlovsk... Vivre dans la splendeur de Pavlovsk... Dans la musique des feuilles et le grand orchestre des bouleaux aux changeantes couleurs... Aurait-on laissé Natalia vivre à sa guise elle n'en aurait jamais bougé.

Lorsque la Cour prenait ses quartiers d'été, à quatre kilomètres de là, et que s'ouvrait le palais de Tsarskoïe Selo, c'était un peu comme d'habiter Versailles au temps du Roi-Soleil.

A Pavlovsk, banlieue impériale, tout était plus aisé qu'ailleurs. Des filles de la campagne venaient offrir leurs services. Elles s'enrôlaient sous les ordres de la *niania* Marfa. Les ordonnances du général-sénateur se chargeaient des gros travaux. Les jours de fête, Sofia et Alexandra, sous la garde de leur bonne, n'avaient qu'une vingtaine de kilomètres à faire pour rejoindre leur père. Elles venaient de Saint-Pétersbourg où elles étaient élevées, aux frais du tsar, dans un établissement réservé aux filles d'officiers. Les petites pensionnaires arrivaient par l'express[6]. Cette capitale si proche et lointaine à la fois, que pouvait-on rêver de plus pratique?

Ainsi Natalia Nicolaïevna se libérait-elle lentement de son enfance. Lentement, le parler des Moerder se faisait plus clair pour elle, leurs attitudes plus compréhensibles. Aux premiers jours de son mariage, elle avait redouté les membres les plus âgés du clan et leurs regards critiques. Subitement elle cessa de les craindre : ils lui étaient devenus familiers. Elle avait eu raison d'accepter, avec un minimum de cris et de pleurs, d'épouser Pavel

Karlovitch. Elle avait pris conscience qu'il était bon et qu'il l'aimait. Elle lui fit tous les enfants qu'il désirait.

Elle eut d'abord deux filles : Elisabeth, née un an après son mariage, et Olga, née en 1861. Durs moments à passer pour Pavel Karlovitch. Cela faisait quand même beaucoup de filles dans la maison, et le sénateur se demandait si la série des demoiselles allait se prolonger longtemps. Mais il n'en disait mot. Il n'eût voulu pour rien au monde attrister Natalia Nicolaïevna.

Puis on fêta la naissance de Nicolas, né en 1864. Pavel Karlovitch pensa qu'il avait enfin les deux fils qu'il souhaitait. Mais fort heureusement, Natalia Nicolaïevna n'en resta pas là.

Elle accouchait avec une facilité déconcertante.

Un an à peine après la naissance de Nicolas, elle mit au monde, en 1865, une fillette à laquelle on donna le prénom de sa mère : Natalia[7]. Il fallut engager une aide supplémentaire et, à Saint-Pétersbourg, changer d'appartement. Le logement de la Fontanka, où les Moerder passaient les mois d'hiver, ne suffisait plus à contenir une famille aussi nombreuse.

Natalia Nicolaïevna prit prétexte de cette difficulté pour prolonger ses séjours à Pavlovsk, l'autre prétexte étant que Constantin supportait difficilement l'humidité de la capitale. Son beau-fils allait sur ses sept ans, il avait grandi, mais il n'était pas encore assez solide pour être mis au collège. Le fils aîné du sénateur de Moerder avait le teint pâle et une certaine fragilité qu'il tenait de sa mère.

Trois ans plus tard, et non sans fierté, le sénateur Pavel Karlovitch de Moerder, qui avait soixante et onze ans, annonça la naissance de son troisième fils, Vladimir.

Il constata alors que Natalia Nicolaïevna, bien que fort jeune, s'était fanée. Elle avouait souvent de la fatigue, qui l'accablait périodiquement. La santé de Constantin laissait aussi à désirer. « Faible des bronches », disaient les docteurs. On savait ce que cela signifiait... Le bon air de Pavlovsk suffirait-il à le guérir ?

Ainsi le temps passait, et Natalia Nicolaïevna se disait que bientôt les filles du premier lit de Pavel Karlovitch seraient à marier. Elle se rappelait les premiers temps de son mariage à elle, il y avait dix ans de cela. Elle avait changé. A cela aussi elle pensait parfois. Mais sans s'attarder.

Comme autrefois, elle s'affairait autour de son grand homme, et les jours de parade, lorsque le sénateur Pavel Karlovitch de Moerder endossait sa tenue écarlate et qu'il coiffait son bicorne, dont les plumes lui faisaient comme un paraphe de mousse blanche sur le haut du crâne, alors Natalia Nicolaïevna, légère comme une fée, et tout à son rôle d'épouse, tournait autour de lui pour l'aider à mettre la dernière main à son élégance. Tâche difficile. Il fallait trouver où accrocher chacune des croix et des médailles dont tout au long de sa longue carrière il avait été gratifié. Une fois sa mission accomplie, elle le regardait. Sous ses broderies et ses chamarrures, beau comme un arbre de Noël et tout tintinnabulant, le sénateur se dirigeait d'un pas lent vers les lieux de haute faveur.

Natalia Nicolaïevna était une bonne épouse. Elle lui était sincèrement attachée.

5

Première rencontre avec un intrus. Trofimovsky ou l'incompris de Yalta. Le passé d'un précepteur.

Aussi cruel que la brusque découverte d'une tromperie entre père et mère – « ils se trompent » se confond très vite, dans une tête enfantine, avec la pensée : « ils me trompent » – est le diktat qui contraint un enfant à accepter la présence quotidienne d'un précepteur. Voilà qu'un intrus est payé pour donner des réponses à toutes les questions, alors que ces réponses, il était si agréable de s'en passer.

Il faut avoir vécu cette tragédie singulière de l'intérieur pour savoir ce qu'elle nourrit de ressentiments.

Quoi qu'on ait pu en dire, la prise de possession par un inconnu des rêveries d'un enfant, de ses chambres secrètes, l'impression de substitution frauduleuse qui en découle – car il usurpe la qualité du père, et l'enfant, en secret, le traite d'imposteur –, le brusque malheur ressenti en plein âge du bonheur, tout cela laisse souvent une amertume aussi brûlante qu'un départ forcé vers l'internat.

Quant à la table familiale, où l'étranger désormais a sa place, elle devient, faute inexpiable, le carrefour des regrets. Autrefois domaine préservé, occupé entre soi et sans partage, par la faute de l'intrus chaque mot prononcé y est désormais contesté par le souvenir des mots passés, ceux de la désinvolture, de la spontanéité, du temps qui se cachait du temps, les mots merveilleux des jours vécus hors de toute contrainte.

Ainsi se rompt un équilibre familial.

Et ce fut le risque que prit le sénateur de Moerder en engageant Alexandre Nicolaïevitch Trofimovsky. A vrai dire, la décision s'imposait. Constantin grandissait. C'était un enfant d'une intelligence hors du commun, mais transparent et si fragile que l'on pouvait tenir pour acquis qu'il n'aurait de sitôt une santé assez forte pour affronter les rigueurs du collège militaire où son père rêvait de le voir grandir. Il fallait donc se résigner à choisir un précepteur, ou plutôt un *Hauslehrer* [1], puisque tel était le mot en vigueur. Les vocables allemands faisaient fureur à la Cour. Va pour *Hauslehrer*... Les aînées pourraient, elles aussi, en profiter. Et bientôt ce serait le tour de Nicolas.

Alexandre Nicolaïevitch avait bien des années de moins que le général-sénateur. Il était né à Kherson, en 1826. Une autre race que les Moerder. Plus chaleureuse et plus puissante. Un Méridional aux yeux bleus, un bel homme à la voix grave, de haute taille[2], descendant des turbulentes tribus établies à l'embouchure du Dniepr depuis la nuit des temps : un vrai Russe aussi, et qui gardait l'empreinte de ses rudes origines.

C'était en Ukraine, à l'époque où il était gouverneur de Nicolaïev, que le sénateur de Moerder avait rencontré Trofimovsky. Car c'était là, dans sa province natale, toute en riches et grasses terres, en champs de blé, en fleuves, en côtes riantes et convoitées, là que le précepteur avait trouvé à s'employer pour la première fois dans une « bonne maison ». Il avait enseigné chez des propriétaires terriens et des officiers de haut rang chez qui le gouverneur de la ville était reçu. Ils ne s'étaient jamais perdus de vue.

Lorsque Pavel Karlovitch de Moerder eut à trouver un précepteur pour ses aînés, son choix se porta sur Trofimovsky. Rompu à la pratique des enquêtes policières, il n'avait certes pas négligé de se renseigner sur la personne de celui qu'il allait engager. Aucun doute possible : marié à vingt-huit ans et père de trois garçons, le précepteur offrait toutes les garanties requises.

On a beaucoup brodé sur le personnage de Trofimovsky. Parmi les suppositions, il en est une où se manifeste l'étonnante légèreté avec laquelle certains policiers s'en remettent à des on-dit. Divers rapports adressés au Département de police et de justice de Genève, au temps où Trofimovsky s'installait en Suisse et devenait aux yeux des autorités helvétiques une sorte de paria, affirment que le précepteur des Moerder était un défroqué qui se serait marié à l'époque où il vivait en Russie pour se conformer à la principale exigence du clergé séculier de son pays, où l'on n'acceptait pas que des prêtres fussent célibataires. Mais quel crédit accorder à des enquêtes où figurent pêle-mêle des suppositions incontrôlées ?

De l'agent de sûreté Kohlenberger, sur réquisition du directeur de la Police centrale qui, le 3 décembre 1887, a fouillé le passé de Trofimovsky et ne lui reconnaît qu'une seule activité passée, celle de « professeur », ou d'un certain Vallet, inspecteur des gardes ruraux à Saconnex qui, le 15 juin 1888, affirme que « de prêtre qu'il était en Russie, Trofimovsky devint intendant chez le lieutenant général de Moerder[3] », lequel dit vrai ? Et à qui fera-t-on croire qu'un général de Moerder aurait engagé en qualité d'intendant un homme en rupture de ban avec l'Eglise ? Et un intendant pour quoi faire ? Pavel Karlovitch ne possédait rien.

Au mois de janvier de la même année, un autre policier, nommé Charbonnier, prêtait à Trofimovsky « une vie orageuse », affirmant qu'il « avait laissé dans son pays d'origine de bien mauvais souvenirs », ayant été successivement « prêtre grec, avocat, notaire, et marchand de bestiaux ». Un froc jeté aux orties, des fricotages de toute sorte, n'était-ce pas un passé bien chargé pour un *Hauslehrer?* On ne comprend pas comment la famille de Moerder aurait confié l'éducation de ses enfants à un personnage si peu recommandable.

Aussi, bien que rien ne permette d'affirmer avec certitude que le précepteur des enfants de Moerder ait jamais été de ces jeunes popes en longues lévites grises, portant larges manches, cheveux flottant jusqu'aux épaules, barbe entière et chaîne pectorale, tout laisse supposer qu'il avait planté là popes et séminaire, aussitôt ses études terminées, laissant les ordinants à leur déception.

Alexandre Trofimovsky, un *moujitchonok*[4] comme tant d'autres, confié au diacre du village, avait appris à lire dans un psautier – à moins qu'il n'ait eu pour premier maître un ancien soldat, dispensant à coups de férule et dans une classe improvisée un enseignement des plus médiocres. Que pouvait-il souhaiter de plus? L'école de district lui était interdite. Elle était réservée à la bourgeoisie, aux fils de commerçants et aux fils d'officiers. Et en admettant qu'il eût réussi à acquérir des connaissances suffisantes pour accéder au gymnase du chef-lieu de district, jamais il n'aurait pu en forcer les portes. Les oukases restrictifs de Nicolas Ier étaient bel et bien en vigueur. Pas de fils de paysans sur les bancs des lycées... Cette interdiction avait pour objet de leur barrer ultérieurement l'accès aux universités. Quel danger pour un autocrate qu'une société du savoir se créant à son insu...

A l'époque où l'enfant Trofimovsky poursuivait ses études, l'aristocratie détenait en Russie le monopole de la culture et, sur une population de 74 millions d'âmes, un pour cent seulement des citoyens étaient passés par l'école. Ajoutons qu'un *numerus clausus* était appliqué aux ressortissants de certaines provinces. Dans les universités, le mot d'ordre était : « Moins d'Ukrainiens... » On craignait qu'ils ne professent des idées détestables. Comment oublier que l'une des deux sociétés secrètes à laquelle, jadis, s'étaient affiliés les décembristes, avait été la Société du Midi ? De quoi rendre les autorités particulièrement méfiantes à leur endroit. Cela ne facilitait guère les études des jeunes gens nés dans la région de Kherson. Pas de gymnase donc pour un fils de serf et, une fois passé le temps de l'école, pas non plus d'université. Seule espérance : le petit séminaire, la *bursa*, où l'on formait les fils de prêtres. De cet enseignement gratuit étaient éliminées les connaissances jugées subversives, telles l'histoire, le droit, l'économie politique ou, plus dangereuses encore, les sciences philosophiques, qu'un décret impérial de 1819 avait remplacées par l'étude de l'Histoire sainte. L'essentiel de l'instruction portait sur des matières jugées sinon inoffensives, du moins plus saines et ne véhiculant pas les germes de la subversion : la théologie, les langues anciennes et les langues orientales. Or le précepteur des enfants Moerder était le type même de l'ancien *bursak*, un pur produit des séminaires.

Et en effet, l'itinéraire d'Alexandre Trofimovsky avait bien été celui-là. Accueilli d'abord dans une école paroissiale du district de Kherson, l'école des classes viles, il avait été soumis à diverses corvées : nourrir le bétail du prêtre et couper son bois. Après quoi, bénéficiant de l'enseignement d'un pope qui assumait son rôle avec un peu plus de zèle, il avait été dirigé sur l'internat d'un séminaire. Là, dans des conditions de vie d'une rigueur que l'on n'imagine plus aujourd'hui, l'élève Trofimovsky avait connu un sort que certains de ses contemporains, qui y avaient aussi goûté, comparèrent au sort des bagnards, mais il assimila quantité de connaissances exceptionnelles. Les châtiments corporels ne lui avaient pas été épargnés. Il avait eu droit à « tout un arsenal de supplices[5] », les verges, les agenouillements sur une planche coupante, le sel répandu sur les plaies ouvertes, et l'on ne pouvait avoir été autant, ni plus souvent, battu que lui. Mais il avait appris le latin, le grec, le français, l'allemand, ce qui lui donna un goût très vif pour les langues étrangères. Il avait été mal nourri et avait enduré les jeûnes rituels : respect des jours sans lait, sans œufs, sans beurre, sans viande. Il avait chanté et prié en slavon à longueur de jours, à longueur de nuits, et cela à en perdre la foi. Mais jamais il n'avait avoué à ses maîtres les doutes qui l'habitaient. Il n'obéissait qu'à une préoccupation et une seule : accéder à l'enseignement supérieur. Le reste lui importait peu. Et n'ayant d'autres moyens d'y parvenir, il était entré dans une académie théologique.

Il sut borner sa révolte à constater en secret la servilité des prêtres. Ils étaient aussi soumis au pouvoir des grands propriétaires que les plus déshéritées de leurs ouailles. L'Église orthodoxe de Russie n'était qu'un rouage de l'absolutisme impérial.

Trofimovsky n'en continua pas moins d'aller de l'avant, sans changer de maîtres. Et comment faire autrement? Kiev était trop loin, trop cher, et il n'y avait pas d'université à Odessa[6]. Il n'était pas seul dans son cas. Plus d'un élève des séminaires de la région, aux prises avec les mêmes difficultés et surtout avec les mêmes doutes, poursuivaient leurs études jusqu'au diplôme final, tout en se gardant bien de laisser deviner l'état d'esprit qui était le leur[7]. Ils n'avaient pas le choix.

Les témoignages des contemporains de la jeunesse de Trofimovsky, ceux de l'époque suivant le séminaire, sont rares. Il en est un, néanmoins, particulièrement révélateur, celui de Lydia Pachkov. Dans une lettre[8] à Isabelle Eberhardt, elle ne disait pas « votre père ». Elle faisait allusion à Alexandre Nicolaïevitch Trofimovsky en l'appelant pudiquement « votre vieil ami ». Elle lui écrivait : « Votre vieil ami est connu ici, à Yalta. Il était l'admirateur de la générale Scharemberg, qui est ma voisine et loge dans la même maison que moi. Actuellement elle est borgne. Elle est brouillée avec sa sœur, Mme Chinaso, qui a une villa ici. Moi je suis amie des deux et leur dis qu'il serait temps de se réconcilier. A l'une manque une jambe, à l'autre un œil, mais les haines russes sont plus terribles et surtout plus lâches que les haines corses. On ne se poignarde pas, mais on répand du fiel, on se torture mutuellement.

« Votre vieil ami n'a pas été compris ici. Du reste, ici, il n'y a rien de raisonnable, il n'y a que l'exploitation des gens qui ont eu la bêtise d'y venir. »

Cette lettre contient plus de révélations qu'il n'y paraît. Tout d'abord elle pourrait confirmer que « l'admirateur de la générale Scharemberg » était un jeune enseignant faisant office de précepteur plutôt qu'un pope. D'autre part, les anecdotes qui servent à l'élaboration de cette lettre jettent une lumière crue sur les contemporains de Trofimovsky, ainsi que sur le milieu qui l'accueillit au temps de ses débuts dans l'enseignement. Des hobereaux du meilleur cru, des provinciaux, des oisifs, humiliés de vivre loin des fastes de la capitale, toute une société dont l'éducation chrétienne s'arrangeait fort bien de ces villégiatures où l'on passait son temps à se répandre en médisances et à se déchirer.

On peut s'interroger sur la façon de penser de Trofimovsky et les raisons pour lesquelles il n'avait « pas été compris » à Yalta. Sans doute son évolution intellectuelle était-elle l'effet de ses frustrations personnelles, d'une existence matérielle difficile, d'une enfance sans jeux, et de tous les motifs de mécontentement accumulés pendant ses années de séminaire. Elle était née aussi des réflexions que lui inspirait la société dans laquelle il exerçait son emploi, et de la difficulté de s'y insérer lorsqu'on était, comme lui, un jeune homme pauvre et d'un rang social inférieur. Bien qu'il ne devînt jamais un révolutionnaire, Alexandre Trofimovsky avait cessé de croire à la supériorité des élites traditionnelles. Il fut de ces tolstoïens avant la lettre, de ces disciples lointains du maître d'Iasnaïa Poliana, son contemporain à deux ans près, de ces compagnons d'idées comme il en existait tant, à l'époque, aussi bien dans l'intelligentsia que dans les milieux populaires.

Mais affirmer qu'« il n'y a pas de coupables dans le monde[9] », aspirer à l'amour universel, dénoncer l'asservissement et l'oppression sous toutes ses formes, proclamer que « le vrai grand monde » était le peuple des paysans, à la différence du « faux grand monde[10] » qui, lui, traînait les pieds sur les parquets de Saint-Pétersbourg, défendre un christianisme dépouillé de ses structures sociales, affirmer l'importance du travail manuel et juger que vivre en laboureur n'était nullement indigne d'un homme cultivé, « cet itinéraire spirituel d'exception[11] », s'il pouvait être, à ses risques et périls, celui d'un écrivain issu de la haute aristocratie terrienne de Russie, choquait lorsqu'il était le fait d'un obscur précepteur. Ce qui allait paraître peu acceptable venant d'un comte Tolstoï était jugé intolérable dans la bouche d'un Trofimovsky.

Alexandre Trofimovsky avait vite découvert l'intérêt qu'il avait à se taire. Il n'était plus le jeune homme impétueux qui, en Tauride, dix-sept ou dix-huit ans auparavant, charmait la générale Scharemberg. On était en 1870, *Guerre et Paix* venait de paraître, *Anna Karenine* était en gestation, et Trofimovsky avait appris à se dominer. Il était devenu un homme sage.

Et il était là; il était chez les Moerder, portant intérêt à ce qui n'avait jamais suscité chez eux la moindre curiosité : ce qui se publiait, ce qui s'écrivait; il était là, si bien au courant, s'intéressant aux nouveautés de la littérature russe et étrangère, correspondant avec des professeurs, des savants; le précepteur était là, et l'échelle des valeurs familiales en était bouleversée.

Alexandre Trofimovsky laissait Natalia Nicolaïevna dans un étonnement sans bornes. Elle l'écoutait, et c'était comme de découvrir un monde en formation sous ses yeux.

Désormais, autour de la table du thé, le soir, lorsque les enfants étaient couchés et que le reste de la famille, parfois avec des invités, était réuni, on s'intéressait moins aux chevaux et beaucoup plus à la question sociale, moins à l'avenir des courses et plus à la langue russe, à l'état d'esprit de la paysannerie, au bien, au mal.

Aux derniers mois de cette année-là, on se mit aussi à parler d'un voyage. Une idée du médecin de famille. Décidément, Constantin n'allait pas bien et Natalia Nicolaïevna guère mieux. On supposait qu'elle s'était mal remise de la naissance de Vladimir.

Le médecin recommandait un changement d'air.

On ne pouvait se mettre en route au plus fort de la désolation hivernale. Des enfants en bas âge rendaient les déplacements difficiles, et c'était la saison des longues nuits, des ciels couleur d'étain et des vitres ombrées de givre, quand on perdait de vue les hauts bastions de la forteresse Pierre-et-Paul et les flèches d'or de la cathédrale, quand la neige sur les palais prenait des airs de linceul et que chaque pont sur la Neva dominait une masse d'eau figée entre les quais de granit, c'était par ce temps-là, un temps à s'en aller pourtant, qu'on ne pouvait même y songer.

Ces difficultés, on s'en doute, n'existaient que pour ceux qui n'avaient su naître ni puissants ni princes. Mais sans être dans le besoin, on pouvait manquer des roubles nécessaires pour quitter la Russie au gros de l'hiver, en affrétant un wagon spécial offrant toutes sortes de commodités, volets mobiles, accoudoirs, filets à bagages, tapis rouges et, comme certains nantis, aristocrates ou gens d'affaires, faire route ainsi, en famille, dans le luxe capitonné d'une sorte de cabinet particulier que l'on appelait une *berline* ou une *financière*, en direction du soleil et des palmiers de la Riviera française.

Le plus difficile, pour Pavel Karlovitch, avait été d'obtenir l'autorisation de quitter le territoire de l'Empire. S'il n'était plus général en exercice, il était toujours sénateur. Son passeport ne pouvait être délivré que par « permission suprême ». Natalia Nicolaïevna, elle, n'avait la faculté de voyager qu'en faisant état d'une permission écrite de la main de son mari, spécifiant les motifs de son voyage et le lieu où elle allait séjourner. Un passeport n'était accordé aux femmes mariées qu'au vu de ce document. Quant aux autorités frontalières russes, elles exigeaient que ce document fût exhibé à chaque occasion.

Pavel Karlovitch avait laissé passer le mois de janvier 1871 et les fêtes, où il était de tradition que les sénateurs soient présents. Mieux valait ne rien demander avant que ne se soient déroulées les soirées enfantines organisées par le Palais, les réceptions chez les altesses impériales, fêtes dites « intimes » bien que toujours célébrées avec un certain apparat, et comment ne pas faire acte de présence à la cérémonie au cours de laquelle le corps diplomatique présentait ses vœux à l'empereur ? Elle se tenait avec un faste exceptionnel dans la salle de bal du palais de Tsarskoïe Selo[12].

Au mois de mars 1871, « par autorisation du souverain », le sénateur fut « mis en congé du Sénat d'Etat pour cause de traitement médical[13] », avec liberté de se rendre « dans toutes les villes de l'Empire de Russie » pour une durée de vingt-huit jours renouvelable. Ce n'était qu'un premier pas, cette mise en congé. Elle permettait de convaincre les autorités que l'on était malade au point d'aller consulter à l'étranger. L'obtention d'un passeport, même pour raison de santé, soulevait des objections à n'en plus finir.

En avril, tous les obstacles étaient levés. Il fallait aviser. Parmi les marmots, qui serait du voyage et qui n'en serait pas? Il fut décidé que les deux aînées de Natalia Nicolaïevna – Elisabeth, onze ans, et Olga, dix ans – demeureraient avec leur grand-mère Korff, tandis que Constantin, Nicolas, la petite Natalia et le bébé Vladimir partiraient en voyage. Mais on eut encore à attendre la fin des cérémonies de la Semaine sainte et plus particulièrement celle du jeudi, en l'église du prieuré de Malte, où depuis le règne de Paul Ier il était de tradition que la Cour se rendît en grand uniforme. On ne pouvait pas davantage manquer la messe de Pâques à la cathédrale de la Transfiguration et moins encore la célébration de l'anniversaire du tsar, le 19 avril. Le tsarisme et l'orthodoxie étaient indissociables. Nier ce lien, c'était nier l'Etat. Voilà bien ce qui enrageait Tolstoï... et sans doute Alexandre Trofimovsky.

Enfin le sénateur de Moerder, son épouse et leurs enfants eurent loisir de quitter la Russie. La famille n'emmenait aucun domestique. Les plus petits allaient être privés de leur *niania*. Mais le *Hauslehrer* qui, lui, était du voyage, se chargerait des garçons.

Pour les horizons lumineux et la bamboche, on recommandait la France; pour les sources qui guérissent, c'était l'Allemagne; pour les vertus associées de l'air pur et du lait, il n'y avait que la Suisse.

Toute femme un peu fatiguée, un peu inquiète, un peu nerveuse, s'entendait recommander un peu d'altitude. C'était une panacée, à l'époque, l'altitude. Quant à la Suisse... On ne saurait croire, aujourd'hui, combien ce mot contenait de promesses : « la Suisse... ». Un véritable élixir de vie. C'est donc vers ces hauteurs-là qu'allaient se diriger les Moerder et, en ce mois d'avril 1871, que Natalia Nicolaïevna sut à quoi s'en tenir : elle était à nouveau enceinte.

A deux ou trois fausses couches près, elle en était à sa sixième grossesse.

Que savaient-ils au juste du voyage des Moerder, ceux qui en ont donné tant de savoureuses et pittoresques versions[14] ? Ce qui s'en disait, sans doute – et il s'en est dit beaucoup dans les revues et les journaux de l'Europe littéraire –, ce qu'en rapportèrent, un demi-siècle plus tard, les admirateurs ou les détracteurs d'Isabelle Eberhardt, et ce que cette dernière laissa dire. Le pittoresque n'avait rien qui lui déplût.

De ce qu'on peut lire à ce propos, ne retenons que les traits communs. Pour tous les biographes d'Isabelle Eberhardt, sa mère se serait enfuie de Russie avec Alexandre Trofimovsky, laissant le sénateur de Moerder confondu et pantois : « Un beau jour le général, à son retour, trouva la maison vide. Sa femme avait disparu avec l'intéressant précepteur[15]. » Le couple adultère se serait rendu en Turquie et de là à Naples où le sénateur de Moerder aurait rejoint les fuyards, afin de tenter une ultime réconciliation. Une rencontre dont le seul résultat aurait été pour Natalia Nicolaïevna de se retrouver grosse des œuvres de l'époux qu'elle avait abandonné.

Ce sont là des récits qui ne manquent pas de piquant : amour contrarié, fuite, retour du mari, danger, errance, tout y est. Mais outre que le départ clandestin d'une mère de famille emmenant, en plus de ses propres enfants, le fils de son mari et d'une précédente épouse, s'accorde mal avec les réalités de l'époque, on s'étonne aussi que Natalia Nicolaïevna ait choisi d'aller cacher son bonheur en Turquie. Avec le nom qu'elle portait ! Le général avait pris part à des opérations militaires dont la Sublime Porte avait fait les frais, et depuis la guerre de Crimée, les objectifs de l'état-major impérial demeuraient inchangés : faire de la mer Noire un lac russe et cadenasser les Détroits. On ne peut s'empêcher de penser qu'il est curieux qu'une amoureuse, fuyant le domicile conjugal avec son amant, soit allée s'installer là où elle avait toute chance de vivre sous surveillance policière, ou, pire, de se faire vertement prier de s'en aller.

Sa halte à Naples ne semble guère plus plausible. Du Bosphore au Pausilippe, quelle équipée pour une femme habituée à être servie et qui, sans aide aucune, voyageait en traînant avec elle quatre enfants dont le dernier n'avait pas trois ans! Certes Naples avait de quoi tenter Alexandre Trofimovsky, bien qu'en 1871 l'intelligentsia russe se fût si peu laissé gagner par les charmes des côtes tyrrhéniennes qu'elle s'étonnait que l'on pût s'y fixer[16]. Tout de même, l'une des choses les plus singulières de ces récits est d'avoir imaginé qu'une fuite ait pu présenter quelque similitude avec le « grand tour » des peintres romantiques, lancés à la découverte de l'Italie et des monuments de son passé. Car, selon ces récits, c'était bien d'une fuite qu'il s'agissait; fuir un pays, la Russie, fuir un homme, Pavel Karlovitch, qui avait la loi pour lui, fuir un haut fonctionnaire longtemps considéré comme « le plus puissant personnage de l'Empire[17] », fuir un mari qui pouvait exiger de tous les consuls, de tous les ambassadeurs du tsar qu'ils forcent la fugitive à se soumettre.

Enfin, puisque cette pittoresque évasion, telle qu'elle fut si souvent racontée, comporte en manière de finale les retrouvailles à Naples de la femme faussement repentie et de son époux, demandons-nous si cet épisode aussi n'a pas été inventé? Car on s'explique mal qu'une police de tradition bourbonienne, reconnue comme l'une des plus tracassières de l'Europe occidentale, et des gazettes locales parmi les plus bavardes de l'époque soient soudain devenues discrètes au point de ne plus accorder la moindre attention à la visite d'un sénateur du tsar Alexandre II. Or, les archives de Naples ne gardent pas plus de traces du séjour de Pavel Karlovitch dans cette ville que s'il s'était agi d'un barbare inconnu.

6

En route pour la Suisse. A la pension Maladeyre. Les doutes de Mlle Ramseyer. Pourquoi ces volailles blasonnées? Une naissance à Montreux. Décidément les Russes ne sont pas des clients comme les autres.

Aux derniers jours de l'été, le sénateur de Moerder rentra d'un long congé en Suisse[1]. L'année 1871 avait substitué à son désir de vie calme et de repos un état de confusion. Son séjour sur les rives du Léman et son retour à Saint-Pétersbourg où continuaient à vivre quatre de ses filles l'avaient épuisé. Mais il y avait autre chose : sa situation financière lui causait des soucis. L'installation à l'étranger d'une partie de sa famille l'avait saigné aux quatre veines.

Il avait quitté la Suisse, emportant en lui comme un écho de la femme qui l'avait comblé de tendresse et d'enfants. Natalia Nicolaïevna, à trois mois de son accouchement, avait trouvé à se loger dans une région sans grands caprices, aux vallonnements modérés et charmants. Il lui fallait ça, paraît-il, pour se remettre d'un voyage assurément fatigant.

Parcourir l'Europe en famille n'était plus un haut fait, mais encore une aventure. Les Moerder avaient voyagé par chemin de fer. Ils avaient traversé un large morceau de Russie, puis un bout de Pologne en direction de Varsovie, après quoi ils s'étaient dirigés sur Berlin, de là sur Fribourg, et ils étaient enfin arrivés en Suisse par Bâle et Zurich. Rien de bien original. C'était le trajet suivi quelques mois auparavant par un autre voyageur russe : Pierre Alexeïevitch Kropotkine, le prince anarchiste, dont les séjours à Genève et Neuchâtel ne manquaient pas d'inquiéter au plus haut point les autorités. Un itinéraire banal, en somme, et, à quelque chose près, celui de tous les visiteurs en provenance de Russie.

L'obstacle majeur avait été le manque de confort. Les grands express à la portée de tous, les trains de luxe dont M. Pullman[2] avait imposé la magie, les coupés-lits avec leurs lieux d'aisances et leurs wagons cuisine-salle-à-manger n'existaient qu'en Amérique. La Russie pouvait bien s'enorgueillir d'avoir été parmi les premiers pays du monde à se doter d'un réseau ferroviaire et d'être l'un des seuls à offrir aux voyageurs le choix entre quatre classes au lieu de trois, les trains russes, du moins ceux dont disposait le commun des mortels, n'en étaient pas plus confortables pour autant. Quant aux pérégrinations sur les réseaux européens, elles étaient jalonnées de vicissitudes.

Impossible d'aller d'un pays à l'autre d'une traite : les compagnies internationales n'existaient pas[3]. A chaque frontière, tout était à recommencer. Les voyageurs quittaient leur wagon, traînant leurs bagages, pour continuer sous la houlette d'une autre compagnie et dans un autre train. On ne pouvait éviter les longues stations dans les gares. Où dormir quand une correspondance se faisait attendre? Faute d'hôtels, on s'entassait dans les salles d'attente.

En cours de trajet, lorsqu'un arrêt s'annonçait suffisant, s'ouvrait une nouvelle série de péripéties. Comment trouver un buffet où se restaurer? Où se nichaient les bouillottes et les oreillers à louer? Existaient-elles, ces « commodités » indispensables où il fallait « prendre ses précautions »?

Parmi les voyageurs, les habitués du rail faisaient figure d'experts. On s'arrachait leurs avis. Ils indiquaient aux dames les tables qui méritaient leur visite et les buvettes fréquentables.

Une migration familiale pareille à celle qui avait fait parcourir aux Moerder des milliers de kilomètres se préparait comme une campagne militaire, ce qui n'était pas pour effrayer un homme tel que Pavel Karlovitch. Mais, une fois en route, la patience des voyageurs était mise à rude épreuve. Pas de couloirs. Cloué à sa banquette, on voyait défiler le paysage. Aller de Saint-Pétersbourg à Genève n'avait rien d'une partie de plaisir : dans l'Europe des années 70, le folklore ferroviaire n'était pas encore celui de l'Orient-Express. Il ne devait rien au parfum des belles voyageuses, mais tenait tout entier dans une odeur tenace, celle des corps entassés et des pots de chambre pour enfants, vidés par-dessus bord en rase campagne. Il tenait aussi à une promiscuité sans rémission, aux voyageurs que l'on confondait dans la lumière insuffisante des lampes à huile, aux engrangements de toutes sortes où tout se mélangeait : victuailles, médecines contre le mal de train et escarbilles.

Natalia Nicolaïevna s'était établie aux environs de Montreux. Enfin un pays où les voyages étaient sans surprises! Le tour du lac Léman se faisait par chemin de fer, et l'on allait à Genève en moins de cinq heures, dans un paysage dont aucune des beautés n'échappait au touriste s'il se montrait attentif aux instructions du guide Joanne[4], qui recommandait de « se placer à gauche à l'aller et à droite au retour... pour la vue ». Habitués à l'uniformité dépeuplée de la campagne russe où nuages et neige ne semblaient s'ouvrir que pour laisser passage au train, Natalia et les siens s'émerveillaient. Ils découvraient une luxuriance inconnue. En bordure du lac, des fermes, des bourgs, des villes et des vergers s'offraient comme autant d'images symboles, aussi nettes et ordonnées qu'une suite de cartes postales attendant d'être postées.

La région « était recommandée aux personnes délicates ». Elle offrait aux étrangers un gymnase médical « pour garçons fragiles », un grand choix de « pensions aux prix modérés », et des cliniques réputées, proches de cette pension de famille où étaient descendus le ménage russe, leurs enfants et leur précepteur.

La pension de famille de la Maladeyre, dans la commune du Châtelard, n'était pas ce qu'en matière d'hôtellerie le pays de Vaud pouvait offrir de meilleur. Les touristes de qualité n'y descendaient pas. Les préférences des riches Anglais, celles des écrivains illustres qui avaient mis en vogue les bords de « cet éternel encrier[5] », et celles des grandes cantatrices allaient aux hôtels de Montreux qui n'étaient qu'à dix minutes par la malle-poste. Parmi les célébrités, un Français, arrivé sur les rives du Léman dans le mois où le sénateur de Moerder en repartait, avait préféré Vevey. Encore un écrivain que les services de police avaient à l'œil. Monsieur Jules Michelet voyageait avec son épouse. Il comptait sur le climat suisse pour lui rendre une virilité compromise et terminer ainsi, en d'heureuses dispositions, son *Histoire du XIXe siècle.* Mais on tardait à lui envoyer de Paris les caleçons d'hiver qui lui faisaient défaut. L'aspect plat de Vevey lui convenait. Il s'était installé à l'hôtel d'Angleterre. Trop cher pour les Moerder. Des prix exorbitants.

L'essentiel à la pension de la Maladeyre était l'hôtesse. L'obligeance même, cette demoiselle Ramseyer, et fine mouche avec ça. Une femme entre deux âges, jamais à court d'idées. Elle avait ses entrées dans les châteaux et les manoirs. Les pas dans les pas de Rousseau, une visite chez Madame de Warens, quelques haltes sur les « balcons du Léman », autant de buts d'excursions qu'elle connaissait mieux que quiconque, fût-il guide dans le canton.

On se sentait fort bien chez elle, à condition d'y vivre en vrais Suisses. C'était probablement un hasard si le général-sénateur de Moerder, de tous les membres de sa famille, avait été le seul à trouver grâce dans le cœur de l'hôtesse. Un lien s'était établi entre eux et elle avait été navrée de le voir partir. Une certaine familiarité lui était naturelle. Quand le séjour d'un client se prolongeait au-delà d'un mois, Mlle Ramseyer lui accordait comme une faveur la permission de l'appeler par son prénom. Elle frémissait un peu, le jour où elle s'était avisée de dire au général :

– Appelez-moi Esther...

Mais il était parti. Un client de perdu.

Laissée seule, Natalia Nicolaïevna se défendait de céder à la mélancolie. Elle bénissait sa grossesse qui, en l'alourdissant chaque jour davantage, la libérait, ôtant tout caractère compromettant à son tête-à-tête avec le précepteur de ses enfants.

Elle vivait hors de portée du désir, coupée du monde de la séduction et comme asexuée, ainsi que le sont les femmes enceintes, tout à l'accomplissement et à l'achèvement de leur tâche. Elle ne cherchait plus à plaire. Ce qui s'imposait chez elle était quelque chose de fragile et d'inapte à l'amour. Mais jamais l'amitié ne lui avait été plus nécessaire. Alexandre Trofimovsky devint tout naturellement cet ami. Elle avait besoin d'aide. Or il avait été placé auprès d'elle afin de la protéger. Elle n'avait donc pas à se gêner.

L'argent avait beaucoup d'importance dans une situation telle que la sienne. Elle était à l'étranger, installée à des jours et des jours de voyage de son pays d'origine. Elle ne pouvait compter que sur elle-même pour gérer le petit capital dont elle disposait. La vie quotidienne de ses enfants en dépendait, et elle se sentait terriblement seule sans Pavel Karlovitch. Fort heureusement, Alexandre Trofimovsky était là. Il lui parut agréable de prendre conseil d'un homme qui avait toujours vécu pauvrement et pour qui économiser était une préoccupation normale. Le précepteur lui donnait un regard neuf sur toutes choses. Elle ne lui cachait rien. Et comme elle n'avait aucune raison de penser pouvoir lui plaire, et aucune mesure dans sa façon de donner son amitié, il se sentait devant elle entre rêve et réalité. Le plaisir du voyage s'en trouvait décuplé. Natalia Nicolaïevna devenait une vision merveilleuse et passagère dont il n'avait rien à redouter. Il la regardait comme les châteaux qu'il avait aperçus en traversant l'Allemagne, flottant confusément sur la brume miroitante de leurs étangs. Il les avait admirés de loin, derrière leurs grilles fermées.

Sans doute le miracle se produisit-il pour lui pendant cette période-là. Quelle autre explication donner ? Ce fut d'abord la lente habitude de vivre ensemble sans contraintes, sans liens ni obligations, mais avec une infinie curiosité l'un de l'autre. Et, lentement, l'amour vint, chaque jour plus fort, pour une femme chaque jour moins belle, moins attirante.

Natalia Nicolaïevna s'était mis en tête de quitter la pension Maladeyre aussitôt après son accouchement. Ils n'en firent confidence à personne, mais Trofimovsky et Mme de Moerder allèrent ensemble consulter les agents immobiliers, ce qui n'échappa point à la vigilance de Mlle Ramseyer. Ils firent aussi plusieurs voyages jusqu'à Genève sous divers prétextes – en vérité pour visiter des logements qui se révélèrent inhabitables. Ils prétendaient n'aller en ville que pour acheter ce que récapitulaient d'interminables listes. On les vit revenir chargés de paquets contenant des objets utiles, des biberons, des langes, des brassières, un moïse, tout l'attirail nécessaire lorsqu'un enfant va naître, mais aussi des emplettes inutiles, des plantes en pot, des chapeaux, une pendule. Drôles de gens...

Mlle Ramseyer trouvait à ces expéditions un caractère très louche.

Parce que les paperasses ne perdent jamais leurs droits et que rien ne donnait meilleure conscience à un étranger qu'un permis de séjour délivré en due forme, Mlle Ramseyer alla en personne faire inscrire ses hôtes russes sur les registres[6]. Rien d'exceptionnel dans cette démarche. Elle s'en chargeait pour tous ses clients. Elle n'hésitait pas à garantir leur moralité. Elle payait les trois francs par tête exigés par les autorités et exhibait avec une fierté légitime les précieux documents qui lui étaient confiés. Les passeports... Elle en faisait étalage avec un art divers, selon qu'ils étaient armoriés ou non. Et pour ce qui est des blasons, Dieu sait... Les livrets de voyage russes battaient tous les records.

La demoiselle Ramseyer prenait grand plaisir à mettre en évidence sa pile d'aigles noirs. Avec leurs ailes largement déployées, ils semblaient prêts à s'envoler vers un ciel de vitrail. C'était mieux que beau. Et les blasons qu'ils portaient ! Des chevaliers et des dragons terrassés, des lances entrecroisées, saint Georges en personne, des lions dressés, des Tartares, un grand collier, des croix, des gens qui chantaient... Qu'est-ce que tout cela signifiait ? Peu importe. Elle comptait sur l'inclination naturelle des gratte-papier vaudois à s'émerveiller de cette surprenante imagerie pour obtenir ce qu'elle attendait d'eux : les permis de séjour. Et l'aigle impérial à la double grimace emportait presque toujours leur adhésion. Pour sa part, tout en se félicitant de son pouvoir, elle trouvait au vieux rapace impérial quelque chose de fiévreux et de dérangeant. Elle ne voyait aucun sens à ses deux têtes furieuses crachant une langue fourchue d'une trivialité révoltante. Et que penser des trois couronnes fermées, sages et compassées comme trois petits chapeaux de fête ? Somme toute, elle ne comprenait pas ce que cette volaille blasonnée faisait sur un passeport. Mais elle voyait fort bien les avantages qu'elle pouvait en tirer et ce que son activité auprès des autorités faisait pour le prestige de son établissement. Le zèle suisse est avant tout hôtelier.

Ce fut elle, aussi, qui alla déclarer aux employés de l'état civil la naissance d'un enfant, celui d'une « dame originaire de Moscou (Russie)[7] », sa pensionnaire.

Augustin de Moerder, le frère chéri d'Isabelle, son Tino bien-aimé, venait de naître un 11 décembre 1871, à huit heures du soir. Là, au lieu-dit Les Bassets, ce garçon de passion et de paresse vécut les premières heures de sa vie. Il était né pour les grandes dérives à la russe et les ratages sans rémission. Peut-être son lent glissement vers l'ombre commença-t-il là, à l'instant même de sa naissance. Question de destin...

Le père de notre nouveau-né se trouvait à Saint-Pétersbourg lorsqu'on lui apprit que sa Natalia lui avait encore donné un garçon. Voilà qu'un quatrième fils de son sang lui naissait en Suisse. La bizarrerie de tout ça...

En d'autres circonstances, Pavel Karlovitch aurait trouvé là matière à se réjouir. Mais il ne se sentait ni très fier ni très fort. Il venait de fêter ses soixante-quatorze ans et l'estimable Natalia Nicolaïevna n'était pas là. Les médecins parlaient de la laisser en altitude pendant un an encore. Comme ils y allaient... Un an ! Un an pendant lequel on voulait qu'ils vivent séparés. Les médecins invitaient le sénateur à se modérer. Un an... Cela faisait de longues relevailles. Pavel Karlovitch allait être privé de tout ce qu'il aimait. Privé d'elle, privé du nourrisson, privé des premiers regards, des premiers cris, de la curiosité jalouse des frères et sœurs, privé des discussions autour des ressemblances, des tétées, des rots, des emmaillotages, de l'admiration des voisins, privé... Pauvre Pavel Karlovitch, pris entre son amour et les exigences de la Faculté ! Qu'ils étaient loin les dimanches à Pavlovsk, quand les *niania* surveillaient les enfants tout en jacassant dans leur langage à elles : « Venez ici, brigands ! Ah ! vilain loup ! Vas-tu obéir ? » et qu'on les plantait là, et qu'elles criaient : « Adieu, adieu âmes pures ! » en voyant s'éloigner les plus grands, et que l'on s'entassait dans la charrette anglaise pour aller tous ensemble jusqu'à la rivière. Ne pas revoir de si longtemps Natalia Nicolaïevna rendait le sénateur de Moerder malade de chagrin.

Imaginez cela, un vieil homme avec un trop-plein d'amour au cœur ! Tout avait été donné à Pavel Karlovitch, mais trop tard. Et puis on n'imagine pas à quel point le regret dévore. Pour ne rien dire de l'absence... L'absence, bon Dieu ! L'absence dont on peut mourir.

A la pension Maladeyre, la demoiselle Ramseyer allait de surprise en surprise. Bien que les permis obtenus pour Natalia Nicolaïevna l'aient autorisée à séjourner dans la commune du Châtelard avec ses enfants et leur précepteur jusqu'en 1873, ils étaient tous partis. Cela les avait pris aux derniers jours de l'été 1872. Une servante les avait aidés à plier bagages et ils avaient levé le camp dans la stupéfaction générale. A les en croire – mais quelle confiance accorder à des gens qui, bien que se disant malades, ne tenaient pas en place – les Moerder allaient vivre à Genève.

Esther Ramseyer avait cru de son devoir d'avertir Mme de Moerder que le climat de Genève ne valait pas celui de Montreux. Et puis, trouver à se loger à un prix abordable, c'était vite dit... Elle allait à l'aventure avec son petit Augustin qui n'avait même pas six mois. Etait-ce raisonnable ?

Natalia Nicolaïevna n'avait fait aucun cas de ses conseils. Le précepteur était allé en éclaireur et elle affirmait avoir en vue un logement qui convenait. Elle ajoutait que l'inconvénient de la pension Maladeyre était son isolement. Mais peut-être ce départ avait-il d'autres causes. On sentait Natalia Nicolaïevna dans une grande incertitude quant à l'avenir.

La liberté laissée à Mme de Moerder avait toujours profondément choqué Mlle Ramseyer. C'était dans la nature suisse d'Esther de se poser toute sorte de questions. Au lieu de regarder vivre ses hôtes étrangers et d'accueillir en spectateur ce qu'ils offraient de *différent*, elle imaginait on ne sait quels errements.

Natalia Nicolaïevna aussitôt partie, Esther Ramseyer, comme ça, pour rien, simplement parce que c'était dans son caractère, s'interrogea sur ce qu'elle n'avait pas aimé chez ces Russes. Pourquoi Natalia Nicolaïevna n'allait-elle pas rejoindre son époux ? Quel sens avait ce séjour en Suisse ? Pourquoi recevait-elle de gros courriers bancaires dans des enveloppes raides comme du carton ? Et pourquoi discuter si longuement de leur contenu avec le précepteur ?

Il y avait aussi l'étonnante simplicité de ses clients. Encore un sujet de griefs. Cette simplicité, ce naturel dans leur comportement lui paraissaient incompatibles avec les manières d'être d'une élite. Ainsi, les jours de beau temps, Mme de Moerder s'asseyait dans le jardin en déshabillé. Un vêtement de coupe curieuse. Du plumetis incarnat avec des froncés de ruban brun et une palatine. En robe de chambre, quoi... Voyez-vous ça ! En robe de chambre devant les clients ! N'avait-elle pas conscience que cela ne se faisait pas ? A moins que ce ne fût chez elle une enviable insouciance, comme seuls peuvent en manifester les vrais aristocrates. Mlle Ramseyer ne savait que penser. Elle était partagée. Quant au précepteur, il donnait sa leçon de gymnastique dans la prairie, de sorte que tous les passants pouvaient le voir. Et ils ne s'en privaient pas, les passants : le pédagogue était en culottes de dessous. Autant dire que Constantin, Nicolas et Alexandre Trofimovsky se montraient en caleçons. Une sorte d'exhibitionnisme, qui avait provoqué chez Mlle Ramseyer un agacement douloureux. On se moquait d'elle. Elle était scandalisée. A cela s'ajoutait chez ces gens une imprévoyance! On ne pouvait imaginer désordre plus coupable. Leur laisser-aller stupéfiait la logeuse. elle était fermement convaincue que ce mode de vie, s'il s'imposait à sa clientèle, conduirait son affaire au tombeau et la Suisse avec.

Le lendemain du départ des Moerder, le précepteur était de retour. Madame avait oublié une cantine contenant les livres de classe des enfants. Une autre fois, ce fut pour un carton à chapeaux. Et ainsi de suite à trois reprises. Mlle Ramseyer en avait profité pour poser quelques questions. Avaient-ils trouvé à se loger? La réponse d'Alexandre Trofimovsky avait été une bizarrerie de plus. Il avait parlé d'un domicile situé dans une large rue qui menait à la gare. C'était bien, mais ce n'était que « provisoirement définitif ». Aussi, encore que très heureuse de sa nouvelle installation, Mme de Moerder continuait-elle d'en chercher une autre... Pour Mlle Ramseyer qui était tout d'une pièce, il y avait dans le ni oui ni non, dans le ni ceci ni cela dont ces étrangers faisaient si grand usage quelque chose d'inacceptable. Leur départ lui semblait presque un soulagement. Entre elle et eux s'était toujours dressée l'invisible borne frontière de leurs particularités. Les Russes! Ah, les Russes! Ce n'étaient jamais des clients comme les autres...

Lorsque des fonctionnaires de la Surveillance des étrangers vinrent chez elle enquêter discrètement sur une famille qui venait d'élire domicile à Genève, au numéro 8 de la rue du Mont-Blanc[8], Mlle Ramseyer n'en fut pas autrement surprise.

Mme de Moerder avait certainement quelque chose à se reprocher.

Dès lors, les policiers suisses et français accréditèrent une thèse selon laquelle Trofimovsky « avait dû quitter la

Russie pour éviter une arrestation, étant impliqué dans un procès nihiliste[9] ».

Les particularités de Natalia Nicolaïevna et d'Alexandre Trofimovsky avaient fait d'eux des suspects. Différents, donc à surveiller.

7

On peut avoir vécu pour le tsar et mourir pauvre. On n'épouse pas un divorcé, compris ? Le grand mot illégitime. *Naissance d'Isabelle.*

ELLE allait pourtant se terminer, l'attente interminable, l'attente pendant laquelle Natalia Nicolaïevna était demeurée à Genève tandis que son sénateur de mari, dans l'impossibilité de venir la rejoindre, se partageait entre deux résidences, le domicile de sa fille Sofia, née de son premier lit, Sofia qui s'était mariée à Moscou, et l'appartement de Saint-Pétersbourg où s'affairait la belle-mère Korff. La baronne de Korff veillait sur l'éducation des deux petites filles laissées à sa garde, Elisabeth et Olga, quatorze et douze ans. Elle ne les quittait pas d'une semelle. On les préparait à un avenir de conventions, ces petites. En l'absence de madame leur mère, il fallait qu'elles comprennent les avantages des mariages « raisonnables » et qu'elles se méfient des sous-lieutenants trop sanguins. C'étaient là de ces impératifs que l'on ne pouvait laisser aller à vau-l'eau.

Les signes avant-coureurs du printemps se manifestaient à peine, et l'on guettait les premiers bourgeons avec un mélange d'étonnement et d'attendrissement, quand le sénateur lieutenant général de Moerder mourut. C'était le 24 avril 1873. Il s'éteignit sous le règne d'Alexandre II, avec les secours de l'Eglise et dans les marmonnements pieux de ses proches.

Vie peu banale que la sienne. Il avait quinze ans lorsqu'il manoeuvrait parmi les grenadiers du régiment de

Pernovo, et guère plus lorsqu'il traversait l'Europe à pied pour se trouver sous le feu des Français devant Paris.

Mais à l'époque de sa mort, le sénateur de Moerder n'appartenait déjà plus à son époque.

La poste, les trains, les complots, les mouvements révolutionnaires, les littératures interdites, l'émancipation des femmes, les prévarications, tout allait tellement plus vite, plus loin et plus fort que par le passé. Cela explique sans doute que, bien que son énergie n'ait jamais été mise en doute, le sénateur ait été tenu à l'écart au cours de l'année écoulée.

Il faisait figure de vétéran un peu raide, élevé à l'ancienne et sur arrière-plan de rigueur. Il n'avait jamais eu aucune propension au cosmopolitisme. Cela aussi l'avait isolé. Que penser d'un homme qui n'avait séjourné à l'étranger que pour faire la guerre? Un homme de devoir, le lieutenant général de Moerder; il n'était que cela. Et jamais il n'avait fait de concessions aux maîtres du bavardage et de l'intrigue. Pouvait-on s'étonner qu'il fût mort pauvre?

Le lendemain de son décès, sa fille adressa un bref message à Sa Splendeur le comte de Pahlen. Voici ce qu'elle lui écrivait : « Ce 24 avril est décédé, à Moscou, le sénateur lieutenant général Pavel Karlovitch de Moerder. La fille du défunt ne disposant pas des ressources nécessaires à l'inhumation de son père, sollicite très respectueusement de la HAUTE FAVEUR, l'obtention d'un subside[1] ». La supplique était signée Sofia Pavlovna Pappengut, et datée du 25 avril. Le comte de Pahlen était ministre de la Justice.

Dès le 6 mai, la Splendeur daigna donner sa réponse[2]. Elle avait été informée que, par ordre du SOUVERAIN, la chambre des Finances de Moscou allait attribuer à Sofia la somme demandée. D'avoir été pendant soixante ans au service de l'empereur de toutes les Russies, d'avoir si longtemps tenu auprès de lui le rôle de chef de ses polices, d'avoir exercé, à une époque difficile et dans une ville de la lointaine Tauride, une sorte de vice-royauté, est-ce que cela suffisait pour que Pavel Karlovitch reçût une sépulture convenable ?

Un versement de deux mille roubles fut l'ultime témoignage de la HAUTE FAVEUR.

L'annonce de la mort du sénateur de Moerder parvint en Suisse plus d'une semaine après son enterrement. Natalia Nicolaïevna occupait un nouveau logement où la poste genevoise eut quelque mal à la trouver. Elle habitait depuis quatre mois une pension de famille, la villa des Grottes, rue de la Pépinière[3], toujours à proximité de la gare. Pensait-elle retourner en Russie ? La chose était dans l'air. Pour un oui, pour un non, elle suppliait Trofimovsky d'aller jusqu'à Berne. Il fallait s'assurer auprès de l'ambassade que leurs visas étaient toujours en règle. Et il y allait, puisqu'elle le voulait... Vivre en Suisse, il ne l'ignorait pas, posait des problèmes de toute sorte et les logements qu'elle occupait n'avaient dans son esprit qu'un caractère provisoire.

Que le décès de son mari ait laissé Natalia Nicolaïevna indifférente, cela est difficile à croire. Il est même fort possible que Mme de Moerder ait éprouvé un immense et profond chagrin. Pauvre, pauvre Pavel Karlovitch qui la comprenait si bien... Malheureux Pavel, qui l'avait tant aimée... Mais la douleur et le désarroi ont parfois sur les décisions féminines d'étranges conséquences. Voilà, elle n'allait plus revoir le père de ses enfants; plus jamais elle ne parlerait avec lui des mille petites choses qu'ils avaient en commun. Elle était seule, et ses deux filles, restées là-bas en Russie, vivaient loin d'elle. Iraitelle les chercher ? Ou bien accepterait-elle le déchirement de les perdre ? Oui, Natalia Nicolaïevna était seule et il n'est pas invraisemblable que ce soit l'époque où elle devint la maîtresse de Trofimovsky, pas invraisemblable non plus qu'il ait trouvé dans le malheur de cette femme prétexte à changer de rôle. Il avait été son ami, son conseiller. Il fut celui qui, en la consolant, lui rendit le goût de vivre. Plus elle souffrait, plus elle éveillait son désir. Il aimait jusqu'à sa pâleur, dont il aurait voulu la guérir, il aimait jusqu'à sa fatigue, jusqu'à son chagrin. C'est que tout se mêlait dans le cœur d'Alexandre Nicolaïevitch, l'amour, la pitié, l'admiration. Et tout conférait un caractère tragique à la présence auprès de lui de cette mère, à peine remise de son accouchement, de cette femme à peine veuve, dont il était désormais l'unique soutien.

Un quart de siècle plus tard, alors que Natalia Nicolaïevna n'était plus de ce monde et que le souvenir de leur vie passée le hantait, Alexandre Trofimovsky, qui se savait atteint d'un mal inexorable, écrivait à Moscou[4]. Il s'adressait en russe à un directeur de banque qu'il connaissait peu, bien qu'il eût veillé pendant des années sur les intérêts de Mme de Moerder. Il lui recommandait Isabelle Eberhardt, la fille de la défunte, il lui parlait d'elle, mais il lui parlait aussi de Natalia Nicolaïevna, « son inexprimablement malheureuse mère ». Car jusqu'en cette extrémité du désespoir et de la solitude, c'était le malheur de Natalia qui prévalait, et son malheur à elle qu'il voyait comme s'il l'avait encore devant les yeux.

Tout Trofimovsky est là, dans ces quelques mots.

Qui annonça la nouvelle aux enfants? Peu importe. Les petits, inutile d'en parler. Ils n'étaient pas en âge de comprendre. Mais les trois autres? Lorsque leur père mourut, Nicolas et Natalia avaient près de dix ans. Déjà l'âge où l'on souffre. Quant à l'aîné, Constantin, c'était un grand garçon. A quinze ans, il vénérait sa belle-mère, et tenait Pavel Karlovitch en haute estime. Constantin comptait plus que jamais sur Natalia Nicolaïevna pour évoquer les qualités de ce père dont il était si fier, pour lui parler des temps où, jeune lieutenant, il avait porté très loin l'étendard des armées impériales, pour lui raconter la Russie, la maison de famille, Pavlovsk, les bois, les chevaux... Plus ses enfants étaient avides de savoir, plus Natalia Nicolaïevna s'attachait à les satisfaire. Mais plus elle évoquait le passé, plus le père était présent dans la mémoire de ses fils et plus ils allaient en tirer argument, comme on le verra bientôt, pour ne jamais admettre qu'elle puisse un jour se remarier. Quant à supposer qu'elle oserait lier son sort à celui de l'ancien « professeur de maison », leur imagination n'allait pas jusque-là.

Et pourtant ils ne détestaient plus le précepteur. Ils s'étaient résignés à ce qu'Alexandre Nicolaïevitch fût toujours là. Ils l'estimaient pour son savoir, et aussi parce que, dans les circonstances douloureuses qu'ils venaient de vivre, il s'était révélé un maître affectueux et compréhensif. Mais enfin, il n'était que le précepteur.

Si la veuve du sénateur de Moerder gardait l'espoir que la haute société russe lui laisserait quelque chance de refaire honnêtement sa vie, son retour à Saint-Pétersbourg au cours de l'été de 1874 allait lui ôter ses dernières illusions.

Elle retourna dans sa patrie pour revoir ses filles, laissant ses quatre enfants et son beau-fils à la garde d'Alexandre Nicolaïevitch. Son projet initial était de réussir à caser tout son monde sous le même toit, de trouver en Russie ou ailleurs un lieu tranquille et, cela fait, d'épouser l'homme qu'elle aimait, bien que ses origines fussent médiocres.

Décidée à tout dire à sa mère, elle refit seule et dans une grande confusion de pensée le long voyage qu'elle avait fait avec son mari trois ans auparavant. Elle endura les wagons cahotants, l'angoisse des changements de train, des longues nuits dans des gares inhospitalières; elle affronta les promiscuités embarrassantes, les files d'attente dans le dédale des bureaux frontaliers, la suspicion rogue des douaniers pour qui un passeport valable était tout et une femme qui voyageait seule n'était rien; elle revit sa patrie, elle reconnut son immensité morne, les champs sans fin, les fermes rendues, par la vastitude russe, si abandonnées, si misérables, qu'elle en eut le cœur serré; et devant ces fermes orphelines, ces fermes perdues, elle ne put s'empêcher de penser que sa situation personnelle était peut-être aussi inextricable, aussi désespérée que celle des pauvres paysans qui n'avaient d'autre refuge que ces masures; or elle souffrit tout cela pour entendre sa mère lui crier d'une voix convulsive qu'il eût mieux valu qu'elle ne revînt jamais, qu'elle avait à coup sûr perdu l'esprit, que ses projets allaient entraîner la ruine de sa famille, la fuite des maris « raisonnables » que l'on destinait à ses filles, la perte irrémédiable des postes lucratifs auxquels pouvaient prétendre ses fils. Et puis à quoi bon parler de tout cela puisqu'on ne se comprenait plus?

Un peu plus tard, quand Natalia aborda le sujet épineux du divorce de Trofimovsky, il y eut à nouveau des cris, des transports et des paroxysmes typiquement russes. La baronne de Korff s'était emportée. D'abord, d'où Natalia tenait-elle qu'Akoulina Pogolrelov était prête à accorder le divorce? « Qui ça, Akoulina? » demanda Natalia. « Akoulina, la femme légitime. Elle n'est pas morte, que je sache. » La baronne de Korff était hors d'elle. Décidément, sa fille était devenue folle. Savait-elle ce que l'on pensait du divorce dans l'entourage du tsar? Le savait-elle? L'épouse du défunt général de Moerder, la veuve d'un illustre sénateur, épousant un divorcé! Que fallait-il entendre! Il n'en était pas question, compris? Et avec quel argent Natalia comptait-elle payer le divorce de son amant? Savait-elle seulement que le divorce en Russie coûtait une fortune[5]? Cela ne semblait pas préoccuper Natalia qui envisageait de vendre ses bijoux. Et puis quoi encore? Vendre ses bijoux! Les vendre à qui? A un usurier peut-être? L'idée mit la baronne de Korff en transe. Tout se savait, tout se répétait en ville. Natalia avait donc oublié ce que signifiait le qu'en-dira-t-on à Saint-Pétersbourg?

Le lendemain, comme les filles étaient à leur cours de danse, les choses s'étaient un peu calmées. La baronne de Korff supplia Natalia Nicolaïevna de ne répéter à personne ce qu'elle lui avait avoué. Personne ne devait rien savoir de son amour pour Trofimovsky. Personne. Il fallait que neveux, beaux-frères, belles-filles, tous les Moerder de la terre, tous sans exception, soient à mille lieues de supposer qu'elle songeait à épouser le précepteur. Et qu'elle n'aille pas rêver surtout, car à la moindre indiscrétion c'en était fait de sa liberté. Les Moerder lui ôteraient la garde de ses enfants, ils interviendraient auprès de sa banque pour qu'elle soit privée de ressources, ils la feraient interdire, elle serait mise en tutelle, son passeport lui serait ôté et il ne lui resterait plus qu'à chercher une place de gouvernante. Il fallait donc que Natalia se taise et qu'elle s'en aille. Il aurait du reste mieux valu qu'elle ne vînt pas mais cela, sa mère le lui avait déjà dit. Dans son désarroi la baronne de Korff se répétait.

Natalia Nicolaïevna comprit qu'il n'y avait plus de conversation possible et que son mariage avec Alexandre Trofimovsky n'aurait jamais lieu.

C'est ce qu'elle se disait dans le train qui la ramenait en Suisse. Elle se disait cela, et aussi qu'elle était une femme quittant la Russie pour ne pas mentir aux siens, une femme en fuite, une femme qui n'avait vu personne à Saint-Pétersbourg, pas même son complice des étés à Pavlovsk, cet Ivan Karlovitch de Moerder qui l'amusait tant avec ses histoires de chevaux, pas même la chère vieille *niania* Marfa, qui avait élevé ses filles avec tant de dévouement et qui aurait levé les bras au ciel en la revoyant : « Ah! ma petite souris! Ma petite sotte! Te voilà veuve, pauvre débris, te voilà triste. Et moi, et moi... Les anges vont nous emporter! » tout ce galimatias qui lui aurait fait chaud au cœur à Natalia Nicolaïevna. Mais pas même ça. A peine si elle avait osé aller jusqu'à Moscou s'entretenir avec le directeur de la Banque d'escompte[6]. Un homme courtois, qui l'avait reçue avec le respect dû à la veuve d'un personnage considérable, baisemains, courbettes et compliments d'usage. Elle n'avait pas détesté ça. Tant d'onctuosité l'avait apaisée.

Le directeur gardait de feu Pavel Karlovitch un souvenir déférent et ému. Quel grand serviteur de l'Etat... Il y en avait de moins en moins comme lui. Natalia Nicolaievna n'avait pas le moindre souci à se faire. Puisque son passeport avait été validé et qu'elle avait obtenu un permis de séjour, qu'avait-elle à redouter? Rien. Rien du tout. Sa rente lui serait versée à Genève, régulièrement : elle pouvait repartir tranquille. Et le jeune Constantin? Comment se portait Constantin? Il allait bien? Elle l'avait fait inscrire dans un excellent collège[7]. Constantin au collège! Décidément, le climat suisse faisait des miracles.

Mais au moment de raccompagner sa cliente, le banquier, tout en faisant quelques pas avec elle, lui avait recommandé de soigner ses relations avec les représentants de l'ambassade de Sa Majesté Impériale en Suisse. Avec le nom qu'elle portait, on ne pouvait rien lui refuser, n'est-ce pas? Or il était essentiel d'être en bons termes avec eux. Ils avaient un tel pouvoir, ces gens-là! Ils intervenaient souvent dans le : affaires des Russes de l'étranger. Pas qu'il y eût lieu de s'en plaindre, non, avec ce qui se passait. Natalia Nicolaïevna était sûrement au fait des nouvelles difficultés de l'été, cet été fou où les intellectuels ne parlaient plus que d' « aller au peuple », pour l'instruire ou pour s'instruire auprès de lui. C'était à n'y rien comprendre. Les étudiants n'étaient que des excités, des frénétiques, et les étudiantes des monstres[8]. Natalia Nicolaïevna savait-elle que l'on venait de fermer un cercle de soi-disant féministes à Saint-Pétersbourg? Un repaire d'hystériques, et parmi elles des étrangères du meilleur monde. L'une d'elles avait été arrêtée[9], mais oui, arrêtée. A qui se fier? Une manie, oui, voilà ce que c'était, la manie de s'instruire. Comme une démangeaison qui prenait la jeunesse et la poussait à franchir les frontières pour aller clandestinement chercher des universités ailleurs qu'en Russie. On disait que la bibliothèque de Genève était pleine de clandestins. Etait-ce vrai? Et même des filles? Il ne manquait plus que ça! Si les filles se mettaient à manquer à leurs obligations, où allait-on? Triste époque... Le tsar avait fichtrement bien fait de sommer les étudiantes russes de Zurich de rentrer sur-le-champ[10]. Bien fait, ne trouvait-elle pas? Son défunt mari – Dieu le protège – aurait su mettre un terme, lui, à de pareilles pratiques. Il aurait fait fermer les frontières, illico. C'est que des hommes tels que lui faisaient dramatiquement défaut, dramatiquement... Les frontières franchies à pied, et sans passeport, je vous demande un peu! Les frontières, hein, hein? A quoi servaient-elles? A rien. Des passoires.

A la fin de ces propos dont la véhémence affectait jusqu'à sa façon de marcher, le directeur souhaita bon voyage à sa cliente, lui renouvela ses condoléances sans émotion mais avec une tristesse de commande, et lui baisa longuement la main.

Les sept premières années du séjour à Genève de Mme de Moerder furent employées à déménager. Combien de logements occupa-t-elle avec ses enfants? Du quartier tranquille des Grottes, encore peu construit à l'époque, avec ses dépôts et ses ateliers silencieux en bordure de chemins déserts, ils allèrent vivre à La

Jonction, entre Rhône et Arve, où la *Campagne Madame*[11] – ainsi s'appelait la maison qu'ils occupèrent – était cernée de jardins maraîchers. Par bonheur, un autre logement fut bientôt disponible, et Natalia Nicolaïevna s'en alla avec les siens sur la route du Moulin de la Ratte, en direction de Cartigny. Elle vécut là quelque temps, dans une habitation dont le nom flattait son amour propre : la villa des Roses[12]. Mais l'idée qu'elle s'était formée de la vie en Suisse était fort différente de ce qu'elle trouva à Cartigny. Alors, elle s'en retourna bientôt à la « maison Fendt »[13], dans ce quartier des Grottes proche de la gare, où elle avait déjà logé en arrivant de la pension Ramseyer. Cela lui convenait mieux, disait-elle.

Elle avait toujours de bonnes raisons à invoquer pour bouger. Un jour, elle prenait prétexte du manque de place, des enfants qui grandissaient et de l'habitude contractée en Russie des résidences où l'on avait ses aises; un autre jour, elle se plaignait du quartier qui ne convenait pas à ses aînés : il leur fallait trop de temps pour se rendre à leurs cours. En vérité, elle était déchirée entre la nécessité de s'installer et la crainte de continuer à vivre en Suisse. Ne plus retourner dans son pays était une éventualité à laquelle Alexandre Trofimovsky se résignait aussi mal qu'elle. Tous deux vivaient parmi des gens au caractère complètement opposé au leur, en se forçant sans cesse à croire que cette contrainte allait bientôt cesser. Un jour, se disaient-ils, un jour peut-être, quand les milieux riches et distingués de Saint-Pétersbourg ne redouteraient plus leur retour, alors ils rentreraient en Russie sans crier gare... Ils croyaient la chose faisable. Ils en étaient encore à cette phase d'une passion où l'amour rend aveugle et fait prendre pour possible ce qui ne l'est pas. Bien que Trofimovsky ne fût guère susceptible d'illusions, à lui aussi rien ne semblait insurmontable. Etait-ce leur faute s'ils étaient amoureux?

A eux deux, ils se partagèrent les tâches éducatives. Mme de Moerder se consacra à sa fille Natalia, une petite demoiselle qui manifestait, à huit ans, un peu trop de caractère et donnait déjà du fil à retordre.

Il eût été difficile de se montrer plus studieux que Constantin. A la pension Cougnard, on se félicitait de ses progrès. Quant à Nicolas, il était de ces garçons qui cachent ce qu'ils pensent, et Alexandre Nicolaïevitch ne comprenait rien à son élève. Que pouvait-il comprendre d'ailleurs, lui qui, fils de serf, n'avait eu dans son adolescence qu'un but et qu'une ambition : lutter pour s'instruire? Rien de ce qu'il tenta ne put guérir Nicolas d'une excellente opinion de lui-même et d'un excès de vanité. Et râleur avec ça... Nicolas avait plein de désordre dans la tête.

Alexandre Trofimovsky, comme Natalia Nicolaïevna, ne doutait pas que le souhait profond de Nicolas fût de retourner vivre à Pavlovsk et que là était le seul projet qui pût le sortir de sa grogne. Comme sa sœur Natalia, il ne cessait de récriminer, de pleurer, de se plaindre, au point d'empoisonner la vie de son précepteur. Celui-ci se résigna à le confier à des répétiteurs, dans l'espoir qu'ils réussiraient mieux que lui. L'arrangement n'eut que des désavantages : il s'avéra coûteux, il fallut donner soixante-douze francs par leçon à ses remplaçants[14], et le résultat final fut tout aussi mauvais. Nicolas n'avait aucun don pour les études et Alexandre Trofimovsky était de toute évidence sa bête noire. Fort heureusement, Vladimir était la consolation de son maître. Un caractère singulier ce Vladimir, un peu chagrin peut-être, mais un modèle de gentillesse. Quant à Augustin, personne ne savait encore quelle sorte de garçon il allait être. A cinq ans, il écoutait le *Hauslehrer* de toutes ses oreilles.

Au milieu de cette vie, somme toute assez paisible, une surprise singulière allait avoir les effets les plus contraires. Le samedi 17 février 1877, Natalia Nicolaïevna, assistée par son médecin habituel, le docteur

François Vuillet, mit au monde une fille. La naissance eut lieu en son domicile. A quelques jours de là, le docteur alla déclarer l'enfant à la mairie de Genève. Et le grand mot *illégitime* figura sur le registre des naissances[15].

N'étant pas divorcé, Alexandre Trofimovsky, s'il avait reconnu sa fille, aurait risqué d'éveiller la hargne de son épouse légitime et le scandale. Qui sait à quelles pressions auraient été soumis les fonctionnaires impériaux de l'ambassade de Berne pour obtenir que le séducteur, qui bafouait l'honneur de deux familles, se vît retirer son passeport ? L'entreprise n'aurait été rien moins qu'inhabituelle. Et les autorités auraient aussitôt profité de la situation pour inciter la veuve à rentrer en Russie, où on lui aurait imposé un nouveau mariage avec un homme « convenable ».

Ce fut à cause de ces menaces, qui n'étaient nullement un effet de l'imagination, qu'Isabelle, Wilhelmine, Marie Eberhardt fut déclarée « fille illégitime », et cette déclaration se dressa pour toujours comme un obstacle infranchissable entre Natalia Nicolaïevna et ses projets de retour en Russie. Cette femme si respectable perdait d'un coup toute sa respectabilité. Il n'y avait pas de remède.

La première conséquence de la naissance d'Isabelle Eberhardt, et l'une des plus cruelles pour Natalia Nicolaïevna, fut qu'aussitôt la nouvelle connue, Constantin fut rappelé auprès des siens. Il quitta la pension Cougnard et la Suisse, en 1877[16], à la demande des généraux Ivan et Piotr Karlovitch de Moerder. Cette décision, que dans sa grande ingénuité elle n'avait jamais envisagée, bouleversa Natalia Nicolaïevna. On lui arrachait l'enfant qu'elle avait élevé depuis le berceau, le petit garçon fragile, longtemps menacé, l'adolescent plein d'affection sur lequel elle avait toujours cru pouvoir compter. Et le principal responsable de cette décision était, par malheur, cet Ivan, devenu *Stallmeister* de l'empereur, et qui jadis se disait son ami, presque son frère par les chevaux. Un sentiment de trahison et d'abandon s'empara d'elle : son pays et sa famille la rejetaient.

Elle était bien loin d'imaginer que le retour en Russie de leur jeune cousin germain, bien que considéré comme inévitable par les Moerder, ne faisait guère plus leur affaire que la sienne. La présence du fils de Pavel Karlovitch auprès de sa veuve avait garanti jusque-là son honorabilité. Constantin donnait à son séjour à l'étranger un caractère qui ne pouvait en rien mécontenter le tsar Alexandre II et son entourage. Constantin était devenu sans le savoir une sorte de paratonnerre providentiel qui mettait sa famille à l'abri des pires médisances. Il était aussi la réponse toute trouvée aux questions embarrassantes. Rien de plus facile, en effet, que de rétorquer à qui s'étonnait de la longue absence de Natalia Nicolaïevna, qu'elle resterait à Genève aussi longtemps que la santé et les études de Constantin Pavlovitch l'exigeraient. L'exemple de riches familles s'installant à l'étranger pendant plusieurs années pour soigner un « malade de la poitrine », construisant à Nice ou ailleurs d'opulentes demeures et, lorsqu'ils en avaient les moyens, couvrant d'or ou d'icônes la chapelle orthodoxe la plus proche dans l'espoir d'obtenir du ciel une guérison qui le plus souvent ne se produisait pas, cet exemple était bien trop répandu dans l'aristocratie russe pour étonner qui que ce fût. Tuberculose, religion et tourisme avaient à l'époque partie liée et ce que la famille de Moerder faisait pour le fils aîné de Pavel Karlovitch, la famille impériale l'avait fait, en 1865, pour le grand-duc héritier de Russie[17]. Alors quoi de plus normal ? Il n'y avait pas lieu de jaser.

Hélas, l'inconduite de Natalia Nicolaïevna empêchait que l'on continue à user de ces subterfuges. Laisser Constantin aux soins d'une femme donnant un exemple aussi détestable était hors de question. Pas de plus sûr moyen d'attirer sur l'ensemble de la famille la disgrâce impériale.

La naissance d'Isabelle réduisait à néant le fragile équilibre des convenances.

II

La villa Neuve
1879-1894

« Quand je me reporte en arrière à ces années d'exil, je me revois, moi et des milliers d'autres Russes menant une existence bizarre, nullement désagréable, dans l'indigence matérielle et le luxe intellectuel, parmi des étrangers absolument négligeables, Allemands et Français fantomatiques, dans les villes plus ou moins illusoires où nous, émigrés, venions à demeurer. »

VLADIMIR NABOKOV, *Autres Rivages.*

1

Trofimovsky propriétaire. Une question de lieu. Ni à Meyrin ni à Vernier. On l'appelait Vava. Et pourquoi des cheveux de moujik ?

ISABELLE n'avait pas encore deux ans lorsque, le 8 octobre 1879, Alexandre Trofimovsky se rendit acquéreur d'une maison et d'un grand terrain situés aux environs de Genève, sur la route de Meyrin à Vernier. La maison était bâtie dans un paysage aux contours de bout du monde. Dans le lointain, formant cercle et barrant la plaine, les hauts sommets du Jura se dressaient en sentinelles sévères. La meilleure « vue » de ce lieu est celle qu'en a donnée Isabelle Eberhardt elle-même, lors d'un retour à Genève en mai 1900 :

« J'ai revu, sous le ciel bas et couvert, la demeure malchanceuse, close et muette, perdue dans les herbes folles, comme plongée dans un rêve funèbre et morose.

« J'ai revu la route, la blanche route, blanche comme une rivière d'argent mat, droite comme une flèche et qui s'en va vers le grand Jura mélancolique, entre les grands arbres de velours[1]... »

En achetant une propriété, jadis plus vaste, et sur laquelle une famille suisse avait restauré, vers les années 1850[2], une assez grande bâtisse, Alexandre Nicolaïevitch et Mme de Moerder s'offraient une sorte d'oasis où fuir les douleurs passées. C'était un lieu au charme mystérieux et qui leur ressemblait. Le hasard avait voulu qu'ils accèdent à la propriété dans une localité encore mal définie. Ce n'était ni à Vernier ni à Meyrin mais entre les deux villages, si bien qu'on ne savait trop comment la situer. Quant à la maison, qui avait souvent changé de nom et de maîtres, et qui dans l'avenir allait souvent changer d'aspect avant de disparaître, elle était toujours appelée villa Tropicale par les gens du cru, tandis qu'elle n'eut qu'un seul nom pour les Moerder : villa Neuve. On ne peut s'empêcher de trouver dans ces particularités la réaffirmation du « ni ceci ni cela » qui leur était cher, comme si cette caractéristique, étrangère à la Suisse, avait été dépêchée de fort loin pour leur venir en aide. C'était un peu de leur passé, de leur jeunesse, une bouffée d'air venue de l'Est, qui s'installait avec eux « à l'ombre des grands sapins sombres[3] ». Oui, leur propriété avait quelque chose d'insituable, une sorte de vague qu'au fil des ans, policiers, gendarmes et inspecteurs allaient s'évertuer à maîtriser. Ils voulaient que cette maison soit ce que le phare est aux récifs, qui, à l'instar de ces étrangers étaient symboles de tous les dangers. Bien qu'à l'abri de ses arbres, discrète et décourageant la curiosité, la villa occupée par les Russes devait, par leurs soins et pour eux seuls, devenir aussi facilement repérable qu'un beffroi dans une plaine. Leurs rapports[4] font assaut de précisions contradictoires. Ceux du sous-brigadier de gendarmerie Pomel la situent route de Lyon, près de la tour Balaxert; pour le brigadier de sûreté Kohlenberger, elle se trouve aux Avranchets, à Vernier; pour le maréchal des logis Willemin, à Bel-Air, près de Meyrin; et pour les employés de la mairie la plus proche, elle est au lieu-dit Val-Ombré, ce mot qui sonne comme une invite au calme et au silence.

La maison ne manquait pas d'attraits à l'époque. Malgré les mutilations que lui avaient fait subir divers propriétaires désireux de l' « embourgeoiser », elle portait encore la marque d'un certain esprit paysan, qui exige qu'un bâtiment soit construit pour servir et non pas seulement pour paraître. Nous savons aussi qu'elle était à la mode rurale du pays de Vaud, c'est-à-dire précédée d'une « cour[5] » formée par les communs et que, très proches de la maison, de vastes serres aux airs de jardin d'hiver rompaient le rythme un peu rude de l'ensemble. Et c'était à quelques plantes grasses, qu'un occupant précédent féru de botanique avait cultivées à l'abri de ces vitrages, que la villa devait sa réputation flatteuse et son nom. Les autochtones continuaient à dire « la villa Tropicale », comme s'ils ne pouvaient s'empêcher de rêver à cette flore exotique dont on disait monts et merveilles et que personne n'avait jamais vue. Il ne fait pas de doute que les serres aient constitué pour Trofimovsky un élément attractif important. Il avait son idée... Et c'est avec la détermination d'une âme sage mais que l'amour rendait déraisonnable qu'il choisit la villa Neuve pour ses serres autant que pour la maison.

A ces particularités qui ne lui déplaisaient cependant pas, Mme de Moerder préféra des avantages plus pratiques. Son médecin accoucheur, avec lequel elle s'était liée d'amitié, le docteur François Vuillet, vivait tout près de là. Il était propriétaire de la ferme des Avranchets[6]. Or, il ne fait pas de doute que Natalia Nicolaïevna, dès cette époque-là, présentait des troubles de santé d'une certaine gravité. Et comme elle n'avait jamais cessé d'être l'objet des attentions de la police, on s'interrogea beaucoup sur la nature du mal dont elle souffrait – assurément les Russes faisaient de leur santé un usage blâmable – et l'on se demanda si elle n'avait pas à se reprocher quelque habitude immodérée de potions ou de dragées sédatives pour fréquenter aussi assidûment une certaine pharmacie genevoise qui se faisait un devoir de signaler à « ces messieurs de la police » chacune de ses visites.

Pour aller à Genève, il n'y avait d'autre solution que de prendre la route, qui était bonne, et de louer une voiture de place à un ou deux chevaux. Le retour à la villa Neuve s'effectuait de la même façon. Les voitures ne faisaient jamais défaut. Elles stationnaient en permanence dans plusieurs quartiers de Genève : sur le Grand-Quai, sur le quai du Mont-Blanc, place Neuve, place de Cornavin et ailleurs encore. Les prix étaient modiques. Une course dans la commune dépassait rarement la somme de 1,50 franc[7]. Mais s'offraient aussi d'autres moyens moins coûteux : la carriole d'un paysan lourdement chargée, dans laquelle moyennant quelques sous, on se glissait entre les paniers de légumes et les poules. Il arrivait aussi qu'il y eût des places vacantes sur l'impériale de petites diligences qui passaient, revenant de France où elles avaient emmené une famille de touristes.

Convenons néanmoins que l'isolement de la villa Neuve – dont Isabelle eut moins à souffrir que ses frères[8] – devait peser sur des adolescents de l'âge de Nicolas et de Natalia, tandis que leur mère, qui vivait si peu dans son siècle, trouvait dans cet isolement toute sorte d'avantages. Le 13 mai 1881, le tsar Alexandre II avait été assassiné et depuis lors, Mme de Moerder redoutait Genève pour ses enfants. En les élevant à l'écart de la vie elle croyait leur éviter de mauvaises rencontres. Il faut savoir que Genève et ses facultés étaient un lieu d'affrontements permanents entre enquêteurs, indicateurs, provocateurs, agents doubles, tous créatures du tsar, et le milieu estudiantin russe. Cet été-là, Pierre Kropotkine[9], le prince anarchiste, venait d'être expulsé du territoire de la Confédération. Une raison de plus pour aller à Genève le moins possible. Mais Nicolas et Natalia ne l'entendaient pas de cette oreille. Ils avaient vécu à Genève pendant sept ans, et leur pensée restait fixée sur cette ville à laquelle les rattachaient quantité d'habitudes, une certaine liberté et le souvenir de leurs premières amitiés. Or voilà que brusquement, à cause de l'éloignement disait-on, et peut-être aussi du prix du voyage ou d'autres raisons, on ne laissait plus Nicolas sortir à sa guise. Comme sa sœur Natalia, il n'allait que rarement en ville. Meyrin, la villa Tropicale et les nouveautés de leur cadre de vie ne compensaient en rien ces désavantages. Ce qui faisait la joie des plus petits ne suffisait pas aux plus grands : dans le jardin, un grand bois peuplé d'une multitude de choses amusantes, trous profonds, carrés d'herbe et, plus inattendu encore, traversant le bois comme une longue voie d'eau, le mystérieux étang des Tritons, sans doute un bras mort du Nant d'Avranchet qui s'était perdu là, jadis. Mais quoi de plus énervant que ce qu'on n'aime pas, à quinze ans! Et Nicolas continuait à n'aimer ni la villa Neuve ni cet Alexandre Nicolaïevitch qui avait droit, désormais, à un surnom amical : on ne l'appelait plus que Vava. Et ce Vava n'était pas seulement son précepteur, il était devenu – on ne savait comment – son tuteur légal et son hôte. C'était trop.

Que s'était-elle figuré, Natalia Nicolaïevna, en demandant à Alexandre Trofimovsky d'assumer la propriété de la villa Neuve? Aux yeux de qui croyait-elle se justifier? Sans doute est-ce là celui de ses gestes qui révèle le plus de passion. Elle gardait un fond de sévérité luthérienne et s'imaginait mal dans le rôle de la femme riche entretenant un amant peu fortuné. Elle trouvait plus respectable d'inverser les rôles, au prix d'un sacrifice : celui d'offrir à Alexandre Nicolaïevitch la somme nécessaire pour acquérir la villa et l'avoir en sa seule possession. Touchante supercherie, qui ne trompait personne mais qui mettait Mme de Moerder à l'abri des remords. Dans l'adversité et la solitude de son veuvage, un homme de cœur lui offrait, à la villa Neuve, une hospitalité qu'elle avait acceptée pour elle et pour sa famille. Telle était la version des faits qu'elle présentait à ses enfants. Pouvaient-ils trouver quelque chose à redire à sa conduite ? Avaient-ils lieu d'être choqués ou même étonnés ?

Mais il y avait autre chose dans la décision de Natalia Nicolaïevna, un souci infiniment plus noble. Elle voulait être celle par qui l'homme qu'elle aimait avait changé de rang. D'un fils de serf elle faisait un propriétaire ; du « professeur de maison », du gagne-petit, de l'ancien employé du général-sénateur de Moerder, ses enfants et elle-même allaient dorénavant se considérer les obligés. Ce qu'elle osait là était d'une témérité folle. Sans doute, si Natalia Nicolaïevna avait eu une réelle expérience de la vie, eût-elle mesuré ce que sa décision allait entraîner de difficultés et de chagrins.

La villa Neuve connut trois ans de paix familiale, pendant lesquels la vie s'organisa. Les quatre enfants du général-sénateur de Moerder formaient, ainsi que cela arrive fréquemment, deux clans non point ennemis ni opposés, mais d'aspirations et d'activités différentes. D'un côté les grands, de l'autre les petits. Curieusement, ce furent les aînés qui témoignèrent le plus d'affection à Isabelle et, ainsi que l'on pouvait s'y attendre, le moins de sympathie au maître de maison.

Tantôt c'était Natalia qui soignait l'étrange petite sœur qui avait la particularité de venir on ne savait d'où, et qui lui donnait toutes les joies que les demoiselles de cet âge attendent d'une poupée. Elle l'habillait, la lavait, la faisait manger. Tantôt c'était Nicolas qui emmenait la petite faire ses premiers pas « en face du Jura neigeux et des grands bois de chênes[10] ». Pour la ménager il la prenait dans ses bras. Il portait Isabelle au-delà du jardin, au-delà des serres et jusque dans les bois. Mais rien dans le paysage ne retenait son attention. Son regard ne s'arrêtait ni sur les « minces feuillages odorants[11] » ni sur les « fleurs premières dans les rocailles[12] ». Il sentait avec une certaine émotion le cœur de la petite battre contre le sien tout en se disant : « Un jour, bientôt, ce ne sera plus ce cœur-là que je sentirai, mais celui de ma fiancée, elle sera russe et nous serons dans les bois de Pavlovsk. » Il avait pris l'habitude de préférer le silence des bois aux longues heures dans la salle d'étude, pendant lesquelles il lui fallait écouter son précepteur débiter d'une voix sévère tant de choses ennuyeuses.

Il n'y eut pas d'expérience que Vava ne tentât pour démontrer à l'indocile Nicolas qu'il n'était pas de ces maîtres que les goûts de ses élèves laissent indifférents. Le sachant peu enclin à apprécier les grandes envolées lyriques des poètes d'Angleterre et d'Allemagne, qu'à l'exemple de Pouchkine les lettrés russes portaient aux nues, il voulut l'initier à ce qu'il considérait comme la *vraie* poésie russe, celle des cantilènes et des chansons épiques où se conservait le souvenir des dieux, des demi-dieux et des héros de la vieille Russie païenne. Vava le laborieux, le bien-intentionné, crut émouvoir Nicolas et Natalia en leur enseignant des ballades, des chansons et des contes de leur pays. Il alla jusqu'à leur raconter des histoires de nourrices. Mais il était le seul à s'en amuser ou à s'en émouvoir. Le langage populaire pour lequel Alexandre Nicolaïevitch nourrissait une admiration sincère éveilla dans le clan des Moerder une méfiance qui dissimulait mal un esprit de caste. Vanter les beautés des *bylines* [13] leur semblait la manifestation d'un « progressisme » inquiétant. Cette poésie-là dissimulait quelque chose.

En vérité, ils étaient dénués de toute sensibilité et Alexandre Trofimovsky n'avait décidément pas les élèves qu'il méritait.

Le programme destiné tant à Natalia qu'à son frère était établi avec soin, et les leçons menées de la façon la plus sérieuse. Eussent-ils été plus attentifs, les élèves d'Alexandre Trofimovsky auraient acquis des connaissances exceptionnelles et, quelles qu'eussent été par la suite les institutions qui les auraient accueillis, gymnases en Russie pour les garçons, institution religieuse pour Natalia, ils y auraient raflé tous les prix. Il n'en fut rien. Ils étaient l'indiscipline même et se révoltaient contre la précision rigide des horaires imposés par leur maître et tuteur. Devant un tel comportement, un autre que Vava eût renoncé. Mais il se considérait né pour faire progresser le genre humain et croyait si fort à la valeur irremplaçable de la culture que les difficultés rencontrées pour venir à bout des défauts de caractère des enfants de Natalia Nicolaïevna décuplèrent sa combativité. Il fallait à toute force les guérir d'une faiblesse atavique, d'un manque de substance, d'un véritable défaut de structure qu'ils avaient de naissance. Alexandre Trofimovsky s'y employa. Il mit au point un programme d'enseignement qui n'eut aucun effet sur Nicolas et Natalia mais qui, dix ans plus tard, appliqué à sa propre fille, fit d'elle un être d'exception. Et ce fut Isabelle Eberhardt qui, sans le savoir, accorda à Vava cette vengeance suprême : l'oubli des années perdues à faire le « professeur de maison », l'oubli aussi des luttes vaines menées dans l'espoir de faire profiter de ses connaissances des élèves sans qualités.

Les matinées à la villa Neuve étaient consacrées à l'étude, avec une préférence pour l'enseignement de l'histoire, des langues anciennes et modernes, de la littérature russe et étrangère.

Mais à ce programme vint s'en ajouter un autre, qui parut à Natalia et à Nicolas dénué de toute apparence de raison : les après-midi étaient voués au travail manuel. Alexandre Trofimovsky avait, « par philosophie » disait-il, pris la résolution de mettre ses élèves en contact avec la nature et de travailler avec eux comme travaillent les gens de la terre. Il opérait une synthèse entre les principes éducatifs de Rousseau et l'idéal tolstoïen.

L'influence de Tolstoï se retrouve aussi dans la façon qu'il avait d'idéaliser la simplicité patriarcale des paysans et de s'imaginer pratiquant, en pleine campagne genevoise, une expérience semblable à celle des « lutteurs de l'esprit », ces Doukhobor[14] qui, émigrés dans les plus lointains territoires de l'Amour, avaient si vivement impressionné le jeune Kropotkine[15]. Et Vava se demandait s'ils n'étaient pas un peu ses frères, ces paysans qui, pour se soustraire à l'oppression de la machine administrative russe, étaient allés s'établir aux cent mille diables ? Faire de la villa Neuve une façon de phalanstère où l'on vivrait à peu de frais, instaurer là, en compagnie de la femme qu'il aimait et des enfants dont il avait la charge, une « communauté fraternelle » dont chaque membre serait tenu de contribuer au bien de tous par des travaux dans les serres, les bois ou les champs, tel était le plan de Trofimovsky.

Sans doute ces dispositions, qui ne furent appréciées que par les plus jeunes de ses élèves, contribuèrent-elles à mettre en rage Nicolas. Il se voyait mieux en « gentilhomme de chambre » au service du nouveau tsar[16] qu'en apprenti jardinier à Meyrin. Mais sa révolte demeura sans effet. Il ne semblait pas qu'il y eût pour Vava d'autre alternative que de mettre en culture les terres de la villa Neuve, avec l'aide de tous les enfants de Natalia Nicolaïevna.

On ne peut donc s'étonner qu'il ait appliqué l'essentiel de son énergie à l'embellissement de ce que son imagination lui peignait comme éminemment rentable – les serres –, et qu'au nom de l'efficacité, ainsi que par antipathie pour « la vie riche » et les raffinements inutiles, il ait négligé complètement le confort intérieur de la maison.

Un témoignage qui ne peut être mis en doute est celui de Mme Cosson, après sa visite à la « villa Tropicale », en 1896. A la lire, on mesure l'effarement qui saisit tous les nouveaux venus, face au cadre de vie des exilés russes.

« Les serres de cactus et d'orchidées, écrivait-elle, véritables merveilles de produits et d'installations, contrastaient avec la pauvreté ou plutôt la nudité de la maison dont les pièces, fort vastes, possédaient trois ou quatre meubles[17]. » Et elle ne s'étonnait pas moins des « habits presque sordides » qu'elle voyait portés par un homme « à la tête vénérable, vraie tête de Tolstoï ». Elle était loin de s'attendre à une telle apparence. Eût-elle surpris le seigneur d'Iasnaïa Poliana, juché sur sa charrue ou penché sur la semelle de ses bottes, un marteau de cordonnier à la main, l'étonnement de Mme Cosson n'eût pas été plus grand. L'influence de Tolstoï se retrouvait jusque dans le désir de Vava d'adopter l'aspect rude et grossier des paysans.

La réputation d'étrangeté de la famille russe se répandit dans la région. Il n'y avait pas la moindre vérité dans ce que l'on racontait, mais une fois l'habitude prise, c'était pourtant ces sottises-là que l'on se répétait.

Les particularités les plus innocentes d'Alexandre Trofimovsky, aussitôt découvertes, suscitèrent des interprétations tendancieuses. Lui qui toute sa vie ne fut qu'un rêveur « aux bonnes intentions jamais réalisées[18] », un idéaliste dont l'apolitisme ne se démentit jamais, dut à la coupe de ses cheveux d'être rangé dans la catégorie des individus dangereux. La force publique s'interrogeait. Pourquoi le propriétaire de la villa Neuve portait-il une barbe, et pourquoi ces cheveux de moujik, coupés au carré sous les oreilles ? On prit pour une volonté d'incognito ce qui n'était qu'une mode fort répandue en Russie dans les milieux slavophiles. Et pourquoi ce « rentier[19] » affectait-il une mise de pauvre ? Pourquoi cette vénération du haillon ? N'était-ce pas une forme de subversion par le vêtement, un signe de ralliement entre libertaires ? Dans un cas comme dans l'autre, Alexandre Trofimovsky ne pouvait être qu'un nihiliste.

Autre chose : les autorités voyaient d'un fort mauvais œil le désir d'isolement des habitants de la villa Neuve.

Pourquoi ce huis clos? Ces gens avaient-ils quelque crime à se reprocher pour sortir si peu? C'était l'inspecteur Kohlenberger qui s'inquiétait le plus de cet enfermement. A propos de Natalia Nicolaïevna, il signalait à ses supérieurs : « Ne sort jamais, étant malade depuis longtemps. » Mais la maladie était-elle la seule explication? Et à propos de Trofimovsky, Kohlenberger notait : « Ne sort presque jamais, fait le maçon, le charpentier, le jardinier et travaille constamment[20]. » Curieux rentiers...

Et ceci encore : que signifiaient leurs incessantes allées et venues entre la villa Neuve et le bureau de poste? M. Gavard[21], facteur à Meyrin, qui entretenait avec la famille d'excellentes relations, apportait quotidiennement un abondant courrier mais, comme si cela ne suffisait pas à occuper les membres de cette famille, il ne se passait pas de jour sans que l'un ou l'autre des enfants ne soit envoyé à la poste. On souhaitait savoir si rien de plus n'était arrivé et on en profitait pour faire provision de formulaires. Car il y avait cela, aussi : les enfants assuraient l'expédition de colis aux formes étranges. A s'en tenir aux déclarations, ce n'était que des végétaux aux noms improbables, que le « rentier-propriétaire » envoyait tantôt à Moscou, tantôt à Saint-Pétersbourg, mais aussi dans les régions les plus reculées de l'empire des tsars.

La police en conclut que Trofimovsky faisait commerce de plantes. Elle ne se trompait pas.

Malgré les formulaires officiels très correctement remplis[22] par lesquels le soussigné déclarait que la totalité de l'envoi provenait de ses plantations, que le paquet ne contenait pas de raisins, que la terre avait été laissée autour des racines, que la plante avait été cultivée à une distance d'au moins vingt mètres de tout pied de vigne ainsi que l'exigeait l'administration compétente, obligation d'autant plus facile à satisfaire que, de mémoire d'homme, n'avait poussé sur ses terres une plante ressemblant de près ou de loin à de la vigne et, *a fortiori*, une plante atteinte par le phylloxéra, ces déclarations ne furent pas jugées suffisantes. On décida de contrôler de plus près le contenu des paquets.

On n'y trouva que des cactus. Souvent, la marchandise était « refusée par le destinataire » et retournée. Ce qui plongeait le « rentier-propriétaire » dans l'étonnement le plus profond.

« Quel dommage », s'écriait-il en recevant des mains du facteur Gavard un paquet passablement détérioré.

La plante retrouvait sa place dans les serres chaudes, si les rigueurs de l'hiver russe n'en avaient eu raison, et Vava soupirait. Il y avait quelque chose de naïf dans cet espoir de réussir à gagner sa vie en expédiant des plantes exotiques à des gens qui n'en voulaient pas.

Très vite, Trofimovsky cessa de s'indigner. Enfermé dans la chaleur moite de ses serres, la contemplation silencieuse de ses cactus lui suffisait. Et Vladimir, en disciple attentif, se trouvait toujours là pour partager son émerveillement. A chaque colis refusé, le garçon sautait de joie. Il avait quinze ans et, en véritable Moerder, n'éprouvait que mépris pour le commerce.

2

Un déserteur, fils de général. L'odyssée de Nicolas. Les scandaleuses amours de Mlle de Moerder.

Un jour de printemps, en 1883, Nicolas de Moerder disparut de la villa Neuve et on ne le revit plus. Sa famille n'alerta personne. Il n'y eut ni avis de disparition, ni demande de recherches[1]. Ce qui laisse supposer que ce ne fut pas une surprise, mais un départ sans incident ni querelle, une décision concertée à laquelle l'entourage du jeune homme ne s'était pas opposé.

Le facteur, toujours lui, parla d'un retour en Russie. C'est ce qui se répéta. Les biographes d'Isabelle Eberhardt, jusque dans leurs écrits les plus savants, n'en disent pas davantage : « L'un des fils de Madame de Moerder était retourné à Saint-Pétersbourg. »

Il s'agissait de bien autre chose.

Nicolas était allé en France et, aussitôt la frontière passée, avait bravement fait route sur Chambéry. De nombreux Helvètes avant lui, allant d'un bon pas prendre du service dans la Brigade suisse du roi de France, avaient suivi le même chemin. Tous les paysans savaient cela. Combien de fois les avait-on remis sur la bonne route! Là, vous prenez à gauche... Là, à droite... Il en passait déjà du temps de François Ier. Une vieille histoire, presque une habitude.

A Chambéry, Nicolas s'était présenté au bureau de recrutement. Le 24 du mois de mai, au cours d'un examen des plus sommaires, il fut déshabillé, toisé, déclaré bien mince pour sa taille – il est vrai qu'il mesurait 1,82 mètre â, bien jeune aussi pour aller manier la pioche dans les pays chauds – il avait pourtant douze mois de plus que l'âge réglementaire –, mais on n'eut garde de refuser ce grand garçon qui manquait de muscles et de poids.

Dans la perspective de nouvelles campagnes coloniales, on ratissait large dans les bureaux de recrutement, très large même, et de toute façon on accueillait plus volontiers les jeunots que les vieux chevaux de retour. Nicolas était reparti sous bonne garde.

Il avait en poche un acte régulier, témoignant qu'il avait contracté un engagement de cinq ans dans la Légion étrangère[2].

Toujours sous escorte militaire, il fut dirigé sur Marseille et de là embarqué pour l'Algérie. Dans le port, un bâtiment blanc à cheminée noire barrée de rouge semblait n'attendre que lui. Une trentaine d'individus d'origines diverses s'y trouvaient déjà. Il en venait de l'Europe entière, des Italiens, des Allemands, des Polonais, des Ecossais, modeste échantillonnage de l'étrange humanité que l'armée française, depuis le temps des guerres d'Italie, n'avait jamais cessé de tenir à sa solde.

Naviguer aux frais de l'Etat ne parut pas désagréable à Nicolas, en dépit des conditions particulièrement inconfortables de la traversée. Il avait été parqué avec d'autres soldats sur l'avant de ce navire qui, pour les armateurs marseillais, présentait un double intérêt. Le temps d'un aller et retour, ils honoraient deux contrats lucratifs : le transport des troupes entre Marseille et Alger et un transport de minerai d'Alger à Marseille. A bord du *Touareg*[3] c'était le minerai qui comptait le plus. Il était mis à l'abri, tandis que les hommes voyageaient en plein vent. De la masse métallifère extraite des flancs du djebel Bou-Hamra, il y avait quelque chose à tirer. Ça se transformait, ça se négociait, ça se vendait. Tandis que des étrangers... Les étrangers, lorsqu'il n'y en avait plus, il en venait encore. « Ils étaient embarqués, parqués, numérotés. C'était de la marchandise... » écrira plus tard Isabelle Eberhardt[4].

Nicolas se lia avec quelques passagers de sa sorte. Des gens que rien n'embarrassait. Il se fit même un ami d'un engagé dont le père, officier d'artillerie, avait été chassé de l'armée russe pour dettes. Le garçon s'appelait Plwaska. Au bureau de recrutement de Marseille, il avait juré ses grands dieux qu'il avait dix-huit ans bien sonnés, encore qu'on lui en eût donné quinze. Il était né en Galicie. Nicolas fut touché par le sort de ce gamin, déjà frappé par le malheur.

Pendant la traversée, un vieux sous-officier, visiblement vaincu par ses expériences coloniales et qui n'était sans doute bon qu'à assurer la surveillance des recrues, donna l'ordre de chanter, histoire de s'occuper, disait-il. Les chefs de chœur s'y mirent à deux : le vieux et un jeune caporal. Le vieux choisit « *Combattez pour la liberté*... hum hum, *Vous reverrez votre patrie*... » Ses anciens avaient chanté ça, paraît-il. Le caporal eut beau dire que cela datait de Mathusalem, le vieux y tenait. Les engagés entonnèrent :

Nobles proscrits, ennemis des tyrans
Réfugiés de tous les points du monde[5].

Le vieux exigea un crescendo sur le deuxième couplet. Il fallut crier :

Au premier rang, Polonais généreux!
Marchez! L'honneur vous vit toujours fidèles.

Une heure durant, ce fut une pitoyable cacophonie.

A Alger, les engagés campèrent non loin du port, sur le terrain de manoeuvres de Mustapha-Inférieur.

Tel fut le premier contact de Nicolas avec la terre d'Afrique.

Le lendemain, dans un long convoi cahotant où s'entassaient des hordes de petites gens chargés de canards et de lapins, des militaires avec leur fourniment, des chevaux, des mulets et des marchandises de toute sorte, il mit quinze heures pour atteindre Sidi-bel-Abbès.

Nicolas était arrivé.

« Bel-Abbès, le foyer », « Bel-Abbès, le berceau », ces aimables appréciations qu'il avait déjà entendues pendant son voyage et qui le laissaient sur la bizarre impression qu'elles n'étaient pas à leur place dans la bouche des officiers, avaient éveillé chez Nicolas de faux espoirs. Il avait imaginé quelque chose de lumineux, comme la façade rose des casernes le long de la Neva, ou de grandiose, comme la forteresse Pierre-et-Paul. Au lieu de quoi il ne vit que des baraquements alignés sous un soleil implacable, un vaste cantonnement au ras du sol. Bel-Abbès n'était qu'un carrefour poussiéreux.

Nicolas crut aussi qu'il en avait fini avec les visites médicales, mais voilà que tout recommençait. Il fut à nouveau dénudé, toisé, tâté, examiné, tout cela pour s'entendre dire que l'« on ne ferait jamais de lui un bon marcheur ». Là-dessus il eut droit à un nouvel interrogatoire.

L'inquiétude de Nicolas était grande : il craignait de se contredire. Il fit effort pour se remémorer ce qu'il avait dit à Chambéry et aux mêmes questions répondit par les mêmes mensonges. Il se donna un métier : maître d'études. C'était invérifiable. Il se dit orphelin. Il tut les titres de feu Pavel Karlovitch. A quoi bon claironner que l'on est fils de général? Sa mère aussi était morte, eh oui, voilà bien son malheur... Elle s'appelait Natalia de Korff; elle était native de Moscou... Faux, donc invérifiable. Il affirma qu'il n'avait ni frères ni sœurs. Personne à prévenir en cas de maladie? Non. C'était tout simple.

Le sans-famille fut envoyé à la compagnie de dépôt. Là

commença son instruction. On lui expliqua qu'il lui fallait prendre de la carrure, des forces, et faire vite, parce que « la noria tournait, tournait... ». Un jargon qui ne manquait pas d'à-propos. On parlait plus volontiers de « noria » que de relève en Extrême-Orient.

Nicolas assuma toutes sortes de corvées en attendant... Mais en attendant quoi au juste? On entendait dire tant de choses. Trois mois plus tard, le 2e classe de Moerder fut affecté d'abord au 5e, puis au 1er bataillon de Légion étrangère. C'était en septembre 1883. Il fut question de toucher un nouveau paquetage et d'apprendre sans tarder à coiffer un casque en forme de cloche. Il était très haut, ce casque, orné d'une grenade et recouvert d'une sorte d'étui en toile écrue. Mais Nicolas s'entendit préciser qu'il n'aurait pas l'usage immédiat de l'imposant couvre-chef et qu'il continuerait à porter son képi garance à couvre-nuque flottant. Alors pourquoi le casque? Quelques jours après, on lui fournit une cartouchière de poitrine d'une invention récente et d'un usage compliqué. Cela se ficelait avec plusieurs bretelles, l'une qui faisait le tour du thorax, l'autre qui chevauchait les épaules et s'attachait au pantalon. Tout un harnachement!... La cartouchière, bien que n'ayant guère plus de raison d'être que le casque, agaçait quand même. La mise hors service des pantalons usagés fut une autre surprise. Qu'allait-on toucher pour les remplacer? D'autres pantalons garance, mais neufs cette fois. « Pas de quoi se réjouir », affirma un vieil adjudant qui savait de quoi il parlait. Quand il y eut distribution de fusils, des Gras, une arme excellente, puis une attribution imprévue de tailloles bleu foncé à enrouler par-dessus la veste, suivie d'une tripotée de capotes et d'un grand nombre d'épaulettes vertes à franges rouges, il n'y eut plus d'illusion à se faire : quelque chose se préparait.

Deux semaines plus tard, Nicolas de Moerder, coiffé du haut casque colonial, ses quatorze paquets de cartouches en travers de la poitrine, quittait l'Algérie en direction du Tonkin. Pas de quoi se réjouir, en effet.

La disparition de Nicolas provoqua parmi les membres de sa famille un concert de lamentations auquel les enfants de la villa Neuve participèrent intensément. Les composantes les plus extrêmes de l'âme russe – attirance pour le malheur, goût du drame, sens de la famille, sensibilité extrême, amour-haine, patriotisme exacerbé, cris et sanglots – eurent amplement l'occasion de se manifester. Un mot revenait sans cesse : « L'Algérie... » c'est dans ces circonstances qu'Isabelle entendit pour la première fois le nom de cette région du monde vers laquelle elle aussi allait fuir un jour, fuir, se perdre et se retrouver une autre.

L'Algérie, pour elle, ce fut d'abord ce pays inconnu où s'était enfui Nicolas, ce pays qui arrachait des sanglots à sa sœur Natalia, faisait pleurer sa mère et rendait Vava furieux. Elle n'allait jamais l'oublier. Elle avait six ans.

La colère d'Alexandre Nicolaïevitch avait été à la mesure de sa surprise. Il ne parvenait pas à s'expliquer pourquoi Mme de Moerder n'avait confié à personne les sombres projets de Nicolas. Pouvait-il deviner que l'Algérie était apparue à Natalia Nicolaïevna comme un moindre mal ?

Mme de Moerder n'avait pas favorisé le départ de son fils, mais elle ne s'y était pas opposée. Or, quelque temps auparavant elle avait usé de toute son autorité pour le détourner d'un autre projet tenu secret : retourner en Russie. Elle était parvenue à ses fins en invoquant le manque d'argent. Aller à Saint-Pétersbourg coûtait cher, Nicolas le savait. Comment prélever une somme de cette importance sur la caisse commune ? Et comment le faire à l'insu de son tuteur ?

Fort heureusement, parmi les projets de Nicolas, il y

avait aussi l'Algérie. Il se pourrait qu'il eût abordé ce sujet dans le seul but d'émouvoir sa mère et dans l'espoir que pour le sauver de la Légion étrangère elle lui accorderait la somme demandée pour retourner en Russie. Mais si ruse il y eut, elle demeura sans effet. Alors Nicolas parla en fier jeune homme, désireux de suivre l'exemple de son père. Il souhaitait s'illustrer dans la carrière des armes. Une carrière à laquelle il ne pouvait prétendre en Russie. Les années d'apprentissage dans un corps de cadets, l'inscription dans une académie militaire, Nicolas n'avait plus l'âge. Il était trop tard pour penser à tout cela... Par bonheur, en France, les choses se passaient autrement.

Nicolas vivait d'illusions qu'il savait faire partager. Un talent que tous les fils de Mme de Moerder, si peu doués qu'ils fussent, possédaient au plus haut point. Lorsqu'il parvint à convaincre sa mère qu'il gagnerait à la Légion les galons qu'il n'obtiendrait jamais dans l'armée du tsar, était-il sincère et se voyait-il vraiment en soldat modèle ?

En vérité Mme de Moerder n'avait pas à être convaincue : Nicolas allait au-devant de ses désirs. Elle avait souhaité qu'il renonçât de lui-même à retourner en Russie. C'était chose faite, elle respirait.

A la seule idée d'être mise en accusation par ses enfants, Natalia Nicolaïevna perdait la tête. Elle avait trop souvent évoqué ce qu'aurait été l'étonnement de ses deux filles, de sa mère, des proches parents de son défunt mari en voyant revenir Nicolas pour ne pas mesurer les dangers de ce retour. Personne ne douterait de ses récits et il avait de quoi les épouvanter avec ce qu'il irait inventer sur Vava, sur la naissance d'Isabelle et sur la villa Neuve. C'est pourquoi elle préférait le savoir en Afrique.

Mme de Moerder ne cherchait pas à se dissimuler que son fils était devenu un élément de discorde dans sa vie. La haine qu'il témoignait à Trofimovsky la faisait vivre dans la crainte permanente d'un éclat. Certes, elle aimait encore Nicolas, mais elle l'aimait moins. Peut-être fallait-il consentir à ce qu'il s'éloignât pour que la paix familiale fût rétablie.

Au lieu de quoi Vava s'emporta comme jamais.

A l'en croire, Natalia Nicolaïevna avait commis deux erreurs capitales : elle n'avait pas jugé nécessaire de lui demander conseil, et comme elle ne voyait pas plus loin que le bout de son nez, elle. avait laissé Nicolas partir pour Sidi-bel-Abbès sans plus d'appréhension que s'il avait choisi une paisible garnison de province. Elle était d'une naïveté impardonnable.

Alexandre Trofimovsky se rebellait à l'idée que l'aîné de ses élèves était allé grossir les rangs d'une unité où l'on pratiquait le métier des armes non par devoir mais par goût du risque et de l'aventure. La France, depuis toujours, confiait ses tâches les plus désespérées aux légionnaires. Et comment l'en blâmer? N'était-il pas normal de demander à ces Croates, ces Italiens, ces Allemands ou ces Polonais de remplir le service pour lequel ils s'étaient engagés? Mourir pour les Français? Ils étaient là pour ça, tous volontaires... comme Nicolas. Et Vava n'en restait pas là. Voilà qu'il s'exprimait comme feu Pavel Karlovitch en personne, voilà qu'il parlait à sa compagne avec la même sévérité, la même rigueur, les mêmes accents patriotiques dont le général-sénateur avait si souvent fait usage devant sa femme. Elle en était bouleversée. Patriote, Vava? Que ne l'avait-elle consulté avant de laisser partir Nicolas. Peut-être l'aurait-il sauvé?

Alexandre Nicolaïevitch affirmait avec force que la place du fils du général de Moerder n'était pas parmi des hommes qui demeuraient liés, dans la mémoire russe, aux plus sombres heures de la guerre de Crimée. On en parlait encore de ces légionnaires qui, ficelés comme des bandits de grands chemins, avaient bousculé les troupes du prince Menchikov à l'Alma et fait subir, tant à

Malakoff qu'à Sébastopol, mille misères à l'armée du tsar. Que faisait Nicolas parmi ces « ventres de cuir[6] »? Des fripons, que les soldats russes avaient redoutés plus que les Anglais, plus que les Turcs, et même plus que le choléra, c'est dire... Nicolas, « ventre de cuir »! Un fourvoiement lamentable, une honte. Et si la nouvelle s'ébruitait? Natalia Nicolaïevna avait-elle pensé à ça? Qu'allait être la réaction des fonctionnaires de l'ambassade impériale? Y avait-elle seulement songé? La présence de Nicolas en Algérie, jugée répréhensible par les représentants du tsar à Berne, fut envisagée par Vava comme une hypothèse des plus vraisemblables. Un nouveau sujet de désarroi pour Mme de Moerder.

Enfin Vava reprocha à Natalia Nicolaïevna de n'avoir nullement tenu compte de l'effet d'une telle nouvelle sur ses deux filles aînées. Il n'imaginait que trop bien leur stupéfaction, à Elisabeth et à Olga, maintenant qu'elles avaient toutes deux épousé des officiers. Il imaginait aussi les circonlocutions qu'utiliseraient ces messieurs de Loevestam et de Silvansky, les très distingués Messieurs-gendres, pour annoncer qu'ils avaient un beau-frère dans la Légion étrangère, mais oui, imaginez ça, Nicolas à Sidi-bel-Abbès... autant dire au bagne.

On conçoit le désespoir de Mme de Moerder. Vava lui avait fait prendre conscience de son aveuglement. Qu'avait-elle fait? Voilà Nicolas perdu parmi des hommes sans culture, Nicolas soldat de l'armée d'Afrique... Qu'avait-elle fait!

Elle passait ses journées dans une inquiétude mortelle, menacée d'évanouissement à chaque visite du facteur. Elle avait toujours eu des faiblesses de ce côté-là. Migraines, tournements de tête... Cela n'avait fait que s'accentuer.

Les propos de Vava n'eurent pas moins d'effet sur ses

élèves. Bien sûr, ils écoutaient Vava et le croyaient, mais il avait beau leur répéter que Nicolas avait mal fait, l'exemple de leur frère saisit leur imagination. Ils étaient électrisés. Sidi-bel-Abbès, puissance maléfique et cruelle, leur apparaissait comme ces épouvantails qui, plantés en plein champ, sont là pour faire peur mais attirent quand même.

Dix ou douze ans plus tard, en des circonstances similaires, Isabelle Eberhardt – certaines de ses lettres le prouvent – récitait encore très fidèlement les leçons de Vava. Dans ce coin d'Algérie qui a nom Bel-Abbès, elle voyait, comme lui, un lieu maudit où un homme ne pouvait que perdre toute raison de vivre. Le « vieillard-penseur[7] » parlait par sa bouche. Vava, inoublié.. C'était l'époque où elle lisait *Le Mariage de Loti* et, en élève appliquée, notait dans ses carnets les phrases de son auteur préféré. Celle-ci par exemple : « Ce n'est pas moi qui écris : ma main est guidée par toi qui m'aimes... » Vava, toujours lui.

Il fallut l'exil, l'expérience du désert et ce qu'elle appela « une longue période d'incubation » – un mot qui revient souvent sous sa plume[8] – pour que cette nomade invétérée abandonnât les idées reçues et comprît mieux les hommes et les choses. Dans le Sud oranais elle notait : « Partout ce sont les légionnaires qui ont élevé les premiers murs, qui ont à force d'énergie et de patience semé les premières graines dans les petits jardins apparus comme par magie. Ils ont bâti aux jours troubles où il fallait se défendre contre les pillards, après les nuits passées aux écoutes, dans l'angoisse des surprises probables[9]. » Elle avait tout à apprendre, disait-elle, de ces « enfants perdus[10] », bien plus compliqués qu'il n'y paraissait et qui lui ressemblaient par plus d'un trait. Des parias, comme elle, des exclus. Et personne ne parla d'eux mieux qu'elle.

Ainsi l'acte désespéré de Nicolas avait-il engendré chez l'élève préférée de Vava une émotion qui préparait autre chose : une œuvre littéraire. Il y a du Nicolas chez tous les « Heimatlos[11] » qui rôdent çà et là dans les récits et les nouvelles d'Isabelle Eberhardt, et l'aventure de son frère s'inscrit entre les lignes du seul roman qu'elle ait écrit : *Trimardeur*[12]. Pour l'enfant qu'elle avait été, le sort du frère coupable n'était pas forcément le moins enviable. Elle était la fille de Trofimovsky, ne l'oublions pas.

Pas un jour de l'été 1883 ne s'écoula sans qu'une allusion à l'absence de son fils, une remarque involontaire de l'un ou l'autre de ses enfants, ne sonnât aux oreilles de Mme de Moerder comme un blâme ou un avertissement tragique. Elle ne pensait plus qu'à écrire à Nicolas et à le supplier – s'il en était encore temps – de revenir sur sa décision et de rentrer en Suisse. En août, n'y tenant plus, Natalia Nicolaïevna voulut s'adresser à son chef de corps. Trouver son nom et son grade ne fut pas une mince affaire. Les Russes, on le sait, ont de tout temps professé un respect pointilleux des titres, des grades, et Mme de Moerder, en cette matière, avait été élevée à bonne école. Elle eut des sueurs froides à l'idée qu'une erreur dans la façon de s'adresser à cet officier pût nuire à la position de Nicolas. Comment aurait-elle pu supposer que pour cet officier, elle n'existait pas? Nicolas, on s'en souvient, l'avait déclarée morte. Aussi s'adressa-t-elle au bureau de recrutement de Chambéry auquel elle demanda que lui soit communiqué le nom du commandant de la Légion étrangère. Sa lettre resta longtemps sans réponse. Augustin et Volodia étaient envoyés aux nouvelles deux fois par jour. L'employé de la poste s'entendait réclamer « une lettre de Chambéry » avec une impétuosité qui inquiéta. Pourquoi ces Russes entretenaient-ils une correspondance avec la France?

Ecrire à Saint-Pétersbourg ne leur suffisait donc plus? Il y avait là quelque chose de suspect.

Plusieurs semaines s'étaient écoulées lorsque le facteur de Meyrin se présenta à la villa Neuve avec la lettre tant attendue. On allait enfin connaître le nom de l'officier sous les ordres duquel était Nicolas. Négrier, le colonel de Négrier, ainsi s'appelait le chef de corps auquel Mme de Moerder devait s'adresser; ce qui ne manqua pas d'inspirer à Vava des plaisanteries féroces sur le caractère prédestiné de ce patronyme. La particule, il est vrai, ôtait au mot Négrier un peu de sa brutalité : *de* Négrier, cela sonnait mieux. Et il était colonel, de surcroît. Mme de Moerder s'adressa à lui sur un ton de politesse très étudié auquel on n'était guère habitué à Bel-Abbès. Elle lui demandait d'exiger de son fils qu'il lui écrive et lui dise la durée de son engagement.

Le colonel de Négrier eut donc à correspondre avec cette morte qui brusquement refaisait surface. Il ne s'en étonna pas. Ces sortes d'à-peu-près n'étaient même plus une surprise à Bel-Abbès où les mères imaginaires survenaient tout aussi fréquemment. Il répondit à Mme de Moerder qu'il n'était pas en mesure d'exiger quoi que ce fût du légionnaire de Moerder, ce dernier faisant route pour l'Extrême-Orient. Il avait été embarqué sur le *Tonkin,* bâtiment auquel il faudrait bien deux mois pour parvenir à destination. Le débarquement du 1er bataillon de Légion en baie d'Along était prévu pour novembre. On ferait en sorte de transmettre audit légionnaire les desiderata de Madame sa mère.

Rien ne peut donner une idée de ce que fut l'effroi de Mme de Moerder. Trofimovsky, lui, était atterré. Mais dans sa rage d'instruire et tout en cherchant de son mieux à apaiser Natalia Nicolaïevna, il fit acheter une carte afin que Natalia, Augustin, Vladimir et Isabelle puissent se faire une juste idée de la route qu'allait suivre Nicolas.

Les enfants de Mme de Moerder, tout en partageant la

tristesse générale, plantaient des épingles sur la carte. Ils imaginaient le *Tonkin*, et Nicolas à son bord. Un jour le bâtiment était en rade de Port-Saïd, le jour suivant il était à Ismaïlia. Puis ils l'imaginaient passant par le canal de Suez, découvrant la mer Rouge, et Vava avait des exigences extraordinaires. Le voyage de Nicolas, qui lui arrachait toujours les mêmes éclats de colère, servait de prétexte à une quantité de devoirs compliqués. Ses élèves calculaient latitudes et longitudes. La meilleure note était donnée à celui qui menait sans erreur le *Tonkin* jusqu'au tropique du Cancer.

Mme de Moerder, dont la pâleur faisait peine à voir, recevait presque quotidiennement la visite de son ami le docteur Vuillet. Elle aimait beaucoup ses enfants. Mais personne ne remplaçait Nicolas, qu'elle avait aimé passionnément. Etre sans nouvelles la mettait au supplice. Les élèves de Vava compatissaient certes au chagrin de leur mère, mais intérieurement ils brûlaient d'impatience. Ils voulaient que Nicolas arrive au plus vite en mer de Chine, prêt à se lancer à la poursuite des Pavillons Noirs. Une perspective qui provoquait leur enthousiasme.

Au travers de ces imaginations maritimes et coloniales, les élèves de Vava vivaient, ailleurs, une autre vie.

Deux mois se passèrent ainsi et l'angoisse de Natalia Nicolaïevna ne diminuait pas.

Ce fut en décembre 1883, par une lettre de sa mère, que Mme de Moerder apprit qu'elle n'avait plus rien à redouter : Nicolas était en sûreté. Il venait d'arriver, sain et sauf, à Saint-Pétersbourg. Jugez de la stupéfaction de Natalia Nicolaïevna. Elle croyait à peine ce qu'elle lisait. Mais elle attendit d'être seule avec Trofimovsky pour lui en parler. Alors elle donna à Vava lecture du message de la baronne de Korff. Sa mère lui racontait l'aventure de Nicolas : le 29 octobre, à l'escale de Singapour, le *Tonkin* étant à quai, et l'équipage tout entier occupé à faire du charbon, Nicolas de Moerder avait déserté[13]. En femme attachée aux principes et peut-être dans l'espoir que des détails souvent répétés ôteraient à cette nouvelle son caractère choquant, Mme de Korff ajoutait que, ce jour-là, la chaleur avait été extrême, oui, extrême, qu'il y avait eu un décès à bord, ce jour-là, la mort d'un légionnaire de la compagnie de Nicolas, victime de la typhoïde, et que Nicolas n'avait pas été le seul à prendre peur, ce jour-là : un certain Plwaska, son seul ami, avait pris la fuite avec lui. Elle parlait aussi de la discipline féroce, d'un voyage éprouvant, de la solitude, du climat et de la nostalgie... Tout cela avait rendu Nicolas comme fou. Il était revenu avec sur le visage une mauvaise pâleur dont sa grand-mère s'était émue.

« N'en parlons plus » fut tout ce que Vava trouva à répondre.

Natalia Nicolaïevna ne dit pas un mot de plus à Vava, et lui n'ajouta rien. En se taisant, ils cherchaient à s'épargner. Et que dire en effet? Tous deux se sentaient écrasés de honte.

Il fut décidé que les circonstances du retour de Nicolas à Saint-Pétersbourg ne seraient jamais révélées à ses frères et sœurs. On leur dirait... On leur laisserait entendre... N'importe quel conte ferait l'affaire. Vava et Natalia Nicolaïevna prirent sur eux de prétendre que Nicolas n'avait pas résisté à l'atroce chaleur du Tonkin. Il était tombé malade, on l'avait libéré. Ayant eu le bonheur de rencontrer des marchands qui retournaient en Russie, il avait fait route avec eux jusqu'à Saint-Pétersbourg.

Vava ne vida son cœur qu'une fois seul dans la moiteur de sa serre. Les cactus et les orchidées furent les témoins muets de ses plus secrètes pensées. A qui d'autre avouer que Nicolas lui faisait horreur?

« Un faible, un lâche, un être vil », se répétait-il.

Dorénavant, Vava évita de prononcer son nom.

Mlle Natalia de Moerder apprit-elle jamais le fin mot de l'histoire ? Il lui était défendu d'écrire ou de répondre à des lettres sans permission. Qu'aurait-elle fait de sa vie, Natalia, si elle avait pu communiquer librement avec son frère Nicolas ? Aurait-il cherché à l'aider ? Elevée sévèrement, trop sévèrement sans doute, Natalia voyait sa vie s'écouler dans le cercle clos et l'atmosphère étouffante de la villa Neuve. Trois ans passèrent ainsi, trois ans de calme et d'équilibre fragile dans les relations de Natalia avec son tuteur, trois ans pendant lesquels elle ne trouva mieux à faire que de se laisser étouffer. Elle avait vingt-deux ans et vivait à Meyrin depuis huit ans lorsqu'elle entrevit une espèce d'issue. Alors, très vite, elle envisagea l'inimaginable : briser l'isolement et s'enfuir elle aussi.

L'issue se présentait sous les traits d'un nouvel arrivant, devenu au cours de l'année 1887 un habitué des dimanches de la villa Neuve, jours fastes où se réunissaient autour de Vava et de Mme de Moerder les jeunes amis de Natalia, d'Augustin et de Vladimir. Ces jours-là, une petite voisine venait jouer avec Isabelle. Ensemble, les deux enfants écoutaient le tuteur « si beau, si doux, qui leur racontait de belles histoires[14] ».

Mme de Moerder prenait plaisir à accueillir tous ceux que ses enfants avaient connus lors de leur séjour à Genève. Elle recevait en femme bien élevée, sans se soucier des origines, des opinions ou de la fortune de ses visiteurs, sans empêcher non plus qu'aux amis d'enfance se joignent des inconnus.

Parmi les nouveaux venus, on remarquait Alexandre Perez-Moreyra. Ce jeune homme, qui manifestait une certaine culture, n'était pas une relation de tout repos. Mais comment Mme de Moerder eût-elle pu s'en douter ? Le visiteur ne s'était pas vanté d'avoir été condamné, en 1883, par le tribunal correctionnel de Genève. Il avait fait quarante-huit heures de prison pour coups et blessures. Une affaire fâcheuse. La police suisse se méfiait infiniment du petit employé, à peine majeur, mais d'un naturel si violent qu'il avait déjà, comme on dit, un passé chargé.

Assez pauvre dans sa mise, Perez avait toujours honorablement gagné sa vie, d'abord chez un avocat de Genève, Me Aubert, qui l'avait employé en qualité de commis aux écritures, puis à l'étude de Me Taponnier, au Molard.

Celui qui allait décider de la vie de Natalia portait les cheveux rabattus sur le front, des moustaches, une barbe et des lorgnons. Tout cela, associé à un ample béret bleu qu'il ne quittait presque jamais[15], prêtait à sourire. Il habitait les Eaux-Vives, chez son père et sa mère[11], des gens d'apparence respectable et qu'il n'y avait pas lieu de surveiller plus que ça. La mère était lingère-tailleuse, le père employé de commerce. On était quand même en droit de se demander pourquoi ce couple modeste, d'origine espagnole mais de nationalité française, avait quitté le Doubs pour s'établir en Suisse. Leur passeport avait été délivré à Besançon. Qu'est-ce que cela signifiait? Un exil politique? A suivre de près.

Leur fils, lui, ne faisait pas mystère de ses options politiques. Il était connu à Genève comme socialiste militant. On le savait très lié avec un certain Héritier[17], Louis Héritier, un citoyen helvétique des plus suspects, puisque expulsé de France pour appartenance au parti blanquiste. Et cette amitié de Perez pour un blanquiste lui causait un tort irréparable. En France, Perez était fiché « anarchiste[18] ». Bien sûr, personne n'était forcé de le croire. Il n'empêche que le jeune homme avait de mauvaises fréquentations.

La première idée de Natalia en le voyant avait été de s'enfuir avec lui, le jour même.

Elle ne manquait pas d'audace.

Perez préféra se limiter à une liaison amoureuse « menée avec Mademoiselle Nathalie, à l'insu de

Madame de Moerder », pendant deux ans et au domicile même de la jeune fille. La police fut aussitôt renseignée. Elle s'était assuré les services du facteur des postes. Car M. Gavard avait la confiance de la jeune fille. Chaque jour, à l'insu de Vava, il se chargeait d'expédier une lettre de Natalia à son amant. Elle écrivait énormément[19].

D'autres informations provenaient de Mme Mallet qui, deux fois par semaine, effectuait des travaux ménagers à la villa Neuve. Une bonne personne, à laquelle « Mademoiselle Nathalie confiait tous ses secrets[20] ». La police fit en sorte de noter les allées et venues du jeune commis aux écritures, amant discret mais exact à ses rendez-vous, et l'enquêteur de service d'en conclure, dans un rapport au directeur de la Police centrale, que « Mademoiselle Nathalie avait une certaine disposition pour le sexe ».

Seule Mme de Moerder ne remarquait rien.

Vava, sans se douter des bonnes fortunes d'Alexandre Perez-Moreyra, mais plus perspicace que Mme de Moerder, constata quelque chose d'inaccoutumé chez Natalia, un changement dans toute sa personne, et sa vigilance redoubla : « Il ne fut plus permis à Mademoiselle Nathalie de sortir, sous aucun prétexte », ce qui, de l'avis même des enquêteurs, « devint intolérable pour une personne de cet âge ».

De racontars en commérages, la vérité sur les scandaleuses amours de Natalia fut connue de tout le voisinage. Quant aux enfants de Mme de Moerder, ils en avaient été les premiers avertis. Vladimir, dix-neuf ans, Augustin, seize ans, Isabelle, dix ans, n'ignoraient rien de ce qui se passait dans la chambre de leur sœur, lors des visites nocturnes de Perez. Vladimir et Augustin avaient fait toutes sortes de niches à l'amant embinoclé. Mais ils se seraient fait hacher menu plutôt que de trahir ceux dont ils se voulaient les complices. En quelques mois tout était changé villa Neuve, et dans le clan des hommes l'exaltation était à son comble. Ils passaient leurs nuits, l'œil collé au trou de la serrure, à suivre la danse des corps dans un lit qui craquait. Tandis qu'Isabelle... Jetée sans précaution dans l'univers du sexe, elle commença par rire avant que de comprendre. Puis la surprise se mua en dégoût et une sorte de haine envahit Isabelle pour cette assoiffée aux vilains gestes, qui s'affairait de l'autre côté de la cloison.

Malgré le pacte de silence conclu entre Natalia et ses frères, ce fut Vladimir qui provoqua involontairement le drame.

Volodia, comme on l'appelait, le gentil Volodia, s'enorgueillissait d'avoir la confiance de son tuteur. Or Vava lui aurait affirmé qu'il avait les moyens de renvoyer Natalia à Saint-Pétersbourg, si la jeune fille encourageait un prétendant que sa mère n'eût pas approuvé. Volodia s'empressa d'en aviser sa sœur qui l'écouta terrorisée. Natalia se fit répéter l'information. S'agissait-il d'un propos en l'air, tenu par Vava dans un accès de mauvaise humeur? Difficile à croire. Il n'était pas homme à parler pour ne rien dire. La menace prouvait que quelqu'un avait trahi Natalia, que Vava faisait l'ignorant pour gagner du temps, mais qu'en fait il savait tout. Natalia imagina le pire et fit de ses plus folles suppositions des certitudes. Oui, Vava faisait l'ignorant, il agissait en secret, avec l'appui des fonctionnaires de l'ambassade du tsar à Berne, oui Natalia risquait d'être embarquée de force, d'abord dans un train, puis dans un mariage avec un homme « convenable » qui ne serait pas commis aux écritures mais officier ou quelque chose d'approchant.

Natalia se crut la victime désignée de l'arbitraire impérial. Epouvantée, tremblant pour son bonheur, ne vérifiant rien, ni le bien-fondé des menaces de Vava, ni la véracité des propos qui lui étaient prêtés, ne croyant plus à la possibilité d'émouvoir sa mère, et plus que jamais convaincue qu'elle n'obtiendrait jamais l'autorisation d'épouser Perez, Natalia ne douta plus du danger qui la menaçait. Il y avait quelque chose d'enfantin dans la panique qui la gagnait.

Il y eut aussi une dimension enfantine dans sa fuite.

Mais il n'empêche que, cette nuit-là, Natalia prit définitivement son sort en main. Le 23 novembre 1887, elle quitta sa chambre au petit matin, pour s'enfuir avec Alexandre Perez-Moreyra.

Jamais la villa Neuve n'avait connu pareil drame. Mme de Moerder était hors d'elle. Elle avait des crises d'étouffement et paraissait, par moments, hors d'état de se déplacer sans aide. Sa fille, par le démenti qu'elle lui infligeait, se comportait à son égard encore plus cruellement que ne l'avait fait Nicolas. C'était aussi l'avis de Vava. Mais au fond de son cœur, il n'était pas fâché d'être débarrassé de Mademoiselle Natalia. Une pécore et une faiseuse d'embarras. Des brouillons de lettres oubliés par Natalia dans le désordre de sa fuite avaient renseigné Alexandre Nicolaïevitch sur les sentiments qu'elle lui portait. La fille de Mme de Moerder le haïssait. Mais cela lui importait peu. Ce qui le chagrinait bien davantage était que, en plus des mièvreries d'usage dans ces sortes de correspondances, les lettres de Natalia ne rachetaient ce défaut par aucune expression, aucun mot qui prouvât un quelconque don de plume. Il ne suffisait pas à Vava de découvrir que la jeune fille, sous le feu de la passion, avait couvert soixante-dix-sept pages d'une petite écriture fine et serrée où traits et jambages, pleins et déliés étaient d'une netteté parfaite. Ce qui – déformation professionnelle – le désespérait était d'avoir découvert des lettres d'amour aussi ennuyeuses à lire qu'un cahier de comptes. Comment croire que cette écrivassière avait été son élève ?

Il fut obligé de convenir que l'éducation prodiguée à

Natalia ne lui avait en rien inculqué le goût des mots. Le sentiment d'échec qu'il retira de cette lecture l'aida à comprendre ce qu'endurait Mme de Moerder. Mais qu'était l'échec de Vava, comparé à l'échec d'une mère? Ce dernier n'était-il pas beaucoup plus lourd à porter? Mme de Moerder fondait en larmes à tout propos et ses sanglots, qu'elle ne parvenait pas à cacher, inspiraient à Vava une pitié sans borne. Il ne savait quelle consolation apporter à « sa grande et bien-aimée Natalia Nicolaïevna ». Est-il besoin d'ajouter que Vava avait d'autant plus conscience des erreurs de son système d'éducation qu'il craignait d'en commettre de semblables avec sa fille Isabelle, si douée pourtant et si vive. Comment faire pour ne pas étouffer son esprit?

Par la faute de Natalia, le discrédit jeté sur les Moerder et sur Vava fut bien plus grand et plus lourd de conséquences qu'on aurait pu le supposer. La Suisse ne plaisantait pas en matière de morale. Qu'une jeune fille de vingt-trois ans eût quitté « clandestinement[21] » la demeure des siens pour aller vivre avec un jeune homme aux opinions politiques blâmables, voilà ce que le voisinage n'admettrait jamais et qui provoquerait d'inlassables enquêtes de la police.

La première victime du scandale fut Isabelle. L'inconduite de sa sœur, aussitôt connue, eut pour résultat l'interdiction faite à sa petite voisine de continuer à venir, le dimanche, jouer avec elle à la villa Neuve. « Mon grand-père défendit à ma mère de retourner à la villa d'Isabelle, car à cette époque, ces gens avaient très mauvaise presse! On disait que c'était des " anarchistes " et ma mère en eut beaucoup de chagrin, car l'amitié qui la liait à Isabelle était grande[22]. » Voilà qu'Isabelle était exclue du cercle des enfants fréquentables. Sans doute ne faut-il pas minimiser l'importance de cette mise à l'écart. On peut supposer qu'elle laissa des traces profondes chez celle qui toute sa vie écrivit de diverses façons « je suis seul[23] », et associa à sa propre solitude celle des réprouvés ou des indésirables, des expatriés ou des parias contre le sort desquels elle ne cessa de s'insurger.

Pour emporté qu'il fût, l'amant de Mlle de Moerder ne manquait pas d'habileté. Sachant que la justice suisse était alertée, Perez redouta d'être tenu pour responsable d'un scandale qui pouvait fort bien être jugé non point comme une fuite mais comme un enlèvement. Si telle était la suite donnée au départ clandestin de Natalia, Perez n'avait plus qu'à renoncer à ses secrètes espérances : il n'allait jamais recevoir des pouvoirs publics l'autorisation d'épouser Mlle de Moerder en se passant de la permission de sa mère; quant à son désir d'obtenir un statut de bourgeois suisse, mieux valait n'y plus penser. En conséquence, il adopta une stratégie susceptible de lui assurer les bonnes grâces de la police.

Il écrivit aux responsables d'une enquête à peine ouverte des lettres où il se présentait en sauveur « mis malgré lui sur ce chemin[24] » – entendez par là forcé d'intervenir – et agissant non par amour, mais « par pitié » pour une malheureuse jeune fille dont la vertu et la pureté étaient journellement menacées par un tuteur indigne.

Pour preuve de sa bonne foi, Perez faisait remarquer qu'il n'avait nullement cherché à attirer Mlle de Moerder en son domicile. Bien au contraire. Il l'avait « placée » très loin de chez lui, chez une dame Besson, en faisant passer Natalia pour sa cousine, et il priait la police de ne pas démentir cette thèse « car ce serait gênant pour Natalia ». Touchante délicatesse. On continua donc à parler de « cousine ».

Perez déplorait que des circonstances indépendantes de sa volonté eussent fort inopportunément contrarié ses plans. Mlle de Moerder, « informée par son frère Vladimir que Monsieur Trofimovsky voulait la forcer à réintégrer la villa Neuve, en a eu une telle peur qu'elle ne veut plus rester éloignée de mon domicile pendant la journée ». Telle était la raison pour laquelle la fugitive se trouvait dorénavant plus souvent chez lui que chez la dame Besson. Il fallait tenir Vladimir de Moerder pour responsable de ce contretemps.

La lettre de Perez, d'une hypocrisie prodigieuse, communiquait à la police des informations « qui pouvaient l'intéresser ». Il donnait le nom d'un « archiprêtre, autrefois à Genève, maintenant attaché à la légation russe à Bruxelles ». Il signalait que ce pope, du nom de Pekhov, en savait diablement long sur « Monsieur T. et qu'il pourrait bien renseigner sur son compte ». Mais craignant d'en avoir trop fait, voilà que, dans un courrier suivant, Perez affirmait qu'il informait la police « sans parti agressif contre Monsieur T. ». Ce qu'il en disait, c'était uniquement parce que la police lui avait laissé entendre que « tout ce qui concernait T. l'intéressait ». Et Perez faisait assaut de modestie : « Vos agents, écrivait-il, ont les moyens d'arriver à en savoir bien plus long que moi. » Mais il n'en restait pas là. Il allait jusqu'à s'excuser d'un écart de langage, ancien de plusieurs années. Il tentait d'effacer la mauvaise impression qu'avaient faite des propos aux accents blanquistes, prononcés par lui en 1883, lors de la fâcheuse affaire qui l'avait conduit en prison. Oui, l'occasion était trop exceptionnelle pour la laisser échapper. Perez battait sa coulpe : « J'ai un regret, Monsieur : je vous disais autrefois que je savais qu'on ne fait rien contre les écus. Vous avez déjà compris que ce n'était adressé ni à vous ni à la police genevoise directement, mais bien à l'institution *en général*, sans même vouloir dire qu'elle est elle-même cause de ce fait[25]. » L'acte de contrition allait-il suffire pour que cette phrase malencontreuse soit retirée de son dossier? Rien de moins certain.

L'amant de Mlle de Moerder terminait cet échange de

lettres sur une note humanitaire et sentimentale. Il recommandait à la police, au cas où sa jeune maîtresse serait interrogée, que « ce soit fait gentiment et par un *civil* », seul moyen pour ne pas l'effrayer et « tirer d'elle » tout ce qu'elle savait.

Or, à la grande surprise de Perez, ce fut chez lui qu'un agent se présenta. Il procédait sur ordre du directeur de la Police centrale.

Force est de constater que Perez se surpassa.

Il déclara que Mlle de Moerder s'était enfuie de chez elle pour échapper « aux propositions malhonnêtes et obscènes du sieur Trofimovsky, lequel voulait la forcer à devenir sa maîtresse ». L'odieux personnage allait « jusqu'à la découvrir dans son lit ». Et ce n'était pas tout : le tuteur indigne poussait l'ignominie jusqu'à obliger la malheureuse jeune fille « à lire des ouvrages de Zola »... Alors la pauvre enfant, « ne pouvant supporter une semblable existence, se voyant méprisée et reprocher sa nourriture », résolut d'échapper à cet enfer et se réfugia chez la dame Besson.

L'allusion au crime qui consistait à rendre obligatoire la lecture des œuvres de l'auteur de *Germinal* parut suspecte dans la bouche d'un disciple d'Auguste Blanqui. Oui, Perez était allé trop loin. Car si les accusations portées contre la personne d'Alexandre Nicolaïevitch – atteinte à la pudeur, outrage aux bonnes mœurs, subornation de jeune fille – se révélaient exactes, il s'agissait de rien de moins, pour le propriétaire de la villa Neuve, que de se voir ôter son permis d'établissement et s'entendre signifier son expulsion de Suisse dans les plus brefs délais. Etait-ce le but que s'était donné Perez ? Le directeur de la police demanda un complément d'information.

Ce fut la solide Mme Mallet qui sauva la situation. Nullement émue, la brave femme ne manqua ni de présence d'esprit ni de calme. N'était-elle pas mieux placée que quiconque pour dire ce qui se passait autour des fourneaux de la villa Neuve ? Jamais Mlle Nathalie ne s'était entendu reprocher ses repas. « Monsieur Trofimovsky, quoique très original, ne maltraite jamais les enfants Moerder qui ont une nourriture très suffisante[26]... » Contrairement à ce qui avait été relaté par le sieur Perez, « Mlle Nathalie n'a jamais eu à se plaindre de propositions malhonnêtes de monsieur Trofimovsky », Mme Mallet en était convaincue. Elle ajoutait que si une affaire de ce genre avait eu lieu, Mlle Nathalie lui en aurait certainement fait part.

Ainsi les accusations de Perez tombaient à plat. La police convint qu'il fallait au plus tôt clore cette affaire. Mme Mallet n'avait-elle pas clairement affirmé que le bruit fait autour du changement de vie de Mlle de Moerder était sans objet ? Où était le mal ? Qu'aurait-on dit s'il y avait eu séquestration ou enlèvement ! Rien de pareil ne s'était passé et M. Gavard, le postier, autant que Mme Mallet, était depuis longtemps averti des projets de Mlle Nathalie. Qu'elle fût résolue à épouser le sieur Perez n'était un secret pour personne, pas même pour sa mère. Mme de Moerder, quoique bien décidée à ne jamais donner son consentement à une union qu'elle désapprouvait, « n'avait mis aucun empêchement au départ de sa fille et l'avait même favorisé ».

Le témoignage de Mme Mallet avait l'avantage d'ôter à l'affaire son parfum de scandale. Il n'en fallait pas douter, on allait pouvoir clore le dossier, ce qui empêcherait que la chose ne dégénérât en discorde. Les autorités ne demandaient qu'à être confortées dans cette idée. C'était faire preuve de beaucoup de naïveté. Personne, pas même Mme Mallet, ne pouvait imaginer combien était grande l'erreur de ceux qui supposaient que la famille de Moerder allait retrouver la paix.

Quelques semaines plus tard, les jeunes gens furent en mesure de se marier. Natalia de Moerder devint Mme Perez-Moreyra le 7 avril 1887. Le consentement de Mme de Moerder n'avait pas été exigé.

Jamais plus ils ne reparurent à la villa Neuve.

Dans le bienheureux jardin, l'enchantement était rompu. En moins de cinq ans, Isabelle avait reçu deux blessures décisives. Elle avait vu partir, au milieu des larmes et des cris, deux êtres qui n'avaient eu pour elle que gestes d'affection et de protection : Nicolas, dans les bras duquel elle s'était blottie pour aller de sa chaise d'enfant aux sombres allées du grand bois, et Nathalie qui l'avait baignée, habillée, coiffée et lui avait fait manger sa bouillie patiemment, cuillerée après cuillerée, alors qu'Isabelle n'était qu'un bébé souffreteux, au nez kalmouk et au regard songeur[27]. Avec Nicolas et Nathalie disparaissait tout un pan de son enfance.

Ces chocs, vécus en pleine conscience de la souffrance qu'ils faisaient peser sur sa mère, allaient demeurer gravés dans la mémoire d'Isabelle comme les premières étapes d'une longue marche vers le doute. Toute sa vie, la fille de Vava chercherait à se convaincre que la paix familiale, le bonheur, la sécurité et l'harmonie entre frères et sœurs existaient. Or elle venait d'avoir la révélation de leur fragilité. La non-acceptation de ces drames par sa mère allait rendre l'épreuve plus cruelle encore. Aucune résignation chez Mme de Moerder. Un chagrin démesuré semblait devoir accabler à jamais cette femme douce, aimante et d'autant plus aimée qu'elle représentait, avec Vava, le seul élément solide d'une famille que de sombres machinations et des événements incompréhensibles pour une fillette de l'âge d'Isabelle paraissaient vouer à l'anéantissement.

Sans prétendre que ces traumatismes suffisent à expliquer le comportement ultérieur d'Isabelle et les particularités de son caractère, on peut penser que ce qu'elle vécut en sa onzième année fut moins le chagrin que lui causa le départ de sa sœur que son ressentiment à l'égard de cette Natalia qui avait rompu l'enchantement de la grande maison familiale. Voilà que les rêveries philosophiques et jardinières de Vava, voilà que les tendres confidences de Mme de Moerder sur les beautés de Pavlovsk et le temps vécu à Saint-Pétersbourg, voilà que tout cela virait au noir. Et la colère de la petite fille se retourna contre la responsable de ces maux : sa sœur. Ce ressentiment est peut-être le premier signe de l'aversion qu'Isabelle manifesta toute sa vie à l'égard d'un certain type de femme : la femme égoïste, sûre d'elle, indifférente au malheur d'autrui, « se croyant belle...[28] » férocement décrite dans son œuvre. En eut-elle la révélation à travers le personnage de Natalia, celle qui s'était crue assez séduisante, assez désirable pour déchaîner le malheur autour d'elle? A l'origine de la détestation d'Isabelle pour des créatures qu'elle alla jusqu'à qualifier de « femelles indignes[29] », à l'origine du mépris qu'elle éprouva pour « leurs petites affaires de femmes, leur petit travail souterrain de femmes[30]... » *(jenskié délichki, jenskaia podpolnaia rabotionka)*, il y a peut-être la sœur frivole dont la passion pour un pâle écrivailleur, porteur d'un lorgnon disgracieux, avait causé une angoisse indicible chez la seule femme qu'Isabelle eût aimée, sa mère.

La fuite de Nathalie allait empoisonner irrémédiablement le climat de la villa Neuve. Avec ses arbres qui avaient trop poussé, ses allées envahies par les mauvaises herbes, son étrange étang qui se lovait entre des berges glissantes, dont Vava avait utilisé les fonds dormants pour ses essais de pisciculture, mais où, un jour d'eaux basses, toutes les carpes avaient été retrouvées le ventre en l'air – cette maison bien-aimée, jamais Isabelle ne cessa de l'évoquer et de la regretter. Comme certain soir à Batna où, subitement, un rappel du passé allait l'émouvoir jusqu'aux larmes. « En général, ces jours-ci les souvenirs de la villa Neuve viennent me hanter[31] », écrivait-elle.

Voilà qui explique pourquoi Isabelle, si elle trouva quelques circonstances atténuantes à Nicolas, n'en trouva aucune à sa sœur. Nicolas – du moins pour ce qu'elle en savait – était un *cerveau brûlé*. Fallait-il lui en vouloir toute une vie ? Après la mort de « ses chers vieux[32] », Isabelle eut quelques velléités de reprendre contact avec le frère lointain[33]. Mais jamais le nom de Natalia ne franchit ses lèvres. Il ne figure ni dans sa correspondance, ni dans ses notes, ni dans ses œuvres d'imagination.

La volonté d'effacement est évidente.

Où l'on ne tarde pas à apprendre que Perez-Moreyra est un agitateur et Augustin un don Juan.

Ce qui s'était passé à la villa Neuve lors des semaines précédant le mariage de Natalia n'était que peu de chose en comparaison des scènes de violence dont la demeure des exilés russes allait être le cadre quelques mois plus tard. Dans quel but Perez s'acharna-t-il ? Que comptait-il récolter à ce sinistre jeu ? Gagner Mme de Moerder à sa cause ? La convaincre de se laisser enlever – dans la ferme conviction qu'elle était la plus malheureuse des femmes – et priver ainsi Trofimovsky de son principal soutien financier ? Perez obéissait à une exécration aveugle.

Les signes annonciateurs d'une guerre sans merci se présentèrent d'abord sous forme de missives quotidiennes. Elles étaient adressées tantôt à Trofimovsky, tantôt à Mme de Moerder. Une correspondance menaçante – dix-neuf lettres, deux télégrammes et quatre cartes postales – que Vava soumit à un examen sévère. Devait-on prendre au sérieux des propos qui ne pouvaient être le fait que d'un esprit dérangé ? A Mme de Moerder, Perez annonçait sa volonté de pousser Trofimovsky à bout : « Maintenant c'est fini entre le lâche et moi, écrivait-il, c'est une guerre sans rémission et quoi qu'il puisse m'en coûter, dussé-je quitter le pays, j'irai jusqu'au bout... Qu'*il* emporte ce qu'*il* a pris et qu'il le fasse enfouir avec *lui* dans son cercueil quand le moment (prochain) sera venu pour *lui.* »

En écrivant à Louis Pictet, maire de la commune de Vernier, que Perez manifestait dans ses écrits « la violence extrême de son caractère et un état de surexcitation morale proche d'un état anormal[1] », Trofimovsky ne se trompait certainement pas. Il n'en respecta pas moins une sage réserve.

Vava jugea que le commis aux écritures de Me Taponnier agissait en provocateur, qu'il ne fallait ni lui répondre, ni même porter plainte. L'humeur sinistre de Perez ne fut que renforcée par ce silence.

Lorsque, le 5 juin 1888, en fin d'après-midi, une troupe d'une huitaine d'individus s'arrêta devant le portail de la villa Neuve, Trofimovsky crut à une mauvaise plaisanterie. Il était loin d'imaginer ce qui allait suivre.

Voici l'incident tel qu'il se trouve raconté dans une lettre manuscrite de Mme de Moerder. Car dès le lendemain, elle adressa au président du Département de justice et police un récit détaillé de l'agression dont Trofimovsky et elle-même avaient été victimes.

Rien de moins apprêté que l'écriture serrée, petite et droite de la mère d'Isabelle : une écriture d'homme. Sa relation, rédigée dans un français parfait, frappe par sa sobriété. Mme de Moerder parle juste. Malgré la gravité des menaces proférées contre Trofimovsky et la grande peur qu'elle éprouve, elle garde en écrivant un style naturel et ce quelque chose de presque oral qui, dix ans plus tard, étonnera et fera la force des écrits d'Isabelle Eberhardt.

« Après avoir paisiblement passé seize ans sur votre canton, écrivait-elle, je me trouve dans la triste nécessité de vous prier de m'accorder votre protection contre les attaques injurieuses et incessantes de Perez-Moreyra, sujet français, domicilié à Genève, et qui a épousé ma fille Nathalie, sans mon consentement, le 7 avril dernier.

« Ne recevant jamais de réponse à toutes ses calomnies, lettres et cartes postales, il a eu l'audace de se présenter le 5 courant, entre 5 et 6 heures du soir, en compagnie de sept individus, au portail de la campagne que j'habite. Perez et l'un de ses acolytes se sont brusquement jetés vers la maison, après avoir repoussé le propriétaire... S'il n'a pas réussi à s'introduire dans mon appartement, ce n'est que grâce aux efforts du propriétaire, de son ouvrier, Antoine Clochet, et à la présence de mon voisin, Monsieur Stämpfly, propriétaire, appelé en toute hâte par ma femme de ménage. Perez a été éconduit de la campagne par les gendarmes. Mais cette mesure ne peut être d'aucune garantie pour l'avenir, car les antécédents de ce Perez prouvent la violence de son caractère.

« Etant malade et très faible depuis bon nombre d'années, je n'ai ni la force d'aller chez vous ni celle de composer une déposition détaillée qui puisse embrasser en entier et clairement toute l'horreur de la conduite de cet homme, toutes les infamies qu'il me lance, tantôt par lettres, tantôt par cartes postales, lues et naturellement commentées dans les bureaux postaux par les facteurs, enfin toute l'influence diabolique exercée par cet homme sur mes enfants.

« [...] J'ai l'honneur de vous prier, Monsieur le Président, de bien vouloir charger un employé qui jouit de votre entière confiance [...] de venir chez moi pour faire une enquête sévère, en la basant sur les lettres et cartes de l'individu en question. Cette enquête, demandée par moi-même, vous donnera tous les moyens positifs et décisifs pour prendre des mesures spéciales contre les agissements de Perez qui, évidemment, est dangereux non seulement pour moi et mes enfants, mais aussi pour la vie sociale bien organisée[2]. »

La lettre ne laissait aucune alternative : non seulement

Mme de Moerder n'avait rien à redouter d'une enquête policière, mais elle l'exigeait. Lorsqu'elle parlait de Trofimovsky, elle ne l'appelait ni le tuteur ni le précepteur mais « le propriétaire ». Pudeur ou prudence ? Dans un souci d'information, elle terminait sa requête en citant des extraits particulièrement révélateurs des lettres que lui avait adressées Perez. Chaque citation était datée, la sélection était faite avec beaucoup de discernement et de brièveté. Voici ce choix : le 20 avril, Perez lui écrivait pour dénoncer Trofimovsky en des termes d'une incroyable perfidie : « Il est entré chez le lieutenant général de Moerder comme domestique... et le coquin en a profité pour le voler et s'enfuir avec vous ; il vit de l'argent volé à son maître, sauvegardé par votre présence... J'attends de vos nouvelles avant *un mois...* » Le 15 mai, Perez adressait à la villa Neuve une carte postale destinée à Nicolas de Moerder, alors que sa femme autant que Perez lui-même ne pouvaient ignorer que Nicolas avait quitté la Suisse depuis huit ans. La supercherie grossière, et qui ne laissait que peu de place à l'illusion, consistait à envoyer aux bons soins de Mme de Moerder un message adressé à un autre, mais que l'on souhaitait qu'elle lût afin de jeter le trouble dans son esprit. Et en effet, quoi de plus troublant pour elle que cette preuve d'une machination contre Trofimovsky, ourdie de concert par Nicolas et Perez ? Les accusations, cette fois, portaient sur les circonstances de la mort du lieutenant général de Moerder, et le rôle joué par un prétendu « homme d'affaires » à la solde de Trofimovsky : « Comme je viens de l'apprendre, écrivait Perez à Nicolas, l'attaque d'apoplexie n'a été indiquée que pour vous voiler l'affaire ; je sais comment est mort le général ; les papiers ont disparu ; l'homme d'affaires de la canaille a été empoigné et expédié en Sibérie, mais lui s'était enfui à l'étranger ; je cherche toujours, je vais ressusciter toute l'affaire... Tout à toi. Perez et Moerder. » Exposée aux yeux de tous, cette correspondance –

dont la crédibilité se trouvait renforcée du fait qu'elle était contresignée par Natalia de Moerder – passa des mains des employés de la poste à celles du facteur puis à celles des policiers et de ces mains-là à celles de la justice. Les infamies qu'avait imaginées Perez pour déconsidérer Vava et Mme de Moerder devenaient publiques. Jusqu'aux voisins de Meyrin qui grillaient de les lire, ces lettres... Toutes les sottises qui, par la suite, furent écrites sur Trofimovsky n'ont point d'autres sources.

La vie à la villa Neuve devenait intenable.

Certains incidents survenus dans les premiers mois de l'année auraient dû mettre la police en éveil. Fallait-il croire Trofimovsky lorsqu'il avait affirmé, à deux reprises, qu'un ou plusieurs inconnus s'étaient introduits la nuit dans sa propriété ? La gendarmerie avait bien établi une surveillance, mais « sans aucun résultat[3] ». Et l'on avait effectivement constaté une tentative d'effraction sur un volet du rez-de-chaussée, mais l'outil employé n'était pas celui d'un professionnel. Alors ? Confrontés avec un travail d'amateur, certains enquêteurs n'étaient pas loin de tenir Trofimovsky pour responsable d'un « simulacre d'effraction ». D'autres, au contraire, demeuraient persuadés qu'un individu, animé des plus mauvaises intentions, voulait agir contre lui « par intimidation ».

La police en perdait son latin, et Perez s'enhardissait.

« Je ne suis même pas sûre de mes nuits », écrivait Mme de Moerder en terminant sa lettre au représentant de la police.

Le 28 mai, entre 10 et 11 heures du soir, nouvel incident. Un coup de sonnette tardif annonçait un visiteur. Interrogé à travers la porte, un inconnu, qui disait s'appeler Tannet, prétendait être chargé de remettre un télégramme. Sagesse de Vava qui refusa d'ouvrir. « Le lendemain, écrivait Mme de Moerder, renseignements pris dans les bureaux du télégraphe, il n'y avait pas eu de dépêche envoyée ni d'employé télégraphiste se nommant ainsi. Je comprends que c'est encore Perez qui dirigeait cela. C'est aussi le motif pour lequel je suis obligée de vous prier d'accélérer l'enquête. »

Que d'heures passées à souhaiter une réponse ! Natalia Nicolaïevna pensait avec une véritable douleur qu'elle n'obtiendrait jamais la protection demandée. C'est ainsi que rien ne s'étant passé, mais toujours avec le même calme et de la même écriture aux caractères fermes et égaux, elle adressa une deuxième lettre à la police, la dernière, celle du 15 juin 1888[4] : « Je ne puis plus supporter les agissements de ce monstrueux individu, écrivait-elle... Je n'ai jamais vu Monsieur le Maire de Vernier, mais l'on me dit que c'est un homme bien instruit et tout à fait intègre. Permettez-moi de vous prier de confier l'enquête à ce magistrat. » Le post-scriptum de cette lettre est particulièrement révélateur. Mme de Moerder avouait sa hantise que puisse éclater entre sa fille et Perez une tragédie de même nature que celle dont toute la presse genevoise se faisait l'écho. Un étudiant étranger, violent et exalté, avait été envoyé en Suisse afin d'y poursuivre ses études. Dans la pension de famille où il logeait, il s'éprit d'une jeune Triestine. Et c'est sur la terrasse de cette pension que Luis Gormaz, Chilien de dix-neuf ans, tua d'une balle dans la tête Carla Sottlin, puis chercha à se brûler la cervelle sans y parvenir. « Je suis sous l'impression de l'article " Drame "[5] imprimé dans le *Journal de Genève* d'aujourd'hui », écrivait Mme de Moerder.

Les cartes postales de Perez qui tournaient à l'ignoble continuaient à passer de main en main, comblant d'aise autant les postiers que la police, ou ceux des voisins qui, en voyeurs amusés, réussissaient à s'en faire communiquer quelques passages. La dernière en date laissait supposer que Mme de Moerder était la complice de son persécuteur : « Il dit agir d'accord avec moi, écrit-elle, et il finit par la communication diabolique concernant l'exhumation du cadavre de mon mari. » Ici, Natalia Nicolaïevna, dans la crainte que la police ne la crût pas, donnait copie du passage de la carte de Perez où ces choses étaient dites : « Les demandes pour faire exhumer le cadavre continuent. Nous avons bon espoir de faire arrêter l'individu (Trofimovsky). Mais il faudrait qu'il fût expulsé en France. Dans ce pays il aurait la tête tranchée. »

Augustin et Volodia – on disait toujours Volodia à la villa Neuve, jamais Vladimir – avaient reçu, eux aussi, leur lot de menaces. Eux aussi avaient entendu Perez annoncer froidement « qu'il viendrait un jour loger 11 balles de Watterby dans la personne[6] de Trofimovsky ». Horrifié, Volodia s'était précipité à la gendarmerie du poste de Meyrin où il avait rapporté ces propos. A Augustin, Perez avait écrit que Trofimovsky avait empoisonné son père[7].

Ces monstruosités avaient ôté aux fils de Mme de Moerder l'envie de rire des frasques de Perez. La complicité fit place au dégoût, ce dégoût qu'instinctivement Isabelle avait éprouvé avant eux. Ainsi les deux enfants terribles qui avaient donné si peu de satisfactions à leur maître se rangèrent-ils sans réserve dans le camp de ses défenseurs. Une consolation immense pour Vava qui allait leur témoigner sa reconnaissance jusqu'à son dernier souffle.

Volodia et Augustin se soumirent d'autant mieux à l'autorité de Vava qu'ils avaient admiré sa présence d'esprit lors de l'opération surprise menée par Perez et ses hommes contre la villa Neuve. Ils avaient été très fiers que le tuteur, à l'insu du téméraire qui avait osé forcer son seuil, eût recours à eux. Vava leur avait ordonné de courir prévenir les gendarmes. Ils avaient pris leurs jambes à leur cou, les deux frères, trop longs, trop minces et si peu familiarisés avec les lentes façons d'agir en vigueur en Suisse. On avait été très surpris, au poste de Châtelaine, de les voir arriver tout essoufflés. Mais quelle satisfaction lorsque, grâce au stratagème du grand Vava, la troupe des agresseurs fut conduite au poste ! Placés de part et d'autre du chef de bande, les gendarmes avaient refusé d'écouter ses protestations. L'affaire n'avait duré que quelques minutes : Perez s'était fait coffrer. L'autorité de Vava s'en était trouvée considérablement renforcée.

Si l'on voulait s'étendre sur les conséquences que cette épreuve eut pour l'état d'esprit des exilés de Meyrin, il faudrait noter qu'elle resserra les liens entre Natalia Nicolaïevna et les deux fils qui vivaient encore sous son toit. Pendant ces journées de cauchemar, Mme de Moerder, pourtant si malade et si faible, avait forcé l'admiration. C'était singulier, mais elle aussi sortait grandie de l'épreuve.

Ce qui amène à s'interroger sur la personnalité de la compagne de Trofimovsky. La plupart des témoignages dont on dispose proviennent de personnes ne l'ayant jamais approchée. « La mère ? Femme nulle, effacée », lit-on dans l'article de Fanny Guillermet[8] dont s'inspireront, les uns après les autres, tous les biographes d'Isabelle Eberhardt. Imagine-t-on l'impétueuse Isabelle à jamais émue par « une femme nulle », la vénérant toute sa vie et trouvant jusque dans les pires détresses un réconfort dans son souvenir ? Imagine-t-on Alexandre Trofimovsky, ce Vava qui, avant d'appliquer à ses élèves les principes de « l'éducation naturelle » chère à Rousseau, avait choqué la société privilégiée d'Odessa par son horreur de la vanité, imagine-t-on Vava vénérant pour toujours « une femme nulle » ? Mme de Moerder n'avait rien de la victime, de la femme dominée dont certains ont voulu imposer l'image. La société, que voulez-vous... on n'éprouvait que méfiance pour l'étrangère qui avait pour compagnon un *professeur de maison* et vivait avec lui hors mariage, le pire étant qu'elle lui fût attachée au point de renier son milieu d'origine, non pas le temps d'une passion ou d'une liaison, mais le temps d'une vie. Car c'est jusqu'à sa mort que Mme de Moerder maintint cette rupture avec la société exclusive dont elle avait longtemps subi la loi. Alors, les gens... Ils agirent en sorte qu'on gardât de celle qui avait fait fi des impératifs du grand monde le souvenir d'une femme qui ne comptait pas, une femme qui n'était « que timidité et effacement[9] », une pauvre créature se nourrissant « de thé et de larmes[10] ». Natalia Nicolaïevna, victime des gens... Mais pas plus Isabelle que sa mère ne se souciaient de ce qu'ils pensaient, « les gens ».

Les jours passaient, les menaces succédaient aux menaces...

Surveillés de près, mais ne voyant toujours pas de dispositions prises pour assurer leur sécurité, les Moerder s'effrayaient du silence des autorités. On était au printemps de l'année 1888 quand le maire de Vernier, qui n'avait cessé de se démener en faveur de ses administrés, allant jusqu'à inviter la police à « rassurer[11] » les exilés, le bon monsieur Pictet, put enfin les avertir que Trofimovsky allait être convoqué au tribunal civil de Genève.

Le jour de la convocation, le rôle du tribunal était encombré par un grand nombre d'affaires. Les plaignants hésitaient, cherchaient leur avocat, leurs témoins, leur banc.

A dix heures du matin, Trofimovsky arriva accompagné de Volodia et d'Augustin. On ouvrit des yeux ronds sur leur passage. Ils ne manquaient pas d'allure, ces hommes de haute taille, les deux jeunes surtout, si bien découplés et tous trois rendus plus remarquables par cet air de parade qu'ont facilement les Russes dans leur démarche. Vava fut heureux de constater qu'une place lui avait été gardée sur le banc où se trouvaient déjà le facteur Gavard, Mme Mallet, et qu'il y avait là aussi son courageux voisin M. Stämpfly, son ouvrier agricole, Antoine Clochet, ainsi que l'épouse de ce dernier. Tous ceux qui avaient participé à la défense de la villa Neuve contre le coup de force de Perez et de ses séides étaient serrés sur le même banc, attendant côte à côte d'être interrogés.

Mais l'étonnement fut à son comble lorsque l'on constata qu'une troisième personne accompagnait Trofimovsky et que cette personne n'était autre que M. Marchand, le curé de Meyrin. Car si les curieux étaient accourus en nombre, ce n'était pas seulement pour voir de près le Russe de la villa Neuve. Ce qu'ils attendaient, c'était l'homme dont on disait qu'il avait quitté son pays pour échapper à la prison politique, un nihiliste, un défroqué, un impie « qui avait en horreur la Bible[12] ». Et voilà que le dangereux révolutionnaire, l'ennemi juré de l'Eglise, le Russe qui menait à Meyrin une vie singulière et obscure, s'était assuré le soutien du curé[13]. On conçoit l'étonnement de l'auditoire.

Ni Vava ni ses deux jeunes acolytes ne s'étaient assis tout de suite. Ils avaient commencé par chercher où accrocher leurs vastes feutres noirs qui, posés sur leur longue chevelure, puis ôtés poliment d'un geste large et que l'on pouvait prendre pour un salut, n'avaient pas été pour rien dans la surprise provoquée par leur entrée. Vava avait extrait lentement d'un imposant dossier les plus récentes lettres de Perez, dont le tribunal n'avait pas encore eu connaissance, et ce fut au moment où il s'asseyait enfin qu'il éprouva une violente douleur au mollet. Il découvrit alors qu'une longue épingle avait été « appliquée contre le banc par un morceau de cuir enduit de poix[14] ». Voici, suivant son propre témoignage, quelle fut sa conduite. Il pria Volodia de noter l'heure – il était 10 heures du matin. Puis il demanda à Augustin d'aller au plus vite à la pharmacie la plus proche et d'en rapporter un puissant désinfectant. Enfin, il tira de sa poche un vieux canif à manche de corne avec lequel il détacha du banc l'inquiétant dispositif, qu'il coucha entre deux feuilles de papier, jugeant que « l'aiguille ayant été préparée », il y avait toute chance qu'elle fût enduite de quelque poison. Il isola de la même façon la lame de son canif et attendit sans impatience le retour d'Augustin et les questions du juge.

Vava disposait d'une nouvelle pièce à conviction : il avait été victime d'une tentative d'empoisonnement. Ajoutons à cela que l'inconnu qui avait « préparé l'aiguille » avait agi dans la certitude d'un effet foudroyant. Car ce même jour, à 10 h 10 du matin, un télégramme avait été consigné à l'adresse de la villa Neuve où Mme de Moerder se trouvait seule avec sa fille Isabelle. Le texte anonyme était le suivant : « Mort en arrivant. Plus d'espoir... »

Le coup avait été trop fort pour le cœur de Mme de Moerder qui s'était évanouie. Elle était restée si longtemps sans connaissance qu'Isabelle l'avait crue morte.

L'incident de l'aiguille empoisonnée porté à la connaissance du juge, ainsi que l'audition des témoins, mirent au plein jour le caractère odieux des agissements d'Alexandre Perez-Moreyra. Mais le tribunal agit avec mesure. Le juge se limita à spécifier que si Perez faisait la moindre tentative contre Mme de Moerder, les membres de sa famille ou le propriétaire de la villa Neuve, il serait expulsé sur-le-champ.

Si satisfait qu'il fût, Trofimovsky jugea la mesure insuffisante. Or, elle suffisait pour que le mari de Natalia de Moerder se le tînt pour dit. Expulsé de Suisse, où aurait-il trouvé refuge ? Pas en France, en tout cas, où il lui aurait été impossible de retrouver l'anonymat. La police de la République était infiniment mieux renseignée sur sa personne que ne l'était la police helvétique.

Au fil des ans, bien avant les démêlés avec Trofimovsky et même longtemps après, les commissaires spéciaux d'Annemasse avaient réussi à recueillir suffisamment de témoignages pour connaître les moindres activités de Perez et réunir, sans en omettre aucun, les noms des gens qu'il fréquentait. Ainsi fut mise au jour la double vie de celui qui se présentait comme un très inoffensif commis aux écritures chez Me Taponnier, à Genève.

Perez était « en relation avec les anarchistes du groupe *l'Avenir* et notamment avec Karlen, ainsi qu'avec Alméras, fondateur du groupe *l'Humanité*[15]. » Perez se rendait au domicile de ces deux troublants personnages : Ulysse Alméras – l'homme du Gard, le sculpteur, « l'illuminé » – et Jean Karlen – le Bernois, le graveur, l'imprimeur clandestin – agitateurs pour les uns, prophètes pour les autres. Perez prenait part aux séances clandestines où l'on discutait « de l'extinction du paupérisme par le partage des biens et l'association universelle[16] ». Il retrouvait là des gens de toutes nationalités, de toutes tendances, et de tous bords : Français, Allemands, Italiens, Suisses, anarchistes, socialistes ou pasteurs protestants. Il participait à la rédaction des manifestes, et même « s'il se défendait d'appartenir au parti anarchiste[17] », il n'en agissait pas moins comme Alméras qui « lorsqu'il voyageait, avait la manie de jeter ses écrits révolutionnaires dans toutes les voitures des trains[18] ». Enfin Perez qui reconnaissait « être partisan de moyens violents pour arriver à la Révolution immédiate », Perez était bien un révolutionnaire.

L'étonnant est que brusquement, autour des années 1896, l'oracle anarchiste se mua en bourgeois paisible. Plus personne ne songea à lui reprocher un passé qui s'effaça des mémoires comme par enchantement. Curieux antécédents pour faire carrière dans la finance. Or une grande banque n'eut qu'à se louer des services de Perez. Il en assura la direction pendant vingt ans. L'homme de chiffres qui avait professé que le Capital vouait la société à la pire déchéance, laissa à *l'Union suisse pour la sauvegarde du crédit* le souvenir d'un citoyen épris d'ordre et de justice sociale, d'un financier dont les compétences en matière d'économie furent largement reconnues.

Après sa mort, la bibliothèque publique et universitaire de Genève considéra de son devoir de rassembler les œuvres d'un aussi honnête homme. On fit valoir que « sa modestie fut certes aussi grande que fut son érudition[19] » et l'on réunit en volumes les liasses d'articles que le défunt, dans le seul but de contribuer à une meilleure information des hommes, avait régulièrement remis au *Bulletin commercial et industriel suisse.*

Quant à Natalia de Moerder, qui dans ses jeunes années s'était prise pour Perez d'une si violente passion, elle aurait eu, aux dires de ses contemporains, « un cœur de Samaritaine[20], une âme faite pour mépriser les titres, les honneurs, les décorations. Elle apporta toutes sortes de consolations aux pauvres, aux femmes abandonnées et aux orphelins. C'est ainsi que Natalia et Alexandre Perez formèrent, à Genève, l'un de ces couples que la société se plaisait à fréquenter.

Eût-elle attendu quelques années, Mme de Moerder aurait trouvé en la personne de son persécuteur un gendre des plus convenables.

Et voici venu le temps d'Augustin le fragile, dix-sept ans.

Il était comme tout adolescent cerné de désirs fous, abasourdi et se jetant en aveugle dans le désordre de ses premières expériences amoureuses. Augustin... Je le devine dans le grand vide de la villa Neuve, allant d'une pièce à l'autre, obsédé, que dis-je, dévoré par le désir de retourner au plus vite auprès de la fille chez qui il avait eu la révélation de l'amour; je le devine, écoutant

Natalia Nicolaïevna et ne l'entendant qu'à demi – « Que vas-tu faire de ta vie, Augustin? » – incapable de répondre, mais lui répondant quand même, parce qu'Augustin, comme je l'ai déjà dit, était ailleurs, l'esprit à quelque rêve longuement caressé, dans la pitoyable et miraculeuse alcôve, d'une maison de tolérance sise rue du Perron, au nº 5 de cette rue, à Genève[21]. Et là aussi, je le devine, précisément là, à cette adresse, dans le décor sordide de cette chambre et le linge taché, émerveillé par ses prouesses, par sa force jamais éteinte, émerveillé qu'une femme puisse être par lui possédée, pénétrée, dominée, soumise, émerveillé, en même temps qu'effrayé par son secret, le secret d'avoir fait *ça*, le secret d'être là, portant en lui des pensées gênantes – « Si ma mère me voyait » – pris d'un haut-le-cœur à cette idée due à la crainte ou au remords, mais appréciant quand même son plaisir, encore qu'agacé par les jacasseries de la fille : « De grâce, tais-toi! » Et j'imagine Augustin rêvant d'un autre cadre, d'un langage moins bête, d'une plus belle conquête, et sans s'interrompre, la fille toujours serrée entre ses cuisses, regardant sa montre à la dérobée, s'inventant des prétextes pour s'en aller. Vite, partir, ne pas inquiéter sa mère, ne pas éveiller les soupçons de Vava, ne faire attendre ni sa jeune sœur, ni Volodia, son aîné – heureux Volodia que les femmes ne bouleversaient pas. Comment faisait-il, Volodia, lui qui ne sortait jamais, lui qui ne voulait pas sortir? Allons, vite, en route, se lever, se laver, s'habiller, partir, pour ne pas être en retard au repas du soir parce que cela ne se faisait pas, disait-on, entre gens de bonne éducation. et que tel était Augustin, gandin timide mais qui s'aimait bien.

Il s'aimait pour des bêtises, pour une moustache qui s'annonçait fournie et pour sa surprise quand il constatait que le poil en était blond bien que ses cheveux fussent châtains[22], pour des sottises, vous dis-je, sottises de beau jeune homme aux yeux d'un bleu à se damner, pour sa satisfaction quand il se regardait dans une glace et qu'il se voyait très grand, très mince, pour le plaisir de prendre soin de sa chère personne et pour le désir irrépressible qu'il avait de prolonger indéfiniment son adolescence et de vivre ainsi toute sa vie, en courtisant des femmes et en ne travaillant point. Ne lui incombait-il pas, à Augustin, d'assurer en ce lieu d'exil la pérennité d'une prérogative aristocratique : plaire et ne rien faire ? Il y mit une énergie folle : plaire à son miroir, plaire à ce qui lui tombait sous les yeux, plaire à la première femme qui passait, plaire à la vieille voisine, à la grosse Mme Mallet, à ses casseroles, à ses sauces, plaire à sa sœur, de six ans sa cadette, sa sœur Isabelle qui le suivait comme son ombre et, à la moindre indisposition, lui apportait ses repas au lit, plaire à Isabelle qui, pour un empire, n'aurait renoncé à « finir », comme on dit dans les familles, c'est-à-dire à user jusqu'à la corde, les culottes de tweed et les vieux vestons portés par Augustin quand il avait, comme elle, onze, douze ans, plaire à sa sœur, pourquoi pas ?

Il faut dire que cette fille au corps de garçon maigre était d'une ambiguïté singulière. Pas encore une femme mais déjà plus une enfant, et tout étonnée de ne plus l'être, elle apparaissait à Augustin comme une contradiction permanente : ni fille ni garçon. Elle accablait Augustin de questions posées sur un ton vengeur. Où était-il allé l'autre soir pour rentrer si tard ? Pourquoi ne cherchait-il pas un emploi ? Depuis deux ans qu'il avait cessé d'étudier que faisait-il toute la journée ? Augustin ne se voyait pas racontant ses aventures ou lui avouant le désir qu'il avait des paysannes venues d'Italie pour les vendanges. Elles sillonnaient le pays de Vaud. Elles se répandaient dans les bourgades voisines. La nuit, elles dormaient le long des routes, serrées à trois ou quatre, les unes contre les autres. Un soir, quand sous prétexte de « prendre l'air » Augustin était allé faire un tour, ces ombres indiscernables dans les fossés, ces chevauchements inquiétants l'avaient terriblement troublé. Un citadin, un fils de famille, n'est guère préparé à ces sortes de surprises : des fossés pleins de femmes. L'une d'elles avait demandé à Augustin s'il n'existait pas dans les parages une fontaine, un bassin ou même une mare où se laver. Il l'avait conduite jusqu'à l'étang des Tritons, et là, dans les bois de la villa Neuve, il l'avait prise à la diable, sans se poser de questions. Plaire... Augustin ne pensait plus qu'à ça depuis qu'il avait découvert la maison close de la rue du Perron. Une rude aventure cette première fois. Enfin, c'était fait et, depuis lors, il voyait partout des femmes à séduire, sans s'expliquer le pourquoi de cette fringale. Mais ce n'étaient pas là des choses à raconter à sa sœur. Impossible de lui faire ces sortes de confidences, à Isabelle, en sachant par-dessus le marché qu'elle l'adorait. Impossible. Augustin était fermement décidé à ne rien lui révéler. Ce serait pour plus tard.

En attendant, il prenait goût à la vie de rentier... sans rentes. Grappiller, de-ci de-là, l'argent qui lui était nécessaire le préoccupait beaucoup. Autour de lui, personne ne songeait à lui fournir quelques subsides... Personne n'imaginait qu'il eût des femmes à payer. Il fallait donc bien s'arranger. On sait où conduit ce genre d'exercice.

Vava l'observait, inquiet. « Encore une défaite pour moi », se disait-il. Pauvre Vava... Toujours à se battre avec ses illusions. Il avait cru longtemps que le dernier fils du sénateur de Moerder, comme les jeunes gens d'un peu partout en ce temps-là, et plus que partout en Russie, fussent-ils pauvres ou misérables, serait animé du désir de s'instruire et qu'il prendrait goût à la vie de réflexion et de travail que Vava faisait mener à ses élèves dans la sévère bâtisse de Meyrin. Mais cette vie, sa fille était bien la seule à l'apprécier. Pour ce qui est des autres... Et tout cela rendait Vava particulièrement malheureux. Car il lui fallait renoncer à son espoir de voir le jeune fils de Natalia Nicolaïevna poursuivre ses études; il lui fallait oublier aussi qu'il s'était imaginé, pour la plus grande joie de Mme de Moerder, pouvoir faire un jour d'Augustin un *privat docent* dans quelque université suisse. Augustin en avait décidé autrement. Il préférait se faire remarquer pour sa joliesse et rendre service aux siens en faisant leurs achats. Car tel était le rôle d'Augustin à Meyrin, et telle sa participation à la vie communautaire : il était préposé aux courses. Deux fois par semaine, il se rendait à Genève où il courait les pharmacies, les librairies et les bureaux de tabac pour rapporter des médicaments à sa mère, des livres à son tuteur, des journaux et des revues à l'ensemble de la famille. On lisait beaucoup à la villa Neuve. On lisait en russe, en allemand, en français, en arabe. Se procurer à bas prix des ouvrages étrangers à peine parus n'était pas commode. Il faut dire qu'on ne résistait pas à Augustin, toujours tiré à quatre épingles, toujours souriant. Il s'en tirait à merveille. « Mais quand même... quand même, se répétait Vava, qu'allait-on faire de ce garçon? » On pouvait s'attendre à ce que cela finît mal.

Jamais, pourtant, Vava ne tint rigueur à l'élève qui l'avait si cruellement déçu. Augustin était né comme ça. En était-il méprisable pour autant? Pas bête pourtant, mais la tête pleine d'illusions. Vava ne chercha jamais à les lui reprocher. Il chercha seulement à l'en guérir. Sans y parvenir.

Quant à dire ce qu'allait être Augustin pour Isabelle, il est encore trop tôt. Ils n'en étaient qu'à l'aube d'une longue aventure. Tout était en suspens dans le temps, et personne, pas même Augustin pas même Isabelle, ne prévoyait ce que serait l'amour qu'ils éprouveraient l'un pour l'autre. L'insolente gamine qui portait son costume de garçon comme un vêtement de théâtre ne pouvait se douter que ce serait en prenant conscience de la médiocrité de ce frère tant aimé qu'elle trouverait le courage de progresser vers *autre chose,* l'inconnu, le danger, la solitude, le désert.

Mais il est trop tôt pour parler de la fugitive. Sachons seulement qu'il n'y aurait pas eu d'Isabelle sans Augustin.

On se soucierait peu de raconter ce que fut la médiocre existence d'Augustin quand il avait entre dix-sept et dix-neuf ans, s'il n'avait été, à cet âge, le héros de sa sœur Isabelle, celui qui la « toucha » de plus près, celui qu'elle brûlait d'être. Ajoutons cette autre raison : si les premiers garçons que connut Isabelle furent souvent des plus médiocres, c'est en grande partie parce qu'Augustin les avait connus avant elle et les lui avait fait connaître. Qu'est-ce que l'on peut comprendre aux premières amours d'Isabelle si l'on ignore ce que fut la première jeunesse d'Augustin ? Isabelle marcha dans les pas du grand frère, elle alla où il était allé. Augustin fut son Mentor. Mais cela n'eut qu'un temps. La maturité d'esprit d'Isabelle la mit très vite en position dominante. Très vite, ce fut elle qui veilla sur Augustin. Ainsi Mentor changea de corps et d'image : il se glissa dans les vêtements de l'adolescente qui, bien que n'étant plus la petite fille soumise à la volonté de ses parents, ni la jeune sœur tenue d'user les vieux vêtements de son frère, continua de s'habiller en garçon, par caprice ou par provocation… A moins que ce ne fût pour ressembler à Augustin et passer plus aisément dans son camp. Que cherchait inconsciemment Isabelle en s'habillant ainsi ? A se soustraire au poids de sa *russité,* à s'évader de la maison familiale, de son univers clos, de son catastrophisme et de ses drames ? On ne peut s'empêcher d'évoquer le souvenir d'Ulrique, la sœur aimée de Heinrich von Kleist qui, elle aussi, suivait son frère, en tenue masculine, partout où il allait. Comme pour Ulrique, la tenue d'Isabelle manifestait sa volonté de rupture et de transgression. « [...] C'était, comment dire? Ce qui lui permettait de passer de l'autre côté, celui de son frère[23]... »

Hélas, Augustin de Moerder n'était pas Kleist.

Les gens de la villa Neuve ne connurent qu'un court été de paix familiale. L'affaire Perez s'était close en juin 1888. Dès le mois d'août de cette même année, Augustin fit des siennes. Il disparut. Ce n'était pas sa première bêtise. Elle s'inscrivait parmi beaucoup d'autres. Et Vava de prendre sa plume et d'alerter la police. Et les agents de la sûreté de se remettre à surveiller les Russes de Meyrin et à les suivre partout où ils allaient. Et les enquêtes et les fiches de s'accumuler... à cause d'Augustin.

Le 23 août 1888, le directeur de la police de Genève recevait une lettre d'Alexandre Trofimovsky[24] l'informant qu'en l'absence de Mme de Moerder – qui « à cause de sa maladie très grave se trouvait dans la famille de son médecin, Monsieur Vuillet » – le jeune Moerder Augustin avait quitté la villa Neuve. Et Vava, imaginant le désastreux effet qu'aurait cette nouvelle sur la santé de sa Natalia Nicolaïevna, fouilla la chambre d'Augustin et là, sur un billet laissé par le fugitif, il lut : « Je quitte la maison surtout parce que j'ai perdu tout droit à l'affection de ma mère. »

Augustin était parti sans papiers et Vava, dans sa lettre à la police, de se demander : « Comment le garçon pourrait-il passer une journée en ville si quelque malfaiteur ne l'avait pas soutenu?... Je puis dire positivement que ce sont Perez et Champion[25] qui, par sentiment de vengeance, ont entraîné cette faible nature pour la pousser dans quelque position dangereuse, nouvelle source de souffrances pour sa mère. »

Cette idée présentée comme une conjecture probable allait être confirmée par les faits.

A la mi-septembre, Augustin n'avait toujours pas reparu. Un agent de la sûreté[26] étant allé enquêter chez Alexandre Perez-Moreyra, l'affaire prit aussitôt une autre tournure. Alexandre Perez avait reçu une lettre d'Augustin. Mais ce n'était pas à Genève que se cachait le fugitif, c'était à Alger. Le papier était celui de l'hôtel de Paris. La lettre n'était pas datée.

Que s'était-il passé? Avec quelle complicité était-il parti, ce garçon frivole, ce dandy à la tête vide? Etait-ce d'avoir repris contact avec Perez, l'ennemi juré de la famille, était-ce à cela que faisait allusion Augustin lorsqu'il écrivait qu'il partait parce qu'il « avait perdu tout droit à l'affection de sa mère »?

On sait peu de chose sur cette première fugue. Il se pourrait qu'Augustin eût, dès cette époque, comme son frère Nicolas cinq ans auparavant, cherché à s'engager dans la Légion étrangère et qu'il y eût été déclaré inapte. Isabelle devait, quelques années plus tard, le laisser entendre. Il se pourrait aussi que le souvenir laissé par Nicolas de Moerder et par sa désertion n'eût guère encouragé les officiers de Bel-Abbès à donner une suite favorable à la demande d'engagement de son frère.

Au bout du compte, il importe peu de le savoir.

L'essentiel est qu'en 1888, un deuxième fils du lieutenant général de Moerder subissait l'attraction de l'Algérie et que pour la deuxième fois la petite Isabelle s'apercevait que ce mot d'« Algérie » révolutionnait la vie familiale en provoquant chez sa mère un débordement de larmes. Que tout cela est étrange! Pourquoi l'Algérie attirait-elle à ce point des jeunes gens de sang russe, coupés de leurs racines et élevés en Suisse? Pourquoi subissaient-ils l'attraction de la Légion, ces garçons élevés hors de toute discipline, poussés dans la confusion des voyages, le désordre des déménagements et de l'exil, pourquoi? Mais quelle qu'ait été cette attraction, il n'est pas certain qu'Augustin soit allé à Bel-Abbès, ni qu'il ait cherché à s'engager dans la Légion par dandysme et pour le seul plaisir de porter la culotte garance et les épaulettes rouges. L'Algérie, pour Augustin, c'était plutôt l'une des manières les plus théâtrales de mettre la mer entre ses petites malversations genevoises et lui. Il partait pour l'Algérie comme Nerval était allé à Constantinople pour se donner « aux yeux du monde une physionomie nouvelle[27] ». Car je dois, ici, revenir en arrière, sur un incident déterminant. L'année précédente, Augustin avait subtilisé à sa mère pour quatre mille cinq cents francs d'objets divers qu'il avait cherché à négocier chez un marchand spécialisé dans l'achat et la vente de timbres-poste de collection. L'homme tenait boutique au numéro 10 de la rue Pécolat. Et le sérieux de son enseigne, rédigée en plusieurs langues – *Briefmarken, Rarities in Swiss stamps, Dépôt pour toute la Suisse du célèbre Chaubeck-album, prix originaux* – avait de quoi séduire. M. Kirschhofer, c'était son nom, au lieu d'entrer en contact avec les parents du jeune homme, s'était prêté à cette opération, tout heureux – aux dires de la police qui le tenait en piètre estime[28] – de faire à travers le jeune Augustin « une spéculation sur la famille de Moerder ». A quelque temps de là, les événements prirent une tournure que Vava dans sa grande sagesse avait toujours redoutée. Pour se procurer des femmes, Augustin était retourné chez Kirschhofer qui, toujours aux dires de la police, « avait l'air de s'occuper d'affaires véreuses », et il avait contracté une dette de deux mille francs que Trofimovsky refusa de régler. Kirschhofer saisit ce prétexte pour demander à la police de lui fournir des renseignements sur la famille de Moerder et sa lettre, tout en dénonçant Trofimovsky pour dette, réussissait à faire peser sur les Russes de Meyrin toutes sortes de suppositions propres à alerter les autorités : « Sont-ce des réfugiés politiques russes, comme tout nous porte à le croire, vu la répugnance profonde qu'éprouve le soi-disant tuteur à venir en ville et les allures mystérieuses qu'affectent tous les habitants de la maison[29] ? » Les demandes de M. Kirschhofer restèrent sans effet. La police l'informa qu'elle n'avait pas qualité pour répondre. Mais une enquête fut ouverte et les proches des Russes – Mme Mallet, M. Stämfly entre autres – furent à nouveau interrogés.

Instruit des suites qu'avaient eues ses chapardages, Augustin fut sévèrement tancé. Un débordement de reproches. Augustin écouta son tuteur brisé, anéanti. Le moyen de rester à Genève après cela ? Il n'avait d'autre ressource que la fuite. Il partit.

Telles furent les circonstances de sa première fugue.

Il y eut dans toute cette affaire et dans le mystère dont ses parents l'entouraient de quoi déconcerter une fille aussi informée qu'Isabelle. Pourquoi tant d'efforts pour la maintenir dans l'ignorance du sort d'Augustin ? Sa mère lui expliqua qu'il eût été malavisé de poser des questions. Heureusement pour elle, Augustin revint et fut absous. Il ne restait plus au jeune homme qu'à promettre de ne plus jamais se laisser entraîner dans de pareilles folies. Il tint parole et pendant six ans mena une vie tranquille à la villa Neuve.

Ce furent les plus belles années de l'enfance d'Isabelle, et sans doute les seules années heureuses de la vie d'Augustin.

4

L'adolescence d'Isabelle. Une éducation singulière. Les premières lectures ne sont pas forcément les meilleures. Lydia Pachkov, romancière et voyageuse. Quand Augustin rêvait du Canada. Madeleine comme une parenthèse.

IL y avait chez les habitants de la villa Neuve quelque chose de si singulier que nombre de biographes ont échafaudé autour de leurs personnes de subtiles théories tendant à prouver que leur façon de vivre était l'aveu de leurs options nihilistes, voire anarchistes. On chercherait en vain dans les actes ou les écrits de Trofimovsky et de ses proches des traces d'un quelconque encouragement à la jeunesse révolutionnaire de la lointaine Russie, alors que tout dans leur comportement dénote un individualisme opiniâtre dont Bakounine autant que Kropotkine se seraient grandement méfiés. Constatons aussi que les gens de Meyrin cultivaient non point une forme de dissidence ni même d'opposition au régime tsariste, mais une forme de cosmopolitisme avoué bien que trop timide pour dominer la nostalgie particulière qui naît de l'exil et du déracinement. Déracinés enracinés... Isabelle Eberhardt fut le fruit de cette ambiguïté. Elle crut en venir à bout en faisant du continent maternel sa seule patrie. Un leurre dont elle usa longtemps.

« Les familles heureuses se ressemblent toutes, les familles malheureuses sont malheureuses chacune à leur manière[1]... » Comment mieux dire ce que sont les déchirements familiaux dans leur infinie diversité ? Là les désordres amoureux de la maison Oblonski, ici le malheur spécifique de Natalia Nicolaïevna, cet exil dans l'exil. Un malheur à nul autre pareil, une cassure à laquelle les Russes de Meyrin avaient eu grand-peine à s'accoutumer. Mais c'était chose faite à l'époque où Isabelle fêtait ses quinze ans, encore que cette accoutumance dissimulât un trouble insurmontable. Et c'est précisément ce trouble, avec ses connotations inavouées ou inconscientes, qui ne cessera de peser sur chaque instant de l'adolescence d'Isabelle. Il fallait éviter d'évoquer les absents, de s'informer du passé, de comparer pour quelque raison que ce fût le pays d'origine au pays d'exil. Interdiction aussi de s'étonner de cette vie constamment soumise aux tracasseries de la police. Il fallait bien s'en arranger, n'est-ce pas, et accepter le code qui fait d'un exilé un factieux. Enfin, l'une des conséquences les plus caractéristiques de l'exil définitif que ressentirent les gens de la villa Neuve fut de décupler chez eux leur faculté – déjà exceptionnelle – d'assimiler au-delà de toute raison des langues étrangères, des langues mortes, ou à peine vivantes, comme s'ils éprouvaient la nécessité de se familiariser avec toutes sortes de cultures, de pays, de civilisations disparues, pour mieux se prouver que leur patrie était le monde. Et d'avoir connu si jeune tant de langues différentes, d'avoir entendu évoquer tant de pays inconnus fut aussi à l'origine de l'incapacité d'Isabelle à s'intégrer, et la poussera vers un cosmopolitisme beaucoup plus débridé que celui de ses parents. Apprendre une autre puis une autre langue étrangère, comme autant de frontières traversées, c'était encore une façon de se libérer.

Le programme pédagogique de Vava pour les années 1890-1894 avait pour but de diriger Augustin vers des études de chimie, tout en forçant le garçon à parachever sa culture littéraire. Ultime tentative qui demeura sans effet[2]. Alexandre Nicolaïevitch renonça une fois pour toutes à se tourmenter. Il était clair qu'Augustin ne changerait pas. Dès lors, Vava concentra l'essentiel de son activité sur sa fille.

Isabelle eut une adolescence très surveillée. On serait tenté de qualifier Trofimovsky de « vieux jeu » et ses méthodes de dépassées tant l'avance de la Suisse était grande en matière d'éducation. Il veilla à ce qu'Isabelle fût élevée ainsi que l'étaient les demoiselles de sa génération et de son milieu dans la Russie de ce temps-là, où les filles, si elles n'étaient pas accueillies dans « l'un de ces instituts pour jeunes filles de la noblesse, étaient éduquées par des institutrices ou par des professeurs venant à domicile[3] », et où une jeune personne de bonne naissance « ne serait jamais sortie de chez elle sans être accompagnée de sa mère ou de son institutrice, ou des deux ». Or que voyons-nous ? Selon toute probabilité, il ne fut jamais question d'envoyer Isabelle à l'école. Nous voyons aussi qu'âgée de dix-sept ans, elle était accompagnée d'une bonne[4] pour faire en tramway le court trajet qui séparait Meyrin de Genève et que ce fut vers le même âge, et toujours en compagnie de « notre vieille bonne[5] », qu'elle alla « voir » la messe de minuit, ce qui témoigne de l'esprit de tolérance de son père. Bien que Vava fût opposé aux pratiques religieuses, il n'exigeait pas que sa fille partageât ses préventions. Un athée militant, Vava ? Tout au plus un homme en rupture avec les traditions[6]. Son libéralisme « à la Tolstoï » n'avait rien de commun avec le libéralisme des groupes radicaux de son pays d'origine. Quant à sa relation avec le christianisme, elle était d'une ambiguïté dont sa vie et sa mort allaient apporter plus d'une preuve.

Comme sa sœur aînée, Isabelle ne pouvait entretenir une correspondance – fût-ce avec son fugueur de frère – sans l'autorisation d'Alexandre Nicolaïevitch. Obstacle dont elle vint à bout non sans mal et en usant de toutes sortes de subterfuges. Elle n'avait pas dix-sept ans que, déjà, son courrier lui parvenait poste restante et sous un nom d'emprunt.

Il était un domaine cependant où la plus grande liberté lui était laissée. Isabelle, et cela dès son plus jeune âge, dévorait tous les écrits qui lui tombaient sous la main : romans à la mode, Mémoires, poèmes, essais, journaux. On peut voir dans ce laisser-faire, très surprenant pour l'époque, la volonté de Trofimovsky qu'Isabelle profitât d'une éducation qu'il n'avait pas reçue lui-même et qui, par puritanisme; était refusée à ses jeunes contemporaines. Il y avait aussi chez lui le désir d'éviter à sa fille ce que lui, Vava, avait enduré sous la domination des prêtres : l'étouffement. Mais il n'y avait pas que cela. Cette permissivité avait un arrière-plan typiquement russe. Car si elle correspondait effectivement aux idéaux de Vava, à sa foi dans l'universalité des valeurs de l'esprit, à sa négation de tout chauvinisme, elle correspondait aussi aux traditions en vigueur dans les milieux éclairés de sa patrie. Les enfants de la Vieille Russie jouissaient d'une liberté de lecture qui n'était pas accordée, en Europe occidentale, aux enfants du même âge et du même milieu. En Russie, le lecteur débutant « s'éprenait de Tolstoï ou de Tchekhov dès la nursery[7]... ». Et Isabelle, en cela, fut un pur produit russe.

La vie à la villa Neuve ne différait guère de celle que l'on menait à la même époque dans des familles peu fortunées, au fin fond de la province russe. Même univers clos, même mélancolie tchékhovienne du jardin à l'abandon, mêmes façades à rafraîchir, même pénurie d'argent, même existence mesquine, même manque de distractions. Pas de chevaux, peu de jeux, peu de visites. A l'exception des dimanches, où la maison s'ouvrait à toute une jeunesse estudiantine et où, en hiver, s'improvisaient parfois des parties de patinage sur l'étang des Tritons[8], il ne se passait rien à la villa Neuve. Pour Isabelle, le plaisir de vivre se confondit très vite avec le plaisir de lire.

Des ouvrages en langue russe, les plus récentes anthologies poétiques, les derniers succès de librairie, toutes sortes de fascicules, des journaux, *Le Bulletin de Russie*, des plaquettes consacrées aux travaux des arabisants les plus distingués, dont ceux du professeur baron Rosen, tout cela arrivait directement de Moscou ou de Leningrad par les soins de divers enseignants amis de Vava – dont le fidèle E. Repman[9], professeur dans un gymnase de Moscou – ou de médecins, comme ce Vassili Masslenikov[10] qui, lors d'un séjour à Genève, avait renoué avec Trofimovsky et s'était rendu à la villa Neuve où il avait fait la connaissance d'Isabelle, d'Augustin et de Natalia Nicolaïevna.

Deux Genevoises, deux cousines, Anne Joliet et Madeleine Bernard, qui tenaient ensemble un kiosque à journaux, place du Molard, recevaient régulièrement les visites d'Augustin et d'Isabelle. Les jeunes gens venaient prendre livraison des achats de leur tuteur. Anne Joliet et Madeleine Bernard procuraient au propriétaire de la villa Neuve la presse suisse et étrangère; elles renouvelaient ses abonnements et se chargeaient de ses commandes. Par elles, Vava profitait de certains avantages : une remise de 25 % chez Lemerre et de 33 % chez Calmann-Lévy[11]. Or les exilés de Meyrin se fournissaient abondamment chez le potentat de la rue Auber. Calmann-Lévy, qui avait imposé la production de masse en lançant le livre à un franc, publiait l'oeuvre romanesque de Lydia Pachkov et de Pierre Loti, les auteurs préférés de Mme de Moerder et de sa fille.

Il ne datait pas d'hier l'intérêt de Natalia Nicolaïevna pour la Pachkova. On parlait d'elle, à la villa Neuve, comme d'une amie de la famille. Vava l'avait connue dans son jeune temps et l'infatigable voyageuse, lorsqu'elle ne courait pas le monde, faisait de la Crimée son port d'attache. Ses feuilletons dans la presse russe[12], ses récits en français qui dépaysaient tant ses lecteurs parisiens, ne dépaysaient en rien Mme de Moerder. Bien au contraire. Les écrits de sa compatriote éveillaient en elle l'agréable sentiment du déjà entendu, du déjà lu. Avec elle, Natalia Nicolaïevna retrouvait le monde d'avant la cassure et le souvenir des œuvres médiocres sur lesquelles elle avait beaucoup pleuré avant son départ de Russie. Les bluettes de la belle Lydia se lisaient comme *Le Comte Kostia* ou comme *L'Aventure de Ladislas Bolski,* cela se laissait boire comme petit-lait[13].

La Pachkova exploitait, en le renouvelant, un cosmopolitisme mondain très en faveur dans la haute société internationale, et à Paris en particulier où les sympathies littéraires du gratin se confondaient avec ses sympathies politiques. La France fêtait l'escadre russe à Cherbourg[14]. Elle croyait dur comme fer à la « Duplice », et le Faubourg, pour n'être pas en reste, criait « Vive le tsar, Vive la Russie ! » à tout bout de champ, préférant – et de beaucoup – la Pachkova à Tolstoï... Tellement moins dangereuse. Bref, la russomanie faisait fureur, Calmann-Lévy avait eu du nez et Lydia Pachkov ne manquait pas de lecteurs en France. En supposant que Natalia Nicolaïevna, une fois son pays quitté, eût voulu renoncer à lire ce qui l'y ramenait, la chose, pour ce qui était de la Pachkova, n'eût pas été possible. Lydia Pachkov la rattrapait où qu'elle fût. Ainsi en 1876, alors que Lydia Pachkov faisait paraître en français sa première œuvre romanesque, et qu'en Suisse, Mme de Moerder, enceinte d'Isabelle, avait la tête à tout sauf au roman, une bonne âme lui avait écrit de Saint-Pétersbourg : « Tu devrais lire *Mœurs russes.* On dit qu'il y a de toi dans la princesse Véra Glinsky[15]. » Vava s'était procuré le livre. Et comment ne pas voir quelque ressemblance entre la jolie Véra et la mère d'Isabelle ? A peu de chose près, leur histoire était la même : Véra, fille d'un nobliau de province, devenait par mariage la femme d'un puissant seigneur, le prince Glinsky. Elle lui restait fidèle jusqu'au jour où sa rencontre avec le peintre Makovsky bouleversait sa vie. Alors, bravant les interdits, elle se donnait à lui et mettait au monde un enfant que Makovsky ne pouvait reconnaître, Véra étant mariée. Les amants quittaient la Russie et vivaient à Rome dans la misère, sans cesse persécutés par des espions à la solde de Glinsky. Quand un excès de champagne et une forte perte au jeu provoquaient enfin la mort du prince-époux, les amants se mariaient et s'établissaient aux environs de Sorrente où Véra connaissait le bonheur et Makovsky la célébrité. Il exposait à Florence et à Nice, tandis que Véra, sous un ciel toujours bleu, contemplait ses enfants qui s'ébattaient sur des tapis de Smyrne.

C'était une faiblesse, elle en convenait, mais Mme de Moerder prenait un grand plaisir à ces sortes de lectures. La prose de Lydia Pachkov la ravissait. Mme de Moerder trouvait dans ses romans tout ce dont la vie en Suisse la privait. Que de fils de famille, que d'aristocrates! Tous les personnages mâles de Lydia étaient titrés. Russes, ils étaient officiers, princes ou gentlemen-riders, parfois les trois à la fois; français, ils étaient filleuls du comte de Chambord et quittaient la France pour ne servir d'autre souverain que lui. Tous disposaient « d'un grand revenu ». Les décors dans lesquels ils évoluaient étaient autant de tableaux de genre. Des peaux de léopard leur servaient de descente de lit et dans les garnisons perdues de l'Asie centrale, ils occupaient leurs longs loisirs en sacrifiant à leur goût pour les vapeurs de santal, les chevaux ardents et les chiens de curieuse origine. Lorsque, par ennui plutôt que par passion, ils s'amourachaient d'une beauté locale et que, l'ayant conquise, ils succombaient presque aussitôt sous les coups d'un mari barbare, Mme de Moerder retrouvait vie. La Suisse, ennemie de l'outrance, lui avait ôté ce qui jadis avait donné un sens à son existence : un monde de propos excessifs allant jusqu'à la jactance. Ce monde, Lydia Pachkov le lui rendait. Elle œuvrait dans l'opulence tapissière. Quand le lieutenant-prince Valdemar errait

« de son salon mongol à son fumoir persan », puis « de son cabinet de travail indien à sa salle à manger russe », Natalia Nicolaïevna en oubliait que la villa Neuve manquait cruellement de meubles.

Les femmes qui avaient les faveurs de Lydia Pachkov étaient tout aussi prestigieuses, mais avec une touche supplémentaire de tristesse qui allait droit au cœur de Mme de Moerder. Les héroïnes pachkoviennes étaient revenues de l'amour comme de la religion. Elles se parfumaient à l'essence de rose et ne voyageaient qu'à bord des paquebots de la Lloyd autrichienne dont tous les capitaines étaient dalmates et les médecins hongrois. Elles allaient ainsi, dans un grand désœuvrement, d'Odessa à Constantinople, parmi des passagers désœuvrés eux aussi mais au nombre desquels il était bien rare que ne figurent pas quelques gouverneurs turcs et quelques pachas. Elles avaient une faiblesse pour Smyrne, à cause des tapis et des raisins secs, et si elles allaient à Xanthe c'était pour un fard blanc qu'elles étaient seules à connaître, une sorte de fond de teint en usage depuis la plus haute Antiquité, et que l'on ne trouvait que là. Elles savaient ce que bien des femmes ne savent pas. Elles savaient que les harems du Caire étaient la *high life* des harems, que les loukoums de Syra étaient renommés dans tout le Levant, que la misère était monténégrine, l'astuce arménienne – et non juive comme on avait bêtement tendance à le croire. Elles étaient libérales et évoluées. Elles savaient marquer leur mépris pour la musique d'Offenbach et éviter les touristes anglaises aux comportements excentriques. Elles avaient des lettres. Nul n'était plus habile qu'elles, à l'instant où l'on passait au large de Missolonghi ou lorsque quelque autre site s'y prêtait, à évoquer avec infiniment d'à-propos des strophes de Byron. Elles ne craignaient aucun danger, pas même celui des *cock-tails*, mot si peu usité qu'il exigeait une note explicative : « Mélange glacé... de différentes liqueurs, fort en usage chez les Anglais. » Lorsqu'elles allaient à la pêche elles écartaient les murènes avec le manche de leur ombrelle. Elles étaient des rêveuses, s'accrochant à l'espoir que la Voie lactée ne brillait que pour elles, ou bien des divorcées, victimes de l'égoïsme masculin, ou encore des amantes trompées qui voyageaient comme on boit, pour oublier.

Comme il fallait bien que les lectures de Mme de Moerder la consolent de l'austérité de sa vie, et que les brillantes toilettes de jadis n'étaient plus de mise dans l'inconfort de Meyrin, les parures des héroïnes de Lydia Pachkov lui procuraient de vives jouissances. Natalia Nicolaïevna revivait les fastes du temps où elle était cliente de Madame Olga. Rien ne la désennuyait davantage. Elle suivait la comtesse Zoé Azourine en exploration dans les solitudes désolées de l'antique Arménie[16], vêtue d'une amazone blanche aux manches flottantes, portant au cou « des colliers de sequins auxquels étaient suspendus des amulettes en turquoises de Perse et des scarabées d'Egypte... ». A ces petits riens s'ajoutaient une ceinture de perles et une écharpe orientale qu'elle drapait autour de sa tête « à l'égyptienne », sa coiffure habituelle... L'auteur justifiait ce costume, un peu théâtral elle en convenait, par le fait que la comtesse Zoé, qui voyageait sans escorte, « avait besoin d'une sorte de prestige pour se faire respecter de ces peuples naïfs ». A l'étape du soir, elle s'installait sous sa tente, vêtue d'un peignoir de batiste garni de valenciennes et de rubans, vêtue exactement « comme dans son hôtel des Champs-Elysées ». Sous la plume de Lydia Pachkov, cette conception particulière du voyage d'exploration avait de quoi surprendre. Mme de Moerder découvrait un espace nouveau, celui du tourisme romancé, et son plaisir se doublait de rêves personnels. Elle s'imaginait ayant mené une autre vie. Elle se disait qu'après tout, si les choses avaient été autres, si elle avait eu quelques appuis, peut-être qu'elle aussi, comme la comtesse Zoé... L'écriture « artiste » de Lydia Pachkov réveillait chez cette sédentaire la fibre toujours vivante du nomadisme. Les Orients de la comtesse Zoé lui convenaient à merveille. Le temps d'une lecture, elle faisait sienne la tente de la belle voyageuse, comme un « boudoir de nomade ». Ses bains parfumés, ses tapis de Perse et de Caramanie, ses couvertures de voyage, en crêpe de Chine brodé et doublé de fourrure, ne lui déplaisaient pas. En chemin vers le mont Ararat, la comtesse Zoé faisait étape à Erzeroum et là, le succès que lui valaient ses toilettes dépassait toutes ses espérances. Deux hommes se disputaient ses faveurs : il s'agissait d'un pacha qui, par un hasard que l'on se garderait de trouver singulier, était chrétien, et d'un riche seigneur qui, lui, était un fervent musulman. L'empressement trop appuyé qu'ils lui marquaient provoquait le mécontentement des naïves populations. La ville, jusque-là paisible, se soulevait. L'incident se terminait dans un bain de sang au cours duquel les deux hommes perdaient la vie, et la fastueuse touriste aussi. Chère comtesse Zoé...

Les buralistes de la place du Molard reçurent mission de se procurer au plus vite tout ce que la romancière avait publié. Natalia Nicolaïevna savait exactement ce qu'elle voulait : romans et nouvelles[17], certes, mais aussi un ouvrage collectif, *La Russie*[18], une sorte de Baedeker où Lydia Pachkov faisait preuve d'une minutie rare en décrivant Saint-Pétersbourg et Moscou, quartier par quartier, rue par rue et presque palais par palais. Au fil des années, Anne Joliet et Madeleine Bernard ne laissèrent rien perdre : les œuvres complètes de la Pachkova se trouvèrent réunies au rayon *roman* dans la bibliothèque de la villa Neuve. Pour ne rien dire des publications qui, sous sa signature, enrichissaient aussi le rayon *voyages*. .. La petite Isabelle fut parmi ses lectrices les plus attentives.

Quant à Trofimovsky, il avait pour principe de ne jamais lire un roman « de deuxième zone ». Mais il fit une exception pour Lydia Pachkov, trouvant satisfaction dans un aspect singulier de son œuvre : elle s'en prenait avec une vigueur vengeresse à la noblesse de Saint-Pétersbourg, son milieu de naissance. Elle attaquait les familles nobles, dénonçait leur sottise face au divorce et faisait état de machinations d'une cruauté inégalable. « Tout est vrai dans ce récit, il peut servir de leçon », écrivait-elle, et elle ne mentait pas : *Un divorce en Russie* était un récit autobiographique. La divorcée « objet de scandale », le divorce « mot obscène », le remariage forcé, autant de sujets qui touchaient Vava au vif. Ce sombre tableau de mœurs provoqua un changement d'attitude chez Alexandre Nicolaïevitch. Jusque-là, il n'avait vu en Lydia qu'une femme de bon ton qui ne devait qu'à la seule légèreté des Français de s'être fait un nom en littérature. Sans doute valait-elle mieux que cela. Il rassembla ses souvenirs, retrouva autant de traits qu'il put de l'aventureuse personne rencontrée à Odessa cinquante ans auparavant et choisit parmi eux ceux qui, rapportés à Isabelle, l'encourageraient à marauder dans une œuvre à laquelle il reconnaissait une valeur éducative. Ainsi s'appliquait-il à tenir en éveil la curiosité de sa fille. Un domaine où sa compétence ne fut jamais prise en défaut.

«... Madame Pachkov n'est pas une nature qui enchante et captive. Mélange singulier, mais beaucoup d'égoïsme inconscient, orgueil immense et superficialité intellectuelle. Mobilité russe, surtout *mondaine*[19]. »

Ce jugement sans aménité est celui qu'autour de ses vingt ans, Isabelle Eberhardt portait sur cet auteur avec qui elle fut longtemps en correspondance et dont les lettres ont été utilisées comme documents de base par ses meilleurs biographes.

Découvrir le personnage de Lydia Pachkov n'est pas digresser, c'est faire le récit d'une vie et le portrait d'une société dont Isabelle ne pouvait guère imaginer les singularités. Car s'il y avait du vrai dans le jugement qu'elle portait sur « Madame Pachkov », il y avait aussi une inévitable méconnaissance d'un milieu auquel Isabelle n'eut jamais accès. Ce qu'elle qualifiait de *superficialité* relevait plutôt d'une frivolité qui était affaire de caste, et plutôt que *mondaine* Lydia était sociable, ce qui dans son milieu, où l'on se montrait sociable sans même le savoir, était affaire d'éducation. Mais l'essentiel n'est pas dans la qualité de ce jugement, il est dans le rôle que Lydia Pachkov joua dans la vie d'Isabelle. Car les récits de ses explorations parus dans *Le Tour du monde*[20], offraient à Isabelle enfant bien plus qu'une évasion : ils lui offraient *l'Orient,* ou plutôt « ces Orients » sur lesquels Courbet avait ironisé mais dont elle s'enchanta. C'est à Lydia que la petite Isabelle dut aussi la découverte d'un genre littéraire qu'elle allait faire sien : le récit de voyage, vécu et autobiographique.

Lydia Pachkov, il est vrai, ne fut qu'une étape dans la progression d'Isabelle vers une autre façon de voir et de sentir. Il n'est pas surprenant que son étape suivante fût Loti. *Aziyadé...* Nouveau ravissement, nouvelle et longue escale. Fort heureusement, à l'ultime halte, Fromentin l'attendait. Il était temps. Alors Loti, ses beautés turques, ses harems, ses mosquées, les délices de son cher Bosphore et même *Mon frère Yves,* et même *Le Roman d'un spahi,* les deux bréviaires d'Isabelle, lui parurent d'un autre âge.

Une conquête ne se mesure qu'en pleine connaissance des dangers encourus. Limiter son inspiration aux paradis trompeurs et à la rutilance « barbare[21] » dont s'enivrait Lydia Pachkov n'était pas sans risques. Isabelle se laissa séduire mais brièvement. La fastueuse envoyée spéciale du *Figaro* et du *Tour du monde,* le globe-trotter en dentelles l'entraîna le temps de traverser en grand arroi des pays légendaires, d'aller jusqu'à Palmyre, jusqu'à Sinope, d'affronter les périls d'étendues certes très désertiques, mais qui sous la plume de la voyageuse russe devenaient parfumées et belles comme des solitudes d'opérette. Isabelle s'en tint là. En matière de lecture elle ne se laissait pas assujettir aux goûts familiaux. Très tôt elle s'en libéra et abandonna le fascicule hebdomadaire que publiait Hachette pour mettre le cap sur un tout autre Orient, celui d'*Un été dans le Sahara.* Elle découvrit alors, comme un champ immobile et plus nu qu'un ossement, ce vide, ce rien, cette ligne insaisissable devant laquelle Fromentin s'était interrogé : « Serait-ce le désert[22] ? »

Que sait-on des origines de Lydia Alexandrovna Pachkov ? Obscurité et contradictions laissent supposer qu'il y eut un mystère autour de sa naissance. Un noir silence qui justifie toutes les curiosités. Où était-elle née ? A quelle date ? Les encyclopédies en langue russe, qui ne se font pas faute de lui consacrer de longues notices, se gardent de répondre à ces questions. Les nobiliaires de la même époque – celle de ses succès littéraires – observent la même discrétion.

Que Glinsky fût son nom de jeune fille, point de doute possible, cela a été dit. Que ce nom fût celui d'une famille qui prétendait à un passé princier, cela aussi a été dit et redit. Mais pas une fois n'apparaît le nom de son père. Était-elle fille illégitime comme le fut Isabelle ? Ce n'était pas chose dont on se vantait à l'époque. On brouillait les cartes dans les grandes familles et si l'on n'allait pas, comme au Portugal, jusqu'à cacher les fruits des amours coupables dans des pensionnats pour filles illégitimes d'où elles ne ressortaient jamais, du moins prenait-on garde que des accidents de cette sorte n'allassent pas figurer dans les nobiliaires.

Plus étranges encore sont les contradictions entre érudits. Qui croire ? Si l'*Encyclopédie biographique*[23] précise que : « Pachkov Lydia Alexandrovna, née Glinskaïa, épousa en première noce Téléchov », qu'elle était « une femme de lettres russe », qu'elle « voyagea en Egypte, en Palestine et en Syrie et fut correspondante pendant un certain temps du *Figaro* à Saint-Pétersbourg... », le *Dictionnaire biographique des femmes de lettres russes*[24] tout en prêtant à Lydia la même vie et les mêmes activités, ne lui attribue pas le même père. « Pachkov Lydia Alexandrovna, lit-on, était née Vassiltchikov... » Ce changement ne faisait pas de Lydia une fille de moindre noblesse, et les princes Vassiltchikov n'avaient rien à envier aux Glinsky.

Mais enfin Lydia Alexandrovna était-elle fille de Glinsky ou de Vassiltchikov?

Sans doute de ce dernier et Lydia, née hors mariage, aurait porté, comme Isabelle, le nom de sa mère, Alexandra Joachimovna Glinskaïa[25]. Bâtarde de gentilhomme, donc, et l'on serait tenté de mettre sur le compte de cette particularité peu enviable dans la Russie de ce temps-là[26] l'animosité que Lydia Pachkov nourrissait à l'égard de ceux de ses concitoyens dont l'orgueil de caste était le plus affirmé. Elle les détestait. Un sentiment qu'elle aurait souhaité faire partager à la terre entière et à Isabelle en particulier : « Evitez les Russes... lui écrivait-elle. Les Russes ne vous feront que du mal. Soyez sur vos gardes avec ceux qui viendront vous voir. Séparez-vous d'eux[27]. » Cela expliquerait aussi son désir d'épargner à Isabelle les humiliations dont elle avait peut-être été victime. Qu'Isabelle eût un correspondant en Russie et Lydia cherchait aussitôt à lui prêcher la prudence : « Ayez soin dans une lettre de spécifier qui vous êtes mais sans dire les détails[28]... » Quant à l'attachement qu'elle manifestera pour la fille non reconnue de Vava, il y a là comme un signe de connivence. Elles étaient du même bord : « Croyez que je pense à vous comme à une fille adoptive... » lui écrivait-elle, et dans une autre lettre : « Croyez que je me sens le cœur d'une mère pour vous[29]... » Plus tard, cet attachement devint un peu trop manifeste et Lydia tenta d'apprivoiser la rebelle en l'associant à sa vie et à son œuvre. Si elle n'y parvint pas, il n'y alla pas de sa faute. Isabelle n'était pas femme à se jeter tête baissée dans la première amitié qui s'offrait.

Lydia Pachkov était bien « le mélange singulier » que disait Isabelle. Mais son principal attrait était justement d'offrir tant de raisons de l'admirer et tant d'autres d'ironiser sur l'exotisme facile de cette voyageuse très talon rouge.

Mariée à dix-sept ans et bien dotée, elle avait fait fi des convenances en renonçant au rôle qui lui avait été dévolu : celui d'épouse bafouée. Le jeune homme auquel on l'avait mariée ne l'avait épousée que pour « arranger ses affaires ». Ce n'était qu'un gandin qui fréquentait « les bals masqués, les petits théâtres et soupait tous les soirs chez Borel[30]... ». Des partis pour Lydia ne pouvaient se présenter parmi les héritiers des grandes familles de Saint-Pétersbourg. Son état de fille illégitime avait limité le choix. Elle s'était donc trouvée mariée à ce Téléchov qui n'avait ni fortune, ni titre, ni père, dont la mère était un mystère, mais qui avait eu pour tuteur un homme jugé *bien,* Afnassi Fiodorovitch Chichmarev, capitaine de la Garde impériale. Qu'ignore-t-on de Téléchov ? Tout. Se pourrait-il que la grande Téléchova[31], la *prima ballerina assoluta* du théâtre Marie ou, si vous préférez, du théâtre Impérial, près du canal Catherine à Saint-Pétersbourg, se pourrait-il qu'elle eût enfanté ce polisson ? Ce serait beau, presque trop beau que le mari de notre Lydia fût le fils caché d'une danseuse d'un tel renom. La belle Katia « au décolleté blanc et bas qui sautait au visage des spectateurs comme du lait bourru[32]... ». A peine la pointe de son pied hors des coulisses, à peine visibles ses cuisses, « où battait l'écume de la danse », elle était aussitôt le point de mire du bataillon des lorgnettes, si bien que Nicolas Ier en personne, de qui on ne s'attendait guère qu'il folichonnât au théâtre, la zyeutait tel un collégien. Des amants, elle en eut, bien sûr, elle en eut même beaucoup. On sait que le cœur d'Alexandre Griboïedov[33] tressautait à chacun de ses entrechats. Mais de ses bâtards on ne savait rien. Faudrait-il voir dans le mari de notre Lydia « l'accident » de la vie de la grande artiste? On sait, par contre, que le mari de Lydia fut un fieffé noceur doublé d'un joueur opiniâtre. Quand Téléchov eut perdu huit millions de roubles au jeu en une seule nuit, il disparut. « Peut-on aimer des Russes[34]? » se demandait Lydia bien des années plus tard, dans une lettre à Isabelle Eberhardt. Ne pouvant ni aimer ni estimer le mari qui lui avait été imposé, Lydia le mit dans ses livres, où les Téléchov sont légion.

Lydia Pachkov engagea une procédure de divorce, obtint gain de cause et laissa le damné du jeu à son vice. Téléchov put se consacrer en toute liberté aux charmes des pensionnaires de chez Isler et autres cafés chantants de la capitale des tsars.

Lydia se retrouva libre mais ruinée. L'amateur de bals masqués lui avait croqué sa dot. Une brèche que la famille de Lydia n'était pas d'humeur à combler. La jeune femme était en butte aux critiques de son entourage. On jugeait qu'elle avait eu tort de divorcer si vite et « pour quelques peccadilles[35] », plus tort encore d'affirmer qu'elle ne se remarierait pas, qu'elle vivrait libre, qu'elle voyagerait, qu'elle écrirait, qu'elle serait journaliste ou bien qu'elle gagnerait sa vie en peignant des éventails. Ces idées firent très mauvais effet; les éventails, passe encore, mais le journalisme... La riposte ne se fit pas attendre. A peine libérée, Lydia se retrouva garrottée et contrainte à un deuxième mariage aussi malheureux que le premier. On lui fit comprendre qu'une divorcée, ruinée de surcroît, n'avait pas à faire la difficile, et qu'il n'y avait rien de plus pressant que d'accepter pour époux un homme riche, sans quoi...

N'était-ce pas la meilleure façon de mériter la confiance des siens ? Ils sauraient lui témoigner leur estime en la dotant à nouveau. Lydia épousa un jeune fonctionnaire pour lequel elle n'éprouvait qu'aversion, Nicolaï Mikhaïlovitch Pachkov, fils de général. A l'époque de son mariage il n'était que secrétaire de collège[36]. Mais il était né dans le plus brillant des mondes, il était bien fait, bien mis et on lui promettait de l'avenir. Lydia lui donna un fils : « Le fils d'un homme que j'ai haï dès qu'il a seulement essayé de me raconter ce que c'est que le mariage[37]... », une confidence qu'elle fit à Isabelle dans une longue lettre pleine de conseils.

Lydia prit ses distances. Mais il lui fallut vingt ans d'efforts avant de réussir à fausser compagnie au mari haï.

Elle voyagea. Le mari au bel avenir chercha à la retenir. L'épouse chercha à mettre un frein à l'instinct qui la poussait à s'éloigner de lui. Elle revint. Ils se maudirent à nouveau. Elle repartit. Telle fut sa vie.

Elle devint le *globe-trotter* attitré de plusieurs quotidiens russes et de quelques publications étrangères. Elle avait déployé des trésors d'énergie pour s'assurer des collaborations aussi bien en France qu'en Russie. Son autonomie financière en dépendait. Saluons en elle la première femme à avoir fait de la littérature de voyage sa profession.

Grâce aux quatorze pages serrées que publia *Le Tour du monde,* nous la voyons aller à la découverte de l'antique capitale de la reine Zénobie. « Depuis longtemps je désirais voir Palmyre », écrit-elle. Partie d'Egypte en mars 1872, elle parcourut la Palestine, la Syrie et arriva à Damas en avril. Là elle prit « quelques mesures de sécurité ». Des soldats turcs lui firent des offres surprenantes : moyennant de gros bakchichs ils accepteraient de quitter leur unité pour protéger sa caravane. Elle eut la sagesse d'accepter. La façon très dispendieuse dont voyageait Lydia Pachkov laisse songeur. Isabelle Eberhardt se situa à l'opposé de son impétueuse devancière.

La caravane de la touriste russe suscita l'intérêt de divers voyageurs qui, séduits par la force et l'air de santé de Lydia, voulurent se joindre à elle : des gens de qualité, les uns allemands, les autres grecs et plusieurs français, parmi lesquels un comte dont elle ne nous dévoile pas le nom. Mais tous se dédirent au dernier instant, à l'exception du consul de Russie à Damas et d'un photographe marseillais disposé à exécuter pour Lydia tous les clichés qu'elle voudrait.

Le consul était escorté de deux *cavass* armés jusqu'aux dents. La suite de Lydia se composait de deux caméristes terrorisées[38] ainsi que d'un drogman, vêtu d'un costume superbe et armé d'un sabre. Des tribus rebelles, dix-sept mille Bédouins environ, s'attaquaient volontiers aux caravanes, disait-on. A toutes fins utiles, la voyageuse portait une paire de pistolets chargés dans les fontes de sa selle.

Il avait été décidé de ne jamais faire étape ailleurs que sous la tente. Le campement de Lydia Pachkov correspondait mal à l'idée que l'on aurait pu s'en faire si elle ne s'était attachée à le décrire. Préoccupation louable et qui la différencie de la plupart de ses contemporains. Ils ne s'attachaient pas à des détails de cette sorte, et mettaient toutes leurs facultés d'observation au service du pittoresque local.

Ce qui frappe une fois de plus est l'opulence de Lydia. Le mari haï devait lui servir une pension généreuse.

A la tente qui lui était réservée était annexée une tente-cabinet de toilette; à la tente du drogman, à celle des femmes de chambre, à celle des porteurs et du photographe marseillais s'ajoutaient une tente salon-salle à manger, une tente cuisine et une tente cantine. Trente-trois mulets de charge portaient les bagages; il y avait autant d'ânes que de muletiers et une vingtaine de chevaux de selle étaient à la disposition de Lydia et de son escorte. Un déploiement impressionnant.

Mais l'armée de Lydia avançait avec plus de fantaisie que de discipline, et le récit qu'elle livre à ses lecteurs français est entrecoupé d'incidents qui donnent à son expédition, en dépit de ses réels dangers, le caractère d'un steeple-chase entre amis. Au lieu de traverser prudemment les gués, Lydia, qui montait en amazone, franchissait les ravines d'un bond, entraînant à sa suite des cavaliers moins aguerris qu'elle. Son drogman tomba à l'eau et abîma son beau costume. Le photographe marseillais tomba à son tour. Il perdit sa monture – que les *moukers* eurent le plus grand mal à rattraper – mais il sauva son matériel, c'était l'essentiel. A quelques jours de là, le cheval de Lydia se mit à dévaler à une allure d'enfer une pente encombrée de « grosses pierres roulantes » et à franchir plusieurs ravins. Que faire? Lydia nous livre ses pensées : « Je me disais : Est-ce bien moi? Non c'est un rêve! Un affreux cauchemar... Ce cheval va me tuer... Faut-il sauter à terre? » Lydia ne réussit à interrompre cette course vers l'abîme qu'en avisant un précipice sur lequel elle dirigea le cheval emballé. Face au vide il s'arrêta court, tremblant de tous ses membres.

Certaines étapes de huit ou dix heures de marche se trouvaient allongées par de brusques envies de truffes blanches. Il suffisait de gratter un peu le sol... On les trouva en grande quantité non loin de Karateïn, le dernier fort veillant sur le désert, celui-là même d'où était parti Volney en 1782.

C'est à partir de là que l'eau posait problème. « Les trajets d'une source à l'autre doivent être scrupuleusement notés », lit-on dans le récit de Lydia Pachkov. Mais cette préoccupation ne semblait guère la concerner si l'on en juge par cet aveu : « Depuis Damas, je ne buvais que du vin; l'eau du désert a bien mauvais goût... »

A l'étape de Karateïn, le consul de Russie, M. Ionzefovitch, apprenait par les officiers de la garnison turque que le comte de M. – celui-là même qui, à Damas, était parti seul plutôt que de se joindre à leur caravane – avait subi les attaques répétées des Bédouins. Des coups de feu avaient été échangés. Une aventure sérieuse et que Lydia Pachkov ne s'expliquait pas. Elle notait : « Le comte était une mince proie; il avait à peine deux mules de charge... » Mais cela l'incita à renforcer sa sécurité : elle engagea dix cavaliers bédouins et détourna de leur devoir seize soldats commandés par un officier. En plus de quoi le médecin du fort de Karateïn, « un Allemand fort instruit », quitta son poste comme par enchantement et se joignit à la caravane russe, abandonnant à leur sort les habitants du fort, soldats et officiers si robustes qu'on ne comptait jamais plus de deux malades par an. Les abandonnait-il pour Palmyre ou pour Lydia? Trente-cinq chameaux furent loués pour transporter les outres contenant l'eau nécessaire à la traversée du désert et l'on décida de ne voyager que de nuit afin de tromper la vigilance des pillards. Une stratégie efficace. Deux jours plus tard, la caravane atteignait saine et sauve les ruines ensablées de l'orgueilleuse cité, ses sanctuaires démantelés, ses tours, ses nécropoles, ses arcades battues par les vents du désert, Palmyre... Lydia Pachkov avait atteint son but. On déplia les tentes au petit jour, dans le silence et l'immensité vide d'un carrefour jadis grouillant de Grecs, de Levantins, de cavaliers arabes, de changeurs phéniciens, d'immigrés aux parlers divers, de caravaniers, d'esclaves noirs, de marchands juifs ou chrétiens, un lieu par lequel avait transité tout ce qui s'échangeait entre l'Asie et la Méditerranée : les richesses de l'Orient contre l'or de Rome.

« Voir Palmyre est donné à peu de monde et surtout à peu de femmes », lit-on dans l'article de Lydia Pachkov et l'on devine combien elle eût souhaité être la première et la seule. Mais une Anglaise, fille de lord, qu'elle connaissait bien pour l'avoir souvent rencontrée à

Damas, l'avait précédée à Palmyre et l'avait dépassée en extravagances : c'était l'Honorable Jane Digby, l'ex-Lady Ellenborough[39], la tête à ses voyages et à ses fouilles archéologiques mais le cœur à ses amants et à ses inconstances, tirant « les daims et les cerfs sans arrêter son cheval » et dont le désir « allait comme le tourbillon du désert[40] ». Elle était devenue l'épouse du cheik Medjuel el-Mezrab. Lady Jane vivait parmi ses tribus après avoir fait sensation dans les salons de Paris. Elle y avait connu Balzac et Edmond About, auxquels elle avait servi de modèle. L'un la nomma Lady Arabella dans *Le Lys dans la vallée.* Elle fut pour l'autre Janthe dans *Le Roi des montagnes.* L'exemple de Lady Jane, cela ne fait nul doute, n'avait jamais cessé de hanter Lydia Pachkov.

Mais une fois à Palmyre, elle n'avait plus le choix. Elle était journaliste et ne l'oubliait pas. La rente que lui servait le mari russe n'égalait certainement pas les trois cent mille livres de pension que versait à Lady Jane son mari anglais, remarié et généreux. Lydia Pachkov se concentra sur les beautés archéologiques de « la perle du désert » et procéda à leur inventaire avec un sérieux dont Lady Jane n'aurait certainement pas été capable.

Elle s'était préparée au formidable spectacle de la forêt des colonnes et des portiques ouverts sur le désert. Elle n'avait plus qu'à reconnaître et à décrire ce que d'autres voyageurs avaient vu avant elle. Elle voyageait avec leurs œuvres. Des caisses de livres et des dictionnaires archéologiques en plusieurs tomes avaient considérablement alourdi sa caravane. En pleine tempête de sable, elle consultait *Les Antiquités judaïques* de Flavius Josèphe[41]. *Le Tour du monde* pouvait se féliciter de la documentation réunie par son *globe-trotter* polyglotte. Rien de ce qui allait paraître sous la signature de Lydia n'avait été laissé au hasard. Elle avait puisé ses renseignements aux meilleures sources. Le soir, retirée sous sa tente, elle lisait jusque fort tard des récits introuvables.

Ses caméristes allaient et venaient de leur tente à la sienne, une lampe à la main, ployant sous *Le Voyage à Palmyre* de Vignes[42], les *Inscriptions sémitiques* de Melchior de Vogüé[43] et, plus lourds encore, les ouvrages récents de W. H. Waddington[44] qui avait passé dix jours à Palmyre en 1861. Elle possédait son Volney[45] sur le bout du doigt. *Les Ruines* avaient leur place dans les fontes de sa selle avec ses pistolets chargés. Elle se plaisait à citer dans son article celui qui avait fait le voyage de Palmyre cent ans avant elle et dont les écrits n'avaient pas pris une ride. « Je ne saurais mieux faire, écrivait-elle, que d'emprunter quelques lignes à la description de Volney, si juste comme impression première... »

La date du retour approchait. Il ne restait que quelques ruines à examiner et quelques photos à faire, celle d'un petit temple en particulier, avec colonnade et péristyle. Le Marseillais était à l'œuvre. « Notre photographe prit possession avec ses instruments de cette petite merveille si bien conservée. On pense que c'était un temple de Diane... » Lydia découvrit non loin de là un souterrain qui conduisait à des cuves. « On prétend que c'étaient des bains, écrit-elle. Nous en profitâmes pour faire une lessive. » Elle se préparait à déjeuner lorsqu'elle vit avec surprise, avançant dans les ruines, un personnage de distinction à la tête d'une escorte de militaires. « Toute son allure dénotait un pacha », écrit-elle. Lydia reconnaissait donc un pacha à sa démarche... Impression juste. Omer Pacha, Waly de l'Aljezireh, son médecin allemand, ses aides de camp et ses soldats s'étaient lancés à la poursuite d'une tribu rebelle qui venait de leur échapper en passant sur un territoire voisin. Or, cela faisait quatorze jours que le personnage de distinction et ses hommes ne mangeaient que des biscuits. « Ils étaient partis à la légère... » notait Lydia qui invita à sa table ces combattants imprévoyants. Ce qui lui fit écrire : « Leur reconnaissance fut grande. » On les comprend d'autant

mieux lorsqu'on apprend ce que Lydia leur offrit : « Nous eûmes pour le dîner des conserves de Potel et Chabot, de bons potages, des homards, des asperges et des pâtés de gibier; en fait de rôtis, du veau et des poulets et enfin un bon plum-pudding, le tout arrosé d'excellent vin de Bourgogne, d'un bon vin de Champagne, sans compter le café, le raki et les liqueurs. » Le pacha éberlué disait à ses aides de camp : « Est-ce un rêve, messieurs? » Il n'était pas à une surprise près. Lydia lui réservait d'autres émotions : « Nous avions apporté de Damas des feux d'artifice, écrit-elle, nous les fîmes allumer le soir. Les ruines furent animées par les cris de joie de nos hommes qui couraient à droite et à gauche en portant des feux de Bengale. Cette illumination produisit un effet féerique. »
Mais bientôt les surprises changèrent de camp et ce fut au tour de Lydia d'être stupéfaite : le pacha turc était russe. Omer Pacha, d'origine circassienne, avait servi dans l'armée du tsar jusqu'au jour où, « blessé dans son amour-propre » (sa discrétion naturelle lui interdisait d'en dire davantage), il avait changé de maître et tout colonel qu'il fût s'était mis au service du Sultan.

Dans les derniers jours de sa visite à Palmyre, Lydia Pachkov continua de noter minutieusement tout ce qu'elle voyait. Un Bédouin lui proposa l'achat d'un camée antique dont elle fit l'acquisition tandis que d'autres s'étonnaient de la façon dont elle était vêtue au point de lui demander de voir ses chaussures de plus près. Elle se déchaussa et telle Dona Prouhèze mettant son soulier dans les mains de la Vierge, elle offrit aux Bédouins l'un de ses souliers, un seul. « Je leur donnai l'une de mes mules en satin bleu, brodées d'or et garnies de dentelle, faites à Paris... » Et elle ajoutait : « Il faut être aimable avec ces gens-là; on les contient par de petits cadeaux. Si on les leur refuse, ils sont capables de grands actes de brigandage. »

Vint l'heure du départ. La caravane refit en sens

inverse le trajet jusqu'à Karateïn sous les menaces conjuguées d'un orage terrible – qui éclata, provoquant une panique parmi les chameaux et les chevaux – et l'arrogance des tribus bédouines qui faisaient mine d'attaquer. A l'étape d'Homs, nouvelle surprise : Lydia reçut la visite d'un cheik, arrivé en toute hâte de Damas. Il était lancé à la poursuite de cette tribu qui, quelques semaines auparavant, avait échappé à Omer Pacha. Particulièrement turbulente, elle venait d'attaquer le cheik et de lui voler ses moutons, « source principale de son revenu ». Le volé n'était autre que Medjuel el-Mezrab, époux adoré de la voluptueuse Lady Jane. Lydia nota qu'« il avait une belle tête, une figure digne et expressive », son seul défaut étant d'être « trop petit de taille ».

Le hasard avait bien fait les choses. Le cheik fournissait à la journaliste néophyte ce qu'il lui fallait de sensationnel pour clore son reportage en beauté. En effet cette année-là, dans la presse internationale, Lady Jane passait pour morte. On la disait disparue dans le désert où elle n'avait cessé de prendre part aux luttes entre tribus. Lydia Pachkov put témoigner qu'il n'en était rien. Toujours amoureuse et toujours jalouse de son cheik, Lady Jane était bien vivante. Entre ses expéditions au désert et ses tête-à-tête avec les célébrités de passage, entre une tasse de thé offerte à Abd el-Kader en exil et une audience accordée à l'empereur du Brésil vite subjugué, Lady Jane vieillissante, mais plus belle que jamais, continuait à veiller sur les pâtées de ses cent chats. Tel fut l'un des articles de Lydia Pchakov[46] parmi tous ceux qui prirent place dans la bibliothèque de la villa Neuve.

La force d'Isabelle Eberhardt fut, à travers ses interminables lectures, d'avoir pris connaissance suffisamment jeune des exploits de ses devancières pour ne pas craindre, le moment venu, d'aller plus loin qu'elles et de risquer de plus grands défis.

Rien de plus déconcertant que le développement d'une adolescente, curieuse de la vie et des êtres, lorsque par la volonté de ses proches son instruction ne relève que de ses impulsions naturelles. Ce fut le cas d'Isabelle. Son bagage intellectuel dut à ces circonstances particulières ses lacunes, ses singularités, mais aussi sa richesse. Il est clair que les connaissances qu'Isabelle souhaitait acquérir n'auraient jamais pu lui être dispensées dans les établissements publics de l'époque. A cela venaient s'ajouter le climat de la villa Neuve et le spectacle insolite qu'offrait cette maison malchanceuse, où l'on vivait en équilibre instable entre le slavisme et l'occidentalisme, la tradition et les idées libérales, un lieu comme coupé du monde, dont les habitants, écartelés entre deux langues et deux cultures, demeuraient curieusement prisonniers de leur passé. Isabelle pouvait-elle se douter qu'en cette maison familiale, cette maison de toutes les brisures et de tous les arrachements, entre ses seize et ses dix-huit ans, allaient s'écouler ses dernières années d'enthousiasme et d'illusions juvéniles?

Plus que jamais liée à son frère, elle avait pleinement conscience d'être celle qui, en le forçant à partager ses curiosités, le sauvait de lui-même. Augustin sortait moins; leur entente était sans ombre. Dans le dialogue qui s'était établi entre eux ils avaient, l'un et l'autre, trouvé une forme de bonheur. Vava les observait avec étonnement. Voilà qu'Augustin menait une vie studieuse. Isabelle avait réussi là où le précepteur avait échoué.

S'affranchir ensemble de la tutelle de Vava, c'était cela la condition d'une vie différente. Pour y parvenir il fallait tout comprendre, tout savoir, et Isabelle, qui rêvait de journalisme, de voyages, d'explorations en terre d'Afrique parvenait à faire partager à. Augustin sa rage d'apprendre. Soudain Augustin et Isabelle se sentaient envahis par le désir d'écrire. Il ne fallait rien laisser au hasard. Ils essayèrent d'associer Volodia à leurs plans d'avenir. Mais Volodia affirma ne vouloir sous aucun prétexte faire carrière de « plumiste ». Du reste, il redoutait les voyages et n'éprouvait d'amour sincère que pour la botanique. Il continua à se consacrer exclusivement aux cactus de Vava.

Livrés à eux-mêmes, Augustin et Isabelle étudiaient, discutaient, réfléchissaient. Ils se penchaient ensemble sur des thèmes et sur des versions qui les familiarisaient avec des langues dont la connaissance leur paraissait indispensable pour mener à bien une carrière commune. Leur fascination naissante pour l'Orient occupait les longs moments qu'ils passaient ensemble dans les sentiers silencieux, face au Jura, le *djebel* d'Isabelle : « Souviens-toi de la grande montagne, mon djebel Kébir, là-bas, à Collonges... Tu sais ce qu'elle nous disait, à nous deux, cette montagne[47]... » Selon les heures ou les circonstances, ce *djebel* lointain leur apparaissait tantôt amical et symbole d'espoir, tantôt austère et signe d'échec. « [...] la sombre philosophie de nos vies étaient (*sic*) là-bas, là-bas sur les grandes routes de France : " plus loin, plus loin, toujours plus loin ", comme Azasfev[48]. » D'autres lettres adressées à Augustin moins d'un an plus tard évoquent l'époque de cette quête partagée : « Qui aurait dit au mois de janvier 1895, quand nous trimions ensemble, pleins d'espérance et d'ardeur, sur les bouquins maghrébins, sur les versions Zouaoua de " Bel ", qui aurait dit qu'un an après tu serais là-bas[49]... ? » Ils lisaient ensemble et c'était les livres qui les avaient le plus émus qu'Isabelle se promettait d'envoyer à Augustin : « Dès qu'on sera au clair, ici, je t'enverrai un coli (*sic*) de ce que tu aimais le plus en fait d'affaires, certains livres... Ah oui certains livres... Ceux qui éveillaient en nos deux âmes presqu'identiques les mêmes sentiments, les mêmes angoisses, les mêmes appels vers l'inconnu, l'ailleurs. Ah la route, la route, la route ! Oh, la hantise de la route[50] ! »

Rédigés de la main d'Isabelle, quatre feuillets sur lesquels elle notait chaque livre acheté, son titre et son prix, forment un registre[51] d'une stupéfiante méticulosité, sorte d'inventaire établi avec autant de soin qu'aurait pu y mettre un notaire de famille. Quelle fièvre d'érudition! Les deux cousines, dans leur kiosque à journaux de la place Molard, avaient de quoi s'occuper... Il semble qu'il n'y ait guère eu de jour où Augustin ne se vît dans l'obligation d'aller à Genève passer une nouvelle commande. Un client attachant, prévenant. Vêtu d'une élégante redingote noire[52], il gardait sa sveltesse d'adolescent. Il lui arrivait parfois de s'en aller, puis de revenir en hâte, ne sachant plus ce qu'il avait acheté et ce qu'il avait oublié. Un peu étourdi, une tête de linotte, mais charmant vraiment, et il fallait qu'ils fussent diablement curieux, sa sœur et lui, pour tant lire. Cela correspondait si peu à ce que l'on entendait dire d'eux, à Genève. Songez que voilà des jeunes gens qui n'étudiaient pas moins de huit langues à la fois! Quand les deux jeunes filles eurent compris à qui elles avaient affaire, il s'établit un courant d'amitié entre les demoiselles de la place du Molard et la famille Moerder. Anne Joliet et Madeleine Bernard firent, chaque semaine, le voyage de Genève à Vernier. Elles y furent très appréciées. Elles se comportaient en parfaites femmes du monde et on les admit parmi les habitués des réunions dominicales de la villa Neuve.

Sur la liste des achats d'Isabelle figurent une bonne dizaine de dictionnaires franco-arabes, des manuels de toute sorte – manuel de l'arabisant en deux tomes, 12 francs, manuel épistolaire à 5 francs – quatre grammaires, un guide de lectures, plusieurs ouvrages de littérature et de lettres arabes édités par les Jésuites de Beyrouth, des études sur l'agriculture algérienne, d'autres sur les terres de colonisation, d'autres encore sur l'Islam au XIXe siècle, sans oublier, bien sûr, une petite étude intitulée *Le Coran, sa poésie et ses lois,* à 1,50 franc.

Particulièrement révélateur était l'effort d'Isabelle pour se dégager des nostalgies familiales. Empêcher qu'Augustin ne s'abandonne à des lectures désordonnées, voilà ce qui la préoccupait. Il y avait parfois quelque chose d'incongru dans les choix de son frère. Elle avait accepté qu'il lui prêtât une édition de l'*Aphrodite* de Pierre Louÿs à 3,50 francs et personne n'avait songé à lui en interdire la lecture. Mais ces déliquescences lui semblaient bien vaines. Du gaspillage... Du temps perdu... Il fallait « lire utile », il fallait classer, inventorier, Vava l'exigeait. D'abord les romans, au premier rang desquels se trouvaient ceux de Loti dont Augustin autant qu'Isabelle s'enchantaient. *Aziyadé, Madame Chrysanthème, Le Désert, Japonerie d'automne, Jérusalem, Au Maroc,* ils avaient tout lu. Et jusqu'au discours de réception à l'Académie française de l'honorable capitaine Viaud... Car ce texte aussi figure en bonne place sur le minutier d'Isabelle, en compagnie de Zola, le chéri de Vava, un auteur dont il n'était pas question de mettre le génie en doute, de Paul Bourget, encore une marotte de Vava pour qui *Cosmopolis* était une dénonciation des perfidies de la société élégante, et sans oublier l'essentiel : les livres d'étude. Rassemblés à part, ils faisaient l'objet d'un relevé spécial et très éclectique : des grammaires d'italien, d'anglais, d'arménien, des dictionnaires de grec, de persan, de turc, d'allemand, un manuel d'anatomie, un traité de gymnastique, un atlas, un indicateur des chemins de fer, toutes choses qui finissaient par coûter fort cher, mais auxquelles Isabelle tenait passionnément.

Insatiable Isabelle... Etait-elle de force à maîtriser tout à la fois? Elle s'était mis en tête d'ajouter à l'étude de l'arabe celle du kabyle, encore qu'Augustin ne voulût rien savoir. Il ne souhaitait se perfectionner qu'en anglais et à la rigueur en allemand. Il mettait Shakespeare à toutes les sauces. Qu'est-ce que cela cachait? Augustin avait-il une maîtresse anglaise? Et aussi pourquoi Schopenhauer? Oui, pourquoi cajoler l'œuvre du sinistre Allemand? Augustin en avait acheté pour des sommes folles : *Pensées et Fragments*, 2 francs, *Sur la liberté de la volonté*, 2,50 francs, *Fondement de la morale*, 2 francs, ainsi que *Parerga et Paralipomena*, que par dérision Isabelle déformait en *Papagamena*. Le docte ouvrage avait bien inutilement coûté 4 francs. Ce dont Isabelle prenait acte. Son commentaire : « Terriblement coûteux » *(Oujasno dorogo)*.

Isabelle alla donc seule à la découverte du kabyle et les livres dont elle fit l'acquisition témoignent d'une prodigieuse intuition. Que pouvait-elle savoir de la réalité algérienne, elle qui n'était pas née à l'époque du soulèvement en Grande Kabylie et bien trop jeune pour avoir été informée de l'impitoyable répression qui s'ensuivit? En 1894 – époque où se situent ces achats – l'Algérie était toujours d'actualité, certes, et l'affrontement entre indigénophiles et indigénophobes toujours aussi virulent, mais que restait-il de l'engouement des années 60 pour le « mythe kabyle », et qui en parlait encore? On peut donc s'interroger. Par qui Isabelle avait-elle été encouragée et qui la renseignait? Etait-ce Vava? S'était-il entiché de ces « bons sauvages » aux mœurs frustes et au louable instinct démocratique? Il se pourrait en effet que le maître à penser d'Isabelle ait considéré que « si Rousseau avait connu les Cabyles, il eût cherché dans l'Atlas ses modèles[53] » et qu'en tolstoïen averti, il ait partagé à leur propos l'admiration de Tocqueville au point d'encourager sa fille à parler leur langue et à étudier leur comportement. Mais cela ne rend pas moins étonnante la découverte, parmi les achats d'Isabelle, des ouvrages d'un officier d'un rare mérite, le colonel Hanoteau, qui écrivit et préfaça une grammaire kabyle[54], la première jamais publiée. Or Isabelle, qui devait ce jour-là être en veine d'achats – car elle avait fait l'emplette d'un petit collier d'ambre, d'un bracelet, d'un flacon d'*Iridis*, le parfum à la mode, et d'un sachet de bois de santal – avait réussi à se procurer, en plus de la grammaire kabyle, tout ce qu'avait écrit l'éminent érudit. On voit figurer le nom d'Hanoteau sur sa liste pour la somme de 25 francs. Elle avait acheté l'édition bilingue des *Poésies populaires de la Kabylie au Jurjura*[55] qui, un demi-siècle avant que ne paraissent les *Chants berbères* de Jean Amrouche, révélèrent un univers poétique « venu à nous du fond des âges[56] »; elle acheta aussi *La Kabylie et les Coutumes kabyles*[57], le seul ouvrage dont disposèrent des générations de magistrats français pour se familiariser avec les mystères de la *djemâ'a* kabyle[58]. Par quel miracle Isabelle avait-elle eu connaissance de ce maître livre? Elle dialoguait déjà avec l'Algérie par lectures interposées.

Insatiable Isabelle... Elle entraînait Augustin. Il la suivait bon train, partagé entre un sentiment d'admiration et une forme d'exaspération tenant à l'impossibilité de se soustraire à son emprise. C'est qu'elle ne manquait pas de charme, à l'époque. Elle entrait à peine dans sa dix-septième année. Pas vraiment jolie mais mieux que ça, énigmatique, avec son drôle de bout de nez, ses yeux graves, ses lèvres charnues et sa bouche boudeuse. Dans sa tenue masculine et ses complets que Mme Seylaz[59], couturière à Genève, se chargeait de lui confectionner avant d'entreprendre de savants retournages lorsque l'usure se faisait trop visible, Isabelle avait toujours son air d'écolier monté en graine. Un écolier à la peau trop fine et au teint trop blanc. Augustin prenait plaisir à lui raconter ses conquêtes, maintenant qu'elle était en âge de tout entendre. Il lui décrivait les filles qu'il fréquentait, les chambres dans lesquelles ils se retrouvaient, comment il profitait d'elles, ce qu'étaient leurs étreintes, leurs plaisirs, leurs nuits. C'était ça l'amour physique. Pas plus malin que ça. Isabelle accueillait les confidences de son frère d'assez singulière façon, intéressée certes, mais hautaine et sans jamais poser une question. Alors Augustin, qui redoutait son silence – Isabelle était son meilleur public – s'excusait presque. Il l'assurait que tout cela n'était que passe-temps d'une lassante monotonie, postures grotesques, bien que variables et changeantes, pauvres images de putes disgracieuses, et qu'il fallait qu'Isabelle comprît qu'un homme ne fréquentait les lupanars que par hygiène, comme on se purge.

Et ils retournaient à leurs livres.

Les récits d'Augustin entretenaient Isabelle dans un climat dont son frère se délectait. Elle le dévorait des yeux, elle rougissait beaucoup et chaque mot tendre qu'elle lui adressait était prétexte à des variations sans fin autour de son prénom. Il avait droit à toutes sortes de diminutifs. Il était tantôt son « Tino chéri », tantôt son « Pop[60] », elle faisait l'effrontée, la capricieuse, elle était impossible : il l'adorait.

Parfois, à seule fin d'empêcher Augustin de se rendre à Genève, Isabelle choisissait un livre, puis un autre et lui faisait miroiter toutes sortes de projets qui devaient miraculeusement le sauver de la pauvre vie à laquelle il fallait à toute force qu'il échappât. Se voyait-il employé de bureau dans une agence de tourisme, facilitant par ses connaissances les itinéraires des familles venues de l'Est, des gens d'une opulence révoltante et plus incultes que le dernier des moujiks ? Etait-ce cela sa destinée, à Augustin, et cela son idéal ? Sans doute voulait-il vivre comme Volodia qui avait pour seule distraction le déchiffrement de traités de botanique parus dans les idiomes les moins répandus. Une belle vie, ma foi... Et que deviendrait-il, Augustin, bloqué derrière son comptoir, tandis que sa sœur irait à la découverte du monde et raconterait ses voyages dans les grands journaux ? Pourraient-ils longtemps se passer l'un de l'autre et vivre, elle au bout du monde, et lui ? Et lui ?

Augustin se laissait convaincre.

Isabelle était peut-être un tantinet bas-bleu, un peu

trop savante et trop acharnée, mais elle était touchante et il lui donnait raison. Oui, Schopenhauer était un fieffé raseur. Allons, c'était promis, il allait se mettre au turc.

En dépit de quelques escapades à Genève, cette lune de miel dura bien un trimestre et la liste des ouvrages qu'ils lurent ensemble s'allongea.

Or, un matin de juillet 1894, Augustin disparut.

Quelques jours plus tard, à Genève, dans le kiosque à journaux de la place du Molard, Madeleine Bernard n'était plus à son poste. Sa cousine, Anne Joliet, servait seule sa fidèle clientèle. A Meyrin, un Vava indigné piquait une énorme colère. Dans un style qui ne lui était pas coutumier, il traitait Madeleine de gourgandine, d'aventurière, l'accusait d'avoir abusé de leur hospitalité et encouragé Augustin à l'enlever. C'était la version du drame qui lui paraissait la plus apte à calmer l'angoisse de Natalia Nicolaïevna : le fugueur était innocent.

Mais Mme de Moerder n'était guère susceptible de croire à cette version des choses. Une fois de plus l'affaire était interprétée à contresens, car cela faisait des mois qu'Augustin cherchait à soutirer à sa mère de quoi aller au Canada. Sa soudaine passion pour la langue anglaise, Shakespeare à tire-larigot, c'était ça, c'était le Canada en tête. Malheureusement, Augustin n'était qu'un rêveur et Natalia Nicolaïevna le savait incapable de faire fortune. Agriculteur, lui ? C'était à rire. De plus, elle ne croyait pas qu'il projetât de partir seul. Il y avait une fille là-dessous. Mais décidée à ne pas céder, il lui importait peu d'en savoir davantage. Une maîtresse ? Mme de Moerder ne fit rien pour connaître le nom de celle qu'Augustin avait jugé digne d'aller en sa compagnie jouer les fermières en pays froid.

Tel était l'état d'esprit de Mme de Moerder. Elle avait tenu bon, sans se douter qu'Augustin avait promis monts et merveilles. Un bluff fou. Et voilà que l'attitude familiale ôtait à Augustin toute crédibilité. Brusquement plus d'aventure, plus de sous-bois rouges, plus de terre à cultiver, plus de mariage. Comment dans ces conditions donner satisfaction aux exigences de l'honnête jeune fille ? Car elle avait posé ses conditions, Madeleine : avec un métier c'était oui, sans un métier c'était non.

La partie était jouée et Augustin avait perdu. Faute de Canada il lui restait l'Afrique.

Expédié de Valence à minuit trente, un télégramme d'Augustin, en date du 8 juillet 1894, allait arracher Madeleine à la tranquillité d'une existence rangée. Le texte du message était bref : « Fou de désespoir. » Il n'en fallait pas davantage : terrassée d'amour, mais dans l'ignorance des projets du fugitif, Madeleine se lança à sa poursuite.

Elle allait s'en expliquer dans une lettre[61] sans doute adressée à un familier des dimanches de la villa Neuve. Elle le chargeait d'aller à Meyrin : « Je pense, écrivait-elle, qu'il [Augustin] va continuer jusqu'à Marseille. Mais il n'y a pas de bateaux pour l'Algérie avant mardi midi. Je pars aujourd'hui même pour Marseille, à midi quinze, et je surveillerai les départs des bateaux du mardi, à Marseille, car je pense qu'il doit fatalement y arriver. Je n'ai pas le temps d'aller dire tout cela à la villa Neuve... Si vous pouvez y aller pour dire *qu'il n'est pas mort* et rassurer sa mère et sa sœur, cela serait un grand bien. » Mais jusque dans les vertiges de la passion, Madeleine veillait à ce que son correspondant ne se méprît pas sur la nature de ses relations avec Augustin. Elle ne le désignait qu'en termes cérémonieux : « Monsieur de Moerder », écrivait-elle, ou bien « Monsieur Augustin ». Elle continuait à s'exprimer en honnête commerçante qui ne saurait s'écarter des chemins de la vertu ni se libérer tout à fait des formes extérieures du respect.

Le même jour sa cousine écrivait à Vava une lettre[62] pleine de révérence, nouvelle preuve de l'estime dont jouissaient les Russes de Meyrin auprès de leurs amis. Anne Joliet compatissait à l'inquiétude dans laquelle Natalia Nicolaïevna passait ses journées : « Permettez-moi de vous remercier, Monsieur, ainsi que Madame de Moerder, de la façon bienveillante dont vous avez accueilli Madeleine, et de vous exprimer tous mes sentiments de respectueuse sympathie... »

Elle éclairait Trofimovsky sur le singulier changement survenu dans la personne de sa cousine Madeleine, qu'elle aimait et qu'elle protégeait. On mesure les effets qu'eut sur la jeune fille la crainte de perdre Augustin : « Pensant que peut-être il sera possible de le rejoindre à Marseille, Madeleine part et fera tout pour le ramener. La pauvre enfant est dans un tel état que je juge encore préférable de la laisser aller, bien que les chances soient bien minimes... Madeleine vous télégraphiera dès qu'elle saura quelque chose, le principal c'est que Monsieur de Moerder est en route et non pas mort... » *Mort ?* Comme Madeleine, elle craignait donc un acte irréparable. La dernière bravade d'Augustin avait peut-être été un chantage au suicide.

Madeleine en s'en allant ne mettait pas sa vertu en péril, elle se sacrifiait pour sauver l'homme qu'elle aimait. Et la voici à Marseille « escale brûlante[63] » où l'Occident et l'Orient se rejoignent, elle dont la vie quotidienne s'était déroulée dans le décor lénifiant des berges du Léman. Imaginons Madeleine à la Joliette, en un long jour d'été, ne connaissant des ports et de la mer que ce qu'elle en a appris dans les livres. L'immense désordre des arrivées et des partances, les turbulences d'une ville à l'écoute du monde, quelles lectures les lui eussent données ? Marseille était là, dans la violence de sa lumière et le double tumulte des embarquements et des retours, autant de surprises auxquelles les torpeurs genevoises ne l'avaient guère préparée. Imaginons

Madeleine prise dans la rumeur des vaisseaux amarrés, sourds battements montant des cales, déchirants appels des sirènes comme des cris d'adieux, piétinements des percherons, attelés en flèche, et leur incessant va-et-vient entre les docks et le quai, grincements des treuils, mêlés aux bêlements des moutons qu'une grue déposait à terre, noués en grappe à la même corde, cris et mots rudes, affrontements en langues étrangères, paroles échangées entre les hommes de chauffe, noirs de charbon, et les marins mélancoliques sur le point d'embarquer, imaginons Madeleine aux aguets, Madeleine comptant les minutes, Madeleine au comble de l'angoisse, prise dans les violences contraires du fleuve que formaient ensemble ceux qui touchaient terre et ceux qui s'en allaient, et soudain, là, émergeant de ce tohu-bohu avec l'impudence de l'homme qui flâne, Augustin, son balluchon sur l'épaule, en route pour l'Afrique, Augustin retrouvé...

Il ne restait à l'ange gardien qu'à savourer sa victoire : elle l'avait guetté et ils s'étaient rejoints comme par miracle. Elle avait réussi à le faire renoncer à son funeste projet : l'Algérie. Mieux valait aller en Corse se refaire une santé. Il avait accepté. Elle l'avait donc arraché à ses fantasmes et arraché aussi aux dangers de Marseille, à laquelle, hélas, il semblait avoir pris goût. Mais là encore, Madeleine avait obtenu gain de cause. Elle n'en était pas peu fière. Dans une lettre à sa cousine, elle écrivait[64] : « C'est qu'il fallait quitter Marseille au plus vite à cause du genre de vie qu'on y mène. » Marseille, n'est-ce pas, ramenait Augustin « à l'état d'esprit dans lequel il y était arrivé ». Et la petite fiancée était toute disposée à jouer les gardes-malades auprès d'un Monsieur Augustin fort mal en point. « Je t'assure que lorsque je l'ai trouvé il était dans un état nerveux effrayant... Il a certainement des troubles du foie. »

Aussitôt en Corse, tout fut oublié : l'attente à Marseille, la traversée détestable, le mauvais temps, le navire en piteux état – « la machine avariée, il a fallu marcher à la voile » – le mal de mer, l'arrivée à Bastia « éreintés, abrutis », le départ en train vers un lieu de séjour dont ils avaient tant rêvé, et là leur déconvenue : « le pays était trop plat ». Il fallut renoncer à Cazamozza et remonter dans le train jusqu'à Padullela. Ils allèrent ensuite à la recherche de la retraite idéale qu'ils découvrirent à San Nicolao. Un beau site à la proximité duquel on leur signala une source ferrugineuse dont Madeleine attendit mille bienfaits : « Nous allons faire notre ordinaire de cette eau bienfaisante qui est excellente pour les anémiques. Elle se vend en France et nous pouvons en boire ici moyennant quinze centimes la bouteille. Nous commençons à nous habituer un peu au genre de vie du pays qui consiste à ne rien faire... » Des conditions d'existence qui semblaient parfaitement convenir à Monsieur Augustin « qui est beaucoup mieux physiquement », ce dont se réjouissait sa fiancée-garde-malade. Elle constatait aussi que « depuis qu'il ne boit plus d'alcool, qu'il ne fume plus et qu'il mène une vie calme, il dit lui-même qu'il se sent tout autre et qu'il peut se tenir debout sans souffrance, ce qu'il ne pouvait plus faire depuis longtemps ». C'était la revanche de la régularité suisse sur le désordre marseillais. Madeleine triomphait.

La jeune Genevoise jugeait le paysage quelque peu excessif : « La nature ici serait d'une beauté horrifiante avec les roches et les montagnes sans la végétation qui est d'une richesse incomparable. Le maki (*sic*) et la fraîche verdure comblent toutes les anfractuosités[65]... »

Mais ni la nouveauté du paysage ni la compagnie d'Augustin ne semblaient apporter le bonheur à l'étrange petite fiancée qui écrivait à sa cousine : « Je ne puis jouir complètement ni du paysage ni du calme de cette splendide nature. Tu comprends pourquoi, mon aimée. Loin de toi il m'est impossible de me posséder complètement. Toute la partie essentielle de mon être reste près de toi et c'est comme à travers un rêve que je vis dans la séparation. Aussi mon plus ardent désir est de mettre fin le plus vite possible à cette horrible situation. » Etrange langage. Elle ajoutait. « Monsieur de Moerder n'a pas de linge. Guère plus que moi. Son tuteur s'opposera peut-être à tout envoi. Enfin tâche de nous donner des détails précis sur la visite que tu feras là-bas, dimanche[66]. »

Augustin de son côté se donnait mille peines pour paraître heureux. Il se souciait de Madeleine comme d'une guigne et Isabelle était sa seule préoccupation. Recevait-elle ses cartes quotidiennes? Madeleine était intervenue afin qu'Anne se renseignât : « Fais le possible et l'impossible pour voir Mademoiselle de Moerder en particulier, pour lui demander si elle reçoit les cartes postales que son frère lui écrit tous les jours. Car il n'est pas sûr que son tuteur lui laisse recevoir la correspondance librement. Et qu'elle te dise si elle préfère un autre mode d'adresse, soit par ton intermédiaire – si elle peut descendre en ville – soit en poste restante à Vernier. Parle-lui, deviens une amie pour elle car elle est, avec sa mère, l'adoration d'Augustin[67]... » Chez Madeleine, pas trace de jalousie envers cette sœur qui avait vécu avec Augustin dans un accord si parfait. Plutôt que de s'en offusquer, elle ne pensait qu'à encourager sa cousine à comploter en leur faveur.

Anne Joliet se prêta volontiers à ce rôle, encore que sa mission ne fût pas sans difficulté. Elle informait Madeleine de certaines vexations endurées aussitôt après son départ : « Avec le mouvement anarchiste, il existe une sorte de société internationale de mouchards. On a dû demander des renseignements sur Monsieur de Moerder et toi, car un individu est allé trouver le tuteur pour se renseigner sur l'endroit où était Monsieur de Moerder et avec qui il était. Le tuteur l'a mis à la porte, ce qui n'a pas empêché l'autre de dire des horreurs sur nous, que Monsieur Trofimovsky n'a d'ailleurs pas crues. » Et elle ajoutait : « Cette malheureuse fugue est grosse de conséquences... » Dans la même lettre, Anne Joliet avertissait Madeleine du mauvais accueil que lui avait réservé Volodia : « Il paraît rempli d'animosité contre moi », écrivait-elle. Mais elle ne se laissait pas abattre et poursuivait sa mission.

Il fallait, selon le vœu de Madeleine, que les nouvelles d'Isabelle parviennent à Augustin « sans intermédiaire ni censure du tuteur qui est un homme très intelligent et très bon, mais à parti pris terrible. Ecris-nous le plus vite possible [...] chère étoile de salut pour les pauvres naufragés ». Madeleine s'y employa.

Mais la plus éprouvée était certainement Isabelle. A dix-sept ans elle n'allait toujours pas à Genève quand elle le voulait. On veillait à ce que les échos de l'escapade de son frère et les détails d'une liaison que l'on souhaitait passagère ne lui parviennent pas. Son courrier était censuré. Dans la mesure où Anne Joliet lui remettait les messages d'Augustin, sans doute s'empressait-elle de les détruire, ce qui expliquerait qu'aucune des lettres qu'ils échangèrent ne soit parvenue jusqu'à nous.

Nous avons donc une dette envers Madeleine qui, sans la moindre hypocrisie, révélait à sa cousine les aspects les plus secrets de son tête-à-tête avec Augustin : « Nous dormons beaucoup, écrivait-elle. Le matin nous sortons sitôt que nous sommes habillés et avons déjeuné, puis nous rentrons faire la popote et nous laissons passer l'heure de la chaleur en faisant la sieste... Puis on se remet en marche, tout doucement jusqu'au soir, et on rentre dîner. Puis, quelquefois, on sort encore, comme d'autres fois on se couche. Cela dépend des dispositions du satyre... » Cette confidence, exprimée assez crûment, n'empêchait pas l'ange gardien de terminer sa lettre à sa chère cousine par ces mots : «... partout et toujours, ta madone aimée pense à toi, te chérit et t'adore ». Puis, reprenant conscience des réalités, Madeleine, en post-scriptum, demandait : « As-tu cherché à vendre le piano ? Occupe-toi de cela, si tu peux, chérie. »

Il fut aussi question d'autres expédients. Anne conseillait à Madeleine de vendre les bijoux qu'elle avait laissés à Genève ou de les engager au mont-de-piété. Une solution à laquelle Madeleine ne se résignait pas. Le piano oui, mais les bijoux? Ils pourraient peut-être lui être utiles au Canada. Car Madeleine n'en démordait pas : elle brûlait de voir aboutir le projet auquel Augustin continuait à tenir. Songeaient-ils vraiment à emmener Anne? Leurs lettres le laissent supposer : « Quant à réussir, ma chérie, nous réussirons car avec toi il n'y a rien à craindre. Tu sais marcher et faire marcher les autres. » A moins que ces propos n'aient été que faux semblants et qu'on ait laissé espérer à Anne qu'elle serait du voyage dans le seul but de la forcer à se démener. On ne pouvait se cacher que tout dépendait d'elle. Il fallait de l'argent pour partir : « Car on n'entre pas au Canada si l'on ne peut justifier de certaines ressources... et sans un petit capital il ne faut songer à rien. » En cas de refus du « tuteur », il fallait à toute force se procurer quelque argent. Là encore la bonne cousine faisait de son mieux et Madeleine lui écrivait : « Je suis très heureuse de voir que tu es toute décidée... »

Anne s'était assuré les services d'une mystérieuse Sara dont le nom revenait souvent dans les lettres de Madeleine : « Sara pourra faire cela pour nous... », « Il faut s'en rapporter à Sara... », « Si elle ne se dévoue pas il n'y aura pas d'issue. » Et dans une lettre du 29 juillet 1894 elle écrivait : « Il faut que tout l'empressement et toute l'activité soient concentrés par Sara pour acquérir la somme *sans nous compromettre* en quoi que ce soit, car il serait absolument stupide de se jeter à bras ouverts dans les ennuis de famille... » Voilà de l'argent dont les sources paraissent peu claires[68].

Mais ce qui parlait au cœur des fugitifs était l'espoir le plus fou. Ils avaient noté qu'un paquebot quittait Marseille trois fois par semaine en direction du Canada. Aussitôt « le petit capital » réuni, il serait temps de s'occuper des billets et, ainsi que Madeleine l'écrivait à sa cousine, temps aussi « de liquider l'agence, la chambre, et les meubles; quant au piano occupe-t-en de suite afin de le vendre avantageusement ».

Augustin et Madeleine connurent en Corse une période de grande insouciance, tandis qu'à Genève, Anne Joliet, promue agent de liaison, cherchait à instaurer un climat de confiance entre la villa Neuve et les fugitifs. Il fallait amadouer Isabelle. Elle lui adressa des lettres apaisantes : « Je reçois à l'instant une dépêche de Bastia me disant que votre frère est beaucoup plus calme... Rassurez donc Madame votre mère ainsi que votre famille et dites-leur que je pense qu'ils ne tarderont pas à voir revenir le fugitif. » De son côté, Madeleine en avait fait autant. Elle aussi cherchait à se concilier les bonnes grâces d'Isabelle : « Soyez sans aucune inquiétude, lui écrivait-elle, Augustin va mieux... Je suis presque sûre qu'il ne donnera aucun sujet de chagrin à sa famille qu'il adore et dont il parle toujours avec tant de cœur. Il est de toute pensée à sa chère mère et à vous, sa sœur bien-aimée. »

Les tentatives de conciliation atteignirent une intensité jamais égalée quand Anne Joliet transmit à Vava une lettre de Madeleine reçue la veille. Elle ne laissait aucun doute sur la pureté de ses relations avec Augustin. La morale était sauve : Madeleine était vierge. Comment le tuteur et comment Mme de Moerder auraient-ils pu continuer à l'accabler? Pouvait-on traiter en gourgandine une innocente, sans la moindre idée malpropre en tête, une oie blanche qui n'avait agi que par dévouement? Car c'est ainsi que les choses s'étaient passées. La lettre de Madeleine le disait très clairement. Elle s'adressait à sa cousine : « Tu sais, lui écrivait-elle, que si j'aime Augustin ce sentiment n'est qu'une grande affection et un très grand désir de faire ce qui me sera possible pour lui faire prendre un but dans la vie. Car il le faut. Sans cela il fera les pires bêtises. Mais en réalité il n'y a pas autre chose entre nous et, malgré la vie intime que nous menons chaque jour depuis notre départ il n'y a rien entre nous dont je ne puisse parler. Je suis ce que je serai toujours, ton amie toute pure et toute aimante, attachée à toi et ne désirant que le bonheur et la tranquillité de tous. » Et Anne-Joliet d'ajouter à l'intention de Vava : « Jamais elle ne m'a menti. Voilà donc un grand poids de moins... Il me tarde bien de savoir ce que vous pensez de tout cela ainsi que Madame de Moerder et si Monsieur Augustin de Moerder donnera enfin une explication plausible à sa fugue ridicule[69]. » Les rôles étaient inversés et il n'y avait plus qu'un coupable : Augustin.

Ce que Madeleine appelait « les tractations auprès des habitants de la villa Neuve » entretenait les fugitifs dans leurs illusions. Dans sa joie puérile Madeleine ne doutait pas du bon vouloir de Vava. Il était certainement prêt « à faire tout pour nous sortir de la situation actuelle ». Elle ne doutait pas non plus que « le petit capital » dont le montant avait été collecté par la mystérieuse Sara était enfin sur le point de leur parvenir. Madeleine débordait d'espoir. Elle emportait jusque dans son sommeil la vision réconfortante de son cher Augustin s'attaquant d'un bras ferme à la forêt canadienne.

La foudre tombant sur San Nicolao n'eût pas été plus terrible que la lettre de Sara annonçant qu'il ne fallait plus compter sur les fonds attendus. La situation tournait au drame. Augustin avait à peine de quoi payer leur retour en Suisse.

A Genève, « l'étoile du salut » multipliait les démarches dans l'espoir de gagner Alexandre Nicolaïevitch à la cause des deux jeunes gens. Faute d'obtenir son approbation à leur départ « en colonisation », elle pensait que Vava proposerait « une autre issue ». La bonne cousine se faisait au moins autant d'illusions sur les possibilités financières des gens de la villa Neuve que sur les capacités physiques d'Augustin. Colon, lui ? Isabelle en doutait autant que sa mère. Malgré les appels à l'aide d'Anne Joliet : « Ecrivez-moi, donnez-moi de vos nouvelles, de celles de Madame de Moerder, vous savez quelle affection je vous porte à toutes deux... Songez à mon isolement, à ma tristesse, je souffre tant. Au revoir, je vous serre la main à tous cordialement », les Russes de Meyrin observaient une prudente réserve. Leur plan était des plus clairs : favoriser le retour des fugitifs en leur laissant supposer que le temps de la colère était passé.

Une aveugle cruauté est le remède auquel les familles ont recours en certaines circonstances. Vava et Mme de Moerder étaient décidés à user de ce remède-là pour effacer le nouvel échec que faisait peser sur la paix familiale l'insolente défection d'Augustin. Mais que savaient-ils de Madeleine? Elle avait été la sauvegarde d'Augustin et sa dernière chance. De cela personne ne se souciait. On ne pensait qu'à l'éliminer. Et voilà qu'Augustin était l'objet de toutes sortes de pressions. De proches amis de sa mère voulaient le convaincre de mettre un terme à sa fugue. Dans une lettre au ton singulièrement alarmiste, un pharmacien de Genève, P. Schoenlaub, chez qui Mme de Moerder se fournissait régulièrement et qui s'était pris d'amitié pour elle, conjurait Augustin de revenir au plus vite. S'il prolongeait son absence, sa mère allait en mourir : « C'est en ami que je viens vous prier de réfléchir mûrement et de prendre à cœur ces quelques lignes, lui écrivait-il. J'étais à plusieurs reprises dans le sein de votre charmante famille, tout de suite, dès les premiers jours après votre disparition, et de nouveau il y a quelques jours. Cher ami, vous qui êtes un homme raisonnable, érudit et philosophe, vous ne devriez pas rester absent plus longtemps. C'est vraiment triste de voir l'état dans lequel se trouve Madame votre mère, cette femme bonne, douce, qui vous aime tant... Vous devez savoir mieux que qui que ce soit [...] dans quelle anxiété, surexcitation nerveuse et chagrin se trouve votre mère. [...] Décidez-vous à revenir au plus vite, ce sera le seul remède qui puisse la soulager... [70] »

Chose singulière, les lettres d'Anne Joliet se faisaient rares et brèves. Madeleine s'en inquiétait : « Je sens que tu te refermes à moi, tu m'écris si peu longuement... » Qu'en penser? « La chère aimée bien tendrement adorée » était-elle, elle aussi, sur le point de les lâcher? Anne Joliet invoquait un surcroît de travail. Elle se disait « débordée par le procès de Caserio ». A l'en croire, le kiosque à journaux connaissait une affluence folle tant la décision de la cour de justice de Lyon passionnait l'opinion genevoise. C'est que Caserio avait séjourné en Suisse. C'était même de là qu'il était passé en France. Et puis le jeune assassin du président Sadi Carnot était natif de Lombardie, et il ne manquait pas d'anarchistes italiens à Genève. Mais à San Nicolao on vivait coupé de tout. Madeleine et Augustin savaient-ils seulement que, face à ses juges, Caserio jouait sa tête? Les deux fugitifs avaient d'autres soucis.

Irritante à force d'entêtement, Madeleine était résolue à ne renoncer à aucune de ses exigences : elle resterait auprès d'Augustin s'il menait une existence conforme à ses vœux, elle le quitterait dans le cas contraire. Elle envoya une dernière lettre de Corse, qui mit sa cousine au supplice. Voici ce que disait cette lettre : « Ne savoir qu'une chose : que la situation est sans issue et que nous souffrons tous le martyre... A la suite de la lettre de Sara, si désespérante, j'ai vu Augustin venant au-devant de moi pâle et décomposé, comme un mourant. J'ai eu une émotion terrible, car je ne sais comment il pourra aller jusqu'au bout de ces émotions, si elles devaient se prolonger. Il écrit à son tuteur une longue lettre dans laquelle il lui expose nos projets, tout ce qu'il pense et espère de lui. Nous attendons sa réponse pour partir... Nous sommes tous deux accablés. Que va-t-on décider à la villa Neuve? Le Canada sera-t-il admis? Exigera-t-on autre chose? *Enfin il restera toujours la mort...*[71] » Anne réussit à lui adresser une réponse. C'était quelques jours avant le retour de Madeleine. « Malgré tout ce qui pourra se produire, lui écrivait-elle, je suis décidée à tout tenter, mais cette pensée de mort que je sens en toi je ne la veux pas, ma chère aimée, je veux que tu vives, que tu sois heureuse et tu le seras parce que j'y emploierai toute mon énergie, toute mon affection... Encore neuf jours et nous serons réunies[72]. »

Ensuite, que se passa-t-il? Augustin reprit la mer et Madeleine aussi. Ils retournèrent en Suisse. Leur disparition avait duré moins d'un mois. Il y eut, à la demande de Madeleine, une réunion à la villa Neuve un certain dimanche d'août 1894, « pour s'entendre sur le parti à prendre ». Et puis? Et puis à quelques semaines de là, pour une raison dont aucune correspondance ne précise la nature, il se fit comme un grand silence autour du nom de Madeleine. Plus une lettre d'elle. Plus un mot. Rien. Plus de Madeleine.

Et Anne Joliet changea de vie. Sans doute remit-elle à Augustin les lettres qu'elle avait adressées à Madeleine et les réponses de cette dernière. La présence de cette correspondance dans les archives d'Isabelle Eberhardt ne s'explique pas autrement. Madeleine était-elle morte? Anne quitta le kiosque de la place du Molard où une amie prit sa place. Puis elle tomba malade et écrivit à Isabelle de Saint-Moritz : « Je voulais vous écrire déjà depuis plusieurs jours mais le voyage m'a passablement éprouvée et je ne suis bonne à rien. De plus, j'ai dû pas mal me remuer pour assurer ma subsistance... et je n'ai que des espérances encore... Je n'ai pas grand-chose à vous dire de mon voyage pendant lequel j'ai été presque tout le temps souffrante... Je voudrais bien avoir des nouvelles de votre mère, de Monsieur Trofimovsky et des vôtres. Cela me fera plaisir d'avoir un souvenir de la villa Neuve où peut-être je ne retournerai plus car je pense bien quitter définitivement Genève[73]... »

Mais elle revint à Genève. Anne Joliet décrocha un emploi d'enseignante. Elle écrivit à Isabelle : « Ne croyez pas que ce soit par indifférence que je ne vais pas plus souvent à la villa Neuve mais j'ai bien à faire et ne puis m'en aller comme je veux... », et dans une autre lettre elle lui écrivait : « J'ai été assez occupée cette semaine, les examens du collège ont commencé ce matin, c'est pourquoi je n'ai pu vous arriver *un matin* et cela a été un regret pour moi[74]. » Jamais elle ne cessa de correspondre avec ses amis de la villa Neuve ni ne cessa d'aller leur rendre visite lorsqu'elle en eut le loisir mais jamais le nom de Madeleine n'était prononcé. Anne s'intéressait particulièrement à Isabelle et lui écrivait sur le mode ironique. Elle l'appelait « Cher Abbas » – ce qui laisse supposer qu'Isabelle avait déjà le goût des pseudonymes orientaux. Entre les deux femmes était née une amitié solide et dans les lettres d'Anne Joliet on sent se fortifier la conviction qu'Isabelle était un être rare qui méritait d'être encouragé. Anne s'inquiétait de ses travaux, de ses progrès, de sa santé, s'informait de la façon dont elle vivait et l'entretenait d'un goût qu'elles avaient en commun : le goût des animaux : « Et le toutou? Et les oies? Je pense à tous vos animaux qui ont des physionomies si particulières. Je crois que le milieu ambiant influe beaucoup sur les animaux et qu'ils participent à l'intelligence du milieu dans lequel ils vivent. » Elle continuait à veiller de loin sur les commandes d'Alexandre Trofimovsky et sur ses abonnements : « Recevez-vous régulièrement vos journaux? demandait-elle à Isabelle. Je passe [au kiosque] chaque jour pour m'informer, il m'est répondu qu'ils partent très régulièrement. » Et lorsque, au risque de choquer la nouvelle buraliste, l'incorrigible Vava, pourfendeur de l'Eglise, commandait des livres introuvables ou peu édifiants, c'était Anne qui conseillait sa remplaçante, lui recommandant de faire diligence et de « tâcher d'avoir des renseignements précis sur les volumes que Monsieur Trofimovsky lui avait signalés surtout au point de vue des prêtres dans leur existence intime et cachée... ».

L'étrange est que dans ces lettres où se devinent les

élans d'un cœur généreux, le souvenir de Madeleine ne fut plus jamais évoqué.

C'est donc ici et dans un silence noir, que disparaît celle qui à l'insu d'Isabelle fut sa première alliée, sa sœur identique, une fille nourrie d'illusions, la douce Madeleine Bernard qui crut longtemps qu'Augustin pouvait être sauvé.

III

Genève
1894-1897

« Je ne sentais pas l'ombre de l'autocratie qui s'appesantissait déjà sur le Boulevard des Philosophes, dans cette ville libre, indépendante et démocratique de Genève, dont un des quartiers s'appelle *la Petite Russie.* Dès que deux Russes se réunissent, l'ombre de l'autocratie pèse sur eux... »

JOSEPH CONRAD,
Sous les yeux d'Occident.

1

Quand on parlait des « Orientaux » de Genève. L'Okhrana voit en chaque étudiant russe un suspect. Où le frère et la sœur fréquentent des boutiquiers suisses et évitent la Petite Russie. Ensemble, ils écrivent un conte cruel : Infernalia.

Le moment était venu pour Alexandre Trofimovsky de laisser plus de liberté à Isabelle. Il voulait qu'à Genève, dans cette ville où se reflétaient comme en silhouette tous les conflits intérieurs de la vieille Europe, elle prît conscience de certaines vérités qui n'avaient pu lui apparaître dans l'isolement de Meyrin. Vava voulait ainsi prouver qu'il n'était pas homme à renier ses théories pédagogiques et qu'il appliquerait jusqu'au bout les principes de la libre initiative, tels que les avait définis celui qu'il appelait « le meilleur des Russes », son seul guide en la matière, Tolstoï[1]. Pas plus qu'il n'avait admis que l'on imposât à Isabelle l'école obligatoire, Vava ne lui laissa imposer un enseignement forcé à l'université. La connaissance, pour lui, ne prenait de sens que par le vécu. Or Isabelle n'avait qu'une notion abstraite du monde. Il lui fallait apprendre encore bien des choses, apprendre à aimer « celui avec qui l'on vit et qui vous gêne »[2], apprendre à reconnaître les mensonges de la société, ceux contre lesquels Vava, en vieux paladin de la justice, s'était toujours battu. Comment Isabelle eût-elle reconnu l'hypocrisie, l'inégalité sociale, le mépris du riche envers le pauvre ou la médiocrité, elle qui avait été éduquée hors du monde et en privilégiée de la pensée? Alexandre Nicolaïevitch était fermement décidé à ce que ces implacables réalités fussent révélées à sa fille, mais ayant toujours douté de l'égalité des sexes (le féminisme lui inspirait une invincible aversion, c'était l'une de ses contradictions) il mit Isabelle sous la double protection de Volodia et d'Augustin. « La présence de ses frères, se disait-il, lui évitera les imprudences et les sottises dont sont capables les jeunes filles de son âge. Volodia et Augustin seront ses gardiens. » En fait, Genève inspirait une sorte de terreur à Volodia et Vava savait bien qu'au bout de trois jours, il fuirait la ville comme il fuyait la vie, comme il se fuyait lui-même. Quant à Augustin, il ne pouvait rien apporter de bon à Isabelle. Mais on ne décelait chez Vava aucune trace de défiance à l'égard des fils de Natalia Nicolaïevna, et nulle rancune. Ni l'usure, ni l'âge, ni la maladie n'allaient le guérir de sa terrible simplicité russe, de son absence de logique, rien ne pouvait le décourager dans son fatalisme tranquille, ni ébranler en lui la conviction que seul l'amour peut sauver un être humain, aussi dégradé, aussi avili soit-il. Augustin avait reçu de Dieu le don redoutable de plaire. Mais il était si faible qu'il plaisait au péril de sa vie. Qu'était-il sinon une victime de la société? Que de fois Vava avait souhaité le voir s'en détacher! Toujours il retombait. Certes, le spectacle désolant qu'il offrait jetait le trouble dans l'esprit du tuteur, mais il n'allait pas désespérer d'Augustin pour autant. Peut-être ce faible avait-il des forces qu'il n'avait su encore rassembler, peut-être était-il comme un dormeur sur le point de s'éveiller. Il fallait laisser faire le temps.

Isabelle, toujours prête à s'exalter lorsqu'il s'agissait de son frère, s'associa au projet de Vava avec tout l'enthousiasme dont elle était capable. L'effet le plus singulier de l'étrange attachement qui unissait Isabelle à Augustin était de les maintenir l'un envers l'autre toujours dans le même état d'espoir et d'aveuglement.

Même si Isabelle sentait grandir en elle d'autres rêves et d'autres folies du cœur, son frère demeurait l'ami le plus aimé et le plus admiré. Quant à Augustin, même si sa sœur était le seul pivot de sa vie, et qu'il pressentît qu'il n'aurait ni la force ni la volonté de suivre son exemple, il cherchait encore à se convaincre du contraire.

C'est ainsi qu'ils bénéficièrent d'un entracte, d'un court moment d'illusion entre malheur et bonheur, une sorte de printemps sans lendemain dont ils surent tirer profit pour renouveler le champ de leurs observations, dans le monde disparate qu'était Genève en ce temps-là.

Or, ce que Vava avait redouté se produisit : Volodia se lassa très vite. Curieux garçon... Il avait été un enfant mélancolique et maintenant il allait de brusques engouements en rêvasseries profondes. Tantôt il s'emballait et se sentait tout joyeux, comme le jour où il était revenu de Genève avec un lexique donnant la traduction du mot « aubépine » – il disait *crataegus oxyacantha* – en cent quarante-deux langues étrangères. Mais dès le lendemain il tournait sa trouvaille en dérision et se renfermait dans ses idées noires.

Jamais on ne l'avait vu s'asseoir à une terrasse ou prendre le bras d'une jeune fille.

C'était un être d'une profonde nostalgie.

On ne peut comprendre aujourd'hui ce qu'était Genève à cette époque, ni expliquer le frémissement de cette ville devenue capitale de l'exil. Son caractère, qui ne cessait de s'accentuer, tenait moins au tourisme – cette sacro-sainte « industrie des étrangers[3] » que la Suisse s'efforçait de favoriser –, moins aux séjours des rentiers, des millionnaires et des multimillionnaires dont le Grand Conseil[4] ne cessait de relever les noms tant on souhaitait les voir s'établir de plus en plus nombreux dans la cité de Calvin, moins aussi aux visites des personnalités du monde des lettres, qu'à la modification radicale de ses Facultés[5]. Au grand déplaisir des milieux conservateurs, Genève n'était plus « l'arche des arts, des plaisirs et du goût[6] ». Toute l'Europe était là, certes, mais ce n'était plus la même. Ce n'était plus l'Europe des beaux esprits et de la fortune, mais celle des polices parallèles et des mouchards, des agents secrets et des provocateurs, tous occupés à surveiller une engeance inconnue et aussi inquiétante que si elle eût débarqué de la lune : le pandémonium des étudiants russes et de leurs camarades « slaves » ou « orientaux », termes vagues et interchangeables par lesquels on désignait, qu'ils fussent ou non sujets du tsar, les étudiants venus de l'Est et du Sud-Est européen. Bulgares, Turcs, Rouméliens, Ukrainiens, Polonais, Roumains, Serbes, Arméniens, Lituaniens, Juifs en quantité, Géorgiens ou le diable sait quoi, peu importait l'origine de ces figures misérables, ce n'était pas tant ça qui comptait, mais bien le caractère profondément nouveau de la présence à Genève d'une jeunesse marquée du sceau de la faim. Un fait si alarmant aux dires de certains qu'ils en parlaient en termes de *péril* ou d'*invasion*[7]. Impossible de s'intéresser à autre chose puisque cela effaçait tout le reste : les « Orientaux » étaient là. Si bien que la présence d'étudiants allemands, français, anglo-saxons ou italiens – qui, eux, avaient des moyens, louaient de grands appartements et arrivaient parfois accompagnés de membres de leur famille – passait inaperçue.

« On déteste ces Russes et aussi tous ces étrangers pauvres à l'air fatigué et aux vêtements peu sélects[8]... » Ils étaient d'une maigreur gênante. De là tant de regards enfiévrés, de visages blêmes qui contrastaient désagréablement avec l'air bien nourri de la jeunesse locale. Et tous portaient lunettes. La vue basse, un signe de malnutrition... Allaient-ils bientôt se remplumer? Gagneraient-ils quelques kilos et « leur cœur surexcité par des théories » se calmerait-il?[9]. On espérait fermement que la foi révolutionnaire n'était qu'une question de sous-alimentation.

L'air famélique des étudiants, c'était leur péché majeur. Mais ce n'était pas le seul. Leur coiffure n'était pas moins critiquable. Pourquoi ces barbiches à la Garibaldi et ces nuques bouclées, pourquoi ces cheveux longs et mal peignés? « Les plus négligés sont les Bulgares et les Russes, de pauvres diables en majorité... » lisait-on dans la presse[10]. Quant à leurs chapeaux... On croyait que les larges bords baissés sur les yeux n'avaient d'autre but que de masquer les visages. On les disait coiffés « de manière clandestine ». Conscients du triste effet qu'ils produisaient, les « Orientaux » avaient cherché à moins l'enfoncer, ce chapeau noir, à le basculer en arrière[11]. Mais rien n'y faisait. C'était peine perdue. Que n'adoptaient-ils le haut-de-forme des Français?

D'autres griefs allaient au style de leurs vêtements. Afin de manifester à la fois leur slavité et leur solidarité avec le monde paysan, ils avaient opté pour une mode résolument populiste. Les étudiants étaient vêtus « tout russe ». Les pièces maîtresses de leur habillement étaient une paire de bottes ainsi qu'une blouse à longues manches ceinturée et portée par-dessus le pantalon. Ces canons vestimentaires ne purent échapper à l'attention des journalistes qui reprochèrent aux étudiants de ne jamais ôter « leur chemise de nuit[12] »! Ils entendaient par là signaler leur négligence. Les eussent-ils mieux acceptés en prenant acte qu'ils s'habillaient en moujiks? Sans doute auraient-ils réagi comme le vicomte Eugène Melchior de Vogüé, qui prit prétexte d'un portrait de Tolstoï en laboureur pour affirmer qu'en affichant une exaspérante paysanophilie, ce grand esprit ruinait son art.

On critiquait aussi les façons de vivre de ces jeunes gens. Ils logeaient chez l'habitant, en phalanstères, assurant chacun leur tour les corvées du ménage. Tout était mis en commun, leurs amis, leurs logements, leurs vêtements, les livres qu'ils lisaient, leurs places dans les amphithéâtres. Ceux qui ne les connaissaient pas les imaginaient formant « comme un petit peuple composé d'éléments fanatiques ou démoniaques[13] ». Ils ne participaient pas aux festivités des sociétés estudiantines locales. On ne les voyait ni dans les banquets ni dans les grandes beuveries fraternelles; ils se tenaient à l'écart. Les courriéristes s'en étonnaient. Ils disaient que les Russes vivaient « en chameaux ». C'était le terme consacré. Cela signifiait qu'ils se contentaient de peu.

Et puis ils restaient trop longtemps en Suisse.

Leurs maigres ressources ne leur permettaient pas de retourner dans leur patrie, d'où ils étaient parfois arrivés à pied. En période de vacances, les « Orientaux » acceptaient des emplois de traducteurs, de répétiteurs ou de gardiens dans les stations touristiques. Leur présence effrayait. De là à dire qu'ils faisaient fuir la clientèle... Le pas fut vite franchi[14]. L'antipathie qu'ils suscitaient avait d'autres causes encore. Alors que les Genevoises inscrites à l'université se comptaient sur les doigts de la main, dans le groupe des « Orientaux », la proportion des femmes ne cessait d'augmenter[15]. Un grief de plus : ces étudiantes étaient femmes, elles étaient nombreuses et donc de trop. Parce qu'elles se destinaient à la carrière de médecin, on jugeait qu'elles portaient préjudice à une profession jusque-là réservée aux hommes. Les mères de famille, qui craignaient qu'elles ne détournent leurs fils du droit chemin, voyaient dans chaque étudiante une sorcière à lunettes bleues prête à marcher sur les traces de tant d'autres jeunes personnes qui, de Véra Zassoulitch[16] à Sophie Pérovskaïa[17], avaient vécu en candidates déclarées au martyre, au bagne, à la mort. De futurs grands patrons n'avaient rien à attendre de ces « agitées », souvent « d'une remarquable beauté ». Elles étaient d'une compagnie « dangereuse »... Fort heureusement elles s'habillaient mal. La presse insistait beaucoup sur cet aspect des choses : leur mauvais goût. « C'est l'étudiante classique aux cheveux courts, qui dédaigne ou ignore les grâces et les faiblesses de son sexe », lisait-on dans le *Journal de Genève*[18]. Leur façon d'être, à ces jeunes filles, était la résultante de toutes les mauvaises idées qu'elles véhiculaient. Les gazettes s'inquiétaient de « ces femmes à cheveux courts et à binocles d'Orient[19] », ainsi que des « robes rouges ou noires qu'elles portaient selon leurs appartenances idéologiques[20] ». Des femmes en casquette de marin fumaient et roulaient force cigarettes en public ! Elles étaient d'une audace sacrilège.

Que des communes rurales de la lointaine Russie se fussent cotisées pour faire de ces jeunes filles des maîtresses d'école, des doctoresses ou des sages-femmes, rien de cela n'entrait en ligne de compte : elles étaient de trop, comme étaient de trop les Juifs « aux yeux et au profil d'Orient », qui eux aussi affluaient à Genève parce qu'un *numerus clausus* leur interdisait de poursuivre leurs études dans les universités de l'Empire. Et le rapprochement était souvent tenté dans la presse entre *juifs* et *femmes*, aussi indésirables les uns que les autres.

On ne manquait pas d'insister sur le fait que tous les courants du socialisme étaient représentés parmi ces étudiants. Ils étaient de conditions fort diverses. Les fils de prolétaires – « des types à la Gorki qu'on ne soupçonne pas d'intelligence et qui rappellent bien plus un ouvrier qu'un étudiant »[21] – étaient l'exception. Les représentants d'une bourgeoisie nouvelle, sans fortune et sans privilèges, les *raznotchintsy*[22], comme on disait en Russie, étaient les plus nombreux. On comptait parmi eux des étudiants appliqués et sans passions politiques, dont on ne parlait jamais. Tandis que d'autres qui se proclamaient solidaires des proscrits, de ces étudiants qui étaient populistes, nihilistes, anarchistes ou socialistes, de ceux-là on parlait beaucoup. Ils se joignaient aux cortèges revendicateurs du 1er Mai où ils figuraient en bonne place. Le peu que l'on savait de leurs réunions prêtait à bavardage. Pouvait-on s'étonner qu'une faculté qui comptait 408 Russes – dont trois quarts de femmes – et quelque 73 Bulgares sur un total de 659 inscrits fasse figure de repoussoir ? Dix ans à peine après que la très illustre Académie de Genève[23] se fût muée en Université, la faveur qu'elle connaissait auprès des « Orientaux » était tenue pour responsable d'un ralentissement du tourisme, d'un abaissement du niveau des études, et aussi de l'absence de jeunes gens prospères dont la présence, à Genève, était si ardemment souhaitée.

Ajoutons qu'imputer aux étrangers tout ce qui n'allait, pas était une façon de s'en prendre, à travers eux, à une catégorie sociale jusque-là inconnue, ce prolétariat intellectuel qui, par sa seule présence à Genève, avait fait du plus aimable carrefour européen une ville à problèmes, certains disaient « un des points chauds du globe[24] ».

En butte depuis leur plus jeune âge aux vexations policières ainsi qu'aux curiosités conjuguées des enquêteurs genevois et français, Isabelle et Augustin n'étaient pas sans mesurer le danger qu'il y avait à entrer en contact avec les milieux slaves de Genève. Les ressortissants russes étaient l'objet d'une surveillance plus étroite et plus arbitraire que tout ce qu'avaient enduré les Moerder depuis leur arrivée en Suisse et la police secrète du tsar s'était considérablement renforcée au fil des ans. Elle disposait dorénavant de bureaux tant à l'ambassade de Paris qu'à l'ambassade de Berne et l'intérêt qu'elle portait aux « Orientaux » n'était ignoré de personne. L'Okhrana entretenait à Genève des agents grassement rétribués. Eux-mêmes s'étaient assurés les services d'un vaste réseau d'indicateurs, choisis parmi les postiers de

Genève, les colporteurs, les serveurs de brasserie, les petits commerçants, les porteurs de gare – particulièrement agissants – les logeurs et les veuves tenant garni ou pension. La police suisse travaillait en parfaite intelligence avec ces très honorables « correspondants » qui émergeaient aux fonds secrets des ambassades impériales et qui, par l'intermédiaire des commissaires spéciaux de Bellegarde et d'Annemasse, se faisaient un plaisir de transmettre à la Préfecture de police de Paris des renseignements qu'ils étaient seuls à pouvoir lui fournir. Il suffisait qu'un étudiant entretienne des relations avec les cercles socialistes ou les proscrits politiques pour que l'Okhrana demandât, au nom du gouvernement impérial, que la justice helvétique prenne à l'encontre du dangereux individu une mesure d'expulsion immédiate, voire d'extradition. Dans le même temps, les représentants diplomatiques recevaient instruction de se saisir du premier prétexte venu pour refuser au futur fauteur de troubles le renouvellement de son passeport – s'il en avait un. Et la police secrète resserrait sa surveillance autour du révolutionnaire présumé, de ses amis et de ses familiers. On conçoit que ni Augustin ni Isabelle n'aient cru devoir s'exposer à de pareils risques, dont la conséquence immédiate eût été de rendre Natalia Nicolaïevna et Vava suspects aux yeux des fonctionnaires impériaux.

Il faut avouer que le destin de Mme de Moerder devait la conduire à de bien tristes réflexions. Elle vivait éloignée de ce qu'elle avait le plus aimé. Les salons dorés où l'on dansait, l'enfilade des lustres aux mille bougies, les escouades de laquais en livrées chamarrées, posés comme des potiches sur les marches des escaliers, les vastes forêts dans lesquelles on s'élançait à cheval, les parcs sans fin où l'on perdait de vue les réalités de la vie et la grande misère du peuple, tout cela, toutes les magnificences de jadis, n'étaient plus pour elle qu'un lointain souvenir. Elle s'était engagée par passion dans une vie nouvelle. Elle avait accepté les pires déconvenues comme des malheurs inévitables mais elle n'avait jamais imaginé que, jusque dans son exil, elle se trouverait exposée aux menaces d'une police dont les méthodes – « suspects étranglés comme des souris[25] », délation, espionnage, actions punitives, enlèvements – avaient été pour une part l'œuvre de son défunt mari. Pouvait-elle oublier ce que l'Okhrana devait au général de Moerder? Des sombres actions de cette police il n'avait jamais cessé de se faire rendre un compte minutieux. Il avait été l'incarnation du soupçon. Et Natalia Nicolaïevna avait eu beau ne parler de Pavel Karlovitch qu'en termes de bravoure et rappeler à ses fils le respect qu'ils devaient à leur illustre père, ni eux ni elle n'ignoraient... S'il existait un lieu où les serviteurs du tsarisme intégral jouissaient de la paix éternelle et qu'en ce paradis-là se trouvât le général de Moerder, il devait observer sans remords ni répugnance l'activité nouvelle que déployait en Suisse un organisme dont il avait fait, au cours des règnes de deux tsars successifs, le plus puissant instrument d'enquête et de répression que jamais autocrate ait eu à sa disposition.

Voilà que la redoutable officine opérait aux portes de la villa Neuve; voilà que ses agents s'infiltraient dans tous les cercles d'émigrés. Genève était devenue « un cloaque à espions[26] ». Il n'en fallut pas davantage pour que Mme de Moerder se persuadât que quitter la Suisse serait le plus sûr moyen de se délivrer d'un aussi odieux voisinage.

Telle serait la cause d'un bref voyage qu'Augustin fit peu de semaines avant sa malencontreuse fugue en Corse. Il était allé en Algérie en plein accord avec sa famille[27]. Sur le conseil de Mme Buholzer, qui enseignait à l'école secondaire de jeunes filles[28], Mme de Moerder avait chargé son fils de diverses investigations à Blida. La dame Buholzer avait là-bas de proches parents qui tenaient un atelier de photographie : le couple David.

Elle confia à Augustin une lettre qui devait lui servir d'introduction. C'est à l'occasion de son passage à Blida que Louis et Cécile David accueillirent Augustin et entendirent pour la première fois le nom des Moerder.

A son retour à la villa Neuve, Augustin annonça à sa mère que si elle s'installait à Blida elle y serait honorée et entourée. Il lui donna toutes sortes d'apaisements. Il fit en sorte de la persuader que la vie en Algérie était bien moins onéreuse qu'en Suisse, que l'on trouverait à acheter une terre sans trop avoir à dépenser, que l'on pouvait faire de l'argent en Algérie et que, pour sa part, Augustin allait se mettre à la photographie.

Ni le nouveau projet d'Augustin ni ce nouvel exil n'eurent de suites immédiates, mais à certaines initiatives que Natalia Nicolaïevna ne cessa d'encourager il est permis de supposer qu'elle n'avait pas renoncé à partir. Aux derniers mois de 1893 on échangea avec le ménage David des étrennes et des vœux. On se rendit de petits services. Louis David, qui était bricoleur, demanda, « contre remboursement[29] », un couteau de l'armée suisse, objet dont il rêvait depuis longtemps. Augustin le lui offrit et compléta l'envoi par une lettre contenant des messages d'amitié pour le commissaire de Blida qui lui avait signalé des terres à vendre, et par une caisse d'absinthe pour ses hommes. L'initiative eut le meilleur effet. En se composant un personnage de fils irréprochable, Augustin avait frappé l'imagination de ces Français modestes qui n'avaient jamais reçu visite plus flatteuse. Ils se figurèrent que les Moerder avaient beaucoup d'argent et qu'ils aimaient à le jeter par les fenêtres.

En juin 1894, Louis et Cécile firent savoir à leurs amis russes qu'ils leur rendraient visite, dès leur retour en Suisse. Ils annonçaient leur arrivée dans quelques semaines. Chaque année, au gros de l'été, les David exerçaient leurs talents sur les bords du Léman. Ils opéraient dans un vaste atelier et dans un bon quartier. Leur local était au numéro 30 du boulevard de Plainpalais et toutes les médailles dont Louis David avait été gratifié à Toulouse, à Genève et à Paris lors de la dernière Exposition universelle figuraient sur son papier à lettres, qui spécifiait qu'il était passé maître en l'art du portrait artistique et de la photographie sur soie. La mobilité extrême du couple David, la diversité de ses activités et la multiplicité de ses résidences – ils avaient aussi un logement à Bône, rue Moreau – tout cela impressionna favorablement les gens de la villa Neuve, qui n'avaient foi que dans le mouvement. Mme de Moerder annonça l'envoi d'un petit cadeau. Elle adressa à Cécile un tablier. Il était temps de s'avouer qu'on aurait peut-être besoin des David dans un proche avenir... Alors, au petit tablier, Mme de Moerder ajouta un coffret de gourmandises. Augustin, pour sa part, expédia à son ami Louis une pochette de papier d'Arménie et des illustrés. On les tenait au chaud, les David, on les soignait, on s'inquiétait d'eux ! Dans l'une de ses lettres, Louis David signala une épidémie de variole noire. On avait vu, à Blida, jusqu'à dix enterrements par jour. Aussitôt la villa Neuve manifesta son émoi. S'étaient-ils fait vacciner au moins ? Cécile leur adressa une lettre. Elle écrivait à l'encre violette et sur papier mauve : « Vous nous gâtez beaucoup trop », disait-elle aux Moerder[30]. A quelques jours de là et tout en s'excusant de s'y prendre si tard, Louis David remerciait à son tour. Il s'exprimait avec une simplicité charmante. Il avouait que les travaux d'écriture lui restaient en travers de la gorge. Son orthographe s'en ressentait. Il disait aussi ne pas manquer de soucis. On avait eu un mauvais hiver, à Blida. Les Français ne sortaient plus de chez eux. Le froid et l'épidémie faisaient hésiter les amoureux. Une période noire : peu de baptêmes, pas de noces. Il n'y avait que les militaires pour souhaiter se faire tirer le portrait. Un travail sans intérêt. L'uniforme rapportait moins que les photos de groupe. Grand spécialiste des mariages, David était perdant. Mais qu'y faire ? Les colons étaient à sec et, par voie de conséquence, les David aussi. Et Louis d'en conclure : « Il ne nous sera certes jamais possible de vous combler d'autant d'attentions[31]. » Ces Russes étaient des gens bizarres toujours prêts à se ruiner en petits cadeaux.

Comme la décision de quitter la Suisse ne dépendait ni d'Isabelle ni d'Augustin, ils cessèrent de rêver à leur établissement en Algérie et multiplièrent les raisons d'aller à Genève. Vava exigeait un compte rendu détaillé de leurs activités. Augustin jurait ses grands dieux qu'il s'exerçait au maniement du voile noir, du trépied et des plaques, que l'usage de la gélatine et du bromure d'argent n'aurait bientôt plus de secrets pour lui et qu'il ouvrirait alors un studio de photographe, cela ne faisait aucun doute. Une vocation qui avait l'approbation de son tuteur. De Blida, Louis David faisait chorus : « Je vois que vous allez vous occuper de photographie », écrivait-il, et, généreux, il proposait son aide, laissant entendre qu'en cas d'installation en Algérie, son atelier serait à la disposition du débutant.

On conçoit que cette nouvelle ambition ait été du goût d'Isabelle. Mais ce n'était pas seulement par affection pour son frère. Sa vocation tombait à point. Tout avait changé depuis le temps des premiers exploits de Lydia Pachkov et Isabelle en était consciente. Les touristes, cette plaie! L'Orient-Express ouvrait à une bande de trouble-fête des régions jusque-là réservées à quelques voyageurs épris d'aventure. On allait aisément à Constantinople et l'on pouvait en dire autant d'Alexandrie. L'une des conséquences de cet Orient à la portée de tous avait été d'encourager certains hommes ayant fait en Occident l'apprentissage du métier de photographe à s'installer à proximité des sites les plus visités. Les noms de ces artistes, leurs adresses et quantité de détails les concernant étaient publiés dans les revues.

C'est que les exigences de la presse et plus encore celles des publications spécialisées avaient changé elles aussi : les mots ne suffisaient plus, il fallait des images. L'exemple de Maxime Du Camp[32] avait porté ses fruits et la littérature de voyage se devait d'être illustrée. Mais, par un phénomène singulier, la présence des photographes à proximité « des palmiers, des déserts et des temples écroulés[33] » ne facilitait guère la tâche de ceux qui en avaient le plus besoin. Les explorateurs, les géographes ou les archéologues manquaient de moyens financiers. Or il était malaisé de convaincre des artisans tenant boutique au Caire, à Alger ou à Beyrouth d'aller risquer leur matériel[34] sur des routes peu sûres. Pouvaient-ils abandonner une clientèle de riches désœuvrés et de consuls nostalgiques toujours disposés à tenir orgueilleusement la pose en costume oriental et dans une mise en scène appropriée? Moucharabiehs, divans, coffrets, tasses à *charbat* et ambiance de harem pour les dames... Narguilés, chibouks, guéridons, fusils turcs et scènes de café pour les messieurs... Comment les convaincre ces artistes? Ce n'était pas si facile de renoncer aux commodités de la ville pour suivre l'écrivain ou le savant qui, lui, ne rêvait que de partager la vie des Bédouins et de s'exposer aux périls des grands déserts. Isabelle ne l'ignorait pas.

Ce fut donc avec une sorte d'exaltation qu'elle accueillit la nouvelle vocation de son frère. Augustin photographe... Augustin artiste reporter... Il avait tout pour réussir dans ce nouveau métier, l'esprit de finesse, la soif de voir et un goût prononcé pour le vagabondage[35]. Mais Isabelle n'en resta pas là. Peut-être avait-elle quelques doutes sur les qualités de persévérance de son frère. Peut-être commençait-elle aussi à mieux connaître Augustin. Toujours est-il qu'elle se mit sérieusement au dessin. Suivant l'exemple de Lydia Pachkov, qui au cours de ses périples avait complété les travaux de son photographe marseillais par des croquis d'actualité et des aquarelles dont elle était l'auteur, Isabelle eut le mérite de travailler d'arrache-pied. La villa Neuve lui offrait un riche univers de représentations : animaux familiers, objets usuels, paysages. Elle étudia le dessin, la peinture à l'huile, l'aquarelle : elle fit poser certains visiteurs; elle offrit une toile à Anne Joliet[36] qui, lorsqu'elle lui écrivait, l'appelait « cher artiste ». Il ne fait pas de doute qu'Isabelle prit des cours à Genève et qu'elle réussit très vite à tirer profit de son travail[37]. Des aquarelles, signées Isabelle de Moerder, furent placées dans une papeterie de Genève, qui accepta de les mettre en vente. Un bon début.

Dix ans plus tard, quand Isabelle Eberhardt vit s'accomplir son plus beau rêve, lorsque devenue nomade et que seule, sans protection ni garde, elle parcourut les espaces désertiques du Sud algérien, à chaque halte, elle consigna d'une écriture appliquée, sur trois cahiers d'écolier et un petit carnet entoilé, ses « Notes, pensées et impressions ». Elles furent publiées dix-neuf ans après sa mort sous le titre *Mes journaliers*[38]. Ces manuscrits ont depuis lors disparu. Connaîtrons-nous jamais les originaux de ses croquis? Peu nombreux hélas, jetés en marge de ses notes ou servant de frontispice ils attestent du métier qu'elle avait acquis à Genève.

Ils sont là, ces croquis, comme un complément d'information, et l'on constate non sans étonnement qu'Isabelle, insensible au goût de ses contemporains, n'aspirait qu'à capter la vérité dans ses aspects les plus humbles. Elle allait droit à l'esprit du paysage. Voyez cette netteté de ligne, ce vide aux dimensions de l'horizon, voyez la sécheresse du trait pour dire les coteaux arides du pays africain. Il y a sans doute dans son refus de l'anecdote une part de réaction contre la déliquescence plastique de l'imagerie orientaliste mais il y a aussi chez cette jeune femme le rare courage de s'en tenir à la réalité brute et de se fondre en elle. La leçon de Fromentin avait porté ses fruits : « ne rien grandir à plaisir », se tenir toujours « dans la mesure des choses[39] »...

En 1895, plusieurs mois s'écoulèrent pendant lesquels Augustin et Isabelle, respectueux des instructions de Vava – « se tenir à l'écart des compatriotes » – évitèrent de se montrer entre la Cluse et le pont de Carouge, dans une rue que les étudiants russes appelaient la *Karoujka* et dans un quartier que les Genevois appelaient la « Petite Russie ». C'était un pâté de maisons proche de l'université, où les « Orientaux » avaient trouvé à se loger; c'était aussi de tous les quartiers de Genève celui que la police surveillait avec le plus de zèle. Le frère et la sœur manifestèrent une réserve héroïque. Ils résistèrent à la séduction des brasseries et des cafés où l'on repensait l'ordre des choses. On ne les vit ni chez Handwerck ni chez Theuss. Là se réunissaient les « Orientaux », là se faisaient les quêtes au profit des plus déshérités, là se préparaient les appels à assister à de grands meetings campagnards où l'on se rendait par groupes et entre braves avec un petit signe rouge à la boutonnière, là se rédigeaient les invitations aux « matinées internationales » dont le clou était *Vers la Sibérie*[40], tableau vivant qui permettait que l'on s'indigne du sort fait à ceux qui, restés au pays, avaient été condamnés au bagne, là se discutaient – et avec quelle âpreté – les motions de soutien aux prisonniers politiques de tous les pays, là se rêvait un monde nouveau. A l'heure de la fermeture, aussitôt les chaises posées à la renverse sur les tables, aussitôt la sciure répandue et le sol balayé, les mouchards faisaient les poubelles, défroissaient les brouillons, examinaient les messages et les livraient aux agents de l'Okhrana qui les analysaient en tous sens. Rien ne leur échappait. Ils dressaient aussitôt la liste de ceux chez qui des perquisitions seraient ordonnées dès le lendemain.

D'autres lieux de rencontre étaient à éviter avec au moins autant de soin. Ainsi il ne faisait pas bon se promener du côté de chez Elpidine.

Depuis une bonne vingtaine d'années, dans la rue Pierre-Fatio, la librairie d'Elpidine ouvrait tôt le matin et fermait tard le soir. Nulle n'était mieux fournie en littérature slave. Cet Elpidine, un ancien lieutenant du tsar, était devenu citoyen helvétique. A la demande de certains, il se chargeait de l'expédition, par des voies clandestines, de textes imprimés à Genève, journaux interdits, ouvrages de proscrits, que des libraires allemands réussissaient à introduire par contrebande en Russie. Chez Elpidine, la large porte vitrée était laissée ouverte et l'on apercevait, exposé dans l'entrée, un registre. Il contenait les noms et adresses de ses clients russes. Grâce au registre d'Elpidine, les nouveaux venus, à peine arrivés, savaient toujours à quelle porte sonner.

Malgré l'apparente bizarrerie de la chose, la boutique d'Elpidine était si connue qu'il suffisait de demander aux porteurs de la gare où se trouvait la librairie russe et l'on était aussitôt renseigné. Ils étaient l'obligeance même, ces porteurs... Comment s'en étonner? Il devint de mode chez les « Orientaux », d'aller rue Pierre-Fatio à peine descendu du train.

Il faut dire qu'Elpidine n'était pas n'importe gui. Il avait fait paraître les premiers essais de Tchernychevsky[41], expédiés de Russie morceau par morceau et toujours clandestinement depuis 1868. Mieux : il avait publié sa première œuvre romanesque – *Que faire?* – alors que l'auteur, après deux ans de forteresse, huit ans de travaux forcés et quatre ans de bagne, faisait figure d'ennemi public dans son pays d'origine. Il suffisait, en Russie, de prononcer le nom de Tchernychevsky pour être jeté en prison. Mais Elpidine n'était pas seulement l'éditeur d'un roman dont toute une génération avait fait sa bible. Il avait un autre titre de gloire aux yeux des « Orientaux » : Elpidine avait connu Bakounine[42]. Il lui avait même servi de témoin lors de sa venue à Genève. Aucun étudiant de Genève ne pouvait imaginer que ce même Elpidine servait maintenant d'indicateur à la police du tsar[43]. Un agent double, lui? La police française en était convaincue. Elle laissait entendre qu'Elpidine communiquait à l'Okhrana les fiches de lecture de ses jeunes clients. Un intérêt un peu trop soutenu pour les écrits de George Sand suffisait à faire d'un lecteur un suspect. Les indicateurs y voyaient comme un signe. On ne pouvait lire *Jacques*[44] et prétendre avoir un cerveau sain. Avec des goûts pareils on était forcément de ces « effrontées » qui avaient quitté leur patrie pour se lancer à l'assaut du savoir.

De mauvaises lectures étaient donc aussi compromettantes que de mauvaises fréquentations.

Mais ce qui enrageait plus que tout les gens de l'Okhrana était que la Suisse se rangeât parmi ces pays où, sous forme d'essais ou de romans, circulaient des actes d'accusation contre le despotisme russe. A Genève, une jeunesse subversive pouvait discuter ouvertement des mérites de *Que faire?*. Comment l'accepter?

A la lumière de ces réalités typiquement genevoises on comprend enfin pourquoi Vava, en homme avisé, avait toujours préféré acheter ses livres aux demoiselles de la place Molard, dépenser plus et lire moins, plutôt que de figurer parmi les abonnés de la librairie russe des bords du Léman.

Tout valait mieux que d'aller chez Elpidine.

Période de cafouillage, de dérapage. Isabelle, en ce début d'hiver 1895, faisait, avec un demi-siècle d'avance sur ses contemporains, l'apprentissage de sa liberté. Une certaine liberté tout au moins et qui rencontrait encore bien des contraintes et bien des entraves, mais une nouvelle façon de vivre quand même, et qui n'en était pas moins une façon de rupture inavouée, insoupçonnée, vécue comme à l'insu de celle qui en faisait l'expérience. Isabelle continuait à louvoyer entre les bizarreries de la villa Neuve, les déclarations de principe de Vava, toutes empreintes du plus sincère libéralisme, et ses brusques accès de *knoutocratie* feutrée; elle naviguait à l'estime entre le royaume du cher et grand Vava, son « tuteur » bien-aimé et les nombreux écueils de la ville de Genève qui était, à sa façon, une sorte de vieille « marâtre des villes russes[45] ». Elle se croyait toujours plus attachée à sa mère, à l'habitation familiale, à l'ordre impératif de la vie selon Vava, et d'une certaine façon elle l'était, certes, attachée, mais se décelait déjà chez elle comme un balancement entre sa russité (ou sa russitude) et quelque chose d'autre, elle ne savait pas au juste quoi. Elle oscillait entre le creux douillet de la patrie maternelle et le désir de s'en affranchir. Déposer tout ça au vestiaire, s'en débarrasser une bonne fois, comme d'un manteau mouillé qui vous colle à la peau, et s'échapper... Se laisser aller à des songeries apatrides... Son enfance était loin. Il ne lui en restait que des habitudes et un certain regret.

Déjà ce qui passionnait sa mère ne passionnait plus Isabelle. Elle n'écoutait que d'une oreille distraite les grands hymnes que l'on entonnait autour de la table familiale. En Russie, un tsar était mort, un autre le remplaçait. Nicolas II venait de succéder à Alexandre III. Et alors? Que fallait-il en penser? Un tsar était toujours un tsar... Un nouveau train était en construction qui allait traverser la Mandchourie, et puis aussi un nouveau parti faisait des adeptes parmi les ouvriers : le parti socialiste. Qu'attendre d'un nouveau train, qu'attendre du socialisme? En parler tant et tant était à la longue un peu lassant et Isabelle eût souhaité que l'on parlât moins du tsar et un peu plus de la Turquie, d'où s'enfuyaient les Arméniens. D'affreux massacres. Maisons brûlées, chrétiens exterminés : cent quarante mille victimes environ en quelques mois[46]. Les journaux en étaient plein. On ne parlait de rien d'autre en ville où déjà arrivaient les premiers rescapés. Oui, Isabelle eût souhaité... Mais on ne lui demandait pas son avis. Elle se consolait avec Loti. Car elle n'était pas pour rien la fille de Vava et l'on retrouvait chez elle le goût du « ni ceci ni cela » dont son père était coutumier. Tout en faisant sienne la cause des Arméniens, Isabelle vivait en plein son rêve turc. On pouvait en penser ce qu'on voulait : Loti était plus que jamais son Dieu.

Quant à Vava, oscillant entre sa haine de l'oppression et sa peur du cataclysme révolutionnaire, aussi opposé à « la barbarie sénile du sceptre » qu'à « la barbarie sauvage du communisme »[47], il ne savait, comme d'habitude, quel parti adopter. Ce détachement de Vava, cette indétermination permanente qui ne l'empêchait nullement de prendre tout changement à cœur, c'était tout lui, ça, c'était du Vava à l'état pur.

Mais voici l'essentiel.

Deux nouvelles au moins faisaient l'unanimité autour de la table familiale : à Genève, M. Alexandre Troïanski, fonctionnaire de Sa Majesté Impériale, venait tout juste d'arriver pour ouvrir un nouveau consulat. Plus besoin d'aller à Berne. Toujours ça de gagné. Autre événement, celui-là à Saint-Pétersbourg : le livre de l'oncle Ivan était paru et un exemplaire avait été adressé à la villa Neuve. Etait-ce un signe? Natalia Nicolaïevna avait peut-être retrouvé la faveur des siens. O ma haineuse famille, voilà que j'existe à nouveau! Larmes, mouchoir froissé, émotion, sanglots.

L'ouvrage, dont le sémillant cousin de feu le sénateur de Moerder était l'auteur, à peine publié en Russie – et il était temps, cela faisait un bon quart de siècle qu'on en parlait – avait aussitôt été traduit en français. En l'honneur de quoi l'oncle Ivan avait francisé son nom : il signait Jean de Moerder. *Les Institutions hippiques et les Races chevalines de la Russie* était un ouvrage monumental qui semblait faire le bonheur de Mme de Moerder. Comme c'était étrange quand on y songeait, ce livre qui arrivait de si loin avec des souvenirs de chevauchées endiablées, de pique-niques et d'amazones déchirées aux épines des buissons. Ivan avait eu du goût pour sa cousine, à ce qu'on disait, et le passage du temps et l'envoi de ce livre, en dépit des circonstances, ne rendaient cette hypothèse que plus plausible. Natalia Nicolaïevna s'empourprait à cette idée et il était difficile de penser que ce n'était pas de plaisir. Toujours est-il qu'enracinée dans son passé, Mme de Moerder défendait ce livre au-delà d'elle-même, la pauvre, et aucun de ses enfants ne songeait à dénoncer le conformisme maternel, bien au contraire. Pour Augustin comme pour Volodia, qui, lui, récusait toute forme de sentimentalité qu'elle fût ou non familiale, même pour Volodia l'ouvrage de l'oncle Ivan était porteur d'une certaine nostalgie du terroir. On touche là à ce qui, de façon saisissante, différenciait le clan Augustin/Volodia du clan Vava/Isabelle. Emotion chez les uns tandis que les autres n'affichaient qu'un intérêt de commande. Mais dans un clan comme dans l'autre ces sentiments s'exprimaient sur fond de ronron familial avec sourires obligatoires, stéréotypes et parleries. Tout un système d'une évidente affectation qui reprenait vigueur sous l'effet de la surprise que constituait, à travers la découverte de ce livre, une brusque confrontation avec un si lointain passé.

Ainsi, l'oncle Ivan, *Stallmeister* de Sa Majesté l'Empereur, chef de la Chancellerie à la Direction générale des haras de l'Etat russe, avait réussi à faire publier son livre en France. Il est vrai qu'il n'avait rien négligé : illustré de plus de cent planches, l'ouvrage était dédié à Son Excellence Monsieur le comte Vorontzov-Dachkov, ministre de la Cour impériale, et l'on pouvait se féliciter que le baron Frederichs, plus balte que nature et aussi sévère que l'avait été feu Pavel Karlovitch, que le redoutable Frederichs, donc, grand écuyer de Sa Majesté, ne se fût pas opposé à ce projet. Il en était du reste remercié dans la préface.

L'ouvrage de M. Jean de Moerder n'eut qu'un très faible retentissement dans la presse parisienne et nul n'en aurait parlé si quelques affirmations jugées trop péremptoires n'avaient profondément agacé. Ainsi : « La Russie est le berceau probable de toutes les races chevalines... » Ce Moerder n'exagérait-il pas ? Ou ceci encore : « Tous les chevaux domestiques proviennent des chevaux sauvages qui vivaient ou vivent encore dans les steppes... » L'auteur y allait quand même un peu fort. On reconnaissait sa maîtrise, certes, et son objectivité, mais ses classifications sommaires avaient provoqué une vive agitation au sein du Jockey-Club. Ce que disait Jean de Moerder du « mystérieux » cheval de Przevalsky, découvert par le colonel du même nom dans les steppes de l'Asie centrale, c'était ce qu'on avait le plus de mal à admettre à Paris. L'auteur avait eu beau s'émerveiller des particularités de ce coursier « aux oreilles longues, au ventre blanc, au poil frisé, à la queue pauvre », si rapide qu'il était difficile à capturer et même impossible à « tuer à coups de fusil » – éventualité jugée au plus haut point choquante, « on ne tire pas sur un cheval ! » – et le Stallmeister de Sa Majesté Impériale, ayant déniché le seul spécimen connu, parce que figurant empaillé et donc immobile dans les collections du musée zoologique de Saint-Pétersbourg, avait eu beau reproduire à grands frais, un cliché du rare spécimen, légèrement mité, – preuve d'une objectivité louable, répétons-le –, il était clair que le mot *cheval* s'appliquait mal, très mal, à la chose reproduite, clair que l'illustration, si rare fût-elle, ne pouvait que rendre plus perplexes gentlemen-riders parisiens et fortes personnalités du Jockey qui, faisant fi des certitudes de l'éminent Stallmeister du tsar, allaient continuer à douter qu'il s'agît là de ce qu'il était convenu d'appeler en France un *cheval* et qu'entre connaisseurs on n'en démordrait pas : plutôt se faire trancher la tête par un Tartare que d'appeler cheval ce qui ne l'était pas.

Les polémiques autour du cheval Przevalsky enchantaient Mme de Moerder. Du moins sa famille en était-elle persuadée et peut-être valait-il mieux laisser Vava, Augustin et Volodia à leurs illusions. Le mentir vrai n'est-il pas le secret des familles unies?

La mère d'Isabelle faisait donc comme si ce livre lui avait rendu l'amitié de l'oncle Ivan, l'estime de sa lointaine famille et le bonheur de vivre.

Or, il n'en était rien...

S'il était dans la nature d'Isabelle de pouvoir vivre en expatriée, il n'en allait pas de même pour Mme de Moerder. L'exil était en elle, l'exil c'était elle, c'était ce quelque chose toujours prêt à sangloter au fond de sa mémoire, cette douleur qu'un rien suffisait à éveiller. Ainsi cet envoi... Pourquoi diable sa famille croyait-elle que le livre de l'oncle Ivan lui avait fait plaisir? Comme il lui avait fait mal, au contraire! « La Russie, Natalia Nicolaïevna, la Russie se rappelle à votre souvenir. » Comme si elle avait besoin de ça pour être consciente que le court bonheur de sa vie avait été la Russie. Elle ne le savait que trop. La mémoire... Il avait suffi de ce livre pour que renaissent les nostalgies.

La découverte de Genève fut parmi les événements les plus marquants de la vie d'Isabelle. Que ses liens avec ses proches aient évolué pendant le temps de son apprentissage de la ville, quoi de plus naturel? Pendant ces semaines ou ces mois de l'été 1895, la villa Neuve, dans sa forêt dormante et son désœuvrement, devait par comparaison avec l'animation genevoise paraître bien démoralisante à Isabelle. Et que penser de l'apathie de Volodia, frère problématique, Volodia, prisonnier de l'*oblomoverie*[48], ce mal russe, cher aux gens de sa classe ? Sans se l'avouer Isabelle commençait à être mécontente des siens. Elle commençait à leur préférer la race des hommes nouveaux, celle des garçons aux cheveux longs et des filles aux cheveux courts sur le passage desquels s'élevait le murmure réprobateur des boutiquiers : « Nihilistes ! Nihilistes !

Les jours d'humeur maussade, Isabelle regardait sans aménité sa famille qui prenait le thé au jardin. Qu'en avait-elle à faire de cette famille ? Rien. Franchement, rien. Mais ce n'était là que manifestations courantes chez des jeunes filles tenues trop longtemps à l'écart du monde.

Quant au sentiment d'Isabelle pour Augustin, lui aussi évoluait. Mais rien ne le brisait. Est-ce le moment de s'interroger sur la nature de cet attachement ? Isabelle n'était pas farouche. Tous deux étaient très jeunes et ils étaient follement attachés l'un à l'autre. Il semble difficile de croire qu'en ces journées d'été pendant lesquelles, livrés à eux-mêmes, ils allaient se jeter dans les eaux mortes de l'étang des Tritons, ces longues journées qu'ils passaient sur les routes marchant ensemble vers le cercle lointain des montagnes, à travers les collines, les forêts, les ruisseaux, et les troupeaux placides, couvrant des kilomètres ensemble sans se donner le temps de rentrer chez eux, se reposant ensemble, allongés l'un près de l'autre, il semble impossible qu'au cours de ces excursions, il n'y ait eu entre eux que d'innocentes câlineries, qu'ils n'aient jamais fait autre chose que se tenir par la main, et qu'à un moment ou à un autre, leurs embrassades ne les aient conduits à partager des caresses plus violentes, des enchantements plus précis et à s'étreindre de tout leur corps.

Isabelle évoqua souvent le souvenir de ces promenades et, chaque fois, elle semble s'en être grisée pour tout de bon : « Te souviens-tu du jour où nous étions assis tous deux dans le dévaloir silencieux à l'ombre des érables blancs et des cytises des montagnes, au-dessus de

Collonges? » écrivait-elle à Augustin au mois de décembre de cette même année, période de désarroi bien compréhensible et d'émotion violente due à ce qui lui semblait être la rupture définitive de son frère avec sa famille et avec Genève. Isabelle se rappelait : « Nous étions seuls... » et elle désignait en arabe – (*soukout abady*) – le grand silence éternel des lieux où ils se retrouvaient. Elle se rappelait les jours où le printemps commençait à poindre au pied du Jura. Comment aurait-elle pu oublier? Elle se souvenait « des baisers échangés sur le pas de la porte, à dix heures du soir ». Trois mois étaient passés, trois mois déjà, et son cœur se serrait : « Serons-nous jamais, toi et moi, sur la route de Collonges dans les sentiers silencieux? Serons-nous encore une fois, une seule, sur la route de Savoie, au-delà de Bellegarde, où s'ouvre la vallée du Rhône? Oh, être encore une fois *ensemble* à l'ombre du Grand Credo silencieux. Mais non, sans doute plus jamais! Jamais! Quel abîme de douleur dans ce mot : jamais[49]... » Est-ce un souvenir n'ayant que peu de rapports avec ce qui se passa réellement durant cet été fatidique? Cette lettre n'offre-t-elle qu'artifices, fadaises et fruits de l'imagination d'une épistolière un peu véhémente et que menace « l'écriture artiste », mais qui n'en dispose pas moins de tout un arsenal de diminutifs, de mots secrets et d'énigmes ne pouvant être entendues que par son correspondant? Ainsi l'image du « Grand Credo sombre, le Grand Credo silencieux qui est toujours le même à travers tous les siècles »... Pas de danger que l'on comprenne qu'il s'agissait là du dernier sommet du Jura, plus souvent mentionné sous le nom de « Crêt d'Eau ». Le Grand Credo... A peine si on le distinguait des nuages. Il se dressait dans le ciel en géant, noir comme l'encre par mauvais temps, et jamais il ne cessa d'obséder Isabelle.

Mais elle pourrait aussi signifier tout autre chose, cette lettre. Elle pourrait être l'aveu d'une vraie douleur,

Isabelle reconnaissait-elle ne plus pouvoir vivre séparée de ce frère qu'elle aimait d'amour ? Nous ne le saurons jamais... Personne ne nous dira quel fut le jour et si le jour fut où, après que leurs lèvres se furent touchées, Isabelle et Augustin, à la faveur d'on ne sait quel événement, ne s'interdirent plus le danger d'être surpris en flagrant délit d'inconduite et vécurent une aventure amoureuse. Tout porte à le croire mais rien ne le prouve et dans ses lettres aucun aveu ne permet de l'affirmer.

Un indice toutefois.

C'est à cette époque que parut à Paris un texte écrit en collaboration avec Augustin. Il faut le considérer comme la première œuvre jamais publiée d'Isabelle Eberhardt. *La Nouvelle Revue parisienne* existait depuis une douzaine d'années et toujours exploitait les mêmes thèmes paisibles. Elle avait des représentants à Genève, à Lyon, à Marseille. Elle était assez largement diffusée et se voulait « à la page ». Elle se disait « littéraire, poétique, artistique, philosophique », alors que sous une élégante couverture bleuâtre, elle était aussi lénifiante, aussi apaisante que les petites veilleuses du même bleu qui s'allumaient la nuit au-dessus des couchettes des Grands Express européens. A mettre entre toutes les mains, en somme. C'est donc dans *La Nouvelle Revue parisienne* que parut une nouvelle brève d'une rare cruauté. Intitulée *Infernalia* et signée N. Pobolinsky (*sic*) elle était écrite *in memoriam* d'un mystérieux Ahmed ben Arslan et sous-titrée « Volupté sépulcrale ». Elle avait été postée à Genève, mais l'auteur l'avait prétendument écrite en Algérie, au-delà de l'oued R'ir, dans l'une des dernières oasis du désert de sable, là où s'élève le ksar d'El-Hadjira et ses hautes murailles flanquées de tours. Ce texte est demeuré pratiquement inédit. Barrucand, le premier éditeur d'Isabelle, se garda de le publier. Il n'a donc jamais été repris depuis ce lointain mois de septembre 1895 où il paraissait à Paris. Or *Infernalia* implique que l'on renonce aux illusions que l'on pourrait nourrir sur l'innocence d'Isabelle. Ignorer ce texte conduirait à se méprendre sur l'attitude de la fille de Vava envers les codes moraux alors en vigueur. Quelle est, dans ce texte, la part qui lui revient en propre ? Peu importe. Si Isabelle eut recours à l'expérience de son frère pour raconter « cette rencontre fortuite sur une table de dissection... », si elle alla glaner des renseignements auprès de ses amis étudiants en médecine, cela ne change rien au fait qu'en matière de relations amoureuses et de jouissance sexuelle, Isabelle semble n'avoir plus eu grand-chose à découvrir. Impossible de croire qu'il ne s'agissait là que de connaissances verbales ou livresques On imagine ce qu'aurait été la stupéfaction des membres du comité de rédaction de *La Nouvelle Revue parisienne* – parmi lesquels siégeaient Lucien Descaves, Jean Richepin, Jean Lorrain et Carolus-Duran – s'ils avaient découvert que l'auteur de ce texte macabre qui signait d'un nom russe et se disait de retour d'un voyage dans les régions les moins sûres et les plus cruelles du globe était une jeune fille de dix-huit ans n'ayant, de sa vie, vécu ailleurs qu'à Genève.

Isabelle ne manquait pas de rouerie. Avait-elle noté la présence de Jean Richepin au sein du comité de rédaction de la revue ? L'un de ses poèmes fut placé en épigraphe : « Amours sans fin, amours sans nombre/Amours aux objets innomés/Amour d'un rêve, amour d'une ombre/C'est toujours de l'amour. Aimez ! »

Ce qui suivait était d'un tout autre caractère.

Infernalia, l'un des rares textes d'imagination d'Isabelle Eberhardt, exempt de toute référence à l'Orient, a pour cadre une salle de dissection :

Des tables infâmes, du plancher souillé montait une odeur fade – une odeur d'entrailles humaines, de sang caillé, de drogues répandues... En ce parfum de misère, en cette salle douloureuse, sur deux tables, deux cada-

vres dormaient couverts de linceuls blancs, sinistres vêtements d'épouvante. Près du mur nu, mur d'hôpital ou de prison, d'asile ou de caserne, sous son drap lamentable un homme était couché figé à jamais, les yeux clos, en son indifférence désormais éternelle. Très jeune, vingt ans peut-être, le profil de statue blanche, très doux, les lèvres blêmes à peine souriantes dans la face livide, d'un sourire d'outre-tombe.

Au coin opposé, une, femme étendue, elle aussi sous le drap des misérables. Près de la couche où gisait cette femme se tenait un étudiant fasciné, immobile, la chair alanguie, faiblissant d'instant en instant, en proie à une épouvante mortelle, le cœur soulevé de dégoût. Il se sentait sans force devant l'étreinte hideuse qu'il désirait follement. Il allait céder bientôt... De sa main qui tremblait violemment, il enleva le drap et regarda cette nudité lamentable qui s'étalait à ses yeux impudiques.

Alors il se sentit défaillir, il eut un long tressaillement jusqu'au plus profond de sa chair triomphante. Et il tomba sur le cadavre blanc, le serra d'une étreinte sauvage, douloureuse, les dents serrées, frissonnant en sa fièvre horrible. Quand il l'eut prise, ne sentant même pas sa froideur, il eut un frisson de volupté ultime. De toute sa force il l'étreignit encore et encore, la sentant vivante, brûlante, folle sous ses caresses à lui, se serrer contre sa chair palpitante – lascive et molle en sa chaleur d'amante passive. Il eut un râle furieux. Furieux de volupté – le cri triomphant, le grand alléluia de la névrose toute-puissante. Et lui enragé, en mâle sauvage tout à fait, plus il l'étreignait, plus il la sentait vivre, tressaillir sous ses caresses folles. Il pressa violemment, jusqu'à la douleur, ses lèvres sur celles de son amante, de la trépassée insensible.

De nouveau le même frisson voluptueux secoua tout son corps. Sa tête aux yeux élargis par la jouissance reposait mollement languide sur la poitrine de la morte. Et celle-ci, lointaine, *inanimée, insensible aux caresses ardentes du mâle qui la possédait malgré la mort, restait toujours étendue, la face tournée vers le plafond noyé d'ombres vagues.*

Ses yeux morts restaient clos, et sans joie et sans douleur, en ce coït monstrueux, elle reposait plus passive qu'aucune amante ne le sera jamais, sous l'étreinte puissante de l'être vivant...

Il y aurait beaucoup à dire sur ce que fut la brève collaboration littéraire entre Isabelle et Augustin. Elle était à l'image de ce qu'était leur entente : sans nuages. Menée de pair, la conquête d'une liberté toute fraîche avait été une expérience pleine de rires et de faux pas. Ensemble, Isabelle et Augustin formaient un couple assez dépareillé, qui parfois n'était que cela, dépareillé, et, parfois, en d'autres circonstances, était d'une grande étrangeté. L'étonnement clouait sur place les gens qu'ils croisaient dans la rue. Quel rapport entre eux? Elle était petite, beaucoup plus petite que lui. Son regard de jeune fille intimidée, son nez de pékinois, sa bouche vorace, la singularité de ce corps de gamine dans des habits d'homme avait de quoi surprendre. Augustin, tout en prétendant qu'il étudiait la photographie, courait les femmes comme jamais et plus que jamais se complaisait dans son rôle de séducteur. Isabelle, tout en lui laissant croire qu'elle avait foi en ses mensonges, n'ignorait rien. Il faisait le coq, à quoi bon le tancer? Ils étaient complices. Une de ces connivences comme il en existe entre vieux amants qui s'aiment assez fort et depuis assez longtemps pour de temps en temps s'accorder une fantaisie. De son côté Isabelle, qui feignait de s'amuser des conquêtes de son frère, ne se refusait pas quelques libertés. Ce qui n'impliquait en rien que son amour pour Augustin fût moins grand ou moins pur. Ces libertés? Oh, rien... rien de bien grave, mais quand même... Elle appréciait l'intérêt que lui témoignaient les amis de son frère. Elle aimait plaire. Il y avait là comme un progrès. Loin de verser dans le « communisme sexuel » présenté par les bégueules du canton comme une pratique habituelle entre étudiants étrangers, Isabelle affirmait son autonomie. Il y avait du Sand dans cette attitude. Déjà et sans le savoir, Isabelle n'était pas loin de penser et de vivre comme ces étudiantes du quartier de la « Petite Russie » qu'elle évitait encore avec tant de soin.

Elle était particulièrement séduisante, à dix-huit ans, et se montrait sensible au charme de Charles Schwartz, un pharmacien chez qui les deux jeunes gens transitaient chaque jour et se retrouvaient chaque soir avant de reprendre le train pour Vernier. Pourquoi n'en pas convenir ? Elle ne le détestait pas ce Charles, elle éprouvait même de l'attirance pour lui et elle l'avouait. Charles lui plaisait. Il lui faisait la cour, par jeu, disait-il, et Isabelle le laissait faire. Elle ne pouvait tomber plus mal. Charles Schwartz qui avait pris, rue du Rhône, la succession d'un autre ami de la famille, le pharmacien Schoenlaub[50], était un intrigant. La police l'avait à l'œil. Mais les raisons pour lesquelles on le surveillait n'étaient peut-être pas les bonnes. On le croyait « suspect sur le plan national[51] ». On se demandait ce qu'il trafiquait avec un monsieur Thérin de Tadini, bonhomme assez louche. On lui prêtait des relations avec un monsieur « Lunbard, Lombard ou Lhumbard », anarchiste espagnol vainement recherché par les services de Surveillance des étrangers. Existait-il seulement, ce Lombard ? Enfin on prêtait aussi à Charles Schwartz des activités subversives qu'il n'avait pas. Par contre, Schwartz, sous couvert de littérature et de commerce, ne se contentait pas de vendre des médicaments. Il tenait salon dans sa pharmacie et l'on y buvait beaucoup. De plus, il savait se rendre indispensable ou simplement intéressant : Charles Schwartz, sans en avoir l'air, indiquait l'adresse de son prédécesseur, le pharmacien Schoenlaub, à des jeunes gens fortunés, étudiants ou fils de famille en quête de sensations nouvelles; Schoenlaub leur procurait opium et cocaïne. Mais cela, Isabelle n'allait l'apprendre que plus tard. Elle ne se doutait de rien, elle ne voyait rien, elle avait le cerveau bizarrement occupé à tout autre chose. Elle était inconsciente et s'amusait trop pour observer ou réfléchir. Elle n'avait, je le répète, que dix-huit ans et traversait une crise de folle curiosité. Elle éprouvait le désir de connaître toujours plus de monde, de rencontrer et d'aimer toujours plus de gens. On lui avait interdit de fréquenter les Russes. Soit. Elle s'inclinait. Mais il lui fallait autre chose. Elle alla à la découverte d'un milieu plus explosif encore, le milieu des étudiants turcs, levantins et arméniens. De la dynamite. On y vivait dans la condamnation permanente du régime ottoman! Parmi eux son préféré était Moussa Shalit, qu'elle aimait bien. Ils se lièrent d'une amitié durable. Moussa était inscrit à la faculté de médecine et rêvait d'aller un jour ouvrir un cabinet à Naplouse. Cela plaisait beaucoup à Isabelle, cette idée que son ami Moussa allait exercer la médecine sur les flancs du mont Garizim. Et comme Moussa était dans une dèche sans fin, quand la papeterie Robert Frères[52] réussissait à vendre l'une des aquarelles d'Isabelle, celle-ci s'empressait de remettre à son ami Moussa de quoi survivre. Elle lui prêtait de l'argent à raison de toutes petites sommes qu'elle lui réclamait de temps en temps et qu'il ne lui rendait jamais. Isabelle était généreuse. Elle aimait faire partager à ses amis les quelques avantages qu'elle avait et qu'ils n'avaient pas.

Elle attachait beaucoup de prix aux réunions dominicales à la villa Neuve. Sa volonté d'établir de nouveaux contacts était telle qu'il lui arrivait d'écrire à des étudiants, et de les inviter sans même les connaître. Mais que de complications! Personne ne s'entendait comme elle à brouiller les pistes, et à surprendre ses correspondants. Parmi les plus troublés il y eut un Grec, un certain Christo Christidi, qu'Isabelle intrigua à mourir. Elle le rendit positivement fou.

Christidi était médecin et préparait une thèse de doctorat. Quand il reçut les premières lettres d'Isabelle, Christo Christidi n'avait même pas la certitude que ces lettres lui étaient vraiment destinées car Isabelle écrivait le même jour à Constantin, le frère de Christo, né à Constantinople, et aussi à son cousin Phocion, né à Smyrne. Tous étaient étudiants. Elle leur écrivait sur le même ton d'insolence et de moquerie, elle leur écrivait de la même petite écriture fine, elle leur écrivait à la même adresse, soit à la faculté, soit à leur domicile, 19 rue Liotard, oubliant peut-être volontairement de mentionner leurs prénoms respectifs et usant, en guise de signature, d'une variété de pseudonymes inouïe, tantôt masculins tantôt féminins. Elle leur fixait rendez-vous en ville sur un banc public, parfois sous prétexte de leur préciser l'heure d'une éventuelle visite à Vernier, le dimanche suivant, parfois pour obtenir d'eux des services saugrenus. Ces demandes de rendez-vous suscitaient des chassés-croisés d'une invraisemblable complexité. Aux yeux de ses correspondants, Isabelle n'était rien qu'une somme de probabilités sans cesse remises en question. A qui avaient-ils affaire? Un homme? Une femme? Ils se raccrochaient à ses lettres. L'écriture seule était sûre. Ils la déchiffraient en se disant que la vie à Genève était pleine de folies et que le cas Isabelle avait de quoi donner la fièvre.

Et certes ce fut avec une certaine fièvre que Christo Christidi s'adressa à Isabelle, en décembre 1895. « Mademoiselle, je suis en possession de votre dernière lettre, lui écrivait-il, celle que vous avez bien voulu m'écrire le 6 courant pour m'expliquer la confusion qui a eu lieu dans la réponse que constituait la première lettre que je vous ai adressée... Je m'explique donc : j'ai reçu votre lettre, à l'Ecole de médecine; je vous demande pardon, Mademoiselle, si j'ose vous écrire de la sorte, car je ne savais ni ne sais encore pas à quelle sorte de personne j'ai affaire, quel nom véritable elle porte et à quel sexe ou à quelle nationalité *elle* ou *il* appartient.

« Je garde votre lettre à mon frère et je la garderai jusqu'au moment où j'aurai l'occasion de vous voir. Je suis prêt à vous recevoir partout, même dans ma chambre où je crois que vous aurez la confiance de venir puisque je suis médecin...

« J'ai lu et même étudié vos lettres; mais, hélas, rien à comprendre! De toutes parts, ténèbres et mystères! Peut-être me jugerez-vous dépourvu d'une grande dose d'intelligence. Mais il ne faut pas me juger avant de me connaître mieux, ni me juger témérairement comme un... » et ici Christo Christidi ne trouvant pas le mot français usait du mot grec : un Ψευδοπροφήτης [faux prophète]. « Il faut plutôt penser que je suis un homme qui attend avec circonspection l'issue de cette affaire mystérieuse. Je vous prierai donc, Mademoiselle, de vouloir bien me sortir du gouffre ténébreux où vous m'avez jeté... Je vous pric de me dire si tout ce que vous m'avez écrit n'est que divagance d'un esprit en état de somnambulisme ou d'hypnotisme.

« Je vous assure, Mademoiselle, que quoique étant officier de réserve de l'artillerie grecque et connaissant assez de stratagèmes, je n'en connais néanmoins point de pareils. Ce sont des stratagèmes romantiques qui doivent être connus seulement des héros de Hugo et peut-être d'autres écrivains!! Enfin il se peut bien que sous le voile mystérieux se cache une personne amie à laquelle, le moment venu, je demanderai personnellement pardon.

« Je vous en prie, Mademoiselle, si vous l'êtes véritablement et que vous n'êtes pas un homme, faites-moi sortir de l'embarras dans lequel me mettent vos lettres, sinon cessez de m'écrire car je n'ai ni le temps ni le désir d'écrire à des personnes inconnues, dissimulées derrière des pseudonymes divers. Je pense, Monsieur, qu'à cause de vos noms et adresses multiples et qu'à cause de ce nom peut-être imaginaire de Berstan, vous pouvez imaginer quelle est ma position, ma confusion et que vous voudrez bien m'en excuser. » Le correspondant, qui signait *Docteur Christo Christidi*, priait Isabelle d'agréer ses civilités empressées[53].

Christo Christidi n'allait pas tarder à rencontrer son épistolier/ épistolière et à découvrir que ses divers pseudonymes masquaient l'identité d'une jeune Russe qui s'était fait faire des habits d'homme. Elle n'était pas exactement belle, elle était mieux que ça : une Mina de Vanghel venue de l'Est lointain, une fille aux idées romanesques dont la mère portait un nom noble, une vraie demoiselle dont le physique singulier inspirait des sentiments violents aux jeunes gens qu'elle fréquentait. Une amitié allait naître entre le médecin grec et Isabelle, amitié que Charles Schwartz s'empressa de contrecarrer. Isoler Augustin et Isabelle : une tâche dans laquelle il excellait. Il s'ensuivit toute une série de micmacs qui débouchèrent sur une brouille spectaculaire.

Inédite jusqu'à présent, la correspondance en russe d'Isabelle ouvre d'autres horizons encore et projette un éclairage étrange sur ce que furent ses premières expériences genevoises, ces mois de tâtonnements pendant lesquels elle noua quelques amitiés vraies, manifesta un goût rare pour les supercheries et employa ses loisirs d'assez curieuse façon. Bien malin celui qui aurait deviné sous l'écervelée qui ne cessait de jouer les pires farces à de lointaines connaissances et de provoquer dans leur vie toutes sortes de désordres, la femme qu'allait devenir Isabelle. Mais peut-être dans la farceuse de dix-huit ans fallait-il déjà reconnaître une personne née pour déranger. Isabelle avait un don de perturbatrice.

La lettre d'un mystérieux correspondant, écrite en mars 1895 et en langue russe, permet d'imaginer comment on vivait dans la petite bande d'amis qui, chaque dimanche, se retrouvaient à la villa Neuve. On s'étonne du caractère enfantin de leurs amusements. Voici le récit de la mésaventure d'un correspondant d'Isabelle qui signe P. comme Pop ou comme Pianouchko, deux prénoms qui reviennent souvent dans les écrits d'Isabelle et plus particulièrement dans ses *Journaliers*. « Avant de partir, écrivait-il, Véra est venue me voir... Elle ne m'a pas dit un mot au sujet de l'annonce et j'ai été bien étonné, lorsque quelques jours plus tard, dès le matin, j'ai vu s'étirer devant ma porte toute une file de copistes. Ma sonnette n'a pas cessé de sonner trois jours de suite. On se serait cru à Moscou, le jour de Pâques. En trois jours j'ai reçu soixante lettres. J'ai failli croire que c'était le résultat d'une sotte plaisanterie et cela m'a rendu furieux car il m'était pénible de voir que des gens pauvres et dans le besoin arrivaient Dieu sait d'où, en quête d'un travail de trois sous. » Qui est cet ami d'Isabelle? Il ne lui en veut pas vraiment. Il lui dit simplement qu'il a failli publier dans la *Tribune,* un *Pater noster* à l'adresse de l'auteur inconnu de cette farce, qu'il n'en a rien fait mais qu'il ne se rendra pas au rendez-vous du dimanche suivant : « Vous ne m'en voudrez pas, lui écrivait-il. J'ai énormément de travail en ce moment, peu de temps devant moi et puis la fièvre. » Il signe et ajoute en post-scriptum « le bonjour de Tarass Boulbâ[54] ».

Il n'est pas interdit d'imaginer le jeune homme au teint fiévreux, assis près de sa fenêtre, cherchant à travailler malgré les coups de sonnette et, sur le seuil, sa logeuse, apercevant avec anxiété des silhouettes inconnues dans le silence humide de la rue. Une file s'allongeant sans cesse, une ribambelle d'étudiants étrangers, les mains frileusement enfoncées dans leurs poches, les uns coiffés de chapeaux noirs, les autres en casquette, des gens qui piétinaient sans mot dire, une kyrielle de malheureux.

Il serait oiseux de se demander pourquoi Isabelle était portée à des initiatives de cette sorte. Nul sentiment de méchanceté. Bien au contraire. Mais ce qui se faisait sentir, chez elle, et se manifestait de plus en plus nettement, le plus bizarre en somme, c'était son désir de tumulte. Augustin était le premier à en rire.

Or il était écrit que ce serait d'Augustin qu'Isabelle recevrait le premier coup, de ces coups qui transforment une femme et la font basculer d'un âge dans un autre. C'était à peine croyable et pourtant... Aux derniers jours de l'été 1895, Augustin disparut. Il s'en alla pour la troisième fois et avec lui s'en allait tout ce qu'Isabelle avait de forces. Elle vacilla sous le choc, elle perdit la tête et accumula les tentatives les plus folles.

Sans se soucier d'elle, Augustin avait quitté la Suisse.

2

Où il est question de la troisième disparition d'Augustin. Les lettres d'un marin : Édouard Vivicorsi. Isabelle, matelot du tsar et écrivain.

POUR une fois et sur le conseil de Vava, la police ne fut pas alertée. Sans doute les Moerder craignaient-ils davantage les sbires de l'Okhrana que l'éventuelle intervention des services de renseignement suisses ou français. Pourquoi éveiller la curiosité des mouchards ? Leurs manigances n'avaient que trop souvent ébranlé la paix précaire des exilés. Mais Vava eut à déployer des trésors d'arguties pour venir à bout de la détermination de sa compagne. Eût-on écouté Mme de Moerder que les plus hautes autorités, tant en Suisse qu'en France, eussent aussitôt été alertées. Après qu'elle se fut laissé convaincre, chacun se tut. A qui demandait où était passé Augustin, on répondait : « En voyage. »

Quelques jours s'écoulèrent ainsi. Mme de Moerder n'était plus que l'ombre d'elle-même. La disparition d'Augustin la minait. Quant à Volodia, son humeur virait au noir. Impossible de lui confier la moindre tâche. On le sentait si vulnérable, Volodia. Quand venait l'épaisse nuit suisse, il montait s'enfermer dans sa chambre. Couché tout habillé, il parlait seul dans le noir. Isabelle, qui ne pouvait rester indifférente au malheur de son frère ni résister au désir de l'aider, allait frapper à sa porte et le sermonnait gentiment. A quoi bon te rendre malade, Volodia ? Voilà tout ce qu'elle trouvait à lui dire : à quoi bon te rendre malade, Volodia? Mais rien ne lui était de rien. Volodia n'avait pas le sens commun. Alors il se levait, traversait le jardin et retournait à ses serres. En pleine nuit, parmi les plantes, il n'appartenait plus au monde. Les cactées étaient son paradis.

Isabelle était atterrée. Dans quels sentiers scabreux Augustin s'était-il encore fourvoyé? « Si au moins il avait travaillé, il n'aurait eu aucune raison de s'enfuir », disait Vava. Et tout en écoutant son père, Isabelle pensait : « Si au moins il m'avait aimée, jamais il ne serait parti. » Augustin avait violé le pacte d'avenir dont elle était si fière. Isabelle éprouvait une tristesse indicible. Elle pensait à Augustin du matin jusqu'au soir.

Par chance, la famille Moerder avait eu vent de nouvelles amitiés dont Augustin ne faisait pas mystère. A force d'être passé par Marseille, il s'y était fait des amis. Dans cette ville, qui n'avait d'autre importance aux yeux des Moerder que de servir de théâtre aux fugues de leur fils, des gens simples, des gens de mer, des familles de navigateurs l'avaient accueilli. Le puéril Augustin, pour qui le paraître était tout, une fois de retour chez lui, songeait avec nostalgie à l'heureux effet qu'il avait produit sur ce nouvel auditoire avec ses anecdotes, ses aventures imaginaires et toutes les connaissances qu'il avait étalées. Augustin aimait tout le monde, mais il préférait plus que tout se trouver parmi des gens qui le considéraient plus brillant, plus instruit, plus averti qu'il ne l'était. Ses amis marseillais étaient de ceux-là. Quant à sa mère, qui n'arrivait jamais à se souvenir du nom des personnes qui n'étaient pas de son monde mais qui était parvenue sans difficulté à retenir le nom d'une famille de Marseille, elle voyait dans ce miracle comme un signe. Que ce nom n'eût pas été oubliable prouvait assez qu'Augustin était à Marseille. Les Long! Augustin était chez les Long, se disait-elle. Et dans ces moments-là, Mme de Moerder retrouvait espoir.

Une carte postée à Annecy lui fit croire qu'elle avait

deviné juste. C'était une photographie sur laquelle figurait Augustin. Il portait la tenue des matelots de la marine nationale et posait en compagnie de deux garçons de son âge, deux marins, dont l'un était Henri Long et l'autre un certain Vivicorsi.

Et voilà Isabelle et sa mère ivres de bonheur : Augustin était matelot.

La marine française bénéficiait d'une image favorable parmi les Russes de la villa Neuve et ce qu'il peut y avoir de singulier dans cette appréciation mérite quelque éclaircissement. De la part d'Isabelle rien d'étonnant : elle pensait en tout comme Loti. La Marine? Rien de plus grand, rien de plus poétique. Les raisons de Mme de Moerder étaient d'un autre ordre. L'image charmante qu'elle se faisait de notre marine reposait sur cette simple constatation : la marine n'était pas la Légion. « Plût à Dieu qu'Augustin fût matelot », se répétait-elle. Cette pensée lui était d'une consolation bien douce au milieu de ses malheurs.

Au verso de la carte d'Augustin, quelques mots griffonnés de sa main redonnaient courage aux siens. Il cherchait un embarquement, disait-il. Malheureusement, Augustin disait aussi qu'il allait bientôt partir sur un bateau grec en direction de l'Argentine. Pour Isabelle, tout était à nouveau empoisonné : elle flairait le mensonge. Comment un marin de la marine de guerre eût-il trouvé à s'embarquer sur un navire étranger? C'était à n'y rien comprendre. Elle écrivit quand même à son frère et adopta pour la circonstance un ton de politesse très surprenant. Elle n'utilisait point de ces mots en langue étrangère dont sa correspondance est truffée. Son « cher ami » – ce sont les premiers mots de cette lettre – prouverait à lui seul à quelle prudence extrême elle se résignait. Il ne fallait pas inquiéter la censure militaire. Pour toute signature, elle adoptait un I majuscule, fier et solitaire, d'une extrême rareté.

Cette lettre à Augustin, fort brève et la première de

toutes celles qu'Isabelle lui adressa au cours de sa vie, avait bien peu de chances d'atteindre son destinataire. Comment Augustin eût-il pu se douter qu'un message de sa sœur l'attendait poste restante à Annecy? Et y était-il seulement encore, à Annecy? « C'est un ballon d'essai, lui écrivait-elle. Réponds vite si tu reçois cette lettre et écris à maman quand tu seras là, illico et absolument[1]... » Elle ajoutait qu'une autre lettre attendait Augustin au bureau de recrutement et une autre encore à la caserne du Château. Or, pas un instant la pensée d'Augustin ne se détachait d'un souvenir précis : celui de sa sœur. On conçoit que dans quelque ville qu'il fût, il ne manquait jamais d'aller jusqu'à la poste en quête d'une lettre d'elle. Ainsi, ces lettres, les reçut-il toutes.

Isabelle avait un plan en tête : forcer Augustin à s'engager dans la marine. Son instinct lui dictait des certitudes qu'elle exprimait sans détour :

« Si vraiment tu n'es pas une canaille ou un fou, lui écrivait-elle, tu feras point par point ce que je te dis :

« 1°) Ne pas revenir.

« 2°) T'engager dans la marine n'importe où, n'importe comment.

« 3°) Dès réception, envoyer à Vava, *directement*, une lettre dans laquelle tu dois lui donner l'emploi heure par heure de ton temps, depuis ton départ de Genève le dimanche 13 courant, jusqu'à ton arrivée à Marseille. Ensuite lui exposer clairement *ce que tu comptes faire.*

« Pas de phrases, pas de sentimentalité surtout. Si tu es vraiment engagé, si tu ne m'as pas trompé *(sic)* dans ta première lettre, alors indique-lui en détail :

« a) Où tu t'es engagé (c.a.d. dans quelle ville).

« b) A bord de quel bâtiment (port d'attache, capitaine), nationalité, genre de frêt, lieu de destination, durée de la première campagne.

« c) Pour combien de temps et à quels *(sic)* conditions (solde, fonctions).

« d) Indique aussi à Vava un moyen sûr d'obtenir la

confirmation officielle de tout cela : si le bâtiment est français par la capitainerie du port, etc., etc., s'il est étranger par le consul, etc., etc.[2]. »

Vient ensuite cette autre recommandation exprimée en russe et selon une expression empruntée au langage de Vava : « Surtout point de paroles en tonalité mineure *(minornyï ton).* » Autrement dit : fais-nous grâce de tes boniments.

Mais ce n'était pas tout et Isabelle ne marchandait pas sa peine. Il fallait coûte que coûte vaincre les côtés déplaisants du caractère d'Augustin, à commencer par sa paresse : « Ne nous laisse pas sans nouvelles. Au moment de ton départ en mer, envoie à Vava par Meyrin un télégramme ainsi conçu : *Quitte tel endroit pour tel endroit.* Et puis il faudra que tu nous aies donné une adresse claire, nette et pas *poste restante.* Si tu es un honnête homme, tu saisiras la perche que je t'ai tendue encore une fois... Vava a dit qu'il t'aiderait s'il était sûr que tu t'engages et maman ne fait que répéter que ce serait la seule chose bonne à faire pour toi. Elle craint plus que tout un retour. Alors fais cela point par point. N'omets rien surtout.

« Je fais encore une fois un effort suprême pour te sauver. Si tu n'es pas fou tu te raccrocheras à moi. Seulement *il n'y a plus un seul instant à perdre.* L'incertitude rend maman malade, très malade. Je compte sur toi, sur ta raison... Compte toujours sur moi. Rien n'est perdu. Tu peux tout sauver. Sauve-le. Toute à toi éternellement. »

Elle terminait sa lettre en arabe : « Dieu te fasse don d'une paix sans fin *(Allah selamet uersen).* »

Elle signait : *Myriam.*

Moins crédule que sa mère, Isabelle demeurait convaincue qu'Augustin avait fui Genève pour des raisons inavouables. Or elle était tout aussi convaincue que c'était elle qui avait en charge l'honneur de son frère. Il fallait donc agir. Elle attendit le moment opportun. Et ce fut un matin avant le lever du jour, à une heure où personne ne pouvait soupçonner qu'elle était réveillée, qu'Isabelle s'introduisit dans la chambre d'Augustin. L'idée de la jeune fille était de faire main basse sur tout document ayant un caractère compromettant. Visiter cette chambre et, sans vergogne, lire tout ce qu'il y avait à lire avant que Trofimovsky en eût pris connaissance. Il fallait bien, n'est-ce pas, que quelqu'un s'imposât cette corvée. Elle s'en acquitta dans la terreur d'être surprise par Vava, mais sans reculer. Ses décisions étaient inflexibles. Elle pénétra chez Augustin comme elle allait, quelques années plus tard, s'aventurer dans le désert, ne sachant plus ce qui, en elle, la poussait, ni pourquoi ni vers quoi elle marchait. Et comme dans le désert, Isabelle allait soudainement découvrir qu'elle avait été victime d'un mirage. L'image qu'elle s'était faite d'Augustin n'existait pas. Augustin n'était personne. Augustin n'était rien. Il n'était rien puisqu'il lui avait menti jour après jour, qu'il l'avait bernée matin et soir, sciemment, obstinément.

La chambre n'avait pas été faite depuis plusieurs jours. Elle était marquée par le désordre des grands départs. Quelle horreur cette perquisition! Ce que découvrit Isabelle mit un comble à son désarroi. Qui était Augustin? Elle eut la preuve, ce jour-là, qu'il était sans scrupules et qu'il utilisait de faux prétextes pour emprunter de l'argent à ses amis. Tantôt c'était pour payer des prostituées, tantôt pour s'assurer le silence de divers commerçants auxquels il avait fait des promesses non tenues. Ses maîtresses d'un soir lui écrivaient des lettres d'une grande grossièreté qu'il conservait, qu'il annotait et qu'il laissait traîner partout. On en trouvait dans son linge, on en trouvait dans son lit. Une vulgarité sans bornes... Il aurait fallu un glossaire pour tout comprendre. Mais cela n'était que peu de chose en regard du reste. Isabelle trouva des lettres de Schoenlaub, écrites avec beaucoup de précautions et sur un ton bizarre. L'ancien pharmacien en qui Mme de Moerder avait mis sa confiance parlait d'une boîte en fer-blanc qu'il avait livrée à Augustin, il y avait de cela plusieurs semaines. La boîte avait contenu des sachets spécialement préparés pour Augustin, soigneusement pesés et dont Schoenlaub attendait toujours le règlement. La lettre se terminait par des menaces. Schoenlaub parlait d'avertir Mme de Moerder si Augustin tardait à lui verser son dû. Oui, il l'avertirait et il révélerait aussi à Trofimovsky la nature des achats du fils Moerder.

Qu'est-ce que tout cela signifiait? Isabelle lisait en retenant son souffle. Ce ne fut qu'à la troisième lecture – et bien que le mot ne fût jamais prononcé – qu'elle comprit ce que contenaient ces sachets : Augustin s'était procuré de la cocaine.

Isabelle resta comme pétrifiée.

Elle regardait le jour se lever sur le jardin à l'abandon, sans trouver la force de s'écarter de la table et des lettres dont elle avait pris connaissance. Elle ressentait une telle solitude qu'elle fut sur le point d'éclater en sanglots. Cocaïne... En lisant entre les lignes on pouvait aussi deviner qu'Augustin avait tâté de l'opium. Cocaïne... Opium... Elle se répétait ces deux mots comme pour se forcer à agir. Les lettres étaient là, elles étaient devant elle, et le désir de ne plus les voir lui rendit courage. Elle s'empressa de les détruire. Puis elle fouilla la chambre avec précaution, interminablement, craignant toujours que quelqu'un la surprenne et soulève toute la maison. Une enveloppe s'échappa des pages d'un livre. Elle contenait une poudre blanche qu'Isabelle se promit d'envoyer à Christo Christidi[3] à des fins d'analyse.

Augustin était donc toxicomane.

Impossible de décrire ce que ressentit Isabelle à l'instant où elle fit cette découverte. L'argent qu'elle lui avait prêté, l'argent que lui avait donné Mme de Moerder, l'argent qu'il avait emprunté à Charles Schwartz sous divers prétextes – se procurer du matériel photographique ou louer un studio, peu importe – cet argent ne lui avait servi qu'à se droguer. Voilà pourquoi Augustin ne mangeait pas, voilà pourquoi il souffrait de l'estomac et pourquoi il maigrissait.

Il était clair que les deux fils de Mme de Moerder avaient des instincts suicidaires et clair aussi qu'Augustin ne tenait guère plus à la vie que n'y tenait Volodia.

De cette chambre fouillée de fond en comble, Isabelle sortit sans autre butin que la certitude d'avoir vécu des choses affreuses. Fini les illusions. Elle était seule et ne pouvait désormais compter que sur elle-même. Une impression terrible, l'abandon. Cette expérience la laissait comme détachée du monde et plus étrangère que jamais.

« ... Qu'as-tu fait malheureux? Es-tu donc devenu complètement fou que tu ne sais plus ce que tu fais? Je suis au désespoir absolu. Personne ne sait rien encore. Impossible de mentionner cette lettre. Et qu'est-ce que toute cette incohérence veut dire? Qu'est-ce que tu faisais en Savoie? Qu'est-ce que tu faisais sur le *Neos Georgios*, et à Toulon, et à Marseille? Comment portais-tu, chez Maurel, cet uniforme de gabier? Pourquoi écrivais-tu que tu allais en Amérique du Sud? Pourquoi enfin ne t'es-tu pas engagé n'importe comment dans la marine?

« Tu es donc absolument fou!

« Ne comprends-tu pas l'effroyable résultat de ce que tu as fait, malheureux? »

Et Isabelle, toujours aussi indignée, poursuivait sa lettre. Mais cette fois elle s'exprimait en russe : « Ne comprends-tu pas qu'à présent tu *es perdu*, que tu ne supporteras jamais cette vie, que tu pourrais t'enfuir, c'est-à-dire faire à tout jamais ta perte? Qu'as-tu fait, mon Dieu, qu'as-tu fait *(Chto ty nadélal, gospodi, chto ty nadélal!).* »

Plus dramatique encore est la suite, quand Isabelle revient au français : « Mon désespoir ne connaît plus de limites ce soir! écrivait-elle. Qu'as-tu fait, mon Dieu, mon Dieu! Non vraiment je ne sais plus que faire. Je suis foutue depuis ce soir, et bien foutue. Tout est donc fini pour moi. Eh bien soit! Non, non! Plus de vie possible! Et pourquoi donc, vous *tous* que j'ai tant aimés, que j'ai aimés jusqu'à la folie, pourquoi m'achevez-vous donc?... Tout est perdu et bien perdu pour moi... Essayer d'écrire? A quoi bon? A quoi bon? Pourtant je tâcherai encore de dire ce que le devoir m'oblige à te dire : écris donc ici! Ecris donc, à la fin... Mais je te *défend (sic)* formellement de m'écrire à moi avant d'avoir écrit à MAMAN rien qu'à *elle. Tu dois le faire. Sois maudit si tu ne le fais pas.* N'achève pas de la tuer entièrement! Ecris-lui donc ce que tout cela signifiait, ce que tu faisais, et pourquoi ce costume, pourquoi cette lettre d'Annecy... Ecris ce que tu comptes faire... Mais écris donc, écris tout cela pour que les vieux ne deviennent pas entièrement fous[4]! »

On trouvera peut-être excessif le ton adopté par Isabelle après qu'un ami de son frère, Edouard Vivicorsi, l'eut informée qu'Augustin venait de signer un engagement de cinq ans dans la Légion étrangère. Et il est vrai que le contraste est frappant entre ce ton d'extrême fureur et l'inquiétude que laissait deviner son précédent message. Isabelle était positivement hors d'elle et d'autant plus inquiète qu'elle était seule à savoir la vérité. Ni Trofimovsky ni Mme de Moerder n'en étaient avertis. Comment avouer à son père qu'elle avait réussi, à son insu, à entrer en contact avec l'un des loustics qui figuraient en compagnie d'Augustin sur la photographie postée à Annecy?

Isabelle s'était adressée tout d'abord à Henri Long

dont elle avait trouvé l'adresse en fouillant la chambre de son frère. Mais Henri Long lui répondit qu'il était dans l'ignorance des projets d'Augustin. Il l'avait reçu chez lui, à Marseille, où ils avaient tiré une sacrée bordée. C'était là, en sortant d'un théâtre, qu'il lui avait présenté l'un de ses bons amis, un marin de la marine nationale, Edouard Vivicorsi. Un personnage hors série, cet Edouard, et jamais pressé. Cela se comprend mieux quand on sait qu'il profitait de quatre jours de permission. Il avait été tout ce qu'il y a de gentil. Ce sacré menteur d'Augustin lui fit croire que la mer était son élément, qu'il avait navigué à bord d'un bâtiment russe, et qu'il cherchait à s'embarquer sur un navire marchand. L'autre l'avait cru, bien sûr. Alors « en qualité de marins russe et français » ils avaient trinqué[5] et ne s'étaient plus quittés. Quelle ribouldingue ! Augustin et Henri s'étaient procuré des tenues de matelot et s'étaient fait photographier comme ça, en combattants de l'armée de mer, bras dessus, bras dessous avec Vivicorsi, bonnets sur l'oreille, portant joyeusement le tricot rayé et le col bleu, mais sans intention de tromper qui que ce fût, uniquement entraînés par le désir de se faire plaisir, en posant ensemble pour une photo souvenir. Cela dit, on ne s'était pas fait de confidences et chacun ignorait ce que l'autre allait faire le lendemain. Alors, faute de pouvoir renseigner Isabelle, Henri Long lui conseillait de prendre contact avec son ami, dont il lui communiquait l'adresse à Toulon. Peut-être Vivicorsi saurait-il ce qu'était devenu Augustin.

Isabelle lui écrivit. Mais par crainte qu'une correspondance avec un inconnu, si elle était découverte par Vava, ne le fâchât terriblement, elle eut recours à une ressource qui devint banale par la suite tant elle en usa souvent : une fausse identité. Elle fit croire à son correspondant que les lettres qu'il recevait lui étaient adressés par un matelot de Vladivostok, Nicolas Podolinsky. Qu'un marin russe eût quitté son bord – il était soi-disant embarqué sur la *Zvezda* â qu'il eût quitté aussi le soleil pâle de Vladivostok, son port d'inscription, pour venir se fixer en Suisse – « pour un congé de trois mois... Voilà la fiction employée par moi pour le faire écrire. Il y croit[6] » –, une telle bizarrerie n'était pas de nature à faire hésiter Isabelle. Elle signa donc Podolinsky ses lettres à Vivicorsi et lui demanda d'adresser ses réponses soit poste restante à Vernier, soit chez une dame Carnet, aussi discrète qu'obligeante. Supercherie qu'elle s'empressa d'avouer à Augustin et à lui seulement. Elle lui livrait le fin mot de l'histoire : « Je reçois, ce soir même, une lettre de Vivicorsi dans laquelle, en réponse à une 1. de moi signée N. Podolinsky, matelot (je ne savais trop comment gagner sa confiance), il m'annonce que tu t'es engagé. C'est un coup de foudre pour moi[7]. » Après quoi elle s'abandonnait au désespoir. Tout au long de trois pages couvertes d'une écriture serrée, ce ne sont que cris et imprécations. Certes la lettre d'Isabelle n'était exempte ni d'outrances ni de maladresse. Mais qu'importe. Si elle se laissait aller à haïr, à maudire, à menacer, c'est qu'elle n'avait aucun moyen d'arracher Augustin de sa mémoire.

La qualité unique de cette lettre tient avant tout à sa violence et à son caractère torrentueux. « Je crois comprendre vaguement le plan fou, fou, fou qui a germé dans ta cervelle en feu : te faire naturaliser par la voie de la Légion puis entrer ensuite à l'Etat[8]. N'est-ce pas que c'est cela ? Eh bien n'est-ce pas là un plan d'halluciné, de fou ? *Cinq ans de quoi ?* Puis la Marine ! Après cinq années d'Afrique ou de Tonkin !

« Tu t'es perdu. Et en te perdant, toi, tu m'as perdue, complètement perdue. J'avais mis en toi ma dernière espérance. Et à présent que c'est fini, je ne sais que faire ni que penser[9]. »

Isabelle usa aussi d'une suprême menace. Elle laissa entendre qu'elle n'aurait bientôt de forces que contre elle-même. « La seule chose que je puisse faire pour me sauver de cette douleur sans bornes... je ne *dois* pas la faire. Mais résisterai-je encore longtemps? Non, Tino, Tino, qu'as-tu fait? » La suite, écrite en russe, n'était qu'une longue déclaration d'amour, comme si d'avoir inquiété Augustin en le menaçant d'être la cause de son suicide avait ôté à Isabelle le droit de nier sa passion : « Je deviens folle de désespoir *(Skho jou souma ot ottchaïania!)* Mon pauvre, pauvre chéri qu'as-tu fait? *(bédnyï moï liubimyï, chto ty mné nadélal?)* Je mourrais avec joie pour ne pas voir cela, pour ne pas souffrir si terriblement. Je deviens folle. Que faire? Mon Dieu, mon Dieu que faire? *(Gospodi, Gospodi, chto mné délat?)* » Propos qui conduiront Isabelle à la terreur majeure : le ciel était vide et Dieu abandonnait ses enfants. « Oh il n'existe pas, il n'existe pas, Dieu n'existe pas! Il n'y a personne, personne. Pas de Christ non plus *(I Khrista tojé net).* Rien que la mort et les ténèbres du tombeau. » Encore une phrase en français : « Le courage me manque pour continuer, écrivait-elle. Quelle vie, mon dieu, quelle vie affreuse! ». Et la lettre au légionnaire de Moerder se terminait par toutes sortes d'adieux en version russe. « Adieu. Je ne puis plus écrire *(Ia né mogu bolché pisat).* Adieu, adieu, adieu mon frère chéri, mon bien-aimé, mon adoré, adieu mon frère, mon trésor adieu [un mot illisible] pour toujours. Oh mon dieu, *(Okh, bojé moï),* oh mon cœur *(O serdtsé moïo),* mon cœur. Adieu bien-aimé, bien-aimé *(milyï, milyï, milyï...).* »

Ne craindre ni les répétitions ni un excès de passion! Pendant toute la durée de l'absence d'Augustin, Isabelle n'allait cesser de s'adresser à son frère sur ce ton.

Le 12 novembre 1895, Isabelle recevait la réponse d'un inconnu auquel elle s'était adressée comme on jette une bouteille à la mer. Le matelot Edouard Vivicorsi, « du poste d'arraisonnement de Saint-Mandrier par

Toulon, Var », informait le matelot Podolinsky qu'il fallait écrire à Augustin poste restante, à Sidi-bel-Abbès. Et n'imaginant pas que le matelot russe était en réalité une demoiselle, Vivicorsi ne s'était guère donné de mal. La lettre était écrite à la diable et son style autant que son orthographe étaient cocasses. Elle commençait ainsi : « Camarade ! Je fais réponse aux quelques lignes que je viens de recevoir à l'instant même et si je n'est pas fait réponse aux deux autres lettres que j'ai reçu de votre part s'ait que j'ignorait votre adresse... Pourquant aux photographies, (d'Augustin) je lui en et envoyer cinq à Sidi-bel-Abbès et mademosielle de Moerder recevra les autres en même temps... Si j'ai un peu tardé c'est la cause du photographe qui me les a donner quelques jours après la date qui nous les avez promise et même qu'elles sont un peu troubles. Notre ami Henri a un peu bouger sa fait qu'il est raté complètement. Le mieux pris c'est Moerder... Je vous avous que quand je recut sa carte postale, qu'il m'annocait son engagement à la Légion j'en suis rester épaté... Je vous dirait, camarade, que je suis très inquiet de voir ce qui se passe et croyez que cela me fait de la peine... Je suis entièrement à votre service pour laider à se sortir de là et je vous promais que des que je pourrait faire la dépense j'irait moi même à Sidi-bel-Abbès. Mais vous pouvait être sur que la au moins il ne risque rien. Il est en dehors de toute recheche. Je termine en vous serrant la main d'amitié[10]. »

Ainsi Vivicorsi faisait-il part à son ami russe et de son inquiétude et de sa conviction que pour être allé s'engager à la Légion, Augustin devait avoir quelque chose de grave à se reprocher. Arrivait ensuite une deuxième lettre, toujours de Vivicorsi, mais celle-là fort différente. Le matelot s'adressait à la sœur d'Augustin sur papier rose. Sa lettre, qui commençait par un gracieux « Mademoiselle », était calligraphiée avec soin – les A surtout, les A d'*Abbès* et d'*Algérie,* et d'*Algésiras* étaient plus habilement chantournés que le chef-d'œuvre d'un compagnon du devoir –, l'orthographe en était presque parfaite et sans doute avait-elle été écrite par le vaguemestre ou par un gabier du poste d'arraisonnement de Saint-Mandrier, plus instruit que ne l'était Edouard. La lettre disait ceci : « Mademoiselle. J'ai reçu une carte postale de mon ami Augustin de Moerder, votre frère, m'annonçant son engagement dans la Légion étrangère dont voici son adresse : Au 1er Régiment étranger, 18e Compagnie à Sidi-del-Abbès, département d'Oran, Algérie. Vous avez dû recevoir une photographie que je vous ai envoyée dernièrement à l'adresse indiquée par Augustin et ce qui doit vous étonner beaucoup c'est de voir Augustin habillé en marin et portant le nom d'une frégate française, *Algésiras,* sur son béret. C'est que le jour où nous nous sommes *faits* photographier, moi j'étais en permission mais comme j'étais en marin et eux en civil je leur *ait* dit de se mettre en marin comme moi et je leur *ait* fait prêter un costume marin à tous les deux avec les premiers rubans venus... Je vous prierai, Mademoiselle, de faire savoir soit à moi ou à Augustin que vous *lé aves reçu.* Recevez Mademoiselle l'hommage de mon respectueux dévouement[11]. »

Entre-temps, Augustin lui-même avait écrit à sa sœur en l'avertissant qu'il avait signé un engagement de cinq ans et qu'il était légionnaire en Algérie. L'Algérie, toujours elle... Voilà qu'elle s'imposait une fois de plus à l'esprit d'Isabelle car c'était de Sidi-bel-Abbès qu'Augustin lui écrivait : « Ma bien-aimée. Augustin de Moerder, soldat au 1er Régiment Etranger, 18e Compagnie, numéro matricule 19.686, à Sidi-bel-Abbès par Oran (Algérie), voilà, ma bien-aimée, toute la triste vérité. Pourtant je songe à toi, à maman et à Vava. Et je me redis *Hieme et aestate et prope et procul, usque dum vivam et ultra,* crois-moi. Augustin[12]. »

L'officier qui commandait le 1er régiment étranger à l'époque où le légionnaire de Moerder signait son engagement était un personnage singulier[13]. Le colonel de Villebois-Mareuil pouvait-il supposer que parmi les derniers arrivés à Sidi-bel-Abbès, dans cette unité où l'on entre masqué, sans rien qui parle d'un passé, parmi ces hommes échappés d'on ne sait quels bas-fonds, victimes d'on ne sait quelle injustice ou quelle misère, il en était un qui écrivait à sa sœur en latin? La citation dont il faisait usage prouvait à Isabelle que ce qui les unissait était plus fort que la raison et que la mort : « *Hieme et aestate,* lui écrivait-il... Hiver comme été, de près ou de loin tant que je vivrai et au-delà... » Paroles qui allèrent au cœur de la jeune esseulée. Elle répondit aussitôt : « Si la mystérieuse épitaphe des thermes de Caracalla est vraie pour toi, tu sais bien qu'elle est aussi vraie pour moi. Oh, cet *ultra,* cet ULTRA d'abîme, il me fait rêver! *Ultra* ! Et qui sait, qui sait? Allons, mon bien-aimé chéri, sois fort, surtout, ne déserte pas! Ça, ça serait la mort! Non, je compte que tu ne feras pas ça[14]! » La lettre d'Isabelle était dominée par le souvenir de la désertion de son frère Nicolas et par sa hantise de voir Augustin en faire autant. Sa préoccupation à ce propos n'avait d'égale que ses craintes de voir découverte la correspondance qu'elle entretenait avec son frère. Elle soulignait de plusieurs traits chacune de ses recommandations et ne cessait de répéter les mêmes choses : « Je n'ai pu faire voir ta lettre *car il ne faut pas qu'il soit question des miennes à la maison.* Ce que je t'ai écrit c'était de ma part, personne n'en *sait rien...* Parce que ce que je sais eux ne le *diraient* pas, tu comprends bien... » Autre hantise : que cet écervelé d'Augustin aille oublier la supercherie qui lui permettait de correspondre avec le matelot Vivicorsi. Or Vivicorsi était sa seule source d'information et Isabelle n'avait de nouvelles d'Augustin qu'à travers lui. Etre privée de ces nouvelles lui inspirait une terreur paralysante : «... Souviens-toi qu'Edouard ne doit jamais savoir que moi et Podolinsky *sommes la même personne.* Je sais qu'il t'a écrit là-dessus. A présent il a mon adresse... et m'est très utile. Donc là encore *le secret.* »

Sachant que le dangereux cache-cache auquel elle se livrait ne pouvait que mal finir, Isabelle cherchait à y mettre un terme. Or de quel autre moyen disposait-elle, sinon de convaincre Augustin d'écrire à ses parents en leur avouant et son engagement et la durée de celui-ci? Mais il aurait fallu pour cela qu'il se ressaisît, qu'il cessât de trembler à la seule idée de déplaire à sa mère, qu'il cessât de trembler devant Vava, qu'il cessât de redouter leur colère. Or la peur qui habitait Augustin, c'était Augustin tout entier et rien que lui, c'était ce qu'il y avait en lui de plus lamentable et ce qu'Isabelle avait toujours accepté. Que risquait-il au juste? Depuis le 31 octobre 1895, date de son engagement, Augustin, 1,81 mètre, « fils de feu Paul de Moerder et de Nathalie Eberhardt », de nationalité russe et qui se disait « pharmacien[15] », avait mis la Méditerranée entre lui et les siens.

Les Moerder revivaient des tribulations étrangement semblables à celles déjà connues lorsque le soi-disant « maître d'études » Nicolas de Moerder avait pris lui aussi le chemin de Sidi-bel-Abbès. Tout recommençait : à douze ans de distance Natalia Nicolaïevna avait vu l'un, puis l'autre de ses fils quitter la Suisse décidé à n'y revenir jamais. Mais Isabelle s'acharnait à normaliser cette situation. « Ecris de suite à Vava, en détail, sans rien mentionner (me concernant), autrement je suis perdue ici, écrivait-elle à Augustin. Dépêche-toi, fais cela illico... Seulement fais ce que je te dis et surtout sans parler de mes lettres, aucune... » Et Isabelle, parce qu'elle persistait à douter du courage de son frère, trois lignes plus bas lui répétait encore une fois la même chose : « Pour ce qui est de ta lettre ici, dépêche-toi, mais dépêche-toi vite. Cela brûle vraiment. Je ne sais comment attendre jusque-là. Mais je t'en supplie, ne gâte pas la chose en écrivant quoi que ce soit qui puisse donner à penser que tu as eu des nouvelles de moi... Je compte sur toi pour écrire vite à Vava. Mais pas à moi surtout puisque cela fâche le παγαροι[16] » Pour désigner Vava, elle reprenait un mot qu'ils avaient souvent utilisé elle et lui. Ils parlaient grec entre eux, et appelaient Vava « le vieux ». Bien des années plus tard, après la mort de ce père dont elle ne portait pas le nom, Isabelle, dans la solitude de lieux où nul étranger n'avait pénétré avant elle, appelait encore et toujours le παγαροι celui qui avait veillé sur son enfance.

Mais là, à Genève, en cette année 1895, c'était face à une tout autre sorte de solitude qu'elle se débattait. Augustin seul lui manquait. Elle aurait pu l'abandonner à son sort. Elle ne le fit pas. Elle croyait si fort en son pouvoir de conviction! Il est vrai que ce pouvoir, il n'est que d'aimer pour y croire. Aussi Isabelle agira-t-elle inlassablement en sœur fidèle, en sœur absolue, acharnée à faire entendre à l'absent qu'on ne l'oublie pas : « Surtout ne doute jamais de moi, au grand jamais... Ne désespère pas. Travaille, sois honnête et fort surtout. Quoi qu'il arrive après, *fac et spera.* D'ailleurs moi je suis toujours là, *semper* [un mot illisible]. Je te l'ai écrit en Corse, tu t'en souviens... » Quelquefois il lui arrivait de parler à Augustin comme on parle à un enfant : « Allons, chéri, dépêche-toi de faire ce que je t'ai dit plus haut. Sois heureux et ne m'oublie pas. Moi je suis jour et nuit avec toi, toujours... » Puis, elle terminait sa phrase en grec, et, à bout d'idées, lui citait les Ecritures : « Maintenant et toujours et pour tous les siècles des siècles. » Isabelle écrivait à son frère en trois idiomes entrecroisés, une langue à la limite de l'écrit et du parler. Elle commençait une phrase en français : « Souviens-toi aussi », et la continuait en grec : « des derniers temps et ne pèche jamais ». Elle passait ensuite au russe : « Oui, souviens-toi de cela mon chéri, Souviens-toi et espère! *(Da, pomni milyï; pomnie to i nadeïsa!)* Tu peux tout sauver, me sauver, moi, et nos vieux, nos vieux adorables aux cheveux blancs. Alors sauve-nous, mon bien-aimé... » Et l'exaltation d'Isabelle n'avait plus de limites. Elle employait à nouveau l'expression « pour les siècles des siècles » mais cette fois elle la transcrivait en russe : *Spasaï jè, vozliublenyï ty moï vo véki!* Cette lettre n'est qu'un exemple parmi d'autres d'une étourdissante polyphonie associant des bribes de langues vivantes à des langues mortes comme si, dès l'âge de dix-huit ans, Isabelle avait voulu nier les frontières et proclamer son droit au dépaysement. A se définir par rapport à tant de langues étrangères, n'affirmait-elle pas une volonté de se soustraire à l'enracinement?

Ce n'était là qu'un premier pas. A quelques mois de là Isabelle affirmera son caractère inassimilable en forgeant des mots à partir de plusieurs langues mélangées à plaisir. Il n'était pas donné à tout le monde d'en faire autant. Il fallait, comme elle, avoir entendu dès son plus jeune âge un parler où se mêlaient le russe, le français, l'italien, le grec, le latin et bien d'autres langues encore. Et pourquoi forger des mots? Qu'est-ce que cela signifiait de s'inventer une écriture à soi, une langue à soi? Elle accentuait sa singularité...

On pourrait s'interroger aussi sur la curiosité qu'elle manifestait déjà pour les sans-attaches, les hors-la-loi, les opprimés. A travers eux, elle découvrait une sorte de non-pays. Qu'elle ait eu l'audace d'entretenir, à l'insu de son père, des liens épistolaires avec des matelots ou des militaires d'une inculture évidente ne s'explique pas autrement. Là aussi il y avait comme une forme de refus : refus des exclusives, refus des rejets formulés par un groupe social par rapport à un autre, refus des hypocrisies. En bref, si Isabelle correspondait avec le matelot Vivicorsi, c'était pour trouver une authenticité différente et, non sans risques, pour se déprendre de son milieu. Isabelle comme un défi...

C'est pour lui que je fais ce récit, c'est pour ce bon diable de matelot qui, dans ses lettres, appelait Isabelle « camarade ».

Je fais ce récit tendrement, humblement, car il s'agit de voyages sans grandes aventures, sans noyades, sans naufrages, sans importance vraiment. Une histoire de va-et-vient entre Marseille et l'Afrique. Rien de bien nouveau. Tel mois ici, tel mois là. A peine racontable. Mais les faits les plus simples prennent une couleur particulière lorsque s'infléchissent à travers eux le destin d'un homme, la vie d'une femme ou le sens secret de son œuvre.

En savoir davantage sur cet étrange correspondant c'est comprendre ce qu'en attendait Isabelle. Or elle en attendait beaucoup. A travers lui, elle alla à la découverte de cet alliage singulier qu'est une langue populaire, obscure sans doute, incorrecte et pleine de ce que Michelet appelait des « défauts énergiques[17] », mais dont Isabelle s'enchanta. Et pourtant il n'y eut jamais l'ombre de baragouin dans son œuvre, ni rusticité non plus, ni patois. Elle fit mieux que ressusciter la langue vivicorsienne, mieux que s'en inspirer. Pour comprendre et connaître son correspondant, elle pensa comme lui. Il y a donc place, ici, pour son histoire, celle d'un possédé des grands espaces.

Le matelot Vivicorsi n'a pas d'époque. Il est pareil à ses frères lointains, qui jadis manoeuvraient la toile des trois-mâts, et pareil à ces garçons d'aujourd'hui, nos marins aux airs d'audace. Comme tous les marins du monde Vivicorsi ne se sentait à l'aise que sur les quais d'un port. Il semblait né d'un quai, né de sa musique particulière, venue des coques entrechoquées par une petite houle, des sifflements du vent jouant à faire frémir les haubans et grincer les mâts, des appels à prendre la mer, pour aller loin, à bord d'un bâtiment puissant, ou près, très près, à peine à quelques encablures, porté par un rafiot qui fait, épuisé, un dernier tour de promenade. Et peu importe de quel port, de quel navire, de quel appel il s'agit. Et peu importe aussi de quel matelot. Puisque d'où qu'ils viennent le pas des matelots est toujours le même. Leur liberté de mouvement et une éblouissante aisance du corps pourraient sembler suspectes à plus d'un. Nous savons que « les mauvaises mœurs sont la seule chose que les gens prêtent sans réfléchir[18] ». Or l'attachement qu'Edouard éprouva au premier regard pour un jeune Russe, prétendument marin, qu'il fit habiller en matelot français puis photographier et qui n'était autre qu'Augustin, cet attachement aurait pu – à tort – lui valoir cette réputation, à Vivicorsi. Mais cela non plus n'a guère d'importance. L'essentiel est qu'il entra dans la vie d'Isabelle sans la connaître, par les hasards d'une amitié à peine esquissée avec son frère, et que les lettres de Vivicorsi, longues ou courtes et belles comme des contes oraux, toutes celles qu'il lui écrivit entre novembre 1895 et mai 1899 – croyant toujours s'adresser à un ami d'Augustin, marin lui aussi – furent pour la prisonnière de la villa Neuve autant de diversions heureuses. D'où lui était venue cette envie, à Isabelle, de correspondre avec ce tâcheron de la mer, ce mangeur de vache enragée ? Ce n'était pas seulement de la curiosité. Rien de niais non plus, ni de vulgaire, rien qui fût dicté par le goût de la couleur locale, mais, plutôt, par ce goût de l'inconnu qui, déjà, la tenaillait, la harcelait... En vérité, même si Edouard était avant tout l'indispensable truchement entre elle et Augustin, il était aussi « le mystère », il était aussi « un personnage » sur lequel Isabelle se documentait instinctivement et sans qu'elle ait eu en tête un projet arrêté. Elle attendait de lui ce qui ne s'apprend ni à l'école ni même dans les livres. Elle attendait qu'il lui fît découvrir la vie et le langage des gens de sa sorte.

Car le rêve qui depuis longtemps occupait Isabelle s'était réalisé et elle avait atteint l'un de ses buts : être écrivain. Des textes dont elle était l'auteur avaient été publiés.

L'événement était de taille. Elle en fit aussitôt part à Augustin et avec quelle satisfaction! « Suis *La Revue moderne,* lui écrivait-elle en post-scriptum à sa lettre du 23 octobre 1895. *Visions du Moghreb* a paru le 15 octobre et paraîtra le 9 novembre et encore le 15 novembre[19]. » Ces récits avaient été rédigés en commun et il n'est plus possible aujourd'hui de savoir ce qui dans ce travail fût l'œuvre de l'un ou de l'autre.

Ils avaient exploité ensemble des souvenirs de cette terre d'Afrique qu'Augustin connaissait et qu'Isabelle ignorait. Or une revue parisienne avait jugé leurs récits dignes d'être publiés. Il est des moments dans la vie où des satisfactions de cette sorte ont plus d'importance que n'importe quoi et Isabelle ne le lui envoyait pas dire à Augustin : « Ne t'inquiète pas pour moi, tout marche bien, la littérature surtout. *Visions du Moghreb* est publié depuis longtemps et il y a en cours autre chose[20]... » Mais cela ne lui suffisait pas. Une crainte l'habitait : manquer de choses vues. C'était si parfaitement clair qu'elle n'hésitait pas à encourager Augustin à se remettre au travail : « Surtout écris un journal que tu pourras m'envoyer et que je te garderai jusqu'au jour lointain du revoir[21]. » Augustin accepterait-il? Elle l'espérait. Mais s'il se laissait aller à son *oblomoverie* naturelle et si ce journal qu'elle lui conseillait d'écrire ne voyait jamais le jour, alors elle exploiterait les lettres de celui qu'elle appelait déjà « notre frère Yves de Saint-Mandrier[22] ».

Le matelot Vivicorsi avait grandi aux hasards de la mer. Fils d'un cordonnier établi en Avignon au 21 de la rue de la Croix, il n'avait pas quinze ans quand il avait été présenté à l'Ecole des mousses de Marseille où on l'avait jugé bien petit. A peine un mètre soixante-deux. Mais le père avait fait remarquer aux messieurs de la commission l'excellente constitution de son garçon. C'était un mioche au fort caractère, un costaud qui n'admettait pas qu'on lui marche sur les pieds.

Voilà notre Edouard embrassant une dernière fois sa mère, la belle Marie Vire, une brune à accroche-cœurs. Et le voilà dûment chapitré. Il fallait qu'il comprenne, n'est-ce pas? Il allait gagner sa vie, il allait toucher un salaire, enfin pas tout à fait : il allait toucher le tiers d'un salaire, oui le tiers seulement, qui serait placé à son nom, à la Caisse d'épargne, le reste servirait à payer « son éducation morale et professionnelle », c'était clair, non? Il fallait qu'il sache aussi qu'il n'aurait le droit de quitter l'Ecole qu'à dix-huit ans passés, faute de quoi ses pauvres parents seraient tenus de rembourser ses études, tu comprends? Alors pas de blagues et patience! Allons, adieu gamin.

Il fut embarqué à bord de la *Mégère,* un ancien aviso de l'Etat gréé en trois-mâts... Vivicorsi se sentit pris comme dans un étau. Qu'attend de la vie un mousse de quinze ans?

La *Mégère* avait une histoire. C'était bien tout ce qui lui restait. Armée de quatre canons, elle avait participé jadis à la guerre de Crimée. Peut-être au temps de sa splendeur, le lieutenant général Pavel Karlovitch de Moerder avait-il vu la *Mégère* croiser en mer Noire. Est-ce vraiment fou de supposer qu'il fut la haute silhouette s'avançant sur le quai de Nikolaïev, plein de haine et ne quittant pas des yeux ce navire français qui se portait au secours des assaillants? Ils étaient l'espoir de l'ennemi, les marins de la *Mégère*. .. Quand il ne resta plus rien de Sébastopol, la *Mégère* alla naviguer ailleurs. Elle fit le Pacifique. Puis, en 1875, rayée du contrôle de la flotte, autant dire morte, la *Mégère*. Un an plus tard, résurrection. Prêtée à la Chambre de commerce de Marseille en présence de M. Cyprien Fabre – vous savez, l'un des fils Fabre, de la Compagnie Fabre – la *Mégère* devint le brick de l'Ecole des mousses. Les Marseillais étaient habitués à la présence de la vieille corvette-école, mouillée là, devant la mairie. Elle n'en bougeait jamais. Elle servait de ponton aux élèves qui réintégraient son bord dans l'intervalle de leurs voyages et l'attente d'un prochain embarquement. On ne leur accordait une permission que tous les quinze jours, à ces enfants, et seulement si leur conduite avait été satisfaisante. Mais satisfaisante ou non cela ne changeait pas grand-chose pour un mousse tel qu'Edouard qui, n'ayant de famille qu'en Avignon, ne voyait jamais les siens. Quand le cordonnier et son épouse formaient le projet de descendre à Marseille, toujours quelque chose clochait. Une fois c'était le mécontentement d'un client, une autre fois un ressemelage en retard, une histoire de bottes, un manque de clous... Après tout, cela s'expliquait. Alors l'aumônier du bord, qui était chargé d'apporter aux mousses les secours de la religion, et les Frères des écoles chrétiennes qui leur enseignaient la lecture, l'écriture, les premières règles d'arithmétique et des notions de géographie, tous ces ensoutanés, c'était de bonne guerre, avaient profité de l'isolement du jeune Edouard pour forcer sur l'instruction et le préparer à sa première communion. Hélas, il n'y avait pas grand-chose à en tirer. Chaque fois qu'il fourrait son nez dans un livre, Edouard s'endormait.

Si l'Ecole des mousses de Marseille se glorifiait d'avoir formé des hommes qui avaient fait leur chemin dans la marine, des prolétaires devenus lieutenants de vaisseau, capitaines au long cours ou maîtres du cabotage, il y avait tout lieu de supposer que l'inscrit Vivicorsi n'ajouterait rien à cette gloire. Pas doué. Les sous-officiers chargés de lui enseigner la natation n'avaient pas trop à s'en plaindre. Pas mauvais non plus en voilerie. La conduite des embarcations et les exercices du soldat sans armes, ça pouvait encore aller. Evidemment on ne l'avait pas mis encore à la manœuvre du canon. Trop jeune. Mais pour ce qui était de l'école, de l'orthographe, de l'écriture, il était nul.

A bord de la *Mégère*, les Marseillais dominaient et le mousse Vivicorsi se sentait plutôt isolé. A peine s'il avait eu le temps de se prendre d'amitié pour un petit Charles Labrouais, comme lui natif d'Avignon, et son concitoyen avait été débarqué. Car on peut être provençal, avoir un père nommé Marius, et n'être pas né marin. Le Vauclusien était pris de nausées à peine le pied posé sur le ponton. Il faisait de son mieux pour que les officiers n'y voient que du feu, il se penchait vite, vite au-dessus du bastingage et plouf! Mais rien à faire! On s'était montré impitoyable à son endroit. C'est que ses supérieurs étaient tous des Martiguais, le commandant en tête, Henri Ferrandy, capitaine au long cours, son premier maître, Eugène Cristich, son deuxième maître, Baptiste Auzière, tous Martiguais et tous impitoyables. Quel drôle d'oiseau ce Vauclusien! Toujours à vomir... Il avait été rendu à sa famille.

Quant à ce paresseux de Vivicorsi, on l'avait fait trimer. Ouste! Va donc voir sur le *Colbert* si nous y sommes. On l'envoya à la petite pêche. Le navire de deux tonneaux, non ponté, avait pour patron un brave homme. Alors, le temps d'un été, le fils du cordonnier se consacra au poisson frais. Ça lui plaisait à Edouard et il aurait bien aimé que ça dure. Mais, dès l'automne, il fallut quitter M. Tassanara et les jolis matins du vallon des Auffes où Edouard avait déjà pris ses habitudes car le *Colbert* y jetait l'ancre chaque soir. Voilà notre mousse muté sur le *Timonier* où l'on voulait qu'il se familiarisât avec les secrets du pilotage extérieur. Du gros, le *Timonier*, du sérieux. Le navire jaugeait six tonneaux et l'équipage comptait, en plus du patron, plusieurs chefs pilotes, un aspirant et deux mousses. Edouard était le benjamin. Le va-et-vient entre les bassins neufs et les vieux môles, l'instant où, en pleine rade, on abordait les grands bâtiments juste d'assez près pour que, du haut du navire, soit lancée l'amarre et que le patron puisse sauter d'un bord à l'autre sans jamais tomber à l'eau, ces miracles quotidiens semblaient merveilleux à Edouard. Mais les messieurs de la commission ne le perdaient pas de vue et ce fut à peine si on le laissa en place quatre mois. Cherchait-on à l'éprouver ? Quand il fallut partir, la désillusion fut terrible. Pas moyen de discuter. Il n'était qu'un blanc-bec que l'on envoyait naviguer au commerce. Ah, s'il s'était plié aux corvées de l'Ecole ! Ah, s'il avait mieux écouté les frères et leurs leçons, les choses se seraient peut-être passées autrement... Trop tard pour regretter. On ne tint aucun compte du fait que depuis plus de treize mois Edouard n'avait pas revu sa famille et qu'il en souffrait. « Sans doute ne les reverrai-je jamais », disait-il. On lui répondit : tant pis.

Le mousse Vivicorsi, seize ans, fut embarqué à bord du *Saghalien*, un vapeur des Messageries maritimes qui allait au long cours. Il faut dire que ce n'était pas grand-chose ce vapeur, tout juste vingt-quatre tonneaux. Vivicorsi n'y fut pas heureux. Ce qui lui déplaisait, c'était d'être encore aux ordres d'étrangers. Le commandant du *Saghalien*, Jules César Auguste Homery, était un citoyen de Paramé, son second, Henri de Raffin de la Raffinerie, était de Nevers. Parmi les matelots, certains étaient natifs de villes ou de provinces dont Edouard n'avait jamais entendu les noms, des gens du Havre, de Saint-Malo, allez savoir... Edouard n'avait aucune affinité avec ces gens-là. Le seul qui fût plaisant était le lieutenant, Socrate Thémistocle Camugli, qui disait gentiment au mousse Vivicorsi : « Je suis grec. Tous les Provençaux sont grecs. Alors nous sommes pays, toi et moi. » Edouard lui aurait volontiers sauté au cou. Ils se voyaient souvent, le lieutenant et lui, jusqu'au jour où une scène violente éclata entre le Grec et le commandant. Edouard n'avait pu s'empêcher d'entendre. Ça criait, ça criait... « Rosalie! » hurlait l'un. Et l'autre de répéter ce nom « Rosalie! » en y mettant encore plus de voix. Une affaire de jalousie... Le lendemain, Socrate Thémistocle était viré. On l'avait débarqué à La Ciotat. Pourquoi? Un très bel homme de nationalité française, bien que fils d'un Grec et d'une Corse, une fille Franceschi. Tout ça plein d'histoires... Il est vrai que le citoyen de Paramé avait un caractère effroyable. Entre mousses on l'appelait « le commandant la Terreur ».

Vint enfin le grand jour, celui du départ au long cours. Le *Saghalien* appareilla de Marseille, le 20 janvier 1889, avec cent vingt hommes d'équipage, quelques passagers et un chargement de marchandises diverses. Sur ce *Saghalien,* Edouard était une fois de plus le benjamin. Les lames de la mer, tantôt douces tantôt féroces, entre cette date du 29 janvier et celle de son retour en mai de la même année, le portèrent dans des pays nouveaux, des ports inconnus, le secouèrent, le roulèrent d'Alexandrie à Port-Said, de Suez à Aden, de Colombo à Singapour, de Saïgon à Hong-Kong, Kobé et Yokohama, avant de refaire le parcours inverse par Singapour, par Colombo, par Suez, par Port-Saïd, pour accoster un matin dans le port de Marseille et se retrouver enfin à bord de la vieille *Mégère* toujours mouillée face à la mairie. Brave, vieille *Mégère,* qui flottait mais ne naviguait pas. On la retrouvait toujours à quai, toujours la même dans les bruits et les odeurs de la ville aimée, et Edouard n'avait jamais eu d'autre domicile qu'elle. Alors? Irait-il en Avignon cette fois? Et la permission qu'il attendait depuis longtemps la lui donnerait-on, oui ou non? Ce fut non[23].

En juin 1889, le mousse Edouard reprit la mer et, toujours à bord du *Saghalien,* s'en alla sans avoir revu les siens. Il s'en revint par le même chemin, revit les mêmes ports et retrouva Marseille avec l'automne. Et comme chaque fois qu'il débarquait, il eut un moment d'espoir. Il pensa à Avignon, à sa famille, à des choses douces et demanda à revoir sa mère. On ne lui en laissa pas le loisir. Bien que le temps accordé à Edouard pour qu'il se déprît, à Marseille, de la vie du bord fût de plus en plus bref, même si les navires sur lesquels il embarquait étaient munis de machines de plus en plus puissantes et jaugeaient de plus en plus de tonneaux, cela n'améliorait guère son sort au petit Vivicorsi, qui se retrouva mousse sur le *Canrobert* comme il l'avait été sur le *Saghalien.* Mais pour une fois on ne s'était pas moqué de lui. Il embarquait sur l'un des derniers-nés de l'armement, un vrai monument, l'orgueil de la flotte marchande. Le *Maréchal de Canrobert,* de la Compagnie générale transatlantique, jaugeait 672 tonneaux et faisait du cabotage sur la côte d'Afrique.

Pendant les vingt-quatre mois écoulés, le mousse Edouard n'était devenu ni plus grand ni plus fort. C'était au moral qu'il avait changé. Un changement singulier. Sa pauvre mère, à force de ne plus la voir, il l'avait presque oubliée. Avignon était si loin, si loin.. . Le bout du monde. Alors, livré à lui-même, cela le rehaussa à ses propres yeux de céder à ceux des matelots que ça amusait de l'emmener avec eux. A chaque escale, il alla vers les bars aux lumières rouges, pleins de musique et de femmes. Ce n'était qu'un gosse.

Or, le 7 août 1890, au départ de Philippeville, le mousse Edouard n'était pas à bord. Le *Canrobert* mit sa chaudière en marche et prit la mer sans lui. Vivicorsi, qui arriva trop tard et s'attendait au pire, s'arrangea pour rejoindre Marseille tant bien que mal et aussi vite qu'il le put. Une fois arrivé il fut surpris d'être traité avec clémence. Le bon monsieur Fabre veillait. Le capitaine Marie-Eugène Dor mit l'étourderie du mousse sur le compte de sa jeunesse et Edouard passa novice. Mais on le changea quand même et de navire et de pavillon. Le novice Vivicorsi alla sur le *Tell,* un paquebot de la Mixte. Il y avait tant et tant de navires à Marseille, et tant de compagnies et tant de façons de les désigner... Alors, comprenez-moi à demi-mot... Quand on avait dit « la Mixte », ou « la Transat » on n'avait pas besoin d'en dire davantage.

Tandis que pour Edouard... Une fois de plus tout changeait. Il lui fallait trouver de nouveaux points de repère et de nouveaux amis. Ne plus chercher des yeux le pavillon à globe rouge ni la haute cheminée à bande noire quand dans la nuit du port, par les quais encombrés, il regagnait son bord. Il fallait qu'une nouvelle sirène lui devienne familière, la sirène du *Tell*, et qu'il apprenne aussi qu'un navire de « la Mixte » se reconnaissait à une coque sombre, à une cheminée noire, comme tirée en arrière par le vent, et à un pavillon blanc à bandes rouges.

Vingt-huit jours de cabotage à bord du *Tell* et ce fut tout. On n'accorda pas un jour de plus au jeune novice qui fut jugé indiscipliné, provocant. Il n'avait peur de rien, pas même de ses chefs, ce Vivicorsi. Une mauvaise tête.

Edouard fit ses adieux. Plus que le navire, il regretta le premier mécanicien, Joseph Mouret. Ils s'entendaient bien tous les deux et cette entente n'avait rien à voir avec la vie du bord. Mouret était d'Avignon. Un continuel arrachement. La vie d'Edouard n'avait été que cela. Il approchait de ses dix-huit ans, allant toujours de vaisseau en vaisseau passant chaque mois d'un bord à l'autre et toujours naviguant au commerce. Ce fut sur le *Ville de Naples*, un vapeur armé au cabotage, que le singulier changement qui s'était opéré en la personne du jeune novice devint préoccupant. Dans les premiers jours, rien à dire. Vivicorsi, comme il s'y était engagé et tout en travaillant dur, alla d'abord à Port-Vendres, puis à Carthagène, puis à Oran et l'on comptait bien sur lui pour continuer sur Sfax, Gabès, Tripoli de Barbarie et La Goulette, quand survint l'incident. Alors que le *Ville de Naples* touchait brièvement à Marseille, ce fut là que, le 18 mai 1891, Edouard Vivicorsi, sans doute entraîné dans quelque aventure, fit faux bond. Cela commençait à trop faire... le *Ville de Naples* gagna lentement la haute mer. Les collines bleues de Marseille, décapées par le mistral, les kilomètres de quai et le phare du Planier, seul comme un captif dans le cercle échevelé des vagues, seul comme une borne unique posée sur la route de l'Orient, tout cela s'estompa tandis qu'un novice manquait à l'appel : Vivicorsi.

A Marseille, les messieurs de la commission tentèrent un ultime rattrapage. Une chance encore fut offerte au rebelle. Plein de culot, il avait toujours une explication en réserve. Des histoires à dormir debout, des rencontres romantiques... Il mentait comme un arracheur de dents. Bon. Bon. C'était la dernière fois. On l'embarqua sur le *Maréchal-Bugeaud*. Et ce fut à quelques heures du départ, à Marseille, l'année de ses dix-huit ans, voulant se prouver qu'il était un homme, malgré sa petite taille et son visage d'adolescent, ce fut donc le 1er septembre 1891 que Vivicorsi se laissa entraîner dans un lieu de confusion, où une femme aux charmes illusoires lui fit perdre la notion du temps. Elle l'avait invité pour la sieste. Il était tout de même joli, ce petit. Cela se passait dans un claque avec miroir au plafond. Vivicorsi se réveilla en sursaut avec l'idée qu'il avait laissé passer l'heure. Et effectivement... Il courut jusqu'au port. Le *Maréchal-Bugeaud* mettait le cap sur Alger sans lui. Un départ manqué, un de plus... C'est ainsi que le novice Vivicorsi fut abandonné aux nuits exaspérées de Marseille. Il fut porté déserteur, ce dont il se soucia comme d'une guigne. On pourrait imaginer qu'il sursautait au moindre pas, au plus petit bruit de porte. Il n'en était rien. Edouard continua de vivre comme s'il avait été un autre.

Trois mois plus tard il fut reconnu par les gendarmes de la 5e compagnie maritime et le « soussigné Andreani Michel, revêtu de son uniforme », alla le cueillir là où il logeait depuis qu'il couchait en ville. C'était au 30 de la rue des Phocéens, une piaule de rien du tout, avec juste la place d'un lit coincé sous les toits. Edouard fut conduit au poste. Quelques jours plus tard, on le traduisit devant un tribunal. Le tribunal maritime du Commerce. Une séance peu banale. Quand les juges eurent juré devant Dieu de bien remplir leurs fonctions, Vivicorsi comparut, sans défenseur. Il avait espéré la présence de sa mère dans l'assistance. Elle n'y était pas. Apprenant qu'il était prévenu de « désertion à l'intérieur », Vivicorsi manifesta la plus vive surprise. Ce n'était pas déserter que d'aller aux vendanges, déclara-t-il. Du moment que des amis lui avaient dit qu'il ne commettait aucune faute, il les avait crus et suivis. Le novice avait l'air tombé de la lune. Se moquait-il du monde? On lui fit remarquer qu'il était bien crédule. Il répondit que la crédulité n'était pas un délit et que du moment que c'étaient ses camarades qui l'avaient trompé, c'étaient eux les fautifs. « Je ne suis pas allé bien loin, répétait-il. J'étais à Aigues-Mortes. » Il disait ça d'une bouche enfantine. Mais la question n'était pas là. Le tribunal se retira. A la reprise de la séance Vivicorsi fut déclaré non coupable à quatre voix contre une.

Il s'en tirait à bon compte.

Or ce n'était qu'un prélude... Quelle sorte de délit commit-il par la suite? Quelle sorte de faute? Ce qu'on lui reprocha fut sans doute plus grave, infiniment plus grave, que de quitter son navire pour aller vendanger à Aigues-Mortes. Sans doute... Car, en janvier 1893, il revêtait une tenue que l'on choisit rarement de son plein gré, une capote grise plus proche de celle du prisonnier que de celle du soldat, avec un chiffre rouge au collet. On le coiffa d'un képi sans jugulaire, sans boutons, pourvu d'une visière invraisemblable, longue à faire peur et si épaisse que son cordonnier de père aurait trouvé sans mal le moyen d'y tailler une semelle de grande pointure. Mon Dieu, ce képi et ce crâne rasé! Pauvre Edouard, pauvre fils de la belle Marie Vire, pauvre mousse de la *Mégère* ! Voilà qu'il était passé de la marine marchande à une troupe dite pudiquement « spéciale ». Voilà Vivicorsi envoyé entre deux gendarmes au 2e bataillon d'Afrique. Pourquoi ? A cause, peut-être, de punitions trop nombreuses, ou de la volonté de quelques officiers, auteurs des punitions, et qui n'avaient eux aucune permission à demander pour se transformer en juges. En un mot, cela ne tenait à rien d'être là, pas même à un conseil de corps, pas même à un conseil de guerre ! Pas de défense possible. On y était et voilà tout. On était un condamné aux travaux publics et cela aussi était une façon pudique de dire qu'on avait tiré le mauvais numéro, celui de Biribi[24]. On était bon pour aller percer des routes ou poser des rails en Algérie. voilà ce que cachait le mot Biribi, voilà ce qu'il en était d'Edouard Vivicorsi, le correspondant d'Isabelle, jeune fille de bonne famille. Quelle histoire ! Que n'avait-il écouté le bon monsieur Fabre. Où était-il tombé ? Où était Camugli, le beau Grec ? Et Labrouais et Mouret, ses camarades ? Plus personne... Rien que l'Afrique.

Quand Vivicorsi arriva à destination, les « d'Af » avaient la tête farcie de souvenirs de voyage. Mais ce n'était vraiment pas des sujets pour cartes postales ! Toute leur vie les disciplinaires allaient se souvenir des marches, des contremarches, du climat meurtrier, des hommes tombant à chaque étape, incapables d'avancer, mourant sur place. Quand l'élève de l'Ecole des mousses de Marseille arriva au bataillon, les « d'Af », revenaient du Dahomey. D'avoir été lancés à la poursuite du roi Behanzin, ça ne s'oublie pas de sitôt. Réembarqués sur le *Thibet* qui les avait amenés un an auparavant, les bataillonnaires étaient revenus à la case départ, comme au jeu de l'oie mais avec la dysenterie en plus. Ils étaient rentrés en Algérie en si piteux état qu'on se demandait à quoi diable on pourrait bien les employer. On trouvait de tout chez eux, des condamnés pour vol, pour refus d'obéissance, pour escroquerie, des jeunes gens éloignés de France pour dettes lorsque le disciplinaire était fils de famille, ou pour outrage envers un supérieur quand il n'était qu'un petit voyou à mettre au pas. De la canaille, quoi... de la lie, l'écume de l'armée. Alors, forts du principe que, même exténués, ce n'étaient pas des jeunes gens à laisser inactifs et bien qu'aucun ne fût assez criminel pour mériter ce sort, on les envoya prendre l'air du Grand Erg avec mission de casser les cailloux.

Vivicorsi alla avec eux au-delà de Timimoun, dans une région de sable et de périls. A Hassi-Chebada, il participa à la construction d'un premier fort puis d'un deuxième, à Hassi-el-Homeur. Ces forts qui figuraient sur les cartes, à l'époque, portaient alors des noms prestigieux, ceux du comte de Mac-Mahon, maréchal de France, et du général baron Marie-François-Joseph de Miribel. Il fallait, face aux rezzous et à l'outrecuidance des nomades, que ces bastions aient valeur de symboles. On les voulait à l'image des tenants de la politique du sabre. Avec des noms pareils, ils l'étaient.

Mais au fil des années, le vent du sud fut le plus fort. Plus fort pour venir à bout des fortifications, plus fort pour les effacer, pour les recouvrir, plus fort qu'un maréchal, le vent, plus fort que le vainqueur de Malakoff.

Désormais, sous les plis du sable, c'est à peine si l'on voit poindre les pierres écroulées. Bientôt plus personne ne saura contre qui ont été dressées ces défenses, ni pourquoi, parmi les restes d'une vieille forteresse, émergent, çà et là, des tombes.

Le matelot d'Isabelle aurait eu beaucoup à dire... Mais on n'avoue jamais, pas même à un « camarade », qu'on a été disciplinaire. Comment Isabelle l'aurait-elle deviné ? Ce n'était pas invraisemblable, ce que lui racontait

Vivicorsi. Elle croyait « son frère Yves » sur parole. Elle gardait chacune de ses lettres, décidée à s'en inspirer à la première occasion, elle les relisait comme si son intention avait été de les apprendre par cœur. « Il n'y a pas un port que je ne connais pas », lui écrivait-il. S'il était allé effectivement en Chine, en Egypte, en Indochine, en Cochinchine, en Corse et en Afrique, ce qui n'était pas peu, quel besoin avait-il d'en rajouter ? « J'ai presque toujours fait le long-cours et dans la ligne de Chine principalement. » Il inventait. Mais pas un mot des semaines passées au bornage sur des navires qui ne s'écartaient pas de la côte de plus de quinze lieues marines et il se serait fait hacher menu plutôt que d'avouer son temps d'apprentissage vécu à la petite pêche, en rade de Marseille. « J'ai fait l'Australie et Madagascar », écrivait-il. Va pour ce mensonge-là. Et l'Amérique, Edouard ? Ah, comme il la connaissait bien, l'Amérique ! Il y était allé sur le *Provence*. Rien de cela n'était vrai. Vivicorsi n'avait qu'une préoccupation : donner aux choses avouables de sa vie une envergure qu'elles n'avaient pas dans l'espoir d'effacer le reste, le chiffre rouge du mutin, les crânes rasés, la race immonde des gardes-chiourme, les routes semées de traînards traités comme on ne traite pas les bêtes, les longues files d'hommes harassés ployant sous la double charge du sac et des fusils, le temps de l'esclavage. Il était, en cela, comme tous ceux qui ont enduré des épreuves similaires : il compensait. Une sorte de dédoublement. Il lui fallait tricher, il lui fallait s'enorgueillir auprès d'Isabelle de voyages au long cours qu'il n'avait pas faits, il lui fallait des nuits et des aubes passées à naviguer sur des océans qu'il ne connaissait pas, à bord de navires sur lesquels il n'avait jamais embarqué, il lui fallait les fragiles paradis de paysages imaginaires. Vivicorsi aurait tant voulu croire à ce qu'il inventait... Et Isabelle, cela ne fait aucun doute, était toujours plus convaincue qu'elle avait beaucoup à apprendre de lui.

Elle en aurait été plus convaincue encore si le matelot Vivicorsi lui avait tout dit. Il s'en garda bien. Aucune de ses lettres ne dévoile à quelle faute, à quel geste d'insoumission il dut d'aller rejoindre cette unité de malheur, fixée en Algérie par ordonnance du roi Louis-Philippe et qui « ne devait recevoir comme soldats que des militaires condamnés à une peine plus grave que trois mois de prison ». De la chair à canon, c'était cela les bataillons d'Afrique, de la chair de deuxième choix, certes, mais utilisable quand même... Et Dieu sait qu'on ne s'en priva pas ! Jusqu'à Monseigneur le duc de Nemours qui, pas fier, avait daigné reconnaître leurs mérites. A chaque station de leur long calvaire, que ce fût après Constantine, Cherchell, Laghouat ou Djelfa, Monseigneur leur adressait ses compliments, aux disciplinaires.

Etre du 2e bataillon d'Afrique, autant valait ramer aux galères ! C'était pourtant là qu'avait échoué l'ancien élève de l'Ecole des mousses, au terme de sa pénible aventure. Mais dans ses lettres à l'ami russe, Vivicorsi prétendait s'être rendu dans le Sud algérien en qualité de membre d'une mission militaire ! Et, pour plus de précision, il écrivait qu'il avait été « de l'expédition du *Touareg* ». Il y allait fort, quand même. Pas un navire de ce nom ne faisait la Méditerranée à l'époque où il purgeait sa peine. Et pour cause : une paye que le *Touareg* avait été rayé du contrôle des flottes[25] ? Mais comment l'ami russe s'en serait-il douté ? Vivicorsi fantasmait en toute sécurité. Le matelot du tsar n'y voyait que du feu. Il n'empêche que ce Podolinsky était bien exigeant. Tous les Russes étaient-ils comme lui, à l'affût de détails, toujours en quête de plus de précisions, une vraie boulimie de questions ? Pour satisfaire sa curiosité, le matelot de Toulon donnait de son séjour au Sahara une version à sa façon : « Je suis monté jusqu'à Timimoun et In-Salah où il y a 90 jours de marche à faire dans le Sahara[26]... » De quoi rêver, Isabelle ! C'était moins romanesque mais autrement plus exaltant que le récit des expéditions de la capiteuse Lydia Pachkov. O paysage nu, pays d'absence! Isabelle s'entendait raconter le désert par qui l'avait traversé à pied comme les nomades. Mais parce que son correspondant ne souhaitait pas dévoiler les conditions réelles dans lesquelles s'était déroulée cette longue marche, alors, pour couper court à d'autres questions, « le frère Yves de Saint-Mandrier » laissait entendre que cette expédition cachait un autre projet : la conquête de Tombouctou... A l'en croire, Timimoun et In-Salah n'avaient été que des étapes en vue d'une grande expédition militaire en direction des rives du Niger. « Saitait partie pour Tombouctou », écrivait-il, selon un code phonétique dont il avait le secret. « C'était parti », Vivicorsi en était sûr et certain, c'était parti et tous les « d'Af » auraient été du voyage, tous bons pour Tombouctou, tous auraient pris, *bessif,* le chemin de ce Sahara central dont on parlait comme d'un Minotaure prêt à dévorer ceux qui s'y risquaient, si la mort tragique du colonel Bonnier n'avait fort opportunément mis un terme à cet appétit de conquêtes. Une chance, quoi, un vrai coup de pot : « Alors nous nous sommes arrêter là. Puis nous avons rester dix-huit mois à El-Goléa. Là je faisait fonction d'infirmier. » Et cela non plus n'était pas vrai car ce n'était pas en qualité d'infirmier que Vivicorsi avait été accueilli à l'hôpital de campagne d'El-Goléa, c'était en tant que malade en instance de réforme. Une néphrite. Simulée ou non, peu importe puisque le 9 juin 1894, c'était chose faite : Vivicorsi avait été rayé du contrôle du 2e bataillon d'Afrique le jour même. Qu'il ait « quillé » ou non, il était libre.

Sur son livret, au chapitre des bonnes notes, rien. La case était laissée en blanc. Pas de certificat de bonne conduite pour le correspondant d'Isabelle. Mais quel besoin d'aller lui raconter ça? La case des peines, elle, était loin d'être vierge. A quoi bon en parler? On était si vite et si durement puni au bat'd'Af et pour si peu de chose. Tout était question de savoir à l'avance à quoi on s'exposait. Savoir, par exemple, qu'à voler une paire de bretelles à un « d'Af » on avait toute chance d'en prendre pour un an tandis qu'en filoutant des aliments au préjudice d'un Arabe on s'en tirait avec six mois seulement. C'était quand même cher payer pour un sac de couscous, et la vie d'un bataillonnaire laissait dans une sorte de perpétuel étonnement : « Se peut-il que je sois encore vivant ? » C'était bien le sentiment qu'éprouvait le matelot de Toulon. Il en faisait l'aveu à son camarade inconnu avec une touchante ingénuité : « Se peut-il que j'aie survécu ? » Soudain il ne lui cachait plus rien, à l'ami russe. Comme une vanne qui lâchait... « Tu voit que quoi que jeune, j'ai déjà traîner ma peau un peu partou et je t'assure qu'il a fallu que j'ai la carcasse bien dure pour supporter tout ce que j'ai passer... » Ses confidences s'arrêtaient là. Il ne disait pas ce que tout bataillonnaire cachait au fond de lui-même : l'impossibilité d'oublier. Parmi ses camarades d'infortune, un homme s'était très clairement exprimé à ce propos : « Quand les corbeaux voleront blanc et que la neige tombera noire, les souvenirs du bat'd'Af s'effaceront de ma mémoire. »

Ce qui saisissait Isabelle était une réalité nouvelle, celle d'un langage dans lequel il entrait autre chose que ce qui était dit : caché sous les mots, serré sous les mots, l'aveu d'une immense misère et comme un désir insatiable d'être compris et aimé. Toutes choses qui rendaient impossible de mépriser le « camarade » inconnu. Dès sa troisième lettre, Isabelle suggérait le tutoiement. Vivicorsi ne s'était pas fait prier : « Ça me fait grand plaisir, lui répondait-il. Et je ne te cache pas que si tu ne me lavez pas dit je te l'aurait dit moi même, car tu sais que les marins ne save pas faire des façons. Tu a du voir, d'après la carte postale que je tes envoyer, qu'avec Augustin, nous nous tutoyons aussi. Cela donne un peu plus de familleréte et il semble que lon se connait de longtemps[27]. » Isabelle était confondue par le naturel de son interlocuteur, et par cette tendresse humaine qu'il manifestait dans chacune de ses lettres. Jamais elle n'avait entendu rien de comparable. A quoi bon l'éducation et les belles manières, se disait-elle, si, à l'orthographe près, on savait s'exprimer comme Vivicorsi ? Soudain elle se sentait prise comme par contagion de sentiments semblables. Quel bon bougre cet Edouard ! Si Augustin le laissait sans nouvelles aussitôt Vivicorsi se désespérait. Il alertait son ami russe : « Je suis bien inquiet pour lui... Je n'est plus rien reçu de lui et je ne s'est plus quoi penser. Alors s'il t'écrit demande-lui un peu pourquoi il ne m'écrit pas et si je lui ai fait quelque chose pour le fachet... Je languis beaucoup de le voir sorti de ses salles trous[28] ! » Ainsi Vivicorsi refusait d'abandonner Augustin à une destinée qu'il ne connaissait que trop.

Mesurons l'étrangeté d'une telle correspondance. Ce n'était certes pas dans les coutumes de l'époque qu'une demoiselle de cet âge et de cette condition eût des relations de cette sorte. La fille de Natalia Nicolaïevna commençait à donner sa mesure. Sous couvert d'une fausse identité, Isabelle, matelot du tsar, allait au peuple.

La mode de la photographie faisait rage en ces années-là et Aurélien Scholl[29] pouvait toujours vitupérer contre les faiseurs d'albums, assurant qu'ils se seraient acquis « meilleure renommée en calligraphiant les mots *Recueil de célébrités* sur un ouvrage dont les pages seraient restées blanches plutôt que de proposer à notre admiration la Juive Rachel, Ollivier le gaffeur ou l'excrémentiel Zola », rien n'y faisait. Dans les cours européennes les jours de garden-party, les princes du sang poursuivaient leurs invités un appareil photo à la main, et jusque dans les familles les plus modestes, baptêmes, fiançailles, mariages, départ pour l'armée, noces d'or ou d'argent se devaient de figurer dans l'album familial. Isabelle Eberhardt ne faisait pas exception. Comme toutes les femmes de sa génération elle subissait la fascination de la photographie. Ce fut plus tard que le goût lui en passa. Alors elle refusa à quiconque le droit de fixer pour la postérité son visage ravagé, son regard de nomade et toutes les ruses lui furent bonnes pour échapper à la curiosité des amateurs de clichés rares. D'aussi loin qu'elle les apercevait, elle éperonnait sa jument et disparaissait au creux d'un chemin. Si l'on passait outre, gare! Isabelle fronçait le nez et attaquait l'indiscret à la cravache[30].

Mais à Genève, en 1896, elle n'en était pas là et s'il est un portrait auquel aucun de ses biographes n'a résisté, c'est bien celui où elle figure portant de pied en cap une tenue dont la mode commençait à se répandre dans les années 90, la tenue de marin. Isabelle allait sur ses dix-neuf ans et en paraissait quinze. Elle avait les cheveux coupés ras, une coupe de conscrit que seule osa cette ex-marquise de Belbeuf, née Morny, qui, quelques années plus tard, allait tant choquer la société parisienne. Est-ce dans le studio genevois de David, l'ami de la famille, que ce portrait fut exécuté? C'est plus que vraisemblable[31]. Sous le ruban du bonnet où le mot *Vengeur* se lit en lettres d'or, le regard est déterminé, la bouche volontaire. Isabelle est grave mais sage. L'étrange est que malgré ses cheveux ras et sa tenue masculine elle n'a rien d'équivoque. Il n'y a pas d'ambiguïté dans cette photo, il y a jeu et fiction. Elle pose en matelot avec la candeur songeuse d'un communiant auquel ne manqueraient que le brassard de soie blanche et le cierge à la main.

C'est à des portraits de même époque et de même nature qu'il faut se référer pour mesurer la portée réelle de ce document. Beaucoup plus équivoque, sous ses bouclettes, est une autre jeune femme de quelques années à peine l'aînée d'Isabelle et qui, elle aussi, se faisait photographier en petit marin. Un marin autrement mutin, autrement espiègle. Un titi parisien, à cheval sur une chaise, le pompon rouge en bataille... L'un des rares portraits où l'esquisse d'un sourire apparaisse sur les lèvres de la jolie Colette, nouvelle conquête d'Henri Gauthier-Villars dit Willy[32]. Un auteur dont Isabelle n'ignorait ni le nom ni l'œuvre, comme en fait foi son pléthorique inventaire de « Livres lus », toujours tenu scrupuleusement à jour ainsi que l'exigeait Vava, entité familiale respectée, redoutable et toujours adorée. Vava dont la parole faisait loi.

En somme Isabelle, en posant pour cette photographie, agissait en demoiselle dans le vent. L'époque on le sait était au déguisement. Elle posait en costume marin comme tant de fils de famille et de princes héritiers dont les portraits paraissaient dans les gazettes; elle posait en petit marin comme avaient posé autour de leurs quinze ans, sur les plages de Crimée, dans les bois de Spala, sous les balcons biscornus du vieux palais de Livadia, sur le pont du yacht impérial, à Peterhof ou à Tsarskoïe Sélo, encore et toujours en petits marins, les grands-ducs de Russie. Comme eux, Isabelle soignait son image. Elle fit don de cette photo à ses amis les plus proches. Elle l'envoya à Augustin. Elle la distribua généreusement aux habitués de la villa Neuve, elle l'offrit à sa mère, à une étudiante russe, Véra Popova, qui dans ses lettres l'appelle « mon petit marin », mais aussi à des inconnus dont elle attendait des conseils et dont elle souhaitait l'attention[33]. Cette photo la fit connaître. Elle s'en servit comme d'une publicité.

Qu'elle eût revêtu une tenue virile n'est pas pour nous étonner. L'étonnant est que cette jeune fille, qui toujours préféra les hommes aux femmes, eût adopté une fois pour toutes le pantalon et qu'on ne l'eût plus jamais vue vêtue autrement; l'étonnant aussi est qu'elle se fût procuré non point une tenue de fantaisie, mais une tenue réglementaire, au prix de multiples difficultés, par les soins d'un matelot français en service à Toulon, et que ce matelot fût Edouard Vivicorsi. L'acharnement qu'elle y mit! Et le mal qu'il se donna! Voilà, aussi, matière à étonnement.

Assurément, Vivicorsi aurait été en droit de s'inquiéter qu'un marin russe lui demande avec tant d'insistance une tenue de matelot de la flotte française. Mais la pensée d'Isabelle avait très vite pris le tour que lui imposait la situation extrême dans laquelle elle s'était mise. Le désir fou de s'habiller en marin exigeait qu'elle inventât un deuxième subterfuge. Le faux marin Podolinsky fit croire au vrai marin Vivicorsi que le vêtement demandé était destiné à un « gosse » sur lequel Augustin l'avait prié de veiller. Un gosse? Quel gosse? Le gosse de qui? Il vivait secrètement chez une vieille parente d'Augustin. Mis dans la confidence, le matelot Vivicorsi en éprouva une évidente satisfaction. Il se voyait mêlé à des choses obscures comme il ne s'en passe que parmi les gens fortunés. Si Augustin, issu d'une noble famille, avait quitté la Suisse aussi précipitamment, c'est qu'il avait commis un acte répréhensible. Il avait quelque chose à se faire pardonner et ce quelque chose était *le gosse*. Pour sûr, il l'avait caché. Tout s'expliquait. L'émoi de Vivicorsi atteignit à son comble lorsqu'il comprit que l'on comptait sur lui, fils aventureux d'un cordonnier d'Avignon, pour vêtir cet enfant, victime des inconséquences de la noblesse. Ce que révélaient à mots couverts les lettres du matelot Podolinsky révélait aussi et beaucoup plus ouvertement une manière de futilité, de légèreté chez Augustin qui ne le rendait que plus sympathique aux yeux de Vivicorsi. Quel mal y avait-il à ce qu'il eût fait un enfant? Etre allé pour si peu se jeter entre les griffes de la Légion, c'était vraiment trop bête. Vivicorsi se mit en quatre. Un gosse, n'est-ce pas, si on lui choisit un vêtement il faut qu'il puisse grandir, il faut compter avec l'usure tout en évitant les dépenses exagérées. Vivicorsi pensait à tout cela : « Pour quant au gos je me suis informer du prix et il vaudrait mieux prendre du neuf et du bon au lieu qu'en prenant du vieux ces tous des effet qui sont rapiécer ou tacher... Alors il vaudrais mieux prendre un bleu de 5e taille à 24 francs et alors le gos en aurait pour longtemps. » Il apportait à la préparation de ce trousseau une minutie de nourrice : «... avec une pièce de 30 francs il pourrait avoir un pantalon, une vareuse, 1 tricot de marin ou deux, 1 béret et 1 sac de marin que je prendrai à prix réduit et moi je ajouterait un pantalon de travail blancs[34]. » C'était son cadeau, à Vivicorsi, il offrait au gosse de riches un pantalon qui lui avait servi dans son travail : « Il a été à moi maintenant ce sera à toi... Je te l'avais promis. » Sur ce pantalon qui ne lui avait rien coûté, le matelot Podolinsky avait toute liberté de faire gagner quelques sous à son ami français. « Tu peut le faire payer à la vieille », proposait Vivicorsi sans mâcher ses mots. Il ajoutait : « Mais si tu ne m'en avais pas parlé, je n'aurais pas été te le demander... Ca medera un peu pour rendre ce que j'ai emprunté pour te l'envoyer[35]. » Il faisait de son mieux, Vivicorsi, il se démenait. Il profitait de ses permissions pour aller jusqu'à Marseille à tout berzingue, car c'était là qu'il fallait acheter les effets du gosse « pour les avoir meilleur marché ». Il espérait bien que le matelot Podolinsky les recevrait « le 2 ou le 3 janvier 1896 au plus tard[36] ». Le gros de l'hiver approchait. Et le gosse qui attendait! Comment faire pour agir-au plus vite en dépit du manque de moyens? « Excuse-moi si je n'affranchis pas ma lettre. Tu doit savoir qu'un marin de l'Etat quand il arrive au 28 du mois sa bourse diminue et alors il n'a plus le sou jusqu'au 1er du mois prochain. Je ne me gene pas avec toi parce que je vois que j'ai à faire à un ami de cœur... Alors adieu et porte toi bien. »

Vivicorsi essaya d'envoyer les effets en port dû. Un de ses amis se chargea de l'opération. Il alla à Marseille tout exprès. Comble de malheur on lui refusa son colis.

Putain de poste, va! « Toutes les déveine me poursuive pour tes effets... Alors figures toi le movais sang que je me fait! Toi qui les attend avec impatience! Alors je suis été obligé d'emprunter de l'argent et cette après midi mon ami est partie pour te les expédié à port payer, sa fait que tu n'aura rien à payer. Je t'assure que je languis de savoir si tu les a reçu à ten... »

Il était embarrassant de gentillesse, ce Vivicorsi, surtout lorsqu'il terminait ses lettres par une demande impossible à satisfaire : « Maintenant je ne vois plus rien à te dire, écrivait-il à Isabelle, à part de m'envoyer ta photographie au plus tot... Je tan prie. Fais vite. Ton ami dévoué pour la vie. »

Isabelle accepta-t-elle? Lui fit-elle don de sa photo en marin? Nous ne le saurons jamais. La scène du matelot Vivicorsi découvrant pour la première fois le charme singulier, le nez kalmouk, le front bombé, les pommettes saillantes et le regard hardi de son « camarade » russe, cette scène ne pourra être esquissée faute de preuves.

3

A supposer qu'Augustin ait été fou ? Isabelle fait échec à l'accusation de « madjnounerie ». A Genève dans les brasseries de la « Karoujka ». *Véra, l'amie russe. Des lettres de Sidi-bel-Abbès.*

Mme de Moerder déployait toute l'activité épistolaire dont elle était capable. Elle cherchait de haute lutte à soustraire son fils à ses engagements tandis qu'Isabelle, très opposée aux démarches que tentait sa mère, après avoir souhaité qu'Augustin prît du service dans la marine souhaitait maintenant qu'il demeurât légionnaire. Elle en était convaincue, s'il revenait en Suisse, Augustin serait sommé de venir s'expliquer devant la police helvétique sur ses dettes, ses trafics et les moyens employés pour se procurer des drogues défendues. Aussi s'empressa-t-elle d'avertir son frère de ce qui se tramait : « Mon chéri. La lutte est entamée. Maman écrit aujourd'hui, bien entendu sous l'inspiration et la dictée du παγαροι, une lettre au colonel commandant le 1er régiment étranger pour demander si tu es toujours là-bas et aussi, malgré toutes mes objurgations, pour entamer des pourparlers afin d'obtenir ta libération... »

S'adressant au colonel de Villebois-Mareuil, les arguments de Mme de Moerder étaient que, sujet fragile, Augustin n'avait ni les aptitudes physiques ni la santé nécessaires pour faire un soldat de métier. Dans l'ignorance où elle était de la personnalité de son correspondant, elle mesurait mal ses chances de réussite. M. de

Villebois-Mareuil, parce que sa poitrine était couverte des croix les plus glorieuses, n'avait d'intérêt, disait-on, que pour la guerre et ses dangers. Or il n'en était rien. Homme d'esprit et de cœur, il savait juger d'une lieue la qualité des nouveaux engagés dans son unité. Qu'avait-il à attendre de jeunes gens fragiles? Il savait trop bien qu'épuisés par la chaleur de l'Algérie, vaincus par les marches dans le Sud, anémiés, guettés par le bacille typhique, ils n'allaient cesser d'encombrer les hôpitaux, pour y traîner quand ce n'était pas pour y mourir. Le colonel du Ier Etranger n'avait pas un caractère à redouter les éclats. Il aimait à dire publiquement ce que d'autres pensaient tout bas. C'était dans sa manière. Il publia un article qui eut un grand retentissement. Il y fustigeait la négligence des bureaux de recrutement qui envoyaient en Afrique du Nord des non-valeurs physiques doublées de non-valeurs morales[1]. M. de Villebois-Mareuil venait de choquer bien des gens. Il y avait donc fort à parier que, pour ce qui était d'Augustin, l'opinion du colonel ne différerait guère de celle de la grande dame russe dont les lettres, venues de Suisse, montraient une déférence désuète et charmante.

Mais il y avait pis. Ce que suggérait Alexandre Trofimovsky inquiétait Isabelle bien davantage : « La lettre au colonel, écrivait-elle à Augustin, est suivie d'une lettre à l'ambassade de Russie à Paris. » C'était l'idée de Vava : faire appel aux autorités russes. Une véritable aberration. Alexandre Nicolaïevitch croyait que des pressions exercées par les représentants du tsar suffiraient pour qu'Augustin fût rendu à sa famille. « Il affirme qu'il va te faire mettre hors service sous prétexte de maladie et de quasi *madjnounerie*... » Ce terme que l'on trouve souvent sous la plume d'Isabelle et qui fait référence au héros d'un conte arabe[2], dans l'écriture éberhardtienne signifie démence, folie, aliénation mentale. Faire passer Augustin pour fou, Isabelle mesurait parfaitement ce que cela sous-entendait : «... L'ambassade sera mêlée à l'affaire de façon à te faire envoyer en Russie pour examen médical et alors tu conçois que tu es perdu et que tu ne pourras plus jamais t'en tirer. » Le remède était pire que le mal et l'on pouvait imaginer ce qu'allait être l'accueil fait à un sujet du tsar, fils de général, né en Suisse et donc suspect, qui, de plus, venait de signer un engagement de cinq ans dans cette Légion dont la détermination au siège de Sébastopol avait laissé aux autorités russes un souvenir cuisant.

Plus la situation d'Augustin s'embrouillait plus les résolutions d'Isabelle révélaient qu'elle n'était jamais à court d'imagination : « Donc, voici ce que tu as à faire : ne cède pour rien au monde, tu sais bien que ce serait ta perte. Ecris de suite à *Pétersbourg, directement à l'Empereur pour déclarer* que tu quittes la *nationalité russe.* .. Fais cela de suite... Cette lettre à l'Empereur est une condition *sine qua non.* Fais donc cela immédiatement. C'est indispensable. » Ensuite, et c'était la deuxième suggestion d'Isabelle, elle conseillait à son frère de prendre contact avec ses supérieurs aussitôt reçue la lettre de Mme de Moerder demandant qu'Augustin soit libéré : « Dès que tes chefs te parleront de la lettre de Maman (lettre écrite pas bien gaiement) réponds-leur *calmement* et *raisonnablement,* expose-leur tes plans d'avenir, dis-leur ton attachement à la France et ta ferme décision de ne pas quitter la Légion avant ton terme d'engagement. » Enfin cette dernière proposition contenue dans un post-scriptum : « Dès réception et même avant d'écrire en Russie, informe l'ambassade de Paris de ta dénationalisation... Fais cela. Ce sera une contre-approche à la lettre de la V. M. Fais tout ce que je te dis de faire. C'est le seul moyen d'enrayer les *madjnouneries* du *proprius.* »

Isabelle avait encore trouvé ça : le *proprius* ! Un surnom latin pour Vava. Le respect ne l'étouffait pas. Elle appelait Mme de Moerder la V. M. (la Vénérée Mère) et l'amant de Natalia Nicolaïevna : le propriétaire!

Mais comme elle redoutait plus que tout l'apathie d'Augustin et bien qu'elle ne cessât tout au long de cette lettre de lui répéter : « Je t'en conjure, fais cela immédiatement... » elle jugea prudent de lui adresser, de surcroît, un modèle prêt à copier de la lettre qu'il devait écrire sans tarder à Sa Haute Noblesse en personne *(Vachè vysokoprevoskhoditélstvo)*, l'ambassadeur de Russie à Paris. La lettre, écrite de sa main, était en langue russe. Il ne restait à Augustin qu'à prendre sa plume : « Je soussigné déclare par la présente à Votre Haute Noblesse que je désire être destitué de la nationalité russe afin de pouvoir prendre la nationalité française et entrer au service de la France. Je vous prie d'en prendre bonne note car telle est ma volonté et je ne veux plus être considéré sujet russe. » On ne pouvait s'exprimer plus clairement. Suivait cette recommandation d'Isabelle : « Ecris-moi à Vernier... Mais prends garde surtout dans tes lettres de ne pas *mastoupier* ma situation ici. » Elle ne disait pas perturber ou mettre en péril, mais *mastoupier*. Parole enfantine, évidemment impossible à traduire. Tout cela pour rappeler à Augustin qu'il devait respecter le secret de leur correspondance. Elle lui prodiguait aussi toutes sortes d'encouragements : « Surtout, à présent, à l'heure décisive, ne te laisse pas décourager. Une fois à la Légion, restes-y et tiens bon... Ce soir, avec cette lettre, je t'envoie un colis contenant quelques bouquins, du papier, des cahiers, des plumes... Tu trouveras un bouquin russe. C'est pour que tu n'oublies pas la langue... Prouve-leur surtout que tu n'es pas *madjnoun* du tout. C'est le principal, cela... Surtout ne te laisse pas enliser intellectuellement. Lis et écris quand tu as le temps de le faire. Soigne-toi autant que possible et ne désespère pas. Trois ans ce n'est pas un siècle et n'y a-t-il pas déjà bien plus de temps de perdu et plus terriblement que celui que tu as à passer là-bas... Sois heureux et ne fais pas de sottises. Surtout et toujours je te le dirai : ne déserte sous aucun prétexte. Si même la vie là-bas devenait insupportable, souviens-toi des journées sans but et sans pensées passées ici, des années durant. Que cet avenir hideux t'empêche de [illisible]. Compte sur moi. Sois fort et prudent. Moi j'ai de l'énergie pour deux et je veille sur tes intérêts. Comptes-y bien. » La dernière phrase était écrite en grec. Du grec savant et un peu pédant : *aspatso se kiliasis,* « Je t'embrasse mille fois. » Elle signait *Myriam* [3].

L'inquiétude de Mme de Moerder se doublait du trouble qu'elle décelait chez Isabelle. Elle en devinait facilement la cause. Augustin s'était exilé, Augustin était au loin et Isabelle se disait la plus malheureuse des femmes. Elle gémissait auprès de ses amis, elle pleurait sur les tristes élégies de son poète préféré, ce Simon Iakovlevitch Nadson qu'elle lisait en russe dans les *Annales de la Patrie,* elle s'en nourrissait, elle s'en gavait, elle l'apprenait par cœur, le copiait par strophes entières et, à son exemple, cherchait à retrouver foi et consolation « dans le Dieu de ceux qui souffrent, un Dieu couvert de sang »[4]. L'absence d'Augustin lui apparaissait comme un mal accablant, inintelligible. Ce fut sa période Nadson. Elle cherchait à s'exprimer comme lui : elle se disait morne, lugubre, affolée par la souffrance et elle ne mentait pas. Mais tout en affirmant que sa douleur ne lui laissait le temps de rien, elle prenait quand même celui de se faire consoler par le pharmacien Schwartz qui n'était ni ses seules amours ni sa seule illusion. Libérée du fardeau qu'avait été Augustin, privée d'un ancrage somme toute assez médiocre, Isabelle n'avait d'autre souci que de puiser dans sa détresse de nouvelles raisons d'exercer sa curiosité. Sans qu'elle le sût ni le voulût, c'était sa solitude et son malheur qui la raffermissaient.

Dans son chagrin, pas d'autre issue que d'écrire. Elle ne s'en priva pas. Pendant le temps que dura l'absence du frère bien-aimé, sa correspondance prit une ampleur surprenante. Ses lettres d'une grande diversité, et plus particulièrement sa correspondance en russe, apportent la seule explication rationnelle de ses actes. Isabelle n'avait qu'à se laisser aller pour tout dire à Augustin. Elle lui avouait ce qu'elle cachait à Mme de Moerder. Elle mettait Augustin au fait des initiatives qu'elle avait prises pour le sauver de ses créanciers : « Indique-moi de suite l'état de tes comptes à Genève. Pour ceux-ci le sauvetage est commencé, lui écrivait-elle : j'ai fait arrêter l'affaire du Medjani [?] et j'ai, de plus, pris à mon nom environ quarante-sept francs de ta dette. Cela est fait. Vava ne saura jamais rien de ces 117 francs qui auraient grevé ta dette et que Maman paiera en sourdine. Ensuite, chez toi, j'ai soustrait dès le début tous les papiers compromettants et il y en avait! En outre tous les faux acquis sont cachés, brûlés à jamais. Vava ne saura jamais rien, mon chéri[5]. »

Bien que Trofimovsky eût cherché à faire libérer Augustin en employant des moyens qu'elle désapprouvait, Isabelle ne lui en voulait pas. Avec le temps, le *proprius* était devenu plus accommodant. Isabelle annonçait à Augustin que son tuteur ne serait pas opposé à son retour, à condition que le jeune homme se mette aussitôt au travail : « Vava voudrait que tu reviennes pour fonder une pépinière!!! Ne nous arrêtons même pas sur cette pauvre blague-là[6]. » Le cher « vieux » n'avait décidément pas le sens des réalités. Mais il ne manquait pas de détermination. Quand, malgré la vigilance d'Isabelle, l'un des créanciers d'Augustin – celui qu'elle désignait tantôt par la seule lettre G., tantôt sous le nom de Georg[7] – réussit à s'introduire jusque dans les serres où Vava se livrait à sa passion pour la botanique, il avait été proprement éjecté sans que Vava lui eût laissé la moindre chance d'exprimer son mécontentement. « Le *proprius* a seulement dit : malheureux homme! *(niéchtchastnyï tchélovièk)* », racontait Isabelle[8]. Georg, qui était libraire et que Vava estimait beaucoup, avait eu le tort d'avancer de l'argent à Augustin. Faute impardonnable.

Enfin Schwartz.

Isabelle parlait de lui aussi souvent que d'elle-même. Il était devenu son « grand ami ». Elle avouait à son frère : « De plus en plus il me devient cher, cet homme-là[9] ». Et pourquoi Augustin s'en serait-il inquiété ? Lire dans chacune des lettres de sa sœur qu'il était lui, Augustin, l'unique but de sa vie, trouver des phrases telles que celles-ci : « Je ne t'abandonnerai jamais, nulle part, quoi qu'il arrive. Parmi tous ceux que j'aime, tu es et resteras le plus chéri *in eternum* ! Compte sur moi mon frère bien-aimé[10]... » lui suffisait. Il considérait que le reste – bien que ne manquant pas de piquant – n'était qu'enfantillage. Isabelle, sûre d'être comprise, ne se gênait pas. Elle dévoilait, à ce frère qu'elle adorait, des passions naissantes et changeantes. Elle parlait en ces termes de celui qu'elle appelait *Charles l'Alsacien* : « Prends encore en considération une chose que je crois t'avoir écrite à Oran : entre cet homme et moi quelque chose commençait à s'esquisser. J'y pousserai de toute ma force car je souffre trop de ma solitude cloîtrée[11] ! » Elle l'aime, se disait Augustin, mais il était clair que s'ils s'étaient retrouvés chaque soir seuls, comme par le passé, Isabelle n'aurait eu d'intérêt que pour lui.

Apparemment Schwartz rendait d'immenses services. Il avait avancé de l'argent à Isabelle : « Je suis très endettée à l'heure qu'il est, écrivait-elle. C'est surtout à Charles que j'en dois, mais je sais bien qu'il sera le dernier homme à me le réclamer – environ 70 francs, sinon plus[12]. » Une somme sur laquelle Isabelle s'était empressée de prélever de quoi envoyer un mandat à Augustin tandis que de son côté, l'ancien pharmacien lui envoyait des « médicaments » qu'il jugeait indispensables. Isabelle, qui ne désespérait pas de pouvoir un jour rembourser son prêteur, mettait tous ses espoirs dans ses travaux littéraires. « Pour la littérature nous pouvons faire quelque chose : j'ai encaissé 100 francs pour cela[13]. » En cherchant à se persuader elle-même du bien-fondé de ses espérances, elle cherchait à en convaincre son frère : « Je me suis assurée cet hiver qu'avec un peu de peine et de travail (oh, très peu, très peu!) on pourrait se faire une situation en littérature. En trois ans de travail régulier, on peut se tirer absolument et pour toujours de cet intolérable état... » Et Isabelle désignait en russe les caractéristiques de l'intolérable état en question : « *Ni y sikh ni v onikh.* » C'était un état de « ni d'ici, ni d'ailleurs[14] » un état dans lequel elle accusait Augustin de retomber à l'instant précis où se refermait sur lui le portail de la « ghazaminière[15] » – entendez par là la maison familiale!

Les menaces autour de l'usage des stupéfiants ne diminuaient pas et l'affaire n'était nullement réglée. Isabelle affirmait que sans l'aide de Schwartz le scandale aurait éclaté aux yeux de sa famille, de la police et peut-être de la justice. Les Moerder, s'ils avaient été dénoncés, auraient été contraints de quitter la Suisse. Le pharmacien se révélait plus indispensable que jamais : « Souviens-toi, écrivait Isabelle, que sans cet homme-là je n'aurais rien pu faire pour toi : ni remèdes, ni argent... Sans lui Weisguth aurait fait un commandement de payer, Georg aurait hurlé... Sans lui Christo Christidi aurait fait un scandale atroce... Souviens-toi donc de tout cela et demande-toi si Schoenlaub a jamais rien fait pour toi, sauf de te moucharder et de te tromper ou de t'aider à faire des *madjnouneries* ? Demande-toi où tu trouveras un ami tel que Schwartz[16]? » A en juger par ce qu'écrivait Isabelle, Schoenlaub, le concurrent de Schwartz, devenait à ses yeux chaque jour plus dangereux : « Il moucharde sans cesse », écrivait-elle en caractères minuscules en marge d'une de ses lettres. Schoenlaub indicateur, Schoenlaub agent de l'Okhrana? « N'écris rien à Schoenlaub. C'est un gueux abominable et il ne faut absolument plus compter dessus. » Elle terminait par un mélange de mots français et russe : « Au revoir bientôt, bientôt *(Dosvidania, skoro, skoro).* Motus sur cette lettre[17]. »

Pouvait-elle se douter que le contact n'était nullement rompu entre Augustin et le pharmacien Schoenlaub qui, dans l'espoir de récupérer un jour un aussi bon client, gardait avec lui un contact épistolaire? Ses lettres n'étaient qu'une suite de basses flatteries. Il demandait à Augustin : « Si des fois vous vous faites photographier, un spécimen nous ferait plaisir. » Qu'avait-il besoin d'une photo d'Augustin? Il félicitait le légionnaire de « sa décision martiale », tout en cherchant à le convaincre de renoncer à son engagement : « Figurez-vous votre maman regardant dans le vide, cherchant son fils au bord de l'abîme. » Il l'inquiétait : « Croyez-vous pouvoir résister au climat et au travail[18]? » Tout cela s'inscrivait dans le cadre d'une stratégie qu'avait illustrée, avant le départ d'Augustin, sa tentative de récupérer un certain « carnet d'achats » appartenant à Mme de Moerder. Son fils n'avait nulle intention de s'en dessaisir. Ce carnet était-il donc si utile que ça à Schoenlaub? Et pour quelle raison? Connaissant la vanité d'Augustin, Schoenlaub exerçait l'art de la flagornerie. Ses flatteries s'étalaient jusque sur l'enveloppe des lettres qu'il lui adressait à Meyrin. Il domiciliait Augustin à la « Villa Neuve des Cactées[19] »! En toute simplicité! Etranges pharmaciens... car à Schoenlaub s'ajoutait Schwartz.

Effrayé par l'emprise que Schwartz exerçait sur Isabelle, et emporté par un sentiment de jalousie envers celle dont il était éperdument amoureux, le docteur Christo Christidi menaça de dénoncer Schoenlaub et tous ceux qui avaient fourni de l'opium à Augustin. Schwartz était du nombre. Il riposta. Il se prétendit en mesure de faire expulser et Christidi et Schoenlaub. Disait-il vrai? Il donnait à entendre qu'il était aussi en mesure de faire libérer Augustin. Il annonça sa résolution d'intervenir à Bel-Abbès. « Schwartz m'a promis de parler là-bas en ta faveur et il dit qu'il te suffit de dire que *tu es son ami* pour que cela te serve de recommandation. Il t'écrit d'ailleurs lui-même[20]. » De qui tenait-il son pouvoir? Schwartz révélait ce qu'il avait de plus inquiétant. Etait-il ou n'était-il pas un agent de renseignement? S'il exerçait une influence sur les autorités militaires françaises, alors l'intéressant pharmacien était une taupe; si au contraire il ne faisait que se vanter, alors c'était pour mieux séduire une jeune fille aventureuse et qui manifestement éprouvait du goût pour lui.

Certaines confidences d'Isabelle justifiaient pleinement l'inquiétude de sa mère. Mme de Moerder pensait que la vie en Algérie présenterait moins de dangers pour sa fille que la vie à Genève. Son intuition ne la trompait pas. La pharmacie de Schwartz n'était décidément pas un lieu de tout repos et les rendez-vous qu'il donnait à Isabelle prenaient un tour inquiétant : « Ma vie est triste, écrivait-elle à Augustin, tu peux t'en faire une idée : je me balade en marin, même en ville, à la barbe des agents... L'autre soir, jeudi, le 30, j'étais ainsi [en matelot] à la pharmacie et à ma grande confusion... je me suis si bien saoulée de bière (6 canettes), heureusement en tête à tête avec Schwartz, que j'ai trouvé le... singulier courage de faire avec lui le pari suivant : que je n'aurais jamais le courage de l'embrasser. Je lui dis que si. Probablement que sans les six canettes il aurait gagné le pari imbécile car j'aurais compris l'ineptie d'une telle gageure. Mais non! Je l'ai embrassé et j'ai encore continué dans la pharmacie vide. » Isabelle ajoute que Schwartz lui avait avoué lui-même qu'il était « un sensuel et un noceur » et se demande « qui sait comment cela tournera? » Etant saoule elle eut le plus grand mal à arriver jusqu'à la gare où « sa bonne » l'attendait! Et elle ajoute : « Une chance que j'étais en marin[21]! »

A quelque temps de là, Charles Shwartz jugea bon d'aller à Vernier dénoncer Augustin. Vava fut donc averti du trafic dont Augustin s'était rendu coupable.

Schwartz jurait ses grands dieux que c'était son amitié pour les exilés de la villa Neuve qui le portait à remplir auprès d'eux ce rôle pénible. Son but était de convaincre Trofimovsky de n'accorder aucune importance à ce qui n'avait été qu'une faiblesse passagère d'Augustin. Il n'en fallut pas davantage pour qu'Isabelle le considérât en homme providentiel. L'entreprise en vérité n'avait rien d'amical. C'était le moyen le plus sûr de « tenir » sous sa coupe père, mère et fille.

En toute hâte, Isabelle fit en sorte d'avertir Augustin. Il était démasqué. Ce n'était pas une nouvelle dont il pouvait se réjouir. Isabelle redoutait une réaction violente. Son frère allait-il se considérer trahi ? Elle craignait plus que tout de le perdre. Elle lui écrivit ceci : « Dans le cas où cette lettre te parviendrait, prends bien en note ceci : Charles S. a parlé ici de l'opium que Paul Sch. t'avait vendu. Le *proprius* accuse Charles de mensonge et veut le quitter... Charles a parlé dans ton intérêt. Souviens-toi qu'il est notre seul ami sûr, ici... Au nom de ton affection pour moi je te supplie de me conserver Charles. Cela dépend de toi[22]. » Il n'était besoin que de lire pour comprendre que Vava avait piqué une colère énorme, qu'il s'en était pris violemment à Schwartz et qu'il l'avait jeté à la porte. Vava n'avait pas voulu croire ce qu'il entendait. Il avait repoussé le dénonciateur et pas un instant sa confiance en Augustin n'avait été ébranlée. Jamais il ne dit un mot à Isabelle de ce qui s'était passé.

Mais dans la triste maison de Vernier, deux femmes savaient que le pharmacien avait dit vrai : Mme de Moerder et Isabelle. Elles vivaient dans les transes. Il faut voir dans cet incident les prémices d'une décision toute proche et qui sans cela serait inexplicable. S'en aller... L'arrière-pensée était évidente lorsque Isabelle écrivait à son frère : «... n'oublie pas de ne pas débiner l'Algérie ni même la Légion. Mais surtout ne débine pas le climat etc. On ne peut jamais rien prévoir.

« Quel ennui que tu ne sois pas et ne seras jamais indépendant de toutes ces sales affaires d'ici!

« Et il y en a, il y en a!

« Ah oui! L'avenir est sombre, très sombre[23]! »

Quitter la Suisse parut à Mme de Moerder le seul moyen de mettre un terme à son angoisse et peut-être aussi de soustraire Isabelle à de si dangereux exemples.

« Aimable Elisabeth Pavlovna. Votre dernière lettre prouve une fois encore que toutes vos expériences ne vous ont aidée à comprendre rien de plus que l'âme des piliers de cabaret et des boutiquiers genevois[24]. » Cette lettre en russe, qui disait son fait à Isabelle, ne fut pas la seule de ce ton qu'elle reçut à la villa Neuve. Une autre, plus dure, plus longue et du même auteur, fut mise à la poste « à trois mille et quelques verstes de distance », dans un lointain village de l'empire des tsars. Isabelle avait-elle menti à cet ami russe? Pourquoi l'appelait-il Elisabeth Pavlovna? Avait-elle laissé entendre qu'elle était la fille légitime du général Pavel Karlovitch de Moerder, à ce garçon crédule, ce Veniamine Bernstein, étudiant en pharmacie à Genève qui profitait d'un séjour dans sa famille pour lui écrire? Sous prétexte que lorsque de telles distances vous séparent « on peut laisser les compliments de côté », Veniamine lui disait ses quatre vérités. Il lui faisait grief de s'être si mal entourée et ne se montrait pas tendre envers ses amis : «... La personnalité de Monsieur Christidi m'est devenue aussi claire que le jour. Et Potapos, de même que Monsieur Sakopoulo bien connu de vous (je me suis laissé contaminer par votre manie du soulignement) et tutti quanti de ces jeunes crétins grecs de Genève, je les vois comme le nez au milieu de la figure[25]. » En une autre occasion il manifestait plus d'ironie encore. C'était à propos de la thèse du docteur Christidi : « Me fiant à l'avis selon lequel l'âme véritable des grands hommes se révèle dans leurs œuvres, je me suis empressé, aujourd'hui même, de vous adresser la dissertation de Monsieur Christidi, car je suppose que son âme (en admettant qu'il en ait une) vous est jusqu'à présent *terra ignota*[26]. »

Isabelle fut sensible à ces critiques. Elle ne fut ni irritée, ni abattue par une franchise aussi brutale. Un aveu de Veniamine n'était pas pour lui déplaire : « ... Vous êtes restée une énigme absolue à mes yeux », lui écrivait-il. Bien que son habileté fût grande et qu'elle excellât dans l'art de surprendre ses amis, Isabelle tenait plus que tout à leur estime. Elle était de celles pour qui les seuls écueils infranchissables sont le mépris et le discrédit. Frappée par la justesse des reproches qui lui étaient adressés, elle y donna son plein assentiment. Oui, elle avait jusque-là agi en somnambule, et pourquoi n'en pas convenir? Guidée par Augustin en de mauvais chemins, elle ne s'était occupée que de satisfaire une faim insatiable de ce qui paraissait singulier ou nouveau, cette nouveauté fût-elle ou non celle des sots.

Et c'est ainsi qu'Isabelle, à peu près dans les derniers mois de 1895, à moins que ce ne fût au début de l'année 96, changea de milieu. Augustin parti, que lui restait-il? Son frère Volodia qu'elle aimait tendrement, victime d'une sorte d'enfermement volontaire, muré dans son silence, ne pouvait en aucune manière la retenir à Vernier. Tout revenait pour elle à se rapprocher de ceux que, jusque-là, on lui avait ordonné d'éviter. Le milieu estudiantin, celui en particulier où l'on ressemblait le moins aux hommes qu'elle avait connus jusque-là – le milieu des étudiants russes – l'accueillit avec des embrassades.

Voilà comment, par l'effet d'une lettre disant les choses telles qu'elles étaient, par l'effet aussi de la solitude, de l'inquiétude perpétuelle que lui causait Augustin et de la douleur dans laquelle elle était tombée, voilà comment, en l'absence de celui qui était pour elle beaucoup plus qu'un frère, la fille de Vava se trouva confirmée dans sa pente naturelle. Elle redevint telle que la nature l'avait créée, sans mesure, sans prudence, et plus forte que jamais.

Isabelle ne pouvait en aucune manière être considérée comme belle dans le sens que l'on donne d'ordinaire à ce mot mais, gagnant en vigueur, elle gagna en attrait. Elle fit des ravages parmi les jeunes gens qu'elle fréquentait. Les plus réservés, ses amis de la première heure, craignant de la perdre, ne trouvèrent pour la retenir d'autre moyen que de la demander en mariage. Quant à ses nouveaux amis, il était manifeste qu'ils la trouvaient charmante, eux aussi. Ainsi ce Veniamine Bernstein, si sévère à son propos. Il n'en continua pas moins d'entretenir avec elle une correspondance en langue russe pendant toute la durée de son absence et nous le voyons, aussitôt de retour à Genève, acceptant le rendez-vous qu'elle lui donnait : « A présent, lui écrivait-il, vous vous figurez sans peine quelle joie indicible serait la mienne si je pouvais vous retrouver mercredi prochain, le 13 (après-demain) à l'heure de votre promenade coutumière, sur le banc bien connu de vous où votre humble serviteur deviendra bien volontiers l'objet de vos observations " sceptiquement inhumaines ". Ainsi donc, à après-demain, si vous n'êtes pas purement et simplement lasse de moi. » Signé : « V. Bernstein, serviteur de Dieu et le vôtre *(Boji slouga i vach)*[27]. »

L'apparition d'Isabelle Eberhardt dans la Karoujka, un quartier où on ne l'avait jamais vue, sa façon de s'attabler chez Handwerk ou Theuss, des brasseries qu'elle avait jusque-là soigneusement évitées, cet événement ne passa pas inaperçu. Il fut généralement admis dans les milieux policiers, qu'ils fussent suisses, français ou russes, que la jeune immigrée qui déambulait par les rues de Genève habillée en garçon et qui enjôlait et embobinait et provoquait et mentait et draguait et marivaudait, tantôt en uniforme de la marine française, coiffée d'un bonnet à pompon rouge, tantôt en complet veston, coiffée d'un fez, constituait une menace pour la sécurité de plusieurs pays.

Sa vie n'en fut pas simplifiée.

Isabelle remarqua qu'il y avait un homme, toujours le même, sur le banc où elle retrouvait ses amis. Elle avait horreur d'être surveillée. Mais les difficultés qu'elle rencontrait – « Je suis à tel point accablée d'un bon sang d'avalanches d'affaires prosaïques et insupportables... » écrivait-elle à Pop, l'un des compagnons de la bande des Russes –, loin d'être une source de découragement, apportèrent dans sa vie une grande animation. Elle fixait des rendez-vous qu'il lui fallait aussitôt décommander. « Son très cher Pop » eut à subir les conséquences de cette situation nouvelle. Isabelle ne désirait rien tant que d'aller à Genève le rencontrer et lui parler. Mais la police en décida autrement : « Un rendez-vous, lui écrivit-elle, est pour l'instant impossible : on nous surveille. Mais voilà, écrivez-moi en détail les jours et heures où je pourrais vous trouver, et *où* [28]? » Impatientée par ces contretemps, Isabelle perdit la plus élémentaire prudence. Sans se soucier du trouble qu'elle suscitait parmi les agents de renseignement chargés d'intercepter sa correspondance, elle utilisa la langue russe à tout propos, aussi bien sur les cartes postales qu'elle adressait à son frère à Sidi-bel-Abbès que dans les lettres destinées à ses divers correspondants. Que pouvaient-ils penser, ces gens, lorsque n'ayant pas une connaissance suffisante de toutes les langues qu'Isabelle mêlait au russe, ils réussissaient néanmoins à traduire une carte telle que celle-ci : « Mon chéri (*dorogoï*). Je te le répète : reste là-bas et essaye de tout arranger ainsi. Ici je te le jure, c'est insupportable. Dépêche-toi et courage. A tout jamais tienne. » Signé : illisible. Ou bien : « Mon chéri. Sois prudent : ma position ici est déjà assez branlante (*moio polojeniiè zdiès i tak dovolno chatkoïè*). Prends garde

(*Boud ostorojen*)! » Signé : Myriam[29]. Une correspondance stupéfiante. On imagine l'effroi de ces subalternes. Que signifiaient ces « mon chéri », « mon bien-aimé », « mon adoré », « mon trésor »? Une jeune fille honorable écrivant à son frère ne devait-elle pas s'imposer plus de retenue? Et son nom de famille, quel était-il? Moerder, Eberhardt ou aucun des deux? Etait-elle Elisabeth, fille de Paul, ou Isabelle, fille d'Alexandre? On ne trouvait pas non plus d'excuses à ce qu'une fille de cet âge vécût déguisée en homme et utilisât une kyrielle de faux prénoms. S'appelait-elle Isabelle, Myriam, Maryam, Meriem, Nadia, Nicolas ou Podolinskaïa? On fit naître une rumeur selon laquelle Isabelle était une aventurière. A quelques années de là, Lydia Pachkov, son amie lointaine, allait lui conseiller, depuis Yalta où elle résidait : « Il faut trouver le moyen de se présenter sans qu'on vous prenne pour une aventurière. Je vous y aiderai...[30]. » Mais le conseil venait trop tard et le mal était fait.

A cause d'une rencontre dans la *Karoujka*, ce fut une nouvelle vie qui s'ouvrit pour Isabelle. « De tous les êtres qui ne sont pas d'accord avec moi sur certains points capitaux, la foi, l'amour, etc., il en est deux que je ne puis ne pas aimer du plus profond de mon cœur, envers lesquels je ne puis être indifférente : mon frère et Véra », lit-on dans *Mes journaliers*[31]. Cette Véra Popova, trouvée sur sa route, fut la seule femme de sa génération avec laquelle Isabelle se lia. Elle n'eut jamais d'autre amie qu'elle.

La personne de Véra fit une impression d'autant plus forte sur Isabelle que tout en elle lui parut supérieur. Isabelle décida que Véra était, à n'en pas douter, une créature d'élite.

Un fossé profond séparait Véra de ses contemporaines; qu'elles fussent filles de *bogatchi*, issues d'un capitalisme récent, ou filles de la noblesse. Elles seules, en Russie, avaient le privilège d'être accueillies dans un couvent créé à l'image du Smolny[32]. Pas d'uniforme seyant pour Véra, pas de vie studieuse dans le doux tintement des cloches, pas de bâtiments aux grilles tendues comme de sombres dentelles au travers des cours et des jardins profonds, pas de toits surmontés de bulbes, de clochetons et de croix, pas de salles de classe vastes comme des salons. Il n'y avait pas d'institut pour jeunes filles à Nijni-Novgorod et pas de Smolny. Mon Dieu que Petrograd était loin... Véra avait passé son enfance dans l'une des nombreuses villes de l'Empire où l'école primaire était inexistante et sa cité natale n'était pas non plus de celles où l'on pouvait recevoir un enseignement supérieur.

Véra n'était qu'une roturière, la fille d'un modeste marchand de Nijni-Novgorod, vaste agglomération commerçante dont la foire annuelle était la plus célèbre de Russie. Née en 1873, elle avait passé sa jeunesse dans les faubourgs de la ville parmi des frères, des sœurs, des neveux, des cousins, parmi des portefaix criards, des haleurs barbus et des bateliers. Climat assez barbare et persistante odeur de goudron. Sa famille vivait dans une maison de bois, bâtie au bord de la Volga, sur laquelle naviguait, remorquée au bout d'un long câble, l'unique péniche familiale. Véra, dont l'intelligence dépassait et de loin les bornes communes, avait cultivé son esprit. Comment? C'est ce que personne ne sait. Peut-être apprit-elle à lire dans un psautier, comme cet autre citoyen de Nijni-Novgorod dont la ville allait un jour porter le nom : Alexis Pechkov, dit Gorki. A moins qu'elle n'eût bénéficié des leçons de l'évêque dont elle avait gardé les enfants tout en étant un peu sa servante. Elle se considéra rémunérée au-delà de toute espérance lorsque de braves cœurs s'associèrent pour réunir les fonds nécessaires à son départ en Suisse. L'exil... Il lui fallut du temps pour s'y résoudre, mais c'était le seul parti à prendre, quand on voulait être médecin. Il fallut donc s'en aller et renoncer à ce qu'elle avait le mieux aimé. Renoncer aux eaux tumultueuses de « notre mère la Volga[33] », renoncer à l'ombre embaumée des grands tilleuls que les crues du « fleuve au large poitrail[34] » menaçaient. Partir... Partir dans l'espoir d'une autre vie.

Véra Popova fut donc de ces « originales » qui traversèrent l'Europe de bout en bout et affrontèrent toutes sortes de désagréments pour échapper à une société sans merci. Elle arriva à Genève en 1892. Elle n'avait pas vingt ans. Quelques jours plus tard elle s'inscrivait à la faculté de médecine et trouvait à se loger au 15 du boulevard des Philosophes. Elle allait habiter la Suisse pendant sept ans, ivre de liberté fiévreuse, de discussions sur la raison d'être du monde et des choses, de Dieu et des religions, des écrivains et des doctrines littéraires, vivant en communauté, dans l'une de ces « colonies de l'intelligentsia[35] » qui souvent s'affrontaient durement entre elles, se déchiraient, traversaient des périodes de doute qui pouvaient aller jusqu'au désespoir, provoquant suicides, trahisons et l'activité néfaste de ces renégats ou de ces traîtres dont il fallait sans cesse se méfier. Il s'ensuivait d'horribles relations : « En quelques mois des êtres psychiquement sains devinrent des neurasthéniques, intellectuellement brisés; ils se séparaient avec un mépris réciproque plus ou moins avoué[36]... »

Véra Popova changea souvent de logement, de groupe, et sans doute d'amant[37]. Mais, à la différence de ses amis, celle qu'Isabelle Eberhardt jugeait comme « l'être le plus largement humain que l'on puisse rencontrer[38] », Véra, en arrivant à Genève, n'avait d'autre ambition que de réussir. Elle était trop pressée de justifier la confiance de ceux auxquels il lui faudrait, un jour, rendre avec usure les sommes qu'ils lui avaient prêtées, trop pressée de trouver un emploi pour se laisser aller aux tentations furieuses du redoutable individualisme russe. Ce qui était difficile lui plaisait. Elle avait cela en commun avec Isabelle : l'héroïsme lui était familier. Toutes deux étaient slaves, n'est-ce pas? C'est dire qu'en ce domaine elles étaient sans rivales.

Les premiers temps de son séjour en Suisse se passèrent sans incident majeur. Véra travailla beaucoup, renouvela ses inscriptions d'année en année et ne manqua jamais un cours[39]. La police savait où elle allait et qui elle rencontrait, sans trop se soucier de ses appartenances politiques, tant les logeuses de la demoiselle Popova se disaient édifiées par ses habitudes de travail. On la laissa donc libre de passer des journées entières dans sa chambre, assise à sa table, et cela, sans même inventorier le contenu de ses corbeilles ni vérifier les livres qu'elle lisait. Somme toute, si Véra avait continué ainsi, elle se serait taillé une réputation d'étudiante modèle et, chose inouïe, elle aurait peut-être échappé à la réputation mauvaise dont souffraient ses plus proches amies. Mais elle eut une initiative qui, dans le « Relevé des Russes en séjour dans le Canton », eut pour effet de la faire passer brusquement de l'état « d'étudiante réfugiée » à celui peu enviable de « présumée révolutionnaire ». L'erreur de Véra avait été d'aller à une réunion tenue en présence de Jules Guesde. C'était à Carouge, le 1er mai 1893. Il y eut d'abord un cortège auquel Guesde participa... et Véra aussi. Ensuite vinrent des discours avec pour commencer des : « Compagnons et chers camarades » et, pour finir, d'autres mots, tout aussi déplorables : « Vive le socialisme international! Vive l'union du prolétariat intellectuel et manuel! » Une terminologie des plus répréhensibles... Parmi les orateurs il y avait eu Guesde, bien sûr, mais aussi un jeune boursier bulgare, un étudiant un peu pâle, aux moustaches fines, que Véra avait remarqué à la faculté de médecine. Il parla au nom des étudiants socialistes. Il avait un talent oratoire. Véra se laissa aller à l'applaudir. Le destin en avait décidé ainsi; il avait résolu d'inspirer à

Véra ce geste imprudent : applaudir. Le mal était fait. Ce fut mentionné dans le rapport de police : « Elle a applaudi Rakovsky. » Or ce Rakovsky[40], malgré son jeune âge – vingt-cinq ans – et une distinction que ses cheveux trop bouclés et d'un noir un peu excessif ne rendaient pas moins évidente, ce Rakovsky avait des fréquentations qui dérangeaient profondément. Véra Sassoulitch et Rosa Luxemburg étaient de ses amies. Et que penser de ses activités sur le plan international? Il correspondait avec des anarchistes allemands, italiens ou belges, et d'autres encore dans des pays plus lointains et plus excentriques. Rakovsky, de toute évidence, n'était pas de ces hommes que l'on pouvait applaudir sans risque.

Et c'est ainsi qu'une manière d'approbation, manifestée publiquement, mit la police dans l'obligation de ne plus quitter Véra d'une semelle. Il en alla de même de ses amis Rakovsky et Plekhanov[41].

Il est assez connu que de telles situations déterminent souvent des engagements qui sans cela auraient suscité quelques hésitations. L'engagement total est souvent le fait d'un violent désir de contradiction. La surveillance continuelle d'une police sournoise fit de Véra ce qu'Isabelle ne fut jamais : une femme ayant de toute son âme adhéré à un mouvement politique révolutionnaire.

Où en étaient les amants de 1877? Que restait-il du coup de foudre, enduré comme un ordre sans réplique et dont la générale de Moerder avait été la victime? Bien née, richement apparentée, elle avait préféré demeurer à l'écart de la vie élégante plutôt que de vivre séparée du précepteur de ses fils. Perdus pour le monde, ils s'étaient, tous deux, bravement établis ensemble, en déserteurs des salons. Et maintenant, qu'avaient-ils à attendre? Alexandre Trofimovsky était encore très droit, très fort, très imposant. Il commandait le respect. Les rapports de police datés de ces années-là notent que sa barbe fort abondante et ses cheveux assez touffus et longs, qu'il portait retombant sur les épaules, étaient entièrement blancs. La douce Natalia Nicolaïevna, si séduisante au temps où elle vivait à Pavlovsk, était difficilement reconnaissable. Elle était devenue maladivement fragile. Une femme usée. Il lui aurait fallu du repos et des joies familiales. C'était précisément ce que la vie lui refusait. Malgré les soins qu'elle avait pris de sa fortune, on ne pouvait que constater la diminution de ses revenus. Voûtée, grisonnante, plus que modestement vêtue, ses charmes n'existaient que dans la mémoire de son fidèle amant qui continuait à lui vouer une sorte de culte. Les policiers, quant à eux, mettaient comme un point d'honneur à noter que l'état de souffrance de Mme de Moerder s'aggravait. Mais jamais ils ne précisèrent la nature de son mal. Leur façon de consigner, de rapport en rapport, les signes de misère physiologique qu'ils constataient chez Natalia Nicolaïevna n'avait, il faut l'avouer, rien de gai : « Teint : toujours pâle. Visage : maigre. Dents : point. Signes particuliers : très malade. » De quoi s'agissait-il au juste? Maladie des nerfs? Maladie de cœur? Abus de calmants? Personne ne savait de quoi souffrait Mme de Moerder à l'époque où la police s'intéressait tant à elle. Mais on ne pouvait s'empêcher d'être frappé que cette femme, que l'on croyait atteinte de maux irrémédiables, eût brusquement développé le goût de l'hospitalité, et se fût mise, à cette époque, à recevoir chaque dimanche ses jeunes compatriotes, en nombre sans cesse plus grand : « Reçoit une quantité de Russes connus pour leurs idées avancées[42] », signalait l'agent Kohlenberger.

Ainsi, à cause du changement de vie d'Isabelle, des hôtes qui n'étaient pas de son monde aidèrent Mme de Moerder à retrouver comme un lambeau de sa jeunesse, ou du moins de ce qu'il en restait au fond de sa mémoire.

Elle en conçut à l'égard d'Isabelle une tendresse accrue, un autre genre d'affection.

Natalia Nicolaïevna comprenait mieux Isabelle depuis que l'on rencontrait à la villa Neuve, sans que rien eût été calculé, les jeunes gens et les jeunes filles avec lesquels elle s'était liée. Ils étaient l'avenir, le renouveau, l'espoir de la Russie. Mère et fille n'eurent que de bons mouvements à leur égard. Pour couronner leur accueil, elles aidèrent financièrement les plus nécessiteux. On trouve dans la correspondance d'Isabelle le témoignage des avances qui furent consenties à nombre d'entre eux et plus particulièrement à Véra Popova[43]. En cette occasion, à chaque billet qu'elle adressait à ses débiteurs, Isabelle laissait libre cours à sa manie, celle des diminutifs. Les prénoms de ceux qui avaient bénéficié de ses largesses servaient de prétexte à des variations... C'est tantôt Pop, tantôt Pianoutcko, tantôt Chouchka et tantôt Chouchinka... Mais tous, filles ou garçons, occuperont longtemps ses pensées, son cœur, sa correspondance et ses écrits. Çà et là, en langue russe et au crayon, sur une page ou une autre de *Mes journaliers*, bien des années plus tard, elle évoquera le temps vécu parmi les exilés de la *Karoujka* et accompagnera leurs noms de commentaires extasiés et de cris d'amour d'une emphase très *Mittel Europa* : « Où es-tu, toi de qui la voix nous parlait de vérité et d'amour/Où es-tu, toi ? Et toi bonne et simple Chouchka, où es-tu ? Vous qui avez su deviner au milieu de la poussière et de la pourriture qui avaient envahi mon âme d'alors, ce qui brûlait encore en elle, vous qui avez su éveiller la sainte étincelle de lumière. Merci à vous, chers, charmants et inoubliables. Merci !

« A l'heure de la douleur et de la souffrance, dans les tenailles de la séparation, vos souvenirs chers se lèvent devant moi de l'ombre du passé. Le sort nous réunira-t-il encore ? » « Marseille le 23 juin 1901, à 9 heures du soir. Je suis seule... Où êtes-vous, chers[44] ? »

Les messages que recevait Isabelle ou les lettres que lui adressaient ses visiteurs du dimanche témoignent d'une rare déférence envers Trofimovsky et Natalia Nicolaïevna. Pensées, hommages et remerciements sont exprimés en russe avec une grâce qui fait honneur aux habitués de la villa Neuve et permet de supposer que les étudiants des cercles socialistes, révolutionnaires, internationalistes, blanquistes ou libertaires, s'ils s'élevaient contre la plupart des privilèges de la noblesse, en acceptaient au moins un : celui qu'ont les gens bien élevés d'imposer la politesse. Pas la moindre infraction aux usages, un respect quasiment sacré des convenances : « Transmettez mes salutations respectueuses à votre Maman et à Alexandre Nicolaïevitch », écrivait Véra Popova. Et la tendresse, cela est certain, et l'affection qu'Isabelle éprouvait pour Véra étaient partagées. Son amie russe l'appelait « mon petit moineau (*ditchok*), mon choucas, ma sauvageonne ». Et comme Isabelle s'était impatientée d'être sans nouvelles de Véra, celle-ci lui expliquait les raisons de son silence. L'été approchait : « Hier, écrivait-elle, j'ai commencé à me chercher une maison de campagne (*datcha*) au bord du lac et à mon retour j'ai trouvé votre lettre. Pourquoi vos lettres arrivent-elles toujours plus tard qu'il ne le faudrait ? Changez votre colère en bonté à mon égard, car je ne suis pas coupable. Dimanche prochain si je n'ai pas d'empêchement, je viendrai vous voir... ? Au revoir, ne soyez pas fâchée[45]... »

On était en juin 1896.

Il est étrange de penser à ce qui, dans un avenir proche, attendait Isabelle : cette vie aventureuse, les déserts traversés, les échecs, les trahisons, comme autant de griffes dans le cœur. Que de mois allaient passer pendant lesquels des distances immenses et toutes sortes de frontières sépareraient les deux amies... Mais ni les dangers ni les risques, aucune des difficultés, aucune des exigences cruelles auxquelles elles furent l'une et l'autre soumises, rien jamais n'allait rompre leur volonté de correspondre. Elles étaient faites de la même pâte et, pour ce qui était d'écrire, elles n'avaient pas leur pareil. Cinq ans plus tard, à l'heure où les nuages s'accumulaient sur Isabelle et qu'elle se morfondait dans une dèche dont on mesure mal l'horreur, alors qu'elle n'avait presque plus d'espoir de réussir à faire venir en France l'homme qu'elle souhaitait épouser, alors, comme par miracle sous le soleil de mai et dans le tumulte des rues de Marseille, c'était, grâce à une lettre de Véra, le temps de l'insouciance qui renaissait.

Elle arrivait, cette lettre, comme échappée d'une bouteille que la mer aurait roulée. Elle ressuscitait avec une netteté poignante le passé genevois. Les disputes, les réunions publiques, les longues parlotes entre amis de la *Karoujka*, l'avenir passionnément discuté, les agents doubles dont il fallait se méfier, la police locale tantôt plongée dans les corbeilles tantôt le nez dans les dictionnaires, n'y comprenant rien mais méchante quand même, les angoisses, les drogues, les tentatives de suicide, l'affaire du départ d'Augustin, les secrets partagés, tout renaissait, tout était mêlé, tout était là comme par miracle, dans les mots retrouvés. « Pourquoi étions-nous si gaies, se demandait Isabelle, et où sont passées ces heures lumineuses? »

Pour Véra, Isabelle était toujours « son petit *ditchok*, sa sauvageonne ». Que c'était bon l'amitié!

Quand une lettre apportait une mauvaise nouvelle et qu'Isabelle comprenait qu'aucun des prêts consentis aux « Orientaux » ne serait remboursé et que les mandats qu'elle attendait n'arriveraient jamais, qu'est-ce que cela changeait à l'amitié? C'était leur vie, ça, leur vie à elles, c'était, après tant d'années, Véra qui écrivait de Genève, c'était cette lettre en russe, si douce, pourquoi? Le plus étrange pour Isabelle était de ne pas savoir pourquoi de s'entendre appeler « mon *ditchok* » faisait se dresser des ombres, des odeurs de champs mouillés, des parfums de feuilles humides, le bruit de la pluie sur l'étang des Tritons, et les parties de cartes, mon Dieu ce qu'on riait quand on jouait au *douratchki* sous la pauvre lampe du salon de Vernier : « Mon *ditchok,* disait la lettre, tu peux te figurer ma joie. Cela faisait si longtemps que j'étais sans nouvelles de toi... Je te croyais au fond du désert, perdue pour toujours. Moi-même, à plusieurs reprises, j'ai souhaité t'écrire. Et puis, à chaque fois j'ai été arrêtée par l'idée que peut-être il te serait désagréable de te rappeler le passé, lié à notre vie commune à Genève. Et pourquoi croyais-je cela? Parce que tu ne m'écrivais pas. Mais après avoir vu ton frère, à Genève, l'année dernière, je me suis mise à espérer et à attendre avec plus d'impatience encore un signe de toi car il m'avait promis de te tenir informée de notre rencontre et de mon retour si imprévisible en Europe.

« Tu mesures maintenant avec quelle joie je me hâte de te répondre. La seule chose qui me navre c'est que nous nous soyons trouvées si proches, toi et moi, si près l'une de l'autre, et que, tout d'un coup, je reçoive de tes nouvelles le jour précis où il me faut repartir pour la Russie. Mais oui, il faut que tu saches que j'ai un peu traîné en Italie, puis encore un peu traîné à Genève, dans l'attente de la publication de ma thèse et de la remise de mon diplôme, puis en raison de diverses circonstances personnelles dont je te parlerai. Or on vient ces jours-ci de me proposer une place d'infirmière[46] dans le gouvernement de Koursk et, crois-moi, j'ai sauté dessus avec joie, car il me faut trouver de quoi vivre, là-bas, jusqu'à ce que je réussisse à passer le même examen en russe. Et c'est pour cela que je repars en Russie, pour faire les démarches. Si j'ai la chance d'obtenir cette place, je recevrai dans les cinquante roubles et alors le violent désir que j'ai de te rembourser, peu à peu, la dette de Klamelevskaïa[47], que je considère comme la mienne, sera enfin satisfait. Oui, mon cher petit *ditchok*, je suis triste de te savoir en difficulté et de ne pouvoir t'aider. Pour ce qui est de notre amie M. j'ai peu d'espoir qu'elle puisse t'envoyer ce qu'elle te doit. Elle aussi sera dans l'impossibilité de te rembourser. Elle a perdu sa place chez son dentiste qui a préféré donner l'emploi à sa maîtresse. Alors M. est retombée pour un temps dans un état de profonde mélancolie. Elle a même attenté à ses jours mais si maladroitement que sur cinq balles qu'elle a cherché à se tirer dans le corps, une seule lui a pénétré le flanc, sans léser le moindre organe important. Après cette tentative malheureuse, n'ayant pas réussi à se supprimer, elle s'est mise à écrire dans des revues et à donner des leçons de russe, ce qui lui permet de subsister. Mais ce n'est pas d'elle que je tiens ces nouvelles. Nous ne sommes pas en correspondance elle et moi. Je tiens ces informations d'une tierce personne, Sophie Tchlénova, dont tu te souviens. Elle est à Genève. Lorsque je l'ai vue, je lui ai parlé de toi et je l'ai priée, elle aussi, de te rembourser sa dette. Elle m'a autorisée à t'écrire. Mais je crois que ses affaires ne sont pas fameuses. Ce qui n'empêche que je m'en vais lui reparler de toi et lui montrer ta lettre.

« Mon Dieu, mon Dieu comme je voudrais non seulement te rembourser mais encore tout simplement t'aider dans la situation où tu te trouves, afin de te prouver que tous les êtres humains ne sont pas indignes et que parmi la centaine de ceux qui t'ont trompée, qui ont profité de ta bonté et de ton manque de sens pratique, il y a au moins une personne qui apprécie ton cœur et veut t'aider autant moralement que matériellement dans la mesure de ses moyens, et cette personne c'est moi.

« Or, mon amie, je vois à ta lettre que ce soutien t'est indispensable et j'ai été très étonnée de voir que tu doutais et te demandais si je te répondrais. Se peut-il que tu aies perdu confiance même en moi et que tu puisses croire que je suis capable de t'oublier et de ne pas te répondre ? Faut-il que tu aies souffert et que l'humanité t'ait déçue ! Je t'en prie, sache que mes sentiments envers toi n'ont jamais varié, qu'ils ont toujours été chaleureux et tendres et que nos discussions, nos heurts et nos désaccords sur un grand nombre de questions ne pouvaient rien y changer. Mon souhait le plus sincère est que tu sois heureuse et que si enfin tu trouves le bonheur dans le mariage, que ce bonheur soit ininterrompu et éternel... Ta Véra[48]. »

A la compagnie de dépôt à Saïda, le légionnaire de Moerder ne se faisait remarquer que par sa mauvaise santé. Il était plus souvent à l'infirmerie qu'en colonne, sac au dos. Mais le pire n'était pas là. Le pire était qu'en cette fin d'automne 1895 les choses allaient au plus mal entre le colonel de Villebois-Mareuil et ses supérieurs. Le ministre de la Guerre était sa bête noire. Le bruit courait que, détestant peu ou prou tout homme placé à la tête du gouvernement de la France, irrité par les atermoiements de l'administration militaire et les soubresauts de la vie politique, exaspéré par des prélèvements d'effectifs opérés sur le 1er et le 2e Etranger pour être dirigés sur Madagascar sans son assentiment – je vous demande un peu l'intérêt qu'il y avait à envoyer un bataillon de légionnaires attraper les fièvres pour défendre les monts Abohimenas – le colonel de Villebois-Mareuil parlait de flanquer sa démission à la figure de cette bande de jean-foutres, oui, leur ficher sa démission à ces beaux messieurs des ministères, et de reprendre la vie civile, c'était ce qu'il laissait entendre et ce dont on se faisait l'écho dans les milieux bien informés. Or les relations épistolaires étaient au beau fixe entre le bouillant colonel et la générale de Moerder, qui pouvait considérer son fils Augustin comme libérable, oui, libérable et dans de très brefs délais. Elle en avait reçu l'assurance. « Action française » ou pas, il y était bien pour quelque chose ce VilleboisMareuil !

Augustin, pour préserver le caractère clandestin de sa correspondance, n'écrivait à sa sœur que par personne interposée. Il utilisait les services d'un camarade, un blondinet aux joues fraîches mais au passé chargé. Ce légionnaire était un disciplinaire, venu au 2e Etranger après avoir purgé une peine de réclusion au pénitencier militaire de Douéra. Il n'en faisait jamais d'autres, Augustin. C'était toujours parmi des types de cette sorte qu'il choisissait ses amis. Mais pouvait-on deviner ? Le blondinet avait été expédié aux bataillons d'Afrique après cinq condamnations : vols, mendicité, vagabondage, désertion, toutes choses que l'on aurait eu grand tort d'aller crier sur les toits. Et puis, ce n'était pas un mauvais garçon ce Hyacinthe Delastre. Il avait de l'instruction et, tout bataillonnaire qu'il fût, il n'en était pas moins dévoué corps et âme à son ami Augustin, qu'il dorlotait quand il était malade et auquel il servait de prête-nom. Parce qu'il y avait encore ça : Augustin lui avait avoué que sa sœur Isabelle était tout pour lui mais que correspondre avec elle n'était pas une mince affaire. Pour le punir de s'être engagé dans la Légion étrangère « son oncle » – simple histoire d'embrouiller un peu plus les choses, Augustin prétendait que Vava était son oncle – son oncle, donc, n'avait rien trouvé de mieux que d'interdire toute correspondance entre Isabelle et lui. Alors il lui fallait se servir d'un truchement autant à Saïda qu'à Genève; il lui fallait demander à Hyacinthe d'écrire à sa place, ce qu'il fit volontiers, et d'adresser ses lettres non pas directement à Isabelle mais à un ami russe, domicilié à Genève, une sorte d'homme de paille sur la discrétion duquel on pouvait compter. Le citoyen Delastre, classe 82, tiré au sort dans le canton de l'Isle-Adam et fils de journalier, se plia aux volontés de son compagnon de misère tout en s'interrogeant sur les raisons qui rendaient la vie des gens de haute naissance aussi compliquée. Il comprenait mal.

Tout recommençait. Il en allait avec le légionnaire Delastre comme avec le matelot Vivicorsi : l'ami de Genève auquel il fallait qu'il s'adressât, l'homme de paille, s'appelait, une fois de plus, Nicolas Podolinsky. C'était à lui que Hyacinthe devait écrire, rien qu'à lui, jamais à Isabelle. Aussi les lettres d'Augustin à Isabelle, qui répétaient inlassablement les mêmes choses, impatience de la revoir, inquiétude sur les raisons de son silence, ces lettres d'Augustin-Hyacinthe qui dix fois par page posaient les mêmes questions – que devenait-elle, que faisait-elle ? – ces lettres d'un frère à une sœur aimée à la folie commençaient-elles toutes par : « Bien cher Monsieur Nicolas ».

En manière de formule de politesse, le légionnaire Delastre se mêlait de faire le gracieux, bien que cela pût paraître drôle de la part d'un homme ayant un pareil passé. On peut avoir marché, marché entre les murs de divers pénitenciers à s'en user les chaussures, on peut être passé en correctionnelle à Alger, à Blida, ainsi qu'à Saint-Flour, on peut s'être engagé et rengagé pour déserter à nouveau, on peut, en somme, être un disciplinaire mais avoir le sens des usages. Alors Hyacinthe Delastre ne manquait jamais de serrer bien cordialement la main de « l'ami Nicolas dans l'espoir de faire un jour son aimable connaissance[49] » et cette heureuse éventualité était accompagnée de considérations sur le plaisir qu'il en éprouverait puisque « notre ami » – il appelait toujours Augustin ainsi – « notre ami » donc, lui avait beaucoup parlé de Monsieur Nicolas.

Isabelle, qui avait été Podolinsky pour le marin Vivicorsi, l'était à nouveau pour le légionnaire Delastre. Elle allait de fiction en fiction et ce sentiment d'être une autre devenait son élément naturel. Elle passait ainsi sa jeunesse, à l'abri de fausses identités, vivant comme si des vies et des noms d'emprunt étaient la meilleure défense possible contre l'angoisse des lendemains.

Qu'allait devenir Augustin ?

Les nouvelles d'Afrique n'étaient pas fameuses et s'il y avait une chose qui faisait peur à Isabelle, plus peur que tout au monde, c'était d'apprendre qu'Augustin était malade. Hyacinthe avait beau dire qu'il n'y avait « rien de grave », cela n'en était pas moins le souci majeur d'Isabelle. Comme une avare raclant le fond de sa cassette, elle grappillait de-ci, de-là le moindre sou et réussissait à expédier à Saïda « des cachets d'écorce de quinine et des pilules anti-ictériques[50] ». Mais cela suffirait-il ? Hyacinthe Delastre prenait soin de lui donner des détails qui ne faisaient qu'augmenter ses craintes : « Voilà quelque temps déjà qu'il règne au régiment une forte épidémie de fièvre typhoïde qui a causé et cause tous les jours de nombreux décès. » Le 5e bataillon, qui revenait du fort de Tiaret, était consigné sous la tente à seize kilomètres du quartier. Comment ne pas trembler ? Se trouver séparés et savoir que l'autre est malade... Isabelle en tombait malade à son tour et son amie Véra, qui s'en étonnait, lui écrivait : « Que vous est-il arrivé, mon brave marin, pour vous retrouver alité[51] ? »

Quand les nouvelles redevenaient meilleures, Isabelle reprenait courage. Voilà qu'Augustin avait surmonté sa mauvaise santé, voilà qu'il avait retrouvé une vie active. Il avait quitté la compagnie de dépôt. Il fallait dorénavant lui écrire au 2e Etranger. Hyacinthe transmettait les sincères baisers dont « son ami » l'avait chargé, et tout allait pour le mieux. Alors, sans coup férir, Isabelle mettait ses correspondants au travail. Il lui fallait des détails, autant de détails que possible sur « la vie du légionnaire ». Et les deux hommes, en tenue de troupe, renonçaient aux joies bruyantes des fins de journée à la cantine pour regagner le silence de la chambrée et rédiger les notes que réclamait Isabelle. Ils se prêtaient de bonne grâce à ce travail. Cela meublait le temps et l'on résistait difficilement à Isabelle. Elle avait sans doute raison de chercher à les tirer de leur hébétude. De toutes les forces de son affection, de son attendrissement, Augustin s'efforçait de s'associer à ses beaux projets. Dans sa correspondance il partageait les rêves de sa sœur : «... De tous les métiers, la littérature est celui qui réclame les moindres frais d'établissement, lui écrivait-il. Tu voyageras, tu noteras rapidement le document humain, le mot, la description des choses et je donnerai la forme qui convient au lecteur français. Nous pourrons également faire passer des silhouettes d'Afrique dans les revues russes[52]. »

Quand la réponse d'Isabelle tardait, le style administratif des lettres de Delastre masquait mal l'impatience d'Augustin. Isabelle allait-elle leur écrire oui ou non? « Soyez assez aimable pour nous faire savoir si notre aperçu répond à votre désir et de nous communiquer vos observations pour que nous puissions en tenir compte dans la suite de nos notes[53]. »

Soudain, interrompant la rengaine des nouvelles militaires et la prose maladroite de Hyacinthe Delastre, ces quelques lignes pleines d'avenir invitent à regarder en avant. Car cette poussière de mots témoigne des premières aspirations littéraires d'Isabelle. Voilà... Augustin n'était plus seulement son frère lointain, son frère aimé, il était l'informateur, le fournisseur d'images, il subvenait aux besoins de son petit commerce intérieur. C'était clair : elle voulait être écrivain. Elle le voulait, elle le proclamait hautement, sans se soucier des conséquences de ses exigences. Que signifiait pour un pauvre diable qui avait passé sa jeunesse à mener ses bêtes paître dans les prés communaux d'un hameau du val d'Oise et n'en aurait sans doute jamais bougé s'il n'avait eu la tête un peu trop près du bonnet, qu'est-ce que cela signifiait pour Hyacinthe de se sentir soudain l'inspirateur de récits dont un certain Nicolas Podolinsky, sujet du tsar, espérait vivre ? Et Isabelle ? Elle en demandait toujours plus sur la vie de ces combattants dont elle ne savait que ce qu'Augustin et Hyacinthe voulaient bien lui en dire.

Trav's[54]... *Pégriots*... *Trimards*... *Tricards*... *Bat'd'Af*... Voilà les mots qu'elle réclamait; des mots nouveaux à assembler pour reconstituer, à son idée, la mosaïque complexe que formaient ensemble ces parias, ces réprouvés. Elle n'aurait pas trouvé ces mots dans les écrits des historiens de la *Revue des Deux Mondes*. Ce n'étaient pas des mots qu'aurait employés, entre autres chantres du colonialisme, un Louis Veuillot, quand, prophétique, il annonçait : « Alger dans vingt ans n'aura d'autre Dieu que le Christ[55]. » On ne les aurait pas trouvés davantage, ces mots, dans les propos lénifiants des parlementaires français en visite. Les mots que cherchait Isabelle se trouvaient dans les lettres d'un délinquant, mais qu'importe... Elle allait consacrer aux hommes de sa sorte un premier récit, à peine une ébauche griffonnée sur les pages d'un petit cahier bleu. C'était intitulé *Trimardeur* et destiné à devenir autre chose... Une longue nouvelle, un court roman, allez savoir... Curieux quand même... D'où lui venait, à cette exilée, le respect des parias, d'où lui venait ce sentiment d'être leur semblable ? Tant de choses l'avaient révoltée. Elle était devenue ce que la surveillance policière l'avait faite et elle obéissait aussi à un atavisme russe, car c'était cette année-là – et comment n'être pas frappé par cette étonnante similitude – c'était en 1895 que les premiers *bossiak*[56], les premiers trimardeurs rencontrés dans le port d'Odessa, faisaient leur apparition dans *Les Vagabonds* de Gorki, et le tendre, le fragile Tchékhov lui-même avait au risque de sa vie, quelques années auparavant, fait « un voyage dangereux et épuisant à l'île de Sakhaline pour y étudier la vie des détenus[57] ». Les critiques de l'époque avouaient ne rien comprendre aux motivations de cette expédition. Pourquoi fallait-il que Tchékhov lui aussi s'intéressât aux indésirables au point d'organiser des collectes de livres pour les enfants ? Les grises villégiatures, la steppe, les bouleaux, les frêles jeunes filles en robe de mousseline ne lui suffisaient donc plus ? Cela agaçait, cet intérêt pour la triste condition des prisonniers. De quoi se mêlait Tchékhov ?

Qui aura mieux qu'Isabelle fait parler les marginaux, les sans-patrie, ces hommes, ces étrangers plus redoutés que la révolte ou le feu ? Bien des années plus tard ils allaient passer dans l'œuvre d'Isabelle, ils allaient y trimer et y souffrir. Ils allaient s'appeler Hausser dit Pied-de-bœuf, Stolz l'Allemand ou Orstchanov le Russe[58]. Mais quel que soit leur nom ou leur patrie d'origine, tous sont les enfants de Vivicorsi, de Hyacinthe Delastre et d'Augustin.

Une confidence d'Isabelle est à ce propos révélatrice. C'était en février 1904, par un froid glacial. Elle faisait halte avec Victor Barrucand dans une mauvaise auberge, à Saïda. D'humeur gouailleuse, Isabelle réclamait le soleil sur l'air des lampions. A ce moment, au son lointain des fifres, lourdement chargés, des hommes en capote bleue, une cartouchière blanche leur barrant la poitrine, vinrent à passer. Un détachement de la Légion étrangère... C'était à Saïda qu'Augustin avait été si malade ; c'était de Saïda que Hyacinthe lui écrivait... Et Isabelle eut les larmes aux yeux. Elle s'excusa de son émotion : « Quand je pense à mes frères, Augustin et Nicolas, confia-t-elle à Barrucand, il me semble que j'ai vécu avec ces capotes-là. Je les suis, au pas, comme si j'étais des leurs... Je vous assure que ce sont des lascars compliqués... Ils s'ignorent eux-mêmes. Ce sont des garçons taciturnes, fermés, qui ne veulent plus vouloir et réagissent à leur façon... Ils ont aussi leurs démons[59]... »

Le moment venu, lorsque Isabelle ira vivre en Afrique, elle se souviendra des disciplinaires et des lettres qu'ils lui écrivaient l'année de ses dix-huit ans. Elle ne les jugera pas. Elle ne fera à leur propos ni le procès de la société ni celui de l'armée. Elle se bornera à décrire les exclus comme Courbet les aurait peints, d'un trait précis, ample et dénonciateur. Elle les observera chaque fois qu'elle en aura l'occasion. Ce qui comptera pour elle, ce sera de donner de ces hommes, toujours confrontés avec le mépris des moralisateurs, des portraits aussi ressemblants que possible. Elle saura les situer dans le décor de leur réclusion, partout où se dressaient des casernes, des forts, des camps ou des bagnes, afin de les rendre à leur dramatique condition. Elle les montrera tels qu'ils étaient, dans la disparité infinie de leurs origines et de leurs fautes comme dans la totale similarité de leurs espoirs. C'est que l'on n'accepte pas à vingt ans d'être mort pour la société ou traité en paria, ce qui revient au même.

D'autres voyageurs, d'autres écrivains n'ont pas cru devoir porter ces sortes de gens à notre connaissance, certains sont allés jusqu'à les soustraire à notre vue, accordant leur préférence à la majestueuse désolation des déserts, à la beauté des campements et des oasis sous la lune. Isabelle en a jugé autrement. Son œuvre allait en témoigner.

A ces hommes « qui s'en vont mornes, l'œil sombre, le visage ruisselant de sueur vers les géhennes obscures du Sud où leurs souffrances sont sans témoins et leurs plaintes sans échos[60] », Isabelle, le moment venu, ouvrira des passages à travers les brouillards de notre conscience afin que nous leur accordions la place qui leur revient, quitte à ce qu'en pâtissent un peu dans leurs resplendissants uniformes les glorieux paladins du colonialisme.

Mais revenons au communiqué de victoire qu'Isabelle adressa à Sidi-bel-Abbès où Augustin se morfondait : « *Visions du Moghreb* a paru... » Ce fut le coup d'essai d'Isabelle, ses premiers textes d'inspiration africaine.

Ainsi la jeune fille russe, en uniforme de matelot de la Royale, faisant sien le vieil art du mensonge sans lequel il n'y a pas d'invention romanesque et sur la foi de renseignements puisés à bonne source, avait décrit un monde inconnu d'elle, des scènes auxquelles elle n'avait jamais assisté, situées dans un pays où elle n'était jamais allée : l'Algérie.

Qu'elle eût réussi à concrétiser un projet aux limites du chimérique n'était pas le plus étonnant. Il y avait plus surprenant encore : que *la Nouvelle Revue moderne* eût accepté de publier ce que l'on pouvait ranger définitivement parmi les textes subversifs. La revue était cléricale, chauvine, nationaliste, et son antisémitisme n'était que l'une des nombreuses formes de sa xénophobie. Il faut se demander par quel miracle *Visions du Moghreb* réussit à se faufiler dans les pages d'une publication de cette sorte. Suffisait-il de signer d'un nom russe pour que se taise l'appel aux violences et que crèvent les vieilles haines patriotardes ?

Dissimulée sous son pseudonyme masculin et sous l'identité imaginaire d'un hypothétique Nicolas Podolinsky, Isabelle avait joué sur la partialité de la russomanie ambiante... et elle avait gagné. Ses *Visions du Moghreb* s'accompagnaient d'un sous-titre pour le moins inattendu : *Fragment de « Bohème russe », roman pour paraître sous peu.* C'était bien imaginé. Quoique étrangère, la bohème russe familière des villes d'eau et des palaces de la Riviera, lorsque ses moyens financiers étaient à la hauteur de ses extravagances, avait droit de cité à Paris. On ne pouvait l'ignorer. Autre particularité apaisante : une dédicace qui rangeait l'auteur inconnu dans la cohorte inoffensive des admirateurs de Pierre

Loti. « A l'auteur exquis du *Roman d'un spahi* et d'*Aziyadé,* disait la dédicace. Très humblement : un frère inconnu. » Ce Nicolas Podolinsky ne pouvait être à la fois le frère inconnu du délicat protégé de Madame Adam, si frêle dans son uniforme de marin et si soigneusement maquillé, et l'un des fils effrénés d'une révolution au nom de laquelle on balançait des bombes dans les calèches des grands-ducs. La revue accepta sans méfiance le récit d'Isabelle, qui fit l'objet de deux parutions.

On peut tenir pour acquis qu'elle fut publiée sans avoir été lue. Sans quoi on ne voit pas comment *Visions du Moghreb* serait passé outre à la censure de ses directeurs dont les éditoriaux, pour littéraires qu'ils se disaient, n'en faisaient pas moins appel aux idées les plus écœurantes des milieux de l'*Action française* : « Avant tout l'expansion de notre race et par tous les moyens : par le soldat, par le fonctionnaire, par le colon, par l'immigré volontaire, par les pénitenciers, par l'adulte et par l'enfant, par des hommes et non par des femmes ». C'était en ces termes que la *Nouvelle Revue moderne* [61], face à la plus récente convulsion de l'impérialisme français – l'annexion de Madagascar –, s'employait à entretenir le moral d'une bourgeoisie orgueilleuse et convaincue d'être la seule substance pensante et même *bien pensante* de la nation. Quoi de plus rassurant pour elle, quoi de plus tentant qu'une promesse d'expansion, c'est-à-dire d'enrichissement ? Tel fut donc l'éditorial que le mois de novembre 1895 vit paraître en même temps que le premier essai d'écriture romanesque d'Isabelle Eberhardt.

Or tout son récit était réductible à la personne de son héros. Le reste n'était que variations souvent d'une remarquable authenticité – en dépit de quelques péchés de jeunesse : négligences, répétitions et plus d'adjectifs qu'il n'en fallait – sur la vie dans l'Ouarsenis, sur l'aspect des haltes nocturnes, « lieux de misère et de pouillerie », où se situe la première rencontre du narrateur avec son héros, sur le grouillement d'une foule où se mêlaient bêtes et gens, sur le recueillement à l'heure sainte du Moghreb, quand « séparés en groupes selon leurs rites, mais tournés tous vers la terre lointaine d'où treize siècles auparavant leur foi triomphante était venue conquérir le monde, les musulmans priaient, se prosternant devant la majesté éternelle d'Allah, répétant à voix basse et très vite les litanies séculaires, répétant les grands gestes pieux... », sur l'opposition enfin entre sceptiques et hommes de foi, entre bons et mauvais musulmans, préoccupation majeure de l'auteur.

Cela sonnait déjà de façon bizarre. On ne se préoccupait guère en France du problème que posaient à un peuple colonisé les dangers de l'occidentalisation. Un problème? Quel problème? On feignait de l'ignorer. Avait-on intérêt à insister sur ce que l'influence française mettait en péril? Les valeurs religieuses, les fondements de la société islamique, les traditions familiales... On s'en gardait bien.

Or, sans en avoir l'air, *Visions du Moghreb* exprimait les difficultés auxquelles étaient confrontés les Croyants, et l'hommage rendu à la beauté d'une prière reprise au même instant par des millions d'hommes sur toute la terre musulmane aurait suffi à susciter l'exaspération parmi des lecteurs pour qui catholicisme et colonialisme avaient partie liée. Mais cette scène servait surtout à introduire un très jeune *taleb,* un enseignant, en burnous de laine, un lettré et un saint. Il était dit que lorsque Halim ben Mansour bou Djeina – ainsi se nommait le *taleb* – serait mort, on bâtirait un marabout sur le lieu de sa sépulture, mais que tant qu'il vivrait il serait martyrisé et persécuté sans cesse « parce qu'il croit et qu'il n'est pas un traître, lui ! ». On s'interrogeait. Que venait faire là ce mot de traître? Le lecteur avait déjà curiosité du reste.

Le *taleb* était ainsi décrit : « De taille moyenne, il

semblait d'une gracilité presque féminine sous l'enveloppement de ses vêtements grossiers d'homme du peuple. Il s'assit près du feu, en face de moi, et à la lueur du feu ravivé, je vis son visage pâle, d'une beauté irréelle avec des yeux sombres qui semblaient illuminés de l'intérieur par une flamme mystique sous l'arc parfait de ses sourcils noirs... »

S'agissant ici d'un texte jamais repris, ne figurant ni dans les ouvrages consacrés à l'œuvre et à la vie d'Isabelle Eberhardt, ni parmi ceux de ses articles qui, publiés bien avant sa rencontre avec Victor Barrucand, ont été recopiés par ce dernier sur les pages d'un petit cahier noir[62] afin de les sauver de l'oubli, il n'est pas inutile de porter attention à un récit qu'Isabelle écrivit sans avoir jamais quitté la Suisse paisible. Ce portrait de jeune Arabe est le premier d'une longue série exécutée ultérieurement d'après nature, face au vide, au sable, à l'étendue dont on ne sait ni où elle commence ni où elle finit, à l'époque des longues et tortueuses marches d'Isabelle à travers le désert. Comment s'étonner que ce portrait imaginaire ait été d'une si parfaite authenticité ? C'est que le jeune *taleb*, même inconnu d'Isabelle, même natif d'un pays inventé, était, et la suite du récit suffit à le prouver, le reflet d'elle-même. L'enseignant en burnous de laine qui s'insurgeait contre la présence en Algérie de troupes étrangères était un homme à son image.

La deuxième rencontre du narrateur avec le *taleb*, objet de la deuxième parution de *Visions du Moghreb* dans *la Nouvelle Revue moderne,* est une rencontre fortuite dans un cadre bien différent de celui du caravansérail où ils s'étaient vus pour la première fois. Elle se situe à Alger, dans un café maure suspendu au-dessus de la ville d'en bas, « la ville des Roumis », et à mi-chemin des quartiers hauts, ceux de la Kasbah que l'auteur n'hésitait pas à qualifier de « déchus et profanés ». Profanés ? Qu'entendait-il par là ? Profanés par qui ? Les abonnés de *la Nouvelle Revue moderne* pouvaient-ils se douter que les « profanateurs » auxquels faisait allusion Isabelle étaient les Français?

Les Ouled Naïl chantaient. Des hommes « les provoquaient en leur lançant des oranges ou des pièces blanches ». Les quinquets s'éteignaient et « l'ombre retombait sur les faïences très anciennes et très enfumées des grands murs », quand Halim ben Mansour annonça aux amis qui l'écoutaient qu'il était désigné pour une tâche dans laquelle il avait toute chance de périr. Il en était heureux. Il allait partir dans l'extrême Sud. Il allait vivre et enseigner dans un village de gourbis « perdu dans l'immensité rousse ». Il y allait en candidat au martyre car il pressentait que ce douar verrait se dérouler un combat pour Dieu. Et le combat eut lieu. Les troupes françaises, légionnaires et tirailleurs indigènes, encerclèrent les gourbis et ceux qui y habitaient. Le *jihad* s'imposa au *taleb* venu là pour faire triompher la Foi. « Dieu te fasse mourir jeune... » Un vœu de cette sorte n'appelle pas le moindre commentaire. Isabelle le savait. Elle voulait qu'il fût clair aux yeux de ses lecteurs que Halim ben Mansour avait pour mission de mourir. Il y a lieu d'admirer la façon magistrale dont la débutante qu'était Isabelle sut faire pressentir l'issue inéluctable de ce combat. Mais on s'explique mal, aujourd'hui, comment elle a su le faire aussi bien. La sécheresse de tout cela... et le caractère inexorable de cette marche vers la mort :

«.. . *Le Bled el-Atech, inondé de lueurs sanglantes, avait un aspect lugubre. Pas un souffle de vent, pas un souffle de vie sur une immensité morte. Cette terre du Prophète, ce Dâr al Islâm était bien isolé, ce soir de carnage.*

Les gourbis incendiés fumaient encore. Et entre ces décombres noirâtres, des cadavres en burnous tout maculés de sang gisaient, des cadavres musulmans tranquilles à jamais et attendant, la face tournée vers le ciel, d'être ensevelis dans cette terre musulmane pour laquelle ils étaient morts.

La petite mosquée brûlait, elle aussi, la dernière... Le minaret bâti en torchis comme tout le reste se crevassait sous l'action des flammes. Enfin les flammes commencèrent à l'envahir. Le soleil était déjà descendu à l'horizon morne et ressemblait à un grand disque rouge, terne et sans rayons, prêt à sombrer dans des vapeurs violacées.

Alors du haut du minaret, du milieu des flammes et de la fumée âcre, une voix d'homme s'éleva, une voix très pure et très jeune.

C'était l'appel séculaire de l'Islam. La voix psalmodiait, très haute et très claire, les éternelles paroles immuables, la gloire de Dieu l'unique, la victoire prochaine des Croyants et la destruction de l'Infidèle. La voix s'élevait de plus en plus claire et vibrante et le chant inspiré de la foi musulmane allait se perdre dans l'infini du désert muet.

Pour la dernière fois le taleb Halim ben Mansour bou Djeina psalmodiait l'appel solennel aux fidèles, remplaçant le muezzin défunt. Et il allait mourir. Et les frères auxquels il s'adressait dormaient, reposant à jamais sur le sol natal.

Enfin la voix du martyr faiblit, descendant peu à peu en une plainte douce et résignée, en une plainte d'enfant invoquant, à l'heure suprême de mourir, l'Inconnu problématique.

Le minaret s'effondra en un tourbillon d'étincelles.

Il ne resta qu'un amas informe et fumant sur lequel couraient encore quelques sinistres flammèches bleues... »

L'inégalité des forces en présence, la cruauté des combats : la vérité de la conquête était là. Je ne crois pas que cela ait été souvent dénoncé dans un texte de cette époque et avec autant de sensibilité.

Le tirage de *la Nouvelle Revue moderne* était des plus modestes. Cette première manifestation du talent d'un écrivain russe échappa à la vigilance des critiques. Personne ne se prononça sur un récit dont l'auteur était un inconnu, sous l'identité duquel on ne pouvait suspecter que se cachait une jeune fille avide d'émotions, et habitée par une sorte de ferveur qu'on n'aurait su définir.

Isabelle n'avait que vingt ans. Mais elle était déjà de ces « sauvages » dont George Sand avait fait l'éloge. Elle était déjà affamée de vérité, déjà réfractaire, déjà écrivain.

Il fallait s'y résigner : la lettre de Saïda ne faisait que confirmer ce que chacun pressentait, la mort des espérances. Le moment était arrivé de constater que le fils du général de Moerder ne ferait jamais carrière dans le métier des armes. Ce qu'annonçait son camarade Delastre ne laissait guère de place aux illusions. Augustin n'était toujours pas sorti de l'infirmerie. Malade, réellement malade : « Il n'a plus de fièvre mais il se trouve dans le plus grand état de faiblesse et très anémié d'autant plus qu'ayant l'estomac tout délabré il ne reçoit comme nourriture que du lait, un peu de bouillon et deux œufs par jour[63]. » Augustin avait peine à se lever, peine à marcher... Dans sa séance du 4 février 1896, la commission spéciale de réforme d'Oran avait statué sur son cas : « Le légionnaire de Moerder, Augustin, était réformé pour faiblesse constitutionnelle. » Quinze jours plus tard, il était rayé des cadres, renvoyé à Annecy au bureau qui l'avait recruté et de là dans ses foyers.

Mais plusieurs mois allaient s'écouler avant qu'il ne réapparaisse à Genève. Retourner en Suisse ? Ce que lui écrivait Isabelle ne l'y encourageait pas : « Hé (*sic*) bien voici mon conseil : reste à présent en Algérie, profite de l'occasion ultime entre toutes et sauve tout. Ce que tu pourrais faire ? Avec du crédit tu feras n'importe quoi, je te le garantis. Ne fût-ce qu'une minuscule culture d'orangers à Blida et nous serions sauvés. Ne va pas me dire que c'est *en bloc* le climat algérien qui te tue – non c'est peut-être celui de Bel-Abbès et surtout celui de la *Légion étrangère* et de la *misère noire*. .. Réfléchis bien à tout cela, mon ami, et pense que ta destinée est actuellement entre tes mains à toi plus que jamais, mille fois plus que cet hiver à la Légion ! Avec de l'argent tu pourras te soigner... et l'argent ne te manquera pas. La santé te reviendrait très vite avec du repos et la sécurité morale et matérielle. Et surtout quelle joie de pouvoir quand même te dire, après, que ce serait toi qui aurais sauvé cette lamentable *cruste* (?) qui a nom les Beni-Moerder !... Allons ! Tâche d'en avoir la force et le courage. Tu as patienté quatre mois à la Légion, tâche de te soutenir en espérant un avenir meilleur. Surtout compte sur moi toujours et en tout. Je ne te lâcherai jamais... J'appelle sur toi la bénédiction du Grand Inconnaissable, infini et immortel. Au revoir. Ta toujours fidèle Isabelle[64]. »

Le sentiment de l'échec, quand il s'empare d'un être, lui met comme du plomb dans l'esprit. Cela pèse sur tout le corps et entrave autant la pensée que le mouvement. C'est sans doute ce que ressentit Augustin, aux premiers jours de son retour à la vie civile, quand il se retrouva seul à Oran. Quelque part, loin dans sa mémoire, renaissaient les souvenirs de ses premières années à Genève, des voix d'enfants, des chants russes, les logements dont il avait fallu sans cesse déménager, et puis le port, le havre, la villa Neuve, les leçons de Vava et un semblant de bonheur; plus tard, beaucoup plus tard, les petits trafics faits en catimini pour se procurer de l'argent et courir les filles... Mon Dieu, les filles, la découverte des filles... Et tout le mal que s'était donné son tuteur pour lui donner le goût des études, et l'acharnement qu'avait mis Isabelle à le convaincre de faire quelque chose de sa vie. Des rêves, des rêves... Et tout cela pour en arriver là, à cette affreuse dérive. Légionnaire... Il n'avait même pas été bon à ça. Pas même bon à rentrer chez lui la tête haute. Etrange impression : soudain Augustin n'eut plus le cœur d'écrire à sa famille. C'est cela le malheur. Brusquement se dire : « Faute d'être heureux, feignons de ne plus exister. »

A la villa Neuve on s'interrogeait. Pour une fois les lettres d'Isabelle n'arrangeaient rien. Augustin n'entendait que la voix intérieure lui répétant inlassablement : « Tu as échoué. Tu n'es qu'un raté. » Alors Isabelle et ses conseils, Isabelle et ses angoisses... « Ton silence nous a mis au pied du mur, lui écrivait-elle, et m'inquiète au plus haut degré. Maman a reçu une lettre du colonel, datée du 7 et annonçant ta réforme et en même temps que tu serais " dans quinze jours dans ta famille "[65]. » Si seulement le colonel avait dit vrai, si seulement Augustin avait pu, sans risque, retourner à Vernier, revoir sa mère, parler avec Vava et protester de son innocence... Mais c'était impossible et ce que lui demandait Isabelle était inacceptable. Elle n'y allait pas de main morte, la petite sœur. Elle exigeait de son frère qu'il se dénonçât. Il fallait qu'il avoue tout, l'opium, les dettes et le reste. Elle voulait qu'il dise la vérité à Vava et à la justice suisse dans toute la sincérité de son âme. Ce n'était pas seulement dans l'intérêt de ses parents et pour clarifier définitivement leur situation en Suisse, c'était aussi pour éviter à Charles Schwartz de gros désagréments. Elle ajoutait : « Dis-toi bien que si tu m'aimes vraiment tu dois confirmer à Vava cette affaire et sacrifier ce secret à la justice... Tu es tenu de le faire[66] ! » Insensée ! Elle commençait à le bassiner avec son Schwartz. Pour qui le prenait-elle ? Augustin en frissonnait de contrariété. Il refusait d'aller se livrer à la police, sachant trop bien que leur premier soin, à ces argousins, serait de prier le fils de Mme de Moerder de s'en aller au plus vite hors des limites de la Confédération helvétique pour n'y jamais revenir. Les mœurs belliqueuses des polices secrètes inspiraient à Augustin la plus vive méfiance... L'avenir allait dramatiquement le confirmer dans ses craintes.

Oh, tout était simple à en croire Isabelle ! Il suffisait de regagner la Suisse, de faire acte de soumission à la justice et de changer de vie. Pourquoi Augustin refusait-il ? Ce que le raisonnement n'explique pas chez un être, on le comprend parfois en prenant la mesure de son désespoir, ce sentiment que tout vous lâche et que la vie ne vous est rien. Augustin avait ce sentiment. Il ne pouvait même plus compter sur sa sœur. Elle avait changé, son Isabelle. Du reste elle en convenait : «... Souviens-toi que quand tu seras de retour tu n'y retrouveras plus du tout à ma place l'être que tu as quitté il y a quatre mois. Tu apprendras à me connaître tout autre que je n'étais avant. Tu me trouveras au travail, austèrement, et en train de faire mon chemin[67]. » Si Isabelle avait changé, à quoi bon rentrer ? se demandait Augustin. Et, fallait-il l'avouer, les conseils de sa sœur commençaient à l'importuner. Face à une destinée implacable il gardait une ressource inépuisable : sa légèreté. Qu'avait-il besoin qu'on lui répète sans cesse ce qu'il ne savait que trop. Isabelle ne s'en privait pas : « Réfléchis sainement et sérieusement à ta position, à ton avenir, à l'âge que tu as atteint sans avoir rien fait... Ecoute la voix de la raison, cette fois, et comprends enfin que tu ne peux plus vivre d'illusions et de fantômes. C'est impossible, c'est funeste. Réfléchis et décide-toi à faire comme moi et à changer radicalement ton ancien genre de vie si morbide. Renonce à tous ces excitants, renonce à toutes ces choses, ces... etc., etc., etc. Renonce.

« Tu as eu vingt-quatre ans il y a deux mois. Tu ne peux continuer ce système car tu serais un homme perdu... Pour moi ta perte serait la ruine de toutes espérances en ce monde et ma conscience se refuse à admettre que je puis un seul instant cesser de faire maintenant mon possible pour t'aider. Mais on ne peut t'aider que si tu t'aides toi-même. Si tu restes encore à Annecy réponds-moi immédiatement à V. et informe maman de ce qui se passe et du jour et de l'heure de ton arrivée ici. Au revoir et à bientôt. Toujours fidèle, ton Isabelle[68]. »

Mais Augustin ne revint pas.

Isabelle était faite pour vaincre et convaincre. Sans faiblir, sans un mot, sans une plainte, bien que dévorée d'inquiétude en voyant son frère sombrer dans une forme d'errance qui n'allait cesser de s'accentuer, elle se remit au travail avec plus d'acharnement que jamais.

A partir de cette date, Isabelle et Augustin n'allaient jamais se perdre et jamais se désintéresser l'un de l'autre. Mais jamais non plus ils n'allaient recouvrer la confiance d'avant... Triste conséquence de l'absence. Les amis qui se retrouvent après une longue séparation connaissent tous ces sortes de surprises où, suivant les circonstances, ils se sentent fortifiés ou déçus dans leur attachement.

Il y avait pourtant une similitude dans l'évolution d'Augustin et d'Isabelle. Tous deux en s'écartant de leur milieu d'origine faisaient figure de déclassés. Mais de manière fort différente... Tout en recherchant d'hypothétiques emplois, toujours disparaissant et toujours effectuant de mystérieuses missions qui le faisaient aller d'Oran à Tunis[69] pour éclairer sa mère sur les possibilités qu'elle avait de s'y établir, Augustin avait porté ses pénates chez les Long et fait de Marseille son port d'attache. Les Long... Marseille... Le fils du général

Pavel Karlovitch de Moerder, sénateur de l'Empire, avait élu domicile chez un honnête travailleur, père de quatre enfants et journalier de son état – car tel était le métier du brave homme venu jadis de la province de Turin où il était né – ce Michel Long[70] dont les amis étaient le boulanger de la rue Eydoux, l'ébéniste du coin et quelques navigateurs, ses voisins. Ses aînés, Henri et Hélène, avaient l'âge du bel Augustin. Celui-ci faisait une cour discrète à Hélène. Il venait tout juste de s'arracher – fort heureusement pour lui – à l'uniforme de la Légion étrangère et se disait pharmacien. Il fallait au père de famille une attention particulière pour réussir à comprendre l'histoire singulière de son hôte et le pourquoi de l'établissement des Moerder en Suisse. Mais peu importe... Les Long avaient accueilli leur visiteur à bras ouverts. En somme, Augustin « allait au peuple » lui aussi, mais à la façon d'un aristocrate élisant domicile dans la loge de son portier et lui faisant l'honneur de s'intéresser à sa fille de près, de beaucoup trop près. Alors qu'Isabelle... Sa démarche était d'une tout autre nature. Elle ne cherchait pas à séduire. A quelques années de là, à bord du *Félix Touache,* vêtue d'un bleu de travail et coiffée d'une casquette, Isabelle s'identifiait avec celui qui, dans son œuvre, allait s'appeler *Amara le forçat,* comme elle se serait identifiée à tout autre vagabond, passager de pont comme elle. Rien ne la séparait d'eux : « C'est une grave erreur en effet que de croire que l'on peut faire des études de mœurs populaires sans se mêler aux milieux que l'on étudie, sans vivre leur vie[71]... » Et quand, avant cela, à Genève, elle s'était écartée de son milieu familial, lui préférant « ce petit monde très à part des étudiants russes épris du rêve socialiste » ou « le monde plus vaste de l'anarchie », ce n'était pas seulement pour bavarder et constater chez ses nouveaux amis que « la fausse et inique honte du pauvre y était anéantie[72] », c'était aussi afin de mieux comprendre ceux pour qui « aller au peuple » était un devoir qui ne laissait pas de repos. Aller au peuple... Une mission sacrée, le premier geste à accomplir avant de s'engager sur le chemin de la révolution.

Or Isabelle voulait toujours tout voir, tout connaître.

La joie d'aller à la découverte des autres!

Un plaisir dont elle ne se lassait pas.

4

La camarade Isabelle aurait-elle une patrie? Entre deux mondes : Sainte Russie ou Révolution. Petites annonces et grandes rencontres : Eugène Letord. Le légionnaire de Moerder est réformé. L'art de disparaître peut-il tenir lieu d'occupation? Quatrième fugue d'Augustin. Où Isabelle fait l'éloge d'un poète : Simon Jakovlevitch Nadson.

Ayant, avec une patience et une affection sans égal, tout tenté pour convaincre Augustin de renoncer aux désordres dans lesquels il se complaisait et ayant échoué, Isabelle, la mort dans l'âme, avait décidé de dissocier son sort de celui de ce frère qui lui avait causé tant de soucis et de désillusions.

Tout en souffrant beaucoup, elle s'occupa de moins en moins de lui et de plus en plus d'elle-même.

Beaucoup plus faible qu'elle, beaucoup plus impressionnable aussi et plus délicate, Mme de Moerder n'eut pas le même courage. Son fils s'éloignait et la laissait sans nouvelles. Elle exigeait qu'Isabelle frappât à toutes les portes pour s'informer des allées et venues d'Augustin. Que signifiaient ses déplacements incessants? Avaient-ils d'autre but que de satisfaire sa toxicomanie? C'était dur, beaucoup trop dur pour Natalia Nicolaïevna qui eut des crises de nerfs et sombra pendant des semaines entières dans une profonde mélancolie. On croyait à chaque instant qu'elle n'avait que peu d'heures à vivre.

Alexandre Trofimovsky, ne sachant plus quel parti prendre pour apporter quelque consolation à sa malheureuse compagne, affirmait de sa voix grave qu'il n'y avait aucune raison de douter d'Augustin et aucune de s'en plaindre. Il ne perdait pas l'espoir de voir l'ingrat revenir à plus de raison et reprendre bientôt le chemin de Genève. Selon son habitude, Vava se refusait à juger.

L'attente dura dix mois pendant lesquels Isabelle déploya toutes les ressources de son imagination pour vaincre la morosité ambiante et forger son devenir. Elle eut mille idées à la fois. Les unes aboutirent, d'autres pas... L'essentiel était son insatiable désir de progresser et de se faire connaître. Quel autre moyen que d'établir des contacts dans toutes sortes de pays ? L'exemple de Lydia Pachkov – cette exploratrice dont elle avait souvent entendu parler mais qu'elle ne connaissait encore que par ses livres, ses articles et la flamboyance de ses toilettes – avait certainement beaucoup fait pour l'ancrer dans la conviction qu'à force d'acharnement, elle obtiendrait des collaborations dans des quotidiens, des revues et des publications littéraires en différentes langues.

Mais le fait nouveau, en cette période de sa vie, fut sa résolution de soumettre ses écrits à d'autres qu'à « son cher vieux *proprius* ». Elle écrivit en russe au professeur Vassili Maslenikov, chirurgien de son état. C'était pour Vava un ami de longue date auquel il n'avait cessé de manifester son estime et son attachement, sans doute avec l'arrière-pensée qu'un jour l'ami serait en mesure d'aider Isabelle. Le *proprius* adressait régulièrement à Maslenikov des livres que celui-ci ne pouvait se procurer en Russie et le gratifiait aussi de délicats envois contenant quelques exemplaires de ses plus rares cactus.

Isabelle fit parvenir à l'ami de la famille ses travaux en langue arabe. Elle avait traduit quelques poèmes choisis dans les *Tziganes*, de Pouchkine, parce qu'il y était question de campements, de tribus, de caravanes, de chansons, de femmes et de cris d'enfants, ainsi que des extraits de *la Fontaine de Bakhtchissaraï,* à cause du khan farouche « ayant sa chibouque à la bouche », tout cela plein de sentiments, d'excès et de voluptés. Mais ce qu'attendait Isabelle n'était pas tant le jugement du fidèle ami de son père qu'un service qu'il était seul à pouvoir lui rendre. Elle s'était mis en tête d'être lue par le plus célèbre professeur de la faculté des Langues orientales de Saint-Pétersbourg, le baron Rosen[1]. Président de la Section orientale d'archéologie et membre de l'Académie impériale, Rosen était un personnage considérable. Elle souhaitait obtenir de lui « un avis écrit » et comptait sur Maslenikov pour intercéder en sa faveur. Le résultat de cette démarche était rien moins que certain, et Maslenikov laissa entendre qu'il aurait grand mal à obtenir satisfaction.

Mais Isabelle était têtue et savait attendre.

La réponse arriva enfin. Elle était datée du 26 octobre 1896[2]. Isabelle la lut docilement. C'était une vraie lettre de professeur, disant les choses clairement, ainsi qu'il faut le faire pour être bien compris : « Très honorée Mademoiselle. Aujourd'hui, j'ai enfin réussi à voir le Professeur Baron Rosen mais, à mon grand regret, sans satisfaire complètement à votre demande puisque je ne suis pas parvenu à ce qu'il me remette par écrit un avis sur vos travaux. C'est que mon éminent interlocuteur a jugé que votre manuscrit était calligraphié de façon trop apprêtée, ce qui lui a causé de grandes difficultés de lecture. En outre, la forme versifiée et rimée de la traduction ne fit, selon l'avis du Professeur, que rendre la lecture plus malaisée. En conséquence de quoi le Baron Rosen, tout en jugeant votre travail intéressant, vous prie 1°) de traduire la prose en prose et non en vers, 2°) d'écrire en caractères ordinaires, et simples. En outre le Professeur Baron Rosen attire votre attention sur le fait qu'il existe à Genève un merveilleux arabiste en la personne de Max Van Berchem[3] qui a largement répandu ses travaux sur la littérature arabe. (J'ai effectivement aperçu des volumes de ce grand savant chez le professeur Rosen.) Van Berchem – dont le Baron vous communique ci-joint l'adresse – pourrait, selon lui, vous être très utile et se chargerait volontiers de vos travaux à venir en matière d'arabe. »

Isabelle eut-elle recours aux enseignements de cette sommité, dont l'érudition était largement reconnue? Rien ne le prouve. Mais elle n'était pas fâchée de l'intérêt que lui témoignait son lointain mentor. Maslenikov, pour sa part, était plutôt flatté d'avoir en Suisse une correspondante aussi douée et aussi mystérieuse. Car enfin, qui était-elle? S'il ne faisait aucun doute que sa mère était bien la veuve du très distingué Pavel Karlovitch de Moerder, qui diable était son père? Se pouvait-il que ce fût Alexandre Nicolaïevitch? Un chaud lapin, son vieux collègue? Pour l'observateur lointain qu'il était, une telle situation avait de quoi surprendre. Mais Maslenikov, qui ne s'embarrassait pas de détails, jugea que le plus simple serait, à la première occasion, de poser crûment la question à la principale intéressée. L'occasion lui en fut donnée par un nouvel envoi de cactus. D'évidence, c'était là une manifestation de la reconnaissance de son collègue, qui entendait l'encourager par des dons aussi surprenants que répétés. Certes, l'insistance d'Alexandre Nicolaïevitch était parfois un peu excessive, mais sa volonté de favoriser la croissance des plantes tropicales dans un pays tel que la Russie finissait par être touchante et Maslenikov n'y était pas insensible. Il en profita pour prier Isabelle de transmettre ses remerciements à Alexandre Nicolaïevitch et, faisant d'une pierre deux coups, lui demanda aussi : « Ecrivez-moi plus de détails sur vous-même... Pardonnez-moi de n'avoir pas réussi, à ce jour, à connaître votre patronyme. Ne refusez pas de m'écrire aussi là-dessus... » Il était charmé.

De ce jour date l'intérêt de Maslenikov pour Isabelle.

Un intérêt qui l'emporta sur des incidents de santé liés aux contraintes du rude climat russe – « A Genève ce doit être déjà le printemps... Chez nous on se déplace en traîneau... On se gèle le nez et les oreilles, lui écrivait-il. J'ai été vraiment souffrant et n'avais pas la tête à vous écrire : mon rhumatisme est reparti de plus belle » – et qui l'emporta aussi sur les difficultés de sa vie professionnelle, liées à l'arrivée sans cesse reportée d'un matériel chirurgical commandé à Berlin. Car rien n'était simple dans cette Russie des tsars où sévissaient lenteurs administratives et tracasseries en tout genre. Mais malgré cela le professeur Maslenikov continua à soutenir Isabelle « de toute son énergie » et à correspondre avec elle sur le ton volontiers sermonneur en faveur dans les milieux enseignants de l'époque : « Permettez-moi de vous exprimer quelques vœux, lui écrivait-il... Au cours de la route que vous allez parcourir dans votre vie, vous vous intéresserez certainement, sans défaillance, à bien des branches de la connaissance, en vertu de quoi je souhaiterais vous donner un conseil amical concernant la nécessité de vous concentrer, et la nécessité de diriger vos forces intellectuelles sur les quelques disciplines que vous aurez choisies. Je suis convaincu que si vous vous interdisez de vous laisser aller à des goûts proposés par des hasards qui risquent de vous entraîner vers la dispersion, si vous persévérez avec rigueur dans les branches que vous aurez choisies, si vous équilibrez avec soin les forces que vous allez acquérir et celles que vous allez dépenser, alors vous accomplirez vraiment une grande œuvre, comme peu de femmes avant vous en ont accompli... Excusez-moi de vous dire cela.

« Ma plume s'est laissé guider autant par le sentiment que j'ai pour vous que par les mots de votre propre lettre où vous me dites que votre famille se souvient de moi comme de " l'un des siens ?. Les " siens " se doivent d'être sincères n'est-ce pas, et bienveillants ?... Si vous vous décidez à m'écrire, parlez-moi de vous et de vos progrès. Vous me ferez un plaisir incomparable. Allons... Je vous serre bien fort la main et vous souhaite le succès. »

Bref, la lettre de Saint-Pétersbourg signifiait clairement qu'Isabelle était capable « d'accomplir une grande œuvre » comme peu de femmes avant elle en avaient accompli. Elle signifiait aussi que le premier à reconnaître ses dons avait été un universitaire russe, ami de son propre père. Toutes choses douces au cœur de Vava. Une suprême récompense... Ce sacré brin de fille, née il n'y avait pas si longtemps, à l'époque où Natalia Nicolaïevna, entourée de sa ribambelle de mioches insupportables, avait encore un corps si jeune et des cheveux si soyeux, son Isabelle, qui tenait de lui son sérieux, sa force et sur l'éducation de qui il avait tendrement veillé, cette Isabelle avait du talent et c'était merveilleux. Il se disait : « Sa mère était d'un autre monde que le mien. Je suis entré dans sa vie en ouragan, bousculant tout, lui causant grand tort, l'arrachant à ses filles restées en Russie, à ses petits-enfants, à ses proches et à un univers étourdissant de fêtes et de toilettes. Pour la conduire où? Vers un temps d'amertume. Mais sans moi, sa fille n'aurait pas été ce qu'elle est : sa seule consolation et sa seule victoire. »

Ce fut sans doute aussi un immense encouragement pour Isabelle de se savoir appréciée, même si le « billet » qu'elle avait adressé au noble baron dans l'espoir de le voir publié avait été jugé insuffisant – « 98 mots... c'est trop peu » – et même si la réponse de Rosen contenait d'évidentes réserves. Isabelle n'avait pas assez réfléchi à ce qui différenciait l'esprit des milieux qu'elle fréquentait de la mentalité des savants russes. Ils se contractaient un peu, ces gens-là, ils faisaient la grimace ou les gros yeux à l'imprudente qui choquait déjà. Elle choquait par le choix qu'elle faisait de textes arabes qui, aux dires de ses interlocuteurs, relevaient de la tradition orale plus que de l'expression littéraire. Pourquoi, chez elle, ce sentiment encore à peine avoué qu'il n'y avait ni communautés ni langages négligeables; pourquoi, chez cette fille de vingt ans, une vision des choses que d'autres enseigneraient un siècle plus tard et qui serait considérée comme une vérité : « Il n'y a pas d'Orient. Il y a des peuples[4]. » C'était le « populisme » de la fille de Vava qui déjà choquait. En milieu académique – et pas seulement en Russie, Dieu sait! – on jugeait qu'il y avait comme une hérésie à employer des dialectes parlés en Tunisie, en Algérie et au Maroc. Pourquoi recourir à un langage de chameliers? Détestable idée. Licence inacceptable... Qu'est-ce qui lui prenait, à la jeune protégée de Maslenikov, d'écrire en maghrébin, une langue qui s'enseignait sans professeurs et sans grammaire, langue des gueux, alors que la langue « descendue d'en haut », celle du Coran, était seule digne d'intérêt? Certes Isabelle aurait dû réfléchir et hésiter à se poser en peintre des réalités lorsqu'elle quêtait des avis éclairés en milieu académique. Mais échapper à la léthargie genevoise lui importait davantage et l'essentiel, pour elle, était d'avoir établi des contacts, d'avoir été lue et, à force de détermination ou d'outrecuidance, d'avoir obtenu qu'un billet jugé d'abord trop court, fût soudain devenu publiable, oui, publiable, corrigé de la main... Vous ne devinerez jamais de qui. De la main de... ô bonheur, ô mon *proprius*, mon père clandestin, mon petit oncle, mon compagnon d'idées, mon « ghazaminien », ô mon Vava, corrigé, oui, de la main d'une très éminente personnalité académique, le professeur baron Victor Rosen en personne. Maslenikov, en mentor dévoué, le confirmait à Isabelle par écrit : « Je vous joins les épreuves, corrigées par Lui... » Elle triomphait. Voilà qu'elle allait être publiée dans le savant bulletin que dirigeait Victor Rosen.

Période exaltante, bien qu'Augustin, libre de tout engagement, n'osât encore revenir, et que la police politique veillât toujours. Tout prouvait d'ailleurs qu'elle redoublait de vigilance[5]. Un jour, un visiteur imprévu et qui se disait paysagiste avait demandé l'autorisation d'exercer son art dans le bois touffu qui s'étendait en bordure de l'étang des Tritons... tandis qu'un flâneur au comportement bizarre faisait le guet, adossé au mur d'en face. Il prétendait ne s'intéresser qu'aux oiseaux... Des indicateurs sans doute, des fonctionnaires de l'Okhrana dans l'exercice de leurs fonctions. Le dessinateur n'avait ni carnet ni crayon, et l'ornithologue lisait le journal. Vava, avec sa franchise habituelle, les avait priés de déguerpir... Il y avait eu aussi l'individu qui, sous prétexte d'entretenir Vava de l'imminence de la révolution, avait cherché à s'introduire dans la « chambre aux livres » malgré les protestations indignées du *proprius*. L'inconnu était un provocateur. Les Moerder figuraient donc, plus que jamais, sur une liste de suspects.

Ces dix mois d'angoisse ne furent pas moins les seuls moments de la brève existence d'Isabelle pendant lesquels elle crut pouvoir se réclamer d'une patrie. Douceur singulière que de ne plus être étrangère à la Russie. L'exploration qu'elle entreprit du pays de ses origines au travers de nouvelles lectures, ses efforts pour harmoniser ses contradictions intérieures – elle était toujours coincée entre l'envie de rouler sa bosse et le désir de prendre racine! – avaient des aspects bouleversants. Quelques traces subsistent de ces tentatives fugitives pendant lesquelles elle chercha désespérément à échapper au *no man's land* suisse. Etre russe... De ces années-là datent les étranges feuillets autographes qui servirent à Isabelle lorsqu'elle entreprit d'établir un vocabulaire franco-russe. Elle utilisa en cette occasion des caractères latins, alors qu'elle avait une parfaite connaissance de l'alphabet cyrillique, pourquoi? A quoi bon ce travail dont elle n'allait jamais se séparer par la suite, à quoi bon ces listes de mots, classés par catégories, et qu'elle emporta dans ses divers exils parmi des gens sans vocabulaire, des populations silencieuses, parfois étrangères à toute écriture? Lisait-elle ces feuillets sur le pont du *Berry* en route pour l'Algérie ? Au pays des déserts et des oasis, à El-Oued, à Blida, dans les gorges de Chiffa, parmi les rocailles et les taillis, dans les campements sableux et les gîtes d'étape de l'intérieur du Maghreb, Isabelle était-elle tourmentée par ses origines au point de consulter comme autant de fiches mnémoniques ces trois grandes pages d'écriture, l'une réservée aux « vêtements, linge, couchage », l'autre aux « meubles, logement, etc. ». Songez qu'elle avait près de vingt ans lorsqu'elle alignait sur des pages blanches ce qu'elle qualifiait de « phrases et mots usuels » – « Je suis gai : *Mnié vécélo* », « Je suis content : *ia rad* », « Je suis fâché : *ia serdit* », « Je t'aime : *ia tebia lioubliou* », « Qu'il aille au diable : *K'tchortou iévo*[6] » – des mots, rien que des mots alignés presque machinalement et qui, pour risibles qu'ils soient, n'en donnent pas moins la mesure de la peur d'oublier qui déjà l'habitait. Sa langue natale n'allait jamais plus la laisser en repos. Elle eut des impatiences, comme si elle eût craint de n'avoir pas suffisamment approfondi les œuvres des chefs de file de la littérature russe. Ce fut l'époque où figurèrent sur la liste des achats faits « chez G. » – Georg, le libraire – les œuvres de « Dostoïevski, de Tourgueniev et autres auteurs russes[7] ». Notons que sur cette liste figuraient les œuvres de Gontcharov, lectures qui aux yeux de fonctionnaires trop zélés, s'ils en avaient eu connaissance, auraient pu être sévèrement jugées. Car enfin voilà une canaille d'écrivain qui au travers d'une image négative de la société russe, avachie, aboulique, avait fait le plus grand tort au régime. Mais ce n'était pas tout et les carnets d'Isabelle nous révèlent des achats autrement compromettants. Des livres à se faire jeter en prison. Ces ouvrages circulaient sous le manteau parmi les émigrés de la *Karoujka*. Fort heureusement, les pourfendeurs d'idées dangereuses, fussent-ils payés par le tsar, n'ayant jamais eu accès au grand désordre de livres, à la pénombre et aux pièces démeublées de la villa Neuve,

Isabelle put en toute impunité partir à la découverte des écrits de Sophie Kovalskaïa[8]. Les lisait-elle par simple curiosité ou par admiration pour ce que fut cette femme? Peut-être, à travers la Kovalskaïa, Isabelle se prémunissait-elle contre toutes les formes de lâcheté, de bassesse et, ce faisant, cautérisait-elle à l'avance les blessures auxquelles la condamnait sa condition « d'effrontée », de femme aux cheveux ras et ce qu'il y avait d'extravagant dans sa tenue.

On ne peut que s'étonner, quand on cherche à imaginer Isabelle, en ces mois de l'hiver 96, et qu'on la découvre se jetant plus que jamais sur tous les livres qu'elle trouve, allant jusqu'à lire *La Nihiliste* [9], alors qu'elle refusa toute forme d'engagement politique, n'adhéra à aucun mouvement et réfuta la plupart des thèses pour lesquels filles et garçons de la *Karoujka* étaient prêts à mourir...

Isabelle cherchait tout simplement à comprendre. Comprendre pourquoi la politique n'était pas dans sa vocation, comprendre sa patrie et la férocité du régime tsariste, comprendre les causes de l'arbitraire impérial, comprendre l'abrutissement d'une nation où « il était dangereux d'indiquer qu'on réfléchissait[10] ». La fille de Vava ne cherchait qu'à comprendre.

Opaque, douloureuse, plus angoissante que la plus sombre des nuits, l'absence d'Augustin se referma sur Isabelle. Elle se sentait prisonnière d'un atroce tourment, de quelque chose d'inexprimable. Elle avait perdu confiance. Qu'avait-elle fait de ses plus belles années? Rien... Ses amis « d'avant »? Ils lui paraissaient insignifiants. Elle en fit une liste exhaustive intitulée « Amis et connaissances d'I.E.[11] » Elle la relut plusieurs fois, barrant, rayant, cochant un à un tous les noms. C'est ainsi que disparurent de son intimité des personnes qu'elle avait appréciées jusque-là. Tel Schwartz qui lui devint suspect. En dehors de quelques Jeunes Turcs et de Véra Popova, ainsi que du petit groupe de la *Karoujka,* filles aux lunettes bleues et garçons en *roubachka,* plus personne ne l'exaltait. Il lui restait bien Vladimir, son frère, inchangé, chaque jour plus enraciné dans un pessimisme désespérant, le doux Volodia, qu'Isabelle aimait comme on aime un fantôme ou un somnambule. A qui se raccrocher? C'était une vie qui aurait pu tourner court, s'il n'y avait eu en elle ce goût de la vraie littérature et cette avidité folle de se faire connaître, de réussir. Ecrire, être publiée, elle ne pensait qu'à ça. Que ne fit-elle pour se procurer les revues littéraires les plus réputées! Une véritable boulimie. Ces revues lui tenaient lieu d'évangile et de carnet d'adresses. Car aussitôt lues elles servaient de prétexte à des lettres, expédiées aux rédacteurs, aux directeurs, aux sociétés d'édition, et à des propositions d'articles émanant d'un mystérieux Nicolas Podolinsky, domicilié à Genève.

Au menu d'Isabelle : *l'humanité nouvelle* à laquelle collaborait Kropotkine, Elisée Reclus et Verhaeren, *la Revue blanche, la Vie algérienne, la Revue rouge* â publication à caractère « littéraire et libertaire » – *la Nouvelle Revue moderne, l'Athénée.* Toutes ensemble, les revues que recevait Isabelle occasionnaient un terrible surcroît de travail aux policiers. Taraudés par la peur d'être pris en faute, mais dans l'impossibilité de tout lire, de tout analyser et de tout comprendre, ils se voyaient contraints de copier bravement les articles les plus contestables afin de les communiquer à leurs supérieurs. Un travail qui, hélas, ne suscitait pas toujours les colères escomptées. On allait jusqu'à penser que les chefs eux-mêmes n'y comprenaient rien. On s'affolait. La suspecte allait-elle une bonne fois mettre un terme à une aussi folle consommation d'imprimés?

En janvier 1897, un numéro de *l'Athénée* porta à son

comble le bonheur d'Isabelle et la fierté de son père. Cette revue « s'était fait une spécialité de parler de ceux dont on ne dit rien » à la seule condition qu'ils fussent de ses abonnés. Elle était aux petits soins avec eux. Elle allait jusqu'à se charger de leurs courses personnelles et « acceptait de publier leurs portraits avec des éloges tarifés ». Enfin elle se flattait « d'honorer la vertu et de lutter contre la décadence[12] ». Or *l'Athénée* annonçait la découverte en la personne de l'un de ses abonnés d'« un noble cœur » qui n'allait pas manquer « d'éveiller une légitime sympathie » parmi ses lecteurs. Car on lui devait une révélation, celle d'un « infortuné poète russe, aux productions vibrantes, bien jeune enlevé par une terrible maladie au monde des lettres ». L'événement littéraire n'était autre que la parution des poèmes de Simon Iakovlevitch Nadson, traduits par Isabelle, accompagnés d'un avant-propos, dédié « A Véra Popov, médecin, en souvenir d'amitié », mais aussi – et c'était le plus étonnant – d'une lettre de caractère privé, adressée au directeur de la publication et signée Nicolas Podolinsky.

On conçoit qu'une telle lettre ait pu retenir l'attention par ce qu'elle contenait de provocations, de contradictions, d'outrances et d'indignation à fleur de mots. Les correspondants d'Isabelle avaient lieu d'être surpris. Cet abus de pointillés, ce ton piaffant et un peu maladroit n'étaient pas habituels : « Sous ce pli, je vous envoie deux ou trois petits poèmes de Nadson, ce que j'ai eu le temps de bâcler en vingt-quatre heures... (je déteste traduire, comme tout autre esclavage) – disait la lettre d'envoi. Mais je tiens à faire connaître en France la belle phalange ignorée de nos poètes contemporains. Comme vous le verrez, Nadson et les autres modernes de Russie diffèrent essentiellement des vôtres... Leur idiosyncrasie est bien différente... Toute traduction en prose d'une œuvre écrite en vers est une mutilation inévitable. Et ma prose pâle ne donnera certes qu'une idée bien affaiblie du rythme divin et de l'admirable harmonie des vers de Nadson, notre poète à nous, les femmes de la Sainte Russie, génie martyr qui chanta nos tristesses, nos espérances meurtries, nos révoltes passionnées et nos pensées ardentes... Qui sut intégrer et dire la mélancolie profonde, innée en nos âmes orientales et notre résignation pure!...

« Et Nadson, à vingt-quatre ans, en pleine floraison de son génie hors ligne, si la phtisie ne l'avait emporté, aidée par la misère et les ineptes persécutions, ce pâle jeune homme à la belle figure d'apôtre ou de Christ, eût été l'un des bardes les plus émouvants, les plus profonds et les plus vraiment artistes que le monde ait connus! Ma tristesse et ma haine irréconciliable et farouche des oppresseurs intellectuels m'ont inspiré ces quelques pensées que je vous communique là, mon cher camarade. »

L'étrange lettre! Le message se terminait le plus virilement du monde par « une bonne et franche poignée de main de la part de votre Nicolas Podolinsky », tandis qu'ailleurs le signataire avouait « des tristesses de femme aux espérances meurtries », c'était à n'y rien comprendre. Et si les auteurs avaient été deux? Un jeune homme, ce Nicolas Podolinsky qui signait traduction et avant-propos, et puis l'autre, celle qui souscrivait des abonnements au nom de Mademoiselle N. Podolinskaïa; l'un mâle, plein d'assurance, ce fils rebelle de la Russie des tsars qui tenait à infliger du « camarade » à ses interlocuteurs parisiens, et l'autre, son double excédé, son épouse, sa sœur peut-être, qui se disait « femme de la Sainte Russie », une malheureuse sans doute, ne trouvant consolation que dans la piété, les sombres voix des popes, les pathétiques liturgies de l'église orthodoxe et les cris de douleur d'un poète. Des deux correspondants de *l'Athénée,* lequel était l'auteur de l'avant-propos? Il prenait prétexte de l'admiration qu'il portait à Nadson pour déplorer la brièveté d'une ébauche de liberté, accordée jadis à la Russie des écrivains et des poètes. Démarche surprenante. Les réformes avortées, les espoirs trahis au temps d'Alexandre II, c'était quand même de l'histoire ancienne. Pourquoi cette volonté de rouvrir de vieilles plaies? « Parmi ceux qui chantèrent l'âme inquiète et tourmentée de la jeunesse russe au déclin de la si brève renaissance intellectuelle des années 1860, Simon Iakovlevitch Nadson fut l'un des plus éloquents, des plus passionnés, l'un aussi des plus désolés, lisait-on. Nadson écoutait les plaintes et les cris de révolte qui, de toutes parts, retentissaient alentour et il les répéta en ses poèmes. »

Traducteur ou traductrice? On ne savait trop. Pas plus qu'on ne pouvait deviner à qui, de ce Nicolas ou de cette Podolinskaïa, revenait le choix des poèmes. Le genre élégiaque n'était d'évidence du goût ni de l'un ni de l'autre. Aucun des poèmes si souvent chantés par les altesses en visite, aucune de ces élégies si bien mises en musique et qui donnaient aux gazettes l'occasion de publier de belles images représentant une grande-duchesse, vêtue de bons sentiments et de dentelles claires, photographiée parmi des portraits de famille, noblement appuyée au creux d'un grand Pleyel et chantant, accompagnée par une dame d'honneur le nez rivé sur sa partition, rien de ce qui avait fait connaître Nadson dans les villas de la Riviera ou les salons parisiens ne figurait parmi les éclatantes trouvailles de l'inconnu ou de l'inconnue de Genève. Que ce choix eût été le fait d'un homme ou d'une femme importait peu, car dans un cas comme dans l'autre, la poésie moderne était là. Elle était en avance de trente ans sur l'heure du rendez-vous de la Russie avec la poésie révolutionnaire. Les textes sélectionnés avaient des accents prophétiques. Ils reléguaient les élégies au rayon des vieilles lunes. *L'Athénée* publiait sans coupure un long poème en prose datant des années 1878. Ce n'était pas un poème pour demoiselles :

« Un temps était où, d'un pas puissant et assuré, nous entrions dans le monde.

« Le doute cruel ne troublait point alors notre jeune esprit.

« Tels des enfants, nous avions foi en la science et le bonheur, en la vérité et les hommes. Intrépides, à toute tempête nous exposions notre poitrine.

« Nos rêves nous appelaient à vivre pour autrui, à le servir, et tous, ardemment, nous souhaitions ne pas vivre en vain... »

Allons... Faites entrer la Révolution! C'était ce que ce choix semblait sous-entendre, et l'identité du mystérieux correspondant de *l'Athénée* n'était décidément pas claire. Homme ou femme?

Une fois de plus Isabelle ne se sentait à son aise qu'à l'abri d'un nom d'emprunt. Vivre hors de son nom... On voit bien qu'à vingt ans ce besoin était déjà profondément ancré en elle.

« Médecin militaire... » disait la petite annonce. A quoi tient le hasard?

Pouvait-on imaginer que trois lignes parues, le 28 novembre 1896, dans les petites annonces du *Journal*[13], quotidien « littéraire, artistique et politique » auquel Isabelle venait de s'abonner, susciteraient quelque chose de si nouveau? N'attendait-elle pas inconsciemment ce type de message pour que se produise une rencontre singulière?

« Médecin militaire, atteint de spleen, disait la petite annonce. Momentanément exilé dans le Sud algérien désire correspondance intellectuelle avec personne du monde, gaie et spirituelle. (Secret professionnel.) Ecrire F.R. 102. Poste restante. Constantine. »

Isabelle était toujours sur ses gardes quand elle entendait parler du « monde » ou de « mondanités ». Il n'y a pas d'explication à cette réaction sinon que ce mot entrait en résonance avec d'autres mots auxquels elle était réfractaire – « bourgeois », « petit-bourgeois », « milieux possédants », « culte de l'argent », – et lui évoquait une manière d'être, de réagir et de se mouvoir, toute une façon de se donner vaniteusement de l'importance, autant de notions vagues mais rejetées par elle depuis son plus jeune âge. Son œuvre en porte témoignage en maints endroits. A Genève, en 1900, dans ses notes quotidiennes, elle attaquait, elle fustigeait, elle ridiculisait « celui qui est satisfait de lui-même, de son sort, de son esprit et de son cœur. Je hais l'imbécile jactance du bourgeois sourd, muet, aveugle et qui ne reviendra pas sur ses pas[14] ». Et la même année, à bord de l'*Eugène Pereire*, entre Marseille et Alger, quittant l'Europe une fois de plus, elle fuyait aussi la corvée de la table d'hôtes, « la grise banalité d'un milieu de fonctionnaires et de mondaines, occupés à un papotage vide de sens[15] ». Fuir ces gens. Elle n'avait de cesse de retrouver la vision radieuse de la mer soulevée.

C'étaient là quelques-unes des choses qui faisaient souffrir Isabelle.

Mais en novembre 1896, elle répondit à l'annonce du *Journal*. La curiosité avait été la plus forte. En faisant effort sur ses dispositions naturelles, elle avait réussi à évacuer « la personne du monde » au bénéfice de « la correspondance intellectuelle ».

Les desiderata de l'officier aux prises avec le spleen et sa recherche d'une femme du monde pour l'en guérir laissaient supposer que du fond de son désert, le jeune homme croyait dur comme fer qu'il ne trouverait le bonheur que dans la bonne société. Question d'éducation et surtout de milieu. L'inconnu se démasquait. Il faut savoir que l'annonce avait été passée par un fils de notaire, né rue du Bât-d'Argent à Lyon, dans le quartier des Terreaux, non loin de cet hôtel de ville que Stendhal, dans sa maussade clairvoyance, avait jugé « si sot, si lourd... », ne faisant grâce à rien ni à personne dans cette ville, et adressant en bloc aux Lyonnais des deux sexes les blâmes que, dans le secret de son cœur, il adressait à tout ce que la France comptait de bourgeois habités par « la crainte de l'extraordinaire[16] ».

Ni sot, ni lourd, sans crainte aucune de quoi que ce fût et vivant dans l'extraordinaire, Eugène Letord – c'était son nom – n'en était pas moins un provincial et un fils de bourgeois. Mais il n'était pas médecin. Ce n'était qu'un stratagème auquel il avait eu recours pour ne pas s'attirer les foudres de ses supérieurs. S'ils avaient soupçonné que le lieutenant irréprochable, le jeune officier qu'ils jugeaient « apte à tout », apte aux diverses tâches qui étaient les siennes, apte à faire l'officier de police en des lieux désertiques, apte à faire respecter la loi à des pasteurs et des chameliers invisibles parce que nomades, apte à diriger des cantonniers patibulaires dont les travaux garantissaient la grandeur de la France à travers le désert dévorant, parmi les dunes nues et les oueds ravinés, un lieutenant très zélé, parlant et écrivant couramment l'arabe et le berbère, un brave et courageux garçon, ce Letord, et sérieux comme pouvait l'être un fils de Lyon sur le berceau duquel avaient veillé non point des fées mais des clercs de notaire, deux par deux, toujours eux, jalonnant le chemin de sa vie, deux clercs de l'étude paternelle pour témoigner de la naissance du petit Eugène en cet hôtel de ville que n'aimait pas Stendhal, et deux encore, deux autres clercs, pour lui servir de témoins le jour où, après avoir prononcé la phrase fatidique : « Je ne serai pas notaire », il déclara vouloir entrer à l'Ecole spéciale de Saint-Cyr, si donc les supérieurs de cet Eugène devenu lieutenant avaient soupçonné qu'il correspondait avec une personne du sexe, au nom étranger, par le biais d'une annonce parue dans une publication jugée par eux *couci-couça* où *olé olé* selon les circonstances, une publication, en somme, qui n'avait pas la cote, une fois la chose découverte, que serait-il advenu de la carrière dudit jeune homme? Ce qui, à la rigueur, pouvait être sans conséquences venant d'un médecin militaire en service dans le Constantinois était mal vu, dans des territoires militairement administrés, et déconseillé à un adjoint de 1re classe, affecté au bureau des Affaires indigènes de Toggourt : Eugène Letord. Voilà pourquoi le correspondant inconnu d'Isabelle Eberhardt s'était assuré de la connivence d'un ami qui, dans un quelconque hôpital de campagne, recevait les lettres d'Isabelle et les réexpédiait aussitôt à Toggourt. Le mensonge prenait figure de respect de la discipline. L'honneur était sauf.

Et voilà comment ce fils de notaire que rien ne préparait à trouver en Isabelle un exutoire à son ensablement, ni à l'émotion de la rencontrer un jour, voilà comment ce Letord fut bel et bien le premier officier français avec lequel Isabelle échangea des confidences, le premier aussi qui sut l'émerveiller parce qu'il vivait en amont de l'oued R'Hiz, entre dunes et palmeraies, dans un isolement et des conditions que personne dans l'entourage d'Isabelle n'avait jamais envisagés. Eugène Letord, sa vie retirée, acceptée comme une mission, ce n'était ni du Loti, ni des récits façon Pachkova. C'était autre chose. C'était un destin, l'histoire d'une fidélité, signe avant-coureur du sacrifice. Le savait-elle, Isabelle? Ce destin était-il percevable à distance? Sa photo... Letord lui envoya sa photo. Or ce qui serre le cœur et ce qu'impose la vision de ce petit carré de papier jauni, c'est la certitude que Letord était de ces officiers autour desquels tout allait se liguer pour qu'un jour il fût tué. Mieux : une certaine intensité de l'image rend la mort visible. Voilà comment une bonne tête ronde de Français moyen, un regard droit et franc où la détermination le disputait à l'innocence, un regard d'enfant de chœur, un cou massif, une moustache convenable, c'est-à-dire ni de dandy ni de gendarme, ni d'aristocrate ni de douanier, comment cette moustache discrète de fils de notaire devenu officier de l'armée d'Afrique, pouvait permettre à un homme d'acquérir l'estime de ses supérieurs et assez d'abnégation pour vivre treize ans dans le bled, treize ans de refoulement et de tristesses inavouables, treize ans dont cinq en campagne sur les confins algéro-marocains, et qu'à cet homme soit accordé l'insigne honneur d'être expédié en Champagne en 1915, capitaine d'une compagnie de tirailleurs, juste le temps de se faire tuer près de Saint-Hilaire-le-Grand-Marne d'une balle en plein front et de porter sur son livret matricule passablement déchiré, entre les feuilles duquel étaient glissées des lettres qui ne le quittaient jamais, le tampon mauve *Mort pour la France.* Au 18 rue du Bât-d'Argent, le frère d'Eugène[17] était notaire, comme son père dont il avait pris la succession. A Lyon on se succédait de père en fils chez les notaires comme chez les soyeux. Joseph Letord réclama à Monsieur le Ministre de la Guerre, à plusieurs reprises, respectueusement d'abord puis avec écœurement, les objets familiers ayant appartenu à son frère, pipe, portefeuille, brosse, canif, témoins de sa vie... Il mit une insistance toute notariale à disputer aux lenteurs administratives son humble part de souvenirs. Des mois passèrent pourtant avant qu'il ne les reçût. Et que devinrent les lettres, échangées pendant huit ans, huit ans de confidences, d'aveux, d'illusions d'une part comme de l'autre, que devinrent tes lettres, Isabelle? Déchirées, détruites, brûlées.

Entre Saône et Rhône, au pied de Fourvière colline de la mélancolie, les derniers témoignages d'une longue et rare amitié partirent en fumée.

Qu'y avait-il de si noir dans le destin de ces deux êtres pour qu'ils aient mis trois ans avant de réussir à se rencontrer, alors qu'ils se seraient sauvés l'un l'autre s'ils s'étaient connus à temps? Pourquoi? Pourquoi cette malédiction?

L'un était prisonnier des lois militaires, lié à elles autant que le Christ à sa croix, c'était Letord. L'autre, déjà flottante et nomade bien qu'établie en Suisse, le devinait très bien, vivant là-bas sur le continent tant désiré, mais ne se laissait nullement deviner, ou très mal, à travers des récits contestables et des vérités approximatives, c'était Isabelle. Letord se sentait compris, aimé peut-être. Elle se savait indéchiffrable. Les lettres d'Isabelle étaient ce dont Eugène Letord avait le plus besoin : elles le sauvaient de la solitude. Les lettres qu'il lui adressait n'étaient pour Isabelle rien de plus qu'un grand voyage qu'il lui offrait : des « choses vues ». Par lui, elle accédait à l'Afrique, elle s'évadait de la maison de son enfance et de l'étouffement. Il était las du Sahara problématique, des à-pics rocheux et des oasis en chapelet, las des marchés, des caravanes. Eugène Letord ne souhaitait qu'une chose : trouver l'âme sœur et se marier : « Si je quitte l'Algérie, je m'occuperai immédiatement de mon mariage; j'en ai assez de la vie de garçon », écrivait-il[18]. Alors qu'Isabelle n'était soumise qu'à une seule tentation : « cette vieille vérole africaine que nous avons dans le sang[19] », le désir d'Orient dont elle n'allait jamais guérir.

Aux confins du désert, des hommes, des bataillons entiers d'enfants perdus tapaient sur des cailloux, luttaient contre toutes sortes de maux pour que des routes et des pistes traversent les sables. Des officiers concluaient des traités trompeurs avec des « bicots » pour que des routes, des ponts puissent percer leurs terres ou passer dessus. Tout cela allait très vite. Mais les lettres... Les lettres mettaient des mois pour aller et venir d'un côté de la mer à l'autre : « Tu as pu constater comme les communications entre Adrar et la France sont longues. Ton télégramme du 6 août ne m'est parvenu que le 18, le télégraphe, à cette époque, s'arrêtant à El-Goléa. Depuis, une ligne a été construite entre El-Goléa et Timimoun; dès qu'elle sera livrée au public, nous pourrons recevoir des dépêches en un minimum de quatre jours (et un maximum de dix jours). J'espère en outre que nous serons rattachés un jour ou l'autre à la division d'Oran; par là, le courrier gagnera au moins huit jours sur le service actuel. Tout cela n'empêche pas que je me considère toujours comme en exil[20]... »

Malheureux Letord pour qui chaque lettre d'Isabelle était comme la lettre à Rodrigue, celle que Prouhèze écrivit de Mogador, et qui mit dix ans à lui parvenir. Combien l'inconnue de Genève répondait aux désirs de Letord tels qu'il les avait exprimés en quatrième page du *Journal* ! Cette jeune Russe était bien l'« intellectuelle » qu'il cherchait. Elle parlait toutes les langues. Sa culture était surprenante. Quelle ressource pour lui et quel émerveillement! Elle était romantique avec ça, et rêveuse et aventureuse. Sa devise le disait assez : *Ibo singulariter donec transeam.* Ce désir, chez une fille de dix-huit ans, « d'aller seule de par le monde » avait de quoi rendre fou l'homme qui se mourait d'ennui dans la clarté trop vive, le vent féroce et la solitude incommensurable de l'océan des dunes.

Isabelle savait bien qu'elle n'était qu'un fantasme et que l'idée qu'Eugène se faisait d'elle n'était qu'imagination. Elle avait tout fait pour ça. Elle l'avait encouragé à l'imaginer sous les traits d'une jeune Russe, bien née et « sagement éduquée entre un père grave et une mère pondérée[21] ». Pour lui elle n'était pas Isabelle, elle était Nadia et signait de ce nom. Une complication face à laquelle les divers agents de renseignement dont l'activité se poursuivait en Suisse s'interrogeaient et se lamentaient une fois de plus. Voilà que Mlle de Moerder se faisait appeler Nadia pour correspondre plus commodément avec un officier français dont les messages arrivaient du plus chaud de la terre. Comme s'il ne lui suffisait pas, à cette Russe, d'avoir bravé toutes les censures pour échanger avec des légionnaires et des marins des cartes postales pleines de vocables qu'on ne trouvait dans aucun lexique, quand ce n'était pas des lettres, adressées à des personnages inavouables, illettrés de surcroît, ces mercenaires, que la France avait lâchés comme des brigands sur des territoires de soif et de mort. Où voulait-elle en venir ?

Ces « chère Nadia » venus du fond du Sahara avaient, aux dires des mouchards, de quoi inquiéter. Qui était ce Letord ? Et pourquoi ces deux êtres se questionnaient-ils aussi passionnément ?

Ce qu'il advint de leur relation, à ces deux-là, est une autre histoire. Elle s'inscrit en filigrane et entre les lignes de la grande aventure africaine d'Isabelle.

Laissons Eugène Letord à son Bureau arabe, laissons-le rêver à sa fiancée russe. Plus tard, pris entre cette Nadia irréelle qu'il souhaitait épouser et l'autre, la vraie, l'Isabelle qu'il avait à la longue appris à connaître au travers de ses confidences les plus crues, de ses expériences amoureuses les plus osées, de ses fiançailles pour rire et de ses aventures les plus téméraires – car, au nom de la nouvelle objectivité prônée par ses amis de la *Karoujka,* Isabelle avait adopté le singulier parti de tout dire à « l'ami Eugène » –, après le meurtre manqué dont elle fut victime et l'image atroce du sabre levé sur elle, même après cet éclat, Eugène demeura, envers et contre tout, l'ami exemplaire qui n'entacha d'aucune hypocrisie l'estime qu'il témoignait à l'étrangère, à la réprouvée.

Isabelle fut certes très méprisée dans les milieux français d'Afrique du Nord. Le lieutenant Letord trouva à la hargne qu'elle suscitait toutes sortes d'explications : c'était parce que sa Nadia était comme un cheval échappé brisant tout sur son passage, parce qu'elle ne se ménageait pas et se donnait à qui elle aimait, parce qu'elle était étrangère et que face à ses détracteurs elle rendait coup pour coup.

Letord ne pouvait ignorer que le seul fait de prendre la défense d'Isabelle suffisait pour qu'il irritât profondément, en plus des militaires, les petits pères « grognatout » qui se disaient fièrement « Français de France » et peuplaient l'Algérie d'alors. Letord le savait, bien sûr, mais il était comme ça. Il était comme Byron « offensant » les riverains du lac de Garde – « *I understand I have offended them mortally* » – sans parvenir à comprendre pourquoi; il était comme Loti offensant les Turcs, Kipling les Indiens, et Suarès les Marseillais; Letord offensait tout à la fois les Français d'Algérie, les généraux et les colonels parce qu'à travers son admiration pour Isabelle, pour sa façon de penser ou d'écrire, Letord, comme elle, mettait en péril les valeurs établies, croyaient-ils. « Il existe une sorte de loi qui veut que lorsqu'un écrivain de valeur aime avec passion certain pays ou certain peuple et que ses livres respirent cet amour, ce pays ou ce peuple lui réponde par l'animosité[22]. »

Mais on n'en était pas là en ces derniers jours de l'année 1896. Il ne s'était rien passé entre eux, à cette époque. Nadia n'était qu'une inconnue écrivant à un inconnu auquel il arrivait de la détester parce qu'elle était si peu la Nadia qu'il aurait voulu qu'elle fût et si fort l'aventureuse Isabelle qu'il ne connaissait pas encore. Mais quoi ? Rien ne fit renoncer « l'ami Eugène » à la certitude qu'elle allait lui plaire, qu'il aurait envie d'elle, à l'idée qu'ils pourraient peut-être faire leur vie ensemble.

Comme il est cruel que leurs chemins se soient si souvent croisés sans qu'ils aient pu se voir ou se parler. Effet d'une coalition ou d'une malchance profonde : il n'y eut jamais aucune possibilité de se trouver le même jour dans la même ville. Ils étaient pourtant si proches l'un de l'autre et ils se comprenaient si bien. Assez bien pour dormir ensemble dès la première rencontre.

Il fallut pourtant attendre.

Quand Isabelle arriva à Bône, en 1897, elle était certaine qu'il serait là. Il n'y était pas. Il était à des milliers de kilomètres, il était à Abiod Sidi-Cheikh, dans le djebel Amour. Aucune permission accordée. Quand elle regagna la Suisse, elle ne connaissait toujours pas Eugène Letord.

Plus tard, en 1899, quand elle alla vivre quelque temps en Tunisie, elle avait sa promesse qu'il viendrait la rejoindre. Il ne vint pas. Il surveillait des bandes rebelles dans les régions sahariennes. Aucune permission accordée. Quand elle alla pérégriner dans le Souf, elle crut le trouver à El-Oued. Il avait été nommé au Bureau arabe de Batna.

C'est là qu'eut lieu leur première rencontre, le 19 août 1899. Ils passèrent trois jours à l'hôtel Continental. Trois jours censurés par Barrucand qui n'en fit jamais mention. Trois jours sur lesquels Isabelle non plus ne s'étendra pas. A peine une ligne dans son journal de route[23]. Un silence qui en dit long.

Etrange rencontre. Sans doute venait-elle trop tard. Eugène Letord avait trop souvent vu Isabelle en rêve et Isabelle avait imaginé un Eugène Letord différent. La réalité était autre. Ils eurent conscience que l'amour n'était pas au rendez-vous.

Restait l'amitié.

Elle fut entre eux immense et solide.

Et Augustin, perdu au vent d'un port? Que faisait-il? Etait-il à Marseille? Il ne revenait toujours pas. Une femme, peut-être... Une femme dont il ne parvenait pas à se détacher. Il s'était produit, chez lui, un changement singulier. Il n'écrivait même plus. Cela faisait dix mois qu'il avait été rayé des rôles de la Légion et six mois qu'Isabelle s'interrogeait à son propos entre les murs où ils avaient connu ensemble l'émulation de l'étude, de la découverte, l'émotion des poèmes lus en secret, la tempête des discussions. Si elle avait pu seulement deviner ce qui le retenait, peut-être, dans sa retraite de Vernier, les chambres de silence et d'attente lui auraient-elles semblé moins vides. Dans la solitude, c'est une épreuve terrible que de remonter au plus lointain de son enfance. Et cette épreuve, Isabelle ne la connaissait que trop. Elle la vivait chaque jour et c'était toujours le nom d'Augustin et son souvenir qui en étaient cause. Alors, le sentiment d'avoir perdu son frère et le déchirement qu'elle en ressentait se heurtaient brusquement à la certitude que s'il revenait, ce serait toujours le même Augustin, le fanfaron, le beau parleur s'attribuant des aventures et des succès arrivés à d'autres. Parfois, lorsqu'elle évoquait le passé, tout lui semblait si irréel et si lointain qu'elle se demandait si elle ne rêvait pas. combien de fois avaient-ils cherché à imaginer ce que serait leur vie... combien de fois avaient-ils parlé de leur avenir? A quel point ils s'étaient nourris, épuisés, d'erreurs, d'illusions! Isabelle lui avait écrit à ce propos : « Qui aurait dit au mois de janvier 1895... qu'une année après tu serais là-bas sur les terres du Maghreb, en pays d'Islam, soldat étranger? Qui aussi aurait pu prévoir ce qui se passerait dans ma vie à moi? Comment donc prévoir? Où seras-tu et où serai-je le 11 janvier 1897? *Chi lo sa?* Voilà le tragique de la vie[24].. »

Or « le jeudi 17 octobre 1896 au matin, Augustin était là. Il avait quitté Marseille la veille à midi[25] ». Bien sûr, c'était la joie. On eût dit qu'avec le retour d'Augustin, ces gens sans attaches, partagés entre plusieurs langues et plusieurs patries, avaient retrouvé leurs droits : le droit au bonheur, le droit de rire en famille, le droit d'être ensemble. Comme sa mère, Isabelle était en contemplation devant Augustin. Elle l'écoutait, tout en remarquant qu'il y avait en lui un trouble nouveau. Dès lors, elle l'observa et fit une horrible découverte : « Il s'était mis à boire continuellement de l'absinthe pure qu'il se procurait en allant à la ville sous tous les prétextes possibles. » Il buvait la nuit dans sa chambre quand la maisonnée était endormie. « L'absinthe le rendait fou furieux ou le plongeait dans le plus sombre désespoir[26]. » Le lendemain il n'en paraissait rien. Il savait si bien s'y prendre, Augustin, et si bien présenter les choses ! Cette méchante Légion à laquelle il avait échappé, à l'écouter, cela devenait un véritable exploit... Il n'en était pas peu fier, Augustin. Il régalait sa famille de récits peuplés de toutes sortes de gaillards, de ruffians ivres de violence et avec lesquels il prétendait s'être lié d'amitié.

Mme de Moerder connut alors des heures de bonheur. Elle écoutait son fils en souriant, les yeux mi-clos. Elle oubliait ce qu'il y avait eu de raté, de misérable dans l'expérience africaine, elle oubliait ce qu'elle savait pour se laisser emporter par l'air de héros qu'il se donnait. Elle retrouvait des couleurs. Ses joues s'empourpraient. Tel était, chez elle, l'effet de la tendresse maternelle.

A l'étage des chambres, dans les couloirs où flottait toujours un tenace parfum d'enfance, on évoquait le souvenir – treize ans déjà – de Nicolas, cet ingrat, Nicolas soldat de l'armée d'Afrique, Nicolas le déserteur, jamais revu. Derrière les portes d'où, lorsqu'ils étaient petits, Augustin et Isabelle avaient guetté les allées et venues de leur sœur Natalia, jeune louve livrée aux fureurs amoureuses d'Alexandre Perez, le retour du légionnaire fut l'occasion d'une nuit sans sommeil. Volodia et Isabelle l'interrogèrent jusqu'au matin. L'Algérie, Augustin, c'était comment l'Algérie ? Etait-ce vrai, les longues marches sans haltes et sans eau que l'on imposait aux légionnaires ? Et le désert ? Le désert « couleur de lion », son ciel, ses étoiles, l'éclat de son silence ? Le désert, Augustin, ressemblait-il au Sahara de Fromentin ? Mais c'étaient les plantes surtout qui intéressaient Volodia. Il voulait en savoir plus sur les fruits du pistachier...

Il fallut pourtant se résigner à parler d'autre chose et régler au plus vite un problème des plus délicats. Voilà qu'Edouard Vivicorsi annonçait sa visite. Comment éviter que la supercherie d'Isabelle ne lui fût brusquement révélée ? Pouvait-il imaginer, Edouard, que le marin russe qui logeait à Vernier chez une dame Carnet et auquel il avait écrit si régulièrement au cours de l'année écoulée, que ce Nicolas était une demoiselle ? Or voilà que Vivicorsi, n'écoutant que son bon cœur, promettait de venir en Suisse. « J'arrive... » De Toulon, il s'adressait sur une même carte à ses deux amis à la fois, au matelot Nicolas et au légionnaire de Moerder : « Mes biens chers amis... » Comment s'en débarrasser ? Il promettait de faire mieux la prochaine fois : « Je vous enverrait une lettre chacun[27]. » C'était trop...

Depuis le retour d'Augustin en France, Vivicorsi avait observé un surprenant silence. Il mettait cela sur le compte d'un embarquement. L'*Amiral-Duperré*. .. Ça sonnait bien. Il naviguait à bord d'un cuirassé. C'était vrai, mais ce n'était pas tout. Il insistait beaucoup sur un accident de santé. Mais d'un séjour en prison pour absence illégale il ne pipait mot. Dans un quartier de la ville, une femme qu'il ne voulait pas perdre... Une histoire à dormir debout. Au retour, il en avait pris pour trente jours sur ordre du major général. Silencieux sur ce nouvel épisode de sa vie militaire, Vivicorsi faisait de son séjour à l'hosto tout un plat : « Je suis été bien malade », écrivait-il au matelot Nicolas. Cette indisposition l'avait laissé très faible. « Je suis sorti il y a à peine 2 jours, mais maintenan sa va mieux. Crois-bien que je bisque de ne pas pouvoir aler à Marseille. » Car c'était sa maladie qui l'avait empêché d'aller au-devant d'Augustin lorsque, depuis Genève, le matelot Nicolas l'avait averti que leur ami était de retour en France. Vivicorsi regrettait d'autant plus que s'il avait pu s'entretenir avec Augustin, il l'aurait « tapé ». Sacré Edouard... Il avait à rembourser une dette dans moins de dix jours. Il fallait faire vite. Ses créanciers étaient de ces gens pour qui l'argent c'est tout ce qui compte. Ils voulaient lui faire des ennuis, à Edouard, le sachant marin et pauvre, ce qui le mettait « en pétard ». Pourquoi hésiter? L'ami Nicolas n'allait pas refuser de transmettre sa demande à Augustin qui, lui, avec sa maison, ses parents, leurs titres, leurs sous... « Maintenan, mon cher ami, jaurait un grand service à te demander. Tu vas dire que j'ai un fier touper. Mais tu sais, entre marins, l'on ne se gêne pas et si tu as confiance en moi, tu le fera. Maintenan que je sais que toi aussi tu est comme moi qu'un ouvrier! S'est une commission auprès d'Augustin! il me faut 17 francs. Ce serait un grand service qu'il me rendrait. Alors je vous embrasse tous les deux à l'avance[28]. »

Quand Nicolas, alias Isabelle, lui donna satisfaction, Vivicorsi pensa que ceux dont il attendait le salut ne l'avaient pas abandonné. Il était aux anges. Il irait en Suisse ou ailleurs... Il irait n'importe où manifester sa reconnaissance : « Je ne sais comment vous remercier tous les deux du service que vous me rendez... » Il promettait d'« en dire plus long » à Augustin et de se réjouir bientôt avec lui qu'il se soit tiré des pattes de la Légion. Il ne fallait plus y penser «à ce sale fourbi ». Vivicorsi se promettait aussi de faire enfin connaissance avec le matelot Nicolas. On était à quelques jours de Noël. Il allait demander une permission et *fissa*...

Le lendemain, Volodia mettait à la poste deux cartes au nom du matelot Vivicorsi. Toutes deux annonçaient le même événement : Nicolas Podolinsky avait trouvé à s'embarquer. Cette surprise! Ainsi c'était fait, le faux marin avait repris du service. Par retour du courrier, le brave Edouard félicitait. L'embarquement n'était pas des meilleurs, certes... « Mais enfin, que veu tu, on se contente de ce qu'on a. » Et où allait-il, Nicolas? Ses amis ne pouvaient-ils se mettre d'accord sur ce point? Augustin disait que Nicolas allait au Sénégal et Nicolas parlait d'Amérique. Ces marins russes étaient la bizarrerie même... Ils acceptaient de partir sans même savoir pour où. La date du départ approchait. Le matelot Podolinsky trouva quand même le temps de demander un dernier service à son ami toulonnais : il voulait qu'il lui procure pour trente-quatre à trente-cinq francs de frusques. Cette fois-ci ce n'était pas « pour le gosse » – dont plus personne ne parlait –, c'était pour lui, c'était pour Nicolas. Normal puisqu'il allait naviguer. Edouard s'exécuta de bon cœur tout en s'étonnant de la très petite taille de son ami. Un vrai gosse, lui aussi... Bizarre ! Drôle de marin ! Et comment se faisait-il que le navire sur lequel il embarquait ne se chargeât pas de son équipement ? C'est vrai qu'il n'allait pas naviguer à l'Etat, lui, mais quand même... Drôle de navire !

Edouard Vivicorsi s'était attaché à Nicolas. La tendresse ça ne se commande pas. Or Nicolas allait partir et Vivicorsi ne le connaissait toujours pas : « Tu me donneras quand même un peu de tes nouvelles dis ? » lui écrivait-il. Edouard se sentait tout chose. Sûrement qu'il aurait à les attendre longtemps, ces nouvelles : « Je sais bien que les navires à voiles ne sont guerre rapide[29]. » Pauvre Edouard ! Verrait-il jamais son ami russe ?

Que de choses à se dire. Isabelle, pas plus qu'Augustin, ne savait par où commencer. Ils avaient beaucoup parlé leur semblait-il sans que rien d'essentiel n'eût été abordé.

Et tout d'abord Augustin savait-il qu'un livre venait de paraître à Saint-Pétersbourg et que ce livre était signé Moerder ? Savait-il que ce livre n'était ni l'œuvre d'Isabelle ni celle de l'oncle Ivan ? Outre qu'on n'y parlait pas de chevaux, l'ancien *Stallmeister* de l'empereur n'y entrait pour rien. C'était qui alors ? C'était Nicolas l'auteur. Comment, Nicolas ? Oui, Nicolas, devenu gratte-papier au ministère des Affaires étrangères. Sur quoi diable avait-il trouvé à s'exprimer, ce frère dont le départ avait provoqué le désespoir de leur mère ? Soudain cela faisait comme une douleur à Augustin d'évoquer le souvenir de Nicolas, et de l'évoquer «arrivé». Cela l'obligeait à des comparaisons entre sa vie à lui et celle de son frère, rangé jusqu'alors dans la catégorie des petits fonctionnaires aux ordres d'un souverain lointain, et écrivant maintenant des ouvrages en collaboration avec un authentique vicomte, un monsieur de Fages de Chaulnes, consul de France à Saint-Pétersbourg. Augustin n'aimait pas Nicolas. Fort heureusement, Isabelle autant que Vava condamnaient sans appel ce qu'ils appelaient «le grimoire de Nicolas». Seule Mme de Moerder, dans le secret de son cœur, se félicitait de cette parution qui comblait ses plus chères espérances. Elle y voyait une preuve que son fils Nicolas «s'était fait une situation».

Il n'en demeurait pas moins que l'ouvrage en question, intitulé *Tarif des douanes de l'Empire russe* et aussitôt traduit en français, n'avait d'un livre que l'apparence. Pour le reste... c'était un récapitulatif des marchandises autorisées ou interdites en Russie. La méticulosité tatillonne des services administratifs tsaristes avait de toute évidence eu raison de l'impétuosité naturelle de l'ancien élève de Vava. Pouvait-on imaginer Nicolas en rond-de-cuir ? Nicolas penché sur des énumérations de calottes turques, de fez, d'ouvrages tricotés, de minerais, de wagons ou de wagonnettes, et vérifiant les droits qui les taxaient ? Il avait bien changé pour s'astreindre à un travail aussi fastidieux. Nicolas qui avait fait sauter sur ses genoux la petite Isabelle, Nicolas le frère aîné écouté, respecté, s'occupait maintenant de savoir si *la pommade des Frères Mahon de Paris* et *les Pains d'épices hygiéniques de la maison Cinski de Silésie* étaient ou non interdits en Russie, au même titre que *les dragées douces de rhubarbe de Chine et l'Eau de mélisse des*

Carmes déchaussés, alors que *l'Elliman's Royal embrocation* pour chevaux, fabriquée en Angleterre, était une drogue jugée bel et bien indispensable, tout comme était autorisée sur les marchés de l'Empire *l'Eau de menthe de Dalmahoy,* à condition que le mot « pectorale » ne figurât point sur l'étiquette ! C'était à pleurer... Voilà où en était Nicolas ! On voyait bien que le destin qu'il s'était tracé et qui lui donnait accès à une petite aisance le plongeait dans le pire asservissement. Tout cela pour continuer à vivre à Pavlovsk... Comment Vava n'aurait-il pas vu là un signe de la faillite du système tsariste, comment aurait-il pu ne pas se mettre en colère – lui qui enseignait qu'il fallait éviter la colère – en imaginant son Nicolas écrasé par le formalisme aveugle des cercleux et la petitesse d'esprit des fonctionnaires ? Son élève de jadis tombé victime de la *nikolaevscina.* .. Oui c'était à pleurer, même si Nicolas portait toute la responsabilité de cette situation.

Le plus positif, et qui venait fort à propos, était l'annonce de l'arrivée prochaine à Genève d'un homme éminent. Un nouveau consul de Russie... La légation impériale de Berne laissait entendre que la chose allait se faire dans les premiers mois de 1897. Les gens de la villa Neuve avaient accueilli sans déplaisir la nouvelle selon laquelle Alexandre Troïansky, dont le côté « capitaine de grenadiers » leur déplaisait et qu'ils tenaient pour responsable des vexations policières dont ils étaient l'objet, allait être transféré au Pirée. Bon voyage, Monsieur le consul, et bon débarras !

On n'avait plus qu'à attendre et à espérer qu'avec l'arrivée du comte Maurice Prozor quelque chose allait changer. L'essentiel n'était pas tellement qu'il fût gentilhomme et conseiller de collège, ni qu'il fût comme Nicolas Eberhardt, le père de Mme de Moerder, et comme son défunt époux Pavel Karlovitch originaire des provinces baltes, l'essentiel n'était pas non plus que la comtesse Prozor, femme que l'on disait d'une beauté souveraine, ait été, comme Natalia Nicolaïevna, de religion luthérienne, l'essentiel était que le consul que l'on attendait à Genève fût le traducteur attitré d'Ibsen en langue française, son mandataire à Paris, l'ami d'un écrivain qui s'exprimait en « citoyen du monde », et que ce fils de châtelain des provinces lituaniennes annexées par la Russie fût un découvreur de talents. Qu'avait-on à redouter d'un lettré? Il avait révélé l'art ibsénien aux malheureux Parisiens qui sans lui auraient, aux dires de Vava, continué d'applaudir des auteurs d'une futilité consternante, tels Dumas ou Curel. Vava débordait d'espoir. Son cosmopolitisme naturel se réveillait. En parfaite femme du monde, Natalia Nicolaïevna elle aussi se sentait solidaire d'un diplomate de la meilleure société, épris de littérature scandinave, élevé en français et qui, avant d'avoir fréquenté les universités allemandes, avait fait ses études en France, au Prytanée militaire de La Flèche.

Les rêves de Vava autour d'un bonheur suisse rendu enfin possible par l'arrivée inopinée d'un consul selon son cœur laissaient Augustin et Isabelle perplexes. Ils continuaient de caresser leur projet de ferme africaine. Bien que contradictoires, les rêves de Vava autant que les projets des héritiers de Mme de Moerder avaient du bon. Ces divergences parurent délicieuses et l'on en discuta énormément. Une semaine... Augustin était de retour depuis une semaine à peine et voilà que se rouvrait le chemin du palpitant théâtre familial.

Mais la tête d'Augustin était ainsi faite que le 9 décembre 1896, l'ombre du bonheur avait fui. Augustin était parti. On ne savait où. Il avait prétexté une course chez un médecin et avait quitté la maison en emportant 1 700 francs, sans explication. Augustin avait disparu. Dans sa chambre, plus personne. Dans ses tiroirs, des bouteilles vides. Que s'était-il passé? Menaces policières? Conseils de prudence donnés par un ami bien intentionné ? Affrontement avec Mme de Moerder au sujet de fiançailles qu'elle refusait de cautionner ? Coup de tête, coup de folie ou coup de cœur ? Nous ne le saurons jamais.

Pas un mot à ce sujet dans les rapports de police qui, une fois de plus, faisaient des remarques hors de propos. Les enquêteurs continuaient à ne rien comprendre aux manières de vivre de ces gens. Ils notaient comme d'une extrême étrangeté le fait que « la famille réunie parlait russe pendant les repas ». C'était une habitude ancienne que de s'entretenir dans une langue qui n'était pas comprise des domestiques. Si en Suisse les Moerder parlaient russe à table – et cela bien qu'ils n'eussent plus de domestiques ! – c'était parce qu'en Russie ils avaient toujours pris leurs repas en français, histoire de tenir la valetaille hors des confidences familiales... « Des gens qui ont des choses à cacher », disaient les rapports.

Comme dans une sorte de fièvre intermittente, pernicieuse... Le supplice d'Isabelle recommençait. Aucune nouvelle d'Augustin. Le 20 décembre il annonçait à sa sœur son retour à Genève dans le but de la voir *seule*. Il venait de Marseille où il s'était fiancé « avec une fille du peuple, sœur et fille de matelots ». Isabelle cherchait à comprendre. Il y avait deux semaines qu'à la villa Neuve on vivait dans l'angoisse. Augustin ? Elle allait le revoir sans que sa mère en fût avertie. Etait-ce un bien ou un mal ? Elle ne songea pas un instant à refuser ce rendez-vous, tout en sachant qu'il était le prélude à de nouvelles souffrances. « Il me donnait rendez-vous sur la grande route, à 1 km de chez nous. J'y courus dans la neige. L'entrevue dura *à peine cinq minutes :* il me parla vaguement de sa fiancée et divagua. Puis, nous étant embrassés, il s'en alla. J'eus l'horrible certitude qu'il était ivre, même ce jour-là[30]. » Le 2 janvier 1897, Augustin écrivait à sa fiancée marseillaise une lettre, datée de Marseille, lui annonçant son suicide. Isabelle, aussitôt avertie, n'en perdit pas son sang-froid pour autant. L'annonce d'Augustin ne signifiait qu'une chose : qu'il allait disparaître de la vie de sa fiancée.

« Cette année me semble avoir été le plus hideux des cauchemars », avouait Isabelle. Se rouvraient, pour elle, l'enfer des lettres écrites à l'aveuglette et les parties de colin-maillard dans le noir. Qu'avait-elle cru percevoir dans les confidences d'Augustin pour juger nécessaire de s'adresser à la « Compagnie royale de navigation hongroise » dont le siège était à Fiume ? Augustin lui avait-il dit qu'il allait chercher un embarquement dans un port de l'Adriatique ? Il en était bien capable. Isabelle hésitait. Se renseigner auprès des fonctionnaires de l'empire austro-hongrois ou écrire à Marseille ? M. Perella était l'agent de l'Adria dans la ville phocéenne. Il officiait rue des Templiers, face à la Bourse. Ce fut à lui qu'Isabelle s'adressa. Elle cherchait à bord de *l'Ararat* un marin du nom de Moerder. Après enquête on fit réponse à Nicolas Podolinsky, matelot de première classe, en congé à Genève, qu'il avait frappé à la mauvaise porte. Point d'homme de ce nom dans les effectifs de l'Adria et, de plus, point de navire non plus. *L'Ararat* appartenait à une compagnie de navigation russe, la *Russian Steamship Company.* Pour plus amples renseignements il fallait que le matelot Podolinsky écrivît au siège de cette compagnie à Odessa. Mais il n'y avait pas de Moerder sur *l'Ararat.* Et pour cause... Augustin, que sa sœur Isabelle cherchait en mer Noire, vivait à Marseille. Son logement était distant d'un jet de pierre de l'agence phocéenne de M. Perella. Mais Isabelle ne s'en doutait pas. La partie de colin-maillard reprit de plus belle. Comme dans les cauchemars, vous dis-je, de ceux qui toujours recommencent, qui semblent se prolonger des heures et ne durent que quelques secondes... Des secondes qui laissent le dormeur brisé, le cœur en sang.

Isabelle écrivit à Saïda le 30 janvier 1897. Sa lettre était adressée au colonel Béranger, qui commandait le 2e Etranger. Cela n'avait pas le sens commun d'imaginer Augustin s'engageant à nouveau dans la Légion. Etait-il vraisemblable qu'il ait pu retourner à Saïda sans qu'on s'en aperçoive? Et quelle sorte d'histoire avait-il racontée à sa sœur? Encore une histoire à dormir debout, et pourtant... Elle fit une dernière tentative. Un matelot qui se disait en congé à Bordeaux et signait Podolinsky demanda très respectueusement à Monsieur le Colonel Béranger de s'informer s'il n'avait pas parmi ses légionnaires un dénommé Fortunato Raphaël. C'était donc ça le projet d'Augustin : s'engager à nouveau et sous un nom d'emprunt? Raphaël Fortunato... Voilà qu'Augustin s'y mettait, lui aussi, voilà qu'il lui fallait la protection d'une fausse identité. Etrange mascarade menée de concert par le frère et la sœur. Mais cette démarche non plus n'eut aucun résultat. Il n'y avait pas de légionnaire de ce nom au 2e Etranger. Pas de Fortunato Raphaël, le colonel était formel. Les recherches avaient toutes échoué.

On avait donc attendu Augustin pendant dix mois, des mois longs comme des siècles, et cette attente n'avait abouti qu'à ces quelques semaines vécues ensemble pendant lesquelles Isabelle n'avait cessé de surveiller son frère, essayant de l'empêcher de boire, appréhendant sans cesse un malheur, craignant un suicide. A certains moments Isabelle eût préféré qu'il ne fût jamais revenu. A d'autres elle se disait : « Je l'ai revu, je l'ai entendu. »

Alexandre Trofimovsky se refusait à juger, par respect pour Augustin, par respect pour sa mère et par respect pour lui-même.

La villa Neuve redevint pour Mme de Moerder ce qu'elle avait été en tant d'occasions diverses, d'abord lors du départ de Nicolas, puis de celui de sa fille

Nathalie, et maintenant de la quatrième disparition de son fils Augustin : une grande baraque vide au bout d'un chemin creux, et qui pourtant était sa maison. Sa seule maison... Celle dont elle partirait un jour pour ailleurs ou pour mourir.

IV

Ruptures
1897-1899

« Nous partirons quand tu voudras, ma fille, et je prendrai sur moi le singulier de cette résolution... »

STENDHAL, *Le Rose et le Vert.*

1

Quand Isabelle découvre l'homme aux lunettes bleues. Son amour pour un Arménien : Archavir Gaspariantz. Où l'on passe d'une révolution à une autre. Isabelle et les Jeunes-Turcs. Une envie d'Afrique. Ce sera Bône. Le grand départ se prépare.

« AUX obsèques de Victor Hugo on remarquait un Oriental, vêtu d'un riche costume, turban blanc, manteau vert et ceinture rouge. Il fut très applaudi et salué de cris divers : " Vive le Mahdi[1] ! Vive le parti national égyptien ! Vive la Perse ! Vive le Sultan ! " Or, le personnage auquel la foule attribuait des qualités si diverses n'était autre que notre confrère le Cheikh Abou Naddara, représentant la presse et la franc-maçonnerie orientales... »

Voilà en quels termes le journal *la France*[2] relatait l'accueil fait à un étranger, ainsi que les vivats et les dénominations combien contradictoires dont il avait été l'objet.

Or, en 1885, Abou Naddara n'avait rien, vraiment plus rien d'un mahdi. Si la fureur sacrée qui habitait Mohammed Ali, cet ennemi juré de Lord Kitchener avec lequel on l'avait confondu, si cette fureur avait été sienne, elle ne l'était plus.

Proscrit, de nationalité égyptienne, Abou Naddara était arrivé à Paris, sept ans auparavant, sans un sou en poche. Il avait du cœur, un certain sens de l'humour et beaucoup de verve. Il n'était ni lâche ni déloyal, il était courageux, patriote et très sensible au spectacle de la misère humaine, mais à force de parisianisme, Abou Naddara avait acquis les caractères consacrés et intangibles des personnages à la mode. Il était devenu un boulevardier cosmopolite. On le voyait le même soir au banquet de la « Société africaine de France » et à celui des « Amis de la paix ». Ici un potage, là un dessert. Il courait les réceptions en galabieh et babouches. Il était le Cheikh, il était l'Oriental de service. Une silhouette exotique dont les échotiers savaient faire bon usage. Au repas annuel de l'Alliance française, il avait déclamé un poème en présence du secrétaire d'Etat aux Colonies, M. Jamais, que les propos du Cheikh avaient mis au bord des larmes. Au moment où le proscrit s'était écrié : « Egypte, ô mon unique espoir/Le fils d'Albion t'a violée... » l'assistance avait connu un moment d'émotion indicible. A la fête donnée par la Presse parisienne pour honorer « Monsieur Castillan, orateur espagnol », le Cheikh avait, avec succès, improvisé une ode à ce « Démosthène moderne ». C'était un flatteur-né. Jamais il ne manquait une occasion de prendre la parole. Ainsi, au dîner des *Moliéristes*, il avait fait l'éloge de « son maître divin, le grand Molière », allusion à peine voilée au temps où, dans la ville du Caire, il avait été surnommé le « Molière égyptien ». On n'imaginait pas non plus qu'un « repas républicain » pût avoir lieu sans lui. Le Cheikh trônait à la place d'honneur. Il s'y tenait, fier, son discours prêt, ses feuillets à la main, son turban en bataille. Lors de la venue à Paris de « Miss Maud, l'intrépide patriote irlandaise », Abou Naddara avait porté un toast à l'accord franco-turco-russe, l'une de ses marottes. C'était son souci du jour, et tant pis pour les Irlandais, et tant pis pour leurs aspirations à l'indépendance... Un homme imprévisible. Où n'allait-il pas? On le remarquait au punch d'honneur de la Société nationale de sauvetage, et au dîner musical du « Bon Bock », occasion unique de s'adresser en vers à une assistance de savants et d'artistes. Il n'était jamais à court de ministres et jamais non plus à court de députés, charmés d'avoir été conviés aux agapes qu'il organisait, toujours prêts à payer leur écot et prompts à l'applaudir. Au grand souper fraternel en l'honneur de ses amis tunisiens et arabes résidant à Paris, le Cheikh avait déclamé un poème dont la presse s'était abondamment fait l'écho. Le premier vers était : « France ! Vive ta République ! » et le dernier : « Vis prospère ! O France chérie ! » Des applaudissements nourris saluèrent cette performance. Et qui d'autre aurait pu mieux que lui assumer la tâche écrasante de présenter un « Hommage de reconnaissance à Sadi Carnot »? Le président de la République lui avait accordé une audience. C'était en janvier 1888 et le Cheikh n'avait été reçu que de très courts instants. Mais *le Figaro* en avait fait tout un plat. On ne pouvait rien lui refuser, au Cheikh. Lorsqu'il publia une petite anthologie[3] des poèmes dont il avait émaillé ses discours en diverses occasions, Alfred Letellier, député d'Alger, accepta d'en être le préfacier.

Ce fut à l'inauguration de l'Exposition universelle de 1889 qu'Abou Naddara se surpassa. Il avait rédigé son « toast à la France » en six langues. On en changeait à chaque vers : Abou Naddara t'aime, ô France / *Suol natio di generosi* (pays natal des cœurs généreux)? *Heil dir! Heil dir! Vaterland* (Salut! Salut à toi! O patrie!)... » Cette tentative osée fit sa fortune. Les convives lui avaient tous serré la main, tour à tour, sans que l'illustre proscrit s'arrêtât un seul instant de couvrir de louanges le nom respecté du président de la République, et d'affirmer sa foi en une Sainte Alliance de son invention, une petite Triplice personnelle sur laquelle il comptait pour bouter la perfide Albion hors du royaume d'Egypte, cet accord turco-franco-russe auquel il était seul à croire.

En somme, à force de se dépenser, Abou Naddara était devenu pour ses amis parisiens le grand-papa gâteau, moustachu et malheureux, le bon vivant à la vue basse, le boute-en-train au passé généreux qui, trop souvent, certes, et trop longuement, aimait à dire du mal de l'Angleterre, cette peste des temps modernes, mais qu'importe... Les faiseurs de banquets se le disputaient. Et ce fut bien un rôle similaire, celui de l'aïeul de remplacement, un peu naïf, un peu encombrant, mais dont on ne saurait se passer, qui fut celui d'Abou Naddara auprès d'Isabelle Eberhardt après qu'elle eut adressé à « Monsieur le Cheikh J. Sanua, Abou Naddara, homme de lettres, 43 rue Richer, Paris » une première lettre, en 1896. A qui croyait-elle écrire ? A un savant ? A un autre Max van Berchem susceptible de la faire progresser dans sa connaissance de la langue arabe ? Un polyglotte de plus dont elle attendait qu'il la guidât vers un but nouveau : apprendre le turc ? Polyglotte et arabisant, Abou Naddara l'était. Il s'exprimait dans toutes les langues mais à sa façon : « Il parle et il écrit à la diable », disait de lui la presse anglaise[4] que ce remuant personnage n'avait cessé d'intriguer. Pouvait-on lui pardonner d'être aussi savant ? « Il parle l'hébreu, l'arabe, le turc, l'anglais, le français, l'italien, l'allemand, le portugais, l'espagnol, le hongrois, le russe, le polonais, que sais-je ? On se perd dans cette confusion de langues faite homme, et pour laquelle il convient d'ailleurs de n'avoir qu'une admiration conditionnelle. Ce qui l'a sauvé et ce qui lui a créé une originalité suffisante, c'est que jacassant dans toutes les langues connues ou inconnues, il a eu la chance et l'obstination de ne penser que dans une seule, l'arabe. C'est un merveilleux arabisant ! Mais entendons-nous bien. L'arabe dont se sert Abou Naddara... n'est ni l'arabe classique, ni l'arabe populaire. C'est un arabe intermédiaire, créé par lui et de toutes pièces, comme un instrument de vulgarisation, excellent en ce sens qu'Abou Naddara est lu, compris et goûté à la fois dans les hautes et les basses classes de la société arabe... »

En fait, Isabelle, qui ignorait sans honte les noms des

Parisiens illustres, ne savait point du tout quelle sorte d'homme était celui qu'elle appelait « le très vénéré Cheikh » et il y aurait danger à sous-estimer la part de phantasmes qui l'avait confortée dans sa volonté d'entrer en contact avec lui. *Le Cheikh,* à coup sûr, était pour elle symbole d'un combat. Il avait été, dans son jeune temps, le défenseur des droits du peuple égyptien et, croyait-elle, le maître à penser de réformistes dont les thèses allaient enflammer les milieux universitaires. Pouvait-elle deviner que ce qu'Abou Naddara avait enseigné aussi bien à Jamal el-Din el-Afgani[5] qu'à Mohammed Abdouh[6] n'était que les rudiments de la langue française ? L'erreur d'appréciation était excusable, après tout. Homme d'un combat, Abou Naddara l'avait été dans sa jeunesse. Il l'avait été et sans arrière-pensée d'ambition, quand il avait entrepris de créer à lui seul un théâtre arabe. Et cela non plus n'avait pas échappé à la presse de Londres : « Car dans ce théâtre-là Abou Naddara était tout à la fois l'auteur, l'acteur, l'imprésario et le reste. Il ne faut pas trop se moquer car... bientôt tout le monde y courut. Les fellahs s'y étouffaient, les pachas y venaient avec une curiosité pleine d'étonnement et enfin le khédive Ismaïl lui-même s'y présenta. Il s'y amusa fort et, en sortant, qualifia l'auteur de : *Molière égyptien*. .. Il fallait voir notre homme quand, monologuant à perte de vue, il entrait pour ainsi dire dans la peau d'un fellah Egyptien... » La salle se tenait les côtes. Mais on sentait que le scrupuleux informateur britannique ne pouvait en dire davantage. Car si respectable que fût la cause d'Abou Naddara, il dépassait les bornes du convenable. Terriblement *improper*. .. Voilà un auteur qui faisait de la polygamie musulmane les tableaux les plus scabreux. « Vint un moment où ses rires parurent compromettants et ses larmes séditieuses. Il y eut des menaces sévères, si sévères que le *Molière égyptien* finit par prêter l'oreille aux avertissements amicaux qui lui étaient transmis d'avoir à se méfier de certain café khédivial... *Si j'attends d'avoir goûté de ce café-là pour prendre mes précautions,* se dit-il, *il sera trop tard pour le pauvre estomac du fils de mon père. Eloignons-nous d'abord!* Et il s'éloigna, gagnant la France et Paris[7]. »

Bien des années avaient passé depuis lors, et Abou Naddara, devenu parisien, avait considérablement changé. Mais aux yeux des « Orientaux » de Genève il s'identifiait toujours à ce type d'opposant insolent, facétieux.

Dans le monde étudiant, on ne connaissait Abou Naddara qu'au travers de ses publications en version franco-arabe et surtout de son journal; *l'Homme aux lunettes bleues.* L'exil ne l'avait pas empêché d'en poursuivre la publication. Imprimé à Paris, illustré de dessins qui ne manquaient ni de verve ni de style, il était diffusé clandestinement en Egypte et lu à la barbe des censeurs du Khédive. *L'homme aux lunettes bleues* était un brûlot. Qui, dans la Karoujka, aurait pu se douter que ce diable d'homme, le pamphlétaire, le polémiste virulent qui, dans *Les Deux Affreux Tyrans du Nil, Tewfik et son père Ismaïl,* n'avait pas de mots assez durs pour montrer « Pharaon-fils » ou « Dindon-pacha » vendant les pyramides aux enchères, chargeant les fellahs du poids de leurs dettes ou jetant leurs sujets aux caimans, que le fondateur de ce journal dont les Anglais eux-mêmes reconnaissaient le caractère corrosif – ils le comparaient à un *arabic Punch,* ce qui n'était pas un mince compliment –, que l'homme de ce journal-là ne s'appelait pas Abou Naddara, que son prénom n'était pas James, qu'il n'était pas musulman, qu'il n'était ni cheikh ni même égyptien.

Abou Naddara n'était qu'un nom d'emprunt. Cela signifiait en arabe vulgaire « l'homme aux lunettes ». Quand de ce pseudonyme il fit le titre de son journal *(Abù Naddara Zarga),* il y ajouta une touche bleue, celle des verres de ses inséparables binocles. De quoi souffrait-il ? D'une grosseur d'yeux que les mauvaises langues disaient héréditaire et venue de Palestine, mais que le Cheikh prétendait due « à la réverbération des sables du désert ». Il était myope. Il l'était avec ostentation et pédanterie : « James Sanua a les yeux de feu le baron James de Rothschild, mais il n'a que cela de lui », disait-on entre gens de bonne compagnie. Car le Cheikh était aussi fort impécunieux.

Passé maître dans l'art de promouvoir sa personne, Abou Naddara, publiciste avant la lettre, avait réussi à faire de ses lunettes un symbole, une marque de fabrique, il les portait comme un panache à son chapeau. Il chantait leurs louanges jusque dans son propre journal. Plus cabot que lui... « Qu'Allah vous conserve votre netteté, votre probité, votre splendeur, ô mes fidèles lunettes, écrivait-il en novembre 1885. Six décrets vice-royaux vous frappèrent successivement, mais en vain ! Pendant huit ans, les larmes de mes yeux ont bien souvent terni le brillant de votre cristal. Que voulez-vous ? Je pleurais sur les malheurs de ma patrie dévalisée, ruinée par le père et livrée par le fils à l'occupation odieuse des Anglais... » On conçoit que de tels écrits aient suscité l'enthousiasme de nombreux lecteurs, à une époque où tant et tant de Français pratiquaient avec emphase la virulence anglophobe[8].

Les Sanua étaient de très respectables Juifs de Livourne. Sanua père avait réussi à s'implanter au Caire où il occupait le poste enviable de chef de cabinet du ministre des Finances, le prince Ahmad Pacha Yakan. On en parlait comme d'un grand citoyen. Et c'est au Caire, en 1839, qu'était né Jacob. Car enfin James aussi était un prénom de pure invention... Aussitôt en âge de faire des études, ce fut aux frais du pacha, bienfaiteur de sa famille, que Jacob avait été expédié à Livourne où résidait encore une partie de sa famille. Il avait treize ans. Sa précocité était un sujet d'étonnement : il lisait la Bible en hébreu, le Coran en arabe et l'Evangile en anglais[9]. Il revint au Caire deux ans plus tard en pleine communion d'idées avec Mazzini et donnant à fond dans les thèses du mouvement Jeune Italie, ce qui n'était pas pour déplaire à Raphaël Sanua, son père. Mais son père mourut et le bon pacha aussi. Plus de protecteurs. Savoir parler avec ardeur des Carbonari, fréquenter les milieux égyptiens « progressistes » et leur vanter les méthodes de la jeune opposition italienne ne constituait pas un gagne-pain. Il fallait vivre. Jacob Sanua chercha divers emplois et les trouva. Plus tard, à Paris, se répandit le bruit – et le Cheikh laissa dire – qu'il avait été professeur à l'Ecole polytechnique du Caire. Rien de moins sûr. Il y avait été surveillant ou correcteur, réussissant à décrocher un petit poste, limité à la période des examens. La presse anglaise, que fascinait l'aventure d'un Juif[10] aussi remuant, avait depuis belle lurette donné la version exacte des faits : « Le matin, on voyait Jacob Sanua qui, pour gagner sa vie, courait le cacheton de palais en palais, d'hôtel en hôtel. Il donnait des leçons. Il avait pour élèves les fils du vice-roi, les fils des pachas et même leurs filles. Il enseignait à ceux-là les langues ou les sciences européennes, à celles-ci les arts d'agrément, la peinture, la musique... Je ne voudrais pas parier qu'à l'occasion Sanua n'ait pas été maître à danser[11] ! » Jacob Sanua, dont les cheveux étaient de ce beau noir « particulier à la race d'Israël », ne reculait devant aucun effort. Ainsi il s'était appris à jouer de la flûte. Il n'en jouait pas mal. On entendait souvent, au Caire, une valse de sa composition : *la Dame du sérail*[12]. Il semblerait qu'avec cette valse et son regard tendre derrière le bleu de ses lunettes, côté sérail justement et côté cœur, il ait fait des ravages. Car Jacob Sanua ne manquait pas de charme.

Avant que ses succès sur scène ne l'aient rendu redoutable aux yeux du pouvoir et que ses pièces n'aient été interdites, James Sanua n'avait jamais eu à se plaindre de la vie au Caire. Il avait été le favori déclaré des tendres amies du Khédive qui donnaient des fêtes en son honneur. On allumait les brûle-parfums, on déployait pour lui les nappes les mieux brodées et l'argenterie des grands jours. C'était en 1872, l'époque où, n'étant plus tout à fait en odeur de sainteté dans les milieux gouvernementaux, il s'efforçait d'être vu partout et souvent. En compagnie de Lydia Pachkov notamment. La grande voyageuse s'était éprise de lui. Etablie au Caire, elle passait pour un puits d'érudition. La belle Lydia racontait ses voyages et consultait Abou Naddara à tout propos. Elle souhaitait qu'il l'aidât à préparer son voyage à Palmyre, insistant beaucoup pour qu'il allât à la recherche des *drogmans* et des *cavass* dont elle avait besoin. Bon bougre, il s'exécuta.

Par la suite, quand la situation financière du proscrit devint difficile en France et que les soucis d'argent ne firent pas défaut non plus à l'intrépide voyageuse, ils se retrouvèrent à Paris, tous deux désargentés. La Pachkova revenait d'une expédition en Asie Mineure et son article sur Sinope était sur le point de paraître dans *le Tour du monde.* Ce furent de joyeuses retrouvailles.

Lydia Pachkov était très demandée dans les salons parisiens. Elle avait été accueillie parmi les membres de la Société de géographie et ce n'était que justice, n'est-ce pas? Une femme de cette compétence... Or elle était russe et il était égyptien. De quoi satisfaire les milieux les plus férus de cosmopolitisme. C'est dire combien on les fêta. Nombreuses furent les occasions d'aller ensemble aux mêmes conférences et aux mêmes soirées et d'applaudir ensemble les mêmes dames chantant les mêmes ravissantes choses. Ils passaient difficilement inaperçus. La presse se fit l'écho de leur inclination commune pour une certaine extravagance vestimentaire : « Au dernier dîner des *Bas bleus,* qui réunissait les beaux esprits du sexe féminin dans la capitale française, Madame Pachkov apparut portant une toilette particulière dans laquelle se reconnaissaient les modes de tous les pays qu'elle avait visités, assemblées non sans un certain goût[13]. » Et le journal allemand qui publiait cette information l'illustrait d'une photo représentant « l'impétueuse Russe » toute vêtue de blanc, ses cheveux torsadés autour du front, et coiffée « à l'orientale » d'un long voile de dentelle. C'était, avait-elle précisé : « une tenue qu'elle aimait à porter en voyage ».

La pleutrerie des courtisans est, on le sait, sans limites. Une fois les salons du Caire et ses amis perdus, il arrivait qu'Abou Naddara, ignoré de ses compatriotes qui, lorsqu'ils étaient de passage à Paris, feignaient de ne pas le reconnaître par crainte de déplaire à leur souverain, ressentît la nécessité de changer de personnage. Il renonçait alors à l'exotisme facile du Cheikh et dévoilait un tout autre aspect de sa personne. Il revêtait une jaquette étriquée et haut fermée, un gilet gris, très dépassant, froissé et bridant le buste, il abandonnait son turban et coiffait un tarbouch. Ce n'était pas la tenue qui lui convenait le mieux. Une longue pratique des modes orientales autorise certaines négligences. Ainsi une chemise fripée, un col peu net, un plastron cassé, tout cela disparaît sous une gandourah mais choque avec une jaquette. Considérations auxquelles Abou Naddara se disait indifférent, arguant que la rigueur vestimentaire n'était qu'une manifestation parmi les plus insupportables des terribles préjugés britanniques.

Négligée ou non, la jaquette lui permettait de revendiquer un autre état social auquel il tenait beaucoup : celui de professeur. Il devenait alors M. James Sanua, enseignant dévoué, mari et gendre modèle, père attentif.

Nul ne pouvait ignorer cet aspect de sa personnalité, et Isabelle Eberhardt moins que tout autre. Car dans les publications qu'il dirigeait, James Sanua savait utiliser le moindre espace laissé vide pour sa promotion personnelle. Il y glissait aussitôt une petite publicité : « Le cheikh Abou Naddara attend chez lui ses confrères de la presse française et étrangère, ainsi que les personnes qui désirent lui demander des leçons, des traductions ou des rédactions en français, italien, anglais et arabe », lisait-on dans *Souhaits d'Orient.* « Le Cheikh reçoit tous les lundis, mercredis et vendredis, de une à deux heures et de six à sept heures du soir, à son domicile de la rue Geoffroy-Marie, n° 6. »

« Par sa nouvelle méthode, fruit de trente-cinq ans de profession, le cheikh Abou Naddara s'engage à faire parler et comprendre l'arabe quel que soit le dialecte. »

Il n'y avait que les mauvaises langues (celles-là qui par antisémitisme avaient surnommé Jacob Sanua « le faux chèque »), il n'y avait qu'elles pour prétendre qu'Abou Naddara, toujours en quête d'argent et d'élèves, était prêt à enseigner tout et n'importe quoi, et « qu'il lui était arrivé de se charger d'un cours d'arithmétique, d'un cours de dessin linéaire et voire même d'un cours d'astronomie, sciences qu'il ignorait absolument [14] ».

Si le professeur James Sanua savait faire bon marché de ces sortes de méchancetés, c'est que pour gênantes qu'elles fussent, elles n'empêchaient pas les élèves d'affluer. Les médisances étaient sans conséquences. Car dans le Paris d'alors, l'exploitation des connaissances linguistiques du professeur Sanua était favorisée par la folle vogue des voyages. Constantinople, Le Caire, Tunis, Alger... plus que jamais les lieux où aller. Il fallait avoir vu ces villes. Il fallait y avoir été vu. On s'y rendait avec un certain romantisme qui n'excluait pas l'imprudence. C'était une appropriation brusque et irraisonnée qui ne manquait pas d'étonner, car enfin se faire photographier à Assouan ou aller graver son nom sur une colonne du temple de Louxor paraissait à certains aussi simple que d'aller à Poissy-sur-Seine prendre le frais sur la terrasse de *l'Esturgeon.*

Malgré cela, nombreux étaient ceux qui cherchaient à se payer d'illusions et souhaitaient, avant de partir, percer au moins l'un des mystères du pays où ils allaient se rendre : le mystère de la langue. Le professeur Sanua était là pour les y encourager. Parmi ses élèves il comptait toutes sortes de gens. Il recevait des explorateurs, des espions, des photographes et des militaires auxquels venait s'ajouter une faune jacassante de grandes dames levantines d'une délicieuse futilité. Abou Naddara était de cette espèce qui travaille en famille. Il avait du savoir-faire et trouvait plaisir à présenter à ses élèves son épouse dévouée, à l'abondante chevelure noire lourdement nattée, sa vieille belle-maman dont la coiffure volumineuse couleur de brique pilée était renforcée de boules postiches appelées *chichis*, ses deux jeunes enfants, sa fille, la jolie Louli toute en frisures légères et son fils, Abd-el Hamid, dit Hilmi, un gentil brun aux grands yeux fort beaux. Abou Naddara recevait à la mode orientale, c'est-à-dire la plus spontanée qui soit. Et l'on ne savait ce qui l'emportait chez lui, d'une sotte vanité ou d'un cœur tendre et plein de générosité. Ce trait que l'on découvrait au détour d'une phrase surprenait chez ce personnage devenu mondain par nécessité plus que par goût.

En recevant Isabelle, trois ans plus tard, la famille de James Sanua allait prendre une place importante dans sa vie. Mais, sans attendre de la connaître, le rôle qu'à travers ses lettres Abou Naddara tint auprès d'elle n'eut pas d'équivalent. Certaines confidences laissent néanmoins supposer qu'en de nombreuses circonstances l'instabilité d'Isabelle, son humeur capricieuse et, pis encore, son mépris de l'opinion publique, choquèrent profondément son bienfaiteur.

Les premiers écrits en arabe qu'Isabelle Eberhardt adressa au « vénéré Cheikh » se présentaient comme des exercices de style. Ils dénotaient un souci puéril du « bien faire ». Comme si des enluminures assez adroitement exécutées, des kyrielles de louanges et un usage immodéré des salutations rituelles suffisaient à racheter le reste. A la vérité, ses récits étaient par moments inintelligibles à force de maladresse. On devinait qu'elle n'avait disposé que des secours d'un lexique franco-arabe, ou de l'un de ces manuels d'enseignement de l'arabe dialectal comme on en publiait à l'époque pour l'éducation de nos colons, de nos militaires et de leur famille. Quand Isabelle avait puisé son inspiration dans des textes littéraires, c'était sans plus de discernement qu'une couventine copiant des passages de l'*Imitation.* Mais rien de tout cela n'était pour déplaire à Abou Naddara.

Ces phrases en langue classique, mêlées à des expressions en langue vulgaire, cette graphie des plus fantaisistes, ce galimatias, choquèrent moins le « Molière égyptien » qu'ils n'avaient choqué, quelques mois auparavant, le respectable professeur Victor Rosen [15], tout imbu du vrai sens des mots et que n'aidait point, dans son approche des écrits d'Isabelle, un passé d'auteur populaire, exercé au plus profond des ruelles torrides du Caire.

Le ton d'humilité qu'Isabelle avait adopté pour s'adresser à Abou Naddara ne lui déplaisait pas non plus. Il servait l'attrait secret que la louange exerçait sur ce personnage. L'inconnu de Genève dont la double signature laissait perplexe – il signait : N. Podolinsky (I. de Moerder) – paraissait si gauche et si timide que le brave cheikh ne désira plus autre chose que l'aider. Allez résister à des demandes exprimées en ces termes : « Vous êtes savant dans la langue et la religion des Arabes, c'est pourquoi je vous écris pour vous demander un conseil compétent. J'ai besoin de savoir la langue turque... Je n'ai pas de dictionnaire turc-français ni turc-allemand. J'espère que vous aurez la bonté de me donner le conseil que je vous ai demandé... »

Le professeur Sanua se plut à satisfaire l'auteur de cette demande. C'était le Wharmund qu'il lui fallait, à cet inconnu. Du gros, du solide, du sérieux, un vrai dictionnaire. De ces ouvrages dont on ne saurait se passer, même en voyage. Et le vieux Cheikh imaginait son correspondant, dans le désordre des caravanes, consultant le Wharmund parmi les chameaux, les familles agglutinées et les hommes à pied. Car l'inconnu disait clairement : « Je veux m'efforcer de parcourir pour les voir les pays orientaux. » Mais la phrase suivante ajoutait au trouble d'Abou Naddara : « J'ai étudié seule, disait la lettre, j'ai peu appris et sans maître. » Que signifiait *ce seule?* On imaginait mal qu'une femme puisse avoir de tels projets...

Le renseignement demandé par Isabelle lui fut fourni sur papier à en-tête du *Journal d'Abou-Naddara-Zarga.* Et quel en-tête! Un luxe inouï de vignettes aux devises superposées, certaines en arabe, d'autres en français, une confusion d'architectures exotiques, un monde de sphinx, de drapeaux, d'étoiles, d'obélisques et de pyramides, tout cela comme venu d'Egypte pour rendre plus alléchante l'annonce des tarifs d'abonnement et encourager la clientèle. Il y avait peut-être quelque chose à grappiller de ce côté-là, sait-on jamais? Sans oublier les lunettes bleues du vénéré directeur qui figuraient en cartouche sous une banderole proclamant : « L'Egypte aux Egyptiens ».

Mais le particulier de cette lettre, c'était le texte. Il dévoilait ce qu'il y avait de comique chez le bonhomme. Et tout d'abord son étrange facilité à glisser partout où l'occasion s'en présentait un poème de sa composition. Cette première lettre contenait à l'adresse de l'inconnu une ode en arabe. Et cette manie louangeuse! Comme une incontinence due au vieil âge. Pas moyen de l'en dissuader : il fallait qu'Abou Naddara y aille de son compliment. Que se passait-il dans sa tête lorsqu'il achevait sa lettre par ce dithyrambe : « Je ne puis m'empêcher de vous dire que votre style et votre écriture m'ont ravi. Et j'ai mis votre incomparable missive parmi les autographes de nos savants d'Orient et d'Occident comme un souvenir très précieux. » Se pourrait-il qu'il y ait eu calcul de la part du vieux professeur? Qu'il ait vu là l'occasion de se faire un abonné et peut-être un élève de plus? Mais il allait très vite regretter d'avoir terminé sa lettre par : « Veuillez agréer, Monsieur... » Car la réponse, qu'il n'allait pas tarder à recevoir, lui réservait une surprise. Toujours les deux mêmes signatures, mais cette fois l'une d'elles était plus explicite. On lisait clairement : « Mlle I. de Moerder ».

Un peu plus déchiffrable que la précédente, la lettre était d'une spontanéité qui ne pouvait laisser insensible : « A l'homme à la renommée sainte, au cœur généreux... Je vous remercie de tout mon cœur du grand honneur que vous m'avez fait... J'ai seulement vingt ans. En ce qui concerne le dictionnaire je ferai suivant votre bon conseil... Et puis je vous enverrai un hymne chrétien de mon pays, la Russie, que j'ai traduit en arabe... » On pouvait regretter qu'Isabelle, sans tenir compte des conseils du baron Rosen, se fût entêtée à traduire de la prose en vers et inversement. Mais de cela non plus le professeur Sanua ne se souciait pas. Ce qui, par contre, le mettait au comble de la perplexité était d'avoir appelé « Monsieur » une jeunesse, sans doute l'une de ces filles de famille comme il aimait en compter parmi ses élèves. Il fallait qu'il n'eût rien compris à rien. Quel étourneau il faisait! Abou Naddara était furieux contre lui-même. Le 16 novembre 1896, en répondant à Isabelle, il était plus décidé que jamais à s'en tirer avec une dose supplémentaire de louanges : « Chère Mademoiselle. Je vous exprimerai en arabe le plaisir que j'ai éprouvé en recevant vos écrits sublimes et mon admiration pour votre calligraphie et vos dessins. Mais hélas! Je n'ai pu tout déchiffrer et cela à cause de ma faible vue. Pourtant la feuille signée par vous, je crois l'avoir toute lue et comprise, excepté un passage : êtes-vous âgée de vingt ans ou y a-t-il vingt ans que vous vous occupez de littérature orientale...? La seconde feuille, celle dans laquelle vous daignez chanter les louanges de mon journal, je l'ai aussi un peu déchiffrée et plutôt comprise mais quand même pas tout à fait. Bref, vous m'avez enchanté... »

Le mal qu'il se donnait pour ne pas avouer qu'il n'avait rien compris du tout! Qu'il avait été incapable de déchiffrer cette galimafrée de propos décousus. Et l'auteur? Que penser d'une demoiselle qui signait de deux noms, l'un plutôt russe, l'autre plutôt germanique? Et puis elle était pleine d'erreurs et de mots inventés, cette lettre, mais mieux valait n'en rien dire.

Ce qui se jouait entre Isabelle et le vieux Cheikh était une farce à l'orientale où chacun portait un masque, changeait de nom et cachait son cœur. Mais Abou Naddara s'efforçait de paraître sincère : «... Comme vous me demandez que je vous réponde en arabe – du moins il me semble relever cela de vos écrits magnifiques – je vous adresse ici une lettre dans mon humble prose rimée. Je vous y exprime joie et regrets : ma joie de savoir que c'est à une demoiselle que j'ai affaire, une demoiselle de génie, douée de hautes vertus et de qualités supérieures; mes regrets d'être vieux et de ne pouvoir déposer mon cœur aux pieds d'une jeune personne aussi accomplie que vous... Ma lettre arabe, la voici. Veuillez agréer, en attendant, mon salut français. »

Il semble que pour Isabelle les lettres du Cheikh valaient plus pour leur musique que pour ce qu'elles exprimaient. La page en arabe n'avait d'autre but que de frapper l'imagination de la jeune fille. Abou Naddara s'y montrait formidable. Il y accumulait des louanges qui toutes faisaient d'Isabelle un modèle d'érudition, de culture et de vertus. Ce correspondant, choisi par hasard, réalisait le type parfait du courtisan et Isabelle eût certes souhaité autre chose. C'était un personnage, ce « Cheikh », une figure singulière passant sa vie en amabilités, mais il n'était pas que cela. Il ne manquait pas de flair. Il prédisait à sa jeune protégée un bel avenir. Il notait ses progrès avec plaisir. Un jour ou l'autre, cela ne faisait nul doute, la jeune Russe de la villa Neuve ferait parler d'elle. Car c'était vrai qu'elle était en progrès. S'il y avait encore dans ses lettres quelques maladresses et, souvent utilisés de-ci de-là, des mots qu'on ne trouvait dans aucun lexique, quelle importance, je vous prie ? Abou Naddara en avait tant vu au cours de sa longue carrière. Le style ? Il s'en fichait. L'essentiel était ailleurs... L'essentiel était dans le rythme, dans l'invention.

Les lettres d'Isabelle aidaient le vieil homme à oublier le brouhaha de la capitale et cette hâte de courir les banquets qui lui tenait lieu de vie. Que sa jeunesse était loin à Jacob Sanua ! Et loin le temps des illusions, des idées généreuses, loin le temps de ses débuts au Caire et loin, encore plus loin, cet autre temps, quand il avait la révolution en tête, le temps de Livourne, son temps d'Italie. Mais que disait la lettre de sa jeune amie ? « Très vénéré Cheikh. Tout en me faisant un devoir de vous féliciter, vous et votre famille, à l'occasion de la nouvelle année astronomique qui va commencer, je viens vous remercier bien chaleureusement pour votre Journal tout en vous priant de bien vouloir faire encaisser par la poste le montant de mon abonnement à *l'Attawadod*[16]. » Tiens, tiens... le Cheikh comptait une abonnée de plus.

« Pour ce qui est de vos bons conseils je vous en remercie bien sincèrement et je les suivrai. Maintenant souffrez que je demande encore à votre bonté ceci : consentiriez-vous à me communiquer l'adresse directe de la jeune dame dont il est question dans l'article de mon ancien confrère, L. d'Ariel : *Etude de la femme musulmane*[17] afin que je puisse lui écrire. Il me serait très agréable d'avoir une correspondante parmi mes sœurs d'Orient. Je pense que vous n'y trouverez point de mal, vous qui savez maintenant que le " jeune homme " qui vous écrit et qui signe Nicolas Podolinsky n'est qu'une jeune Russe et très *pauvre* [le mot était écrit en arabe] il est vrai, mais bien profondément respectueuse de l'Islam et qui va se consacrer aux études orientales. »

Ce n'était déjà plus la lettre d'une écolière, mais bien celle d'une jeune fille ambitieuse décidée à aller jusqu'au bout de ses projets. Le secours d'Abou Naddara allait lui être indispensable : « Vous m'obligeriez aussi infiniment, lui écrivait-elle, en me donnant l'adresse de l'ancien ministre des Affaires étrangères de Turquie Sawas Pacha. A en juger par vos paroles telles qu'elles ont été rapportées par L. d'Ariel, cet *effendi* ne refusera pas de me donner quelques indications sur la marche à suivre pour des études sérieuses de littérature turque. Je commence à comprendre passablement cette langue... Maintenant laissez-moi vous assurer encore une fois de l'absolue sincérité de mon affection acquise désormais à vous et aux vôtres pour la vie.

« Vous avez été l'une des très rares personnes qui ont voulu m'encourager dans la voie des études orientales si chères à mon cœur. Je ne l'oublierai pas et resterai toujours votre fille intellectuelle respectueuse et dévouée. J'espère pouvoir vous le prouver un jour, *si Dieu veut! (Inch'Allah!)* « A vous de toutes mes pensées. »

C'était signé : Isabelle de Moerder.

Ces deux pages écrites en français étaient accompagnées d'une page en arabe, calligraphiée avec une application désarmante. On sentait qu'Isabelle s'était donné un mal infini. Un motif repris dans la marge en quatre encres de couleurs différentes et plusieurs fois répété formait un encadrement dans le goût oriental. Quoique l'enluminure ne fût pas l'occupation habituelle d'Isabelle, elle témoignait d'une réelle connaissance du dessin. Les leçons prises à Genève avaient porté leurs fruits.

Le texte, qui n'était qu'une fade répétition de formules rituelles, manifestait une telle exagération dans la louange que tout autre que le Cheikh eût éclaté de rire en le lisant. Mais Isabelle pressentait qu'elle n'avait rien à perdre en s'attribuant le rôle un peu sot du disciple aveuglé par l'admiration : « Ecrit dans la maison de guerre[18] le 30 décembre 1896 (année hégirienne 1314). Louange à Dieu seul. Il n'y a de Dieu que lui, et on ne doit adorer que lui. Que Dieu répande ses bénédictions sur notre Seigneur et notre Maître Mohammed, sur sa famille et ses compagnons et qu'il le sauve. A l'homme à la renommée sainte, au cœur généreux, à l'opinion droite, à la dignité auprès de Dieu considérable, le Seigneur des seigneurs, la lampe dans les ténèbres, je veux dire par cela le vertueux, le très élevé, le magnanime, le très complaisant Cheikh, Monsieur J. Sanua, Abdu-Nazzara. Le salut soit sur toi et sur tous ceux qui vous entourent : famille, enfants, et amis. » Après ce préambule, le message d'Isabelle se faisait plus personnel et témoignait d'une meilleure connaissance de l'arabe. Sa graphie était moins arbitraire qu'autrefois. Entre deux vagues montantes toutes jaillissantes de compliments, elle avait réussi à caser des propos modestes : « J'espère que Dieu vous accordera la libération et le bonheur pour votre pays que vous aimez, l'Egypte... » Comme c'était simple d'être simple! Pourquoi ne pas tenter une allusion aux membres de la famille Sanua? « J'espère que Dieu le Clément et le Miséricordieux, par l'action de sa justice accordera l'abondance et la santé à votre femme intelligente et à vos enfants que j'aime comme mon frère et comme ma sœur... » Restait à faire comprendre que se connaître, voilà qui serait merveilleux! « Quant à nous, apprenez que nous sommes dans une excellente santé et que nous n'avons d'autre désir que celui de rencontrer votre haute seigneurie et de nous réunir avec elle dans une heure heureuse. Salut complet. Amen. »

Voilà. C'était fait. Ils avaient besoin l'un de l'autre et elle le lui avait dit. Mais pourquoi Isabelle se disait-elle fille du général lieutenant Pavel Karlovitch de Moerder alors qu'elle ne l'était pas? « De la servante de Dieu, Isabâlâ, fille de Paul, remerciements gracieux » avait-elle écrit à Abou Naddara en lui adressant sa photo en uniforme de matelot de la marine française, document qui, on le sait, placé sur la table d'Abou Naddara parmi les portraits de pachas barbus, coiffés de tarbouchs et de chefs d'Etat, constellés de décorations, allait intriguer plus d'un visiteur. Ainsi elle faisait silence sur Trofimovsky et silence sur sa situation de famille. Il ne lui en aurait pas coûté beaucoup de dire la vérité. Prudence? Calcul? Hypocrisie? Brusque respect du « code mondain anglais[19] » comme aurait dit Balzac? Qu'en eût-il pensé, lui qui qualifiait « d'horrible grimace » des faiblesses constatées chez l'intrépide Lady Arabella?

Il est curieux qu'à dix-neuf ans, Isabelle, indifférente au qu'en-dira-t-on et qui choquait le tout-Genève par l'originalité de ses tenues masculines, ait été encore l'esclave des convenances.

C'est du moins la conclusion assez paradoxale qui s'impose après lecture de sa lettre en arabe à Abou Naddara.

Ainsi Isabelle était insatiable. Le russe, l'italien, l'allemand, le français, l'arabe ne lui suffisaient pas, et baragouiner le turc non plus. Elle voulait acquérir de cette langue une connaissance réelle, approfondie. Etait-ce, comme elle le prétendait, en vue de faciliter d'éventuels voyages « en pays orientaux »? Point du tout. C'était de bien autre chose qu'il s'agissait. Parler turc... Cela venait d'une histoire d'amour. Parler turc? La vérité était qu'Isabelle cherchait à fixer l'attention d'un jeune homme. Parler turc cachait un désir, celui de plaire. Elle souhaitait séduire un étudiant, Archavir Gaspariantz, sujet du tsar, né à Ahalkalaki, sous le gouvernement du Caucase. Or cette ville était si proche de l'empire ottoman qu'il n'aurait pas fallu grand-chose pour que ce Russe fût né Turc. Et cela ne l'aurait guère gêné. Pour garantir la sécurité des Arméniens, Archavir ne se fiait pas davantage au gouvernement de Saint-Pétersbourg qu'à celui de Constantinople. S'en remettre au tsar? Quelle idée!... On le savait capable d'actes odieux, le tsar, tout aussi odieux que le sultan. Mais le plus souvent c'était par impuissance. Souvenez-vous : «... La machine de l'Etat russe est énorme et lourde, on n'imagine pas combien ceux-là mêmes qui la dirigent peuvent se trouver impuissants devant elle... Si je vous racontais... » Souvenez-vous d'une certaine *Semaine sainte* et des propos d'Armand Emmanuel, duc de Richelieu, gouverneur d'Odessa, tandis qu'il expliquait à Marmont « comment il était devenu étranger à son propre pays »... Or rien n'avait changé depuis. Rien ne change jamais en Russie.

Fils de pope, éduqué à la russe, entré au collège fort jeune et pourvu d'une excellente instruction, Archavir Gaspariantz, s'il en avait eu le choix, là, à cet instant précis, aurait aussi bien opté pour une nationalité que pour l'autre. Et pourquoi s'en étonner? En Russie comme en Turquie, quand on était arménien on était étranger.

Il était donc naturel de n'attacher aucune valeur sentimentale à un passeport, naturel de considérer le choix d'une nationalité comme un acte dénué de signification et naturel d'en changer sans plus d'arrière-pensées qu'il n'en faut pour changer de linge. Posséder un passeport russe plutôt que turc? La belle affaire... Cela ne signifiait à aucun degré que l'on eût fait siens les objectifs du tsar ou ceux de la Sublime Porte, cela signifiait plutôt que, de périls en périls, d'incertitudes en incertitudes, on s'était déterminé dans l'espoir fou qu'une nationalité serait un peu moins mauvaise que l'autre. Archavir Gaspariantz ne faisait donc pas exception et son état habituel était l'expectative. Entre Isabelle et lui c'était une vieille histoire. Archavir était arrivé à Genève en janvier 1895. Il avait plu à Isabelle dès leur première rencontre. Quelques mois plus tard, à l'époque où Augustin avait précipitamment quitté Genève pour aller s'engager à Sidi-bel-Abbès, tout était clair dans l'esprit d'Isabelle. Elle prenait son frère à témoin, persuadée que les choses iraient pour le mieux entre Archavir et elle. S'il lui plaisait, elle lui plairait aussi : « Archavir a de l'Arménien la nature rêveuse et sombre, violente et poétique. Il a acquis de l'étudiant russe ce cachet indispensable que j'aime, qui m'est si sympathique, si proche[20]. »

Or, le citoyen d'Ahalkalaki resta de marbre.

Plusieurs raisons à cela. La principale étant qu'Archavir avait une maîtresse, qu'elle avait comme lui à peine vingt ans et qu'il n'avait ni les moyens ni le temps de mener plusieurs liaisons à la fois. L'autre raison était que depuis sa lointaine Arménie, son père, homme de grande expérience, n'avait cessé de lui seriner que les pires malheurs le guettaient s'il sortait du cercle étroit de ses compatriotes. Il lui recommandait, dans son propre intérêt, de considérer qu'hommes ou femmes n'étaient fréquentables que s'ils étaient arméniens. En fils obéissant de Tatevassian et de Naseli Honenian, Archavir s'appliqua à ne point changer de maîtresse. Pas de danger qu'il cherchât ailleurs : la petite Martinian Lousinthay, qui était connue des services de la police suisse pour ses idées militantes, présentait toutes les garanties souhaitées, l'essentiel étant qu'elle avait vu le jour en Arménie. Elle était d'Alexandropol. Martinian était donc la maîtresse qu'il lui fallait. Alors que la jeune Isabelle... Elle ne manquait pas de charme, certes, mais le lui dire aurait provoqué des désagréments dans sa vie d'étudiant. Archavir la tint à l'écart.

Isabelle en éprouva chagrin et étonnement. Elle en fit confidence à Augustin dans l'une des premières lettres qu'elle lui adressa à Oran. Ses allusions à l'indifférence d'Archavir étaient claires et ses plaintes se manifestaient au milieu d'un grand déballage de citations, et d'allusions à des villes qui, dans son esprit, s'identifiaient avec les deux amours de sa vie, Archavir et son frère, ses éternels fiancés. « Je souffre, écrivait-elle à Augustin, le 24 décembre 1895. Le jour présent est sans horizon, morne, désolé :

Mon corps est en Occident
Et mon âme est en Orient
Mon cœur est à Stamboul
Et mon cœur est à Oran.

« A Stanboul ! Tu sais pourquoi... Tu as sans doute su démêler la vérité, la navrante vérité dans tout ce qu'avec notre inconcevable caractère je t'ai raconté sur... Tu as dû comprendre et deviner. Mais non, cet amour-là, cet amour désolant, jamais rendu, n'est rien en comparaison de l'amour immatériel pour toi. » Elle citait Loti : « Si l'Eternité existe, avec laquelle des deux irai-je revivre ailleurs, avec elle, petite Aziyadé ou avec toi ? » Puis elle le paraphrasait : « Si l'éternité existe avec lequel des deux irai-je revivre ailleurs, avec lui, mon frère bien-aimé, ou avec toi ? Oh ! avec toi, avec toi toujours... Et si l'Eternité existe, ces amours immatériels, profonds, inexpliqués doivent revivre avec nous... L'amour seul, les deux amours... Celui qui est comme le nôtre et l'autre, celui qui est né en moi pour le Levantin aux yeux bruns. " Est-ce l'effort suprême de l'âme vers le ciel ou la loi aveugle de la nature ? " (Loti, *Aziyadé*). Mais toujours toujours avec toi de près ou de loin toujours[21]. »

Les allusions au personnage d'Archavir ne manquent pas dans les lettres qu'échangèrent Isabelle et Augustin, et il y en a aussi dans leur œuvre commune, ces *Visions du Moghreb* qu'ils écrivirent en collaboration. Elles témoignent de l'attirance profonde qu'éprouvait Isabelle pour celui qui la dédaignait. C'est peut-être à lui qu'elle pensait lorsqu'elle écrivait à Augustin : « G. revient l'an prochain, un rayon de soleil dans ma vie, cela aussi[22]. » Et c'est naturellement encore à lui qu'elle songeait lorsque, s'appliquant autant que sur un devoir de vacances et portant toute son attention sur les notes de voyage que lui avaient adressées Augustin et Hyacinthe Delastre, elle ne put résister à l'envie d'introduire dans la première livraison du récit qu'elle destinait à la *Nouvelle Revue moderne* un personnage qui ressemblait à Archavir comme un frère. Il fallait bien quelque chose qui vînt d'elle dans cette nouvelle. Il fallait aussi qu'elle trouvât quelque consolation au silence du beau Levantin qui avait quitté Genève sans la prévenir. Pour combien de temps ? Elle en était bouleversée. C'est ainsi que dès les premières pages de ce récit, situé dans la grande cour carrée d'un caravansérail, « lieu de misère et de pouillerie » qui devait tout à la précision du regard d'Augustin et rien à l'observation d'Isabelle, peu à peu elle se laissa envahir par une obsession devenue si urgente que parmi les burnous grisâtres, les gandouras bleues, les ânes gris, les grands dromadaires pelés, parmi les hommes pieds nus aux voix gutturales, elle fit apparaître deux personnages. D'abord celui de *l'Aimé*, drapé dans un grand burnous blanc, étendu par terre, rêvant sans doute – « et ses rêves le ramenaient, là-bas, vers le lointain pays d'Istamboul ». Ensuite, enveloppé d'un haïk rose, venait celui que le narrateur appelait « notre frère adoptif Mahmoud ». Isabelle lui prêtait les propos suivants : « Aurais-tu jamais pensé que tu serais une nuit, seule, dans un fondouk de Medjana, avec deux hommes que tu ne connaissais pas il y a à peine huit mois et dont l'un est devenu ton amant et l'autre ton frère ? C'est la Destinée ! Qui sait jamais où l'on sera demain et que valent nos calculs et nos prophéties ? »

Où avait-elle la tête, Isabelle, tandis qu'elle entendait les siens discuter de l'avenir de la Russie, du sort des chrétiens d'Orient ou de « la question arménienne »? Les écoutait-elle vraiment? Pas un instant sa pensée ne se détachait d'une préoccupation précise. Elle ne pensait qu'à eux... Toujours deux noms dans sa mémoire : celui de son frère et celui d'Archavir.

Ce fut à son retour de voyage que tout changea pour Archavir Gaspariantz. Que s'était-il passé pendant ces longs mois d'absence? La villa Neuve était devenue plus accueillante, plus animée. Isabelle avait gagné en féminité. Il lui arrivait de renoncer à ses tenues masculines. Vêtue d'une robe, elle était charmante. Quand Archavir apprit les progrès qu'elle avait faits dans bien des domaines, le dessin, la connaissance de l'arabe, l'étude du turc, quand elle lui parla des récits qu'elle avait écrits, puis expédiés à droite et à gauche et que des revues parisiennes avaient bel et bien publiés, ce fut une sorte de révélation. Il s'éprit d'elle.

Isabelle venait d'atteindre ses vingt ans. Elle savoura sa victoire. Mais l'un et l'autre éprouvaient des sentiments bien différents. Isabelle n'était occupée que de se réjouir d'une souffrance abolie, tandis qu'Archavir, qui n'avait rien souffert de semblable, n'était occupé qu'à échafauder des plans de mariage... et de carrière.

Il n'empêche qu'il en résulta une histoire d'amour, longue, belle et sincère, au terme de laquelle Isabelle décida de planter là le pauvre Archavir qui, passionnément amoureux, souffrit horriblement.

On a beaucoup brodé sur le personnage de Gaspariantz. De quoi avait-il l'air, ce « Levantin aux yeux bruns » dont le nom revient souvent sous la plume d'Isabelle? Archavir n'avait rien du jeune et brillant diplomate sous les traits duquel on l'a souvent décrit. Ce ne fut que bien des années après, quand les hasards de la vie eurent fait de lui un secrétaire d'ambassade, qu'Archavir s'appliqua à acquérir la netteté froide et l'air d'élégante distinction en usage dans les chancelleries. Mais à l'époque – nous sommes, je le rappelle, aux premiers temps de sa venue à Genève – Archavir Gaspariantz n'avait ni la tête ni le cœur aux élégances.

Le commissaire en charge de la surveillance des étrangers lui trouvait très mauvaises façons, à ce nouveau venu. Il arrivait de Lausanne avec un nom à coucher dehors. Pourquoi Lausanne et pourquoi Gaspariantz ? Etait-ce seulement son vrai nom ? Il aurait dit au professeur Sallaz, chez qui il avait pris pension, que c'était pour apprendre le français qu'il était venu à Lausanne. Les enquêteurs restaient méfiants. Bien qu'ayant séjourné un an dans cette ville, il n'avait pendant tout ce temps lié connaissance qu'avec une seule dame, et arménienne encore. La dame était repartie depuis peu. Pourquoi repartie ? Et pourquoi était-elle venue ? L'étudiant avait donc été hébergé chez un professeur, tandis que la dame avait logé chez une veuve des plus respectables. Pas le moindre dévergondage là-dessous. Cela ne facilitait pas l'enquête.

On suspecta le dénommé Gaspariantz d'avoir mené une vie retirée pour des motifs inavouables, alors que le seul motif de sa réserve était sa pauvreté.

A peine inscrit à la faculté des sciences sociales de Genève, celui qui pour les informateurs était le « soi-disant étudiant » fut l'objet d'un rapport sévère, aussitôt adressé à Monsieur le chef de la police : «.. Cet individu qui se trouvait dans une situation de fortune voisine de la gêne, menait à Lausanne une existence assez équivoque. C'est ainsi qu'il annonçait fréquemment l'arrivée de ses bagages. Importants, disait-il. Pourquoi, alors qu'il ne possédait même pas un sac de voyage, s'évertuait-il à faire croire qu'il attendait une grosse malle ? Elle n'arriva jamais. Le soi-disant étudiant ne possédait que les habits qu'il avait sur le dos et Monsieur Sallaz a déclaré qu'il eut beaucoup de peine à lui faire verser le prix de sa pension. Le professeur a dû avoir recours au juge de paix du Cercle de Lausanne[23]. »

La police était outrée. Pas de vêtements, pas de bagages, pas d'argent. Voilà un homme parti du fond de la Caucasie, les mains dans les poches... Et avec quelle idée en tête, s'il vous plaît ? L'idée bien arrêtée de tout foutre en l'air : les traditions, les habitudes, la propreté et les frontières. La Suisse n'avait rien à espérer d'énergumènes aux noms comme des éternuements. Des noms imprononçables, des noms à faire gémir... Ils laissaient les enquêteurs sous la déplaisante impression qu'ils étaient allés à l'école pour rien. Leurs lieux de naissance, c'était pareil. On croyait avoir des notions de géographie. Mais ouiche ! On ne retrouvait aucun de ces noms sur les cartes. Que faire d'un homme né à Ahalkalaki ? Que faire de gens venus de régions barbares, sous le seul prétexte qu'ils ne pouvaient acquérir chez eux l'instruction qu'ils souhaitaient acquérir ? Je vous demande un peu... Etait-ce une bonne et authentique raison de quitter sa patrie ? Une fois installés, ils se prélassaient dans le confort des universités helvétiques et se conduisaient en malpropres. La police jugea qu'un désir aussi affirmé de ne laisser ignorer à personne qu'on était pauvre, constituait chez cet Archavir, Archivir ou Archevir – que le diable l'emporte ! – un signe justifiant qu'il soit classé dans la catégorie des « étrangers suspects ». Tel était le sens des dernières lignes du rapport : « En somme, les renseignements obtenus de part et autre lui sont pleinement défavorables. C'est un individu très négligent en matière de propreté. Il a un air sournois et il est mauvais payeur. » Et dédaigneux, de surcroît. Même pas respectueux des lois du pays qui l'accueillait : « Ainsi le Gaspariantz, bien qu'il fût en Suisse depuis un an, n'avait même pas déposé ses papiers au bureau communal des Etrangers. » Négligé, négligent, on pouvait s'attendre à tout...

Le signalement que donnait la police faisait d'Archavir Gaspariantz un homme de haute taille : « 1,80 m. Bonne corpulence. Cheveux brun foncé. Barbe entière et noire. Yeux bruns. Nez fort. Grande bouche, belles dents. Front haut et large. Démarche droite. Figure boutonneuse[24]. » Comment empêcher que la police ne vienne, avec de tels détails, gâcher irrémédiablement l'image que l'on aurait pu se faire de l'Arménien d'Isabelle ? Cette « figure boutonneuse », ce négligé sur sa personne, ces chemises douteuses, comment Isabelle, nette, astiquée comme un caillou par l'eau d'un torrent, comment s'en arrangea-t-elle ? Cela ne fit guère obstacle au sentiment qu'elle porta à Archavir et auquel il demeura longtemps sourd.

La vie à Genève eut sur l'ancien locataire de l'honorable professeur Sallaz de Lausanne un effet bizarre. Genève était-elle une ville de perdition ? Pour mieux se livrer aux charmes d'une liberté dont il mesurait mal les dangers, Archavir Gaspariantz écouta ceux qui voulurent le convaincre de participer à un chahut d'étudiants. Un soir de novembre 1896, il fut arrêté pour tapage nocturne et dégradation d'appareils d'éclairage[25]. On l'interrogea toute une nuit. Sa hantise fut d'empêcher que l'écho de ce détestable incident ne parvînt jusqu'aux oreilles des paisibles habitants d'Ahalkalaki. Que ses parents en fussent avertis et il était prêt à se tuer sur place.

Les hommes comme Archavir sont tout d'une pièce. On ne peut être autrement lorsque l'on ne dispose d'aucun repli possible.

Archavir s'en voulut affreusement. Il se considéra comme le dernier des misérables et songea à quitter la Suisse pour s'engager dans une armée étrangère. Une fois calmé, il implora le pardon de la petite Martinian qui, elle, n'était occupée que par une idée et une seule :

la libération du territoire national. Son cœur ne réagissait à rien d'autre. Archavir avait donc pour maîtresse une jeune personne enragée de politique et qui rêvait d'une Arménie libre à toute heure du jour et de la nuit. Elle lui a«corda quand même son pardon.

Archavir avait gagné la première manche.

Restait la seconde.

Il fit jurer à sa confidente qu'elle ne dirait mot à qui que ce fût de ce qui s'était passé en cette affreuse nuit de novembre. Il lui affirma qu'elle était la femme placée par la Providence auprès de lui pour le tirer de ce mauvais pas. Elle seule pouvait imaginer la colère de son patriarche de père, au cas où il aurait appris... Elle se souvenait, n'est-ce pas, des sacrifices consentis par la famille d'Archavir pour qu'il fût admis dans le meilleur collège de la ville ? Elle connaissait ses parents et ne pouvait que trop bien imaginer leur désespoir. Pourquoi s'« être levé la peau » ? A quoi bon avoir fait de leur aîné un élève exemplaire[26] ? Et sa mère, redoutable matrone... Oui, sa mère ? Qu'avait-elle à attendre d'un tel fils ? N'aurait-il récolté en son jeune âge tant d'excellentes notes, tant de *Très bien* en russe, en arménien, en religion, en chant, en dessin, et même en gymnastique, que dans le but d'aller en Suisse démolir les réverbères de la ville de Genève ?

Martinian, on s'en doute, évita dans ses lettres aux habitants d'Ahalkalaki toute allusion à cette soirée fatale. Mais la chère enfant posa quand même ses conditions : que jamais plus son Archavir ne perdît de vue le droit chemin. Or, à ses yeux, apprendre le français était certes nécessaire – et Archavir le parlait admirablement –, tenter un doctorat en sciences sociales pouvait à l'occasion se révéler utile, mais le droit chemin passait par d'autres préoccupations et il ne restait à Archavir qu'un seul moyen de retrouver sa confiance : s'associer aux comploteurs qui œuvraient, au risque de leur vie, pour arracher l'Arménie à l'emprise des Turcs et accessoirement à celle des Russes qui, soit dit en passant, ne valaient guère mieux.

Ce fut en ces circonstances que la petite Martinian fit de son amant un militant de la cause arménienne.

1896, 1897. Avec Isabelle, au carrefour des chemins. Et quel carrefour et quels chemins ! Ce qui se tramait était du jamais vu. D'autres visages, d'autres conciliabules, d'autres langues, d'autres révoltés, d'autres, qui tous parlaient de leur patrie comme d'une industrie coupable, comme d'une fabrique à malheurs, ceux-là qui avaient vu des fils arrachés à leur mère et le feu mis aux maisons, les femmes fuyant leur enfant dans les bras, d'autres encore, les Turcs, rêvant d'une autre Turquie, les Arméniens d'une autre Arménie, et d'autres, d'autres qui rêvaient de dépouiller Abdul Hamid, le sultan sanguinaire, et de l'abattre, les chrétiens en lui arrachant la Macédoine et les musulmans l'Albanie. L'étau impitoyable de l'espionnage et de la surveillance se refermait sur ces jeunes gens, avec, pour eux, en guise de pain quotidien cette question sans cesse posée : allons-nous toute une vie être des suspects politiques, serons-nous toujours « *un objet de méfiance, un homme signalé à la police par une note secrète*[27]... ». Toute une vie...

Là était la seule pensée que ces étudiants avaient en commun. Car pour le reste... Ils appartenaient à des mouvements d'origines très diverses. Mais en dépit du fait qu'ils ne s'aimaient pas, ils ne se combattaient pas non plus. C'était en cela qu'ils différaient des Russes. A chacun sa manière : Turcs, Grecs, Arméniens, Macédoniens cherchaient l'entente à tâtons, au travers de revendications qui leur étaient propres. La police, qui de quelque pays qu'elle soit ne conçoit que les situations claires, les oppositions franches, sans bavures et comme tranchées par l'épée, ne s'expliquait pas que des étudiants défendant des idéaux opposés puissent signer les mêmes pétitions et tenir des réunions communes. Sans chercher plus loin, elle rangea sous la même bannière anciens et nouveaux, positivistes et pan-islamistes, ceux qui réprouvaient la violence et prêchaient l'union comme ceux qui, hors de la violence, n'attendaient rien, anarchistes ou socialistes, Russes de toutes tendances, Turcs ou Arméniens. Tous furent classés « nihilistes ». Et sur les rapports le mot figure indéfiniment répété : nihilistes, nihilistes...

Nous voici donc en cette année charnière où l'avenir de l'empire turc se jouait à Genève. Une raison à cela : la France s'était mise hors jeu depuis qu'au grand scandale de Clemenceau, le gouvernement avait enjoint aux membres du mouvement Jeunes-Turcs d'interrompre la publication des pages en français de *Mechveret*, journal bilingue, fabriqué à Paris et introduit clandestinement en territoire ottoman. A peine interdit, le journal qui traitait Abdul Hamid de tous les noms – faussaire, bourreau, fléau de Dieu, monarque sanguinaire, despote aux mains rouges, tyran dégénéré, honte des Musulmans, loup affamé, sultan pervers[28], tels étaient les qualificatifs le plus souvent utilisés – ferma ses bureaux à Paris et les rouvrit à Genève. Ses dirigeants prirent aussitôt leurs quartiers non loin de la Petite Russie. La *Karoujka*, toujours elle... Voilà qu'elle accueillait une nouvelle race de mécontents, des réfugiés très dignes, très pauvres et qui comme leurs prédécesseurs, ne fréquentaient que les plus humbles crémeries. Une différence toutefois : les *éfendis* portaient des redingotes élimées et c'était dans ce costume qu'ils s'acharnaient à faire progresser la cause de la liberté en Turquie. Sur les rives du Léman ils choquaient moins que les Russes. On préférait des révolutionnaires vêtus en bourgeois plutôt qu'en paysans. Mais quand même... Les plus vieux empires du monde paraissaient sur le point de sombrer.

Une fois ses dirigeants installés, le *Mechveret* reparut

en version turco-française, comme s'il n'avait subi aucun déboire, et la police fédérale prêta une attention inquiète aux allées et venues autour d'une maison de la route de Carouge où se tenait le siège du mouvement Jeunes-Turcs. Les rapports se multiplièrent, avec force considérations sur les difficultés linguistiques auxquelles se heurtaient les mouchards, et une méfiance générale se manifesta à l'égard de ce nouvel afflux d'étrangers qui trouvaient sur place les mêmes appuis qu'avaient trouvés quelques années auparavant les étudiants russes. Les milieux conservateurs s'alarmaient. On n'était plus chez soi.

Les choses en étaient là quand Le Caire, à l'exemple de Paris, décida d'interdire les pages en langue française d'un journal clandestin, le *Mizan* qui, expédié à Constantinople, diffusé sous le manteau, prêté, copié et lu à la sauvette par les fonctionnaires de la Sublime Porte, faisait les délices des antichambres ministérielles. Pas d'opposition sans journal. L'âme de cette publication, Mourad Bey, un écrivain jouissant d'une large audience et leader incontesté de l'opposition au sultan, face à l'interdiction qui lui était faite, quitta Le Caire pour Genève, non sans avoir signé un dernier éditorial en français : « Ce n'est pas un sultan qui règne à Constantinople, c'est Satan », écrivait-il.

A peine arrivé à Genève, Mourad Bey installa la rédaction du *Mizan* en « Petite Russie » et le journal poursuivit en Suisse une carrière prospère.

Isabelle Eberhardt, toujours anxieuse de se faire agréer sentimentalement et socialement – entendez par là attirer l'attention d'Archavir et s'introduire dans les mêmes milieux que lui –, toujours à l'affût de publications nouvelles où caser ses écrits, mais russe, russe jusqu'au bout des ongles, trop russe, c'est-à-dire trop opposée aux idées étrangères, pour être l'esclave d'embarrassantes attaches politiques, changea d'habitudes et fréquenta assidûment les nouveaux venus, sans renoncer pour autant à ses rendez-vous avec ses concitoyens.

On la vit, comme de coutume, se rendre chez Véra Popova et discourir avec ses « chers, charmants et inoubliables » Pop, Pianouchko, Chouchka et Chouchinka. Mais on la vit aussi entrer et sortir de chez Zeky Canias, « un publiciste turc qui donnait pension à des jeunes gens s'occupant de politique militante[29] ». Elle se fit remarquer en compagnie d'un Bernois, Jean-Albert Karlen[30], ancien imprimeur, plus anarchiste que socialiste et qui, parce qu'il endossait la responsabilité commerciale de la plupart des journaux révolutionnaires publiés en Suisse, était allé s'inscrire à la Chancellerie comme éditeur responsable d'abord du *Mechveret,* puis du *Mizan*[31]. Elle se montra assez imprudente pour s'afficher avec de nouveaux amis. Ils s'appelaient Issak Soukiouti, né à Diyarbakir docteur en médecine, Ahmed Seradjeddin, né à Constantinople, sculpteur « très militant et très écouté dans les réunions » et Halil Mouvaffak, étudiant en droit, « très turc, très nationaliste, très anti-européen » et qui passait pour un ami du docteur Djevdet, un des plus redoutables opposants au régime du Grand Seigneur. Tous étaient adeptes des opinions interdites en Turquie, tous collaboraient soit au *Mechveret,* soit au *Mizan* et tous étaient fichés. L'esprit d'Isabelle était un esprit de rebellion. Une impulsion mystérieuse l'amenait immanquablement à fréquenter une jeunesse audacieuse dont la principale préoccupation était de transformer l'ordre social. Et comme il y avait en elle un combat incessant entre la jeune fille de bonne famille qui aurait voulu mener une vie conforme aux traditions de son milieu et la jeune rebelle prête à se ranger dans le camp de ceux qui étaient enclins à tout brûler, les informateurs attachés à ses pas juraient leurs grands dieux qu'il s'agissait d'une provocatrice un peu sotte mais dangereuse quand même.

Ce fut l'époque où elle troqua le béret de matelot de la

marine française contre le tarbouch. Et les gratte-papier de s'en donner... Et les plumes de ronde de manifester une folle activité... Et les policiers de s'interroger...

Jamais Isabelle ne fut plus suspecte.

Archavir Gaspariantz, pour sa part, inquiétait les pouvoirs publics au moins autant qu'elle. On jugea qu'ils étaient faits pour marcher de compagnie, alors qu'en réalité ils se voyaient peu.

Pour être digne de la petite Martinian, son initiatrice à la vie militante, Archavir prit une part active à la publication de *Droschak,* journal arménien de tendance révolutionnaire[32]. Les journaux des Jeunes-Turcs étaient modérés par comparaison. Malgré cela les enquêteurs faisaient effort sur eux-mêmes pour se montrer plus tolérants à l'égard des Arméniens qu'à l'égard des Turcs ou des Russes : « Il y en a plusieurs qui ont eu des membres de leur famille massacrés et qui naturellement seraient assez disposés à se venger... », lisait-on dans les rapports[33]. Mais comment leur faire entendre raison? Voilà une jeunesse qui ne parlait que de se faire une patrie par force et par menace. Alors on ne les lâchait pas d'une semelle et on surveillait les lieux où ils se retrouvaient, les Arméniens. Ces lieux que fréquentait Isabelle...

Ce fut un grand moment de la vie d'Archavir que celui où il eut deux domiciles et, par prudence, n'en occupa aucun[34]. La police qui ne savait plus où donner de la tête le cherchait constamment où il n'était pas. Archavir l'insaisissable... On ne l'en considéra que plus dangereux. Il fallut à toute force lui prêter des complices. On lui trouva un frère, Michel Gaspariantz[35], fort inquiétant par son incessante activité auprès des activistes russes, ses nombreux voyages à l'étranger, ses amitiés aussi qui avaient de quoi surprendre. Il était lié avec des littérateurs et des auteurs de brochures nihilistes. La police fit de ce Michel le frère bien-aimé d'Archavir et cela sans tenir compte des rumeurs selon lesquelles ils n'avaient aucun lien de parenté, sans prêter crédit à ceux qui affirmaient que ce Michel ne s'appelait pas Gaspariantz mais Gasparoff. Il fallait n'est-ce pas, il fallait absolument qu'Archavir eût pour frère un habitué de la *Karoujka*, un brun, très brun, trop brun, portant barbe entière, reconnaissable « à ce qu'il n'ôtait jamais son bonnet d'astrakan gris[36] », mangeant à la cuisine populaire de Plainpalais et qui, de plus, était compromis avec des hommes soupçonnés d'actions violentes. Pouvait-on avoir pour frère un terroriste sans l'être soi-même? Quand cette thèse devint indéfendable, ceux-là mêmes qui, quelques jours plus tôt, se seraient fait hacher menu plutôt que de convenir de leur bévue, informèrent le service des Etrangers qu'il y avait erreur sur la personne. La police se prit à hair cet Archavir par qui l'erreur était arrivée : on le détestait de n'avoir pas de frère.

Archavir se souciait peu d'Isabelle. Mais il la laissa se rendre utile. En habituée des guichets de poste, elle en savait pas mal sur les bureaux du canton. Après beaucoup de débats, il fut convenu qu'elle serait chargée de surveiller les envois du *Droschak* vers l'étranger. Son travail se bornerait à aller à la poste et à signer quelques expéditions. Elle accepta avec empressement. Les mouchards qui ne la lâchaient pas d'une semelle et relevaient les noms des destinataires de ses envois notèrent, comme avec une sorte de méchante déception, « que malgré le laconisme des adresses, aucun de ses envois n'a été retourné à Genève ». Bien ou mal, tout ce qu'expédiait Isabelle parvenait à destination, et il leur prenait fureur à ces enquêteurs de constater que la poste fonctionnait avec la même efficacité, que cela fît ou non l'affaire de la police.

Aucun doute possible, les lecteurs lointains du *Droschak* n'avaient pas lieu de se plaindre. Qu'ils aient été de ces fonctionnaires impitoyablement condamnés et exilés par Abdul Hamid, tels Chefik Bey en disgrâce à Acre, Cheik Naili à Benghazi, Hadj Ahmet Effendi en résidence forcée au Fezzan où il mourut, Mekkeli Sabri à Mossoul, ou de ces conspirateurs considérés comme les plus dangereux et qui, s'étant évadés de la forteresse de Tripoli d'Afrique, vivaient cachés sur le territoire de la Régence, qu'ils aient été de ces Arméniens de la diaspora ayant émigré à Marseille, tel Meguerditch Portoukalian[37], ou de ces opposants demeurant encore en Turquie, tous recevaient bel et bien les envois d'Isabelle. Un tour de force. Car on disait qu'il était parfois plus aisé d'envoyer un journal de Paris à Erzeroum que de Péra à Galata[38]. Et c'était vrai. Les censeurs veillaient. Il arrivait souvent que le sultan fît voler les sacs postaux.

Isabelle suivait les discussions qui opposaient ses amis turcs, aussi insoucieuse que de coutume et indifférente aux conséquences de sa présence parmi eux. Les réunions se tenaient le plus souvent chez Archavir Gaspariantz. Il passait pour le principal rédacteur du *Droschak* et les services de police lui témoignaient de plus en plus d'intérêt. Sentimentale jusqu'à l'aveuglement, Isabelle, qui voulait être aimée d'Archavir et ne l'était pas, reportait ses enthousiasmes non point sur les chefs, mais sur les militants des mouvements d'opposition qui s'étaient regroupés à Genève. Dans sa fiévreuse irresponsabilité, elle ne pouvait s'empêcher de les aimer tous.

Ses préférences allèrent d'abord aux Jeunes-Turcs, plus logiques, lui semblait-il, et plus mesurés que ses amis russes. Mais cela dura peu. Elle devinait dans leur comportement quelque chose qui les rendait inférieurs aux Russes. Les événements l'aidèrent à découvrir leur secrète différence et cette découverte lui déplut.

Rien de plus singulier que ces éclatantes vérités qui commencent par sourdre lentement avant de se révéler non point le jour même, ni dans l'année qui suit, mais plus tard, très tard, et se font alors si vives que l'on n'entend plus qu'elles.

Déjà, dans l'inconscient d'Isabelle, se manifestaient, insoupçonnés, les symptômes du refus qu'elle allait sous peu opposer à l'amour d'Archavir. Le ton de ce *non* existait déjà. Une sorte de contre-chant silencieux.

Sa découverte tenait en peu de mots : les Russes étaient irréductibles, les Turcs ne l'étaient pas. Or Isabelle, rebelle par nature, subissait la contagion des Russes. Cela faisait trois ans qu'elle ne voyait qu'eux. A leur contact, elle avait oublié le sens du mot « compromis ». Etait-il envisageable de *négocier* tout ou partie de cet avenir meilleur que ses amis appelaient de tous leurs vœux? Et la foi dans quelque chose de grand, de pur, de parfait, dont le peuple russe allait bénéficier, était-ce négociable? Renoncer à une mission sacrée, céder au doute, à l'indécision, apparaissait à Isabelle comme une action impure, un geste méprisable. Elle n'avait pas le moindre don pour le reniement.

Or Archavir quitta Genève. Son départ se fit sans adieux. Isabelle n'en fut avertie qu'une fois Gaspariantz parti. On le disait à Istanbul, et les commentaires allaient bon train. Certains remarquaient qu'il y était parti seul, comme pour s'offrir en otage et négocier une amélioration du sort des Arméniens... On parlait de ce voyage en termes de sacrifice et l'on craignait qu'Archavir ne payât de sa vie une aussi folle entreprise[39]. S'il se montrait sur les rives du Bosphore il était perdu. Il avait quitté Marseille à bord d'un navire des Messageries, le *Congo.* Pour ce voyage, il ne s'était ni grimé, ni déguisé. On l'imaginait reconnu à peine arrivé, tombant aux mains des séides du sultan, subissant la torture à l'intérieur même du palais ou plus simplement étranglé dans un lieu écarté, comme l'avait été Midhat Pasha[40]. Mais cette interprétation était celle des membres du comité révolutionnaire arménien. Ce que l'on entendait chez les Jeunes-Turcs était une tout autre chanson. Ils s'attachaient à accréditer une thèse selon laquelle le fanatisme n'était pas une conséquence naturelle de l'Islam. Ils luttaient pour expliquer au reste du monde que les Turcs n'étaient pas des ogres, la meilleure preuve étant le voyage d'Archavir Gaspariantz en Turquie. Comment douter après cela que « la question arménienne » ne fût qu'une invention des chancelleries européennes? Si les autorités ottomanes acceptaient de recevoir Archavir Gaspariantz, cela prouverait, certes, qu'il avait obtenu au préalable de sérieuses garanties, mais cela prouverait surtout que « la question arménienne » n'existait pas.

Le plus curieux fut ce qui se passa à Genève pendant ces années-là. Un homme de grande culture, un poète, jeune et déjà apprécié des milieux littéraires occidentaux, Abd Allah Djevdet, celui-là même qui s'était signalé par la virulence de ses attaques contre le Sultan, réussit à s'évader des casemates de la forteresse de Tripoli[41] où se morfondaient, dans des conditions d'hygiène abominables, les ennemis politiques d'Abdul Hamid. Il arriva en Suisse à temps pour prêter main-forte au mouvement Jeunes-Turcs, et ultérieurement... pour se lier d'amitié avec Isabelle. Elle le consulta sur quantité d'épisodes de l'histoire ottomane. Extraordinaire Isabelle! Extraordinaire amitié! Elle fut pour Abd Allah Djevdet toute grâce et gentillesse. Il lui fit une cour assidue. On les vit qui marchaient ensemble dans les bois de Vernier.

Aussitôt en Suisse, Djevdet mit à l'étude la création d'un nouveau journal : l'*Osmanli*. Ce n'était encore qu'un projet. Un troisième journal d'opposition en langue turque à Genève! Cela faisait quand même beaucoup... Un responsable de la publication fut désigné. Et ce fut, bien sûr, ce Karlen en compagnie duquel Isabelle s'était souvent montrée... On choisit aussi un toit où abriter le futur journal. La rédaction de l'*Osmanli* fut domiciliée chez un ouvrier lithographe suisse, Edouard Demierre, bête noire des services de sécurité... On lui trouvait « toutes les allures d'un anarchiste[42] » à ce Demierre. Or l'on vit Isabelle en sa compagnie, à la terrasse du café Chaussinant. Et elle échangea avec lui des lettres. Et lui aussi fut invité aux dimanches de la villa Neuve...

Un pareil nombre d'amitiés de caractère suspect ne pouvait plus être mis sur le seul compte d'un enfantillage. C'était l'avis du brigadier de sûreté Kohlenberg qui jusque-là n'avait pris au sérieux ni le mouvement Jeunes-Turcs ni l'amitié que lui témoignait Isabelle. Cette grande enfant s'emballait facilement. Quant aux activistes turcs...

Mais l'arrivée du docteur Djevdet[43] changea tout. Ceux qui prévoyaient que la présence, à Genève, d'un homme de cette trempe allait causer bien des désagréments étaient dans le vrai. Le gouvernement fédéral eut droit aux protestations indignées des ambassades ottomanes de Paris et de Rome, à la fureur du Sultan et à ses menaces, à la venue de bon nombre de ses espions, de ses hommes de main, de ses agents doubles ainsi qu'aux visites furtives de ses conseillers intimes. Leur présence sur les rives du Léman n'échappa point à la presse suisse qui s'en formalisa au plus haut point. On ne pouvait ignorer ce qu'étaient ces visiteurs ni à quelles méthodes ils avaient recours. Le plus redoutable était un Circassien, confident du Sultan, Ahmed Celâddin Pacha[44]; l'autre, d'origine libanaise et de famille maronite, était un jeune diplomate qui se disait en poste à Paris, Nedjib Effendi Melhamé[45]. Tous deux prétendaient ne passer par Genève que pour préparer l'ouverture prochaine d'un consulat... Il n'en était rien. L'un et l'autre venaient exercer en Suisse la spécialité qui était la leur : ils étaient passés maîtres en l'art d'obtenir des reniements. Ils s'y prenaient de toutes sortes de façons. Certains reniements étaient arrachés sous la menace de représailles perpétrées sur les familles demeurées en Turquie. C'était banal. Plus subtils étaient les reniements mijotés dans le silence feutré des ambassades et obtenus en échange de faveurs généreusement accordées par le Sultan. L'opposant se voyait offrir un emploi dans l'administration centrale ou un poste diplomatique auquel il n'aurait jamais osé prétendre, mais à une condition : qu'il renonçât sur-le-champ à toute activité subversive et au besoin à sa nationalité – s'il était russe – ainsi qu'à sa religion – s'il était chrétien. Un type de négociation dans lequel Nedjib Effendi Melhamé excellait. On disait que l'Arménien qu'il convoquait à l'ambassade ottomane en ressortait turc... ou mort. Mais il y avait pire. Il y avait les reniements monnayés, les reniements obtenus au prix de grasses rentes mensuelles. C'était la méthode la plus pernicieuse, celle qui laissait un opposant neutralisé à jamais, comme noyé de mépris envers lui-même et se haïssant pour toujours. Parmi les nouvelles connaissances d'Isabelle Eberhardt plusieurs opposants et non des moindres allaient céder à ces odieux marchandages[46].

Cinq mois après être parti, Archavir Gaspariantz était de retour à Genève. Il n'avait prévenu personne et l'on ne s'attendait pas à le revoir de si tôt. Ce signe d'imprévoyance était bien dans l'esprit de l'époque. Les grands voyages étaient si hasardeux ! On se souciait peu de fixer à l'avance une date de retour et moins encore, une fois fixée, de la faire connaître. On agissait comme si l'on était seul à vouloir assumer les risques d'un long périple et l'on partait convaincu que ceux que l'on avait laissés sur place n'avaient nulle raison d'en bouger. Le marquis de Custine citait à ce propos une histoire vraie. Une mère décidait d'aller voir sa fille à Lausanne. Une fille décidait d'aller voir sa mère à Pétersbourg. Ne s'étant pas consultées en temps utile elles se croisèrent sans se voir au milieu de la Baltique[47].

La rencontre d'Archavir et d'Isabelle, ce fut un peu ça. Ils se croisèrent par hasard dans une rue de Genève en mai 1897. Il la trouva ordonnée et charmante. Un certain aplatissement dans les traits qui donnait à Isabelle un air mutin et la faisait ressembler à un pékinois, lui plut infiniment. Cinq mois plus tôt, il avait trouvé à son visage un air cosaque tout à fait déplaisant. Entre son départ et son retour quel changement dans l'attitude d'Archavir ! Il dit à Isabelle qu'il était arrivé de la veille et souhaitait la revoir. Elle lui annonça qu'elle quittait la Suisse le lendemain.

Et ce fut tout pour cette fois-là.

Mais la rencontre fut déterminante. Du moins pour Archavir. Isabelle Eberhardt paraissait faite pour lui, créée pour l'aider dans une carrière à laquelle depuis son récent voyage à Istanbul il était sûr de pouvoir prétendre. Il se prit à l'aimer sans autre raison à se donner qu'elle était le contraire de ce qu'il n'avait pas aimé en elle jusqu'alors.

Stupéfiante fuite que celle de Mme de Moerder qui, à l'approche de sa soixantième année et en dépit de son corps malade, partit si loin avec le désir de ne jamais revenir. Elle se fuyait elle-même. Elle fuyait tout ce qui avait été sa vie, son rôle, ses devoirs de mère, ses fatigues, ses sacrifices, elle fuyait son état d'étrangère, les limitations inhérentes à cet état, les vexations, elle fuyait le seul homme qu'elle eût aimé, Alexandre Nicolaïevitch, son ami-ennemi, Vava, sa part d'amour sur terre. Elle le laissait seul à Vernier avec Volodia. Elle fuyait son moi et se sentait prête à fuir aussi sa nationalité et sa religion. Quelle crise avait pu la changer ainsi ? Une force soudaine l'avait déterminée à tout quitter... Et l'on songe à la fuite de Tolstoï vers la gare d'Astapovo, à quelque chose d'aussi profond, d'aussi grave que le pressentiment qu'il eut d'une mort prochaine. Il y avait de cela dans la brusque décision de Mme de Moerder et dans son étrange désir de rupture, de cassure. Mais il n'y avait pas que ça. L'angoisse quant au sort d'Augustin emplissait son existence. Plus de trois mois qu'il avait disparu. Chaque fois qu'elle avait été sur le point de se décider à partir, au dernier instant, Mme de Moerder avait renoncé, dans l'espoir fou de le voir revenir. Où était-il ? Quand le reverrait-elle ? Il était clair, pour elle, que son fils préféré ne pourrait désormais plus habiter la Suisse. D'une certaine manière, elle partait pour le retrouver, avant de disparaître elle-même.

C'est à Bône que Mme de Moerder avait décidé de s'établir, du moins dans un premier temps, et nous savons qu'il ne s'agissait nullement d'un voyage touristique mais bien d'un départ vers un nouvel exil. Bône... C'est là qu'elle attendrait que Vava eût vendu la villa Neuve. D'avance elle imaginait Augustin qui, à peine informé de ce changement, viendrait la rejoindre. Elle le voyait assis auprès d'elle. Elle l'entendait. Bône... Augustin ne résisterait pas. Il prendrait la route de Bône.

Mme de Moerder avait fait de ses amis David, les grands manitous de cette nouvelle migration. Le photographe et sa femme offraient en plus d'une connaissance vécue de l'Algérie les services, à Genève, d'une façon d'agent de liaison en la personne de la « brave mère » de Cécile David – mais était-elle si brave que ça? Elle disposait de tout le temps nécessaire. Pour un oui ou pour un non elle accourait à la villa Neuve afin de s'assurer des bonnes dispositions de Natalia Nicolaïevna à l'égard de son gendre et de sa fille et l'encourager dans ses projets de départ. Il était rare que Mme de Moerder la laissât repartir sans quelques cadeaux pour Cécile. Un jour, elle trouva naturel d'offrir à la vieille dame des pirojki. Les remerciements de Cécile la déconcertèrent. Elle disait avoir énormément apprécié « le gâteau choucroute »... Choucroute, choucroute... Cécile n'avait que ce mot à la bouche. A quel point elle était française! Il y avait comme suspendu au-dessus de la tête de cette femme un nuage noir et menaçant, né d'une désolante constatation : « La choucroute, en Algérie, est immangeable! »

Depuis les premiers jours de l'année 1897, époque à laquelle les David étaient passés par Genève, les pressions que le couple exerçait sur Natalia Nicolaïevna s'étaient accentuées. Ils venaient souvent lui rendre visite à Vernier et parfois hors de propos. Au chapitre des photos, le grand spécialiste *des agrandissements inaltérables au charbon, des clichés sur bois et des portraits colorés* offrait ses services à Isabelle avec plus d'insistance que jamais. Isabelle ne lui opposa aucune résistance : elle commanda six portraits d'un coup[48]. Les David n'attendaient pas d'avoir quitté Genève pour adresser aux Moerder des lettres quotidiennes, toujours écrites à l'encre violette. Leurs enveloppes étaient facilement reconnaissables. Elles portaient, au dos, un tampon violet où les mots « Photographe artistique » figuraient en arc de cercle autour d'un gros appareil à soufflets posé sur son trépied.

Dans l'esprit des David, le départ de Mme de Moerder et de sa fille leur appartenait. Chacune de leurs lettres était une occasion de conforter ce monopole. Le papier qu'ils utilisaient était toujours trop exigu pour le nombre de conseils dont ils souhaitaient faire bénéficier mère et fille. Et d'abord où se fixer? Blida[49]! Il ne fallait pas que Mme de Moerder songeât à acheter la propriété que lui proposait un certain Manguin. Les exigences du bonhomme étaient « exorbitantes ». Il ne fallait pas non plus songer à habiter l'hôtel[50]. Tous des taudis, des bouges, des mauvais lieux. Une solution et une seule : les charger eux, les David, de choisir une maison qui serait à louer. Justement ils possédaient à Bône une maison dont ils ne se servaient pas. C'était providentiel. Ces dames n'auraient rien à craindre. Elles pouvaient en être certaines, la maison « serait tout confort » et Isabelle pourrait aller seule en excursion. Question sécurité rien à redouter non plus : « les étrangers recevaient le meilleur accueil ». Question nationalité? La naturalisation de Mme et de Mlle de Moerder ne rencontrerait « aucune difficulté[51] ». Question bagages, les David avaient là aussi leur mot à dire. La sagesse consistait à éviter les transitaires, toujours prompts « à réaliser de charmants bénéfices ». En s'adressant au « bureau de la petite vitesse », c'était moins cher et plus sûr. Deux semaines suffiraient pour que tout arrive en « wagon hermétique » depuis la Suisse jusque sur le quai de la Joliette, à Marseille. C'était tellement avantageux! Cécile David, qui avait quelques bricoles à se faire expédier, proposait à Isabelle de louer un wagon entier de moitié avec elle. « De la sorte, lui écrivait-elle, vous pourrez emporter tout ce que votre chère maman disait vouloir prendre avec elle lors de notre dernière visite[52]. »

Mme de Moerder envisageait donc de voyager avec ses meubles... D'anciennes habitudes refaisaient surface. On comprend qu'elle n'ait pas craint de partir pour l'Algérie en emportant son mobilier, lorsque l'on sait qu'au temps où elle était l'épouse du lieutenant général de Moerder elle n'était jamais allée prendre ses quartiers d'été à Pavlovsk sans emporter une dizaine de malles. Cela peut paraître singulier et l'on verra dans ce trait comme un défaut de caractère. C'était au contraire l'une des forces des femmes russes que de se croire toujours et partout en Russie.

Conscients qu'il leur fallait brûler les étapes, les David redoublèrent d'attentions. Depuis qu'il leur avait été donné de participer aux réunions du dimanche, pour rien au monde les David ne se fussent dispensés d'arriver à la villa Neuve les premiers et d'en partir les derniers. Forts de ce privilège, ils se croyaient autorisés à certaines familiarités. Ils tentaient quelques plaisanteries sur les tenues et les pseudonymes masculins d'Isabelle, l'appelant « Nicolas » ou « bel enfant ». Enfin Cécile David s'était inventé un cousinage, sous le couvert duquel elle adoptait avec la jeune fille un ton nouveau. Dans ses lettres elle appelait Isabelle « mon cousin » et lui adressait de « bonnes poignées de main de copain fidèle[53] ».

On ne pouvait qu'être surpris de l'indifférence d'Isabelle et de celle de sa mère devant tant de vulgarité. Il faut expliquer ce détachement par le fait que l'une et l'autre ne pensaient qu'à leur prochain départ. Impossible d'oublier aussi que leur installation en Afrique ne pouvait se faire sans l'aide de ces deux êtres aux propos parfois déroutants. Natalia Nicolaïevna écoutait avec patience les David lui faire confidence des petites ou grandes difficultés de leur vie professionnelle. En femme qui avait connu la meilleure société, elle faisait effort sur elle-même pour simuler un intérêt qu'elle ne ressentait pas. Mais à aucun instant la pensée de cet effort n'effleurait les David qui voyaient dans chacun de ses mots ou de ses gestes les signes d'une vive amitié.

Malgré ses préoccupations, Mme de Moerder aurait eu grand avantage à lire les lettres des David avec plus d'attention. Cela lui aurait évité bien des déconvenues par la suite. Il fallait que sa hâte d'aller vivre ailleurs l'eût rendue aveugle ! Les démêlés de Louis David avec l'associé genevois dont il cherchait à se séparer, démêlés dont Cécile faisait le récit dans l'une de ses lettres, n'avaient pas le moins du monde inquiété Natalia Nicolaïevna. « Savez-vous combien notre Juif a le toupet d'exiger d'indemnité ? Trois mille francs ! Et il croit qu'il les tient déjà, le brave. Il en est sûr. Mais il sera forcé d'abaisser ses prétentions. Surtout qu'il a la langue trop longue. Sale Juif ! Race à Caen ! (sans doute était-ce Caïn qu'elle voulait dire). L'argent sans honneur... Belle prouesse ! Enfin je vous quitte dans l'espérance que je ne serai jamais juive[54]... »

Sur le chemin du retour en Algérie, les David avaient fait halte à Paris. Là ils avaient jugé bon d'aller présenter leurs devoirs au Cheikh Abou Naddara. « Votre *papa arabe*, écrivaient-ils à Isabelle le 29 mars 1897, a été très heureux d'avoir de vos nouvelles. Il est charmant, vraiment un bon papa... » Ils étaient descendus au Grand Hôtel de France, 12 rue de Lyon ; ils disaient qu'à la villa Neuve on était mieux qu'à Paris – oh oui ! oh oui ! – et s'inquiétaient de savoir si ces dames se préparaient au grand départ.

Les lettres des David, écrites aussitôt après leur arrivée

à Bône, remplies de sentiments insupportables, glissaient sur Mme de Moerder et sur sa fille sans éveiller en elles les moindres doutes. Dans leur irrépressible ivresse d'aller vivre en Afrique, l'une et l'autre en venaient à ne rien soupçonner. L'attrait du voyage masquait tout. L'essentiel pour elles? Qu'une maison fût prête à les recevoir. Quant au reste... « Maman me demande si nous avons une cave, écrivait Cécile David. Nous avons une cave magnifique, dallée comme tout le reste de la maison et très claire. Une belle partie de danse s'y ferait aisément. La maison est magnifique. Chacun nous dit et nous répète que nous avons la plus jolie de Bône comme maison particulière. Et pour la photographie elle ne pourrait être mieux située. Enfin, vous jugerez[55]. » Mère et fille continuaient à s'exagérer les mérites d'Augustin et s'efforçaient à croire au sérieux de ce qui n'avait été, chez lui, qu'une toquade : se consacrer à la photographie! On peut néanmoins s'interroger : Mme de Moerder se souciait-elle tant que cela qu'Augustin eût une carrière? Elle était d'un milieu où l'on n'avait pas contre l'oisiveté les mêmes préjugés que Vava. En vérité ce n'était pas un métier qu'elle souhaitait donner à son fils mais une vie de famille.

A certaines exigences de Mme de Moerder, Cécile avait répondu avec un manque d'empressement évident. Ainsi elle s'expliquait mal qu'une femme de la haute société pût souhaiter comprendre « la langue des indigènes ». Elle avait terriblement tardé à lui assurer les services d'un *mufti*. Pourquoi ces réticences? Mme de Moerder jugea qu'elles étaient à mettre sur le compte d'un « état intéressant ». Etre enceinte peut provoquer des lenteurs, des mouvements d'humeur, des propos inconsidérés. Or la pauvre chère Cécile était enceinte. Il fallait comprendre, n'est-ce pas? Mme de Moerder retrouvait l'empressement des familles nobles à laisser supposer qu'elles ressentent comme un honneur les faveurs qu'elles accordent aux plus humbles. Aussi Natalia Nicolaïevna ne cessait-elle de s'extasier. Cette bonne et très chère Cécile! Isabelle allait être la marraine de l'enfant à naître. Touchante initiative! De braves gens, ces David! Quelques confidences de la future maman avaient suffi pour que Mme de Moerder se sentît envahie de la plus tendre complicité. Gentille Cécile qui lui écrivait : «... Le filleul m'éprouve beaucoup. Pour peu qu'il ressemble à sa marraine, quel petit diable! Je dis il car, ici, les messieurs que nous connaissons assurent à Louis qu'il aura un garçon. Et si c'était une fillette? Quelle farce[56]! »

Mais sur d'autres sujets, les propos de Cécile manquaient d'aménité. Elle écrivait à Isabelle : « J'espère que votre Maman aura été satisfaite de la réponse de mon mari. Nous avions omis, il est vrai, de la renseigner au sujet du *mufti*. Il est arabe, ce que nous avons eu de la peine à savoir. Personne ne se trouvait capable de nous le dire. C'est un arabe à moitié civilisé qui nous a instruits... Enfin nous attendons samedi une dépêche vous annonçant. Vous avez une chance, le temps est frais... La température n'est pas plus élevée maintenant que celle de Genève en été, ce dont tout le monde s'étonne. Les soirées sont très fraîches, vous ne serez pas surprises. Si vous saviez les beaux *péqueux* [elle voulait sans doute dire *péquins* ou *péquenots*] que l'on rencontre, surtout les dimanches, sur le Cours! Ils seraient peut-être bien heureux de savoir qu'ils vont bientôt avoir un concurrent. Plus on est, mieux ça vaut avec eux! Ma chère Isabelle, quelle sale race que ces arabes... Voyez-vous, si on ne les rudoie pas on n'en fait rien de ces moujiks sauvages... Hâtez-vous! A dimanche! Soyez tous[57] à Bône! Bon voyage! Pas de mal de mer surtout! Vous aurez une bonne mer, nous pensons... La traversée de Marseille à Bône est très rarement mauvaise et puis c'est l'hiver.

« Au revoir, cher *péqueux*. Bien des choses à Monsieur, à Madame et à Maman, je vous prie. Dans l'attente de vous revoir, nous vous envoyons nos bons saluts de Bône. »

Et Cécile rappelait en marge de sa lettre l'adresse de la maison préparée à leur intention. C'était la maison Carrus, rue Moreau.

A la mi-mars 1896, l'angoisse d'Isabelle était « indescriptible[58] ». La date du départ en Algérie n'était toujours pas fixée. Elle vivait dans la crainte que ce jour ne vînt jamais quand un jeune homme se fit annoncer. Il désirait parler à Mlle de Moerder. La porte de la villa Neuve s'ouvrit et l'arrivant se présenta. En congé de convalescence à Genève, il était légionnaire au 2e régiment Etranger. Il venait avertir Isabelle que son frère était à Saïda depuis le 14 janvier. Il s'était rengagé pour cinq ans sans donner d'autre nom que le sien : Moerder. La chose s'était faite à Marseille, sans la moindre difficulté.

La nouvelle qui, en d'autres temps, eût été amèrement accueillie, mit la famille en joie. Augustin était vivant! Peu importait le reste. Mme de Moerder fut la première à s'en réjouir. Il n'eût pas été raisonnable de manifester une quelconque opposition. De toute façon elle n'y pouvait rien changer. Parfaitement maîtresse d'elle-même et décidée à présenter cette nouvelle comme la plus heureuse du monde, elle écrivit aux David auxquels elle annonça son arrivée. Pourquoi attendre? Aller à Bône c'était se rapprocher d'Augustin.

La réponse des David, comme toutes les précédentes, sut satisfaire Mme de Moerder par l'intérêt qu'ils marquaient à Augustin : « Enfin Augustin est ressuscité, écrivaient-ils. Tant mieux qu'il en soit ainsi! S'il pouvait au moins redevenir raisonnable[59]! » La sympathie qu'ils témoignaient à son fils parut à Mme de Moerder de bon augure pour l'avenir.

Certes Mme de Moerder était heureuse et elle se mit aussitôt à prendre les dispositions nécessaires pour hâter son départ et combiner un voyage dont elle parlait comme d'une excursion. Mais cet état d'esprit obéissait à des motifs plus singuliers qu'il n'y paraissait. Alors qu'avec sa fille Isabelle elle faisait preuve d'une permissivité dont aucune autre mère n'eût été capable, tolérant ses foucades, ne lui tenant rigueur d'aucune de ses frasques, aussitôt qu'il s'agissait d'Augustin c'était en Moerder qu'elle réagissait. Elle raisonnait comme si Saint-Pétersbourg était à deux pas et comme si une famille qui l'avait privée de tous ses droits continuait à s'intéresser à la tournure que prenait la vie d'Augustin, prête à la blâmer s'il faisait fausse route. Les craintes de Mme de Moerder atteignaient un comble lorsque Augustin parlait mariage. Et c'était précisément de cela qu'il s'agissait et de cela qu'Augustin lui avait fait confidence avant sa fuite : d'une violente envie d'épouser une demoiselle Long de Marseille. Hélène Long... Elle était apprentie chez une couturière. Charmante sans doute... Mais sa sœur Hortense avait épousé un Vivicorsi. Comment publier de tels bans? Certaine de trouver, le moment venu, le moyen d'arracher à un colonel obligeant la libération de son fils, Mme de Moerder se résignait sans mal à admettre l'engagement d'Augustin parce que la Légion le sauvait d'une mésalliance.

Aussi longtemps que les séjours d'Augustin à Marseille et l'hospitalité qu'il avait trouvée chez les Long pouvaient être interprétés comme une manifestation d'intérêt envers des milieux ouvriers auxquels un jour, peut-être, Augustin apporterait son aide, Mme de Moerder n'avait rien trouvé à redire. Quant à penser que Vava, le vieux mentor d'Augustin, pût le désapprouver, c'eût été lui faire injure. Mais s'intéresser aux prolétaires était une chose et prendre femme parmi eux en était une autre. Un point sur lequel Mme de Moerder et Alexandre Trofimovsky étaient en complet désaccord. Vava, dont les facultés de rêve et d'enthousiasme n'avaient pas de limites, prêchait la transformation morale et sociale d'Augustin par un radical changement de vie. Son mariage en milieu ouvrier pouvait seul le sauver. Une fille du peuple, solide, d'une famille sobre, travailleuse, ne fréquentant ni les bals, ni les cabarets, voilà ce qu'il lui fallait. Mais parce que Vava tenait beaucoup à ne pas contrarier Natalia Nicolaïevna, il ne lui imposa pas ses idées. Il la laissait dire : « La petite n'est pas épousable. » Mme de Moerder ne sortait pas de là. Pas épousable et pour une raison évidente : que signifiait cette alliance avec des Vivicorsi ? Quoique toujours plus convaincu du bien-fondé de ce projet, Trofimovsky chercha des arguments susceptibles de satisfaire sa chère Natalia Nicolaïevna en rendant le mariage d'Augustin impossible. Il reconnut qu'il y avait du Corse là-dessous et que c'eût été trahir la mémoire de Pavel Karlovitch de Moerder que de laisser son fils épouser une demoiselle ayant par sa sœur des accointances avec une île où était né un usurpateur aux mœurs de ruffian, un parvenu, un homme sans orthographe et qui de plus avait été l'irréconciliable ennemi de la Russie. Buonaparte, le pire des Corses ! Il y avait donc du vrai dans ce que disait Mme de Moerder : le mal venait de là. Car peu importait à Vava qu'ils fussent tous matelots, chez les Long. Assez de fariboles, s'il vous plaît... Le métier de matelot était un métier honorable, auquel Loti avait donné ses lettres de noblesse. Ainsi, tout en tempêtant, Trofimovsky se ralliait. Il approuvait entièrement Mme de Moerder. Eh bien ! C'était comme ça ! Les alliances corses de cette honnête famille gâchaient tout et il fallait s'estimer heureux qu'Augustin eût repris du service dans la Légion.

Et les voilà ensemble, mère et fille, étrangères qu'un navire allait emporter. Parties pour Marseille qu'elles ne connaissaient pas. Et une fois à Marseille, où logèrent-elles ? On était en mai 1897. Pas une ligne, pas un souvenir d'Isabelle ne nous autorise à dire ce que fut son premier séjour dans une ville qu'elle allait souvent habiter et souvent décrire par la suite, tantôt en admiratrice d'un paysage dont l'âpreté chaude lui rappelait l'Afrique – et en cela elle suivait l'exemple de Fromentin – tantôt avec la rage froide et l'agacement persistant d'une amoureuse insatisfaite et usant des mots dont usa George Sand à l'égard de la cité phocéenne.

Seule, Isabelle aurait habité n'importe où. Mais avec sa mère, dans l'état de santé incertain qui était le sien ? Nul doute qu'Augustin s'il avait été là aurait su leur trouver un gîte. Quel fut le logement qui servit de cadre à la première nuit que vécurent ensemble ces deux femmes, loin de Vernier ? Elles étaient habitées de souvenirs contradictoires, de pensées brûlantes, et d'inquiétudes insignifiantes, choses oubliées, valises faites, défaites, refaites, objets perdus, regrets inutiles. Logèrent-elles à l'hôtel de Russie et d'Angleterre, boulevard d'Athènes ? Rue Paradis où descendit Monsieur de Chateaubriand ? Sur la Corniche, comme Théophile Gautier ? A l'hôtel des Princes comme Gérard de Nerval ? Ou sur la Canebière, en ce Grand Hôtel où logeaient les souverains de passage, les chefs de tribu en visite et les membres de l'Académie française ?

Si possédée qu'elle fût par la pensée de l'Afrique et par sa hâte d'aller, là-bas, vivre à la lumière de l'Islam, Isabelle ne fut pas insensible à la nouveauté de Marseille. Pourquoi Augustin ne voulait-il plus vivre ailleurs ? Pourquoi ? Qu'est-ce qui avait retenu son frère aventureux sur cet ultime parapet du monde occidental ? Une chose est certaine : Marseille n'était plus pour Isabelle une notion abstraite, un point posé sur les cartes des rivages méditerranéens, elle n'était plus seulement ce qu'Augustin lui en avait dit, la ville d'entre-deux mondes, exposée de toute éternité aux convoitises des peuples venus de l'autre côté de l'eau. Dorénavant, Marseille existait pour elle. Elle n'avait pas encore écrit sur cette ville mais elle savait déjà ce qu'un jour elle en dirait. Marseille ? Un lieu où s'activait une population changeante, habile à colporter des ragots vieux comme la mer. Une ville comme un grand opéra, comme un antique récit dont les personnages auraient tous été des possédés, tous des fous de l'ailleurs, des hommes ayant voyagé ou sur le point de voyager, une ville de filets qui sèchent, de voiles, de mâts, de paquebots qui glissent vers le large et passent avec une noble assurance entre les forts dressés de part et d'autre de l'entrée du port, non pas, ainsi qu'on pourrait le croire, pour assurer sa défense mais toujours prêts à tirer sur les Marseillais, ces forts, le Saint-Nicolas et surtout le Saint-Jean qu'Isabelle, à quelques années de là, allait comparer à « une vieille hôtellerie de l'armée d'Afrique[60] ». Que fut Marseille pour Isabelle ? Une ville de placettes, de petits bancs s'offrant au repos des bavards, une ville de ruelles comme autant de coulisses où se déversait le flux des sans-racines, des sans-toit, des intrus, la ville où Isabelle, comme Orschanow, son *Trimardeur,* reçut « la révélation de la vie méditerranéenne », une ville que symbolisait à la perfection la trajectoire d'une cassure, celle de la Canebière, allant droit au port comme pour s'y jeter, comme pour disparaître avec l'Europe là où commence la mer.

L'idée de Marseille enveloppa Isabelle toute sa vie. Ecartelé entre la subtilité grecque, le fatalisme musulman, l'orgueil corse, la rouerie napolitaine, ce carrefour de toutes les contradictions avait de quoi la retenir. Une voix intérieure lui disait : « Prends garde, Isabelle ! Prends garde à ce que tu ne peux comprendre ! Marseille ne te vaudra qu'erreurs, illusions, déconvenues! » et il lui arrivait de haïr Marseille « ville abhorrée, répugnante, maussade, où tout est gris et lugubre[61] » Mais toujours elle y revenait.

Un jour, Marseille devint roman et de ce roman elle fut le héros, sous un nom d'emprunt : Orschanow. Un jour, elle mit en route les images de Marseille qu'elle portait en elle depuis le premier séjour qu'elle y fit avec sa mère, et Marseille fut là, sous sa plume : «... ville inconnue presque chimérique... aux parfums de bitume, d'eau marine et d'orange[62]... »

Les nombreux voyages que fit Isabelle entre la côte d'Afrique et le port phocéen trouvent leur justification dans le caractère singulier de Marseille et dans celui des Marseillais dont le scepticisme universel la fascinait. Ils lui ressemblaient, elle le savait. Ils vivaient comme elle, à la fois ivres d'univers et repliés sur leur différence. A peine de retour d'Afrique, Isabelle l'expatriée, l'indésirable, Isabelle toujours vivant hors de sa race et toujours anxieuse de rencontrer chez d'autres les contradictions qui la hantaient, en retrouvant Marseille, se retrouvait. Elle s'attardait, elle s'attachait «... comme certaines âmes s'attachent au sol natal par l'exil et d'un amour d'autant plus profond que moindre est l'espoir de retour. Je sens que je commençais à aimer cette dernière ville d'Europe, ses ports surtout – et, ainsi, sa chère silhouette se grave d'un trait ému parmi mes visions d'errante et de solitaire[63] ».

Elle attendait de Marseille qu'elle devînt un peu sa ville. Mais elle n'allait rien recevoir de Marseille et rien des Marseillais. Ils allaient se comporter avec elle comme avec tous les étrangers. Pour eux, l'inconnu était l'ennemi. Isabelle vécut à Marseille la pire des solitudes. Très vite, Marseille ne fut plus pour elle que « la grande cité des départs..., la cité des adieux... », le lieu d'où s'embarquaient « les émigrants et les espérants », une ville qui la repoussait au plus profond de son passé.

« Nostalgies ! Nostalgies éparses dans Marseille, égarées comme de grands oiseaux qui vont repartir, qui se posent seulement[64]. »

Et Isabelle retournait à son féroce isolement.

Telle fut la longue relation d'Isabelle avec Marseille.

2

Début d'un merveilleux voyage. La mère et la fille en route pour l'Algérie. Les dames de Moerder font l'étonnement des Bônois. L'amour avec l'un, de l'amitié pour l'autre : Khoudja ben Abdallah et Ali Abdul Wahab. L'appel de l'Islam. Isabelle et Augustin renoncent à l'incrédulité. La conversion d'Isabelle. Mourir à Bône.

ON embarqua nos passagères sur l'un de ces navires qui, en plus des couleurs françaises, battaient fièrement pavillon blanc. Planté en son centre comme un disque sanglant, un globe rouge, flottant au gré des vents, aurait donné à ce pavillon un je-ne-sais-quoi de japonisant s'il n'avait porté aussi finement imprimé, le monogramme d'une illustre compagnie : la Transatlantique. Qu'il était beau, le temps des grands paquebots! Des cartes postales, éditées par la compagnie et en vente dans tous les ports, avec juste un mot à ajouter : « Je pars à bord du... » et la formule « Je vous envoie le bonjour » n'attendant qu'une signature, conféraient aux personnes voyageant à bord d'un « Transat » une sorte de noblesse. N'importe quel sot pouvait mesurer les mérites d'un tel choix. C'est que le pavillon au monogramme magique était, sur toutes les mers, symbole de puissance, de progrès, de vitesse.

Allant ou venant d'Alger, de Philippeville, de Bône, d'Oran ou de Tunis et cela à jours fixes et à intervalles réguliers, les paquebots de la Transat récemment construits ou vieux rouleurs des mers, débaptisés à chaque changement de régime – la dureté des temps avait fait du *Prince Napoléon, l'Insulaire* –, entraient et sortaient si souvent des bassins de la Joliette que les pêcheurs à la ligne et les badauds sur les quais ne se souciaient plus de connaître leurs noms. Du Transbordeur à la Tourette et jusque sur les hauteurs où veillait la Vierge aux yeux d'or obstinément fixés sur l'horizon, on les reconnaissait « les Transat », à leur cheminée rouge à bande noire, à leur coque noire à bande rouge, à leurs mâts, à leurs haubans tendus comme des cordes de guitares et qui brillaient sur le bleu du ciel, on les reconnaissait à leurs manches à air, semblables à de gros champignons incongrus, poussés comme par erreur sur le pont supérieur, on reconnaissait les Transat si vite, si facilement et de si loin, qu'on ne cherchait même plus à vérifier de quel navire il s'agissait. A quoi bon ? On se disait : « Tiens ! Voilà le courrier d'Algérie ! » comme on aurait noté l'heure, sans ajouter un mot de plus.

Mais il n'est pas indifférent de préciser que le premier voyage d'Isabelle vers l'Afrique du Nord se fit à bord d'un navire qui avait manqué de peu s'appeler *Maréchal Bugeaud*. Au lieu de quoi à l'instant d'être lancé il fut nommé *Duc de Bragance* en hommage à une dynastie au plus haut point curieuse de l'univers et à un peuple, ces Portugais de l'au-delà des mers devenus au fil des siècles les colonisateurs les plus métissés de la chrétienté.

Supposons qu'il y ait eu là comme un présage.

Isabelle, sur le navire qui l'emmenait à Bône, était face au destin qu'elle s'était choisi, un destin d'arrachements et de défis. Elle avait quitté le monde de son enfance mais elle ne l'avait pas quitté seule. Elle voyageait avec celle qui portait en elle l'esprit du passé et le souvenir du monde d'avant l'exil, le monde d'avant le manque de patrie : Natalia Nicolaïevna, sa mère. Isabelle ne se séparait pas de l'essentiel. Elle gardait auprès d'elle celle qui avait mémoire de ses origines et mémoire de sa langue : le russe.

Toute sa vie, Isabelle allait se souvenir du temps qu'elle vécut en Afrique du Nord en compagnie de Mme de Moerder. Ces quelques mois passés à Annaba – c'était ainsi qu'elle désignait la ville de Bône et jamais elle ne l'appela autrement – elle en parlait comme d'un séjour dans une île enchantée. La force de ce sentiment résidait-elle dans l'intuition qu'elle eut de la brièveté de son bonheur ou dans la seule admiration qu'elle portait à une mère tendrement aimée? L'œuvre d'Isabelle Eberhardt témoigne en maints endroits du culte qu'elle a nourri à l'égard de cette figure maternelle.

Des six enfants de Natalia Nicolaïevna, trois seulement choisirent de vivre déracinés plutôt que séparés d'elle. Mme de Moerder était leur seule patrie. Du passé de leur famille, un passé si riche de traditions et d'histoire, elle redoutait pour eux le poids. Elle les voulut libres et sans devoirs à l'égard de l'ombreuse Russie, libres aussi d'un milieu familial qui, par sa faute à elle, les avait contraints à l'exil.

Et maintenant elle se détournait de sa terre natale. Elle cherchait une terre innocente. Elle parlait de changer de nationalité. Elle en parlait sans vindicte et presque sans larmes.

Moins pacifique qu'elle et pleinement consciente de ce que sa mère avait enduré, Isabelle se considéra comme ayant la charge de réhabiliter cette victime de la société. Isabelle souhaitait être reconnue pour qu'à travers elle, Natalia Nicolaïevna le fût aussi. Isabelle Eberhardt exprima très brutalement le sens qu'elle donnait à cette mission : « Je suis sûre de devenir quelqu'un, lit-on dans *Mes journaliers,* et par là même d'atteindre tôt ou tard le but sacré de ma vie : la vengeance! Vava me recommandait toujours de ne pas oublier la tâche que maman nous a léguée à lui, à Augustin et à moi... [1] » Ailleurs, elle parle de « Toutes les iniquités et toutes les infortunes » qui avaient précipité la perte de sa mère.

Que fut Bône pour Isabelle et que fut ce logement de la rue Moreau dont les David lui avaient promis monts et merveilles ? Certes Cécile n'avait pas menti et l'on conçoit qu'à ses yeux cette maison ne pouvait être mieux située. Elle se dressait en plein quartier européen, là où vivaient en bonne intelligence colonisateurs de première et de deuxième zone, un quartier « civilisé », aéré, aux maisons n'appartenant à aucun ordre définissable, des bâtiments ni arabes ni européens, ni humbles ni riches, des constructions banales mais sises à proximité de l'attraction majeure de la vie bônoise : le cours National, large comme les Champs-Elysées, animé comme la Canebière. A l'ombre d'une quadruple rangée de grevilleas se concentrait l'essentiel de la vie de la cité.

Les lieux de rencontre des villes méditerranéennes obéissent tous à une charte occulte qui en réglemente l'usage. Le cours National ne faisait pas exception. Un jeune homme qui, aux heures fraîches du jour, aurait parcouru le Cours en prétendant ignorer qu'il y avait une allée réservée aux couples mariés, une autre aux célibataires et une autre encore aux divorcés, n'aurait pas eu loisir de se livrer longtemps aux joies silencieuses de la promenade. Des remarques désobligeantes lui eussent très vite gâté sa soirée.

Dominant une foule bigarrée, portant stricte redingote doublement boutonnée, Monsieur Thiers, coulé dans le bronze et posé en sentinelle entre deux palmiers, méritait tous les regards[2]. Il fallait savoir où se poster afin de ne rien perdre d'un phénomène qui était l'un des plaisirs des Bônois. Car cette statue présentait une particularité. Les jours d'averse, la pluie glissant depuis l'épaule jusqu'à l'index du grand homme pointé vers le sol, formait en tombant un pissement de belle eau dont le jet clair, la régularité et la puissance toute naturelle avaient un caractère à la fois évocateur et réconfortant. Cette statue était un don de l'Etat. Elle était l'œuvre d'un champion toutes catégories de la course aux honneurs : Ernest Démosthène Guilbert, artiste accablé de commandes et de récompenses... Guilbert avait déjà semé des manifestations de son génie sous forme de stèles, de bas-reliefs, de bustes et de médaillons à la gloire de Thiers sur diverses places du territoire national. Il avait aussi créé, toujours à la gloire de Thiers, des bronzes d'art destinés aux bureaux des ministres. Thiers servait de garniture de cheminée : il était devenu sujet de pendule. Partout Guilbert avait fait de son mieux, même si, ainsi que l'a dit Léon Bloy : « Faire de son mieux, c'est la retape. » Mais Ernest Guilbert avait la conscience pure. Il savait que nul n'avait autant que lui le souci de la ressemblance, ni la pratique de la tête en boule de billard, de la houppe, de l'absence de cou et du visage rogue de l'homme d'Etat qui avait garrotté la Commune avec une si louable ardeur. On lui avait commandé un Thiers, à ce Démosthène. Il l'avait exécuté afin qu'il figurât à Bône, et cela sans se poser de questions ni se soucier du passé de cette ville. C'était donc le plus involontairement du monde qu'il en avait fait un Manneken-Pis en redingote dont le public bônois, par mauvais temps, admirait à bon droit la performance. Ce Thiers, quand même! Quel chef! Il pissait par le doigt.

Autre plaisir des Bônois, « faire le Cours ».

Dès cinq heures du soir on se retrouvait entre représentants d'une population aux origines disparates où se reconnaissaient des « indigènes », minoritaires sur le Cours mais majoritaires dans le pays, dignitaires en gandoura, coiffés de turbans ou de chéchias prétextes à tout un jeu de voiles et de fabuleux enroulements, échangeant entre eux de longues formules d'urbanité, artisans, négociants ou caïds déambulant sur le chemin de la prière du soir ou du café Maure; des Français de la métropole, les « roumis » coiffés de panamas et qui répondaient à l'étrange appellation de « Français naturels » – ils se savaient les maîtres – et, mêlés à eux, quelques pauvres hères qui n'avaient trouvé en Afrique que la misère qu'ils croyaient avoir laissée derrière eux, ainsi qu'une foule d'immigrants volubiles, de toutes conditions, formant autant de clans et de sous-clans qu'il y avait eu de quartiers, de villes, de villages, d'îles, dans leurs pays d'origine. Ils étaient napolitains, siciliens, sardes, maltais ou espagnols. Ils « tchachaient ». C'était leur plaisir. Ils gesticulaient en marchant, ils discutaient et usaient d'une langue en voie de formation, amalgame barbare de français, d'arabe, de dialectes venus on ne savait d'où, et de quelques éléments purs provenant des pays dont ils étaient originaires. Ces promeneurs n'avaient en commun qu'un sentiment mais il était largement partagé : la fierté de se dire bônois.

Pour les adultes l'essentiel, « à l'heure du Cours », était de se livrer sans arrière-pensée aux joies mélangées de « la verte » et du loto. Les flonflons de l'Harmonie municipale, qui sévissait dans un kiosque à musique dont les *Guides pratiques Conty* louaient « le genre chinois et le caractère très original », meublaient les rares silences. Quant aux adolescents de quelque origine qu'ils fussent, la vision des seins nus d'une femme ailée assise aux pieds de Thiers leur inspirait des pensées bouleversantes. Que les Mauresques, toujours à part, toujours voilées, leur haïk tenu entre les dents et sans cesse réajusté afin de ne livrer de leur visage qu'un seul œil et de leur corps qu'un bout de cheville, que ces promeneuses empaquetées de blanc les aient laissés sur leur faim, cela se conçoit. On comprend moins que l'Etat français et le sculpteur, dans son rôle de défenseur du Beau officiel, n'aient pas mesuré ce qu'une allégorie dépoitraillée avait de choquant en terre d'Islam.

En Algérie, comme dans n'importe quel département français, l'Institut de France régnait sans partage sur les choix artistiques de la République. Or, l'Institut ne se trompait pas. L'Institut de France ne pouvait pas se tromper. Son infaillibilité était un dogme reconnu de tous. Il fallait donc se plier à ses choix, accepter des statues «horriblement ressemblantes» selon les dires de Cézanne, ou bâtir des villes sans monuments.

Voilà bien la seule excuse de ceux qui avaient laissé une manifestation aussi affligeante de l'art officiel figurer sur une aussi charmante esplanade.

Telle était Bône, ses habitants et ses habitudes à l'époque où Mme de Moerder y arriva avec sa fille. Adossée à ses collines et à ses pinèdes, lovée au fond de son golfe avec une lascivité tout italienne selon les uns, toute provençale selon les autres, « Bône la coquette » passait pour la plus plaisante ville d'Algérie.

La rue où logèrent les deux voyageuses portait le nom d'un général. Cela n'avait rien de bien original dans l'Algérie de l'époque. On n'imaginait pas qu'une ville pût exister sans que sa plus belle place fût la place d'Armes, et quand une rue n'était pas dédiée à la mémoire d'un glorieux combattant, c'est qu'elle portait déjà le nom d'un événement heureux de notre histoire militaire.

Les David accueillirent les voyageuses avec des effusions sans fin. La chère et bonne Cécile se mit à pleurer. C'était un effet de la joie, disait-elle, et puis sa grossesse la rendait émotive. Mais sa maison n'était pas attrayante[3]. Elle n'offrait ni singularité, ni surprise. On en voyait de semblables dans toutes les petites villes de l'Europe du Sud. Nos Russes avaient renoncé aux épaisses frondaisons de Vernier et aux avantages d'une vaste demeure, occupée sans partage. Elles avaient renoncé à une façon de vivre et à un domaine dont, en dépit de son délabrement, elles pouvaient encore tirer orgueil. Et tout cela avait été sacrifié au désir de connaître une Afrique de sables et d'éblouissements. Au lieu de quoi elles se retrouvaient dans la jolie Bône des nouveaux Bônois. Elles en découvraient la nouveauté sans plus d'émotion qu'elles en auraient eu à partager en France le train-train d'un chef-lieu d'arrondissement.

Après un premier mouvement de déception, Mme de Moerder, dont le savoir-vivre n'était jamais pris en défaut, s'installa sans déplaisir visible dans le logement qui lui était destiné. La désillusion d'Isabelle fut d'un tout autre ordre. Nous le savons, en venant à Bône la fille de Natalia Nicolaïevna nourissait l'espoir d'enfin connaître un lieutenant français, cet Eugène Letord avec lequel elle était en correspondance depuis l'automne 1896. Mais le mordu du désert avait été pris à son propre jeu, un jeu dont il n'était pas le maître et dont il ne pouvait arrêter la mécanique sans le consentement de ses supérieurs. Or, ce Letord était parfait. En sa qualité d'adjoint de 1re classe aux Affaires indigènes, il méritait toujours « les mêmes bonnes notes ». Son général le louait de s'intéresser, toujours avec la même assiduité, « à ce qui touchait aux indigènes, les traitant avec bienveillance, écoutant leurs réclamations avec calme ». Bref, Letord était ce qu'en termes militaires on appelle « un sujet d'avenir[4] ». Pouvait-on laisser un tel homme s'éloigner des régions sahariennes? Il n'en était pas question. Le « sujet d'avenir » tirait sa quatrième année au désert. Pauvre Letord! Lui qui brûlait d'aller à Bône... Sa chère Nadia y était. Elle avait fait le voyage d'Algérie en compagnie de sa maman. Pouvait-on rien imaginer de plus convenable? Letord rêvait... Il rêvait de la connaître, de la courtiser et peut-être de demander sa main. Au lieu de quoi, il était prisonnier du Grand Sud. Il avait pu s'en échapper quelques mois auparavant, à la faveur d'un accident de santé. Un mal d'estomac. Une cochonnerie quelconque mangée ou bue par inadvertance. De l'eau pourrie peut-être... Ce que l'on servait au mess, mieux valait n'en pas parler. Le cuistot en avait entendu de toutes les couleurs. Mais cela n'avait pas guéri Letord de ses aigreurs. On lui avait alors accordé quelques semaines de « convalo » dont on faisait état maintenant et bien injustement pour l'empêcher d'aller à Bône. Une vraie malchance. Il était coincé. Quatre ans de vie au désert, on a beau aimer ça, c'était quand même long. Histoire de garder le moral, Eugène consignait sur les feuilles détachées d'un cahier d'écolier les appréciations dont l'avaient gratifié ses supérieurs. L'homme du Grand Sud recopiait les sempiternels « du goût pour le métier », « très bien élevé », « se conduit fort bien », « connaît bien les règlements » et les « plein d'entrain et de gaieté ». Il les transcrivait d'une petite écriture ferme et merveilleusement lisible. Elle avait quelque chose d'héréditaire. Une écriture de notaire. Mais rien, pas même la sublime vision que la nature déroulait sous ses yeux, rien ne comblait Letord. Etre aimé, bon Dieu! Ce n'était quand même pas le Pérou! Letord aurait voulu être tout pour une femme. Il ne l'était pas. Son caractère en souffrait. Il était moins souriant qu'autrefois. Il lui arrivait de se fâcher pour un rien. Le désert? Amoureux il l'eût mieux supporté.

A la jeune fille qu'il continuait d'appeler Nadia, Letord ne laissa aucun espoir. Il n'allait jamais pouvoir filer jusqu'à l'autre bout de l'Algérie, ni faire sa connaissance, ni profiter avec elle d'un climat meilleur. Un supérieur s'était à coup sûr mis en travers. Le lieutenant Letord n'était pas autorisé à quitter un territoire où les Ouled Sidi Cheikh s'opposaient à la présence française. C'était comme un fait exprès. Sa présence à El Abiodh était jugée indispensable. Dans ce lieu saint que Lyautey, cinq ans plus tard, allait surnommer la « Petite Mecque », Letord se morfondait.

La vie, à Bône, s'organisa lentement. Savoir se détacher du passé n'est pas donné à tout le monde. Quand Mme de Moerder évoquait sa villa Neuve livrée à l'indifférence voulue de Vava et à l'incapacité chronique de Volodia, son cœur se serrait. Elle ne pouvait s'empêcher d'imaginer leur vie sous le jour le plus noir. De Suisse, Alexandre Trofimovsky, devinant son angoisse, cherchait à la réconforter. Aucune raison de s'inquiéter. Il lui télégraphiait des nouvelles apaisantes et lui adressait des mandats : « Vie parfaite ici. Tranquillisez-vous. Lettre chargée partie hier[5]. » Tant de bonté, loin d'apaiser les remords de Natalia Nicolaïevna les augmentait. Le désir de Vava de convaincre l'absente que tout allait pour le mieux plongeait Mme de Moerder dans un abîme de réflexions. Avait-elle bien fait de partir ? Elle pensait tant et tant à Vava...

Cécile David ne gagnait pas à être connue. Elle ne faisait que se plaindre de la ville, des indigènes qu'elle traitait de coquins et vouait à tous les supplices, du marché « où l'on ne trouvait rien comme en France ». Ce fut pourtant de son plein gré qu'elle se mua en auxiliaire de ces dames. Elle se chargea de leurs achats. Une tâche quotidienne qu'elle accomplissait en chicanant sur les prix et en accablant les boutiquiers de sa suspicion. Tous des voleurs... Elle était la terreur du *mellah*. Ses emplettes faites, elle passait chez Mme de Moerder en exhibant des fragments de papiers chiffonnés sur lesquels elle récapitulait ses achats. Cérémonie quotidienne dont Cécile ne se serait pour rien au monde dispensée. Etre prise en considération dans son rôle d'intendante, voilà son ambition. Quoi de plus absurde ! Elle apportait un soin de vieux comptable à présenter des dépenses dérisoires. Le ton était cérémonieux : « Madame de Moerder à Madame David, doit : 6 quarts de beurre : 3 frs; journaux : 1,55 fr; 1 boîte de luminions : 0,25 fr[6]. » Or Natalia Nicolaïevna était l'imprévoyance même. De sa vie elle n'avait tenu un compte. Elle s'émerveillait de tant de nouveautés. Son étonnement était sincère. Elle ouvrait de grands yeux et payait. Cécile était dédommagée de la peine qu'elle avait prise par l'empressement qu'elle mettait à informer les commères du voisinage de l'importance de son rôle auprès de la noble dame et de l'habileté qu'elle déployait à la satisfaire. Plus que jamais Mme de Moerder était sa chose.

Il existe un plan de la maison Carrus. Son auteur est Isabelle. Le dessin qu'elle a laissé donne de cette maison l'idée la plus juste[7]. Tout y est mentionné, le nombre de fenêtres, de portes, de pièces et, dans la rue, l'emplacement de l'unique bec de gaz. Il suffit de considérer ce plan pour constater que les quatre chambres mises à la disposition des voyageuses étaient disposées à la queue leu leu. Cet ordre rectiligne ne laissait aucune place aux enchevêtrements si plaisants que l'on est en droit d'attendre d'une maison mauresque. Il ne s'agissait que d'un rez-de-chaussée dont l'agencement fort simple avait été aménagé sans prétention de séduire.

D'un petit couloir sans fenêtre ni lucarne et qui faisait office de vestibule, on accédait à des pièces qui se commandaient toutes, et qui toutes donnaient sur la rue Moreau dont ne les séparaient que d'étroits balcons. S'y asseoir, c'était comme s'asseoir en pleine rue. Peu de meubles. Dans la pièce de séjour, rien qu'un petit sofa. Dans les deux chambres à coucher, des lits étroits poussés contre les murs : « Lits militaires », est-il précisé de l'écriture d'Isabelle. Pas de cabinet de toilette, signe d'opulence auquel personne ne s'attendait. Mais un lavoir dans la cuisine. Quant à la cave, dont Cécile David avait vanté les multiples avantages, elle est qualifiée de « grotte » sur le plan tracé par Isabelle. En somme rien de bien ensorcelant.

Sur le palier commun ouvrait une porte donnant accès au logement d'une Française qui ne disposait que d'une seule pièce. Cette femme faisait office de gardienne pour le plaisir de vivre l'œil collé à son judas. Jusque-là, elle n'avait pas eu grand-chose à observer. L'arrivée des Russes apportait un changement heureux dans sa vie. Mme Vallette était pipelette par vocation. Or, on ne pouvait entrer et sortir de chez Mme de Moerder sans qu'elle en fût avertie.

Il ne faut pas chercher bien loin les causes du départ d'Isabelle et de sa mère, trois mois à peine après leur arrivée, ni celles du choix qu'elles firent d'un autre logement. Les deux voyageuses avaient plus d'une raison de s'en aller. Elles furent très vite averties que le ménage David avait l'injure facile et que Cécile s'en prenait de préférence à tout ce qui, selon elle, était « la basse classe », c'est-à-dire la racaille juive et arabe. Quant aux David, ils constatèrent tout aussi vite que la présence chez eux des deux étrangères n'était pas l'opération juteuse qu'ils avaient espérée. Cécile rêvait argent. Elle avait compté sur ces nobles visiteuses pour donner du lustre à sa vie et l'aider à faire fortune. Or Mme de Moerder ne disposait que de moyens limités. Les rentes qu'on lui servait de Suisse étaient pour Cécile un sujet d'étonnement. Quelques milliers de francs de-ci de-là, une misère! Autre pénible surprise, Mme de Moerder n'avait nullement l'intention de « faire le Cours » et sa fille non plus.

Les choses prirent carrément mauvaise tournure quand se répandit une rumeur selon laquelle Mme de Moerder et sa fille « recevaient des indigènes ».

A la façon dont c'était dit on mesurait la réprobation.

Chez les David ce fut la stupeur.

Les indigènes dont la présence auprès des dames de Moerder choqua tant les Bônois ne furent d'abord qu'au nombre de deux. L'un était un Algérois sans fortune et de milieu très modeste. Fils d'une victime de la dépêche d'Ems... Son père avait été tué à Forbach dans les rangs des tirailleurs algériens. L'enfant s'était élevé tout seul. C'était Khoudja ben Abdallah, *oukil* judiciaire à Bône. L'autre était tunisien. Sa famille tirait orgueil de devoir sa noblesse à son sang turc. Il avait voyagé et appartenait de naissance à l'une de ces lignées d'« Osmanlis » qui jadis avaient gouverné le pays. C'était cet Ali Abdul Wahab qu'une photographie[8] d'Isabelle, posée sur le bureau d'Abou Naddara à Paris, avait si fortement intrigué. Il ne la connaissait que sous le nom de Podolinsky et sous les traits d'un jeune écrivain slave habillé en marin. Il lui avait bien adressé quelques lettres avant le départ d'Isabelle pour Bône, mais il ne l'avait jamais rencontrée.

Entre Khoudja ben Abdallah et Ali Abdul Wahab, qui étaient tous deux de quelques années plus âgés qu'Isabelle et tous deux mariés, il existait pourtant une fort grande différence. Khoudja ben Abdallah avait reçu ce qu'il fallait d'instruction pour accéder à la fonction modeste qui était la sienne. Abdul Wahab, qui avait été éduqué à l'européenne[9], était un fin lettré. Khoudja ben Abdallah était moins qu'un cadi. Il n'était même pas le suppléant du cadi. Il était de ces défenseurs attachés aux tribunaux musulmans auxquels les plaignants pouvaient demander de les représenter. Khoudja ben Abdallah, qui savait s'exprimer et écrire aussi aisément en français qu'en arabe, n'était qu'un petit employé. Les dames russes avaient fait appel à lui lorsqu'elles avaient jugé bon de fixer des limites à l'hégémonie des David. Leur ami Khoudja était l'homme des rôles auxiliaires. Tandis qu'Ali Abdul Wahab était un homme d'avenir. Il habitait, à Tunis, une rue portant le nom de sa famille. Tout le monde n'a pas pour père le gouverneur de Mahdia et des notables parmi ses ancêtres... On lui trouvait beaucoup de distinction, à cet Ali Abdul Wahab. On le disait prince.

Cependant, ce fut pour l'oukil judiciaire et non pour le fin lettré qu'Isabelle éprouva une irrésistible attirance. Le penchant très vif qu'Ali Abdul Wahab eut pour elle ne parvint à la guérir ni de sa passion pour Khoudja ben Abdallah, ni d'un délire amoureux qu'elle-même ne s'expliquait pas et dont elle parlait comme d'un *naufrage moral* [10]. Ce sont ses propres termes.

L'étrange est qu'au plus fort de sa passion, elle ne trouva rien de plus urgent que d'appeler à l'aide un inconnu. Pourquoi écrire à Ali Abdul Wahab ? Pourquoi lui témoigner pareille confiance ? Pourquoi le faire juge de ses débordements et l'interroger sur leurs causes ? Elle lui avoua qu'elle n'était pas la femme d'un seul homme, et comme il l'admirait passionnément, elle le fit souffrir mille morts, pourquoi ? Une lettre de Abou Naddara écrite aux derniers mois de l'année 1896 avait ouvert la voie. En la circonstance celui qu'elle appelait « son père » et que Mme David plus irrespectueusement appelait « votre papa arabe », le brave Cheikh, avait bel et bien joué les entremetteurs : « Chère fille, lui avait-il écrit. Merci des sentiments si affectueux que vous m'exprimez pour le triomphe des musulmans. En recevant votre lettre, j'avais la visite du fils (jeune et beau !) du gouverneur de Mahdia en Tunisie et comme il voyait qu'en lisant votre cher écrit j'étais enchanté, je me suis permis alors de lui montrer votre lettre et celles coloriées que je conserve précieusement. Vous décrire son enthousiasme est au-delà de mon éloquence. Je lui ai donné la *Revue moderne* où il a lu votre article. Il m'a demandé la permission de vous adresser une lettre respectueuse, je lui ai dit que vous êtes si bienveillante que vous l'honoreriez même d'une réponse. » C'était signé : « votre père Abou Naddara [11] ».

Mme de Moerder et sa fille venaient à peine de prendre possession de leur premier logement bônois quand Ali Abdul Wahab reçut la lettre du jeune écrivain slave, signant « Mahmoud », et qui l'invitait à lui faire visite. Voici le récit de son voyage à Bône tel qu'il le raconta dans une lettre à Victor Barrucand :

« Invité par mon nouvel ami, je débarquai à Bône où je demeurai trois jours avant de regagner Tunis. Je ne chercherai pas à décrire l'étonnement qui me saisit au débarcadère lorsqu'au lieu de serrer la main d'un Mahmoud, je me trouvai en présence d'une jeune fille, très élégamment vêtue, que je saluai avec le plus grand respect. Elle me toisa un moment, hocha la tête, sourit et me dit d'un ton bien franc sur une pointe de moquerie :

« – A croire ce que l'on m'a dit de vous, je ne vous aurais jamais cru capable d'un aussi grand respect pour les préjugés.

« Malgré tout, je fus longtemps avant de m'habituer à l'idée de cette jeune fille délaissant, de parti pris, les douces prérogatives de son sexe pour courir des aventures devant lesquelles le plus hardi des hommes eût peut-être reculé; et cette histoire me parut si étrange qu'en rentrant au Grand Hôtel d'Orient où j'étais descendu, je me surpris à répéter toute une gamme exclamative.

« En quittant Bône je remportai un inoubliable souvenir de l'accueil charmant que m'avait réservé la famille d'Isabelle Eberhardt[12]. »

La rencontre avait été des plus agréables. Mme de Moerder et sa fille étaient plus aptes que quiconque à comprendre les difficultés que semblait connaître la famille du jeune Tunisien. Il se confia à elles sans détour, leur narrant « une histoire mêlée de pas mal d'incidents politiques et par cela même très longue à narrer[13] » mais qu'elles n'eurent aucun mal à comprendre, ayant enduré en Suisse des difficultés semblables. L'entente fut immédiate. Manifestement, les deux dames, chacune leur tour, avaient séduit leur visiteur. Et celui-ci les avait séduites. Sur un ton de familiarité qui ne lui était pas coutumier, Mme de Moerder ajoutait de sa main au bas des lettres de sa fille d'affectueux post-scriptum dans lesquels elle priait Ali Abdul Wahab d'agréer toute la sympathie de celle qui se disait : « sa vieille *ouma* [mère] bônoise[14] ».

Qu'elles soient signées Mariam, Meriem, Nicolas

Podolinsky ou Podol, que sa signature soit en français ou en arabe, les lettres d'Isabelle offrent de bien curieuses pages. Conçue dans un climat de perpétuelle remise en question, sa correspondance avec Ali Abdul Wahab, pour ce qu'elle nous révèle de ce premier séjour en Afrique, est des plus intéressantes. Isabelle éprouva une vive amitié pour Ali Abdul Wahab, elle lui parla librement de son attirance pour la religion musulmane. Confidence qu'elle ne fit qu'à lui. Est-il exagéré de dire que ces lettres sont les seuls textes permettant de suivre l'évolution d'Isabelle à travers ce foisonnement de tentations incontrôlées dans lesquelles elle sombra, jusqu'au choix final : l'Islam, sa religion et la fuite au désert. Le désert... Elle y alla non pour y faire fortune ou s'y tailler un domaine, mais pour cesser d'être elle-même. Elle y alla sans mission et sans but, en pauvre aventurière proche du demi-solde de Balzac qui, après de longues pérégrinations et de grandes souffrances, rapportait de son expédition l'idée que : « Dans le désert, voyez-vous, il y a tout et il n'y a rien. C'est Dieu, sans les hommes[15]. »

Mais cette Isabelle de la rue Moreau, déchirée, déracinée, livrée tout entière à ce qui l'empêchait de vivre en jeune fille rangée, elle ne pouvait se muer du jour au lendemain en autre chose. Se donner à l'errance n'est pas si facile. Il faut n'avoir peur de rien pour se laisser emporter, et l'on ne devient pas une Isabelle du bout du monde, une Isabelle n'ayant que « le soleil pour manteau[16] », on ne choisit pas de vivre aux frontières de l'humanité sans qu'il en coûte quelques désordres, quelques regrets et quelques coups. Pas de calvaire sans stations. Bône fut l'une des stations du calvaire d'Isabelle. Ali Abdul Wahab, habité par le désir qu'il avait d'elle, sut l'écouter : « Il me semblait comprendre qu'elle avait des ennuis et qu'elle souffrait », écrivit-il à Barrucand des années plus tard.

Ali Abdul Wahab avait été informé de la place très

grande que tenait Augustin dans la vie d'Isabelle. Ses lettres ne laissaient aucun doute là-dessus : «... de toute la famille, lui avait-elle écrit, le seul que j'ai toujours aimé follement, de toute mon âme passionnée – surtout jadis – c'est mon frère cadet, Augustin, celui qui est à la Légion étrangère ». Elle avait donc, en plus d'un amant prolétaire, un frère fiancé. C'était beaucoup. Il s'arrangea de l'un comme de l'autre. Par pure bonté d'âme ? Il n'y avait pas que cela. Mme de Moerder, elle aussi, l'avait subjugué. Ce Tunisien était décidément très sensible au charme slave. Il jura à la noble et captivante étrangère de ne jamais abandonner ses enfants quoi qu'il advînt. Il tint parole. Aussi pouvait-il, à quelques mois de là, écrire à Isabelle : «... En souvenir de Celle dont l'âme exquise m'a à jamais charmé et enchanté et à qui j'ai promis de faire mon possible pour vous protéger, vous ses enfants, demandez-moi tous les sacrifices possibles, je les accomplirai[17]. »

Qu'Isabelle ne se consolât pas des agissements d'Augustin n'était pas un secret pour lui. Il savait les efforts qu'elle avait faits pour encourager Augustin à étudier l'arabe et le kabyle. Elle était le dévouement même, cette sœur, cette femme. Elle semblait à Ali différente de toutes les autres.

Isabelle lui avait adressé une « histoire complète de sa vie », récit qu'Abdul Wahab avait jugé bouleversant. Elle avait à peine dix ans quand, par la faute d'Augustin, elle s'était trouvée mêlée à toutes sortes d'événements tragiques. Mais elle ne le tenait pas pour responsable. Les coupables étaient ses deux frères très aînés et sa sœur qui avaient transformé la villa Neuve « en un lieu de la plus horrible débauche ». On se souvient de « l'affaire Perez » et des rendez-vous amoureux que lui donnait Natalia sous le toit familial. Alors, c'étaient Natalia, Nicolas et Volodia, c'étaient eux qui avaient entraîné Augustin, eux qui lui avaient donné le goût de la boisson. Ils avaient fait boire Augustin quand il était tout petit.

Augustin avait commencé à mal tourner dès 1887 : « Bref, pendant ces dix années, mon frère préféré – sous l'emprise de la boisson et en emportant avec lui des sommes d'argent très importantes – a quitté la maison six fois et toujours clandestinement, nous laissant des semaines et des mois sans nouvelles de lui, dans une désolation qu'aucune parole ne saurait dépeindre... » Cependant, à la fin de sa lettre, Isabelle répétait à Ali Abdul Wahab que « malgré toutes les fautes de ce frère, je lui ai toujours tout pardonné et je continue à l'aimer de toute mon âme[18] ». En cela comme en mille autres choses, Isabelle était admirable et à la lecture de ses lettres son correspondant tunisien était transporté. Comment, se demandait-il, comment devenir l'époux d'une telle femme ?

Il savait aussi que Mme de Moerder pensait sans cesse à ce fils chéri. Elle s'occupait activement de le faire libérer et toujours, elle avait son nom aux lèvres.

Le sort de ces deux femmes était injuste et cruel. Ali Abdul Wahab prit en charge une part de leur fardeau. Quand, après un an de Légion, Augustin fut réformé pour la deuxième fois, Ali Abdul Wahab chercha à l'aider. C'était en mars 1898. Avant même que d'être réformé, Augustin, sachant qu'Ali se préparait à l'accueillir, lui écrivit du Dépôt des convalescents d'Arzeu une lettre émouvante, dans laquelle il lui annonçait son désir de suivre l'exemple d'Isabelle et de se convertir, lui aussi, à l'Islam : « Vous me sauverez non seulement au point de vue matériel en m'aidant à assurer mon existence par le travail, mais vous sauverez aussi une âme malheureuse et désorientée qui n'espère son salut que des bienfaits de la Foi Islamique dont vous serez pour moi un initiateur dévoué. Donc, cher Ali, vous connaissez maintenant ma décision définitive d'oublier pour toujours le monde européen, duquel je n'ai absolument rien à attendre et pour lequel j'ai toujours été un étranger...[19]. »

Grâce à Ali Abdul Wahab, Augustin, à peine libéré, fut installé aux environs de Tunis. Et Ali fit de son mieux pour tranquilliser Isabelle : « Ami chéri, lui écrivait-il. Je vous avais parlé de mon ami Sidi Okba comme de l'homme le plus susceptible de nous aider à sauver Aug. Comme vous savez il prendra Aug. chez lui, il lui fera faire le service de secrétaire français et des études d'arabe. Il le préparera au métier d'aide-géomètre. Augustin sera logé, nourri en campagne (en ville, il n'aura que le logement mais Sidi Okba est 10 mois sur 12 en campagne) et il touchera 60 F par an toute l'année où qu'il soit. Sidi Okba est un musulman rigide, un maître (*taleb*) parfait et un homme tout ce qu'il y a de plus sérieux.

« Mon plus grand désir est qu'Aug. renonce absolument à la boisson, qu'il s'islamise de cœur et surtout qu'il ait confiance absolue en moi et en Sidi Okba envers qui il devra naturellement manifester une docilité raisonnable, car avec l'anarchie et le désordre résultant de la paresse, l'on ne réussit à rien. Il sera aussi bien loin de l'influence européenne et des tentations d'une vie malsaine[20]. »

L'effort d'Ali Abdul Wahab et le séjour d'Augustin de Moerder à Tunis se prolongèrent neuf mois[21]. Pour quel résultat ? L'accalmie fut de courte durée et, ce temps passé, la question à nouveau se posa : que faire d'Augustin ? De Genève, Isabelle n'envisageait d'autre solution que de l'envoyer faire le docker sur les quais d'Alger. Ali Abdul Wahab prêchait la patience, cherchant pour son protégé des activités plus conformes à ses capacités physiques et à ses goûts. Il s'en expliqua avec elle : « Peut-être lui reprochez-vous son inactivité restée incompréhensible pour vous. Nous avons fait et vous pouvez en être certaine toutes les démarches dont peut être capable un être humain. Toutes avaient avorté. La faute à qui ! ! Je suis peu intelligent pour vous le dire et je crois même que personne ne le saura.

« Maintenant il lui reste d'user du dernier moyen, celui d'Alger... Je veux dire celui des employeurs manoeuvriers. Seulement le peut-il? Non. Après avoir été présenté à l'élite d'une capitale sous un nom noble et particulé, après l'avoir intimement fréquentée, après avoir discuté avec elle de maintes matières : politiques, sciences, etc. prouvant par là même le milieu qui l'a vu naître et où il a été élevé, après tout cela peut-il s'abaisser jusqu'à porter les lourds fardeaux des quais? Non. D'autant plus que réellement il n'est pas complètement réduit à cette nécessité.

« L'autre jour il m'a lu votre lettre et paraît très charmé de la réalisation d'une idée qu'il vous a toujours proposée. Aller vous rejoindre et regoûter la douce sensation de se retrouver parmi les siens après un long séjour en exil, loin de toute tendresse familiale. Il paraît très disposé à rentrer pour prouver son attachement filial et sa gratitude à Alexandre (Trofimovsky). Le tout dépend de vous. Sa conduite est irréprochable[22]. »

Augustin de Moerder quitta Tunis. Mais ce ne fut pas pour réintégrer la maison familiale.

Augustin alla à Marseille renouer avec les Long. Il alla causer et rire avec eux, il alla faire toutes sortes de serments à Hélène et lui promettre le mariage.

Dans ses lettres à Isabelle, Ali Abdul Wahab l'appelait « ami chéri » ou plus souvent « chéri ». Isabelle l'appelait « cher ami » et parfois « cher petit frère ». Ce choix de mots en dit long. L'un aimait, l'autre pas. Mais tous deux faisaient de leur mieux pour que l'autre le comprît.

Les efforts d'Isabelle étaient particulièrement louables. Elle ne reculait devant aucune explication. Sa passion pour Khoudja ne pouvait que choquer le fils de famille qu'était Ali Abdul Wahab. Et malgré cela Isabelle ne faisait mystère ni de son désarroi ni de ses doutes : « De toutes les actions de ma vie plus ou moins incohérentes, la meilleure peut-être a été cette dépêche vous appelant à Bône. Vous y êtes arrivé en un instant où je commençais à perdre pied, pour ainsi dire, et à m'en aller à la dérive ce qui, je l'avoue, est lâche et indigne de votre ami Podolinsky[23]. Vous êtes venu me rendre courage par votre franche amitié et votre compassion sincère et vous m'avez aussi rappelé le devoir que je me suis imposé moi-même : celui de travailler.

« Je ne vous oublierai jamais, certes, comme je n'oublierai jamais ces trois jours passés avec vous. »

Suit un passage biffé à grands traits par Barrucand. Sans doute jugeait-il l'aveu d'Isabelle préjudiciable à sa mémoire. Elle laissait entendre à Ali Abdul Wahab qu'elle avait une liaison : elle aimait à la folie un homme qui lui était inférieur.

« La veille de votre départ, j'ai voulu vous dire, à vous seul, ce que j'ai souffert et pensé afin que vous ne puissiez me trop mal juger. Je vous ai même fait un aveu qu'il en coûte généralement à une femme de faire, pour que vous sachiez au juste pourquoi au moment où vous avez fait ma connaissance, je me trouvais en un pareil état d'esprit fort peu en rapport avec ma vraie nature, ce que d'ailleurs vous avez bien deviné... De même, sachez que, quand vous aurez du chagrin vous pourrez toujours tout dire à votre amie slave... »

Elle ne pouvait s'empêcher de s'émerveiller d'avoir trouvé un ami tel que lui : « Vous voyez avec quelle franchise je vous ai parlé, vous disant des choses que je ne dirai certes jamais à personne d'autre. Rendez-moi la pareille... Maintenant, aux heures de tristesse et de découragement c'est à vous que je m'adresserai, car je crois avoir trouvé en vous un cœur vraiment fraternel... Malgré que je ne vous aie point caché mes fautes – pas même celles que j'ai commises à *Annaba* – vous ne m'avez point condamnée. Cela achève de vous classer non pas en dehors, car c'était fait depuis très longtemps, mais au-dessus de tous les autres hommes que j'ai rencontrés. Et je vous garderai une reconnaissance éternelle pour cela. Car en effet, pour ne point condamner ce pauvre Podolinsky qui doit sembler bien incohérent, il faut le comprendre... Et, en effet, ce n'est pas facile, puisque lui-même est bien loin d'être fixé sur sa propre nature[24]... »

Isabelle avait une manière de tout dire qui ne pouvait manquer de surprendre. Cette fille de vingt ans n'avait rien à cacher à un jeune homme la connaissant si peu. Elle lui écrivait des lettres de onze pages : « Aujourd'hui je vous dirai plus encore – je le ferai toujours désormais : je veux vous dire la vérité à vous qui êtes capable de la comprendre. » Ne fallait-il pas qu'Ali Abdul Wahab sût à quoi s'en tenir? Isabelle s'y employa. Elle demanda à Khoudja ben Abdallah de se faire photographier chez David et, bien que le cliché lui parût médiocre – « il est tout autre en réalité » –, elle l'adressa à son admirateur tunisien.

Ses aveux se succédaient de lettre en lettre, tumultueux, pitoyables ou furieux. Elle n'éprouvait aucune gêne. L'amour l'avait toujours préoccupée, elle en convenait et constatait qu'elle avait un tempérament cérébral mais « très ardent ». Malgré cela, l'oukil judiciaire de Bône, la première fois qu'elle l'avait vu, ne lui avait pas fait une impression bien forte. Les choses se précipitèrent une semaine plus tard « et (cela je vous le jure) sans qu'il n'ait rien fait pour m'attirer. Je me sentis envahie par un amour violent et triste.. . Cet homme a quelque chose de ce que devaient avoir ses ancêtres, les Maures d'Espagne, quelque chose de très enjôleur, de poétique et de mélancolique. Je vous avouerai en bon camarade que, en lui, il y a encore, pour attirer certaines femmes (les intellectuelles) la très grande virilité de sa nature... Mais tout cela est bête : *jamais personne n'a su pourquoi il a aimé*. Moi non plus je ne le sais pas.

Probablement que Khoudja aurait été un va-nu-pieds illettré je l'aurais aimé de même... Mektoub[25]. »

Bien que traité *en bon camarade,* on peut imaginer la gêne d'Ali Abdul Wahab. Mais la crudité des confidences d'Isabelle allant en s'accentuant, il se pourrait qu'à la longue et de quelque manière qu'elles fussent dites, les réalités dépourvues de romanesque qu'elle jetait pêle-mêle dans ses lettres aient entraîné Ali Abdul Wahab hors de ses timidités, de ses craintes et l'aient empli d'émotion. Isabelle lui parla des imprudences que sa mère avait tolérées, de ses rencontres avec Khoudja au clair de lune, de leurs « promenades nocturnes en des lieux absolument déserts ». Cette folie avait duré quinze jours. Khoudja lui avait offert le mariage devant Mme de Moerder. Mais craignant son caractère despotique Isabelle lui avait dit qu'elle préférait une union illégale et ses déclarations d'amour avaient été faites « selon son habitude sans pâmoison et sans larmes, très simplement[26] ».

Isabelle informa Ali Abdul Wahab du jour et de la date où elle s'était donnée à Khoudja ben Abdallah – c'était un 18 juin. Elle précisa le lieu : c'était « dans une jolie petite campagne près du marabout de Sidi Ben Kerim », un lieu proche, très proche d'une plage où, elle se plut à le lui rappeler, ils étaient allés ensemble, Ali et elle, lors de son bref séjour à Bône. S'en souvenait-il ? Il y avait vu des femmes dévoilées.

Elle lui précisa que les relations qu'elle avait avec Khoudja étaient « quasi conjugales ». Mais deux mois plus tard, elle informait son bon camarade que les amants heureux étaient comme divorcés. Elle lui expliquait pourquoi : « Pour ce qui concerne Khoudja ben Abdallah, certes je ne veux pas redevenir ce que j'ai eu le malheur d'être pendant deux mois : l'esclave de cet homme despotique et violent qui pense qu'une femme n'est bonne qu'à lui servir d'amusement et à avoir envers lui tous les devoirs possibles sans que lui daigne s'en reconnaître le moindre envers elle. Cela aussi n'est qu'une entrave pour l'avenir et je veux ma liberté entière. Soyez tranquille : votre sœur ne s'abaissera pas à ce rôle stupide d'esclave[27]. Dites-moi, vous qui êtes le seul à qui je parle franchement, dites-moi donc comment faire pour me guérir sans me rejeter en aveugle dans les bras de cet homme... Dites-le-moi, chéri (*ya azīzi*), et si je le puis je ne recommencerai pas à abdiquer ma volonté et à obéir, moi qui ai la prétention de ne craindre personne d'autre que mon Dieu (*ghair rabbī*) et de me gouverner moi-même, ce que j'ai toujours fait d'ailleurs. Dites-moi aussi si votre conviction est que la femme soit nécessairement subordonnée à la volonté de son mari ou de son amant, par le fait de leur union. Cela je ne le comprends pas et ne voudrai jamais l'admettre. C'est le seul point où je suis *kefera*. Hélas, je sais trop bien – et par quelle amère épreuve – ce qu'est une pareille sujétion. Laissez-moi vous dire que je la trouve injuste, quand il y a, comme dans mon cas, égalité intellectuelle entre l'homme et la femme[28] ! » Elle qualifiait Khoudja de « dangereux enjôleur ». Elle voulait à toute force rompre, cesser de le voir. Elle essayait de lire, d'écrire, de s'étourdir. Elle se réfugiait dans un isolement sauvage et fuyait toute conversation « même avec ma mère ». Pour se guérir, il lui aurait fallu un homme qui soit à la fois son ami et son amant car «... Dieu m'a créée sensuelle ». Et elle constatait que jusqu'à présent le seul homme avec lequel elle avait connu la volupté, c'était ce Khoudja dont elle voulait se libérer : « Mon bon, mon cher Ali, pardonnez-moi ma faiblesse : quand vous aurez été ensorcelé vous-même, vous verrez ce que c'est – je me suis aperçu avec une vraie tristesse, hier au soir... que je l'aime toujours[29]. » Elle cherchait consolation dans le travail et comptait sur Ali pour la soutenir dans sa lutte contre elle-même : « Vos lettres sont pain bénit dans ma solitude », lui écrivait-elle. Elle connaissait les mots propres à l'encourager. Pendant ses ruptures avec Khoudja, qui furent nombreuses et violentes, Ali se sentait comme un nageur qui, entre deux vagues, reprend souffle. Dans ces moments-là, ce qui l'étonnait le plus chez Isabelle était sa force de caractère. Elle était sans honte, sans regret et sans repentir : « De l'amour sincère et réel comme a été et est peut-être encore le mien, à la plus ignoble des chutes pour une femme, à la débauche, il y a très loin et si mon sacrifice fait à cet homme est une faute, il n'est point un déshonneur. C'est peut-être un grand malheur pour moi mais ce n'est certes pas une action honteuse. J'ai fait don à cet homme de beaucoup plus que ne l'aurait fait une autre femme... Et s'il n'a pas su ou pas voulu l'apprécier tant pis[30]... » Isabelle dans chacune de ses lettres laissait à Ali Abdul Wahab un sentiment puissant, un sentiment que ne lui avait donné aucune des femmes de son entourage. Elles ne se souciaient que de mesquineries. Il était temps de se l'avouer : aucune ne lui convenait, pas même la sienne. Et quand il lisait : « Peut-être avez-vous deviné déjà que chez moi l'ambition de me faire un nom et une position par ma plume (chose dans laquelle je n'ai guère confiance et que je n'espère pas même atteindre), que cette ambition est au second plan. J'écris parce que j'aime le processus de la création littéraire, j'écris comme j'aime parce que telle est ma destinée, probablement. Et c'est ma seule vraie consolation. Et c'est aussi la seule chose, Ali, qui dans mon très sombre passé m'ait empêchée de sombrer définitivement[31]... », alors Ali retrouvait espoir. Isabelle allait cesser ses folies et retrouver le calme. Elle était la femme qu'il lui fallait.

Quelques mois plus tard, quand sa rupture avec Khoudja fut définitive, Isabelle, écrivant à Ali Abdul Wahab, lui rappelait sa première visite à Bône et « le soir déjà lointain où sur le quai d'Annaba... je vous ai raconté cette chose très sérieuse, mon union illégale avec Khoudja... C'était pendant notre promenade nocturne sur la route de l'oued d'Or... ». La volonté de ne rien laisser ignorer à Ali Abdul Wahab était évidente : « J'ai aimé en Khoudja l'homme, disons le mot brutalement : le mâle. Et aussi, un peu, jadis, l'âme. Voilà tout... Il y a trois semaines environ que je n'ai rien reçu de lui et je suis sûre qu'il boude, selon sa noble habitude. Où est le temps où nous passions des heures et des heures, lascivement couchés côtes à côtes (*sic*), dans les jardins, à chercher le paradis l'un dans les yeux de l'autre! Tout cela s'est envolé vers ce que le grand Goethe appelait " le cimetière des jours passés ". Cependant, triples fous ceux qui feignent de dédaigner la volupté de l'amour... Ce sont de vieux décavés, des eunuques ou de vils Pharisiens – cela surtout[32]. »

Partagée entre l'homme dont elle était éprise et l'homme qu'elle admirait, Isabelle s'exprimait en femme qui ne maquille pas la réalité. Mais comment Ali Abdul Wahab aurait-il pu se douter que l'élégante jeune fille qui lui était apparue sur un quai du port de Bône était de ces femmes en rupture avec le langage pudique et la mauvaise conscience de la société bourgeoise? Elle avait liquidé les conventions, les préjugés et, en cela, demeurait fidèle aux principes qui étaient ceux de son amie Véra. Elle ne se payait pas de mots et, comme Véra, ne rêvassait pas. Véra indignait ses logeuses suisses en cherchant à les convaincre qu'il n'y aurait de société juste que le jour où hommes et femmes seraient égaux sur le plan politique... et érotique. Quitter Genève, tâter de l'Afrique, ne signifiait pas pour Isabelle qu'elle eût rompu avec cette morale-là. Isabelle restait un pur produit de la *Karoujka* : elle s'appliquait à bien penser. Elle était éprise d'un homme ordinaire alors qu'un homme doué d'une intelligence exceptionnelle l'incitait à répondre à son amour. D'une situation contradictoire assez humiliante, elle faisait à son ami tunisien un récit objectif, lucide, d'où il ressortait qu'il n'y avait point deux morales – l'une masculine et tolérante laissant à l'homme sa liberté sexuelle, l'autre féminine, oppressive, faite de diktats incontournables – mais une seule loi morale applicable aux deux sexes selon laquelle dans les rapports amoureux, face à la passion ou au désir de jouissance, l'erreur était possible mais rien entre amants ne pouvait avoir un caractère répréhensible.

Isabelle exposait sans détour les bienfaits de la volupté, elle parlait sans le moindre mystère des rapports physiques qu'elle avait avec Khoudja ben Abdallah et, ce faisant, elle bousculait chez un interlocuteur musulman ce dont il pouvait le plus difficilement se libérer : son droit de conquête et de possession. La jalousie? A en croire Isabelle c'était un supplice dont il pouvait aisément faire l'économie. Elevé comme il l'avait été, il devait être apte à comprendre que le droit à la propriété exclusive d'une femme faisait partie, du moins en Europe, d'un statut social périmé. Ali Abdul Wahab écouta Isabelle. Elle affirmait que l'essentiel était d'éprouver suffisamment d'amitié et d'intérêt l'un envers l'autre pour ne rien se cacher : « Fut un temps où j'avais le culte le plus passionné pour l'amitié... la *vraie*, celle qui comporte la plus absolue franchise et l'absolue sincérité. Sous l'influence de désillusions successives, cette faculté d'aimer mes amis a non seulement beaucoup diminué mais a même fini par disparaître. Et voilà que quand je vous ai vu, vous, j'ai compris que, en effet, l'amitié comprise comme je la comprends est un grand bonheur[33]... »

Ali Abdul Wahab se laissa convaincre : il n'eut pas l'amour jaloux. Restait à le priver de son droit de conquête. Ce fut plus malaisé. On a beau faire, on a beau écouter une femme affirmer qu'elle est libre de partager son corps avec qui bon lui semble, l'appel irrésistible de ce corps est là, il existe. Comment renoncer à l'idée que ce qui est possible à d'autres pourrait l'être à vous aussi, à vous l'Africain, à vous qui pouvez avoir plusieurs femmes légitimes et pouvez vous partager entre elles ?

La conquête du corps d'Isabelle s'annonçait difficile. Ali Abdul Wahab tenta sa chance néanmoins. A sa façon, c'est-à-dire polie, celle d'un homme éduqué à l'européenne. Il fit mine de croire que les discours d'Isabelle n'étaient que de façade, que d'une certaine façon ils étaient d'accord, lui et elle, et que la complicité qui existait entre eux pouvait aller jusqu'à la complicité des corps. Etre amants... Que de jouissances, que de satisfactions en perspective... Du côté de sa femme ? Rien à craindre. Aïcha comprendrait, elle accepterait, elle approuverait.

Ali Abdul Wahab fit un mauvais calcul et sa tentative, qu'il se reprocha longtemps, fut un échec.

Ce n'était pas le rôle d'amant qu'Isabelle souhaitait lui attribuer. Un amant ? De cela elle était déjà pourvue. Elle attendait de lui un acte de renoncement, une forme d'héroïsme forçant le respect. Alors, libéré de ses illusions, il pourrait en homme lucide faire usage de sa raison, il pourrait aider Isabelle à mieux se comprendre et à mieux connaître l'Islam.

« Il y a en moi des choses que je ne comprends pas encore ou que je ne fais que commencer à comprendre. Et ces mystères-là sont fort nombreux. Cependant, je m'étudie de toutes mes forces, je dépense mon énergie pour mettre en pratique l'aphorisme stoïcien : " Connais-toi toi-même ". C'est une tâche attrayante et douloureuse, lui écrivait-elle. Ce qui me fait le plus de mal, c'est la prodigieuse mobilité de ma nature et l'instabilité vraiment désolante de mes états d'esprit qui se succèdent les uns aux autres avec une rapidité inouïe. Cela me fait souffrir et je n'y connais d'autre remède que la contemplation muette de la nature, loin des hommes, face à face avec le Grand Inconcevable qui a tout créé et qui, en somme, est le seul et l'unique refuge des âmes en détresse. Cela aussi, Ali très cher (*ya Ali-l'aziz*), je le sais depuis bien longtemps. Il n'est point d'autre salut sur la terre sans anticiper sur le grand sphynx qui nous attend là-bas[34]. »

Quant aux reproches qu'Ali Abdul Wahab s'adressait, quant à ses craintes d'avoir agi avec elle « en homme ordinaire », cherchant sans succès à la convaincre qu'il pouvait être bon amant, de ces craintes et de ces regrets aussi il pouvait faire table rase. Il fallait qu'il vécût sans remords car, à en croire Isabelle, l'un et l'autre l'avaient échappé belle... Sans aller jusqu'à vanter les mérites de la chasteté ou prôner les « mariages blancs » que ses amis russes, disciples de Tchernychevsky, acceptaient comme une épreuve préparatoire au sacrifice suprême, moment inévitable de la vie d'un vrai révolutionnaire, Isabelle laissait clairement entendre à Ali Abdul Wahab que coucher ensemble eût signifié la fin de leur amitié. Un risque à ne pas prendre. Elle s'en expliquait avec lui sans plus de préambule et dans un style que n'auraient pas désavoué les étudiants de la *Karoujka*. Pour avoir fait à Isabelle des propositions aussi directes, il fallait que cet intellectuel eût été brusquement dominé par un égoïsme abominable, une impulsion presque maladive, dérivant de ce que les nihilistes russes auraient à juste titre considéré comme « un individualisme possessif tout à fait hors de propos ». La lettre d'Isabelle à Ali Abdul Wahab comporte, insérés dans le texte français, des mots en langue étrangère. Mais au lieu que ces mots fussent comme jadis dans les lettres qu'elle adressait à son « frère chéri » des mots russes, écrits en caractères cyrilliques, ces mêmes mots, « mon petit frère », « mon chéri », étaient écrits en arabe : Mon chéri (*yā azīzi*). Il me semble que je vous avais écrit une lettre explicative afin de trancher une fois pour toutes la question importune de votre conduite à *Annaba*. .. Ainsi, afin que vous cessiez de vous reprocher cette conduite je vais vous dire : 1) J'ai parfaitement compris que vous ne vous trouviez pas du tout dans votre assiette en ce moment-là, que vous étiez *tourmenté* par un état d'âme extraordinaire dont j'ignorais les causes – je les ignore encore – mais que j'ai fort nettement constaté; 2) Une question très délicate : la réponse que je vous ai faite a été motivée par le respect et le grand cas que je fais de notre amitié, chose précieuse s'il en est une, et par la certitude absolue que ma faiblesse, en ce cas particulier, aurait à *jamais* détruit ce qu'a fait la Destinée et l'affinité de nos deux âmes... Représentez-vous le lendemain de ce soir si j'avais consenti, et vous comprendrez fort bien mes idées. Cela n'aurait été qu'un vrai désastre pour tous deux, attendu que, par Dieu (*wallah*), nous n'aurions pas même trouvé la simple volupté des sens – chose moins facile à éprouver qu'il ne semble. Vous m'objecterez peut-être (non, vous ne le ferez pas!) que Khoudja est à cent mille lieues de mon intellectualité tandis que vous en êtes le frère... Mais raison de plus!... Maintenant, ce que j'aime en vous c'est votre intellectualité. Réfléchissez. Vous savez qu'il ne faut point écrire trop en détails. Verbalement nous causerons de cela un jour. »

Comme l'intention d'Isabelle n'était ni de triompher brutalement ni de martyriser son correspondant tunisien, elle cherchait à dissiper la tristesse que sa lettre risquait de provoquer. Alors elle louait sa jeunesse, sa candeur, sa nature chaleureuse et confiante, elle cherchait à lui arracher un sourire en évoquant leur promenade nocturne sur la route de l'oued d'Or. Elle lui rappelait l'instant où il lui avait demandé « une *chose* que la chère Aïcha n'aurait probablement point approuvée », cette *chose* que « sur la tête d'Aïcha » et la main levée, il faisait le serment de demander avec passion et sincérité, et que toujours le nom d'Aïcha à la bouche il avait longuement, très longuement supplié Isabelle de lui accorder : son corps. Et ce n'était pas par méchanceté qu'elle évoquait ce qu'il y avait eu de comique dans cet épisode de sa visite à Bône. C'était – elle le jurait, elle aussi, « sur la tête d'Aïcha » – c'était « uniquement pour le dérider ». Elle ajoutait : « Vous étiez en ce moment très semblable à un enfant qui pour obtenir du sucre invoque tous les saints du paradis[35]. »

Alors Ali Abdul Wahab accepta d'entrer dans son jeu bien que cela exigeât de lui un effort particulier et que le rire à sa façon à elle, le rire russe comme un désordre, comme un ébranlement qui guérit et sépare l'âme de sa nuit, ne fût pas dans sa nature. Puisque Isabelle lui avait fait la démonstration que hors la maladie, la misère et la mort il n'y avait pas de tragique possible et que les pires malheurs dérivaient de l'ordre établi, alors Ali Abdul Wahab fit lui aussi appel à l'humour. Ainsi, quand il adressa à son amie slave un petit opuscule[36] dont il était l'auteur et dont la dédicace ne porte ni le prénom d'Isabelle ni les mots tendres dont il usait dans ses lettres, mais ceci seulement : « A mon cher Mammoudoff, avec mon très affectueux souvenir. »

Les promenades nocturnes d'Isabelle ne pouvaient échapper à la vigilance de Mme Valette. Etait-ce pour prendre l'air du soir et pour cela seulement que Mlle de Moerder rentrait si tard? Les accointances arabes de Mme de Moerder et de sa fille étaient agaçantes. On jugea qu'elles avaient tort de s'encanailler avec de telles gens. L'oukil judiciaire figurait au nombre de leurs familiers, c'était évident. Mais ces dames n'en étaient pas restées là... Elles avaient été reçues par le cadi, elles avaient été présentées à sa famille, elles l'avaient reçu, rue Moreau. D'autres relations avaient suivi. Les visiteuses s'étaient liées avec un marchand nommé Bouzamonda et avec un notable, Si Mahmoud Guech. On n'avait rien contre eux, mais quand même... Si seulement Khoudja ben Abdallah avait bien voulu parler un peu moins... Il s'adressait à ces dames en disant « nos amis arabes de Bône[37] ». Il était temps qu'on en finisse. Les David envisageaient de recourir aux grands moyens : confrontation, discussion, nouvelles clauses mises au contrat de location. Là-dessus, Mme de Moerder laissa entendre qu'elle allait prendre à sa charge l'éducation d'un jeune Kabyle. Elle allait le nourrir et le loger chez elle... Ce fut un beau tollé. Ces Russes! Fallait-il qu'elles soient folles! Un orphelin nommé Ahmed, un enfant des rues, un vrai petit vagabond. C'était incongru, c'était malséant. Où allaient-elles l'installer, leur Ahmed? Au salon peut-être? Les David étaient indignés. Voilà que les deux femmes donnaient la mesure de leur ignorance des usages. Du diable si l'on ne parvenait pas à les mettre dehors. David crut utile d'avertir Trofimovsky. Il prétendait ne vouloir l'informer que des mauvaises fréquentations d'Isabelle. En vérité il espérait une sacro-sainte fureur, qui ne vint pas. Le propriétaire de « la Villa Neuve des Cactées » déçut beaucoup les David en ne détournant pas Isabelle de ses sottises.

Qu'auraient pensé les David s'ils avaient été informés des secrètes pensées d'Isabelle et des sentiments qu'elle nourrissait à l'égard de gens qui, comme eux, affichaient un grand dédain des Arabes? Ce qu'elle écrivait à Ali Abdul Wahab le 1er juillet 1897, s'ils en avaient eu connaissance leur aurait ôté toute illusion : « Si vous voulez que je vous parle de ma vie en pays d'Islam (*fi dār al islām*), écrivait-elle, attendez qu'il fasse un peu plus frais à Bône. Cette vie vaut en effet la peine qu'on la décrive, vu qu'elle ne ressemble en rien à celle des demoiselles en général. Je vous dirai seulement que les musulmans m'ont reçue à bras ouverts et que je ne connais pas encore un *seul Français ni Française.* Ce qui m'écœure ici, c'est l'odieuse conduite des Européens envers les Arabes, ce peuple que j'aime et qui, si Dieu veut, (*inch'Allah*), sera mon peuple à moi[38]. » Elle ajoutait que bien que n'étant à Bône que depuis un mois elle commençait à parler et à comprendre facilement l'arabe algérien.

Cécile et Louis David étaient plus que jamais décidés à intervenir. Mais cela n'allait pas sans risques. Comment savoir ce qui peut résulter de ces sortes de turbulences? Employer les grands moyens? Organiser une confrontation entre ces encombrantes voyageuses et quelques figures bien françaises du voisinage?

Mme de Moerder ne leur en laissa pas le temps.

Les David en étaient encore à hésiter lorsque, le 13 juillet 1897, Cécile David, qu'une grossesse avancée et les premières chaleurs de l'été rendaient d'humeur belliqueuse, eut la surprise de recevoir un acte judiciaire signifié par huissier. On n'avait jamais eu le front de lui adresser du papier timbré. Elle supposa que ce visiteur inattendu avait son utilité puisqu'il était là, son enveloppe à la main, qu'il se présentait – « David Layani, huissier près des tribunaux de Bône[39] » – et qu'il demandait à Louis David « une petite signature ». Avant même qu'elle eût pris connaissance de ce qui lui était notifié, Cécile avait déjà la tête montée et la voix proche de l'invective. A peine l'acte lu elle tomba sur une chaise, pantelante. Mais, très vite, elle se ressaisit et courut se tordre les mains à son balcon, afin de prendre les habitants de la rue à témoin de l'offense qui lui était faite. L'acte était on ne peut plus clair : « A la requête de Madame Veuve de Moerder, rentière demeurant, et domiciliée à Bône, j'ai, David Layani, signifié et déclaré à Monsieur Louis David, photographe demeurant à Bône, en son domicile, où étant et parlant à sa personne, que la requérante lui donne par la présente congé pour le 15 octobre 1897 de l'appartement qu'elle occupe moyennant 50 francs par mois dans la maison Carrus, sise à Bône, rue Moreau n° 10, dont le sieur David est le principal locataire, lui déclarant que ma requérante quittera et débarrassera l'appartement dont il s'agit et lui en remettra les clefs ledit jour, 15 octobre prochain.

A ce qu'il n'en ignore[40]... »

Elles partaient...

Personne à Bône n'avait été informé de la décision de Mme de Moerder. Seul Ali Abdul Wahab avait été mis dans la confidence par une lettre d'Isabelle : « Chez David la vie n'est plus possible... » Mère et fille allaient transporter leurs pénates ailleurs. La tâche de trouver un autre logement incombait à Isabelle ce qui ne l'amusait guère tant elle avait « en horreur tout ce qui, de près ou de loin touche aux *affaires* ». Il lui fallait parler « avec un tas de gens insipides, faire des marchandages idiots (*musāwamāt sakhīfa*) et arpenter cette ville que je suis loin d'aimer et où l'on ne m'aime pas non plus »[41]. Quand enfin elle trouva la maison de ses rêves, Ali en fut aussitôt informé : « Je change de logement. Je vais habiter dans la ville arabe. Nous n'aurons point de colocataires et vivrons seules, avec un petit Kabyle, celui que j'ai adopté. Maintenant je suis obligée de bâcler un tas de choses, comme vous pensez bien. Combien de temps restez-vous à Tunis? Et quand puis-je espérer vous revoir? Cette fois, étant logées tout autrement, nous vous accueillerons à la mode arabe – chez nous, tout à fait comme nous le ferions pour notre frère, si Dieu voulait nous le rendre un jour (*inch'Allah*[42]). »

Elles partaient.

Le coup fut terrible pour les David : Mme de Moerder, si douce, si fragile, mais sans doute encouragée par cette effrontée d'Isabelle et par « quelques bicots » de ses amis, signifiait son congé au photographe le plus réputé de la ville.

Le hasard voulut que le nouveau logement de Mme de Moerder fût prêt plus tôt que prévu. Tout en s'acquittant des promesses faites, les deux voyageuses avancèrent la date de leur départ.

L'impatience l'emportait.

A la mi-août le mélodrame était terminé et le tout-Bône sut que Mme de Moerder et sa fille avaient levé le camp. Elles avaient trouvé à se loger dans la ville arabe. Ce choix, pour surprenant qu'il fût, n'étonna personne. On se perdit en réflexions peu flatteuses. Ces Russes étaient décidément des sauvages.

Le plus furieux de tous fut Louis David. Dans la lettre qu'il adressa à Trofimovsky en septembre 1897, il se laissait aller tout entier à sa colère : « Ci-inclus le congé donné par ces dames en réponse à votre lettre, ignoble!... » Louis David n'avait d'autre idée en tête que de faire comprendre au tuteur indigne que sauf cas exceptionnel il ne lui adresserait plus la parole de sa vie. Il eut recours à une périphrase qui devait faire mesurer à Vava la fermeté de sa résolution : « Lors de la mort de maman, écrivait-il, je vous ferai parvenir sa lettre de faire-part... » Cela signifiait que tout était rompu entre eux.

Les relations furent effectivement coupées. Plus une lettre des David dans les papiers d'Isabelle. La brouille était définitive.

La vie se présenta sous un jour nouveau quand Mme de Moerder et Isabelle eurent pris possession de leur nouveau domicile. Elles ne s'y sentirent pas déplacées. On y voyait imbriqués divers logements et boutiques que se partageaient un Maltais, M. Mikalev, qui vendait de la semoule, une vieille Arabe, Fathoum, dont la spécialité était les petits poissons frits et la cueillette des plantes aromatiques, et deux familles juives, les Sousno et les Kousno. La maison était au carrefour de la rue Rovigo, d'une placette que ponctuait une fontaine publique, la place des Pyrénées, et d'une ruelle qui allait vers le quartier de Carthage. Un lieu animé où l'on vivait sur un pied d'égalité entre voisins. Tous appartenaient à la classe ouvrière. Isabelle Eberhardt en avait établi la liste. Un certain Smaïn régnait sur le café kabyle de la rue Rovigo, tandis que Cassi, le Sarde, qui faisait lui aussi et dans la même rue métier de cafetier, tenait en plus boutique de fruits et légumes à quelques mètres seulement du domicile de Mme Hernandez, qui, elle, faisait office de sage-femme.

Mme de Moerder fut reçue avec l'hospitalité bon enfant et la vivacité bruyante qui étaient de tradition dans les villes côtières de l'Afrique du Nord. Les habitations communiquaient entre elles par les toits et les cours communes. Une précaution obéissant à la nécessité fort ancienne de disposer de plusieurs issues au cas où les pirates auraient fait irruption dans la ville.

De savoir le Vieux Monde loin derrière elle, Natalia Nicolaïevna se sentit allégée, rajeunie. Elle reprit goût à l'existence et cessa d'être cette femme que la douleur d'être séparée de ses enfants ravageait.

L'aspect de tant de choses inconnues et une nouvelle façon de vivre enchantèrent Isabelle. Elle éprouva un immense soulagement de l'amélioration survenue dans la santé de sa mère et ne se lassa pas d'étudier, d'observer et de décrire ce quartier qui n'avait rien de commun avec celui qu'elle venait de quitter. Elle interrogea inlassablement ses voisins musulmans, juifs ou chrétiens, arrachant leurs secrets aux maisons et aux gens.

« Peu de voyageurs retrouveront la curieuse maison de la ville arabe, à même presque la ville française, où Isabelle habita avec sa mère[43] » écrivait René-Louis Doyon en 1937. Fort heureusement, un document permet de n'en rien ignorer. La « maison Pailhès », en dépit de sa rusticité, fut, avec la villa Neuve, l'une des rares demeures pour lesquelles Isabelle eût éprouvé de l'attachement. La maison du quartier arabe d'Annaba occupa longtemps sa mémoire.

Nous avons vu Isabelle, au temps de son adolescence, dresser des listes de mots, des listes d'objets et faire toutes sortes d'inventaires. Elle avait aussi une disposition native pour les plans. Celui qu'elle fit de la maison

Pailhès a le mérite de ne rien nous laisser ignorer de la disposition des pièces, de l'emplacement des objets usuels, du nombre de marches que comptaient les petits escaliers biscornus conduisant d'une « cour juive » à une « terrasse arabe ». Ce plan nous dit ce qu'était « ma chambre », la chambre d'Isabelle, avec sa porte-fenêtre donnant sur une cour intérieure, dite « cour Pailhès », que l'on partageait avec la propriétaire, une brave femme dont le fils était juge de paix à Tunis. Les seuls meubles dont disposait Isabelle étaient le lit, au pied duquel était posé le « tapis d'Ali » – sans doute un don d'Ali Abdul Wahab – une table de travail placée à la lumière de la grande fenêtre, deux chaises dépareillées, une caisse d'emballage faisant office de deuxième table et ce quelque chose que le logement de la rue Moreau n'offrait pas : « un petit cabinet de toilette » attenant. Mais il y avait mieux encore : le vestibule de la maison était flanqué d'une chambre de bains commune, de « commodités » indépendantes, autant de magnificences dont Isabelle releva les moindres détails. Elle notait dans la cour d'entrée quatre grands pots de jasmin, sur le palier l'emplacement de l'armoire à balais et dans la salle de bains, la place de la baignoire, de la « machine à chauffer le bain » celle d'une « plaque de tôle », celle « du manteau à fumée », celle d'une *malle française* tirée d'un grenier, ainsi que celle d'une caisse de cactus dont l'amour qu'Isabelle portait à la vérité lui interdit de taire la présence. Dans la « chambre de Maman », rien qu'un lit, une chaise, une armoire, une fenêtre ouvrant au nord et une veilleuse toujours prête à être allumée, juchée sur une petite étagère d'angle haut perchée, à la mode russe. Il eût suffi de quelques icônes, quelques saint Boris et saint Gleb posés de-ci, de-là pour que l'illusion du passé fût complète. Mais aucun saint du paradis de l'ancienne Russie, ni saint Cyrille, ni saint Varlaam de Koutyne, ni saint Leontius de Rostov ni les saintes Parascène et Anastasie, ne figuraient au mur de la maison mauresque. Mme de Moerder était luthérienne et le demeura jusqu'à sa mort. Dans la chambre dite « vide », face à une rangée de fleurs en pot, un emplacement précis était assigné en permanence au panier dans lequel un restaurant voisin livrait les repas. Dans la « salle à manger » une caisse servait à poser les ustensiles de ménage tandis qu'une vaste « armoire à livres » occupait tout un mur. Enfin dans la pièce qui se parait du nom de « salon » on voyait une cheminée, un divan arabe, une *meïda,* table orientale basse et ronde, et sous le mot *salon* deux mentions : « chambre à coucher d'Ahmed » et « table de travail et de leçons », qui permettent d'affirmer sans hésitation possible que Mme de Moerder, aussitôt installée dans la ville arabe, mit à exécution son projet de recueillir un enfant errant, de veiller à son instruction, de lui offrir le gîte, le couvert et – ainsi que l'avaient tant redouté Louis et Cécile David – de le loger dans son salon. Les voisins de ces dames s'en émurent bien un peu. Le petit Ahmed couchait sur le divan. Personne à vrai dire n'approuvait tout à fait, pas même Khoudja ben Abdallah qui ne faisait référence au protégé de ces dames qu'en termes d'une sécheresse tout administrative. Il s'en voulait de n'avoir pas réussi à décourager Natalia Nicolaïevna de prendre en charge « le Kabyle Ahmed ».

De Vernier, Alexandre Trofimovsky encourageait une initiative qui se situait dans le droit fil de la pensée tolstoïenne et il n'y avait pas de danger que du fond de sa « Petite Mecque », Eugène Letord désapprouvât. Il jugeait son amie slave plus que jamais admirable et Madame sa mère aussi. De vraies grandes dames. En s'installant rue Rovigo, elles avaient toutes deux voulu marquer leurs distances avec le milieu européen. Un geste courageux. Quant à la prise en charge du jeune Kabyle, c'était une autre histoire. Une initiative aussi généreuse, bien qu'Eugène se gardât de la critiquer, ne pouvait manquer de surprendre. Que signifiait la présence auprès d'elles de « leur petit Ahmed »? De sa lointaine garnison et sur un ton de reproche, Eugène posait la question à sa lointaine Nadia : « Ce petit orphelin, Ahmed, ton fils adoptif, tu ne m'en avais jamais parlé[44]... » Pourquoi n'avait-elle pas mis Eugène dans la confidence? S'il avait été consulté, Letord aurait peut-être jugé que ses correspondantes russes en faisaient trop et cette opinion était largement partagée. Mais ce qui n'aurait jamais été accepté rue Moreau fut un peu mieux considéré par les Bônois de la rue Rovigo. On y vit une de ces fantaisies dont les aristocrates ont seuls l'usage. Les deux nobles visiteuses, comme les dames turques d'autrefois, s'étaient payé un petit esclave. Elles allaient lui apprendre à se laver et à se rendre utile. Peut-être allaient-elles l'habiller joliment? Il fallait comprendre... La vie élégante a ses exigences. Ces dames étaient de Russie, un pays où, bien que le servage eût été supprimé, les grands seigneurs considéraient comme faisant partie intégrante de leurs biens des kyrielles de serviteurs qu'ils oubliaient de payer. Les visiteuses étaient étrangères. Elles manquaient de ce solide bon sens qui faisait la force des Français. On n'allait pas leur déclarer la guerre pour autant.

Au bout de quelques semaines, les déplacements du petit Kabyle entre l'école coranique où il avait été admis et le divan du salon où il dormait ne faisaient plus événement.

Dans le quartier arabe, personne ne chercha à intervenir dans les affaires de Mme de Moerder, pourtant dangereusement perturbées par les dépenses d'un deuxième déménagement. C'était un aspect des choses qui n'aurait échappé à personne rue Moreau mais dont on ne se soucia guère rue Rovigo. A l'exception d'Isabelle. L'argent fut toujours son plus grand souci. Elle avait les mains percées. En Suisse, au cours de son adolescence elle n'avait cessé d'avancer de petites sommes à ses camarades de la *Karoujka*, qu'ils fussent ou non amoureux d'elle. Tantôt elle agissait en accord avec sa mère, tantôt à son insu. Maintenant, elle était à Bône et entendait agir de même. Elle voulut être remboursée d'un prêt consenti à son ami Moussa pour permettre à ce fidèle parmi les fidèles de poursuivre ses études. Elle lui écrivit à Genève, espérant qu'il lui rendrait la somme qu'elle voulait maintenant avancer illico, sous forme de prêt volontaire, à Khoudja ben Abdallah. L'intérêt qu'elle et sa mère portaient aux projets de l'oukil judiciaire leur semblait de ces obligations auxquelles on ne saurait se soustraire. Khoudja ben Abdallah ne méritait-il pas d'être encouragé? Son ambition était d'ouvrir un « grand cercle indigène », un café maure en somme, « plus joli que le café Riche[45] ». Brave Khoudja... Mais l'argent dont il avait besoin – 500 francs – ces dames n'en avaient pas le premier sou. Restait Moussa Chalit, leur seul espoir. Sa réponse, datée de juin 1897, contenait une foule de gentillesses. Il se réjouissait sincèrement que Mme de Moerder et sa fille fussent arrivées à bon port. Il présentait ses hommages à Natalia Nicolaïevna. Il lui donnait ainsi qu'à Isabelle des nouvelles de leurs amis de la *Karoujka*. Pour Véra, pas de souci à se faire. Elle allait le décrocher, son brevet de médecin. La Popova était un bourreau de travail. Quant à Archavir, il était toujours amoureux d'Isabelle. Mais à son sujet il y avait du nouveau. De ces choses que l'on ne met pas dans les lettres. Ce n'était pas tout. Moussa informait ces dames qu'il était allé à la villa Neuve rendre visite à Alexandre Nicolaïevitch. Il l'avait trouvé « en bonne santé ». Quant au remboursement de sa dette, ah, ça alors! c'était impossible, tout à fait impossible... Moussa avouait qu'il était « comme on dit, dans la dèche[46] ». Rien à attendre de lui.

Personne n'était moins susceptible que Mme de Moerder de se formaliser d'une telle franchise. Elle lui rappelait que les amis les plus fidèles ne sont pas toujours en mesure de rendre ce qui leur a été prêté. Ainsi Moussa

Chalit ne pouvait s'acquitter de sa dette? Ce n'était là qu'un fait secondaire. L'essentiel était ailleurs. Il était dans la certitude qu'Alexandre Nicolaïevitch, qui s'obstinait avec tant de patience à faire croître des plantes tropicales sur les rives du Léman, que le « vieillard-penseur[47] », que Vava le meilleur des hommes allait bien.

« Ici, je ne bouge pas, je ne cause pas. J'étudie et j'écris[48] ». Cette confidence d'Isabelle à Ali Abdul Wahab correspond à une brève période de calme et de réflexion, la seule que connut Isabelle avant que l'errance ne l'emportât. Soudain le désordre, les passions d'Isabelle et ses brusques enthousiasmes firent place à une forme de sagesse, qui venait fort à propos lui redonner le goût du travail. Une sagesse forcée peut-être, qu'expliquait une soudaine aggravation dans l'état de santé de Mme de Moerder. L'affection qu'Isabelle lui portait interdisait qu'elle s'éloignât longtemps. Mais ce n'était pas la seule raison de ces sages résolutions et il est de fait qu'à Annaba, Isabelle étudia pour le plaisir d'étudier et écrivit pour le plaisir d'écrire.

René-Louis Doyon affirme que « c'est là qu'elle écrivit seule ses premières pages, y compris cette curieuse *Yasmina*[49], mise à la boîte d'un journal; elle avait dix-sept ans. J'en ai jadis publié le texte, copié sur sa propre minute[50]... ». Ne tenons pas rigueur à l'honnête biographe que fut Doyon d'une inexactitude qui rajeunit Isabelle de trois ans, et faisons mine de le croire lorsqu'il affirme que c'est pendant son séjour à Bône qu'elle écrivit *Yasmina*, une longue nouvelle inlassablement retravaillée, souvent réécrite, et que Doyon publia près d'un demi-siècle plus tard.

Il paraît peu probable que ce texte ait vu le jour à Bône.

« *Seule* », dit Doyon. A Annaba Isabelle n'avait, en effet, d'aide à attendre que d'elle-même. Elle ne recevait plus d'impressions de voyage, plus de « choses vues », notées par Augustin ou par l'un de ses compagnons de régiment. L'époque des collaborations fraternelles était révolue. Alors, malgré ses lectures, malgré son instinct aigu des réalités, comment Isabelle, qui ne connaissait de l'Algérie qu'Annaba et de la vie d'un lieutenant des Affaires indigènes que ce que voulait bien lui en dire Eugène Letord, un correspondant aux sentiments chaleureux, certes, mais avare de détails, comment eût-elle pu décrire l'aventure de *Yasmina*, la petite Bédouine dont le destin eût été de conduire toute sa vie un maigre troupeau de chèvres dans la plaine désolée de Timgad si elle n'avait rencontré et aimé, pour son plus grand malheur, le lieutenant Jacques, du Bureau arabe de Batna ? Bien que ce Jacques ait plus d'un trait commun avec le lieutenant Letord, l'histoire de la petite *Yasmina*, vouée à l'abandon, à la maladie et à la mort, cette histoire, si elle a été ébauchée ou imaginée dans la maison du quartier arabe d'Annaba, ne peut y avoir été écrite sous la forme dans laquelle elle a été publiée. Mais d'autres récits existent, datant de l'époque de Bône. De rares spécialistes les ont lus. Ils ont paru en feuilleton dans la revue *l'Athénée*, en 1898, et n'ont jamais été publiés depuis. Intitulées *Silhouettes d'Afrique*[51], ces chroniques sont bien les premières notations africaines d'Isabelle Eberhardt et, pour reprendre les termes de René-Louis Doyon, les premières pages qu'elle écrivit « seule ». D'où leur intérêt. Isabelle s'attachait, par petites touches successives, à décrire son quartier, ses odeurs, ses couleurs, ses sons. Partant comme toujours de l'observation du réel, elle laisse alors libre cours à son imagination. Première apparition du personnage de Mahmoud, jeune *taleb* avec lequel Isabelle s'identifiait; première utilisation de ce nom qui deviendra le nouveau pseudonyme de l'auteur et remplacera celui de Nicolas

Podolinsky; première manifestation de ce qu'allait être son talent d'écrivain : raconter la vie réelle, la vie de tous les jours, parler d'hommes et de femmes ordinaires et de cela seulement. La description d'une maison proche de la sienne est si caractéristique qu'elle mérite d'être citée :

« *Aux abords d'un vieux quartier mort, endormi depuis des siècles à l'ombre protectrice de la sainte Zaouïya des Aïssaouas*[52]*, dans une petite rue étroite et très raide, il était une maison basse et fruste, un petit cube de maçonnerie centenaire, passé chaque année à la chaux bleue et couronné au-dessus de son toit plat par un vieux figuier planté au milieu de la petite cour mauresque, jadis cimentée, devenue raboteuse, inégale. Sur la rue, rien, pas une fenêtre, pas une meurtrière. La porte ogivale très basse en planches épaisses, bordées de fer et ornées de vieux clous de cuivre, était toujours fermée et ne s'entrouvrait que bien mystérieusement pour laisser rentrer ou sortir l'un de nous qui y habitions : Sidi Mohammed Djeridi, le propriétaire, Sidi Abdel-Qader; Taleb*[53]*, nègre du Maroc et moi, connu dans le quartier et à la djémâ*[54]*, sous le nom de Si Mahmoud el-Moskouby, le Moscovite... Parfois seulement cette porte farouche donnait passage à des ombres voilées sous la* ferrachia *blanche des riches ou sous la* mleya *bleue des femmes du peuple. Cela à la tombée de nuit, très clandestinement, afin que personne ne pût mettre un nom sur ces fantômes impersonnels.*

Il y avait quatre chambres dont les portes et les fenêtres ouvraient sur la cour au milieu de laquelle, au pied du figuier centenaire, était le puits à margelle en forme de vase sculpté. Le tronc gris de l'arbre familial s'inclinait au-dessus de l'orifice étroit et allait s'appuyer sur le bord de la terrasse, ombragée par ses rameaux encore très verts, ce qui avait valu à la maison le surnom de Dar-el-Qarma ou maison du figuier.

Les murs étaient à l'intérieur et à l'extérieur soigneusement passés à la chaux bleuie d'une teinte tendre d'azur comme la plupart des maisons Mogh'rebines. Les portes étaient fermées par de simples rideaux d'indienne à fleurettes. A droite de ma porte, dans une vieille caisse défoncée, habitaient des pigeons blancs, familiers au point de venir manger avec nous dans la chambre de Sidi Mohammed où celui-ci habitait avec son épouse, Lella Fatima, et sa petite nièce Yasmina.

Il y avait sur le bord de la terrasse l'inévitable pot de jasmin blanc et aussi un petit rosier à fleurs rouges et les amphores antiques au fond pointu où l'on tient l'huile. Il y avait dans les branches du figuier un pan de mur appartenant à la maison voisine et où s'ouvrait une petite fenêtre par où parfois venait nous parler une impayable créature, Bou-Bou-Diane, une jeune négresse du Soudan impudique et malicieuse que Sidi Mohammed Djeridi avait en horreur.

Dans la rue raide et mal pavée jamais aucun roulement de voitures. Seul parfois le bruit rythmique des cab-cab en bois de quelques négresses ou de quelques juives ou le cri chantant des marchands ambulants et des laitiers matinaux... Puis le silence retombait lourd... En ce quartier antique l'horloge du temps semble retarder de treize siècles ou s'être arrêtée dans les dernières années des Khalifats d'Occident... Les jours et les années, immuablement pareils, s'écoulaient avec une monotonie berceuse comme avaient passé les siècles, illuminés par la foi sereine et la tranquille résignation...

Au-dessus de la porte de sa chambre, Sidi Djeridi avait tracé à l'encre rouge quelques maximes fatalistes :

« L'homme n'évite point l'heure de son destin. »

De ce séjour à Bône datent deux changements primordiaux. Ce fut à Bône que la passion d'Isabelle pour le mode de vie oriental et l'appareil religieux des musulmans dépassa un goût inné pour la couleur, pour le pittoresque et devint une admiration raisonnée. Extrême dans ses désirs, Isabelle fit sienne la simplicité africaine : simplicité de l'habitat, de la nourriture et du costume. Enfin ce fut à Bône qu'Isabelle répondit à l'appel de l'Islam et se convertit à la foi musulmane.

Elle y pensait depuis longtemps. Ses questions et ses doutes allaient à Ali Abdul Wahab, conseiller zélé et écouté. Quelle sorte d'homme était-il ? Il aimait tendrement Isabelle et s'efforçait de mieux la comprendre. Quelles réponses lui donna-t-il ? On imagine mal ce Tunisien lascif dans le rôle d'une sorte de Bossuet oriental assurant à la jeune femme inquiète :

– J'ai trouvé depuis longtemps le moyen d'être heureux.

– Quel est-il ?

– C'est de se passer de joies[55].

Non, Ali Abdul Wahab devait user d'autres arguments quand Isabelle lui écrivait : « Vous dites qu'il doit me paraître étrange qu'un jeune homme comme vous, c'est-à-dire éduqué à l'européenne, soit un croyant... Mais vous appartenez à une race de croyants, vous êtes parmi les heureux, les croyants en pays musulman (*fi-l-mou'minīn min ahl es-salām*).

« Que direz-vous quand vous entendrez que moi, sans religion, fille du hasard, élevée au milieu de l'incrédulité et du malheur, je n'attribue, au fond de mon âme, le peu de bonheur qui m'est échu sur la terre qu'à la clémence du Dieu Clément et Miséricordieux (*Allah ar rahmān ar rahīm*) et tous mes malheurs à ce *Mektoub* mystérieux contre quoi il est si parfaitement inutile et si insensé de s'insurger.

« Et voilà peut-être les causes de ce respect et de cet

attachement profond que je ressens pour l'Islam – si ce n'est la raison fondamentale. « Après cela vous comprendrez pourquoi j'attribue ma venue en pays musulman (*fi dār al islam*) à la volonté auguste de Dieu qui a sans doute voulu me sauver, un jour, des ténèbres de l'ignorance (*min zalamāt al djāhiliyya*) et me faire pénétrer sur le sentier fleuri de la résignation et de la paix.

« Le seul auteur français qui ait vraiment compris et aimé l'Islam, Pierre Loti, a dit dans son *Aziyadé* : " Si quelqu'un pouvait seulement me donner la foi musulmane, comme j'irais en pleurant de joie, embrasser le drapeau vert du Prophète. "

« Je dois répéter, pour mon compte, ces paroles en y introduisant cette modification " l'intégralité de la foi musulmane " puisque j'ai déjà commencé à devenir musulmane.

« A mon tour je vous dirai que c'est à vous seul, cher Ali, que je révèle les secrets de mon âme. Non pas que j'aie honte de professer ouvertement une religion que j'aime et que je respecte profondément mais bien plutôt parce que je vous sais seul capable de me comprendre et de ne point accueillir ma déclaration avec incrédulité, comme quelques musulmans, ou avec dédain ou raillerie, comme tous les chrétiens, mon frère le soldat excepté. Maintenant je ne me crois nullement obligée pour être musulmane de revêtir une *gandoura* et une *mleya* et de rester cloîtrée. Ces mesures ont été imposées aux musulmanes pour les sauvegarder de chutes possibles et les conserver dans la pureté. Ainsi il suffit de pratiquer cette pureté et l'action n'en sera que plus méritoire parce que libre et non imposée[56]. »

C'est ainsi que la fille de Mme de Moerder se convertit à la foi musulmane et décida de pratiquer la pureté. Sa conversion fut totale et sa foi durable. Plus durable que ne fut sa brusque décision de mater son corps et de le vouer à l'austérité.

Cette conversion d'Isabelle eut lieu en une fin d'été qui vit arriver à Jérusalem un moine voyageur, voué à la pénitence. Il avait traversé la Galilée et la Samarie à pied, en mendiant son pain. Le logement qu'il dut à l'hospitalité des clarisses n'était pas sans rappeler « le petit cube en maçonnerie centenaire » du quartier arabe de Bône, ce Dar-el-Qarma que décrivit Isabelle. « J'ai une petite maisonnette adossée au mur de clôture. Je vis comme un ermite ou comme un ouvrier indépendant », écrivait à ses parents ce converti d'une autre sorte. C'était un jeune explorateur, celui-là même qui au retour d'un périlleux itinéraire à travers le Maroc, bouleversé par l'intensité de la foi musulmane, par les appels à la prière et les grands murmures montant des foules prosternées, avait confié à un ami : « J'ai songé à me faire musulman. » Charles de Foucauld comme Isabelle... Ils avaient trouvé en Afrique leur terre d'élection. Les circonstances dans lesquelles Isabelle ressentit l'exigence d'être autre et de se soustraire à « l'effroyable solitude de l'incrédulité », tout cela, elle l'a relaté elle-même[57]. Elle a avoué qu'avant ce jour-là elle allait déjà à la mosquée mais qu'elle y allait « en *dilettante,* presque impie », en esthète avide de sensations rares. Elle avait pourtant affirmé à plusieurs reprises que depuis « les commencements extrêmes de sa vie arabe la splendeur du Dieu de l'Islam l'avait éblouie ».

Cependant, à l'instant où la foi devenait la plus forte et, comme un filet, se refermait sur elle, Isabelle toujours s'échappait. Qui en douterait? S'échapper était dans sa nature. Elle ne se lassait pas d'écouter le murmure doux des prières mais l'essentiel en elle n'était pas concerné. Il y avait chez la fille de Vava quelque chose d'organique et de dur qui se refusait.

« Or un soir limpide d'été, quand la grande chaleur lourde du jour se fut apaisée, je passai parmi la foule silencieuse des Musulmans... Là-haut, dans la lumière de pourpre et d'or irisé, Hassan le *mueddin* chantait de sa voix mélancolique, aux douces modulations lentes, l'éternel cantique du Dieu unique. Cette voix traduisait d'une manière saisissante toute la grande sérénité de l'Islam.

« Et soudain, comme touchée par une grâce divine... je sentis une exaltation sans nom emporter mon âme vers les régions ignorées de l'extase. Sur le seuil de la mosquée, un vieillard aveugle et loqueteux – image tragique en sa résignation de l'antique Sidna Syoub[58] – gémissait en un air d'infinie tristesse sa complainte traînante :

– Pour Sidna Ibrahim et pour Sidna Abdelkader et pour Sidna Ben Kerim... Pour le Seigneur donnez-moi un sou, ô croyants en Dieu !

« En passant chacun lui faisait l'aumône en silence...

« Pour la première fois de ma vie, j'entrai avec une joie inexpliquée, intense et douce, dans la fraîcheur parfumée de la Djema emplie peu à peu des bruissements étouffés et de vagues échos.

« Pour la première fois de ma vie en franchissant ce seuil, pourtant familier, je murmurai avec une foi inébranlable : *Allah ou Akbar !*

« En cette heure bénie les doutes étaient morts et oubliés.

« Je n'étais plus seule en face de la splendeur triste des mondes.

« En un frisson de mystère j'eus en l'instant précis où se mourait, là-haut, l'appel d'Hassan comme un pressentiment intime d'éternité.

« Et j'allai les yeux baignés de larmes extatiques me prosterner devant l'Eternel. »

Une lettre plus révélatrice encore et dans laquelle, fort exceptionnellement, Isabelle fait des projets d'avenir, date de cette époque-là. Quelques lignes sur lesquelles flotte une ombre étrange, l'ombre de la foi... Ce qu'avouait Isabelle ? Qu'il lui était désormais impossible de vivre sans se rendre utile, sans faire du bien aux autres et sans recevoir d'eux secours. « Nous avons un intérêt commun très sérieux, écrivait-elle à Ali Abdul Wahab, le respect et l'amour que, tous deux, nous portons à l'Islam. Vous savez sans doute que, si Dieu le veut (*inch'Allah*), Si Dieu le veut, c'est-à-dire si les circonstances ne m'écrasent pas et si je sors victorieuse de cette lutte pour la vie, je compte rester pour toujours dans les pays d'Islam et me consacrer, si seulement faire se peut, à son service. Certes, je ne resterai pas à Bône où réellement il est impossible de rien faire à l'heure qu'il est.

« J'irai à Tunis ou en Orient – en Egypte peut-être – et je tâcherai de me rendre utile à ceux que je voudrais appeler un jour mes frères – ce qui sera fait[59]. »

Le 29 novembre 1897, à dix heures du soir, Mme de Moerder, à peine âgée de cinquante-neuf ans, mourait, laissant sa fille dans un état de douleur inexprimable[60]. Isabelle se savait l'orgueil de sa mère. Elle n'avait jamais douté que Mme de Moerder continuerait pendant de longues années à lui apporter une aide et une compréhension dont elle ne pouvait se passer. Le désarroi dans lequel la jeta cette disparition annihila tous les autres sentiments qui avaient occupé sa vie.

Alexandre Trofimovsky et Volodia de Moerder étaient réunis à la villa Neuve. Au cours des semaines précédentes, Mme de Moerder avait demandé à Isabelle de prévenir les siens de la gravité de son état. Les forces lui manquaient pour le faire.

Alexandre Trofimovsky devint positivement fou d'inquiétude.

Il écrivit une lettre personnelle au préfet d'Alger, le priant d'organiser en toute hâte le rapatriement de Mme de Moerder et de « ménager la malade[61] ». Un préfet recevant d'un inconnu une lettre de cette nature était en droit de s'étonner. Les fonctionnaires français sont naturellement enclins à la prudence et l'étonnement les conduit tout aussi naturellement à la défiance. De quoi se mêlait le dénommé Trofimovsky? On était encore en France, n'est-ce pas, et l'Algérie n'avait pas été annexée par le tsar que l'on sache? Or, en France, on envoyait tout bonnement les malades à l'hôpital. Ne recevant pas de réponse, Vava télégraphia à cet officier de police de Blida avec lequel Augustin avait été en correspondance, le priant, au nom du ciel « d'accélérer la réponse préfectorale ». Il lui annonçait aussi « une lettre personnelle signée Moerder ». Surpris et ravi de l'influence qu'il paraissait détenir aux yeux de personnalités vivant dans des pays éloignés, l'officier de police n'en intervint pas pour autant. Lui aussi pratiquait la prudence française.

Peu de jours après, quand la nouvelle de l'état désespéré de Mme de Moerder eut coupé court aux espoirs et aux tergiversations, Alexandre Nicolaïevitch arriva seul à Bône[62].

Que penser du silence de Victor Barrucand? Est-ce faute de témoignages vécus qu'il ne dit mot des circonstances de la venue du père d'Isabelle en Algérie? De quelles sources émanent alors les informations qu'utilisa René-Louis Doyon pour relater l'épisode hautement dramatique qui se déroula autour du cercueil de Natalia Nicolaïevna, dans le logement de la rue Rovigo? Encore que n'échappant pas aux poncifs occidentaux sur la nature de « l'âme russe » les faits, tels qu'il les a rapportés, ont été repris par tous les biographes d'Isabelle Eberhardt sans exception, parfois considérablement amplifiés – le revolver devenant dans les mains de Vava un gros calibre – ou au contraire réduits à quelques lignes. Il ne s'ensuit nullement qu'ils soient exacts. Citons-les, dans leur première version, celle de Doyon, à titre de curiosité :

« Trofimovsky appelé en hâte n'arriva que pour les funérailles : Isabelle laissait libre cours à son désespoir; elle voulait, disait-elle, mourir avec sa mère vénérée. " Tiens ", lui dit Trofimovsky en lui tendant un revolver; le calme du vieillard qui maîtrisait sa propre douleur apaisa un moment la fille désolée; quand l'heure des obsèques approcha Isabelle reprit ses lamentations : elle souhaitait ardemment la mort et parcourait la maison en la souhaitant; Trofimovsky la suivit sur la petite terrasse et, lui montrant la rue, lui dit " Jette-toi en bas! " Et cet homme qui, pareil à Antigone, avait des mots joyeux dans ces circonstances tragiques, cet amant qui n'avait pas pleuré, ce père dominant sa tendresse, s'effondra en larmes et se roula à terre lorsqu'on emporta la dépouille de son amie[63]. »

Au prix d'un long voyage, Alexandre Trofimovsky s'était donc rendu auprès de Mme de Moerder et il était arrivé à temps pour recueillir son dernier soupir. Il avait été là, à son chevet, à l'instant où elle avait quitté la vie. Vava avait eu raison de toutes les difficultés et de toutes ses peurs : peur de ne pouvoir vaincre cette sorte de paralysie qui naît d'un trop long isolement, peur de se mettre en route, peur de n'être plus en âge d'affronter les aléas du voyage. Ce que fut son angoisse... Vingt ans qu'il ne s'était éloigné plus de quelques jours de la villa Neuve, cet habitacle bruissant d'images et de souvenirs. Mais le sédentaire endurci avait trouvé la force de ne tenir compte de rien hors son amour pour Natalia Nicolaïevna. Brusquement, l'impossible lui paraissait facile et il avait décidé de partir. Il avait traversé Marseille dans le vent dur de novembre. Un paquebot l'avait pris à son bord et le vieil homme était là, sous la lumière éclatante de Bône, il était là en redingote élimée et chapeau noir, avec sa longue barbe et cette coiffure « à la Tolstoï » à laquelle il devait d'avoir été traité en « individu dangereux » par les policiers genevois. Trofimovsky, l'éternel suspect, aurait tout aussi facilement trouvé la force d'abattre une muraille et de déplacer toute montagne qui eussent fait obstacle à son départ. Tel était Vava.

Une lettre d'Isabelle d'une inhabituelle sobriété donne sa version des faits. Ecrite de Genève, deux semaines à peine après la mort de sa mère, elle manque fort heureusement de cette ardeur d'imagination qui tant de fois rend difficile de démêler, dans sa correspondance, le vrai du faux : « Mon cher ami, écrivait-elle à Ali Abdul Wahab, voici la fin des fins pour moi... Samedi 21 novembre, Maman est tombée malade d'une pleurésie. Pendant neuf jours, seule auprès d'elle, comme vous le savez, malade moi-même, j'ai souffert le martyre, moralement, car dès le début, j'ai eu le très sombre pressentiment de cette mort. Enfin le jeudi suivant, je télégraphiai à mon tuteur de venir au plus vite. Et le dimanche 28 novembre il arrivait. Elle qui n'avait cessé de battre la campagne pendant neuf jours (par mal nerveux et non par la fièvre) se mit à lui causer... mais à peine. A dix heures 1/2 environ l'agonie commençait et vers 10 heures 3/4 elle est morte. Je ne vous dirai rien de ma désolation. Je ne puis écrire cela. Vous me comprendrez vous-même sans paroles[64]... »

Dans la même lettre, Isabelle faisait le récit de ce qu'avait été l'enterrement de Mme de Moerder et là encore, résistant à « l'écriture artiste » elle préservait l'authenticité de ces heures cruelles : «... Dans ses lettres, Maman avait souvent parlé à mon tuteur de la beauté du cimetière musulman. Et il me demanda si l'on pouvait enterrer Maman là-bas.

« Sachant qu'il y avait des témoins l'ayant entendue prononcer la profession de foi islamique, je répondis que oui. Et le matin, quand vint le médecin, un Arabe francisé mais resté musulman – homme de grande intelligence et de grand cœur (il avait assisté à la mort) –, je le priai de courir à la mairie faire le nécessaire. Mon *taleb* alla chez le mufti. Jusqu'à 2 heures ce furent des courses et des allées et venues continuelles. Enfin à 3 heures les *tolbas* vinrent dans la chambre mortuaire. J'assistai aux chants... Mais ni mon tuteur, écrasé par la douleur, ni moi, malade, nous ne pûmes aller au cimetière où eurent lieu les ablutions. El Khoudja, avec une foule de musulmans, l'a accompagnée là-bas, sur la colline où elle va dormir son dernier sommeil... Pour le Temps et pour l'Eternité.

« Ah, Ali, ce moment où le brancard a tourné dans une rue de traverse, avec les chants coraniques ! J'étais à la fenêtre et je l'ai vu, cet instant déchirant... Nous restâmes une semaine dans cette maison désolée...

« A elle, sur un terrain acheté à perpétuité, on bâtira une tombe musulmane en faïence blanche ou bleue[65].

« Et voilà ma vie africaine, ce court rêve de six mois, fauché, balayé, à jamais fini, l'homme ne peut pas se défaire de son destin (*là yatakhallā-l-insān min sāati maqdoūrihi*)[66]. »

Ainsi prit fin ce qui avait si fortement uni Natalia Nicolaïevna à Alexandre Trofimovsky. Amants socialement inacceptables, ils n'avaient pu vivre une grande passion qu'au prix de grands malheurs. Quant à Augustin, éternel absent et toujours légionnaire, il se trouvait encore dans le Sud oranais le jour où l'on emmena le corps de sa mère, non point au cimetière européen de Bône comme chacun aurait pu s'y attendre mais, ainsi que le précise Isabelle, au cimetière musulman, et l'on imagine sans mal la stupéfaction des Européens quand ils entendirent s'élever les chants des *tolbas* et qu'ils virent disparaître au détour d'une ruelle le corps de la « grande dame russe », enveloppé d'un linceul et porté sur un brancard selon le rituel musulman.

Le cimetière Zaghouani occupait un terrain offert jadis par le caïd Mustapha el Kateb et l'on conçoit que Mme de Moerder, aux premiers temps de son séjour à Bône, eût tenu à faire partager à Vava l'émotion qu'elle avait ressentie en voyant ce lieu de sérénité, situé à l'écart de la ville. Une fois le quartier de cavalerie et les hauteurs de la kasbah dépassés, une fois franchi l'arc double de la porte des Caroubiers, apparaissait un site éblouissant, beau comme sont les jardins du hasard. Là, sur un versant de colline planté de cyprès, d'oliviers et de figuiers, reposaient les anciens. Le cimetière musulman de Bône surplombait la mer, son doux ressac et les espaces blonds d'une plage qui, pour être appréciée dans toute sa beauté, devait être vue aux premières heures du jour. Aussi l'appelait-on la plage du Lever de l'aurore.

C'était là qu'une place, une petite place pour elle seule, attendait le corps épuisé de Mme de Moerder. Elle était venue depuis les régions les plus froides du continent européen mourir en bonne et chaude terre africaine. Après des jours d'insouciance au temps de son enfance à Saint-Pétersbourg, après le temps d'une union vécue dans les fastes de l'empire des tsars, elle avait connu, année après année la nostalgie du pays perdu. Que l'homme pour lequel elle avait bravé les interdits, Alexandre Trofimovsky, amant fidèle, et Isabelle, sa fille illégitime, aient été là à son heure dernière fut sans doute une consolation. Etait-elle de nature à compenser l'absence d'Augustin, son fils chéri et légitime?...

Le souvenir du cimetière musulman de Bône allait hanter Isabelle jusqu'à son dernier souffle. Son œuvre en porte témoignage. Quand elle évoque Annaba, il est rare qu'elle n'évoque pas aussi le lieu de paix où reposait sa mère, ce lieu dont elle souhaitait qu'il fût aussi celui de sa dernière demeure : « Je voudrais qu'au jour fixé par mon destin, ma dépouille fût mise dans cette terre musulmane, dans ce prodigieux décor de collines et de vallons verdoyants sertissant comme un joyau la blanche Annaba, dans ces koubas et les blancs tombeaux du cimetière qui se détachent en nuances pâles sur le vert sombre des figuiers, au-dessus d'une liliacée où de légers serpents d'argent courent rapides, fugitifs[67]. »

Une semaine après la mort de sa mère, Isabelle quitta Bône avec Vava. Malgré le plaisir que lui avait donné Khoudja ben Abdallah et la vivacité des sentiments qu'il lui avait inspirés, elle l'abandonna, lui laissant le soin de mettre ses livres en caisses et de surveiller la construction du tombeau de Mme de Moerder. Il devait être bâti sur le lieu même où elle avait été enterrée, être simple, sans surcharge ni le moindre ornement. Un projet avait été esquissé que Vava autant qu'Isabelle avaient approuvé. A Khoudja de mener la chose à bien. Isabelle retourna à Genève où elle ne toucha mot de sa conversion à qui que ce fût. Ni Vava ni Archavir ne reçurent de confidences à ce sujet. Six mois plus tard, alors qu'on la disait sur le point d'épouser Archavir, celui-ci la croyait encore chrétienne[68].

L'année qui suivit fut une année d'hésitations, de flottement et de doute. Capricieuse et pleine de mensonges, il n'empêche que dans sa générosité qui était grande, Isabelle s'efforça de résister au désir d'errance qui toujours la tenaillait. Il lui eût été facile de céder. Au lieu de quoi elle se porta au secours de Vava. « Telle était ma destinée : qu'elle [sa mère] s'en allât dormir en terre sainte et que *moi* je sois de nouveau exilée dans cette sombre maison où j'ai tant souffert, écrivait-elle à Ali Abdul Wahab. Il me faut rester auprès de ce malheureux vieillard qui souffre au-delà de toute expression. Nous ne resterons certes pas là. Peut-être pourrais-je le décider à nous en aller en Egypte. Oh, maintenant je vais me laisser emporter à *la dérive*. .. Ce qui nous sauve est cette résignation (*sabr*) islamique dont j'ai eu le temps de me pénétrer. Autrement, ce serait le suicide ou la folie et très vite.

« Enfin, ô mon frère, (*yā akhī*), écrivez-moi, ne m'abandonnez point maintenant[69]. »

« A la dérive... » Isabelle se sentait en perdition. Cet

excès de désespoir fut ce qui la décida à se remettre au travail.

Un cahier défraîchi[70], aux coins froissés, aux dates contradictoires, les unes exactes calculées selon le calendrier musulman, les autres fausses calculées selon le calendrier romain, mais les unes comme les autres tracées avec un soin d'écolier rompu à l'usage de la plume de ronde, porte deux titres, *A la dérive* et *Annaba,* tous deux sagement soulignés.

Ce cahier bleu contient un texte encore inconnu, écrit sur papier ligné. C'est un récit romancé inspiré par la mort de Mme de Moerder. Il mérite attention. Car il nous montre Isabelle sous les traits de Mahmoud, le narrateur, et nous la montre à l'instant où le malheur la frappa.

Alors qu'elle croyait avoir trouvé dans la foi musulmane un enracinement définitif, elle fut reprise, comme à son insu, par ce qu'elle croyait enfoui à jamais au plus profond d'elle-même, perdu pour toujours : la seigneurie exigeante du mysticisme russe. Comme si d'évoquer sa mère suffisait pour qu'elle fût ramenée de force au christianisme orthodoxe, au respect de la foi de ses ancêtres, contrainte à implorer un Dieu qui n'était plus le sien.

Sans doute la tentation de suicide qu'Isabelle connut en ce mois de janvier 1898[71] avait-elle pour origine cet ébranlement venu des profondeurs du sol russe pour l'arracher à ses obscures espérances. Quelles illusions garder ? Sous le choc insupportable de la mort de Mme de Moerder, un esprit d'enfance, envahissant, irrésistible, avait eu raison de ses fragiles conquêtes. Il réduisait à néant ce que Jean Amrouche appelait « le linceul de sérénité que l'Islam a étendu sur le Maghreb[72] » et qu'Isabelle appelait « l'immobilité résignée ».

On chercherait en vain la moindre trace de résignation dans ce récit. Si l'identification d'Isabelle avec le narrateur ne fait nul doute, on est surpris par une étrange transposition : le grand amour du narrateur n'est pas pour une mère mais pour une épouse. Comme si l'amour filial ne suffisait pas... Il fallait, pour donner la mesure du désespoir d'Isabelle, il fallait que Mme de Moerder fût l'objet d'une passion entre un homme et une femme, il fallait cela pour que le lecteur eût conscience du drame.

Le narrateur a nom Mahmoud et son récit commence aux petites heures du matin, quand les marchands de lait frappent aux portes des maisons de Bône. Mahmoud revient chez lui. Il a passé la nuit sous le toit d'une famille amie, au chevet du fils de la maison qui meurt cette nuit-là, et il pressent que ce malheur en annonce d'autres :

« *Tandis que j'approchais dans le silence de notre quartier, des voix me parvinrent soudain, des lamentations de femmes, les cris lugubres des familles en deuil. Comment dépeindre l'angoisse terrible qui m'envahit alors : il me semblait reconnaître la voix de notre vieille Zohra, notre ménagère! Tout chavira dans mon cerveau et je me mis à courir follement. A peine dans notre rue je compris que c'était bien Zohra qui pleurait et que c'était chez nous que quelqu'un était mort... Au lieu de courir droit à la maison d'où les cris lugubres montaient toujours plus fort, je me cognai violemment contre un aveugle et là, dans un coin, inconsciemment je commençai à supplier Dieu que ce ne fût point elle qui fût morte. Ma prière, désespérée, je la murmurai presque tout haut, la tête appuyée contre le mur raboteux : "Mon Dieu! Fais que ce ne soit pas elle! Mon Dieu! Fais que ce ne soit pas elle!" Pour la première fois depuis longtemps je m'étais souvenu de la langue jadis aimée de mon autre patrie. Et dans mon atroce désespoir je priais en russe..* . »

Jamais Isabelle ne fut parjure à la foi islamique. Mais elle sentait que cette foi dont elle était fière, son retour en Suisse la mettait en péril. A quoi cela tenait-il? A l'influence très forte que Vava exerçait sur elle? Elle s'était remise à chercher des travaux de traduction du russe en français et des sujets d'articles sur les littératures slaves. Elle avait retrouvé aussi l'amitié de Véra Popova. Qu'y faire? Elle était à nouveau fille de Russie. Quand elle se sentait faiblir c'était auprès d'Ali Abdul Wahab qu'elle cherchait encouragements et consolation. Elle ne voulait à aucun prix renoncer à le questionner. Elle le faisait de façon pressante et lui écrivait chaque vendredi. Il était tenu de lui rendre la pareille dès réception. Elle lui faisait part des dangers auxquels elle était exposée « dans l'atmosphère mauvaise du doute et de la négation ». Elle était pleine d'appréhension : «... Ma foi encore chancelante se détruira et c'est la perte à brève échéance. » Mais elle était d'une race acharnée. Elle reprenait courage et cherchait par une autre lettre à provoquer une réponse porteuse d'espérance. «... Je tâche de combattre mon incrédulité passée, lui écrivait-elle, de m'islamiser, comprenant que sans la foi je serai perdue sans retour... Soutenez-moi, ô mon frère (*yā akhī*). J'en ai besoin et c'est pourquoi je voudrais tant aller vous rejoindre afin qu'auprès de vous et d'Aïcha et dans le milieu islamique ma foi ne fléchisse pas. Cela me coûte une lutte incessante mais je crois que la religion (*addîn*) triomphera un jour grâce à Dieu l'Unique (*al hamdulillah wahdahu*). Soutenez-moi et laissez-moi espérer que je pourrai sous peu venir auprès de vous[73]. »

Isabelle vécut les premiers mois de l'année 1898 sans pouvoir quitter Genève. Tout laisse supposer qu'Augustin fut dans l'impossibilité de venir la rejoindre. Or il fallait que le frère et la sœur entrassent en possession de l'héritage de leur mère. Augustin toujours absent ne fut d'aucune aide. Qui, jamais, fit preuve de plus de constance qu'Isabelle à l'égard d'un tel frère ? Elle confiait à Ali Abdul Wahab : « Vous me soupçonnez de ne pas vous aimer. Sachez, lui écrivait-elle, sachez donc à la fin – et si Dieu le veut (*inch'Allah wa in huwwa yuhibb*) – que je vous aime *à l'égal d'Augustin*, c'est-à-dire, cent fois plus que n'importe qui sur la terre sauf mon pauvre tuteur si malheureux. »

Manifestement le chagrin d'Isabelle était profond, durable, et son retour en Suisse ne faisait que l'aggraver. Une mélancolie sombre la dominait et elle n'attendait de secours que d'Ali Abdul Wahab. « De jour en jour ma tristesse augmente. Et je sens toujours plus cruellement le vide affreux qu'a fait dans ma vie la mort de Maman. Et il en sera toujours ainsi... Et, *inch'Allah*, à présent il me faudrait plus que jamais de vos nouvelles afin de ne point me sentir seule sur terre. Vous seul me comprenez mieux même qu'Augustin, plus malade que nous deux[74]. »

De cette époque de tristesse et de deuil datent quelques pages écrites en Europe dans l'espoir qu'ajoutées aux « Silhouettes d'Afrique » elles seraient publiées dans la revue *l'Athénée*. Elles parurent cinq mois après la mort de Mme de Moerder. Textes jamais cités, jamais étudiés, jamais réédités, ils éclairent une période pendant laquelle la foi d'Isabelle fut vécue comme la compensation d'une perte d'enfance et la conséquence inévitable de la disparition de sa mère.

De retour à Genève, Isabelle évoquait l'époque où l'Islam et sa religion étaient devenus sa seule patrie :

« *En ce temps-là j'avais vingt ans. J'aimais la vie pour ses leurres brillants... J'aimais théoriquement, d'un amour triste, un grand pays du Nord, parce qu'il avait vu naître ma mère bien-aimée... Le pays slave que je ne devais pas connaître. Or, en ce Dar-el-Islam j'ai trouvé la patrie tant et si désespérément désirée. Et je l'ai aimée.*

« Avec une grande netteté de vision, je me souviens des êtres et des choses d'alors, de tout ce qui a disparu déjà, de tout ce qui est destiné à demeurer encore, de tout ce qui restera, à jamais immuable, à travers les durées infinies du temps quand moi aussi je serai depuis des siècles anéantie.

« Et parfois, aux heures de mélancolie, il me semble revoir surgissant des amas de cendres mornes accumulées à travers les années, la silhouette de la très blanche Annaba, au pied de l'Edou austère, se reflétant dans l'azur vivant de son golfe, à l'heure préférée du Mogh'areb. Il me semble revoir, comme alors, depuis la terrasse de ma maison mauresque, se profiler sur le bleu profond du ciel, vers l'Orient, l'amoncellement neigeux, vaguement bleuâtre des vieilles maisons paisibles et immuables à travers tous les tumultes et tous les silences des siècles, farouchement closes à tous les effluves délétères du dehors.

« Il me semble revoir aussi des ombres bien-aimées devant lesquelles maintenant je voudrais pouvoir me prosterner dans la poussière en une adoration infinie...

« Maintenant que tout ce qui était debout alors et semblait, à mon âme juvénile, presque indestructible et éternel, maintenant que les êtres et les choses ont disparu,... c'est bien uniquement pour les frères inconnus et lointains qui, comme moi... peut-être, ont laissé en des tombeaux silencieux ce qu'ils aimèrent le plus éperdument, ce qui, en somme, fut leur raison d'être,... c'est bien uniquement pour eux, les inquiets et les mélancoliques, pour les solitaires et les rêveurs que je veux évoquer les ombres chères. »

La publication de « Silhouettes d'Afrique » avait été précédée dans *l'Athénée*, par deux articles où se manifestaient à un degré égal la férocité raciste de certains Français et leur ferveur nationaliste. L'un était signé Bonneval, directeur de la revue, et l'autre Manin, son secrétaire général. Le premier était intitulé « Conspuez Zola! », le deuxième avait pour titre « La juiverie en France ». Ils servaient de réponse au « J'accuse » de Zola, paru dans *l'Aurore* quelques semaines auparavant. Deux irritants imbéciles se servaient donc de la revue qu'ils dirigeaient comme d'une tribune pour diffuser des idées odieuses : « Une forfaiture patriotique est venue mettre le feu aux poudres et l'on a été heureux de cracher à la face de l'homme néfaste tout le mépris que son œuvre inspirait, lisait-on à propos de *J'accuse*. Il n'y a pas à s'y tromper et cela est tout à l'honneur de notre société, car cela prouve qu'elle n'est point si veule que l'auteur de *J'accuse* voulait le faire croire – sa lettre n'a été qu'un prétexte. La cause première, fondamentale, du formidable cri qui a sillonné la France entière réside avant tout dans le dégoût que le pays avait déjà pour l'auteur de tant d'immondes écrits... »

Or un jeune auteur de la revue, demeurant à Genève, choqué par ces articles, n'hésitait pas à adresser à leurs auteurs une lettre sévère. Il mettait en question sa collaboration. Comment continuer à écrire dans *l'Athénée* après ça? *L'Athénée* était pourtant la seule revue ayant manifesté de l'intérêt pour ses travaux. Elle était aussi la maison d'éditions dont il avait le plus à attendre aussi longtemps que le récit de son séjour à Bône n'avait pas été publié. Pourtant, cela ne semblait pas avoir pesé sur sa décision. De ce Zola que « l'on traquait comme une bête fauve jusque dans les temples de justice[75] », que l'on huait, que l'on frappait dans la rue, l'auteur inconnu prenait la défense dans une lettre dont il exigeait la publication immédiate. La lettre était signée Nicolas

Podolinsky. Le protestataire avait vingt ans : «... Dans votre article, « Conspuez Zola! », mon cher confrère, vous avez exposé des idées diamétralement opposées aux miennes. Je ne suis point français; je suis à la veille de quitter à jamais l'Europe loin de tout ce qui vous agite et vous indigne. Je suis donc dans des conditions d'impartialité toutes spéciales... j'ose le dire. Eh bien, *en ceci,* je ne partage point vos opinions ni littéraires ni politiques et je tiens à l'affirmer publiquement.

« Jugez si on peut être membre de *l'Athénée* et ne point partager vos idées sur cette matière. Si oui je vous prie, mon cher confrère, de bien vouloir publier in extenso cette lettre dans votre prochain numéro. Sinon, veuillez annoncer ma sortie de *l'Athénée.* .. Dans tous les cas, cher confrère, permettez-moi d'exiger que cette lettre soit rendue publique. »

La réponse fut oui. Et la lettre de soutien à Zola fut publiée en mars 1898. Dans le même numéro paraissait le premier volet de « Silhouettes d'Afrique » signé, comme la lettre» Nicolas Podolinsky.

3

Le comte Prozor, gentilhomme lettré. Où l'on revoit Nicolas de Moerder. Histoire d'un guet-apens. Volodia victime de son frère. Des fiançailles très raisonnables. Isabelle et les ambassades.

A DATER du jour de leur arrivée à Genève, le comte et la comtesse Prozor avaient été le couple le plus en vue de la ville. Ce qui se faisait dans le monde artistique se faisait avec eux ou par eux. Le nouveau consul du tsar avait acquis par ses écrits une place de premier plan dans un mouvement audacieux, le cosmopolitisme littéraire, au sein duquel des diplomates de sa sorte tenaient un rôle déterminant. On savait que c'était aux traductions du comte Prozor qu'Ibsen était redevable du prodigieux engouement que son théâtre suscitait à Paris. Prozor était donc à l'origine de la vague déferlante qui avait mis M. Carré lui-même, directeur du Vaudeville – lieu de prédilection des bourgeois suisses en goguette – dans l'obligation d'opérer une spectaculaire volte-face, passant brusquement de *Feu Toupinel* à *Hedda Gabler*. En somme, d'une confiance réciproque et d'une complicité entre amis, Henrik Ibsen le Norvégien et Maurice Prozor le Russe, était né un phénomène théâtral qui avait mis en péril le train-train boulevardier de la capitale française. Or il se trouvait que l'un des deux amis avait été promu consul de l'empire des tsars à Genève. On prévoyait que cette nomination allait mettre un peu de mouvement dans la ville et rendre espoir aux exilés. Car tous se ralliaient à la certitude qu'un tel homme ne pouvait être qu'un libéral. Quelques indices le laissaient supposer. Le comte Prozor, qui avait installé ses bureaux et son logement dans une seule et belle maison de la rue de Monnetier, entretenait des liens discrets avec son voisin, homme pourtant fort acariâtre. Le prince Pierre Karageorgevitch, prétendant au trône de Serbie, révolutionnait le quartier des Tranchées. De naturel assez barbare, il avait la fâcheuse habitude de s'embusquer derrière ses volets entrebâillés pour tirer sur les chats. De plus, il était fort mal disposé à l'égard du tsar. Que le comte Prozor ne s'en fût pas formalisé parut de bon augure. Si l'on ne pouvait affirmer qu'en agissant ainsi il faisait montre de libéralisme, on était au moins assuré qu'il agissait en fin diplomate.

Il y eut d'autres indices. Quand des étudiants russes attaquèrent nuitamment le consulat pour protester contre les persécutions dont étaient victimes leurs camarades juifs restés en Russie, le comte Prozor eut une attitude conciliante. Toute la *Karoujka* était sous ses fenêtres. Réveillé en sursaut par la gouvernante française, celle-ci assura au comte Prozor que si l'on s'assemblait dans la rue c'était pour « lui donner l'aubade ». Il s'aperçut alors que ce que chantaient les donneurs de sérénade était des chants révolutionnaires. Il les laissa chanter. Ce ne fut qu'à la première pierre lancée et seulement lorsque les étudiants eurent arraché l'écusson du consulat que la police fut appelée. Pendant les échauffourées, le comte Prozor avait eu grand mal à empêcher sa femme d'offrir le thé aux contestataires. Elle voulait témoigner sa sympathie à ces jeunes gens en colère.

On ne résistait pas au comte Prozor, on ne résistait pas à sa longue silhouette effilée, à sa minceur de cavalier, à son regard timide sous un front d'intellectuel, à son exquise courtoisie, à sa douceur d'âme. Sa terre natale, la Lituanie, qui, tantôt polonisée tantôt russifiée, avait connu toutes sortes de vicissitudes au cours des siècles, était sous la dépendance du tsar à l'époque où le jeune Maurice Prozor, qui descendait d'une très vieille famille, fit le choix d'une carrière. Il se mit au service de la diplomatie russe tout en appelant de ses vœux le jour où la Lituanie serait à nouveau heureuse et Vilna libre. Il se cacha la difficulté de n'avoir plus de patrie et se cacha aussi sa répugnance à en adopter une autre. Il ne pensa qu'à faire siennes autant de langues étrangères que de pays où il séjournait. N'appartenir qu'à soi-même semblait exiger de lui qu'il fût de partout. Sa patrie fut l'Europe. Il avait été élevé en français[1]. A vingt ans, il s'exprimait aussi aisément en italien qu'en polonais, aussi bien en russe qu'en allemand. Envoyé en poste à Stockholm, il se crut forcé d'acquérir une connaissance parfaite des langues scandinaves. Il y parvint à merveille. Et ce fut en Suède qu'il rencontra celle qui, après lui avoir fait connaître l'œuvre d'Ibsen et l'avoir aidé dans ses premières traductions, devint sa femme. Un coup de foudre réciproque.

Si on ne résistait pas au charme de ce gentilhomme lettré on ne résistait pas davantage à la comtesse Prozor. Elle était d'une famille aux origines presque légendaires dont était issue la première dynastie royale suédoise : les Bonde. Avec son port de tête insolent, ses cheveux prématurément blanchis qu'elle portait courts et frisés, audace stupéfiante, la comtesse Prozor étonnait. Elle était altière, absolue, ennemie de tout snobisme et d'une habileté diplomatique innée. Lorsqu'on apprit que, née dans la religion luthérienne, elle s'était entichée de théosophie, qu'au lieu de porter les robes baleinées alors à la mode, elle avait présidé chez elle, et en tunique orientale, la conférence d'une adepte de la Société théosophique européenne, femme forcément géniale, mais qui, avant de se vouer à cette doctrine, s'était séparée d'un mari pasteur et anglican pour se donner corps et âme au socialisme actif, quand la nouvelle se répandit aussi que le nouveau consul de Russie et son épouse recevaient, le même jour, des comédiens célèbres, des artistes de passage tels Lugné-Poe dont le masque de sénateur et la voix sonore impressionnaient l'assistance, le grand rabbin Wertheimer, un prêtre catholique et le pasteur Thomas, et qu'une dame de la « ville haute » avait rencontré chez eux l'épouse d'un photographe de la « ville basse » qui, à l'instant où elle reconnut un cousin en la personne d'un tapissier venu discrètement raccrocher un rideau, trouva naturel d'aller lui serrer la main, alors l'hospitalité et la simplicité cordiale en vigueur au consulat impérial devint le sujet de toutes les conversations. Après quelques mois de séjour à Genève, les Prozor, par mille petits racontars relatant leurs faits et gestes, captivaient l'attention. La curiosité ne connut plus de bornes quand se répandit la nouvelle d'une certaine visite. Les Prozor étaient allés en compagnie de leurs trois enfants au vieux cimetière de Montreux et là, tous ensemble, ils s'étaient recueillis sur « la tombe de la fiancée de papa ». La sépulture était celle d'une jeune fille, russe et poitrinaire, que le comte Prozor avait passionnément aimée dans sa prime jeunesse. On ne s'expliquait pas qu'il eût tenu à associer sa femme et ses enfants à l'évocation de son passé amoureux.

Les Prozor avaient le chic de ne rien faire comme tout le monde. De cette différence ils avaient fait un art de vivre qui n'était qu'à eux. Les réunions au consulat de Russie, dont les Genevois brûlaient d'être, offraient d'extraordinaires surprises. Certains jours étaient réservés aux improvisations. Le salon se peuplait de désordre. On dressait des paravents. Mobilisant ses enfants, la comtesse les présentait à l'auditoire, vêtus de péplums que les gouvernantes avaient improvisés avec des serviettes de bain. Des épingles anglaises tenaient lieu d'agrafes. On croyait voir des spectres ou de grands blessés. Dans cet accoutrement, et sous l'œil sévère de leur mère, Greta et Maurice déclamaient une scène d'*Athalie.* Bernard Bouvier, alors recteur de l'université de Genève, Edouard Rod[2], que le consul avait connu au *Mercure de France,* un jeune Suisse, qui allait devenir le précepteur du fils Prozor et qui n'était autre que Charles-Ferdinand Ramuz[3], écoutaient ahuris des enfants aux attitudes hautaines qui, avec de grands gestes récitaient : « *Comment vous nommez-vous ? – J'ai nom Eliacin. ..* » Les soirées enfantines se prolongeaient jusqu'à deux heures du matin. Il fallait ça, disait la comtesse, pour bousculer les habitudes végétatives de l'enfance. Les sommités littéraires, stoïques, applaudissaient... Des soirées plus troublantes étaient celles où Socrate et Platon répondaient aux questions des invités. Le spiritisme était à la mode. Ces soirs-là, le professeur Flournoy[4], spécialiste des états de transe et du langage « martien » des somnambules, aidait la comtesse Prozor à faire tourner les tables.

Quelquefois les Prozor se laissaient emporter par leur fantaisie. Ce fut le cas le jour où, ayant décidé de se consacrer à leurs enfants et de jouer avec eux aux tableaux vivants, ils oublièrent qu'ils avaient prié à dîner deux célébrités du monde des arts : un peintre suisse qui les connaissait bien, le Rose-Croix Ferdinand Hodler[5], et un sculpteur ami de Verlaine et de Rodin, le truculent Auguste de Niederhausen[6], dit Rodo, qui ne les avait jamais vus. Quand ils sonnèrent à la porte du consulat de Russie, les deux amis eurent la surprise d'apprendre que le comte Prozor était à table. Jamais ils n'allaient oublier l'extravagance de ce dîner de têtes. La comtesse était coiffée d'un *kakochnik* rutilant de fausses perles. Les gouvernantes étaient en souris. Revêtu de son uniforme, portant perruque brune, une cape en loden jetée sur les épaules, le consul de Russie était méconnaissable. Son fils Maurice était en arbre et la petite Elsa en gondolier. Quant à leur fille Greta[7], coiffée en Méduse, elle portait des serpents pailletés enroulés dans ses cheveux roux.

En quittant ses hôtes, Rodo, inquiet, demanda à Hodler : « Sont-ils toujours comme ça? »

Les Prozor étaient imprévisibles. On les aimait ainsi. Il n'y eut pas d'opposition, pas de jugements désobligeants à leur égard. Les seuls propos haineux qui firent leur chemin venaient de France où les choix littéraires du comte Prozor, ses amitiés et la haute estime dans laquelle il tenait aussi bien Tolstoï qu'Ibsen exaspéraient Maurras. Il ne pardonnait pas à Prozor d'avoir révélé aux Français un écrivain étranger. Maurras était sans retenue dans ses emportements. Il dénonçait le « météquisme » de Prozor et certaines maladies mortelles dont il le tenait pour partie responsable. Elles avaient noms « ibsénite, wagnérite et tolstoïte aiguës ».

Les croisades maurassiennes n'avaient en Suisse qu'une faible audience. On jugeait déraisonnable ce qui se passait à Paris et l'on se souciait peu des affrontements verbaux entre nationalistes de la littérature et ultras du cosmopolitisme. « L'Affaire »... Tout venait d'elle. En enflammant les esprits elle provoquait les pires malentendus. Il fallait laisser la France à ses démons et n'avoir d'yeux que pour le comte Prozor menant sa fête européenne.

Quand Vladimir de Moerder reçut une convocation lui enjoignant de se présenter, le 14 décembre 1897, au consulat impérial, il s'y rendit sans défiance. Aucune raison de manquer un rendez-vous de pure routine. On lui précisait qu'il était attendu au bureau des permis de séjour et ce fut là qu'il crut être introduit à l'heure convenue. Or la porte qui s'ouvrit pour lui fut celle d'un bureau de l'Okhrana. Rien ne le laissait supposer. Un secrétaire du consulat, M. Monnet, que Volodia connaissait de longue date, l'attendait. Soudain, Volodia vit Monnet quitter le bureau. Quel ne fut pas son étonnement en le voyant revenir avec Nicolas. Sa première réaction fut de joie. Nicolas, son frère Nicolas, l'engagé volontaire qui avait faussé compagnie au Ier régiment de Légion étrangère au Tonkin, Nicolas qui avait disparu de la villa Neuve quatorze ans auparavant et que sa mère ne reverrait plus de sa vie, Nicolas de Moerder était là.

Le fils aîné de feu Pavel Karlovitch de Moerder, sénateur d'Empire, venait tout exprès de Saint-Pétersbourg revendiquer sa part d'héritage. Sa mère l'avait déshérité. Elle avait aussi déshérité Elisabeth et Olga, ses deux aînées. Seuls Augustin, Vladimir et sa fille Isabelle figuraient sur son testament. Elle leur avait légué tous ses biens.

Deux fonctionnaires se tenaient aux côtés du plaignant. L'un n'était que le secrétaire du consulat. Volodia, de nature peu perspicace et qui n'eut guère le temps d'examiner le deuxième fonctionnaire présent, affirma que l'inconnu était le consul de Russie. On a du mal à imaginer l'éminent traducteur d'Ibsen se mêlant d'aussi sordides affaires. Celui que Volodia dans son rapport disait avoir reconnu n'était-il pas plutôt le vice-consul baron zur Gosen ? Le fonctionnaire chargé de faire appliquer les cruelles méthodes d'une police à l'image du despote qu'elle protégeait ne pouvait être Prozor. Qu'aurait-il fait là ? Sa seule préoccupation à l'époque était la traduction en polonais de la *Bohème diplomatique*[8], son premier roman. Non, ce ne pouvait être le causeur exquis, le « raconteur » dont les anecdotes faisaient la joie des milieux lettrés de Genève, mais bien son collègue, ce Gosen, d'une lignée de fonctionnaires formés à la prussienne, avec tout ce que cela sous-entendait de sadisme inavoué, d'allégeance à une discipline aveugle et de dépendance à l'égard du pouvoir. Ce Gosen offrait plus d'un point commun avec les grands galonnés qu'étaient les Korff ou les Moerder et ses sympathies devaient tout naturellement le porter à défendre la cause d'un homme tel que Nicolas plutôt que celle d'un Volodia.

Il se pourrait donc que, profondément étonné de la tournure que prenaient les événements et craignant d'être soumis à un supplice horrible, Volodia eût fait erreur. Mais le rapport circonstancié qu'il adressa à la Police ne laissait aucune place à l'hésitation : pour lui c'était bien le consul général du tsar qui cautionnait cette sinistre opération et le comte Prozor était là en personne.

Le but du guet-apens n'était pas difficile à imaginer. Il y avait eu tant et tant de précédents... Nicolas de Moerder tenait la vie de son frère entre ses mains. Il n'ignorait pas que la faiblesse naturelle de Volodia se compliquait d'un équilibre précaire. Il le savait à la merci d'une émotion trop forte. « Les moyens pour atteindre son but, écrivait Volodia, ont été d'abord des injures détestables et des menaces, car l'instigateur savait comment ces moyens, grâce à ma maladie chronique, pouvaient anéantir complètement mes forces et ma faculté de raisonnement[9]. » Volodia fut très vite conscient de ce qui se tramait et la peur succéda à la joie. Ce n'était pas la première fois que Nicolas cherchait à prendre son jeune frère en otage. Mais jusque-là, il s'était limité à le menacer par télégramme. Quelques semaines avant le départ de Mme de Moerder et de sa fille pour Bône, un télégraphiste avait essayé en vain de franchir la porte de la villa Neuve, à la nuit tombée. Quand il avait crié qu'il avait à remettre à Vladimir une dépêche de Saint-Pétersbourg, Vava n'avait pas bronché. Il redoutait les provocations. Ce fut seulement le lendemain, passé midi, que la porte s'entrouvrit. Volodia prit connaissance d'un télégramme qui laissait prévoir le drame. Nicolas de Moerder voulait coûte que coûte attirer son frère en Russie. Il lui télégraphiait : « Pars aujourd'hui. Commets folie en retardant départ urgent. Tous prévenus attendent ton arrivée le 18. Prends garde gravité des conséquences. Pars immédiatement[10]. » On cacha la vérité à Mme de Moerder que ce message eût épouvantée. Nicolas attendit une réponse qui ne vint pas.

Cette fois Nicolas de Moerder passait à l'action. Il allait d'abord terroriser Volodia puis, avec l'aide des sbires de l'Okhrana, l'enlever et le ramener de force en Russie. Une fois à Saint-Pétersbourg on accablerait de questions, on interrogerait sans relâche le jeune fils de Pavel Karlovitch et l'on tirerait de ses réponses de quoi prouver que Trofimovsky était un scélérat. Accuser le vieil émigré d'avoir falsifié le testament de sa maîtresse deviendrait alors un excellent point de départ pour parler de la nullité du document et l'attaquer avec la complicité des autorités suisses.

Ce fut effectivement une scène de cette sorte qui se déroula ce jour-là, rue de Monnetier, et il faut avouer que le récit qu'en fit Volodia avait un caractère révoltant : « M. Monnet est sorti du bureau, a introduit Moerder et, derrière lui, le Consul de Russie. Moerder et le Consul ont commencé à m'injurier au dernier point (j'ai entendu *lâche, singe, brosseur, idiot,* etc.) et ils ont fini par des menaces. Moerder a déclaré : " Je suis venu te prendre par force et te mener en Russie. " Monsieur le Consul et M. Monnet m'ont déclaré que je ne sortirais aucunement du bureau sauf pour me rendre au chemin de fer avec Moerder. Sur mes protestations, M. le Consul a déclaré qu'il exigerait mon expulsion du canton. M. Monnet a ajouté aux paroles du Consul que je serais arrêté et expulsé. J'ai essayé de me sauver mais le Consul s'est placé devant la porte et Moerder m'a saisi par le bras[11]. »

Tout à coup, au moment où Nicolas de Moerder se jetait sur son frère, Volodia devint livide. Il eut une crise qui n'était pas feinte. Sa tête se vidait. De quelle maladie souffrait-il ? Il ne le dit pas. Mais il s'agissait bien d'accès chroniques entraînant une sorte d'égarement. L'affaire tournait mal et il y avait grand danger à ce qu'un sujet du tsar, en séjour régulier à Genève, passât de vie à trépas entre les murs du consulat impérial. Prudence ou peur, quelque chose provoqua un flottement. Les fonctionnaires présents battirent en retraite. En une minute le bureau se vida et il n'y eut plus que Nicolas pour continuer à s'acharner sur sa victime : « En ce moment sonnait midi, heure où si je ne mange pas immédiatement ma maladie chronique brise mes forces mentales et physiques. Et l'accès de ma maladie a commencé. C'est pourquoi je ne me rappelle plus que réflexivement ce qui suivit... »

Volodia se retrouva hors du bureau, sur un palier où quelques curieux l'entouraient sans lui porter aucune aide. Parmi eux il reconnut son frère et toujours, toujours à ses côtés, le consul. Puis il fut poussé dehors, abandonné par les fonctionnaires mais encore poursuivi par Nicolas. Il se sauva en direction du café de la Couronne où il entra. Ses forces commençaient à l'abandonner. Quand il entendit Nicolas lui dire : « Tu es l'héritier de ta mère et moi je suis déshérité par elle. Tu partiras avec moi, tu m'appartiens depuis aujourd'hui corps et biens », ce fut trop : Volodia en récupéra miraculeusement ses esprits. « Ces menaces m'ont rendu mes forces et comme électrisé, écrit-il, je me suis levé. Lui aussi s'est levé et m'a dit : " En avant, ouste ! " » Une fois dehors, Nicolas donna à Volodia l'ordre de monter dans une voiture garée devant le consulat. Il ajouta qu'il avait avec lui deux policiers chargés par le gouvernement impérial de le surveiller pendant le voyage de retour à Saint-Pétersbourg. Rendu presque fou de peur, Volodia chercha un lieu où se réfugier : « Je me suis jeté dans un magasin de bois sculpté pour chercher la protection d'hommes. Le malfaiteur me poursuivit... Alors, j'ai couru droit devant moi dans la rue. J'ai été dans une pharmacie à la Corraterie et j'ai prié de téléphoner à mon domicile pour prévenir le propriétaire. » (Jusque dans les rapports destinés aux plus hautes autorités du Département de justice, Vava restait pour Volodia le *proprius.*) Mais comme il ne semble pas que le pharmacien ait fait preuve du moindre empressement, Volodia toujours aussi terrifié, et Nicolas toujours à ses trousses, chercha secours ailleurs. Arrivé en face du théâtre, il se précipita dans le poste de police et, une fois là, voulut convaincre le commissaire d'envoyer quelqu'un à son domicile afin qu'on vînt au plus tôt lui prêter main-forte. Le commissaire écouta ce jeune homme si distingué... Il ne semblait pas jouir de toutes ses facultés. Il se disait menacé, il se disait poursuivi... Mais il ne disait pas par qui. Volodia refusait de répondre. Il pleurait. Le commissaire n'accepta que de noter son adresse. A la porte du commissariat, Nicolas attendait Volodia. Il continua à le talonner et à l'injurier. Volodia ne l'écoutait plus. Il vit un porche au-dessus duquel on lisait : « Dieu vous attend ». Une chapelle... Volodia s'accrocha au heurtoir et frappa désespérément. Personne ne lui répondit. D'évidence Dieu ne l'attendait pas. Lorsqu'il reconnut l'enseigne de Goerg, le libraire qui le connaissait si bien, Volodia comprit qu'il était sauvé. Cette librairie devenait un asile inviolable : il s'y engouffra. Il ne s'était pas écoulé une minute que Nicolas avait disparu. « Monsieur Kunding fils a téléphoné à Monsieur le Maire de la commune de Vernier, rapporte Volodia, puis il m'a mis dans une voiture et je suis parti. » En passant par la rue Voltaire, Volodia invita M. Frangy, un serrurier de ses amis, à l'accompagner jusqu'à la mairie. Volodia était sans colère mais il tremblait de tous ses membres et ses larmes laissaient des traces humides sur ses joues. « Quand nous sommes arrivés chez M. le Maire, celui-ci me voyant dans un abattement extrême a recommandé à son adjoint, M. Novel, de m'accompagner et m'a promis d'envoyer deux gendarmes surveiller la campagne où est mon domicile. Les gendarmes s'y sont en effet présentés à cinq heures du soir. »

L'enlèvement avait échoué.

Mais Volodia ne s'illusionnait pas. Après avoir vécu des heures aussi horribles, il réfléchit sur le parti à prendre. Curieusement, ce grand malade, cet éternel hésitant avait la pugnacité d'un démon. Vladimir de Moerder porta plainte. Il porta plainte contre le consulat impérial. Il porta plainte contre son frère. En s'adressant au Département de justice et de police du canton, il n'allait pas se borner à dénoncer le comte Prozor, affirmant que ses agissements étaient une atteinte aux institutions suisses, ni à demander une enquête, il demandait aussi qu'interdiction soit faite à Nicolas de quitter Genève avant que la lumière soit faite sur ses machinations. Après quoi il exigerait son expulsion. Et Volodia n'en resta pas là. Il adressa une plainte similaire à Saint-Pétersbourg, révélant au ministère des Affaires étrangères et au ministère de l'Intérieur les agissements de certains de ses fonctionnaires. Il rappelait dans quelles conditions lui, Volodia, fils de feu le général lieutenant Pavel Karlovitch de Moerder, fidèle serviteur du tsar, ancien gouverneur de Nicolaïev et sénateur de l'Empire, s'était établi en Suisse. Il rappelait que son séjour à l'étranger avait été garanti par un ordre impérial dont, aujourd'hui, un fonctionnaire du tsar osait refuser de tenir compte. Il dénonçait le soutien apporté par un représentant de l'Etat à des actions funestes menées à l'étranger contre un honnête ressortissant russe. Il s'indignait que son frère qui, pour n'être qu'un obscur surnuméraire dans un bureau de l'Administration centrale, n'en était pas moins fonctionnaire, ait pu bénéficier de l'appui du consulat impérial. Sans chercher au-delà des faits, Volodia précisait qu'il y avait danger à employer ce Nicolas de Moerder, qu'il qualifiait de « malfaiteur ». Pouvait-on désigner autrement un homme qui en attaquait un autre au nom d'intérêts personnels, en plein jour, au vu et au su de tous? La mise en garde allait fort loin puisque Volodia se disait en mesure de prouver que l'aggravation subite de son état de santé, constatée par plusieurs personnalités médicales, était due aux sévices qu'il avait subis. Les témoignages ne manqueraient pas et il n'aurait aucun mal à les rassembler puis à les communiquer à la presse locale. Rapports, démarches et dénonciations ne furent pas du goût des fonctionnaires du consulat impérial à Genève, qui les prirent en très mauvaise part.

La cruelle expérience vécue par Volodia imposait certaines décisions. Il n'y avait point de conventions sur les successions entre la Suisse et la Russie[12]. A Isabelle d'en profiter. La meilleure façon pour elle de s'opposer aux ambitions de Nicolas était d'entrer rapidement en possession de sa part d'héritage. Ce qu'elle chercha à faire en son nom et en celui d'Augustin. L'un et l'autre agissaient certes dans leur propre intérêt, mais ils souhaitaient autant revevoir leur dû que rendre irréfutables les décisions d'une mère qu'ils avaient tendrement aimée.

Plus Isabelle voyait le fond des choses, plus elle découvrait des raisons de s'inquiéter. Qu'allait-il se passer à la villa Neuve? Volodia était affreusement sombre, s'imaginant sans cesse que Nicolas allait tenter d'autres persécutions sous d'autres formes. Il était dans un perpétuel état d'anxiété. On l'entendait pleurer des nuits entières. Volodia continuait à vivre mais il vivait ailleurs, dans un monde de trahison, d'épouvante où l'on pouvait à chaque instant mourir sous la torture ou par le poison. Il appelait sa sœur à l'aide. Isabelle s'asseyait à son chevet et lui caressait la main jusqu'à ce qu'il s'endormît.

Un mois s'était écoulé depuis qu'il avait été mêlé à cette fatale affaire et le désespoir de Volodia persistait. Trofimovsky était aussi affecté que lui. Il continuait à croire que Nicolas avait cherché à tuer son frère. Natalia Nicolaïevna, en femme supérieure qu'elle était, l'avait pressenti, assurément... Et Vava affirmait qu'elle s'était laissé gagner à cette certitude : Nicolas à l'époque où il s'était éloigné d'elle n'était déjà plus le fils qu'elle avait aimé et c'est pourquoi elle l'avait déshérité. Le vieil homme prenait Isabelle à témoin. Elle se souvenait, n'est-ce pas, du temps où ses frères écoutaient la leçon quotidienne de Vava? Le Nicolas qui menait la belle vie à Pavlovsk n'était plus du tout le Nicolas de ce temps-là. Il n'était plus ce frère, ce fils dont ils avaient – et avec quelle passion! – suivi le périple en plantant des épingles sur une carte, depuis Genève jusqu'en Chine. Nicolas était devenu un monstre. Un monstre... Vava prédisait qu'il finirait en cour d'assises. Il n'y avait à ses yeux pas d'action plus vile ni plus honteuse que celle dont il s'était rendu coupable en terrorisant le plus doux et le plus désarmé des enfants de Natalia Nicolaïevna. Depuis la mort de celle qui avait été son unique amour, Vava voyait en Volodia son unique raison de vivre.

Etait-ce parce que Vladimir de Moerder avait menacé les fonctionnaires du consulat impérial ou parce qu'Isabelle était de retour? La villa Neuve intéressait plus que jamais les services de police. Mais l'habitude était prise et cela n'impressionnait plus. De cette époque date une lettre du comte Prozor[13] adressée à un fonctionnaire du Département de justice et de police du canton de Genève. Le consul de Russie demandait, en termes assez elliptiques, une « obligeante réponse au sujet de la demoiselle Eberhardt et de la question Moerder-Trofimovsky qui est incidemment mêlée à celle-là ». En outre il réclamait un document auquel il tenait beaucoup et que l'on tardait à lui communiquer. Il voulait le *Droschak*, un journal qu'il n'avait jamais eu l'occasion de lire. On avait promis de lui en fournir un exemplaire. L'affaire traînait et Prozor manifestait son impatience.

Une fois de plus Isabelle était sous haute surveillance.

En vérité, le plus clair des persécutions qu'enduraient

Trofimovsky et les siens résultait des mises en accusation de Nicolas. Sa seule chance de récolter une part d'héritage exigeait qu'il s'associât à sa sœur Nathalie Perez, elle aussi déshéritée. Pour cela il fallait qu'il restât en Suisse. Prouver que la villa Neuve n'appartenait pas à Trofimovsky, qu'elle lui avait été offerte par Mme de Moerder, prouver aussi qu'il y avait eu détournement de la fortune de Pavel Karlovitch et faire admettre cette thèse à la justice, tel était le but à atteindre. Le témoignage de Volodia lui échappait, de cela Nicolas était conscient. Mais il ne désarma pas. Tant que Volodia n'eut pas obtenu l'expulsion de son frère, Isabelle et les siens vécurent un enfer. Ses lettres à Ali Abdul Wahab s'en font l'écho. « Il y a encore – et toujours sur l'instigation de notre frère aîné, le déshérité – des persécutions officielles contre moi. Ce matin même un agent de la sûreté, accompagné d'un garde rural, est venu m'interroger et me demander mes papiers sans rime ni raison... Il y a des gendarmes qui circulent autour de notre campagne[14]... »

La police insistait sur le fait qu'Isabelle était encore mineure. Elle avait donc pu être abusée. Cela se passait un 10 février. Sept jours plus tard, Isabelle allait fêter ses vingt et un ans. On conçoit que l'agent de la sûreté se soit senti pressé d'agir... Ce n'était ni à Vava ni à Volodia, c'était à elle semblait-il, c'était à Isabelle que la police genevoise s'intéressait. Une dizaine de jours plus tard Isabelle se voyait contrainte de renoncer à sa « lettre du vendredi », celle qu'elle adressait chaque semaine à Ali Abdul Wahab. Elle était pourtant écrite, cette lettre. Mais impossible de la mettre à la poste. Un contretemps dont elle s'expliqua auprès d'Ali : « Mille excuses, lui écrivait-elle. Elle n'a pas été oubliée mais elle a eu un sort extraordinaire : elle était toute prête dans un écrin à bijoux, quand le terrible appareil de la justice s'est présenté sous la forme du juge de paix, greffier, avocat de ma sœur aînée et garde rural : ils ont apposé les scellés sur le meuble contenant la lettre malencontreuse... Ecrivez-moi de suite et dites-moi par la tête d'Aïcha (*wa ra's Aïcha*), votre avis sur ma terrible situation[15]. » Elle signait *Mariam* et ajoutait un post-scriptum qu'elle signait *N. Podolinsky.* De quoi la rendre plus suspecte encore. La police suisse n'aimait pas cette *mineure* qui écrivait sans trêve, qui avait les correspondants les plus divers et ne cachait même pas qu'elle discutait de questions religieuses avec un Arabe de Tunisie. Cela pouvait passer pour un défi. Du moins la police le laissait-elle entendre.

Ce fut un des rares moments de sa vie où Isabelle eut peur. Elle mesurait l'étendue du péril. Allait-on chercher à l'enlever, elle aussi ? L'anniversaire de ses vingt et un ans lui parut si sombre qu'elle s'en ouvrit à Ali Abdul Wahab. A la lire on sent qu'elle était à bout de forces. Ali Abdul Wahab s'en doutait-il ? « Aujourd'hui s'est accomplie ma vingt et unième année.... .. Vingt et un ans ! Vingt et un ans de vie étrange, loin des hommes et de leurs conventions, loin de tout ce qu'ils aiment et loin de la *paix aussi...*[16]. » Or le fait d'être enfin majeure n'arrangeait rien. Bien au contraire. « Selon nos lois, écrivait Isabelle, pour toucher ma part d'héritage il faut que j'aie *un passeport russe.* Je l'ai demandé depuis longtemps mais grâce aux agissements de Nicolas on ne me répond rien. Le consul de Russie à Genève est une canaille et l'allié de Nicolas[17]. » Dans la stricte application de la loi, le consulat impérial trouva prétexte à de nouvelles persécutions. On informa Isabelle qu'étant majeure il fallait impérativement qu'elle retournât en Russie afin de prendre une inscription, faute de quoi elle serait privée de passeport et ne pourrait entrer en possession de son héritage. Il ne restait à Isabelle qu'à refuser et à fuir et de s'en expliquer avec Ali Abdul Wahab : « On me tend un piège, lui écrivait-elle. Ou je dois rentrer en Russie et me faire inscrire dans " la classe des petits-bourgeois " (*méchtanskovo soslovia*, Aug.

vous expliquera ce mot) ou pas de passeport. Donc il me faut rentrer en Russie... et y périr misérablement vu la terreur qui y règne et mes ennemis. Donc si je ne puis me faire inscrire par procuration je quitterai Genève où je suis menacée d'expulsion et je viendrai ! Cela se saura dans dix jours au plus... [18] » Il ne pouvait être question non plus d'envisager le retour d'Augustin en Suisse. De cela aussi Isabelle informait Ali Abdul Wahab : « Quant à l'arrivée d'Augustin ici il ne faut pas même y songer. Il faut qu'il demeure où il est, qu'il continue à travailler et que sous aucun prétexte il ne quitte sa place et le pays. En voici les raisons... Dans les conditions présentes de notre vie ici il ne pourrait y séjourner vingt-quatre heures. Sa présence n'y serait pas tolérée une seconde *car l'on ne veut plus de nous ici* [19]. » Isabelle expliquait les raisons secrètes de cet interdit. Il fallait que Vava n'ait personne de sa famille autour de lui, personne pour l'aider à « poursuivre les coquins ». Alexandre Nicolaïevitch en était si conscient qu'il venait de charger un avocat de Saint-Pétersbourg de défendre les intérêts des enfants de Natalia Nicolaïevna.

Fort heureusement moins d'un mois plus tard Nicolas fut expulsé. Une victoire à laquelle aucun des intéressés n'osait croire, la victoire du plus faible sur le plus fort, du plus isolé sur le plus entouré, la victoire de l'émigré sur le fonctionnaire, la victoire de celui que la société avait persécuté sur celui qu'elle avait comblé, la victoire du « cactophile » de Vava, de l'hurluberlu, la victoire de « Volodia l'Inexpliqué », c'était cela qui avait fini par arriver.

Isabelle plus que jamais se remit à faire des projets. La Tunisie... « Je me suis arrêtée sur une résolution irrévocable. » Elle quitterait la Suisse aussitôt ses affaires arrangées. Mais l'absence de passeport russe compliquait tout. Aussi demandait-elle à Abdul Wahab : « Dites-moi enfin si je pourrai être tranquille avec mon extrait de naissance en français? » Cela suffirait-il? Elle annonça qu'elle arriverait en mai.

Autant que les trahisons avouées, les ententes politiques conclues entre opposants d'hier dans le seul but de satisfaire des ambitions personnelles portent rarement en elles les promesses que l'on en attend.

C'étaient des alliances de cette sorte qui faisaient événement à Genève, quand Isabelle revint de Bône. Et tout d'abord celle-ci : Archavir, son admirateur arménien, s'était fait turc. Ainsi, le fils obéissant de Tastevassian Gaspariantz, citoyen d'Akhalkalaki, l'enfant chéri de Naseli Honanian, la plus belle et la plus vénérée des mères – que Dieu la bénisse! –, le fougueux amant de la petite Martinian auprès de qui il avait bravé la force publique en publiant et en distribuant ce brûlot qu'était le *Droschak*, Archavir Gaspariantz, défenseur convaincu de la cause arménienne, avait signé un pacte avec l'Ogre : il s'était mis au service du Grand Seigneur. Le prix de cette alliance était l'assurance d'un bel avenir. On lui avait promis un poste dans la diplomatie ottomane.

L'étudiant sans bagages et sans argent, objet de méfiance pour toutes les polices du canton qu'elles fussent officielles ou parallèles, avait aussitôt changé de statut social. En plus d'un passeport diplomatique il avait acquis une nouvelle identité. Il ne s'appelait plus Archavir Gaspariantz mais Rechid Bey[20]. Sa défection avait été cruellement ressentie parmi les militants du *Droschak*. Mais leurs convictions étaient solides et il aurait fallu beaucoup plus que le spectaculaire changement de camp d'un des leurs pour mettre en péril la cause des patriotes arméniens. Un cas comme celui d'Archavir demeurait isolé.

Il n'en allait pas de même chez les Jeunes-Turcs, qui,

pour des raisons analogues, voyaient leur mouvement pratiquement décapité. Là encore des événements imprévisibles s'étaient produits : la surprise d'Isabelle fut très vive. Pendant qu'elle séjournait à Bône, le héros du mouvement révolutionnaire turc, Mourad Bey, l'intellectuel, l'écrivain, le fondateur du *Mizan*, celui dont la présence en Suisse avait mis Abdul Hamid dans un état de rage indicible, Mourad Bey avait quitté Genève. Il était rentré en Turquie où il avait fait acte de soumission au « grand assassin ». La première exigence d'Abdul Hamid fut satisfaite lorsque, à Genève, le *Mizan* fut réduit au silence. Aussitôt à Constantinople, on fit rendre les plus grands honneurs à l'ex-féroce opposant qui fut nommé membre du Conseil d'Etat.

La presse suisse ne restait pas indifférente à des marchandages qui s'étaient passés sur son territoire. L'opinion généralement exprimée était que Mourad Bey s'était déshonoré, mais aussi que les intrigues et les pressions exercées au nom du sultan sur des sujets turcs résidant en Suisse avaient été grandement facilitées par l'ouverture à Genève d'un consulat turc, événement récent que de violentes polémiques dans la presse n'avaient pas réussi à empêcher. Les émissaires secrets de la Sublime Porte travaillaient désormais en toute impunité.

Le dernier des patriotes turcs à poursuivre la lutte à Genève était le docteur Abdullah Djevdet dont le journal l'*Osmanli* gagnait en influence. Il dénonçait les exactions d'Abdul Hamid dans toutes les feuilles d'opposition qu'elles fussent publiées à Paris ou ailleurs, et le retour d'Isabelle à Genève coïncida avec la parution dans le *Mechveret* d'un article qui fit grand bruit en Suisse : il était consacré aux tortures que subissaient en Turquie les prisonniers politiques. Mais Djevdet avait beau faire et beau dire, le mouvement JeunesTurcs allait à la débandade. L'affaire Mourad Bey avait ébranlé la confiance de ses militants. Ils s'étaient fiés à un charlatan et sous le coup de leur déception ils parlaient bas et faiblissaient. Ce qui n'empêcha nullement Isabelle de reprendre contact avec l'*Osmanli*[21] aussitôt revenue en Suisse.

L'étrange dans ces circonstances fut le plaisir qu'elle prit à se laisser courtiser par Rechid Bey tout en maintenant un contact étroit avec ceux qu'il avait trahis. Sans ce besoin extrême qu'elle avait de s'arracher à la villa Neuve pour se consacrer à son métier d'écrivain, Isabelle aurait-elle donné suite aux projets de mariage dont Rechid Bey, d'une belle écriture d'homme raffiné et instruit, l'entretenait dans chacune de ses lettres?

Vava continuait à chercher un acheteur pour la villa Neuve. Cela faisait trois ans qu'il était décidé à aller vivre ailleurs, trois ans que selon l'expression d'Isabelle « il était encrassé dans d'interminables affaires de vente de sa propriété ». Isabelle lui laissait le soin de répondre aux lettres que Khoudja ben Abdallah leur adressait à tous deux sur le ton un peu geignard dont il ne se départait jamais, le ton du colonisé courtois, le ton modeste de l'oukil judiciaire qui, dans le secret de son cœur, n'en revenait pas d'avoir été cet Arabe sur lequel une jeune Européenne avait jeté son dévolu, l'Arabe avec lequel Isabelle avait couché. L'imprudente, la folle... Il continuait à l'appeler « Mademoiselle ». Pauvre Khoudja! Il était l'homme des petits services rendus de grand cœur, tout en donnant l'impression – peut-être fausse – qu'il y trouvait son avantage. Il s'offensait presque d'avoir été laissé sans nouvelles par ceux auxquels il s'était attaché. Les Moerder avaient quitté Bône dans le deuil et l'affliction. Que devenaient-ils? Isabelle était partie, mal remise d'une congestion pulmonaire qu'à l'époque on appelait « fluxion de poitrine[22] ». Comment allait-elle? « Je suis inquiet et étonné de votre silence et je me demande ce qui a pu vous arriver ainsi qu'à Mademoiselle qui est partie malade... » Pourquoi tardaient-ils à lui adresser leurs instructions? Ce silence ne l'empêchait pas de faire son possible pour les satisfaire. Il avait été confronté à toutes sortes de petites contrariétés. Du meuble qu'ils lui avaient laissé à vendre, il n'avait pu tirer que soixante-cinq francs. Une somme dérisoire sur laquelle il avait bien fallu payer les portefaix, l'emballage des livres – ils étaient en caisse « prêts à partir » –, un mois de pension pour « le Kabyle Ahmed » que, non sans mal, Khoudja avait casé chez une brave personne. Mais elle ne cessait de réclamer son dû. Le petit devenait un problème et Khoudja voulait savoir à quoi s'en tenir. Que devait-il faire du pupille de ces dames ? « Si vous voulez que le petit reste où il se trouve, envoyez-moi de l'argent pour l'entretenir, conformément à vos désirs et à ceux de la défunte. » Si Vava renonçait, en ce cas, aucune illusion à se faire : l'enfant redeviendrait le vagabond sans feu ni lieu que Mme de Moerder avait généreusement tenté de tirer de sa misère. Autre chose : Mme Pailhès réclamait une indemnité de nettoyage. Ce n'était que justice. Isabelle était partie en catastrophe, laissant tout en l'air. Enfin une dame, celle-là modiste, réclamait le prix de deux gilets de flanelle commandés par Mme de Moerder et livrés « hélas, hélas », après son décès. Une dette de plus.

Khoudja ben Abdallah avait été chargé de veiller à la construction du tombeau de Natalia Nicolaïevna. Mais là encore la somme dont il disposait était insuffisante. « Il n'y a même pas assez pour l'achat du sable... » écrivait-il. Il n'avait donc rien commencé du tout. Il conseillait de ne pas trop tarder : « La terre est déjà enfoncée en partie et tous les Arabes sont étonnés de l'état où se trouve la tombe. » On conçoit que ce type d'argument, vrai ou faux, fût de nature à troubler Vava. Mais son chagrin était si profond... Il n'avait de cœur à rien. Khoudja n'allait pas recevoir d'argent de sitôt. Au bas de sa lettre, parce qu'il croyait sans doute que le « Vieux » ne savait pas l'arabe, Khoudja avait glissé un message personnel, écrit dans cette langue. Il était destiné à

Isabelle : « Oh la Bonne et l'Illustre! Sache que je suis impatient à cause de toi, inquiet à ton sujet, me disant : Est-elle bien arrivée ou pas? inquiet, en outre au sujet de ta santé, ta maladie. Je te prie de m'écrire et de me donner de tes nouvelles[23]. » C'était gentil. Il cherchait à l'apitoyer en lui laissant entendre qu'il avait été lui aussi si souffrant qu'il n'avait pu terminer sa lettre qu'à grand mal. Etait-ce l'influenza ou le chagrin? Isabelle ne chercha pas à savoir. Les nouvelles de Khoudja interrompaient un nouveau chapitre de sa vie. Il ne semble pas qu'elle lui eût répondu. Elle avait la tête ailleurs.

Les signatures, les notaires, l'héritage, Isabelle se trouva en possession d'un petit pécule... De quoi regarder l'avenir autrement. Elle n'avait plus à chercher de l'argent pour repartir, elle en avait. Lui aurait-on annoncé que les sommes dont elle disposait n'allaient la conduire ni très loin ni très longtemps qu'elle en aurait été bien étonnée. Sa part d'héritage se limitait à une modeste rente viagère constituée par Mme de Moerder à son intention[24] et dont personne ne contestait la légitimité. Pour le reste... Pour le reste l'avenir dirait. L'essentiel du capital de sa mère, géré par des banquiers moscovites, était en Russie et aucun des enfants de Natalia Nicolaïevna n'avait encore osé s'élever contre ses décisions. Mais les exclus? Qu'allaient-ils tenter, les exclus? Qu'allaient faire Nathalie Perez et Nicolas? Isabelle demeurait convaincue qu'ils ne pourraient rien entreprendre. Elle écrivait à Ali Abdul Wahab que sa mère avait fait « un testament régulier, légalisé, inattaquable donc, laissant son capital à l'Empire, pour une fondation scientifique, mais l'obligeant à en partager tous les revenus entre mes deux frères Wladimir et Augustin, ma sœur aînée (que je ne connais pas) Olga, mariée en Russie et moi, sa fille naturelle Isabelle, Marie,

Wilhelmine...[25] » Un jour donc, conformément à la volonté de Mme de Moerder, Isabelle aurait des revenus, encore que « en Russie pour toucher un héritage, surtout depuis l'étranger, il faut parfois des années et des années... » écrivait Isabelle dans la même lettre. Mais malgré cela et malgré les incertitudes qui pesaient sur cet héritage, Isabelle se croyait riche. Elle qui parlait toutes les langues cultivait un souverain mépris pour le langage des chiffres. Est-il besoin de dire qu'elle ne rêvait que d'une chose : retourner en Afrique. Son erreur fut de croire que la vie à la villa Neuve continuerait comme par le passé et que Volodia serait toujours là, toujours heureux de veiller sur Vava tandis qu'elle voyagerait.

Isabelle avait plusieurs textes en chantier en cette fin d'hiver 1898. Des notes de voyage ou des récits qu'elle comptait proposer à l'une ou l'autre de ces revues confidentielles qui, à Paris et à Moscou, publiaient les œuvres d'auteurs inconnus. Mais que faire des textes refusés? Sa collaboration à *l'Athénée* avançait par à-coups. Lui faisait-on payer son soutien à Zola? Un récit intitulé *Déserteur* venait d'être jugé impubliable à cause de « mots trop crus ». On demanda à Isabelle : « Pourquoi ne pas remplacer les mots choquants par des points? » Elle avait refusé. La direction de *l'Athénée* avait fini par lui donner raison : « On ne peut donner un autre langage à vos personnages; remplacer les mots par des points enlèverait toute sa saveur au récit[26]. » Le manuscrit fut renvoyé avec de « vifs regrets ». Période de profonde perplexité. Ce fut l'époque où elle écrivit à Ali Abdul Wahab, confident de toutes ses pensées : « A cause de l'affaire Zola je crois bien que je me suis brouillée définitivement avec *l'Athénée*. .. » Et elle invoquait l'antisémitisme « fort mal entendu[27] » de cette revue. La carrière d'écrivain à laquelle elle avait osé prétendre lui échappait.

Peut-être avait-elle eu tort de ne plus se soucier des

textes écrits en collaboration avec Augustin à l'époque où elle croyait encore qu'ils allaient gagner leur vie ensemble. Ces *Rêves azurés*[28] – c'était leur titre – que valaient-ils ? Pas grand-chose, mais Isabelle ne désespérait pas. Ecrire avec Augustin... Croyait-elle sérieusement pouvoir donner un nouveau souffle à cette singulière aventure ? Difficile à dire. Elle était ainsi : elle ne désespérait jamais. La confiance qu'elle mettait en Augustin, rarement invoquée, faisait partie d'elle-même. Elle écrivait à Ali Abdul Wahab : « Je dois encore le secourir de toutes mes forces. Pour cela, Aly, je donnerai tout, j'accepterai même le déshonneur. » Elle continuait à soumettre à son frère tout ce qu'elle écrivait et, périodiquement, le projet d'une collaboration reprenait vie. « Nous pourrions l'un et l'autre nous remettre à un travail littéraire et gagner ainsi notre vie comme tant d'autres », écrivait-elle en avril 1898[29]. En vue de quoi elle ne cessa jamais de tarabuster Augustin, afin que même malade, même sur le point d'être réformé, il continuât sans répit à rédiger des notes sur sa vie à la Légion. Ses semonces passaient par Ali Abdul Wahab : « Dites à Augustin qu'il se dépêche de me fournir les documents que je lui avais demandés... Dites-lui qu'il m'envoie un plan de la caserne où il a passé la commission de réforme, etc. Tout cela à bref délai... » *Les Rêves azurés* portaient fort bien leur nom. C'était un rêve qu'elle gardait en réserve et dont son frère pourrait user le jour où il serait rendu à la vie civile, c'était une sorte d'offrande à Augustin, reléguée au fond d'un tiroir comme un ultime moyen d'échapper au naufrage, planche de salut dont l'inutilité crevait les yeux mais qu'aucune puissance au monde n'aurait pu déloger de là. Isabelle pensait parfois qu'il fallait sauver de l'oubli ces récits chargés de souvenirs. « Souviens-toi, Augustin... Souviens-toi de nos *Rêves azurés*. .. » Un texte à reprendre. Il lui arrivait d'y travailler.

Elle connut aussi la tentation du roman et ce fut

Rakhil[30]. Cette ébauche ne déplaisait pas à Isabelle qui tantôt la reprenait, tantôt l'abandonnait, parfois l'oubliait et soudain la retrouvait. Elle en parlait alors à la seule amie en qui elle eût confiance, Véra Popova. Elle au moins la comprenait à demi-mot. Madame de Moerder n'était plus là, il lui restait Véra. Isabelle lui avouait ses doutes, Véra la réconfortait et Isabelle notait : «... Trouvé avant-hier, lors d'une conversation avec Véra, le moyen de me tirer de l'imbroglio qui rendait l'exécution de *Rakhil* presque impossible[31]. » Et elle se remettait au travail. Mais aussitôt l'accablait l'impression qu'un récit traitant du divorce des générations au sein d'une famille arabe, du retour d'un étudiant musulman après quatre ans d'études en France « prolongées au-delà de toute vraisemblance », de sa liaison avec une Juive et de l'antisémitisme ambiant, tout cela n'avait aucune chance de trouver des lecteurs. « N'intéressera pas[32] », notait-elle, laconique. Isabelle renonçait. Pour toujours, croyait-elle. « Ainsi sans exagération je ne sais plus si *Rakhil* n'est pas qu'un agglomérat infâme de rapports de police mal rédigés. De là, le besoin de lire à un autre, de *s'objectiver*... Certes si mon livre produisait sur l'ensemble des lecteurs l'impression qu'il produit sur moi actuellement personne ne le lirait au-delà de la seconde page[33]... » Il eût été plus simple d'abandonner. Mais Isabelle prenait la chose assez mal. Abandonner ces cent pages qui lui avaient coûté tant d'efforts pendant son premier séjour en Algérie ? Elle ne s'y résignait pas.

C'est au cimetière juif de Bône que tout avait basculé. Le projet s'était transformé presque à son insu et le court récit initial avait tourné au roman.

A l'ouest de la ville, au-dessus de l'oued Dheheb, Isabelle était allée visiter le cimetière juif. Là, elle avait cherché à résumer dans un dessin[34] ce qu'elle avait vu : un monticule, taillé en pain de sucre, entouré d'un mur de pierres peu élevé, à peine un parapet, fixant des limites à ce cimetière plus qu'il ne le protégeait et, au sommet, un étrange monument, dressé comme un poste de vigie, une fausse *kouba*, dont le dôme ne portait ni boule d'or ni croissant. Il surplombait le fouillis des pierres tombales, certaines encore droites, bien plantées et régulièrement visitées, comme en témoignaient les poignées de petits cailloux posés là en hommage aux défunts, d'autres renversées au sol, glissant et se perdant parmi les plantes odorantes. Le soin que mit Isabelle à montrer l'impossibilité pour ce lieu de se confondre avec le reste du paysage annonçait qu'il se laisserait difficilement oublier. Isabelle n'en avait pas fini de *Rakhil.* La découverte d'une pierre tombale plus frappante que les autres suffit pour qu'un récit auquel elle ne croyait plus repartît de plus belle... La tombe, laissée à l'abandon, était celle d'une femme, une Juive dont personne n'avait oublié le nom, à Bône. Elle était d'une grande beauté et s'appelait Rachel.

Deux ans plus tard, le manuscrit toujours inachevé, rejeté plus souvent qu'on ne saurait le dire et toujours remis en chantier malgré le goût de réchauffé, l'odeur de renfermé que lui trouvait Isabelle à chaque fois qu'elle le reprenait, raturé, corrigé, recopié dans plusieurs cahiers, ayant subi de nombreux changements de titre, – d'abord *Rakhil,* puis *Rachel,* puis *El Moukadira,* ce qui en arabe, signifie *la Fatale –, Rakhil* fut de ces projets qu'Isabelle n'abandonna jamais. Où qu'elle allât, qu'elle se trouvât au chevet de Vava, dans le lourd silence de la villa Neuve, en séjour à Marseille, en visite à Alger ou de passage dans un gîte d'étape au plus profond du désert, les cent pages maudites la suivirent partout. Elles n'avaient rien de commun, ces pages, avec le reste de son œuvre, elles étaient un noyau dur, l'invitation à un affrontement qui lui faisait mesurer ses limites. Elle chercha à se convaincre que la réussite était proche, usant pour cela de moyens que chacun connaît : ajouter quelques lignes, changer la pagination – elle passa des chiffres romains aux chiffres arabes – doter l'œuvre d'une phrase placée en épigraphe : « Compté, compté, pesé et divisé[35] » fut ce qu'écrivit Isabelle en araméen sans réussir à faire avancer le récit d'un pas...

Le manuscrit de *Rakhil* dans sa version définitive, si jamais elle a existé, ne parvint pas jusqu'à nous. Isabelle en avait-elle ou non trouvé le dénouement ? Nous ne le saurons jamais.

Quelques mots tracés sur une page volante nous livrent le pourquoi de ce mystère. « Ici le roman s'interrompit[36] » avait noté Barrucand. Le dénouement était venu d'ailleurs. La mort... La mort d'Isabelle. Ce fut elle qui mit un terme à sa longue recherche. Et *Rakhil ?* Où en était *Rakhil* quand elle mourut ?

L'œuvre, dont on ne possède que les deux tiers, est inédite. Ce qu'il en reste, bien que d'esprit fâcheusement « orientaliste », et cela de l'aveu même d'Isabelle qui avait, disait-elle, voulu en « soigner avant tout le côté artistique[37]... », est beaucoup moins l'expression d'un talent que d'un tempérament. *Rakhil* dans son imperfection est un document passionnant. Rien dans l'œuvre d'Isabelle ne ressemble autant à son auteur que cette histoire d'amour inachevée.

L'injuste serait de ne juger *Rakhil* qu'à la lumière de l'inexpérience de son auteur. Insatisfaite par nature, elle éprouva des doutes et des dégoûts similaires chaque fois qu'elle entreprit d'écrire, fût-ce une lettre.

Qu'est devenu le dernier cahier, celui qui contenait peut-être le dénouement ? Se trouvait-il dans le grand sac qui fut ramené du désert après la mort d'Isabelle ? Fut-il colporté à domicile, perdu dans un fouillis de feuillets manuscrits ? L'a-t-on proposé à la convoitise du plus offrant et finalement vendu, comme le reste, à une fervente admiratrice d'Isabelle ? C'était fou ce que contenait ce sac. Des papiers et des papiers... De quoi remplir une armoire. Toujours est-il qu'on perdit la trace du quatrième cahier. Tout bien réfléchi, ce fut peut-être une chance... On tremble en pensant à ce qu'un Victor

Barrucand eût fait de ce roman s'il avait pu en disposer comme « prêt à servir ».

Les inédits dans leur mystère ont parfois une saveur inexprimable. *Rakhil* fait pas exception. Ce manuscrit contient une page extraordinaire. Il y a là, imaginée par Isabelle, une prédiction, celle d'un magicien arabe à l'intention d'une jeune et belle Juive. Il faut l'admettre, l'annonce faite à Rachel s'applique mot pour mot à cette fatalité d'eau et de sable qui allait, un jour, emporter Isabelle. Le caractère prémonitoire de ce passage est surprenant :

Pendant quelques années encore tu vivras, ya Rakhil. Puis, tu vois, la ligne de ta vie disparaît là, sous cette tache rougeâtre de ta main que le henné n'a pu cacher. Tu as à vivre quatre années, peut-être...

– Quatre années, répéta-t-elle tristement...

– Moins plutôt... Mais écoute ce qui se passera pendant ce laps de temps si court. Toute ton existence sera bouleversée avant peu de jours par ce même trésor que tu foules sans cesse aux pieds : l'amour. Ensuite tu mettras souvent ta vie en danger... Puis il se passera des événements très compliqués que je ne puis prévoir, car ils dépendent d'autres personnes et non de toi. Après cela peut-être y aura-t-il dans ta vie une accalmie. Puis tu mourras de mort violente.

Il ne semblait plus possible à Isabelle de quitter la villa Neuve sans que ce fût avec l'entière approbation de son père. A Vernier, la vie avait repris comme par le passé. Les cartes postales de Russie étaient commentées en famille. Vava fut particulièrement sensible au fait que l'un de ses confrères russes, le professeur Repman eût honoré « la très estimée Isabelle Nicolaïevna » de « ses vœux pour le Nouvel An ». Entre autres souhaits,

Eugène Repman formulait celui-ci : « Conservez le plus longtemps possible votre plus que père et ami, Alexandre Nicolaïevitch Trofimovsky[38]. »

« Je préfère perdre mon avenir que de me disputer avec ce saint vieillard[39] », écrivait à Ali Abdul Wahab une Isabelle devenue étrangement soumise. Etait-ce le résultat d'une reprise en main du *proprius* et seulement cela ? N'était-ce pas aussi la conséquence du retour sous le toit familial, et de ses retrouvailles avec la villa Neuve ? Comme une porte claquée sur l'échappée bônoise... De l'aventureuse jeune fille qui avait connu l'amour dans les jardins solitaires des environs de Bône, la maison ne voulait pas. Elle la refoulait. Isabelle en perdait la belle audace qui l'avait jetée quelques mois auparavant dans les bras de Khoudja. Elle ne s'appartenait plus. La maison familiale, bien plus que Vava lui-même, exerçait sur elle un ascendant auquel elle brûlait d'échapper. N'accusons pas Vava. Ne parlons pas non plus d'invraisemblance ou d'étrangeté. Il convient de rappeler Henri Michaux : « On a surestimé les pères. On sous-estime le lieu d'habitation, le logis. Au commencement est la demeure, le local d'habitation, ce qui entoure, contraignant par excellence... » A peine de retour à Vernier, Isabelle redevint la fille influençable et fragile de Natalia Nicolaïevna. De tous ses enfants, aucun n'avait subi plus intensément qu'elle les charmes ou les maléfices de la grande maison solitaire qui, une fois encore, infligeait « un dommage quotidien à son besoin de tumulte et d'indépendance[40] ».

Au moment où le projet familial consistait à quitter la villa Neuve sans esprit de retour, quand il fut question d'envoyer Isabelle en éclaireur afin de préparer, avec l'aide d'amis arabes, fortunés et très soucieux d'honorabilité, l'arrivée à Tunis de Vava, de Volodia et jusqu'à celle de l'enfant des rues de Bône, Ahmed le Kabyle, le petit protégé de Natalia Nicolaïevna, alors la fille de Mme de Moerder fut prise d'une de ces irrésistibles bouffées de respectabilité auxquelles elle fut sujette toute sa vie.

Soudain, il fallut à tout prix qu'elle prêtât une nouvelle explication à l'une de ses particularités les plus troublantes : « Je me trouve donc porter comme nom patronymique celui de mon *grand-père*, comme si j'étais la sœur de ma mère, tout comme je porte son nom de demoiselle, celui d'Eberhardt de Liesen[41]. » Soudain il fallut qu'elle cherchât à travestir le passé, il fallut qu'elle affirmât haut et fort ce que nul ne pouvait croire.

Isabelle s'était donné pour tâche d'honorer la mémoire de sa mère. Quoi de plus critiquable que de laisser supposer, qu'à peine veuve, Mme de Moerder se serait donnée au précepteur de ses enfants? La naissance d'une fille illégitime ne faisait qu'aggraver les choses. Feignant d'oublier ce qu'elle avait dévoilé dans ses précédentes lettres ou laissé deviner à Ali Abdul Wahab lors de leur première rencontre, Isabelle lui adressa une missive où elle se prêtait de nouvelles origines. Elle n'était plus la fille de Vava. Elle avait eu le malheur de le croire. C'était une erreur. Mme de Moerder n'avait jamais eu Trofimovsky pour amant. Les mouvements d'un cœur comme celui de Vava, un désespoir tel que le sien, tout cela devenait difficilement explicable. Mais ce n'était pas de nature à arrêter Isabelle. Avec la conviction de sauver la réputation de sa mère, elle affirma que Mme de Moerder n'avait jamais été la maîtresse de Trofimovsky : « Je demande pardon à la mémoire sacrée de maman et à ce noble vieillard de cette indigne accusation portée contre lui par les enfants déshérités de ma mère, mon frère aîné Nicolas, ma sœur Elisabeth et ma sœur Nathalie... » L'hypothèse relevait de la calomnie et Isabelle donnait une tout autre version des faits. Elle avait appris – « documents à l'appui » – qu'elle était le fruit d'un viol. L'auteur de ce forfait était le médecin de famille, un misérable auquel, s'il n'était décédé, elle aurait « demandé raison de son crime[42] ». Ce fut en ces termes qu'Isabelle induisit en erreur le plus dévoué de ses amis. Il est vrai – et ceci explique cela – qu'Ali Abdul Wahab se montrait très préoccupé par ce qui était convenable et ce qui ne l'était pas. Aussi plutôt que de laisser Mme de Moerder dans le rôle ingrat de la mère oublieuse et légère, Isabelle en fit une victime. Pour sa part, elle se préférait le fruit d'un crime plutôt que celui d'une passion.

Mais il ne faut pas attribuer à cette lettre plus d'importance qu'elle n'en a. Car Isabelle n'allait pas en rester là. Quelques années plus tard – c'était en 1903 – un grand quotidien du Sud-Ouest, *la Petite Gironde*, publiait une lettre dans laquelle elle se disait : « fille de père sujet russe musulman (!) et de mère russe chrétienne ». Elle ajoutait : « Je suis née musulmane et n'ai jamais changé de religion... ». D'autres lettres existent dans lesquelles elle renouait avec la fiction du père médecin qui, cette fois, n'était plus ni suisse ni médecin de famille mais turc et musulman! Que disait-elle à travers ces mensonges successifs? Elle avouait son impossibilité d'admettre qu'elle était fille naturelle. A aucun moment de sa vie Isabelle ne fut plus perturbée par son illégitimité qu'en ces premiers mois de 1898. Ses lettres à Abdul Wahab témoignent en toute occasion de cette obsession : « Sans nom – celui d'Eberhardt, que je porte officiellement, trahit bien ma naissance illégitime – sans fortune, il faudra que je me fasse une position toute seule », lui écrivait-elle en janvier 1898[43]. Et quelques mois plus tard son illégitimité dominait à nouveau sa pensée : « Je suis fille illégitime, lit-on dans une lettre de mars 1898. C'est-à-dire exposée au stupide et cruel dédain des gens, persécutée par les autres membres de ma famille maternelle[44]. »

Une chance qu'Augustin l'ait précédée à Tunis. Parmi les nouvelles rendant le départ d'Isabelle inévitable il y avait, de l'avis même de Vava, que ce fils auquel Mme de Moerder avait témoigné tant d'amour, ait été libéré de ses engagements militaires. Malgré les tours qu'il leur avait joués, il fut entendu qu'on oublierait désordre, vols, mensonges, qu'on oublierait tout parce que Natalia Nicolaïevna n'aurait pas agi autrement.

Augustin avait passé un an dans le Sud oranais sous sa véritable identité et sans s'attribuer un métier différent de celui qu'il avait déclaré être le sien lorsqu'il s'était engagé dans la Légion étrangère pour la première fois. Encore et toujours pharmacien... Toujours grand comédien... Toujours sa fine moustache et cet air de postulant étrennant son premier uniforme. Mais toujours aussi inapte... Augustin était peu fait pour le monde africain, les climats excessifs, les haltes à la dure dans des nuits de tempête, les longues marches sous le vent des sables. Au bout d'un an, il parut à ses supérieurs que la seule solution envisageable fût de le réformer. C'était la seconde fois. On découvrit alors ce que les médecins du poste de recrutement de Marseille avaient cru devoir négliger : le détestable état de santé du légionnaire de Moerder. On lui trouva une hypertrophie du cœur et de l'amphysème pulmonaire, infirmités qu'avaient peut-être aggravées certains excès. L'anisette, le fléau français, ce poison interdit aux Arabes, Augustin en avait abusé. L'haleine empuantie d'alcool... Il fut libéré à Mascara avec un certificat de bonne conduite.

Augustin se rendit directement à Tunis où il se savait attendu. Une éventualité qu'Isabelle s'était acharnée à favoriser, et cela depuis les premiers temps de son séjour à Bône. Elle connaissait à peine Ali Abdul Wahab que déjà elle le pressait d'écrire à Augustin : « Parlez-lui de votre séjour à Bône, de sa mère, de Podolinsky et cela suffira après tout ce que je lui ai écrit sur vous, à vous acquérir toutes ses sympathies. Vos bonnes paroles lui feront du bien... Parlez-lui de l'Islam qu'il vénère au même degré que moi... Faites cela pour moi, Ali, et je vous devrai sans doute d'avoir contribué à relever un être qui m'est profondément cher, à lui rendre le courage et l'énergie nécessaires pour vivre[45]. » Jamais elle ne cessa d'encourager dans ses bonnes intentions son obligeant ami tunisien. Elle l'assurait des sentiments fraternels d'Augustin à son égard, insistant sur ce qui les rapprochait, allant jusqu'à affirmer qu'ils se ressemblaient, ce qui n'était guère flatteur pour Ali. Isabelle aimait son frère jusqu'à l'aveuglement. Lorsqu'il prit connaissance de ce qui, aux dires d'Isabelle, les rendait semblables, Augustin et lui, alors Ali Abdul Wahab poussa l'amitié jusqu'à cacher le trouble dans lequel cette constatation le jetait. C'est que rien de ce qui venait d'Isabelle ne pouvait le scandaliser : pas même ceci : « Le scepticisme, lui écrivait-elle, tout en engendrant dans l'individu et autour de lui *le vide*, engendre un impérieux besoin de combler ce vide, soit, une soif effrénée de *sensations* toujours renouvelées, et par là même de plus en plus violentes – une *soif de volupté* continuelle qui, quand elle atteint son plus haut degré, devient simplement un besoin indomptable de jouir. Alors l'individu acquiert l'étrange faculté de jouir de la souffrance, de sa propre souffrance... La première fois que je vous ai vu, je me suis fait de vous une idée générale assez correspondante aux principes exposés plus haut... Je vous avais jugé moins atteint du mal commun que je ne le suis moi-même et que ne l'est Augustin surtout. J'établissais ainsi la gradation : Augustin d'abord, absolument et à jamais, incurablement atteint. Puis moi, en voie de le devenir... Puis vous, qui m'avez semblé encore au début (ou presque) du processus. Mais par vos dernières lettres et par ce jour et par ces deux soirs que je vous ai eu auprès de moi, j'ai constaté que nous en étions au même point, en tenant compte, bien entendu, des différences d'éducation. J'ai même constaté que, à certains points de vue, vous m'avez dépassée et que vous êtes entré déjà sur la voie d'Augustin... Voici, mon cher, l'opinion que j'ai sur vous. Pour moi, vous, comme Augustin et comme moi-même, vous appartenez à la catégorie des gens *foutus*, pour parler clairement.

« Telle est ma conviction et à moins de faits ostensibles, vous ne m'en dissuaderez point. *Foutus*... Maintenant, comme conclusion, laissez-moi vous dire que, pour moi, ces *gens foutus* sont infiniment supérieurs aux autres, à ceux qui s'imaginent être dans le droit chemin (*mint sirât al moustaqīm*) et qui errent tout aussi bien que nous mais à l'aveuglette et plus bêtement[46]. »

Le diagnostic d'Isabelle, il fallait bien en convenir, n'était guère rassurant. Tous foutus... Malgré cela Ali Abdul Wahab tint parole. Il accueillit Augustin et lui procura ce qu'il lui avait promis. Etudes, place, émoluments, Augustin eut droit à tout cela et Ali crut Isabelle sur parole lorsqu'elle lui écrivit que son cher Tino jurait de le récompenser par une conduite exemplaire et une tendre affection fraternelle. « Aimez-le, O Ali! (*yà Alī*). Malgré tout, il est intellectuellement le frère de votre sœur Meriem[47]... »

Il fallait à Ali un sens de l'amitié peu commun pour accepter sommations, ukase, ordres et contrordres émanant du monde singulier sur lequel régnait Isabelle. Lisant ses lettres il en guettait les post-scriptum, fou d'impatience. Ils étaient comme d'obscurs décrets que nulle explication ne venait clarifier : « N'écrivez plus jamais *de Moerder*, mais bien N. Podolinsky et écrivez *Mademoiselle* en grandes lettres au lieu d'écrire *Monsieur*, ceci pour le facteur. » Elle était le mystère même cette Isabelle, et si imprévisible... Pouvait-on, sans surprise, lire des aveux tels que ceux-ci : « J'ai pu admettre que cet homme fut mon amant car il était fait pour me donner ce que je cherchais – la volupté – mais maintenant je ne veux pas lui sacrifier le seul trésor que j'ai sur terre : ma liberté[48]. » Il s'agissait encore une fois de Khoudja ben Abdallah. Les ruptures d'Isabelle, ses sautes d'humeur, ce chaud et froid qu'elle distillait, son anxiété, ses silences, ses naïvetés, la brutalité sans pitié de ses propos, son désir d'absolu faisaient qu'on ne savait jamais à quelle réalité se fier. Femme-enfant ou femme d'exception ?

Ali, que son éducation n'avait pas préparé à de telles rencontres, la catalogua parmi les femmes qui parlent vrai. Il lui sembla alors que, dans son rôle d'ami et de conseiller, il avait trouvé un emploi digne de lui. Quand Isabelle l'appelait au secours : « Secouez-vous, lui écrivait-elle, et aidez-moi ! » – Ali sentait ses forces décuplées.

Maintenant c'était au tour d'Ali Abdul Wahab de surveiller Augustin. Il l'appelait Tino, il le protégeait. C'était son rôle, sa mission. Il acceptait d'être ce guide que Trofimovsky pressait de questions. Vava vivait talonné par la crainte qu'Augustin gâchât l'existence d'Isabelle. Avant d'autoriser sa fille à aller rejoindre Augustin à Tunis, le père exigeant, le vieux *proprius* de la villa Neuve souhaitait qu'on l'informât de l'état moral et physique dans lequel se trouvait le fils de Natalia Nicolaïevna. Qu'avait-on fait d'Augustin au 2e Etranger ? Il semblait impossible que l'élève qu'il n'avait su soustraire à un monde de mensonges et de désœuvrement fût demeuré un an entre les mains impitoyables des sous-officiers de la Légion sans que quelque chose de nouveau ne se fût emparé de lui. Un sens de la discipline, un sens du devoir peut-être ? Vava comme un voleur reprenait possession de ses utopies préférées... Ne jamais désespérer, sacré Dieu ! Ne jamais douter des ressources infinies de l'homme, jamais ! Augustin... L'enfant qui lui avait coûté tant de peines et de déceptions, Augustin le velléitaire, le débauché, brusquement redevenu lui-même, était-ce un espoir fou ? Impossible d'exprimer ce que ressentait Vava quand il se laissait aller à ces rêveries-là.

Ali Abdul Wahab n'écrivit à Alexandre Trofimovsky qu'après une assez longue période d'observation. Sa lettre? Comme un rayon de miel... Vava s'émerveilla que ce fût à lui qu'échût l'extraordinaire félicité de lire de telles nouvelles. Un homme comme il en aurait fallu beaucoup, cet Ali Abdul Wahab. A l'exception d'une question spécieuse sur laquelle Vava et lui n'allaient jamais s'entendre et qui, dans cette lettre, faisait l'objet d'un long préambule – il s'agissait de concilier le respect de la science et celui de la religion. « Je te demande un peu!... Qu'est-ce que venait faire la religion là-dedans... » Le vieux libre penseur fit mine de n'avoir même pas lu les élucubrations du jeune combattant de la foi islamique – ce point excepté, il était clair qu'Augustin avait trouvé son sauveur. « Le moment est venu de vous parler de Tino, écrivait Ali Abdul Wahab. Si j'ai tardé si longtemps à vous écrire à son sujet c'est que je ne voulais le faire qu'après l'avoir étudié soigneusement. Voici ce que je peux dire en toute conscience sur lui. J'ai constaté qu'il a sincèrement rompu avec son passé qui lui a laissé les plus horribles souvenirs, qu'il a complètement renoncé à toute espèce de boissons alcooliques – décision qu'il maintient fermement. Il se tient ici d'une manière absolument digne et modeste à la fois. Il est très réservé et très aimable et il se montre respectueux envers les personnes âgées. Il passe tout son temps dans le travail et l'étude, sa conduite produit la meilleure impression sur toutes les personnes de notre entourage et lui mérite l'entière approbation de mon père. Il ne fait pas la moindre dépense inutile et n'a pas la moindre dette.

« En un mot, il ne ressemble aucunement au personnage qu'il était avant... Je connais les circonstances si pénibles que vous subissez en ce moment et toutes les affaires si embrouillées qui vous surchargent. Je suis convaincu que c'est un strict devoir pour Tino que de vous rejoindre pour vous aider de toutes ses forces...

seul moyen de rapprocher le jour où vous pourrez enfin arriver ici[49]... »

Ah, quel excellent garçon, cet Ali ! Il y avait de l'apôtre en lui. Vava trouvait admirables les gens de sa sorte. La lettre d'Ali Abdul Wahab ramenait Alexandre Trofimovsky à des bonheurs que dans sa désespérante solitude il n'osait même plus imaginer. Ainsi le mot *avenir*. Il avait perdu toute signification depuis que sa Natalia l'avait quitté. Quand il lui venait aux lèvres, ce mot, c'était comme un caillou collé à ce qui lui restait de dents, comme une pensée pétrifiée. Mais voilà qu'elle reprenait corps cette pensée, voilà que l'on pouvait se réjouir de *l'avenir* retrouvé d'Augustin.

La sauvegarde d'Augustin telle que l'avait entreprise Mme de Moerder allait donc se poursuivre grâce à leur ami tunisien. Vava ne voyait plus de raisons de s'opposer au départ d'Isabelle. Il lui confierait la mise en œuvre d'une nouvelle vie, l'organisation de *l'avenir*, en somme... Lui aussi irait à Tunis, mais un peu plus tard et seulement quand la villa Neuve serait vendue. Il n'était plus qu'un vieil homme mais il irait quand même rejoindre ses deux pionniers, Augustin et Isabelle, il partirait avec Volodia, son sauvage aux longues jambes d'échassier guetteur – « tes jambes de grand-duc » lui disait sa mère – et c'était vrai que Volodia comme Augustin avait des grands-ducs russes l'élégance longiligne. Il voyagerait avec Volodia, le mauvais élève qui avait préféré la culture des cactées à tout autre occupation. La Tunisie l'attirait. Deux occupations, toutes deux chimériques, s'offrirent à l'imagination de cet incorrigible songe-creux qu'était Vava. Il n'avait pas encore vendu la villa Neuve qu'il songeait déjà à acheter une terre pour Volodia, ce Volodia que tout dérangeait dans ses rêves et que Vava aimait plus qu'il ne l'avait jamais aimé auparavant. Volodia mènerait, en Tunisie, une vie indépendante et active. Son tuteur voulait qu'il s'installât en qualité de vigneron ou bien de jardinier. Isabelle avait été chargée de mener l'enquête auprès de son ami Ali Abdul Wahab : « Peut-on trouver dans la banlieue, en un endroit d'une sécurité parfaite, un terrain défriché (d'un hectare environ) du genre de terre que l'on nomme en Algérie terre de vigne, lui demandait-elle... Combien coûterait la construction d'une toute petite maison de style arabe ? Peut-on trouver un gardien sûr qui y habiterait avec mon frère ? Peut-on assurer matériellement son existence par la culture des fleurs et autres plantes ornementales, ce qui est la spécialité de mon frère ?[50] » Tout cela n'avait pas le sens commun, mais qu'importe ! Le projet tunisien se présentait comme de grandes vacances. Allaient-elles arracher Volodia au souvenir de son affrontement avec Nicolas ? On avait beau lui dire que tout danger était écarté, on avait beau lui répéter : « Ton frère a été expulsé, Volodia », rien n'y faisait. Il ne se remettait pas. La rencontre des deux frères en présence de représentants de la diplomatie impériale avait suffi pour que le plus faible des fils du lieutenant général de Moerder se sentît condamné. Vava ne pouvait s'empêcher d'éclater de fureur devant cette nouvelle manifestation de l'autoritarisme tsariste.

Pour veiller sur Volodia et pouvoir intervenir si nécessaire, Vava lui avait donné une chambre à côté de la sienne. « La chambre de Maman... » Mais à peine l'eut-il occupée que Volodia fit des crises de somnambulisme. Le malaise de Vava restait grand devant les signes répétés d'une hérédité qui, venue on ne savait d'où, faisait des enfants de Natalia Nicolaïevna des êtres problématiques. Ils n'étaient pas seulement indociles, ils étaient imprévisibles. Ainsi c'était pour Volodia que Vava s'était fait envoyer de Tunis un couple de pigeons[51]. Ils avaient voyagé dans leur cage avec un peu de grain et de l'eau. Ali Abdul Wahab s'était chargé de l'expédition tout en s'étonnant un peu. Pourquoi des pigeons ? Vava les avait reçus, superbes et de la plus grosse race. Volodia les avait observés avec amusement et soignés avec passion au début. Et puis, brusquement, les pigeons avaient été relégués aux oubliettes. Volodia ne s'intéressait plus à rien. Peut-être, se disait Trofimovsky, peut-être que Volodia n'était même plus guérissable. Peut-être qu'on ne pouvait plus rien pour lui et que, d'une certaine façon, les injures de Nicolas l'avaient tué. Mais ils partiraient quand même et ils ne laisseraient rien derrière eux. Ils emporteraient leurs livres, quelques cactus et les pigeons tunisiens afin de les rendre à leur ciel natal. Volodia y tenait. Ainsi ils iraient ensemble à Tunis. Vava se disait qu'il y vivrait au chaud. Il se disait aussi qu'il n'était plus qu'un très vieux monsieur, assez mal vêtu. Mais il avait à s'arracher à tant de choses. S'arracher au désespoir, aux nuits sans sommeil et à ce souvenir qui le prenait à la gorge dans le secret de sa chambre. Natalia comme un habit brûlant dont il ne pouvait se défaire. Pas de lâcheté pourtant. Il essayait de montrer un front serein. Mais il fallait qu'il échappe à un enfermement qui n'avait plus de sens sans elle. Presque deux mois. Il regrettait Natalia Nicolaïevna à en tomber malade. A Tunis tout changerait... Il passerait ses journées autrement. Il ferait comme le comte Tolstoï à Marseille, il observerait le théâtre de la rue. Il vérifierait *de visu* ce que son grand homme avait si bien décrit. Est-ce qu'à Tunis aussi l'école serait partout, dans les jardins, sur les quais et les boulevards, partout où l'on ne voyait pas d'écoliers enrégimentés? Lui aussi irait au moins une fois passer une soirée dans ces *cafés chantants* dont Lev Nicolaïevitch avait reconnu les surprenantes vertus pédagogiques. Si toutefois ces sortes d'établissements existaient aussi à Tunis... Existaient-ils? Il fallait espérer. Sinon il choisirait un banc public toujours le même. Il s'y installerait chaque jour. Liberté nouvelle, vie de boyard. Nul ne l'empêcherait de se demander : « Quel homme ai-je été? Ai-je vécu en révolutionnaire ou en conservateur? » Personne pour le renseigner, personne pour le contredire. Il veillerait à ce que la tombe de la Bien-Aimée fût construite selon le plan arrêté. Elle lui avait sacrifié sa vie. C'était terrible d'y penser... mais il se promènerait quand même. Il sortirait chaque jour et s'assiérait toujours sur le même banc jusqu'au soir. Il en ferait son lieu de réflexion. Il serait là sans angoisse ni trop de regrets parce que Volodia serait là, lui aussi, ne quittant jamais son vieux mentor barbu, chevelu et sans maison.

Isabelle annonçait son arrivée : « Je pourrai venir vers le mois de mai, donc l'heure heureuse se rapproche », écrivait-elle[52]. Son désir était de se fixer à Tunis pendant six mois, de vivre dans une famille parmi les gens du Livre (*min ahl al kitāb*). Il lui fallait soit « un maître, un homme âgé, d'esprit large et capable », soit une institution susceptible de l'accueillir. Elle comptait employer son temps à l'étude du Coran, de la grammaire et du style, afin de se familiariser avec les méthodes d'enseignement musulmanes. « Ainsi, ô mon frère! (*yā akhī*), ma décision est claire : tenter encore une fois fortune là-bas, sur la terre d'Afrique – à mes risques et périls, cette fois[53]. »

Son ambition était d'ouvrir une école et de n'instruire que des filles. Quatre ou cinq à la fois. Toute la question était de savoir si elle serait la bienvenue comme enseignante. Les familles tunisiennes accepteraient-elles de lui confier leurs fillettes? Isabelle avait bon espoir bien qu'elle fût sans illusions sur la *terrible inertie arabe*. Quelles objections allait-on lui opposer, demandait-elle à Ali Abdul Wahab? Elle n'arriverait ni en privilégiée ni en *coloniale*. « Les parents voyant les bons résultats, et constatant surtout qu'au lieu d'européaniser leurs filles, je les aurai rendues plus musulmanes encore, s'enhardiront peut-être et l'on pourrait ainsi donner, peu à peu, de l'extension à l'affaire... » Mais les politiques, mais les fonctionnaires, mais les Français? Isabelle les redoutait bien plus que *l'inertie arabe.* « Il y a quelque chose qui m'épouvante plus encore : y aurait-il des difficultés officielles, ce qui est beaucoup plus sérieux? » Enfin, et l'on en venait à l'essentiel, qu'allait en penser Vava?

Quand Isabelle lui fit part de son projet, Alexandre Trofimovsky répéta deux fois « Diable! Diable! » (*Tchort! Tchort!*), sur un ton plutôt amical puis, tout en l'écoutant, il étouffa un sanglot de bonheur. Jamais il n'avait espéré vivre un moment pareil. Une école! Isabelle voulait ouvrir une école à Tunis! Une école qui ne serait pas une prison et où elle ne serait pas le Dieu « qui modèle les enfants à son image et à sa ressemblance[54] ». Il n'y aurait ni classes, ni bancs ni pupitres et peu de livres. Une vaste pièce suffirait où les enfants se grouperaient à leur convenance, assis par terre autour de leur maîtresse « comme s'ils étaient destinés à être heureux pour le restant de leur vie[55] ». L'école d'Isabelle, c'était Iasnaïa Poliana en version africaine et Isabelle était bien la fille que Vava avait souhaitée. « S'il en est ainsi tu peux aller à Tunis où je viendrai te rejoindre[56] », lui dit-il. Puis il prit Isabelle dans ses bras et la serra contre lui à lui broyer les épaules. Sous ses airs sévères, Vava avait toujours été un sentimental. Ce jour-là, Trofimovsky ne cherchait même pas à retenir ses larmes. Connaît-on un Russe qui veuille les cacher? Vava était au comble de l'émotion. Isabelle allait réaliser l'un de ses désirs les plus ardents : une école où le maître ne serait qu'un intermédiaire entre les enfants et la vie. Il faudrait à Isabelle beaucoup de travail, beaucoup de persévérance et les obstacles n'allaient certes pas manquer. Mais Vava débordait d'enthousiasme : « Si même, il se passait du temps avant d'obtenir un résultat convenable, cela ne fait rien[57] », « *Labor omnia vincit improbus* », répétait-il sur un ton sentencieux.

Ce qui se passa ensuite était du domaine de l'imprévu. L'une des dernières initiatives de Vava fut aussi la plus paradoxale. Pour la comprendre il faut se rappeler le trait essentiel de son caractère : ce *ni ceci ni cela* qui le caractérisait. Vava était l'homme des contradictions insurmontables. Toute sa vie les conservateurs l'avaient pris pour un anarchiste tandis que les révolutionnaires le croyaient partisan de la Vieille Russie traditionnelle. En cet instant, Isabelle donna à Vava l'occasion de se montrer tel qu'il était. Eh bien ! Laisserait-il Isabelle voyager seule ? Il ne l'envisageait pas. Il comprenait son désir d'autonomie, mais il en haïssait l'idée. Isabelle partirait certes, et il ne s'y opposerait pas. Mais ce ne serait que pour un bref séjour, tout juste un aller-retour lui permettant de revoir son frère et de se faire une idée des possibilités locales. Lorsque viendrait le moment de son installation définitive, alors elle ne partirait qu'accompagnée. Bien que sa fille fût majeure, Vava lui imposerait la compagnie d'une duègne. L'impétueuse Isabelle ne manifesta ni étonnement ni révolte. Elle accepta la présence d'une duègne comme elle avait accepté celle des « bonnes », qui jusqu'à ses dix-huit ans l'avaient accompagnée chaque fois qu'elle se rendait à Genève. La nouvelle cependant méritait qu'on l'annonçât. Elle en fit part à Ali Abdul Wahab : « J'aurai avec moi une femme d'un certain âge, *très convenable*, russe, mais parlant bien le français, qui s'occupera de mon petit ménage et pourrait au besoin enseigner aux petites un tas d'ouvrages manuels qui seront prisés par les mamans, je pense. Certes il faudra pas mal de temps, de travail, de patience et aussi de dépenses pour obtenir le plus modeste résultat.

« Seulement, ô mon frère (*yā akhī*), je disposerai de moyens d'existence assurés : 1 792 francs environ par an pour Ahmed et pour moi car la dame sera entretenue aux frais de mon tuteur (*'ammī*). Pour ce qui est du genre de vie que nous mènerons mon amie et moi, il sera des plus modestes, strictement arabe et, par là-même, fort peu dispendieux. Avec cela nous tâcherons de louer une maisonnette arabe ayant juste les dimensions nécessaires pour nos commencements[58]. »

Apprenant qu'Isabelle n'envisageait de se fixer en Tunisie qu'en compagnie de son frère, d'une duègne et d'un enfant trouvé, Ali Abdul Wahab manifesta de multiples réserves. Tout cela n'était guère raisonnable. Ce n'était pas non plus *convenable*... Peut-être Ali Abdul Wahab commençait-il à juger ses amis russes un peu envahissants. La duègne ne risquait-elle pas de faire scandale ? Offrait-elle les garanties nécessaires ? Isabelle lui avait garanti que la duègne était une femme tout ce qu'il y avait de « bien ». Mais Ali souhaitait en savoir davantage sur cette personne à laquelle Augustin prêtait un passé mouvementé. Et puis Ahmed... N'allait-on pas trouver étrange qu'Isabelle habitât sous le même toit qu'un adolescent avec lequel elle n'avait aucun lien de parenté ? Isabelle mit tout en œuvre pour apaiser ses craintes. Sans désemparer elle réfuta point par point les doutes dont Ali se faisait l'écho. Ses lettres sont de véritables mémoires couvrant des pages et des pages de papier grand format. Quel faiseur d'embrouilles cet Augustin ! Que diable était-il allé raconter à Ali et pourquoi tenait-il pour suspecte cette chère vieille Russe à laquelle Vava souhaitait confier Isabelle ? « Pour ce qui est de la femme qui va venir avec moi, écrivait-elle, je vois qu'Aug. n'a rien compris au rôle qu'elle va jouer auprès de moi : elle sera strictement *ma dame de compagnie,* et s'occupera de la tenue de mon logement. Son passé s'est trouvé cent fois moins obscur qu'il ne le semblait avant. Son mari (elle a un acte de mariage en règle) est bien en effet Nicolas Akhlebnine, et il est bien russe. Elle est tout simplement une pauvre femme trompée par un homme sans conscience. Et ce n'est point elle qui a voulu venir chez nous, c'est notre tuteur qui le lui a proposé. Sa fille s'est sensiblement corrigée depuis qu'Aug. ne l'a vue[59]...» Ah oui ! Parce qu'il y avait encore cela ! La duègne avait une fille dont Isabelle avait négligé de dévoiler l'existence. Cette fille, Isabelle en convenait, était un peu particulière. Mais qu'y faire? On ne pouvait quand même pas séparer une mère de sa fille. « Elle restera auprès de sa mère, strictement surveillée par celle-ci jusqu'à ce qu'elle ait trouvé pour elle une place quelconque, probablement en Algérie...» Ainsi le cas de la fille était réglé et Isabelle s'en portait garante : «Ni la mère ni la fille ne sont susceptibles de causer *aucun scandale,* elles auront une tenue irréprochable et n'auront d'ailleurs aucune relation avec le monde musulman. Quant au monde européen, je ne le fréquenterai pas...» Restait le cas d'Ahmed, enfant des rues. De toute évidence Ali traitait le petit Kabyle en bête dangereuse. Pour quelle raison et qu'est-ce que cela signifiait? «Puisque j'habiterai avec Aug. comment Ahmed pourrait-il nuire à ma réputation? Maman l'avait *adopté comme enfant...* Je veux, selon le dernier désir de ma mère lui donner une instruction lui permettant de gagner honnêtement sa vie. Ce sera mon tuteur qui l'entretiendra. » On ne pouvait nier que ces dispositions étaient particulièrement touchantes venant d'une famille accablée de noirs chagrins et de dettes, toujours à l'affût d'éventuels emprunts et toujours au bord de la ruine. Sans doute Ali ne manqua-t-il pas de s'étonner de tant de générosité.

Que fut le premier voyage d'Isabelle à Tunis? Si ce voyage eut lieu ce fut début avril et il fut bref.

Supposons que, passant par Marseille, Isabelle ait été reçue chez les Long. Elle rencontra alors, et pour la première fois, Hélène, la grande passion de son frère. Dès cette époque, Isabelle se demandait si la jeune Marseillaise n'avait pas secrètement contracté mariage avec Augustin. Isabelle fit aussi la connaissance des sœurs d'Hélène, Hortense, l'épouse d'Henri Vivicorsi, et Suzanne qui n'avait point de mari. Enfin et surtout elle rencontra le fils de la maison, Henri, un drôle de luron, fou sous bien des rapports. Il était l'ami de cœur du matelot Vivicorsi avec lequel Isabelle avait longtemps correspondu sous un pseudonyme trompeur. C'était chez Henri Long que logeait Edouard Vivicorsi chaque fois qu'il venait à Marseille. Pas un seul instant, Henri ne se douta que la sœur d'Augustin de Moerder dont il venait de faire la connaissance lors de son passage dans la cité phocéenne, et Nicolas Podolinsky, le matelot russe dont Edouard Vivicorsi lui avait si souvent parlé, étaient une seule et même personne. Il s'en douta si peu qu'il tomba amoureux d'elle au premier regard.

De Marseille, Isabelle serait allée à Tunis où elle aurait appris à connaître Aïcha, « sa chère sœur », l'épouse d'Ali Abdul Wahab et le jeune frère d'Ali, Si Hassen, auquel à quelques semaines de là, elle adressait ses salutations : « Saluez votre petit frère dont la charmante figure m'est restée dans la mémoire[60]. » Elle se familiarisa avec la ville blanche et avec la Tunisie, terre douce, trop douce pour elle; enfin, joie suprême, elle retrouva Augustin après une séparation qui fut la plus longue de leur vie.

Un texte peu connu datant de cette époque et que Barrucand ne crut pas devoir publier, laisserait supposer que ce fut vers cette époque qu'Augustin et Isabelle quittèrent Tunis et s'accordèrent quelques vacances pour aller ensemble à la découverte d'Alger. Sa future dame de compagnie n'était pas du voyage et Isabelle n'avait eu aucun scrupule à quitter Vava pendant quelques jours. Il avait auprès de lui Volodia et la dame Akhlebnine dont Isabelle donnait à l'intention d'Ali la description suivante : « une duègne robuste, courageuse, énergique et dévouée... ».

Pendant leur séjour à Alger Augustin chercha-t-il à impressionner sa sœur en lui présentant un univers nocturne qu'elle ignorait ? Il se plaça dans l'éclairage qui pouvait mieux lui convenir : celui de l'ancien légionnaire habitué des mauvais lieux. Il y entraîna sa sœur. Et sans doute ne se fit-elle pas prier pour l'y accompagner. Supposons que la fierté d'avoir affronté ensemble cette sorte de danger fit qu'au moment de rédiger ce qui ne devait être qu'un récit de son séjour à Alger, elle en rajouta un peu. Certains passages, dans leur brièveté sèche, sont parmi les meilleurs textes qu'ait écrits Isabelle :

Si j'avais passé la nuit à mon domicile officiel du quai de la Pêcherie je devais d'abord aller rue de la Marine, chez une certaine blanchisseuse italienne, Rosina Menotti qui habitait une seule cave où j'échangeais mes vêtements de femme contre l'accoutrement correspondant à mes plans pour le reste de la journée... Si au contraire j'avais passé ma nuit soit à rôder imprudemment dans des quartiers dangereux, soit dans l'un de mes autres logis de la ville haute ou de Bab Azoun, il me fallait prendre par des raccourcis fantastiques.

J'avais un pied-à-terre chez une chanteuse du quartier Sid Abdallah. Un autre, rue Si Rahmdan, chez des juifs... Le troisième, non loin de l'ancienne mosquée d'El Kasbah Beroui, aujourd'hui désaffectée et transformée en église chrétienne.

J'avais chez un charbonnier nègre soudanais de Bab Azoun le droit de demander l'hospitalité quand je trouvais bon de m'exiler si loin. Mais le plus souvent, je passais mes nuits en courses extraordinairement risquées ou dans les mauvais lieux où je contemplais des scènes invraisemblables dont plusieurs finirent dans le sang répandu en abondance.

Je connaissais un nombre infini d'individus tarés et louches, de filles et de repris de justice qui étaient pour moi autant de sujets d'observation et d'analyse psychologique. J'avais aussi plusieurs amis sûrs qui m'avaient initiée aux mystères de l'Alger voluptueuse et criminelle.

Il n'est pas impossible non plus qu'Archavir, devenu Rechid Bey eût profité d'une mission à Alger pour quitter Paris, où il était deuxième secrétaire à l'ambassade impériale ottomane, et qu'il fût venu rejoindre ses amis. Divers biographes d'Isabelle l'affirment. Ce même texte le laisserait supposer :

Il s'asseyait à côté de moi et commençait par allumer à la mienne son éternelle cigarette. Après, c'était une causerie interminable, douce infiniment.

Je me grisais de sa voix mélodieuse en cette langue arabe qu'il parlait aussi bien que sa langue maternelle, le turc. Il développait d'ingénieuses et subtiles théories d'art et de philosophie, toujours neuves et toujours empreintes de son souriant épicurisme voluptueux et indolent.

Il m'écoutait aussi lui dire mes pensées à moi, mes doutes et il me disait parfois :

– Tu as une âme étrange et ton intelligence est puissante... mais il y a sur toi la fatalité de ta race et tu es pessimiste invinciblement.

J'aimais l'écouter me parler de toutes ces choses en français, puisqu'il ne pouvait les exprimer toutes au moyen de l'arabe...

Pourtant il préférait me parler cette langue qu'il aimait et que je commençai très vite à comprendre. Ensuite il me disait avec un gai sourire d'enfant :

– Je vais mourir de faim... Viens donc, nous irons déjeuner.

Nous allions dans une échoppe quelconque dans les vieilles rues arabes, et nous déjeunions gaiement. Mon déguisement et le titre de Sidi que me décernaient naïvement les Arabes faisaient beaucoup rire Ahmed.

Lui, le philosophe, sceptique et incrédule, étrange

anomalie dans son peuple, en avait gardé toutes les qualités. Il avait une gaieté enfantine et communicative aux heures où il se départait de son flegme un peu dédaigneux, mais toujours doux et souvent très mélancolique.

En amour, il était voluptueux et raffiné, semblable à une sensitive que tout contact brutal fait souffrir. Son amour, pour calme et doux qu'il était, n'avait pas moins une intensité extrême.

Pour lui, le plaisir des sens n'était pas la volupté suprême. Il y ajoutait la volupté intellectuelle, infiniment supérieure. En lui le mâle était presque assoupi, presque tué par cet intellect puissant et délié d'essence purement transcendantale. Il me disait souvent :

– Combien ta nature est plus virile que la mienne et combien plus que moi tu es faite pour les luttes dures et impitoyables de la vie...

Il s'étonnait de ma violence. J'étais très jeune, alors, je n'avais pas vingt ans et le volcan qui depuis lors s'est couvert de cendres et qui ne fait plus irruption comme jadis bouillonnait alors avec une violence terrible, emportant dans les torrents de sa lave brûlante tout mon être vers les extrêmes...

Parfois notre frère Mahmoud venait se joindre à nous et nous apporter sa folle gaieté et son exubérance juvénile.

– Mahmoud est une nature masculine pure et il est à mille lieues de moi, et pourtant, je l'aime avec une tendresse infinie, disait Ahmed.

Nous flânions alors à trois dans la banlieue, à Si Abd er-Rahman bou-Koubria, le cimetière musulman sur la route de Hussein Dey.

Puis aussi venait l'étrange « seconde vie », la vie de la volupté, de l'amour. L'ivresse violente et terrible des sens, intense et délirante, contrastant singulièrement avec l'existence de tous les jours, calme et pensive, qui était la mienne. Quelles ivresses! Quelles soûleries d'amour sous ce soleil ardent! Elle était ardente aussi ma nature à moi, et mon sang coulait avec une rapidité enfiévrée dans mes veines gonflées sous l'influence de la passion.

Je dépensais follement ma jeunesse et ma force vitale, sans le moindre regret. Je pensais parfois par expérience qu'un jour viendrait où le dégoût et la lassitude m'envahiraient et où tout cela serait fini, emporté par mon inconstance native...

Mais dans la griserie de l'heure présente, j'oubliais tout et surtout l'avenir... [61]

Le séjour prenait une allure fiévreuse. Isabelle vivait un carnet à la main. Elle avait retrouvé le goût d'écouter et de voir. Elle se sentait revivre. Elle imagina toute une série de grandes actions laborieuses et, certes, oublia « tout et surtout l'avenir », quand lui parvint une terrible nouvelle : le 13 avril 1898, Volodia avait décidé d'en finir. Il s'était suicidé.

Le désespoir d'Isabelle s'aggravait du fait qu'elle était absente au moment du drame. Elle se crut responsable. Volodia l'avait-il appelée au secours? Pauvre, pauvre Volodia... Il avait supporté jusqu'au bout, jusqu'à en mourir, l'humiliation d'avoir été mis en accusation par l'un des siens, et celui qui lui avait été le plus proche et le plus cher, ce Nicolas, qu'une enfance d'exilés et quantité de tribulations vécues en commun avaient rendu plus qu'un frère, un camarade. Or Nicolas l'avait trahi. Volodia avait préféré mourir. Mourir dans le seul lieu auquel le rattachait le fil ténu des premiers bonheurs. Mourir dans sa maison d'enfance, sans explication. Mourir pour prouver qu'il n'avait commis aucune faute et qu'il n'avait fait de tort à personne. Volodia disparu, plus d'héritage détourné, plus de frère et sœurs spoliés... Mourir... Isabelle le comprenait si bien qu'elle affirma souvent qu'en pareille circonstance elle aurait agi de même. Mais ce qu'elle en disait ne changeait rien à son chagrin. La mort brutale de son frère lui parut d'autant plus atroce qu'elle tenait Nicolas en piètre estime. Toute sa vie, Isabelle eut en horreur ce qu'elle appelait « les petits arrivistes », les besogneux assoiffés de pouvoir.

Malgré la présence de la gouvernante russe, Alexandre Trofimovsky, dont le désarroi était total, avait appelé au secours un voisin qui partageait sa passion de la botanique, M. Cosson. Il lui avait fait porter un billet fort bref : « Mon cactophile est mort! Venez![62] » Et l'autre qui avait de l'amitié pour Alexandre Nicolaïevitch était accouru. Ensemble, ils avaient essayé de ranimer Volodia qui gisait, plié en avant, le buste et la tête appuyés au fourneau de la cuisine. L'air était pestilentiel. Volodia ne respirait plus et Cosson, à peine entré, comprit qu'il n'y avait plus rien à espérer. Mais Alexandre Nicolaïevitch, comme s'il pouvait encore le ressusciter, retrouvait sa voix de maître d'école et répétait : « Volodia! Réponds-moi, je te prie. » Quand il comprit enfin que c'était trop tard, Cosson réussit à le convaincre qu'il fallait au plus vite faire constater le décès.

La police, toujours elle, présente une fois de plus, fit le nécessaire à la mairie. Vava était incapable d'agir. Il était pétrifié. L'agent de sûreté – Ducoster Léon – déclara que le jeune homme s'était « asphyxié au gaz à Val-Ombré ».

Volodia s'était donné la mort en fin de matinée.

A dater du jour où mourut Volodia, Alexandre Trofimovsky n'eut d'autre souci que d'organiser l'avenir des deux enfants de Natalia Nicolaïevna. Quant à Isabelle, qui dès l'âge de quinze ans avait été la protectrice et la complice d'Augustin, son « frère-ami », elle savait maintenant que la mort de celui qu'elle appelait son « frère inexpliqué[63] » faisait d'elle une captive. Il ne lui restait qu'à rendre, au jour le jour, les bienfaits que son père lui avait prodigués. Rien n'allait prévaloir contre cette obligation. Mais il lui en coûta beaucoup.

Des enfants de Mme de Moerder, Isabelle était la seule qui témoignait à Trofimovsky autant d'amour. Elle ne niait pas qu'il fût « le plus grand original qui soit », mais cela comptait peu en regard de ce que les Moerder lui devaient et Isabelle ne cachait pas sa révolte face à l'ingratitude des siens : « Vava a élevé toute notre famille, à commencer par Nicolas, et il a été vilipendé, insulté, traîné dans la boue, accusé d'assassinat (!!!) par cette même famille dont il est le bienfaiteur », écrivait-elle à Ali Abdul Wahab[64]. Elle ne manquait jamais de rappeler à Augustin que nombre de leurs malheurs étaient dus au fait « que nous n'avons jamais écouté Alexandre Nicolaïevitch[65] ».

Mais Isabelle savait aussi que pendant des mois et des mois, des années peut-être, aussi longtemps, en tout cas, que la villa Neuve n'aurait pas trouvé d'acquéreur, elle qui rêvait d'horizons illimités ne devrait plus rien imaginer au-delà de la grisaille suisse, de la méfiance accrue des autorités locales et des vexations policières.

Une mort avait succédé à une autre. L'une avait eu lieu à Bône, l'autre à Vernier. Un fils, ce Nicolas de Moerder, avait été expulsé de Suisse. D'une telle succession de faits, les polices se délectaient. Dans les rapports qu'elles adressaient aux autorités responsables, les interprétations données étaient contradictoires et, dans la plupart des cas, fausses. On alla jusqu'à sous-entendre qu'il s'agissait peut-être de crimes...

Après la mort de Volodia, Isabelle reçut de nombreux témoignages d'amitié. Une lettre en particulier, celle que lui adressa Abou Naddara, pleine de citations en arabe et en hébreu, lui fut d'un grand réconfort. « Ma chère fille, lui écrivait-il. Un de nos poètes arabes a dit en faisant l'éloge de la mort : " Le monde vit si malheureux qu'on devrait féliciter ceux qui meurent. " Votre frère de mémoire chérie, dont l'histoire, si éloquemment racontée par vous, m'arracha des larmes, souffrait tant dans cette triste vallée de pleurs que la mort est, hélas, un soulagement pour lui. David le psalmiste a dit : " Ne pleurez pas sur le mort qui n'est plus, pleurez sur les vivants qui sont sur la surface de la terre. " »

Isabelle avait donc prévenu Abou Naddara du nouveau malheur qui la frappait. Ses confidences avaient eu un résultat salutaire puisque Abou Naddara ouvrait à Isabelle de nouvelles perspectives et lui affirmait qu'elle serait toujours la bienvenue chez lui : « Vous n'êtes pas orpheline puisque vous avez un père affectueux en la noble personne de votre tuteur, que vous nous forcez à aimer et bénir par les éloges que vous me faites de ses hautes vertus et de ses qualités supérieures. Il vous reste *deux* frères dont mon fils Ali est l'aîné. Et moi ? Incapable hélas, malgré le trésor d'amour paternel que je vous consacre, je ne puis vous rendre aucun service. Que dis-je ? L'humble demeure du proscrit égyptien vous est ouverte, vous y serez traitée comme sœur aînée de nos enfants [...].

Ecrivez-moi, chère Fille, car vos lettres versent un baume salutaire sur mon cœur endeuillé par les malheurs de ma cité. Ah ! crois-moi, chaque créature a sa douleur. Mais Dieu est juste et il mettra un terme à vos souffrances. Ayez confiance en lui. Il est le père des orphelins. Votre père affectionné[66]. »

Le vieil Egyptien compatissait de tout son cœur au chagrin de sa protégée. L'occasion allait bientôt lui être donnée d'intervenir dans sa vie amoureuse. S'entremettre... Une tâche dans laquelle Abou Naddara excellait.

Le printemps 1898 fut pour Isabelle celui d'une folle tentative. Elle crut possible de donner à sa vie un tour banal, conformiste, et se grisa de cette idée. Ce fut chez elle comme une volonté d'exorciser le malheur, comme si de se marier allait tout résoudre et mettre un terme à l'interminable tête-à-tête avec le « vieillard aimé », dans la grande maison que surveillaient en permanence agents et espions de nationalités diverses. Rapports, fiches, enquêtes et signalements multiples continuaient de circuler entre Genève, Paris, Constantinople et Saint-Pétersbourg. Isabelle était sans cesse prise en filature. Il est vrai qu'elle n'avait rompu avec aucun des groupes dans lesquels militaient ses amis. On continuait de la rencontrer dans le quartier de Carouge. Elle était vue comme par le passé en compagnie de ses fidèles : Moussa Chalit, le Palestinien, Véra Popova, la Russe, Chouchhka, la (ou le) mystérieux Bulgare, et Ga Hahn, l'Anatolien. Elle les aimait. Ce fut à leur propos qu'elle déclara, quelques années plus tard : « Jamais, je n'ai vécu avec quelqu'un d'aimé en une intimité semblable à celle qui existait entre eux et moi[67]. »

Et puis, brusquement, ces amitiés anciennes ne lui suffirent plus et Isabelle s'engagea dans une voie nouvelle plus compromettante encore. Elle eut la révélation foudroyante des malheurs de la Macédoine. Une question qui ne l'avait guère préoccupée jusque-là. La Macédoine... Une région comme un tapis troué, usé, déchiré, des provinces que les grandes puissances n'avaient cessé de fouler aux pieds, un échiquier branlant sur lequel rois sanguinaires, dames en folie, fous raisonnables, et cavaliers de la mort n'avaient d'autre ambition que de s'entre-dévorer. Isabelle se joignit aux étudiants à l'initiative de qui s'était constitué un *Comité central macédonien.* Il fut même question que le cadre de leur premier congrès fût la villa Neuve ! Les chancelleries s'interrogèrent sur la singularité de ce choix. Ces étudiants, d'où venaient-ils ? Ils étaient natifs des plaines de Macédoine ou de la presqu'île des Balkans, des champs de roses bulgares ou des empilements rocheux du royaume de Serbie, des villages accrochés comme des nids d'aigle aux cimes du Karadaj, ou des gros bourgs paisibles de la Roumélie orientale, peu importe... Comme les étudiants russes des années 80, ils étaient natifs de régions que les polices concernées ne savaient comment situer sur une carte. Tout recommençait. On accueillait à nouveau des jeunes gens et des jeunes filles dont les lieux de naissance portaient des noms imprononçables. Ils venaient des districts de Préchevo, Koumanovo, Katchenik ou Tétovo, des rives sauvages du Drin Noir ou des doux rivages de la mer Egée, ils venaient de l'autre bord de l'Europe et souvent ils en venaient à pied. Ils avaient donc quitté ce qu'ils connaissaient pour ce qu'ils ne connaissaient pas et ce fut cet aspect-là de leur aventure qui leur valut les sympathies d'Isabelle. Une fois de plus l'esprit de justice allait la requérir.

Les atrocités commises contre les populations slaves et chrétiennes des Balkans, pillages, meurtres, viols, servirent de prétexte au Comité pour annoncer les premières réunions publiques où la présence d'Isabelle ne passa pas inaperçue. « Dites-moi si vous connaissez Ahmed Rechid (son fiancé) et Abdullah Djevdet, rédacteur au *Mechveret* et directeur de l'*Osmanli* à Genève, demandait Isabelle à son confident tunisien. Ahmed Rechid, quoique Jeune-Turc, a une âme qui me plaît, par sa poésie tout islamique et sa très profonde compréhension du charme spécial de l'Islam... Abdullah Djevdet, poète de langue turque, est pessimiste. Il passe son temps à lire le *Grand Mar'ry* et à en chanter des strophes harmonieuses sur les vieux airs d'Orient. Quoique d'opinions opposées aux leurs, je passe mes après-midi à l'*Osmanli*, tous les trois jours, à cause de l'arabe d'abord et ensuite à cause des récits charmants de Rechid sur Damas et le Caire, sur Jérusalem et le triste pays de Galilée et ceux, plus simples de Djevdet sur la Tripolitaine[68]. » Isabelle prétendait n'avoir que des raisons culturelles de fréquenter les milieux jeunes-turcs et macédoniens. C'était difficile à croire et les rapports des années 1898 à 1899 étaient formels. Tous l'accusaient de s'être activement occupée de propagande et d'avoir participé à la rédaction de tracts qui allaient très au-delà de ce qu'avaient revendiqué précédemment des négociateurs chevronnés. Les jeunes furieux du *Comité central macédonien* ne se contentaient plus de réclamer, au cours de discussions fébriles, la révision des traités, ils exigeaient une séparation complète et immédiate d'avec la Turquie, la création d'une République macédonienne indépendante, des garanties quant à l'inviolabilité des domiciles et la suppression de la censure de presse. C'était trop demander. Les divers informateurs laissaient entendre qu'Isabelle figurait avec Abdullah Djevdet parmi les personnalités les plus influentes de ce comité. On la suspectait d'avoir été consultée chaque fois qu'il avait été nécessaire de rédiger des motions et de traduire des articles pour l'*Osmanli* ou pour le *Droschak*. On affirmait qu'elle n'était pas étrangère à un appel aux « Amis de la Liberté » plein de mots destructeurs. Le texte avait circulé dans les facultés : « *Citoyens*, le moment est venu de s'élever contre la tyrannie de la Turquie... Vous qui êtes des hommes libres, prêtez l'appui de votre conscience à vos frères de Macédoine, pour le triomphe de la vérité et du droit. Tendez la main à l'opprimé dans ce malheureux pays où l'homme maudit la vie sous le fardeau de ses malheurs. Faites voir au grand jour et devant l'Histoire le vrai rôle du Grand Egorgeur, celui qui règne par la violence et bafoue la morale. »

Fallait-il croire les mouchards lorsque, comparant ce texte à d'autres textes d'Isabelle, ils se prononçaient sur leur similitude? Le raisonnement qui aurait conduit Isabelle à se charger d'une telle besogne demeure obscur quand on sait que dans le même temps elle donnait son plein assentiment à la demande en mariage d'un fonctionnaire turc, cet Archavir qu'elle avait si longtemps aimé sans retour et qui l'aimait maintenant qu'il n'était plus arménien, qu'il ne s'appelait plus Gaspariantz mais Rechid Bey, maintenant qu'il avait changé de camp et remis son sort entre les mains sanglantes d'Abdul Hamid. A ce transfuge au passé révolutionnaire, le sultan avait fait l'honneur de s'intéresser. A peine repenti, à peine blanchi, Rechid Bey s'était vu attribuer un poste dans l'une des ambassades ottomanes les plus convoitées : l'ambassade impériale de Paris.

On ne peut qu'être dérouté par les activités politiques de celle qu'Archavir traitait en fiancée. Elle paraissait plus décidée que jamais d'expérimenter toutes les formes de militantisme révolutionnaire. Or Rechid Bey lui-même ne paraissait guère pressé de mettre un terme à ses nouveaux engouements. Peut-être y trouvait-il son avantage.

La *Question d'Orient* qui passionnait les chancelleries européennes posait problème aux fonctionnaires et aux diplomates turcs. En leur immense majorité ils avaient choisi de végéter dans une neutralité sans péril. Ils se disaient *contre* « le Grand Egorgeur » mais *pour* la Majesté en place, l'un et l'autre étant une seule et même personne revêtue des mêmes pouvoirs. Sainte prudence! Rechid Bey ne faisait pas exception. Comment aurait-il pu se déclarer en faveur de telle forme de gouvernement de préférence à telle autre sans mettre en danger la vie des siens? Une situation inextricable. Il avait renié ses origines; elles se vengeaient.

Quand, pour des causes imprévisibles, l'arriviste voit ses manoeuvres les plus subtiles se refermer sur lui comme un piège, quand l'ambitieux se voit déjoué, c'est en cet instant qu'il risque de tout perdre. Car personne n'est maître du temps. Or ce que vivait le sultan Abdul Hamid ressemblait fort à l'un de ces derniers quarts d'heure, de ces moments impossibles auquel il aurait souhaité tordre le cou, qu'il aurait souhaité omettre, supprimer ou vivre autrement. Au cœur de l'empire ottoman tout secoué de frissons et de tremblements révolutionnaires, même les reniements s'avéraient moins payants qu'autrefois et certaines prudences étaient pleines de menaces. Rechid Bey, ballotté d'incertitudes en incertitudes, n'allait pas manquer d'en faire la cruelle expérience.

Au début du mois de mai 1898, Rechid Bey se mit à adresser à Isabelle des lettres d'amour quotidiennes dans lesquelles il la priait et parfois la suppliait d'en faire autant : « *Douchenka moïa,* lui écrivait-il. Comme il était convenu de nous donner signe chaque jour de notre vie, je t'écris encore aujourd'hui[69] ! » Et ceci : « Ecris-moi chaque jour. Une signature me suffirait, *Douchenka! Douchenka!* » Nous n'avons pas la preuve qu'Isabelle se soit pliée à la même discipline, encore qu'elle ait souvent et longuement écrit à Rechid Bey. Il n'est pas certain non plus qu'elle ait mesuré la sincérité du sentiment qu'il lui vouait. Isabelle était sa chérie, sa *Douchenka,* le seul mot de la langue russe qu'il utilisât, elle était son adorée, son idole, une femme à laquelle il ne se lassait pas de parler d'amour. Il ne lui écrivait qu'en français.

Certes il ne déplaisait pas à Isabelle d'être aimée à ce point et si elle encouragea celui que, jadis, elle appelait Archavir à lui livrer le fond de son cœur ce fut le plus sincèrement du monde. Mais elle n'éprouvait pas grande hâte à conclure. Rechid Bey, lui, était pressé à l'extrême. Avancer... Voilà ce qui importait. Il voulait se faire une place dans la diplomatie ottomane, brûler les étapes, arracher le consentement de Vava et mener son mariage avec Isabelle au pas de charge. Isabelle, tout en éprouvant une réelle satisfaction à mesurer l'ampleur des ravages dont elle était la cause, ne manquait pas une occasion de mettre cette situation à profit. Tantôt elle chargeait Archavir de missions compliquées auprès de certains éditeurs parisiens, tantôt elle lui demandait de s'intéresser à Augustin qui s'était remis à écrire, et éventuellement de payer ses dettes, car de cela aussi il était à nouveau question. Quant à son peu d'empressement à fixer la date de son mariage... Sa décision était loin d'être prise, mais plutôt que d'en convenir elle invoquait d'autres prétextes. Elle laissait entendre que son tuteur lui vouait un amour intense, exclusif et que, si Trofimovsky n'avait rien à reprocher à Archavir, il n'en ressentait pas moins une horreur féroce pour les gendres en général. Qu'ils fussent turcs ou non, peu importe. Prétendre à la main d'Isabelle suffisait. On était aussitôt jugé insupportable. Et il était vrai que Vava tolérait mal cet incessant échange de lettres entre Isabelle et un diplomate en poste à Paris. Que lui voulait ce Turc impur ? On cherchait à lui prendre sa fille. Il n'était pas dans le caractère de Vava de faciliter les choses. Sans qu'il s'en doutât, il n'était pas loin de manifester les mêmes hantises que Tolstoï, à l'époque où sa Macha avait été sur le point de se marier. Comment un père pouvait-il se réjouir que sa fille soit donnée en pâture à un inconnu ? Cela ne pouvait que la *briser* et la *rendre sale :* « Ce qui va se passer, je ne peux pas l'imaginer, quelque chose de monstrueusement peu naturel ; comme faire des pâtés (en français) avec des enfants[70]. »

Dans son exil parisien Rechid Bey trépignait. On lui avait recommandé d'éviter la Suisse où ses séjours ne pourraient que le compromettre. Il avait un passé chargé et Genève était au centre de toutes les révolutions. Malgré cela Archavir fit de louables efforts pour masquer son impatience. Ses lettres contenaient toutes sortes de considérations propres à mettre en évidence ses qualités de souplesse et de tolérance. « Pour ce que tu penses du Vieux, tu as parfaitement raison, écrivait-il. Il faut le ménager autant que possible. Du reste, pour mon bonheur, je n'accepterai jamais de détruire la paix d'un vieillard qui mérite pour ses bienfaits l'estime et la vénération des gens de cœur. Mais j'aurais voulu aussi que ce Vieux comprenne bien qu'il n'est pas dans ce monde le seul et qu'il existe des gens aussi sincères et aussi loyaux que lui. [...] Non! J'espère que ce Vieux voudra notre bonheur. Oh! Comme nous serons bien ensemble, ainsi, et ainsi toujours. [...] Il ne me faut que toi, toi seule pour être heureux [...][71] »

Rechid Bey croyait sincèrement que ses succès dans la carrière diplomatique allaient en imposer à Vava. Pour rien au monde il ne se serait dispensé de tenir Isabelle informée des témoignages de confiance dont on le gratifiait. Aussitôt promu à un grade supérieur et affecté par nomination spéciale, signée du ministre des Affaires étrangères ottomanes, à la légation de La Haye, aux appointements de 1 000 francs par mois – ce qui signifiait qu'il était bel et bien titularisé dans la fonction publique – Rechid Bey envoya à Genève la copie du document officiel[72]. Le vent lui était favorable. Lorsqu'il put annoncer : « Aujourd'hui, ma nomination à La Haye a paru dans *le Journal officiel*[73] de Constantinople », il prit conscience de son bonheur : sa fortune était faite. Mais cette nouvelle, au lieu de produire sur Vava l'effet escompté, eut un effet inverse. Une pareille pluie d'honneurs avait quelque chose de risible. C'est qu'il ignorait tout du passé de Rechid, tout de son changement de nom et de nationalité. Rechid Bey perdait patience : « Qu'a-t-il donc dit, le Vieux? N'y a-t-il pas un moyen – sans recourir à d'autres – de le convaincre? Sinon nous serons forcés d'agir autrement? » Avec Isabelle il en alla de même. La promotion de Rechid Bey ne provoqua chez elle ni joie ni émotion et son fiancé en fut affreusement déçu : « Ta lettre dénote un état d'âme troublé », lui écrivait-il[74]. C'est que rien en Hollande n'attirait Isabelle. Archavir ne pouvait-il demander une autre affectation? Que n'allait-il à Madrid! « Me faire nommer en ce moment à Madrid me paraît impossible », lui répondait Rechid Bey, sans laisser paraître la moindre irritation. Isabelle concevait mal que des modifications de cette sorte fussent d'une réalisation difficile. Ne semblait-il pas que sa suggestion fût faite comme si d'aller à Madrid plutôt qu'à La Haye n'exigeât guère plus qu'un changement de train? Une telle naïveté égayait Rechid Bey. Impossible de se dissimuler qu'il y avait encore beaucoup à faire avant que l'objet de sa passion ne se conduisît en parfaite compagne de diplomate. Il lui adressa quelques recommandations. Celle-ci entre autres : « Une prière : laisse pousser tes cheveux comme j'ai laissé pousser ma barbe, j'accueillerai cette nouvelle avec le plus grand remerciement[75]. » Isabelle reçut ce conseil sans plaisir. Par la suite, Archavir ne négligea jamais, quand il avait une demande à formuler, de préciser à son impétueuse fiancée que sa requête était faite « *sans sommations...* [76] » Le mot était souligné.

Comment faire accepter à cette fille indomptable les risques et les vicissitudes d'un métier qu'Archavir s'attachait à lui dépeindre sous les dehors les plus flatteurs? La vie diplomatique était exactement ce qu'il lui fallait : « Nous produirons là bien des choses utiles. En peu d'années, je suis sûr que toi, tu seras connue parmi les écrivains. » Quant à La Haye... Aucune capitale au monde ne se prêtait mieux au bonheur d'un écrivain : « Ma chère bien aimée [...] J'ai vu ici plusieurs messieurs qui ont voyagé et même sont demeurés longtemps en Hollande. On dit beaucoup de bien de là-bas. Nous y mènerons la vie la plus patriarcale que l'on puisse imaginer en Europe et cependant le soleil d'Orient nous manquera. Pourvu que nos vœux se réalisent je saurai m'en passer. En attendant un moyen quelconque d'aller dans les pays musulmans, de partir en Egypte que tu aimerais tant [...] mon plus grand bonheur sera de te voir heureuse. Mais tu es comme toujours pessimiste[77]. » Isabelle avait quelques raisons de l'être. La vie en Hollande, les appointements exceptionnels, l'espoir d'un éventuel changement de poste, tout cela eût été envisageable s'il n'avait fallu en plus remercier « le Grand Egorgeur ». Car telle était l'idée qui venait de germer dans la cervelle de son futur époux : il fallait qu'Isabelle consentît à manifester sa gratitude au sultan. « Expédie-moi la lettre de remerciement au sultan sans y parler de Madrid », lui écrivait-il[78]. Et Isabelle s'exécuta[79].

Cette lettre au sultan, on aurait aimé la lire. Il va sans dire que si elle s'était trouvée parmi les papiers sauvés du naufrage d'Aïn-Sefra ou dans les archives d'Etat d'Istanbul, l'auteur n'aurait pas manqué de la livrer à la curiosité de ses lecteurs. Mais elle a disparu. Disparu aussi le dossier personnel du secrétaire d'ambassade Rechid Bey, sans que cela empêche les autorités de confirmer qu'il a effectivement fait partie des cadres diplomatiques et qu'il a bien été en poste à La Haye. Nous n'en saurons donc jamais plus sur le prétendant à la main d'Isabelle. Quel sort fut le sien? Quels actes d'obéissance ou de désobéissance commit-il? Fut-il l'homme des grands postes ou fut-il envoyé en disgrâce dans l'un de ces bagnes d'Afrique qui servaient au sultan à éloigner les geôliers autant que les prisonniers? Impossible à dire. En des lieux officiels, on a jugé bon de ne point arracher Rechid Bey à ces chambres d'oubli auxquelles les responsables de cette décision n'échapperont peut-être pas eux-mêmes. Faut-il s'en étonner? Nombreux sont les pays où les représentants diplomatiques aiment à cultiver leurs raideurs.

Ainsi on se méfie encore de Rechid Bey. Il est aujourd'hui encore ce qu'il était alors aux yeux des dignitaires de la Sublime Porte : un homme recruté hors du sérail diplomatique, un homme du Sultan, sans la protection de qui il aurait été expédié à l'autre bout du monde, dans des pays impossibles, des villes lointaines, des trous invivables. Au lieu de quoi on lui avait donné Paris. Avantage impardonnable. Il était de cette mauvaise graine « du dehors » dont on ne saurait jamais assez redouter l'envahissement.

Ce qui manquait le plus à l'apprenti diplomate était à coup sûr la prudence. Dans ses lettres à Isabelle il faisait état, avec une parfaite inconscience, d'amitiés dont il aurait mieux fait de ne pas se vanter. Ainsi il lui annonçait que pour réussir à faire éditer des récits qu'elle lui avait confiés, il s'en était remis à Ahmed Riza[80]. Ce nom revient souvent dans ses lettres. C'était donc Ahmed Riza qui allait diriger Isabelle vers d'autres maisons d'édition que *l'Athénée* ou la *Revue Moderne.* Il conseillait *la Fronde,* hebdomadaire républicain et dreyfusard : « D'après mon ami Ahmed Riza, écrivait Rechid Bey, il serait préférable que tu soies publiée dans le journal *la Fronde,* journal féministe[81]. » Isabelle donna aussitôt son accord à « l'ami » d'Archavir. Or le sultan Abdul Hamid n'avait pas d'ennemi plus résolu.

Ahmed Riza ne fut homme ni de mensonge ni de compromis. Il ne fut pas non plus de ces opposants qui vécurent tournés vers Constantinople dans l'attente d'offres alléchantes.

Malgré une vie riche en rencontres imprévisibles, Isabelle n'allait jamais connaître plus honnête que lui.

Trofimovsky ne croyait pas aux mariages d'amour. Il ne croyait qu'aux mariages de raison.

Quand Isabelle parvint à le convaincre qu'elle avait *avantage* à épouser Rechid Bey et qu'elle prenait sa décision froidement, sans y mêler le moindre sentiment, alors son père céda. Comble du paradoxe, Vava fit aussitôt siennes les hantises les plus caractéristiques des milieux bourgeois. La mésalliance, le mauvais choix ! C'était cela le danger. Le prétendant était-il *comme-il-faut ?* Vava mit à contribution le cheik Abou Naddara qui se prêta volontiers à ses exigences. Il fut prié de « prendre des renseignements » sur-le-champ. Ce Turc, dont certains se souvenaient comme d'un *agité faméli-que,* allait-il faire un mari convenable ? Vava souhaitait qu'Abou Naddara allât à l'ambassade ottomane et qu'il ne se limitât pas à des entretiens avec des sous-ordres.

Rien à attendre des chancelleries, lieux haïssables, où tout le monde cherche à tromper tout le monde. Vava insistait pour que le cheik demandât audience à l'ambassadeur de Turquie en personne. Et pas de faux-fuyants surtout : c'était l'ambassadeur ou rien. Brochant le tout, Vava décida qu'il allait, lui aussi, prendre contact avec Son Excellence Munir Bey[82], deux précautions valant toujours mieux qu'une. Enfin il écrirait au principal intéressé. Vava allait prendre contact avec le candidat gendre. On finirait bien par savoir ce dont le prétendant était capable. Et s'il n'avait rien dans le ventre, ce Turc?

Averti par Isabelle des démarches en cours, Rechid Bey accueillit la nouvelle avec un certain agacement : « [...] Ces choses à vrai dire m'ennuient beaucoup. Je sais que tu n'y es pour rien, mais tout de même [...] Avoue que le Vieux en agissant ainsi, commence par insulter les gens auprès desquels il veut s'informer. Mais je ferai tout pour toi; et si je me sens bien, demain, j'irai voir Ab. [Abou Naddara]. Ne t'inquiète pas[83]. » A dire vrai il s'inquiétait surtout de son avenir. Le Vieux mettait en route une mécanique aux effets imprévisibles : « On lui écrira sur mon compte tout ce qu'on sait sans faire mention de mes idées politiques...[84] » Pour qui s'était vendu au prix d'un certain nombre de reniements et de revirements, ces sortes d'enquêtes étaient redoutables. L'avenir n'appartenait qu'à ceux dont on ne savait rien.

Fort heureusement, le cheik, une fois sa mission remplie, n'apporta à Vava que des nouvelles apaisantes. Le jeune homme était parfait et Abou Naddara félicitait Isabelle de l'excellence de son choix. Plus rien ne s'opposait au mariage.

Et voilà pourquoi Isabelle joua à la demoiselle de bon milieu, tout occupée du soin d'organiser son avenir dans le monde diplomatique. Epouser Archavir, cela signifiait échapper à son enfance russe, et cela, sans causer de chagrin à Vava ni lui infliger le moindre démenti. Se marier signifiait aussi s'ancrer ailleurs en acceptant une autre appartenance qui vengeait les siens de l'affront familial fait à sa mère et vengeait Isabelle de toutes les Elisabeth et de toutes les Olga de Saint-Pétersbourg... Car, à tout prendre, épouser un diplomate était aussi *bien* que d'épouser un officier et la fille naturelle de Natalia Nicolaïevna allait mieux se caser que les demoiselles de Moerder, ses demi-sœurs. Elles allaient en faire une maladie, ces pestes... C'était enfin un signe de révolte contre elle-même, une manière de ne plus céder ni au désir d'étonner ni à celui de se faire remarquer. Elle avait décidé de vivre sagement... Isabelle épousait Archavir pour effacer les égarements de Bône, l'asservissement sexuel, les désillusions. A travers Rechid Bey, elle reniait Khoudja ben Abdallah et une passion qui avait fait d'elle une femme dominée, une sorte d'infirme, sourde et aveugle à ce qui n'était pas lui. Dans le mariage trouverait-elle la force de ne plus penser à s'en aller « pour des mois dans le grand silence du Désert...[85] » Elle ne le saurait qu'après avoir essayé. La tentative fut brève. Mais qu'importe... Cela n'ôte rien à la qualité du combat qu'elle mena contre elle-même, rien non plus à l'étrangeté d'une longue période de soumission aux convenances. Elle s'imposait un avenir de convention, sans prêter attention aux critiques de ses amis de la *Karoujka* et à leur rejet hautain d'un choix qu'ils jugeaient à la fois futile et préjudiciable à son épanouissement. « Qu'es-tu allée chercher? Pourquoi ce carcan, lui répétaient-ils? » Et ils dénonçaient avec vigueur le caractère petit-bourgeois de son projet. Ces douze mois pendant lesquels Isabelle se crut destinée à vivre dans un climat mondain, conformiste, parmi des gens distingués, finement éduqués, gracieusement vêtus et qu'elle observait de loin pour mieux se dissimuler qu'ils étaient aux antipodes de ce qu'elle aimait, ce temps d'illusion est l'un des grands moments de sa vie.

Ses amis de la *Karoujka* lui battaient froid. Voilà Isabelle cherchant à se ménager d'autres amitiés sous d'autres cieux. Elle envoya en pays d'Islam de courts billets aux airs de faire-part. Augustin, toujours en Tunisie, fut le premier averti : elle se mariait. Oui, oui, elle se mariait. Elle épousait Archavir. Son frère s'empressa de communiquer la nouvelle à Khoudja ben Abdallah qui dans une lettre rédigée sur un ton très formel se disait « charmé » et follement désireux de la recevoir bientôt avec « son noble époux ». Mais ce ton forcé lui convenait mal. Il eut le tort de mêler à ces propos, des remarques inopportunes. Khoudja ne pouvait renoncer à s'exprimer en amant éconduit et qui connaît les faiblesses de la femme à laquelle il s'adresse : « C'est Augustin qui m'a prié de vous écrire. Sans lui je ne l'aurais jamais fait. Je n'ai écrit que lorsqu'il m'a fait comprendre que vous étiez devenue plus tranquille et surtout sérieuse et rangée[86]... » Khoudja réveillait le passé. Cette lettre n'eut d'autre effet que de mettre en évidence la grande distance qui s'était installée entre eux. Restait à avertir Ali Abdul Wahab. Selon Augustin il n'y avait pas de temps à perdre. Ali se doutait de quelque chose.

La lettre d'Isabelle n'était pas de celles qui coulent de source. Il fallait s'expliquer, mais avec amitié. Or l'amitié n'a jamais guéri qui que ce soit de l'amour. Isabelle déploya toute sa force et même plus que sa force à redire à Ali que mieux valait être frères qu'amants. Mais à quoi bon?

« Augustin m'a écrit dernièrement une lettre qui m'a affreusement peinée. Il me dit que vous êtes plongé dans la faiblesse et la désespérance, que vous ne pouvez même plus lire, ni écrire, que tout vous fatigue et vous ennuie. Peut-être avez-vous cessé de croire à mon affection pour vous, profondément sincère et si tendre, dont je ne me départirai jamais [...].

« Je sais très mal formuler mes sensations et surtout mes sentiments les plus violents ou les plus profonds. Mais vous n'oubliez sans doute pas tout ce que j'ai pu vous dire, voilà tantôt une année de cela, lors de nos promenades solitaires dans la vieille Annaba et sa campagne brûlée par l'été... Sachez donc que toutes mes pensées, toute ma tendresse sont avec vous; à jamais (*ilā-ddawām*) et que je ne saurai jamais oublier que vous êtes le plus tendre des frères pour l'inconcevable Podolinsky et pour l'autre drôle de type : Aug. Il vous dira que je me marie sous peu avec un Turc, charmant et très apte à partager mes sentiments. C'est une parmi les incohérences que vous savez. Dès que Si Ahmed – mon mari – aura pu obtenir un congé, nous irons à Tunis – où vous serez – pour vous revoir. Vous ne devinez sans doute pas quelle joie cela serait pour moi et combien j'aurai à vous dire. Je vous embrasse de tout cœur et je prie Dieu de vous fortifier et de vous bénir, ô le plus cher des êtres[87] ! »

Pas trace de réponse dans les archives d'Isabelle. La manière dont elle qualifiait sa décision d'« incohérente » était suffisamment énigmatique pour qu'elle ait eu plus de raisons d'éveiller les sentiments tendres d'Ali que de les apaiser. On était en tout cas loin, très loin des effusions de Bône et de l'impérissable ivresse qui l'avait retenue entre les bras de Khoudja ben Abdallah. Ali se crut-il rejeté? C'est ce que nous ne saurons jamais. Sa réponse fut de celles que le vent du désert emporta.

Bien qu'elle n'eût pas cessé d'écrire à son ami tunisien et même qu'elle le fît plus régulièrement que jamais, après le projet de mariage avec Rechid Bey, les lettres d'Ali Abdul Wahab s'espacèrent. Isabelle lui en fit souvent reproche : « Prière de m'écrire, comme jadis, toute votre pensée. Vous blessez amèrement mon cœur en ne le faisant plus[88]. » Quelque temps plus tard, Isabelle suppliait Ali Abdul Wahab de lui écrire comme par le passé : « Je commence à me demander, non plus avec la très grande tristesse qui me hantait depuis tantôt trois mois, mais avec une angoisse réelle, quelle est la raison de votre silence, auquel vous étiez bien loin de m'avoir accoutumée. Etes-vous fâché contre moi? [...] Je termine cette lettre en vous suppliant au nom de tout ce que vous aimez, au nom d'Aïcha et de notre passé, d'avoir confiance en moi [...] et de m'écrire[89]. » Soudain il y eut entre eux comme de lourds silences. Ils servaient à masquer la déception d'Ali. Ils l'habillaient de vide, d'absence. Aujourd'hui encore ce sont ces regrets d'Ali dont il ne souffla mot, ce chagrin non exprimé, ce sont ces choses non dites, ces pensées violentes ou tristes qui donnent aux lettres qui nous restent leur résonance humaine. Et c'est cela qu'on en retiendra.

La lettre que Rechid Bey écrivit à Trofimovsky, le 22 juin 1898, était un modèle du genre. Pour un peu, il se serait prosterné à la turque, il se serait jeté aux pieds de Vava et lui aurait demandé sa bénédiction. Or il ne s'agissait que de lui demander la main de sa fille. Archavir était obséquieux par nature et respectueux par habileté. Des enquêtes menées à la demande de Vava et subies comme un outrage, Rechid Bey ne parlait que pour louer celui qui en avait eu l'initiative. Non seulement elles ne l'avaient pas blessé, ces enquêtes, mais elles l'avaient touché : « Je commence par vous remercier et par me féliciter que vous vous soyez adressé à ma bonne foi pour vous renseigner tant sur ma personne que sur nos projets d'avenir à Meriem et à moi, projets qui me sont profondément chers et auxquels rien au monde ne saurait me faire renoncer [...]. D'ici peu, je vous écrirai en détail et vous ferai parvenir en même temps tous les papiers officiels constatant mon identité et aussi vous exposerai-je les lois ottomanes qui régissent les mariages contractés avec des étrangères en pays étrangers. »

Les formalités étaient réduites au minimum. Pour que l'union soit considérée légale en Turquie, il suffisait que l'iman de l'ambassade unisse les fiancés et que le consulat en prenne acte[90]. Rechid Bey terminait sa lettre en annonçant sa venue prochaine à Genève en dépit des recommandations de son entourage qui persistait dans l'idée qu'il était plus sain pour lui de ne pas s'y éterniser : « Cependant désireux d'aller moi-même à Genève afin d'avoir l'honneur de vous connaître de près ainsi que de vous présenter personnellement mes vives [sic] regrets, j'ai sollicité dernièrement un congé qui ne peut tarder de venir d'un moment à l'autre. En attendant, permettez-moi, cher Monsieur, de vous embrasser sincèrement comme un fils embrasse son père[91]. »

Quand son mariage ne rencontra plus d'obstacles, Isabelle se ravisa. Prolonger les délais, s'apercevoir soudain de difficultés qui ne lui étaient pas apparues auparavant, manifester une nonchalance qui ne lui était pas coutumière, voilà ce qu'elle fit soudain. Son instabilité, ses brusques engouements et ses imprévisibles désaffections ne suffisent pas à expliquer l'échec d'un projet auquel Vava ne s'opposait plus et dont les proches d'Isabelle ne cessèrent de supputer les chances pendant encore près d'un an.

Rien n'était simple, il est vrai. A Paris, Rechid Bey était en butte aux tribulations administratives. Se moquait-on de lui ? Certes, on l'avait autorisé à se rendre à Genève pour « raisons familiales ». L'ambassadeur lui-même encourageait ce projet. Mais au ministère des Affaires étrangères on ne confirmait rien : « J'attends toujours mon congé et l'argent aussi, écrivait-il à Isabelle. Sans congé, je viendrai à Genève seulement pour vingt-quatre heures et nous reviendrons à Paris ensemble où nous nous marierons[92]. »

Au fur et à mesure que grandissait l'espoir, Archavir

était saisi de panique. Allait-il être reçu à la villa Neuve? Allait-il enfin voir le Vieux? Ce que Rechid Bey savait de Vava ne laissait que peu de place aux salamalecs. Quelle sorte d'homme était-il ce Trofimovsky? Rechid Bey se le représentait tantôt comme un sage, tantôt comme un illuminé, tantôt comme un père irascible et tantôt comme un Vieux-Russe passé à la Révolution. Tout cela l'inquiétait horriblement. Archavir n'était que passion, angoisse et plus rien ne lui suffisait : « Ce que l'on peut écrire est bien peu de chose à côté de ce que l'on sent, hélas... Et pourtant j'aurais voulu dix ans de ma vie pour te dire mon cœur. Ce cœur qui t'appartient, à toi, à toi seule, et pour jamais[93]. »

Isabelle avait averti son fiancé qu'avant d'aller à la villa Neuve, il aurait à prendre une lettre contenant des instructions de dernière minute. Elle l'attendait à Genève, au domicile d'Abdullah Djevdet. Isabelle obligeait un diplomate ottoman à se rendre – suprême imprudence! – chez ce proscrit, devenu directeur de l'*Osmanli,* rare journal d'opposition à n'avoir pas été encore jugulé par le « Grand Egorgeur ». Or, curieusement, ce n'était pas le danger d'être vu sonnant à la porte d'un ami aussi compromettant qui semblait tracasser le fonctionnaire qu'était Rechid Bey, mais celui d'affronter Vava sans avoir eu, au préalable, un entretien avec Isabelle. C'était cela qui le contrariait : « Je préfère – quoique je lirai ta lettre qui se trouve chez A. Djevdet – te voir avant de parler au V. N'y aurait-il pas moyen de venir à ma rencontre à la gare lorsque j'arriverai à Genève? Mille baisers[94]. »

Si les vraies tragédies sont, ainsi que l'écrivait Morand, celles « qui ne laissent pas de mort derrière elles[95] », alors le séjour de Rechid Bey à Genève fut une tragédie. Voici le récit qu'il en fit dans une lettre qu'il écrivit à Isabelle de Genève et qu'il lui adressa à la villa Neuve : « C'est à la porte que j'ai rencontré Djevdet qui m'a remis fidèlement ta lettre. Je n'ai qu'à me louer de sa conduite honnête.

« Ta lettre m'a totalement bouleversé. Mais je me suis vite contenu pour dire naïvement à Dj. que tu m'écrivais là des bêtises et, du reste, que tu lui écrirais aussi. Et je lui ai dit ta recommandation express de ne plus remettre les pieds chez toi. Mais quelle débâcle dans mon âme ! Non, je ne puis m'expliquer vraiment cela. Tu me caches la vérité et tu ne penses pas que tu peux tout, tout me dire à moi, car je suis à toi [...] Qui donc nous a filés et dénoncés ? C'est extraordinaire. Avec ton intelligence tu te serais doutée depuis longtemps s'il y avait véritablement eu la moindre velléité de surveillance[96]. » Ainsi l'audience sollicitée était remise. Rechid Bey n'allait pas être reçu par Alexandre Trofimovsky et ce qui allait rendre sa demande en mariage impossible ne pouvait être que d'une extrême gravité.

Qui avait signalé l'arrivée en Suisse de Rechid Bey ? D'où venait la dénonciation ? Isabelle laissait entendre que la villa Neuve était étroitement surveillée et que les quelques cafés des alentours étaient devenus des points de ralliement pour des indicateurs d'origines diverses. Djevdet avait averti Alexandre Nicolaïevitch que le visiteur qu'Isabelle allait lui présenter comme un jeune homme « bien sous tous rapports » et même un parent de lointains amis communs[97], était un Russe d'Arménie devenu turc par intérêt. Tout cela avait profondément déplu au Vieux qui avait pris une sainte colère. Il avait le mensonge en horreur. Or on lui avait menti. Il se pouvait aussi qu'au cours d'une enquête – car Alexandre Trofimovsky avait été interrogé une fois de plus –, la police lui ait présenté Rechid Bey comme un touriste dangereux, *una persona ingratissima.* Ce n'était pas impossible. Mais ce qui ne faisait nul doute était le fait suivant : en laissant entendre à Vava que son futur gendre n'était pas un inconnu pour lui et qu'Alexandre Trofimovsky l'avait certainement entr'aperçu à l'époque où on l'appelait encore Archavir Gaspariantz, Djevdet avait commis un impair énorme. Imprudence ou dénonciation ? Dans un cas comme dans l'autre, Djevdet avait perdu la confiance d'Isabelle. Elle le rendait responsable de la tyrannie des services de renseignement telle qu'elle s'exerçait à nouveau autour de la villa Neuve. Peu fiable, le poète, le stratège qui présidait aux destinées de la révolution turque ? L'absurdité d'une telle supposition révoltait Rechid Bey. Or il n'y avait rien d'absurde à cela et Isabelle l'avait pressenti. Ce que disait sa lettre ? Qu'elle était suivie partout, que son courrier était intercepté. Elle dénonçait la duplicité de Djevdet. Elle était sans cesse en butte aux colères de Vava qui, chaque fois qu'il démasquait un inconnu caché derrière une porte ou dissimulé dans les bosquets, faisait un scandale et traitait les policiers de scélérats. Mais Rechid Bey ne croyait pas que c'était la seule cause de l'absence d'Isabelle. Il y avait autre chose, il en était convaincu... Il y avait un homme... Si Isabelle ne venait pas le rejoindre, c'est qu'elle avait un amant. « J'ai depuis longtemps remarqué que ton état actuel est un mystère. Je n'ai jamais insisté pour que tu me racontes tout, *strictement, exactement, sincèrement,* étant sûr qu'un jour viendrait où tu m'aurais tout dit, me voyant prêt à me sacrifier pour toi. Mais maintenant je te prie et te supplie de ne plus rien me cacher. Remarque que c'est une prière sincère que je te fais – et non une sommation – dans le seul but de te sortir de ces ennuis que tu ne mérites pas. Sachant *toute la vérité,* moi qui t'aime et t'adore je travaillerai autrement pour notre avenir commun[98]. » Le nouvel état d'Archavir lui imposait comme une seconde nature, l'Arménien se faisait turc et la jalousie prenait le pas sur le bon sens.

Avoir eu tant de mal à obtenir quatre jours de congé, tant de mal à ce que le Vieux lui accorde un entretien, tant de mal à organiser son séjour à Genève... Archavir ne savait que penser. A quoi servait la chambre qu'il avait demandé à Isabelle de louer coûte que coûte ? « Je paierai n'importe quel prix pourvu que personne ne nous embête et que nous ne soyons pas forcés d'arpenter les rues. Nous avons déjà assez fait les rues de Genève[99]. » Mais cette chambre... Deux jours qu'il s'y morfondait sans qu'Isabelle ait pu le rejoindre. Il lui écrivait plusieurs fois par jour. Elle lui laissait quelques espérances. Alors Archavir allait précipitamment poster la lettre qu'il lui destinait, tremblant à l'idée qu'elle frapperait à sa porte alors qu'il était absent.

Il essayait de juguler son impatience. Il traînait un peu : « Avant la levée de six heures j'ai remis la lettre, écrite à cinq heures, à la poste centrale et, désolé, je suis resté pendant une demi-heure aux environs de la gare dans l'espoir de te rencontrer grâce au dieu Hasard. Alors j'ai commencé à errer, me laissant aller vers Castillon[100]... » Attendre n'avait aucun sens. Il était revenu daredare. Mais Abdallah Djevdet lui avait confirmé qu'il n'avait vu personne et Rechid Bey s'était remis à écrire : « Ma chère bien-aimée. Depuis hier, je suis dans un état tel que je peux à peine tracer ces quelques lignes. A la terrible journée d'hier succéda une nuit fiévreuse. Abdullah ne m'ayant pas quitté un instant, je courus ce matin de bonne heure pour avoir la chère lettre de ma très chère Meryème. Quelle déception ! Pas de lettre. A quelle adresse as-tu donc écrit ? Il y a là probablement un malentendu. Mais qu'importe... Je souffre le martyre... J'irai encore ce soir à la poste. Si j'avais une lettre, ma journée me paraîtrait courte. Je suis heureux et fier, je ne le cache pas, d'être aimé de toi. J'ose l'espérer du moins... Mille millions de baisers sur tes lèvres. De cœur et de corps, Rechid[101]. »

Il semblait incroyable à Archavir qu'il soit venu à Genève pour rien. Il vivait depuis trois jours dans une angoisse constante. Ne sachant plus que proposer à Isabelle il voulut aller au-devant d'elle. Il suggérait un lieu de rencontre au-dessus de tout soupçon : la grand-route. Il l'attendrait à mi-chemin entre Vernier et Genève, en un lieu peu fréquenté. Elle accepta. Allait-elle paraître ? Elle ne vint pas. Rechid Bey lui envoya un dernier message : « Qu'arrive-t-il, mon Dieu ? Je meurs d'incertitude. Tu peux bien imaginer dans quel état d'âme je suis en ce moment pour écrire ces lignes. De 1 heure jusqu'à 3 heures, j'ai arpenté, réarpenté la route qui conduit chez toi [un mot illisible]. Puis je suis retourné vite chez moi, à mon petit foyer, dans l'espoir que tu viendrais. Mais non. Il est cinq heures et rien ne m'annonce ton arrivée...[102] »

Isabelle lui adressa un message apaisant. Leur mariage n'était nullement remis en question. Mais la jalousie de Rechid Bey lui faisait horreur. Elle n'était pas responsable d'une série de contretemps dont il fallait chercher les causes ailleurs qu'à la villa Neuve, affirmait-elle sans préciser davantage. Rechid Bey interrogea Isabelle sur ce qui l'empêchait de quitter Vernier. Ce n'était pourtant pas difficile à imaginer. Fallait-il rappeler à Archavir que le désespoir de Vava, après deux deuils successifs, s'était accru du fait que le testament de Mme de Moerder avait été attaqué par certains de ses enfants ? Cette contrariété avait ébranlé sa santé. Isabelle ne pouvait ni ne voulait l'abandonner dans cet état. Et puis comment le laisser subir seul les vexations policières ? La seule vue des mouchards mettait Vava à la torture. Il ne supportait plus les menées de l'Okhrana et son humeur s'altérait chaque jour davantage. Elle le disait à Archavir, comme elle l'avait dit quelques jours auparavant dans une lettre à Abdul Wahab : « Le caractère du tuteur se fait de plus en plus acariâtre[103]. » Sans doute ne réussirait-elle pas à aller à Genève avant que Rechid Bey n'en soit parti. Etait-ce sa faute ? Plutôt que d'endurer ses reproches elle aurait préféré qu'il acceptât l'impossibilité où elle se trouvait de le rejoindre comme due à un concours de fatalités inouïes.

Ces explications délivrèrent Archavir d'une partie de

ses soupçons. « *Douchenka, Douchenka. ..* » Certes, Isabelle était toujours sa fiancée mais rien n'était tout à fait comme avant. La défiance aussi était là. Aiguillonné par elle, Rechid Bey fit à Isabelle d'autres propositions. Aussitôt apaisées les curiosités de ces damnés services de renseignement – et elles s'apaiseraient forcément dès qu'il aurait quitté le territoire helvétique –, au premier signe d'un mieux dans la santé d'Alexandre Nicolaïevitch, pourquoi Isabelle ne viendrait-elle pas le rejoindre *secrètement* à Paris ? Il lui suggérait de dire à Trofimovsky qu'elle se rendait à Tunis. Elle pourrait à l'avance préparer une lettre ou deux « au nom du Vieux ». On les enverrait à Augustin qui se chargerait de les mettre à la poste. « Et c'est ainsi que tu pourras rester, ici, avec moi une semaine ou plus. Enfin je te donne cette idée. Tu sauras combiner. »

L'« idée » ne fut pas retenue. Isabelle qui mentait facilement, qui trompait et mystifiait volontiers ses amants, éprouvait une répugnance insurmontable à trahir la confiance du « vieillard-penseur[104] ». C'est qu'elle l'aimait plus encore qu'elle ne le croyait.

Le souvenir de Vava allait la hanter toute sa vie. Il allait se trouver associé à tous ses moments de bonheur. On lit dans *Mes journaliers*[105] : « Vava m'est apparu. » Bien sûr ce n'était que chimères, ce n'était qu'illusions. Pourtant lorsque cela arrivait elle en tremblait. En plein désert, soudain, là, brusquement, Vava apparaissant coiffé de son chapeau noir.... . Ou bien dans la foule grouillante d'une Medina, soudain Vava, ses cheveux blancs lui battant les épaules. Ou encore sur la natte d'un café-fumerie, Vava, Vava, toujours lui... Elle le voyait, elle l'entendait... Ils s'étranglaient de rire ensemble, il était tendre, il lui parlait « sur le ton de jadis. »

Non, elle n'allait pas abandonner Alexandre Nicolaïevitch, et quand Rechid Bey, toujours aussi assidu mais qui doutait de sa fidélité, lui refit la même proposition formulée autrement – « Je pars pour Tunis dans quinze jours. Pourquoi ne pas [...] me rejoindre par exemple directement. Pourquoi ? Et pourquoi tant d'insistance pour que Djevdet ne vienne pas là-bas ? Enfin, tu vois bien, chère bien-aimée et sœur, tu me caches quelque chose. Mais, je te le dis, rien au monde n'est capable de changer mon état d'âme et mon admiration pour toi. Tu pourrais être la plus ignoble créature que la terre ait jamais portée que tu pourrais encore être sûre de toujours être la reine de mon cœur[106] » – son invitation n'eut pas plus de suite que la précédente.

Il n'y avait pourtant rien de changé dans les sentiments d'Isabelle. Elle éprouvait pour Archavir la même attirance et lui portait toujours la même affection, mais cela ne signifiait pas nécessairement qu'elle fût décidée à l'épouser. Ce qui par contre ne lui inspirait aucun doute était qu'elle n'attendait plus rien de Djevdet et ne souhaitait plus le revoir. Quelle faute avait-il donc commise ? Avait-il cherché à la séduire ? Isabelle ne le disait pas. Son refus de s'expliquer faisait à Archavir l'effet d'un outrage. Un tel silence ne lui semblait pas de mise entre amants. Isabelle était libre de ne plus tolérer Abdullah, mais pourquoi ne pas avouer ce qu'elle lui reprochait ?

Six mois plus tard, il allait être amplement renseigné.

En cette année 1899, la lecture des rapports émanant des services secrets turcs, suisses ou français suffisait pour laisser supposer qu'un événement auquel Abdullah Djevdet n'était pas étranger allait produire un effet détestable dans les rangs des Orientaux venus chercher la liberté en Occident. Isabelle, bien que vivant hors du secret des chancelleries, n'allait rien en ignorer. Par un de ces hasards stupéfiants dont sa vie offre plus d'un exemple, elle en fut même la première informée. Une lettre en français que Djevdet lui avait envoyée de Paris, le 5 janvier 1899, était suffisamment éloquente. Le conspirateur éprouvé qu'était Djevdet s'adressait à elle avec angoisse et colère. Le ton excessif, l'écriture désordonnée était celle d'un être épuisé de doutes, d'un homme cherchant à se faire pardonner. Que disait-il à *sa sœur infortunée?* « Je ne puis qu'aggraver votre inquiétude en vous écrivant. Mille milliers de malédictions pour le sort cruel et milliers d'anathèmes pour tout le genre humain ! Je déteste tout ! Je vous en veux à tous, à moi, à vous ! Vous-même avez contribué au développement de ce pessimisme [...] Je me suis soumis à un suicide intellectuel pour en passer au corporel... » Il terminait par une citation d'Emerson : « L'amitié comme l'immortalité de l'homme est trop belle pour que l'on y croie. » Et puis ces mots : « Recevez mes adieux... [107] »

Que s'était-il passé ?

Une quinzaine de membres du comité Jeunes-Turcs de Genève, dont Djevdet, venaient de quitter la Suisse pour se rendre à Paris. Et ce fut à l'ambassade ottomane qu'ils furent reçus par un dignitaire arrivé spécialement de Constantinople, un certain Ahmed Djelladine Pacha. Il était connu des services de police comme étant le « grand chef du service d'espionnage turc en France [108] ». Rencontre aux singulières conséquences... Quel soulagement pour les policiers ! A Genève, l'agent de sûreté Kohlenberger, qui avait surveillé les allées et venues d'Isabelle entre l'officine de la route de Carouge où logeait Djevdet et l'imprimerie où était composé l'*Osmanli,* allait enfin retrouver une existence paisible. A Berne, le baron Charles de Richthofen, gérant du consulat ottoman, n'allait plus devoir adresser chaque jour reproches et jérémiades au gouvernement fédéral [109]. A Paris, le ministre de Suisse, Charles Lardy [110], allait définitivement échapper à l'avalanche quotidienne des pièces à conviction en langue ottomane, tendant à prouver que la présence à Genève d'Abdullah Djevdet constituait une menace pour la sécurité de plusieurs pays. Car une nouvelle stupéfiante venait de frapper de plein fouet le mouvement des Jeunes-Turcs : Abdullah Djevdet s'était vendu au sultan. Il avait renoncé à faire paraître l'*Osmanli*. En échange de quoi, le sultan libérait soixante-dix prisonniers détenus dans la province de Tripoli et leur offrait des emplois grassement rémunérés dans « des provinces tempérées ». Mais ce n'était pas tout : Abdul Hamid remboursait ses ennemis d'hier des dépenses que leur avaient occasionnées les entreprises révolutionnaires menées contre lui ! Un don gracieux... Une somme de dix mille livres turques allait couvrir les frais d'imprimerie et de publicité de l'*Osmanli* ! Quant à Djevdet, il était nommé médecin de l'ambassade turque à Vienne. Les autres membres du comité directeur de Genève se voyaient attribuer des postes dans les ambassades de Rome et de Madrid.

Les principaux chefs de la révolution avaient donc pactisé avec le tyran et Abdullah Djevdet allait vivre écrasé sous le mépris. A la lumière de ces événements, sa lettre à Isabelle prenait tout son sens et l'annonce de son « suicide intellectuel » n'était pas là pour faire effet. Djevdet avait choisi le déshonneur. Son cri – « Je vous en veux à tous... ! » – sa haine – « Je déteste tout » – s'expliquaient enfin. Il ne pouvait que haïr le monde qui le jugeait.

4

Le testament de Vava. Le retour d'Augustin. Trop de barons au consulat impérial. Vava transmet une dernière fois ses connaissances. Quand une danse tient lieu de leçon. L'agonie du Hauslehrer. *La fin de la villa Neuve.*

A S'ENTÊTER, Alexandre Nicolaïevitch était tombé malade. Il continuait à vouloir trimer comme par le passé, à se lever à l'aube, à scier du bois pour la cuisine et faucher le pré.

On ne parlait pas de phtisie alors. Le mal qui tuait et que l'on n'osait nommer était un mal d'époque, une menace comme une épée suspendue au-dessus de toutes les têtes. Elle guettait aussi bien le cavalier aux belles manières que l'homme de labeur travaillant son champ. L'un à l'instant où il ramenait sa monture, l'autre quand il posait sa bêche, tous deux baignés de sueur, « attrapaient froid ». Jamais à l'un ni à l'autre ne serait venue l'idée qu'ils fussent en danger de mort. Et pourtant tel était le mal que les médecins d'alors appelaient le « chaud et froid ».

C'était ainsi que tout avait commencé pour Vava, en cette fin d'été 1898 : il avait « pris mal » le jour où des inconnus avaient annoncé leur visite. Il espérait trouver parmi eux un acheteur, quand il dut s'aliter. Cette fièvre, cette toux à arracher la poitrine, il s'en serait bien passé. L'idée de vendre sa maison le taraudait. « Le tuteur est au lit avec une laryngite aiguë, écrivait Isabelle à Ali

Abdul Wahab. Je suis seule dans cette grande maison de campagne, surchargée de travail, sans une seule âme vivante pour échanger une parole, pour entendre un mot de consolation[1]. »

Mme Mallet qui, plusieurs fois par semaine, continuait à aider ceux qui étaient devenus ses amis, conseilla d'appeler le médecin. Il ausculta Vava et confirma ce à quoi chacun s'attendait : c'était bien un « chaud et froid ». Il fallait que le malade restât couché, il lui fallait « une boule » aux pieds, des enveloppements humides autour de la gorge, il fallait acheter de la ouate, du gutta-percha et une velpo, il fallait bandager sans trop serrer, mais il fallait quand même que ça tienne, il fallait... Il fallait border Vava dans son lit, il lui fallait du repos beaucoup de repos, il fallait... Isabelle obéissait. Pendant le jour, Mme Mallet passait de temps à autre. Mais le soir... Isabelle se couchait épuisée. A peine endormie, elle se réveillait en sursaut, quittait son lit d'un bond, dévalait le corridor et courait pieds nus jusqu'à la chambre de Vava pour s'assurer qu'il vivait encore. Elle constatait un râle venu du fond de sa gorge mais il respirait. Une, deux, trois fois... Elle l'écoutait. Il était vivant. Isabelle retournait se coucher.

Ils étaient seuls, tous les deux, et la vaste demeure dans son lourd silence l'angoissait terriblement. Aussitôt que renaissaient les bruits familiers, le coup de sonnette matinal du facteur ou de quelque voisin, elle dominait son désarroi. Elle trouvait admirable l'amitié que lui témoignaient ceux qui l'avaient connue enfant, Antoine Clochet, l'ouvrier agricole qui venait « pour un coup de fauchaison ». M. Marchand, le curé, qui demandait, « en passant », à saluer le cher malade et ne manquait jamais, en s'adressant à lui de l'appeler : « Monsieur le libre-penseur ». Ceux qui jadis, lors de l'affaire Perez, étaient allés en justice témoigner en faveur des émigrés, continuaient à les aider de toute leur âme. Mais Volodia n'était plus là. Et Vava s'inquiétait de l'état d'abandon qui menaçait ses plantes, sa grande passion. Isabelle chercha à s'en défaire. Pendant leur séjour à Bône, la logeuse des dames de Moerder, la brave Mme Pailhès, avait laissé entendre que le bey était grand amateur de fleurs exotiques : « Le bey de Tunis ne consentirait-il pas à se rendre acquéreur d'une belle collection de plantes appartenant à la famille des cactées ? demanda-t-elle à Ali Abdul Wahab. C'est une collection d'amateur ne comprenant que des exemplaires d'une grande beauté appartenant aux espèces les plus rares[2]... » Elle ajoutait que « le propriétaire » cherchait une seconde patrie pour ses chères plantes et qu'il s'en séparerait avec autant de chagrin que s'il s'était agi de « ses véritables enfants ». La proposition n'eut pas de suite. Sans doute le descendant des Husaïnides s'intéressait-il moins aux cactées que ne le prétendait Mme Pailhès. Alors Isabelle fit appel à un jardinier de fortune, un soldat du 2e Etranger. C'était le convalescent qui, à quelques jours de son départ pour Bône, lui avait annoncé que son frère se trouvait à Saïda. Le légionnaire s'appelait Henri Bons[3]. Il n'avait pas trente ans. L'Afrique... « Elle m'a filé toutes les maladies », disait-il, comme s'il trouvait en cela motif à l'admirer davantage. Cette Afrique ! Elle était insatiable, dévorante... Il en parlait comme d'une femme. Il s'en fallait de peu qu'elle lui eût été fatale. Le convalescent allait d'hôpital en hôpital.

Lorsque le légionnaire en avait terminé de soigner le couple de pigeons tunisiens dans leur cage et d'épousseter les cactées de Vava, Isabelle lui offrait à boire. Henri Bons s'asseyait et, tandis qu'il parlait, elle prenait en note les bizarreries de son langage.

A la fin de l'été, Alexandre Nicolaïevitch avait retrouvé un semblant d'activité. Mais il souffrait de la gorge. Il parlait lentement, en détachant les syllabes et s'alimentait avec difficulté. Vava ne se nourrissait que de laitages. Le médecin parla d'irritation chronique et classa ce mal parmi « les chauds et froids graves ». Il ordonna du repos, encore du repos et une potion au chloral. Son patient néanmoins s'affaiblissait. Il perdait le souffle, et, les yeux fixes, la bouche en O, il ressemblait alors à un poisson hors de l'eau. Il avait terriblement maigri. Ses cheveux qui avaient brusquement blanchi et sa barbe gris-fer semblaient dévorer son visage cendreux.

En octobre, Isabelle voulut en avoir le cœur net. De quel mal souffrait Vava ? Elle fit appel à Véra Popova. Et ce fut l'étudiante de Nijni-Novgorod, elle qui devait à une collecte de ses concitoyens d'avoir pu poursuivre ses études à Genève, ce fut « la présumée révolutionnaire », ainsi que la qualifiaient les rapports de police, qui, la première, révéla à Isabelle la nature de la maladie de son père. Alexandre Nicolaïevitch était atteint d'une tuberculose du larynx. Le mal était incurable.

Une voisine qui exploitait une petite vigne non loin de Meyrin se chargea de la liaison entre les deux amies car, par surcroît de malheur, c'était lorsque l'étau de la surveillance policière se relâchait qu'Isabelle ne pouvait plus s'éloigner de la villa Neuve. Or Véra était toujours par monts et par vaux. Il fallait pourtant s'assurer qu'elle avait abouti dans ses démarches. Elle avait promis de trouver parmi les étudiantes russes une jeune fille disposée à assumer une partie des soins. Adèle – c'était le nom de la voisine – partit à la recherche de Véra. Elle la poursuivit à travers Genève de chambre meublée en chambre meublée et de pension en pension. Enfin Véra fut retrouvée à la pension Mohrart. Mais elle était en conversation avec un visiteur étranger quand Adèle parvint à la joindre et la visiteuse fit longuement antichambre. Fort heureusement les nouvelles étaient bonnes. Véra avait réussi à convaincre une demoiselle Atabek de se rendre à la villa Neuve le jour même et Adèle, dans sa lettre, ne cachait pas sa joie : « Alors j'ai eu un rayon de soleil qui m'a traversé le cœur, écrivait-elle. Je craignais qu'elle ne puisse aller chez vous puisqu'elle avait ses examens. J'espère que cette demoiselle sera bien arrivée et que vous avez été contente de sa venue. Comment va Monsieur? Je pense qu'il se remettra bientôt et vous enlèvera ainsi cette inquiétude alarmante. Enfin! Vous n'êtes plus seule maintenant. Prenez courage. Vous n'aurez pas toujours à souffrir. Chacun son tour. Je ne peux pas vous dire encore le jour où j'irai vers vous car nous n'avons pas encore vendangé[4]... » Adèle embrassait Isabelle, elle l'embrassait bien fort.

La solidarité des petites gens, l'amitié d'une Adèle s'ajoutant à celle de l'indomptable Véra, Isabelle n'avait à compter sur rien d'autre. Quand elle s'interrogeait sur ce qu'il convenait de faire, le passé surgissait et Isabelle se sentait sombrer. On était loin des réunions dominicales de jadis, des joyeuses baignades dans les eaux dormantes de l'étang, loin des longues promenades avec Augustin, des haltes dans les vergers. Augustin... Il était sur le point de quitter Tunis. Quelque chose se dégradait dans sa vie. A moins que ce ne fût dans son travail. Isabelle qui écrivait à Ali Abdul Wahab presque quotidiennement le suppliait de lui dire la vérité : « Ali, ayez pitié de moi! Le silence d'Aug. m'effraie. Si vous avez quelque chose à m'écrire de confidentiel, de grave, écrivez-le en arabe bien lisiblement[5]... » Que se passait-il? Isabelle ne savait que penser. Elle hésitait à faire revenir son frère. Augustin n'allait-il pas être un souci de plus? Elle se souvenait de sa dernière visite en 1896, et du récit qu'elle en avait fait à Ali : « Aucun jour ne se passait sans scènes terribles... » Alors à quoi bon? La solitude ne lui avait jamais fait peur.

Isabelle lisait beaucoup et écrivait peu. Ce qu'elle appelait « ses paperasses » étaient abandonnées. « *A la Dérive* n'avance guère, confiait-elle à Ali Abdul Wahab, car c'est mon esprit lui-même qui s'en va à la dérive[6]. » Un brusque découragement, une sombre apathie. « Je suis à peine capable d'écrire. Je passe mes interminables journées, couchée sur mon lit, à fumer en buvant d'invraisemblables quantités de café... La nuit, impossible de dormir. Je vogue entre la veille et le sommeil en une espèce d'ivresse lourde et douloureuse. Il m'arrive d'arpenter ma chambre, en me parlant à moi-même tout haut. C'est une souffrance sans nom, une agonie interminable[7]. » Mais elle continuait à correspondre en russe avec quelques vieux amis de Vava, médecins ou enseignants qui, à Saint-Pétersbourg ou à Moscou, s'inquiétaient de l'état de santé d'Alexandre Nicolaïevitch et réclamaient de ses nouvelles. Et puis elle gardait ce lien épistolaire solide, chaleureux avec Ali Wahab auquel elle adressait des lettres interminables en français et en arabe, exigeant de lui qu'il réponde « au plus vite mais, de grâce, sérieusement, en détail et surtout longuement, très longuement ». Toutes les lettres d'Isabelle se terminaient par : « A bientôt. »

Elle passait ses journées à guetter les rumeurs de la vaste maison devenue presque abstraite à force d'inutilité et de démesure. La villa Neuve, symbole des rêves écroulés de Vava... De plus en plus négligé sous l'ombre épaisse des grands vieux arbres, le jardin avait un caractère crépusculaire. Mais c'était ainsi qu'Isabelle l'aimait. Elle y restait des heures à rêver. Parfois la porte de la maison s'entrouvrait lentement et Vava apparaissait. Ses cheveux qu'il ne coupait plus lui couvraient les épaules. Etait-ce un prophète, un illuminé, un moine, était-ce l'un de ces *stranniki* errant indéfiniment pour échapper à l'Antéchrist, était-ce un vieux pope de village, ou un *starets,* ou bien un dieu de la Russie païenne, un mystérieux ancêtre, comment savoir? Vava était impressionnant. Isabelle l'observait qui avançait à pas chancelants, tenant contre sa poitrine un petit calepin bleu. D'une certaine manière, Vava était devenu un errant, car il ne cessait d'aller et venir, mais il y avait des chambres inhabitées dans lesquelles il n'osait plus pénétrer, des portes qu'il n'osait plus franchir, des gestes qu'il n'osait plus faire, des mots qu'il ne pouvait plus prononcer. Il avait presque perdu la parole mais il continuait à passer de longues heures au jardin. Et ses craintes, ses hésitations, ou ses impossibilités, ainsi que certains regards absents ou craintifs qu'il posait sur les êtres et les choses dénonçaient en lui l'existence de ce trouble inexplicable qui précède la rencontre avec la mort.

Le petit calepin bleu était le *keepsake* de Mme de Moerder. Elle l'appelait son « livre des confidences ». Il lui avait été offert avant son départ de Pavlovsk. Le donateur n'était autre que cet Ivan Karlovitch de Moerder qui venait tout juste de se voir promu *Stallmeister* du tsar.

Quand Khoudja ben Abdallah fut chargé de renvoyer les livres d'Isabelle et ceux de sa mère, Alexandre Trofimovsky retrouva au fond d'une caisse le calepin couleur de ciel. Depuis lors, il ne s'en séparait jamais. Quand il allait s'asseoir sous les arbres, il le glissait dans la poche de sa chemise; quand il lui venait une pensée qu'il ne pouvait exprimer n'étant plus en mesure de parler, Vava la jetait sur une page que la bien-aimée avait laissée blanche; et quand Vava s'éteignit, le *keepsake* fut enterré avec lui. Si bien que l'on sait peu de chose de ce « livre des confidences », disparu en même temps que celui qui en avait été l'ultime possesseur.

Le nom d'Ivan, chaque fois qu'il l'entendait prononcer au cours des longues et dures années d'exil, atteignait Vava comme un crochet en plein cœur. Pourquoi diable la bien-aimée s'obstinait-elle à évoquer le souvenir du chantre officiel des équidés russes? N'était-ce pas le signe qu'il y avait eu quelque chose entre eux? Cette idée le faisait terriblement souffrir. Le maniaque de la généalogie équine avait donc été amoureux d'elle, mille tonnerres! Après la mort de Mme de Moerder, il n'était pas rare que de violents accès de jalousie reprissent encore Vava comme par surprise. Et ce fut en l'une de ces occasions qu'il nota en russe sur le *keepsake :* « Tu l'as aimée, misérable crétin! », remarque exclamative qui s'adressait au directeur des haras impériaux et, toujours en marge, cette autre annotation : « Tais-toi, vieil imbécile » (*Moltchi, stary dourak*), un conseil qu'il s'adressait à lui-même.

Evidemment l'auteur eût été sage de ne rien dire d'un carnet qui n'a pas été conservé. Mais comment le passer sous silence? Il suffisait à Vava de l'ouvrir pour que s'éveillât en lui la certitude que s'ils s'étaient tant aimés, elle et lui, c'est qu'ils avaient été si délicieusement différents. Le *keepsake* ne laissait aucun doute là-dessus. La Suisse, l'exil, l'amour, rien n'avait changé la mère d'Isabelle qui était toujours restée ce qu'elle était lorsqu'il l'avait connue : une grande dame plus indépendante que ne l'étaient les femmes de son milieu. Elle avait vécu en pleine félicité sa dernière passion, mais sans étouffer en elle une tendresse irrépressible pour « le temps d'avant », le temps où elle avait vécu sans Alexandre Nicolaïevitch, le temps du tsar et des résidences grandioses qui se dressaient comme une barrière infranchissable entre sa famille et le monde des vilains. Vava revoyait Natalia Nicolaïevna comme celle dont toute la vie n'avait été qu'une suite de contradictions : sous une douceur voilée un esprit passionné; un étrange mélange de rigueur et de fantaisie à la russe. Ce qu'il lisait dans le *keepsake* aidait Trofimovsky à ne plus s'interroger. Il fit dans le *keepsake* des trouvailles touchantes et burlesques. Il y avait là, pêle-mêle, des choses simples ou familières et des choses si déraisonnables qu'on ne pouvait plus s'étonner de la réputation d'originalité qui restait attachée à la personne de Mme de Moerder. A côté des dates de naissance de ses enfants, de leurs premières dents et de leurs premiers mots, de leur taille à différents âges, le livre des confidences contenait la longue litanie des prénoms... qu'elle ne leur avait pas donnés! Et ce n'était pas tout. Elle avait aussi recopié des mots tendres, ceux que son beau-fils avait griffonnés à son intention au moment où il avait été contraint de la quitter pour toujours. Elle avait trouvé un billet posé sur son oreiller : « Adieu, je t'aime... Ton Constantin. » Isabelle n'avait que quelques mois à l'époque. A ces adieux faisaient suite des idées de toilettes que leur somptuosité et un goût exagéré pour le taffetas zinzolin rendaient importables, mais aussi des recettes de mets rares, alourdis d'huile, mijotés, feuilletés, nappés de sauce, et d'une telle complication qu'ils en étaient irréalisables. Trofimovsky se demandait ce qu'ils faisaient là, ces plats, et pourquoi Mme de Moerder, qui n'avait pas la moindre pratique des fourneaux, s'était laissé emporter par des rêves de bonne chère. D'où le commentaire ironique qu'il avait noté en marge : « Moi qui ne t'offrais que des pommes de terre en robe de chambre! (*Ia jè tébiougochtchala lich kartochkami v moundiriè*) Etais-tu lasse de ton émigré ou de sa cuisine? »

Venaient ensuite quelques lignes écrites d'une main qui tremblait. De les voir suffisait à faire éclater en sanglots Alexandre Nicolaïevitch. Elles dataient des derniers jours de Bône et révélaient qu'Isabelle avait été la préoccupation constante de sa mère. Quel récit de voyage venait-elle de lire lorsqu'elle écrivit : « Isabelle a les pommettes hautes, les yeux bridés et la voix nasale des nomades du désert de Gobi. Le ciel la bénisse, la chère enfant! L'errance l'attire. Gageons qu'elle n'épousera jamais son Turc! » Vava avait orné cette notule d'un petit dessin. Depuis que parler lui était une torture, il ne détestait pas s'exprimer à l'aide de croquis, de portraits charges ou de caricatures, non par méchanceté, grands dieux, mais parce que cela lui faisait moins mal que de crier pour se faire comprendre. En marge de la dernière confidence de Mme de Moerder, il avait ébauché une scène où l'on reconnaissait Rechid Bey en jaquette, coiffé d'un tarbouche. Le fiancé d'Isabelle était jeté à plat ventre devant le sultan Abdul Hamid, protecteur de la révolution. Ce prosternement front contre terre était suivi d'un baise-main. La scène imaginaire avait pour seule légende quelques mots en russe, écrits de la main de Vava : « Abominable parjure ».

Après cela Mme de Moerder n'avait plus fait de confidences à son *keepsake*, ce carnet dont les archives ne gardent aucune trace, et qui, peut-être, est né de l'imagination d'un romancier.

Alexandre Trofimovsky se savait perdu. Il n'allait pas tarder à rejoindre dans l'au-delà Mme de Moerder et Volodia, il en était certain. L'idée de la mort lui était indifférente, ce qui lui importait était d'assurer l'avenir d'Augustin et d'Isabelle. Il y pensait sans cesse et, pendant les quelques mois qui lui restèrent à vivre, Vava tenta tout ce qui était en son pouvoir pour que le fils et la fille de Natalia Nicolaïevna ne fussent point privés de ressources. Allait-il réussir là où Mme de Moerder avait échoué ? La générosité dont elle avait fait preuve n'avait servi de rien et léguer son capital à l'empire russe, à charge pour l'Etat de verser des rentes à certains de ses héritiers, n'avait nullement empêché ceux qu'elle avait déshérités d'intenter une action en justice. Ses enfants légitimes s'étaient élevés contre des dispositions dont bénéficiait une descendance qualifiée par eux d'illégitime. On sait que ni le gendre ni le fils de Mme de Moerder n'avaient désarmé. Perez autant que Nicolas laissaient entendre que le père d'Augustin n'était nullement Pavel Karlovitch de Moerder mais bien le *Hauslehrer*, l'intrus[8], cet homme de peu. Arracher à Isabelle et à Augustin leur part d'héritage était donc l'un des buts d'un procès qui suivait son cours sans que personne fût en mesure de dire combien d'années s'écouleraient avant que la loi russe ait tranché.

L'échec servit de leçon à Vava qui décida d'agir

autrement. Il ouvrit deux comptes à Moscou, l'un au nom d'Isabelle, l'autre au nom d'Augustin. Il y fit transférer tout ce qu'il possédait. Pour rendre d'éventuelles revendications impossibles, il pensa qu'il suffirait de mettre ses banquiers au courant des injustices dont ses héritiers avaient été victimes. Vava écrivit à des financiers qu'il ne connaissait pas. Les lettres qu'il leur adressa en russe, à la fois bouleversantes et d'une drôlerie involontaire, n'avaient d'autre but que de les instruire. Sans doute ces inconnus prirent-ils pour du bavardage ce qui était cris de détresse. Vava cherchait à rendre toutes les nuances d'une situation désespérée. Ses lettres sont autant d'actes de foi d'un homme au cœur tendre mais à l'âme forte qui, à l'approche de la mort et bien que toutes ses entreprises se fussent évanouies en fumée, voulait encore croire, envers et contre tout, que les honnêtes gens étaient nombreux et les méchants l'exception.

Le 27 décembre 1898, Alexandre Trofimovsky reçut des directeurs de la banque d'escompte de Moscou une lettre sur laquelle il fonda d'immenses espoirs. Il les en remercia en termes émus : « Messieurs. Votre réponse témoigne de cette aménité d'expression qui fut toujours de tradition chez nous, en Russie, et cela m'a consolé. Ce n'était pourtant pas facile ! Car d'une part il est trop tard et je ne vais pas pouvoir jouir longtemps des futures manifestations de votre exquise aménité; d'autre part il n'est pas trop tard puisque – ainsi que j'ai plaisir à le croire – vous allez me survivre et vous serez longtemps porteurs de cette bienveillance par laquelle vous avez su réjouir si bien la chère défunte et m'émouvoir profondément. Ceux qui vont en bénéficier seront les deux héritiers de Natalia Nicolaïevna qu'un deuil récent vient d'accabler : ils viennent de perdre leur frère aîné, le doux Vladimir. Il a été martyrisé par Nicolas de Moerder ainsi que par le consul de Russie à Genève, un comte polonais d'une insigne cruauté. Ces malfaiteurs l'ont torturé le 14 décembre 1897. Le malheureux a réussi à s'arracher des mains de ses bourreaux mais il y a laissé la raison. Il m'est revenu comme frappé de folie aiguë. Et c'est ce qui l'a poussé au suicide. Vladimir s'est tué le 13 avril 1898.

« Demeurant convaincu que vous agirez envers Isabelle Nicolaïevna Eberhardt avec la même sollicitude que vous avez toujours témoignée à son inexprimablement malheureuse mère, j'ai l'honneur, Messieurs, de vous prier d'ouvrir dès maintenant un compte courant à son nom et d'y transférer tout argent que je possède ainsi que toutes mes obligations, celles de la Société de crédit de la ville de Saint-Pétersbourg [...] comme celles de la Société de crédit de la ville de Moscou qui sont en dépôt dans votre banque. Car j'ai donné tout ce que je viens d'énumérer à cette bonne sœur de charité qu'est Isabelle Nicolaïevna Eberhardt.

« Déjà la mort de sa mère m'avait profondément ébranlé. Quand j'ai perdu son fils, qui était tout pour moi en ce monde, alors j'ai été brisé. Comment pourrais-je m'occuper de l'achat des provisions? Comment, je vous le demande? J'attends donc avec impatience la mort. Je l'attends comme le repos que je n'ai jamais connu sur terre, espérant follement et peut-être par tradition, que quelque chose me sera donné qui me viendrait de l'humanité.

« Bientôt je vous prierai d'ouvrir un compte courant également au nom du fils de la défunte, Augustin Pavlovitch de Moerder, qui s'est empressé d'essayer de remplacer auprès de moi son frère, le cher et bon Vladimir. A cet homme qui me secourt dans mes souffrances, j'ai aussi fait un don[9]... » Suivait la liste des valeurs que le *Hauslehrer* léguait au plus indiscipliné et au plus décourageant de ses élèves.

Restait à régler le sort de la villa Neuve dont personne jusqu'à présent n'avait voulu. Elle demeurait invendue.

Le 28 décembre, « en pleine possession » de ses

facultés mentales et en présence d'un témoin[10] qui l'avait aidé dans cette tâche, Vava rédigea d'une main ferme ses dernières volontés. Dès les premières lignes, il précisait qu'« une manière d'arranger ma campagne est l'objet de ce testament »[11]. Il léguait la villa Neuve à « Mademoiselle Isabelle Eberhardt, fille de Madame Nathalie de Moerder, décédée en Algérie, et à Monsieur Augustin de Moerder, fils du général Paul de Moerder, décédé en Russie ». Augustin autant qu'Isabelle pouvaient habiter la villa, la louer ou la vendre, à condition qu'ils en partagent les bénéfices. Vava ne laissait rien au hasard. Il se faisait un devoir de s'assurer que, le moment venu, il quitterait le monde comme le quittent les pauvres et qu'il serait inhumé comme eux. Pas de faste, surtout, et pas de fariboles. Il laissait des instructions dans ce sens : « Au cas où je meurs en un lieu où se trouveront mes héritiers, je les oblige à dépenser très peu d'argent, par exemple qu'ils expédient mon corps au cimetière en corbillard de 4e classe. »

Mais l'étonnant était ailleurs. Pouvait-on lire la dernière clause du testament de Vava sans être frappé de stupeur? Alexandre Trofimovsky mettait Isabelle et Augustin dans l'obligation de se procurer une copie de son testament, et de l'adresser au plus vite à « Son Altesse Impériale la grande-duchesse Elisabeth Fedorovna de Moscou ». Ainsi en avait-il décidé. Vava souhaitait que la sœur de la tsarine fût informée de ses dernières volontés. Car il était prévu qu'après la mort de ses héritiers, la villa Neuve ou le fruit de sa vente serait remis à la plus énigmatique, la plus pieuse et la plus orthodoxe des grandes-duchesses afin qu'une œuvre de bienfaisance fût créée « à la mémoire de Natalia ». Tel fut l'ultime vœu d'un homme qui, pendant plus d'un quart de siècle, passa pour un dangereux anarchiste et fut jugé comme tel par toutes sortes de polices, d'autorités consulaires, de gouvernements, d'espions et de biographes. Pourquoi? Pourquoi une grande-duchesse et pourquoi celle-là ? La forme familière utilisée par Vava pour désigner Mme de Moerder, une forme que l'on ne trouve que dans son testament, ce « Natalia » posé là tout seul et sans autre accompagnement que la mention toute proche des prénoms de l'altesse impériale, laisserait supposer que les deux femmes se seraient connues, qu'elles auraient peut-être été amies toutes les deux, au point que l'une, la plus noble et la plus jeune, puisse envisager de donner à une œuvre de bienfaisance le nom de la seconde, à la disparition de celle-ci. Mais cela n'explique pas tout. Car enfin, que cette pure Elisabeth Fedorovna ait été incroyablement belle, qu'elle ait été grande, mince, blonde, qu'elle ait eu des yeux d'un bleu comme on n'en avait jamais vu, avec dans l'un d'eux un semis de paillettes mordorées qui lui donnait un regard incomparable, qu'elle ait eu une démarche et une grâce souveraines, un air de candeur et de surprise qui la rendait irrésistible, qu'elle fût douée d'esprit, et qu'elle ait été la plus malheureuse des femmes, tout cela n'explique encore pas le choix de Vava et pourquoi cette grande-duchesse était couchée sur son testament. Suprême bizarrerie... Au cas où ses héritiers naturels viendraient à disparaître, le libre penseur léguait sa maison à l'épouse d'un défenseur de l'autocratisme orthodoxe. L'homme qui ne croyait pas au ciel apportait son obole aux pieuses entreprises d'un couple s'étant fait gloire de soutenir un procureur du Saint Synode dont les méthodes lui avaient valu le surnom peu enviable de « Torquemada russe ». L'admirateur de Tolstoï léguait sa maison à une princesse à laquelle son conjoint avait interdit de lire *Anna Karenine.* Le défenseur des minorités opprimées, ce Vava qui, à la même époque, autorisait les partisans de l'indépendance macédonienne à tenir secrètement leur congrès dans la villa Neuve, reconnaissait des droits sur cette propriété à la femme d'un réactionnaire qui, devenu gouverneur de Moscou, expulsa les Juifs en masse et les renvoya à leurs ghettos d'origine. Enfin ceci : l'homme de culture, l'enseignant exemplaire, rédigeait son testament en faveur de l'épouse d'un ennemi de la culture, le grand-duc Serge, qui fut, de tous les gouverneurs de Moscou, celui dont les mesures prises à l'encontre des étudiants et des professeurs de l'université russe[12] se révélèrent parmi les plus asservissantes et les plus vexatoires. Fallait-il que Vava eût été malheureux pour en arriver là ! Fallait-il qu'il eût pris peur pour son Isabelle, qu'il eût craint pour elle la spoliation, la misère, la hargne, l'incompréhension des siens, fallait-il que sa tendresse pour elle et son instinct de protection eussent été grands pour qu'il soit allé chercher si haut, si loin et au prix de quels douloureux reniements une si fragile protection.

La vie à Meyrin continua ainsi jusqu'au retour d'Augustin Pavlovitch de Moerder. Il revenait capot. A la Légion étrangère comme en Tunisie, il avait échoué. Ce n'était pourtant pas faute de l'avoir aidé. Au prix de sacrifices financiers et de difficultés familiales qui lui étaient souvent apparues insurmontables, Isabelle n'avait cessé de le conforter dans ses espoirs. Elle s'était pleinement associée aux efforts d'Ali Abdul Wahab pour sauver Augustin de l'inaction, de l'ivrognerie et du désespoir. Jusqu'à Volodia, le frère inexpliqué qui, pour une fois avait consenti à coopérer. On ne pouvait laisser Augustin sans argent... Volodia s'était arraché à ses rêves habituels, à ses jardins imaginaires peuplés de fleurs amoureuses, de volières, de cascades et d'escaliers enchanteurs. Jusqu'à Volodia... Lui aussi avait contribué au sauvetage de son frère. En vain. Isabelle en témoigne dans une lettre à son ami tunisien : « Je pense qu'Augustin aura reçu l'argent de son logement un peu tard. Mais le pauvre Vladimir ne me l'a remis que peu de temps avant sa mort[13]. »

Or la solidarité n'avait servi de rien. Après vingt mois d'absence – on était en décembre 1898 – Augustin s'apprêtait à rentrer à Genève comme il en était parti : en homme sans avenir.

Ecrite sur papier ministre et ne comptant pas moins de huit feuillets couverts d'une écriture fine, serrée, droite et désarmante à force de sagesse, une lettre d'Augustin relate ce que fut son voyage de retour. Cette lettre, il l'avait écrite à peine arrivé. C'était le 10 décembre, le jour de son anniversaire. Augustin venait de fêter ses vingt-sept ans. Il s'adressait à Ali Abdul Wahab qu'il appelait « Mon frere chéri », ou « Mon frère bien-aimé ». Augustin ne cessera d'étonner.

Sa lettre permet de juger des qualités et des défauts de style chez celui qui contribua aux premiers travaux littéraires d'Isabelle Eberhardt. Elle permet aussi de mesurer ce que le frère et la sœur avaient en commun, leur souci d'exactitude, leur recherche scrupuleuse du détail vrai et, chez Augustin bien plus que chez Isabelle, une sentimentalité un peu excessive et dont il abuse volontiers. Et c'est moins en écrivain qu'en amoureux qu'il décrit ce que fut son escale à Marseille puis son arrivée en pleine nuit à la villa Neuve : « J'ai retrouvé à Marseille Hélène Long, enfant à l'âme charmante et rêveuse. La pauvre petite a porté mon deuil durant ces deux dernières années et son cœur a été martyrisé. Et j'ai eu l'amère sensation qu'il me faudrait sous peu d'heures la quitter, elle que j'ai retrouvée tendre et aimante et qui n'a pas eu un seul mot de reproche pour l'abandon où je l'ai si longtemps laissée [...]. J'ai été heureux au-delà de toute expression [...]. J'ai joui de ce charme pendant un jour et demi, comme un condamné à mort jouit des dernières heures qui lui restent à vivre, c'est-à-dire avec l'angoisse de la séparation inévitable et prochaine. Vendredi matin je suis brusquement retombé dans la réalité morne, dans le néant [...]. Je traversais la ville pour aller à la gare, le cerveau vide, la gorge crispée de sanglots, tremblant de tous mes membres. Et comme toujours en ces instants de désolation, j'étais en proie à cette horrible gaieté, à cette surexcitation nerveuse qui cache, sous un rire affreux, l'envie de tomber dans quelque coin, n'importe où et de pleurer sans fin [...]. Mais qu'elle soit bénie cette enfant étrange qui a su réveiller pour un instant l'illusion radieuse du bonheur [...].

« Je sais, hélas, que tout ce que je viens de dire ne semblerait que verbiage bêtement sentimental aux hommes " pratiques " de notre époque mais cela s'adresse uniquement à mon frère spirituel, à cet Ali dont l'âme mélancolique crie de ravissement au son des mélodies de la vieille Andalousie [...] Cela s'adresse à vous seul [...].

« Je suis arrivé à minuit et demi dans ce pays de Genève... L'atmosphère était glaciale et humide. Je ne reconnaissais même plus les détails du paysage... Je me suis senti *un étranger* en pénétrant dans cette propriété qui passera bientôt, sans doute, et pour toujours entre d'autres mains. Je suis entré comme un *rôdeur de nuit par la porte de la cuisine* et c'est là que j'ai revu Podolinsky, avec quel bonheur, vous pouvez facilement vous l'imaginer[14].»

Il va sans dire qu'Isabelle fut heureuse, elle aussi.

Elle éprouvait une immense satisfaction à l'idée qu'Augustin était de retour. Tout rentrait dans l'ordre du moins en apparence. Car elle était sans illusions. Augustin n'allait rien tenter, rien entreprendre, il allait vivoter comme par le passé. Dix ans de luttes, d'emportements, d'énergie dépensée en vain, avaient brisé l'espoir. De l'apathie de son frère, Isabelle avait pris son parti. Elle n'était plus seule. C'était l'essentiel. Augustin était là.

Elle se souvint alors avec une joie folle de certaines « paperasses » retrouvées parmi d'autres. Il y avait là un cahier défraîchi, aux coins usés, qui portait les titres de deux récits – *A la dérive* et *Annaba* –, et puis aussi deux cahiers bleus, raturés, corrigés, recopiés. C'était le manuscrit d'un roman, toujours le même et toujours inachevé, *Rakhil*[15]. Elle hésita quelque temps. Lequel de ces manuscrits reprendre? Elle se remit à son roman pour cesser de penser à Vava qui allait mourir, à Augustin si décevant, à l'avenir si incertain, en somme elle se remit à écrire pour mettre entre elle et sa vie, une certaine distance. *Rakhil* avança de quelques pages. « La littérature est mon étoile polaire[16]... », disait-elle dans une lettre à son ami Ali.

L'état d'Alexandre Nicolaïevitch s'aggravait lentement. De cela aussi Isabelle entretenait son confident tunisien : « Le médecin ne nous donne presque aucune espérance de voir notre vieux malade guérir[17] . » Comme si de minute en minute, chaque heure en passant arrachait à Vava un peu de ses forces pour les prêter au mal qui le ravageait. Vava constatait tristement que dans son affrontement avec la maladie, c'était elle qui gagnait du terrain, jamais lui. Son aspect physique avait épouvanté Augustin qui à peine arrivé s'en était ouvert à Ali Abdul Wahab : « Je l'ai trouvé vieilli énormément, maigre comme un déterré et d'une pâleur livide. On a peine à percevoir sa voix tant elle est faible. Je n'ai rien compris à sa maladie mais j'ai eu la sensation d'être devant une ombre... »

Quand la douleur lui accordait un répit, Vava en profitait pour occuper son esprit. Il ne pouvait plus articuler un seul mot. Lire... Ce qui lui tenait lieu de paroles était fait de petits cris étouffés, gutturaux, bouleversants. Lire... Il ne pouvait plus avaler. Lire... Chacun de ses repas était un martyre. Lire... A quelques semaines de sa mort, Vava demanda à Augustin de lui procurer un ouvrage à peine paru. Il s'agissait du dernier volume de l'*Histoire générale* d'Ernest Lavisse[18], consacré aux plus récentes révolutions et aux guerres nationales. Vava voulait le lire vite, très vite pendant qu'il était temps. Il l'apprécia d'autant plus qu'il avait été fourni par le libraire de la Corraterie, ce Georg chez qui Volodia, poursuivi par son frère et par les tueurs de l'Okhrana, avait trouvé refuge. Dès lors, dans les billets dont il faisait grand usage et qui lui tenaient lieu de parole, le mot que l'on rencontrait le plus fréquemment était le mot « sauveur ». C'était sa façon à lui de désigner le libraire. Alexandre Nicolaïevitch ne l'appelait plus autrement : « Allez donc chez notre Sauveur » (*Iditiè-jè-k nachemou spassitéliou*), écrivait-il à Isabelle et à Augustin chaque fois qu'il réclamait un livre. Chez le libraire que fréquentait une clientèle docte et plutôt austère, on s'émerveillait de la fantaisie débridée et du talent épistolaire de ce grand gobeur de livres. Car chaque fois qu'il en trouvait la force, Vava remerciait M. Kundig fils par écrit et, « faisant de la flatterie un des beaux arts[19] », il saisissait cette occasion pour le couvrir de compliments. A en croire Vava, le nom de Kundig resterait dans les mémoires comme celui d'un faiseur de miracles. Vava avait renié le ciel et les anges. A l'approche de la mort, et le ciel et les anges le rattrapaient. C'était à ce mélange de croyance et d'incroyance que tenait le charme de sa correspondance. Selon les jours, le libraire se trouvait comparé à l'archange Michel protégeant de son épée Flaurus et Laurus, les doux et saints patrons des plantes et des chevaux, tandis que d'autres fois Alexandre Nicolaïevitch avait recours à des comparaisons qui n'avaient rien d'orthodoxe. Dans l'une de ses dernières missives il avait fait du tranquille libraire genevois l'émule de Peroun, maître de la foudre bien avant que les aventuriers de Dieu ne se fussent risqués à baptiser les sujets du prince de Kiev. Une autre fois, Kundig fut charmé d'apprendre qu'en prêtant main-forte à Volodia, il avait fait preuve d'une vaillance qui n'avait d'égale que celle des très antiques populations de Novgorod, à l'époque où elles subissaient les assauts furieux des hordes tatares de Bathou-Khan. Ces lettres c'était Vava tout entier. Elles circulaient, on se les communiquait, le libraire et ses clients en faisaient leurs délices.

Du côté du consulat impérial, ainsi que l'on pouvait s'y attendre, on avait pris fait et cause en faveur de ceux des descendants de Mme de Moerder qui ne figuraient pas sur son testament. Certains, des hauts fonctionnaires, agissaient en adversaires résolus d'Isabelle, d'autres en adversaires prudents. Le comte Prozor, consul général de Russie, gentilhomme de chambre du tsar et conseiller de collège, se rangeait parmi les prudents. Ses activités annexes l'occupaient de plus en plus. Il commençait à vivre moins en consul qu'en homme de lettres. Il avait changé de résidence et l'auteur de *La Bohème diplomatique* n'habitait plus les vieux quartiers. Ses réceptions se déroulaient à Montchoisi, dans une propriété des environs de Genève. En somme, il avait pris ses distances et de toute évidence ne souhaitait plus se mêler de trop près à « l'affaire Moerder » qu'il jugeait mesquine. Eût-il été libre, le comte Prozor aurait plus volontiers défendu les droits des réfractaires que ceux des ronds-de-cuir, une race qu'il abhorrait. Mais la carrière avait ses exigences et il laissait à ses barons toute liberté d'agir à leur guise. Car son consulat comptait un baron de plus désormais. Deux barons parmi ses agents consulaires, cela commençait à bien faire. Tous deux portaient des noms à consonance germanique et tous deux se rangeaient parmi les ennemis irréductibles de ceux des descendants de Natalia Nicolaïevna qui s'étaient établis hors de la Sainte Russie. Augustin et Isabelle allaient donc payer pour « la veuve rebelle », à laquelle on ne pardonnait pas d'avoir choisi l'exil de préférence aux contraintes des boudoirs de Saint-Pétersbourg. Ce qui menacait ses héritiers ? D'être floués. Vava ne le savait que trop. Le clan des administratifs et des apparatchiks du consulat impérial fut, jusqu'à son dernier souffle, tourné en ridicule. Il ne cessa de se gausser de ce baron de Rosen, lui aussi « très Moerder », qui venait tout juste de rejoindre à Genève son collègue le baron zur Gosen. La belle recrue, en vérité ! Le nouveau baron était raide à faire peur. Il était raide de naissance, à moins que ce ne fût par esprit de famille, car le seul de ses aïeux qui eût connu une relative célébrité ne la devait qu'à sa raideur et à des circonstances très singulières. Cela ne datait pas d'hier, et ce Rosen-là – c'était en 1799 – était lieutenant attaché à l'état-major du généralissime des armées impériales, le formidable Souvarov. Or dans un palais de Prague, lors d'une fête donnée en l'honneur du vainqueur des Français, le feld-maréchal russe préféra ouvrir le bal avec le lieutenant de Rosen plutôt qu'avec la baronne Nostitz, son hôtesse, une très belle femme, qu'il laissa en plan au milieu du cercle des danseurs, tout esseulée, toute désemparée, son diadème lui barrant le front. L'assistance, bien que interloquée, admira alors la raideur avec laquelle le jeune officier fit face à cette redoutable proposition. Les deux hommes auraient pu tomber dans les bras l'un de l'autre. C'eût été choquant. Fort heureusement il n'en fut rien. Rosen avait dansé certes, puisque l'autre le voulait et que l'on ne résistait pas aux furieuses accolades du maître des armées impériales, mais il avait dansé avec une telle raideur qu'il en devenait inexistant et qu'il disparut presque entre les bras du généralissime qui semblait seul à faire des grâces. Certains en conclurent, peut-être un peu hâtivement, que la raideur de Rosen était une forme d'intelligence.

Tous les Gosen et Rosen du consulat impérial de Genève devinrent la cible favorite de Vava. Ils lui inspirèrent toutes sortes de railleries. Mais dès qu'il eut appris que le nouveau baron était venu grossir les rangs des ennemis de Mme de Moerder et qu'il allait, lui aussi, combattre ses dispositions testamentaires, alors les railleries de Vava se transformèrent en une dérision implacable. Le jour où cette nouvelle lui fut donnée, Vava, qui se sentait un peu moins mal que de coutume mais qui n'en avait pas retrouvé sa voix pour autant, communiqua son sentiment par écrit sous une forme qui laissa le frère et la sœur perplexes : « Les Rosen, leur écrivit-il, n'ont jamais eu dans l'histoire de la Russie plus d'importance qu'un bâton (*boléiè znatchéniya tchem doubina*). » Ignorant tout du passé de cette famille, ni Isabelle ni Augustin ne purent saisir le sens de cette remarque. C'est alors que Vava, constatant qu'il n'était pas compris, fut soudain repris par sa manie éducative et redevint le précepteur de jadis. Il ne s'adressait plus à des enfants, mais qu'importe... Avec une gaieté féroce, il fit revivre pour Isabelle et pour Augustin la scène fameuse telle qu'elle s'était déroulée, un soir, à Prague. Il mima l'épisode au cours duquel le maréchal Souvarov avait invité Rosen à ouvrir le bal, l'instant de stupeur qui s'ensuivit, et l'état-major pris de panique, et la société de Prague retenant ses rires. Vava exagérait les avances du généralissime à l'adresse du lieutenant. Il multipliait les œillades, les gestes tendres. Il sortait son mouchoir qu'il faisait tournoyer au-dessus de sa tête. Il se faisait un bicorne du chapeau d'Augustin et accompagnait sa silencieuse bouffonnerie de mimiques dont on ne l'aurait jamais cru capable. Une farce comme celle-là, on n'en avait jamais vu entre les murs de la villa Neuve où de telles facéties n'avaient jamais été le genre de la maison. Chacun des gestes de Vava était une mise en accusation, chacune de ses attitudes faisait du pauvre Rosen un accessoire pitoyable entre les bras d'un fou, quelque chose d'aussi déplacé sous les plafonds caissonnés d'or du palais Nostitz, d'aussi incongru et d'aussi grotesque qu'un bâton de voyage brandi en plein bal. Vava était féroce. A travers Rosen, il s'en prenait à tous les Moerder de la terre, à la clique des petits, des tout-petits barons aux dents trop longues pour leur bouche, il tournait en dérision une société qui s'était opposée à son amour pour Natalia Nicolaievna. Elle en était morte. Il la vengerait. La farce était terrible. Vava avec sa barbe de prophète et ses longs cheveux lui battant les épaules, Vava exagérant les baisemains, les courbures d'échine, les enlacements et les flatteries, esquissait des pas de danse. Il jouait les gentilshommes, vêtu d'une robe de chambre élimée et ses pantoufles aux pieds. Entre les larmes et le rire, Isabelle et son frère le regardaient faire, le cœur serré.

Aux portes de la mort, Vava dansait. Il dansait il ne savait trop quoi. C'était peut-être un pas de quadrille, à moins que ce ne fût une redowa. On était à Prague, n'est-ce pas. Il dansait entre les murs nus, dans la pièce sombre, froide et vide, imaginant tout ce qu'il aurait eu à éviter, à contourner, s'il avait pu offrir à la Bien-Aimée les meubles qu'il aurait souhaités. Il dansait comme si la pièce sentait les fleurs, la mousse, la cretonne fraîche, le feu de bois, comme si elle avait été encombrée de poufs, de sofas, de coffrets capitonnés, de guéridons juponnés et de plantes vertes, comme si, tandis qu'il dansait, entraient et sortaient librement du grand salon désert des nichées de chiens farceurs et des bandes d'enfants. Il rêvait.

Telle fut la forme inattendue qu'Alexandre Nicolaïevitch donna à sa dernière séance pédagogique. Dans le secret de la villa Neuve, il adressait un adieu moqueur à son passé de précepteur, de maître des jardins, des enfants et des plantes, à son passé d'amant. C'était beaucoup plus qu'une anecdote racontée dans un but éducatif et dans une langue de son invention, c'était un poème épique qu'il dédiait à sa patrie perdue, à la Russie du temps qui ne passe pas, la Russie de toujours, celle d'Ivan le guerrier et de Miron l'ermite, la Russie des combattants irréductibles et des rêveurs de lendemains, la terre des écrivains aux obscures espérances, la Russie de Tolstoï et de Tchernychevsky. « O tais-toi ! Tais-toi ma lointaine ! » C'était à elle qu'allait le dernier salut de Vava, c'était pour elle qu'il tendait vers le ciel le feutre noir des anarchistes en un ultime hommage, c'était son dernier coup de chapeau donné, un sourire énigmatique aux lèvres, une larme au coin des yeux, et au fond du cœur le regret des mots imprononçables, imprononcés, si longtemps étouffés, le poids terrible de ces mots : « Adieu ma grande ! Adieu mon immense, mon éternelle, mon ingrate ! Je ne t'en veux pas ! Vois comme je te salue ! »

Le lendemain, Alexandre Trofimovsky s'alita et ne se releva plus.

Si une réhabilitation d'Isabelle s'impose c'est bien ici. On a trop souvent affirmé qu'elle avait laissé Alexandre Nicolaïevitch mourir seul et sans soins. Or ce fut entre Isabelle et Augustin à qui se dévouerait le plus. Quand elle voulut raconter à son ami Ali comment elle vivait depuis le retour de son frère et comment ils passaient leur temps, elle et lui, Isabelle chercha à rendre toutes les nuances de leur alliance retrouvée : « Depuis longtemps nous dormons tout habillés pour être debout à la moindre alerte.

« Pour compagnon d'infortune nous avons un ami fidèle et désintéressé, un être innocent et doux – le chien mouton noir de maman.

« Quant à notre vie la voici : notre quartier général, c'est la cuisine au rez-de-chaussée. C'est là que je vous écris en ce moment. Représentez-vous Augustin et Podolinsky en pantalon d'ouvriers, en bourgeron et en gros souliers, occupés à tous les travaux de la maison sans exception. On cuisine, on soigne le malade, on chauffe les fourneaux, on lave les planchers, on pompe de l'eau à la cave qui s'inonde à chaque pluie, on soigne les oiseaux domestiques (entre parenthèses vos pigeons blancs sont ici et se portent à merveille). Ensuite on écrit force papiers officiels. L'affaire du testament est enfin présentée au tribunal compétent et nous n'attendons plus qu'une paperasse légale de Bône pour obtenir que le testament soit confirmé et entre en vigueur [...]. J'ai enfin obtenu un passeport russe et suis en règle. Pas trop tôt![20] »

L'agonie du maître de la villa Neuve se prolongea cinq longs mois. Le temps qu'il fallait à Augustin pour commettre quelques folies de plus. Il était de ces êtres qui ont l'âme tragique et l'esprit léger. Crut-il bien faire en appelant à l'aide le frère de la jeune ouvrière marseillaise qui depuis des années adorait Augustin en secret et rêvait de l'épouser. Il fit venir Henri Long qui arriva de Marseille quelques jours après lui. Le prétexte invoqué était que le frère et la sœur ne suffisaient plus à la tâche et qu'il fallait la faconde méridionale d'Henri pour dénouer l'atmosphère. Aussitôt qu'Henri fut là, commença le jeu. Les enfants terribles avaient-ils trouvé une victime de plus en la personne d'Henri? Enfin quelqu'un à mystifier, quelqu'un à torturer. On joua aux fiançailles. Peut-être fallait-il ça pour fuir en imagination la peur de ce qui se préparait.

Henri Long déclara sa flamme et sa ferme intention d'épouser Isabelle. La famille marseillaise prit les jeunes gens au mot. Le jour de l'An on échangea des souhaits. Suzanne, l'une des sœurs d'Henri, se fit connaître d'Isabelle par une carte de vœux en celluloïd[21]On ne pouvait rien imaginer de plus laid. Ornée en son centre d'une fleur, une pensée, qui se tordait le cou au bout d'une longue tige pour rejoindre une formule gravée en lettres néogothiques : « La Pensée nous rapproche », elle fut jugée par Isabelle d'une bêtise affligeante. Le ton de la carte et celui des lettres ne laissaient aucun doute sur le désir des Long de fixer au plus tôt la date du mariage. Henri s'était introduit dans une bonne maison. Il ne cessait de harceler Henri Vivicorsi auquel il réclamait extrait de naissance, casier judiciaire, documents indispensables pour pouvoir vite se marier. A Marseille, on s'ingéniait à le satisfaire, on se décarcassait, on l'encourageait : « Toute la famille vous embrasse de tout cœur, ainsi que votre fiancée Isabelle ». Signé : « Votre beau-frère dévoué[22]. »

L'écho des fiançailles fut entendu de la *Karoujka* où l'on enregistra le projet d'Isabelle sans y attacher plus d'importance qu'il n'en méritait. Sur le chapitre de ses mariages, ses amis russes savaient à quoi s'en tenir. Personne parmi eux n'était convaincu qu'on allait bientôt être de noce à la villa Neuve. Mais des bruits commencèrent à courir à Genève dont Rechid Bey fut informé. Pourquoi ce Marseillais logeait-il chez le Vieux ? Rechid Bey continuait à aimer Isabelle sans réserve et parlait de la rejoindre à tout instant. De l'ambassade de La Haye dont l'éloignement l'anéantissait, il accabla Isabelle de questions, de soupçons et de reproches furieux.

Trop de liens, trop de promesses, trop de mariages en vue... Augustin que ce jeu n'amusait plus fut le premier à y mettre un terme. S'échapper était dans sa nature. Le 19 avril 1899 il disparut et fit usage sans vergogne des réserves familiales. Les quelques milliers de francs qu'il subtilisa allaient lui permettre de ne pas être freiné dans ses entreprises de séduction. Faire caisse commune avec Augustin n'était pas sans risques, Isabelle le savait. Mais elle prit fort mal la chose. Peu disposée à être abandonnée au chevet de son père qui agonisait et peu satisfaite, semble-t-il, d'être laissée en tête à tête avec son pseudo-fiancé, Isabelle lança la police aux trousses de son frère. Le maréchal des logis Willemin, de la caserne de la gendarmerie de Genève[23], et l'agent de sûreté Kohlenberger ainsi que quelques-uns de leurs proches collaborateurs saisirent sans déplaisir ce prétexte pour reprendre le chemin de la villa Neuve[24]. Que s'y passait-il ? Voilà que la demeure des Russes devait à nouveau être surveillée. Il n'est pas impossible que cette péripétie ait été à l'origine de la disgrâce d'Henri Long. La fugue d'Augustin le plaçait en situation défavorable. Augustin avait failli à son devoir envers Vava et envers Isabelle. Sous l'influence de qui ? Pour Isabelle, il n'y avait qu'une coupable et son frère était déjà auprès d'elle : Hélène Long. Toujours la hantise du mariage secret.

Or Augustin n'était pas à Marseille où personne ne l'avait vu.

Apprenant qu'Isabelle se ravisait et que partaient en fumée leurs châteaux en Espagne, les Long étaient aux quatre cents coups. Hortense Vivicorsi informa Isabelle que si le fiancé fugueur ne donnait pas signe de vie, Hélène, sa sœur, se laisserait mourir de chagrin[25]. « Qu'elle meure ! » pensa Isabelle en qui se réveillait la sauvage. Les « madjouneries » d'Augustin, ce mal qui fondait sur lui à l'improviste et en faisait un fou, ivre de malheur, décidé à se perdre lui et les siens, fascinaient Isabelle qui redevenait ce qu'elle avait été avant la longue absence de son frère. Augustin aiguisait sa curiosité. Au diable les usages ! Il voulait choquer. Il était atteint du mal de fuite, du mal d'errance, elle savait bien qu'elle en était atteinte elle aussi, et le rêve fraternel la reprenait. Il l'envahissait. Peut-être obéissait-elle à quelque force occulte. Un génie familier, venu du fond des steppes, une sorte de djinn protecteur, égaré sur les rives du Léman, lui dictait ses ordres. Elle le laissait faire. Une main invisible avait frappé les trois coups. Il fallait que le rideau se levât une dernière fois et que se déroulât l'acte final où se retrouveraient au chevet d'un mourant un fugueur et une jeune fille, à peine majeure, qui allait s'acharner à les sauver tous deux.

Les enquêteurs firent grand cas d'une lettre adressée au fugitif par une inconnue et aussitôt transmise à la police. La lettre laissait supposer qu'Augustin de Moerder se cachait « chez la femme favorite du prénommé », pour reprendre les termes du « soussigné Willemin ». Or l'épistolière n'était autre que Frieda la Bernoise, toujours elle, la pensionnaire de la maison de tolérance auprès de qui Augustin avait fait ses premières armes. Baignée de pénombre pourpre et de tendresse amusée, Frieda avait reçu la visite d'Augustin plusieurs fois par semaine et il avait passé chez elle la nuit du 14 au 15 avril. Augustin-le-*madjoun* témoignait à une prostituée toute la fidélité qu'il refusait à ses fiancées. Frieda lui avait écrit en allemand une lettre d'une désarmante gentillesse. Elle lui disait des petits riens tout simples mais qui lui plaisaient terriblement. Ainsi elle avouait sans la moindre gêne que les affaires marchaient très fort et que ses clients, fort nombreux, ne lui avaient pas laissé le temps de souffler. Ce qui charmait Augustin était ce mélange d'amour et de fraternité : « Mon cœur bien-aimé, je veux tenir ma promesse et t'écrire quelques lignes. Je suis très fâchée de ne pas t'avoir écrit déjà la semaine dernière et je te prie de me pardonner comme tu le feras certainement, n'est-ce pas mon bien-aimé ? Tu as sans doute pensé que je t'avais oublié. Oh, non ! Il n'est pas de minute que je n'aie pensé à toi. Je me réjouis à l'avance du jour où tu me rendras visite en imaginant le moment où nous pourrons l'un et l'autre nous amuser ensemble. Quand viendra ce moment j'aurai beaucoup de choses à te raconter, des choses qui te rejouiront. J'espère que tu n'auras pas oublié le chemin qui te conduit à moi. C'est dans cet espoir que j'attends de toi une prompte réponse, que je te salue et t'embrasse mille et mille fois. Ta Frieda[26]. »

Lorsqu'il eut prit connaissance de cette lettre, l'inspecteur de sûreté Kohlenberger jugea nécessaire d'envoyer quelques-uns de ses spécialistes opérer une perquisition chez la favorite d'Augustin. Bien qu'arrivé à une haute position, Kohlenberger ne négligeait rien. Une prostituée écrivant qu'elle aurait « beaucoup de choses à raconter », c'était cette phrase qui l'avait alerté. Les policiers firent irruption chez la fille Emma dite Frieda. Ils venaient lui poser quelques questions. Ces choses si « amusantes » qu'elle avait promis de raconter à M. de

Moerder, ne pouvait-elle aussi les confier à la police ? Et puis où l'avait-elle caché son chéri, son adoré, son mille fois embrassé ? Hein ? Où était-il ? Elle déclara qu'elle n'en avait aucune idée. Elle ne l'avait pas revu depuis la nuit passée en sa compagnie. Augustin l'avait quittée au petit matin, en lui montrant un récépissé de bagages délivré par la compagnie ferroviaire du PLM. Il lui avait dit qu'il allait à Marseille. Depuis lors, plus rien. Personne ne savait où était passé Augustin.

Les enquêteurs s'en allèrent, laissant Frieda en larmes, dans une débâcle de linge, de tiroirs renversés, d'objets impossibles à décrire, un pêle-mêle de souvenirs, de mouchoirs tachés, de photos écornées et de médicaments, signes évidents de l'action policière dont elle avait fait les frais. Ils laissèrent sur place quelques mouchards chargés d'exercer une surveillance discrète et de mettre la main au collet du fugitif si jamais il réapparaissait.

La lumière vint de Bône. Alexandre Trofimovsky était au plus mal quand Isabelle reçut un message fort bref sur papier quadrillé. Elle reconnut la sage écriture de Khoudja ben Abdallah. Ce qu'il lui apprenait laissa Isabelle pétrifiée. Augustin s'était rendu à Bône sans prévenir qui que ce soit. La lettre de Khoudja commençait par quelques phrases de louanges en arabe où l'épistolier se montrait relativement bref : « Louange à Dieu, l'Unique ! A Son Excellence la très bonne et illustre Meriem. Salut à toi avec la grâce de Dieu et sa Miséricorde. Sache que ton frère Augustin vient d'arriver chez moi. Sache que j'en suis très content. Je l'ai trouvé un homme sage et bien doué. Que Dieu en fasse beaucoup comme lui. » La suite de la lettre était écrite en français : « C'est par une coïncidence heureuse qu'il m'a trouvé, poursuivait Khoudja, sinon il n'aurait eu personne pour le conduire au cimetière... » Il ajoutait : « C'est votre portrait craché. » Khoudja regrettait qu'Augustin soit reparti le soir même. Il avait l'air pressé. Pourquoi un si long voyage pour ne rester qu'un jour à Bône ? Cela surprenait. Ils avaient quand même eu le temps d'aller jusqu'au cimetière, et Khoudja lui avait aussi montré la maison Pailhès afin qu'Augustin sache où Mme de Moerder était morte.

Bien que bâclée, la lettre de Khoudja informait Isabelle que Ahmed, le petit Kabyle, auquel sa mère s'était tant attachée, avait retrouvé la scélératesse à laquelle Mme de Moerder l'avait brièvement arraché, celle de la rue. Et pour finir Khoudja priait Isabelle de donner le bonjour à M. Trofimovksy[27].

Quel tumulte dans la tête d'Isabelle, quel trouble! La lettre de Khoudja, c'était Bône, la ville de ses vingt ans, la douceur de sa mère, c'était ses égarements, sa jalousie, ses premiers transports amoureux, ses larmes, ses vagabondages, ses rendez-vous nocturnes, les jardins accueillants, les retours à l'aube, c'était tout cela qui la prenait à la gorge.

Elle se précipita sur sa plume. Khoudja pouvait-il se douter de ce qu'elle endurait? Son père à l'article de la mort, son frère l'abandonnant... Elle demandait à Khoudja de lui répondre sur-le-champ. S'il savait où se trouvait Augustin il fallait qu'il lui intime l'ordre de revenir : Vava était à toute extrémité. Khoudja reçut la lettre d'Isabelle le 2 mai 1899. Il lui répondit le jour même. Ce n'était pas une réponse, c'était un rapport. Rien n'avait échappé à la vigilance de l'oukhil judiciaire de Bône qui avait consciencieusement consacré à chaque sujet des paragraphes égaux et numérotés.

Il s'adressait à sa folle maîtresse en termes cérémonieux et le premier mot de sa lettre était « Mademoiselle ». Le bateau? Augustin avait débarqué du *Ville de Rome* et rembarqué le soir même, à 11 heures du soir, sur le même navire. Sa rencontre avec Augustin? Rien ne l'y avait préparé, et Khoudja disait sa surprise : «... J'ai failli tomber à la renverse... » Le mariage d'Augustin? Pas un mot à ce sujet. « Il ne m'a absolument rien dit. » Ses projets d'avenir? S'établir à Bône avec sa sœur et se consacrer avec elle au commerce des bestiaux! Khoudja avait aussitôt proposé ses services en qualité d'associé. Ce n'était pas une occasion à laisser échapper. Ses ressources? « Augustin avait sur lui de 4 à 500 fr en billets de banque français. » Mais il avait aussi deux pendentifs d'oreilles qu'il avait cherché à envoyer à Isabelle. Il souhaitait lui en faire la surprise. Or la poste les avait refusés. Les nouvelles locales? Ceux qui avaient affirmé à Isabelle que les David étaient au bord de la faillite avaient menti. Ils étaient dans la plus grande aisance. « La maison marche à merveille et ils ont fait tomber tous les autres photographes. » Où allait Augustin? Il avait affirmé qu'il retournait à la villa Neuve « à cause de la maladie du Vieux ». Ce qu'ils avaient fait? Khoudja avait emmené Augustin au cimetière musulman : « Nous sommes allés ensemble au tombeau où il a pleuré[28]. »

Dans les dernières lignes de cette lettre une remarque de Khoudja prouve qu'il ne manquait ni de jugement ni d'esprit d'observation. Il avait peur pour Augustin : « Je crains beaucoup pour lui. J'ai remarqué dans ses paroles qu'il ne tenait pas beaucoup à la vie. » Deux ans plus tard la même appréhension allait plonger Isabelle dans l'angoisse, quand à bout de ressources et logeant, à Marseille, chez son frère qui, lui aussi était réduit à la plus extrême misère, elle écrivait : « Si je crains, c'est pour Augustin. Pourvu qu'il ne conçoive pas le même projet que Volodia[29]... » Ce projet, Augustin allait effectivement le concevoir, seize ans après la mort d'Isabelle, quand il décida d'en finir avec la vie[30] et Victor Barrucand n'avait pas tort quand il constatait que les enfants de Mme de Moerder avaient tous des tendances suicidaires. Gardons mémoire de ces quelques lignes écrites par Isabelle à l'hôpital d'El Oued en 1901 : « [...] si je pouvais avoir la certitude *absolue, raisonnable* et *irréfutable* [...] que l'ennui noir, insondable qui parfois me prend et me torture au-delà de toute mesure deviendrait mon état normal et constant, je trouverais immédiatement la force d'éviter cette éventualité par une mort très calme et très froidement envisagée [...][31]. »

Mais on en n'était pas là en 1899 et ce fut un voyageur qui n'avait pas encore perdu confiance en lui-même que la police s'empressa de cueillir à l'instant où, de retour à Genève, et imaginant plaisirs et délices, il s'apprêtait à sonner à la porte de Frieda.

A peine retrouvé, Augustin fut « livré » à Isabelle. Les supérieurs du maréchal des logis Willemin en furent aussitôt informés : « Le n° 167, disparu depuis le 13 avril, a été retrouvé et ramené chez lui par sa sœur Mlle Eberhardt. » Dans son rapport, Willemin ne voyait en Augustin rien de plus qu'un *Heimatlos*[32].

Augustin Pavlovitch, le séducteur que guettait la trentaine, rendu à sa jeune sœur comme on rend un enfant perdu à sa mère, le fils de Mme de Moerder qualifié de *Heimatlos* par un gendarme suisse, il y avait là tous les signes de l'échec et ceux d'une inévitable marginalisation. Là, devant la porte d'une prostituée genevoise commençait pour Augustin sa lente glissade vers une pauvre vie.

Mais ce ne fut certes pas cet aspect des choses qui provoqua une rupture entre le frère et la sœur. Le mot *Heimatlos* grandissait Augustin aux yeux d'Isabelle. Toujours elle se reconnut dans les sans-patrie, enfants perdus de la société occidentale ou mendiants en rupture de clan et de tribu, errant sur les pistes du Sud algérien, toujours, qu'ils fussent arabes, français ou étrangers, elle leur manifesta l'admiration et le respect que lui inspiraient ceux qui bravent les lois et vont jusqu'au bout de leur destin. N'allait-elle pas, le moment venu, éprouver elle aussi au cours de ses années algériennes « le bien-être étrangement triste et voluptueux du *Heimatlos*[33] »? Exclu, coupable ou victime Augustin avait toujours trouvé auprès de sa sœur soutien et compréhension. Assagi, casé, rangé« Isabelle ne l'accepta plus. Quand il choisit une vie bien humble et bien médiocre, aux côtés d'Hélène, alors Isabelle constata tristement son impuissance à aider des gens qui lui étaient « diamétralement opposés[34] ». Elle jugea durement et sans doute injustement celle qui devint la jeune épouse de son frère. Elle apparaît dans son œuvre sous le nom de *Jenny l'ouvrière :* « Augustin s'est effacé de ma vie, lit-on dans *Mes journaliers.* Pour moi le frère tant aimé jadis est mort. Quant à l'individu qu'il y a à Marseille ou ailleurs, le mari de *Jenny l'ouvrière,* il n'existe pas et je n'y pense que très rarement. C'est lui qui a tout fait pour ça et l'inoubliable Vieux s'est montré d'une clairvoyance inouïe[35]. »

Mais ce jugement n'était déjà plus celui d'Isabelle Nicolaïevna, jeune fille russe. Celle qui parlait ainsi était déjà la nomade, déjà l'errante.

« L'inoubliable Vieux » mourut douze jours à peine après le retour d'Augustin. Il expira un jour de mai, à neuf heures du matin, et ce fut Augustin qui alla à la mairie de Vernier où M. Pictet veilla à ce que le décès de Vava fût aussitôt enregistré[36] et qu'il fût signé par Augustin avant qu'il ne le signât lui-même. Quelques noms, quelques détails faisaient défaut. Le maire de Vernier ne s'en formalisa point. Il connaissait Augustin depuis son plus jeune âge. C'était un fantaisiste, il le savait. Ainsi s'il connaissait le prénom du père de son tuteur, Augustin ignorait le nom patronymique de la mère de Vava. Elle figura sur l'acte sous le seul prénom de Marie. Il en alla de même pour l'épouse délaissée, la femme que Vava avait abandonnée avec ses enfants sur les rives du Dniepr. L'épouse n'eut droit qu'au prénom d'Akoulina, sans autre précision. Vava, lui, fut enregistré en tant que citoyen d'Herson en Ukraine, ville proche de Nicolaïev, ce port de la mer Noire dont le général de

Moerder avait été longtemps le gouverneur. Et personne ne chercha à donner au Vieux une autre raison sociale que celle qu'il avait toujours revendiquée : « propriétaire » de la villa Neuve, *proprius* jusqu'au bout... Il fut inhumé à côté de Volodia ainsi qu'il l'avait souvent souhaité.

Les évocations du petit cimetière de Vernier sont nombreuses dans l'œuvre d'Isabelle. Ses carnets de voyage et sa correspondance témoignent de ce que furent son désarroi et sa douleur, en ce printemps de 1899. Rédigées sur le pont d'un paquebot, à la belle étoile, dans le silence du désert, ou dans le brouhaha d'un café maure, ces notes évoquent les deux tombeaux de Vernier qu'Isabelle n'allait jamais manquer de visiter à chacun de ses retours en Suisse et de saluer à chacun de ses départs.

Un mois après la mort d'Alexandre Nicolaïevitch, c'était le 4 juin 1899, «... lors de mon dernier pèlerinage à la tombe de Vava, le jour de mon départ de Genève[37] » Isabelle remarqua sur un tombeau une épitaphe en italien qu'elle recopia : « *Già non si deve, a te, doglie ne pianto/Chi si muore nel mondo, nel ciel rinasce* » (Déjà on ne te doit plus ni pleurs ni douleurs/Qui du monde s'en va, au ciel renaît), et elle garda longtemps ces deux vers en mémoire. On les retrouve à la première page de l'un de ses *Journaliers*.

A quelque temps de là, de passage à Cagliari, où elle était allée rejoindre Augustin, voilà Isabelle encore aux prises avec ses souvenirs. Elle s'est toujours montrée extraordinairement fidèle à ceux de sa race. Jamais elle n'allait guérir de la mort des siens, jamais non plus elle n'allait réussir à se libérer de l'emprise envahissante de ces trois tombes russes que la mer séparait : la tombe d'Annaba et les deux tombes de Vernier. Peut-être que de les évoquer la protégeait contre le mal d'exil. Elle notait : « Quelles illusions garder encore quand la blanche colombe, qui fut toute la douceur et la lumière de ma vie, est endormie là-bas, depuis deux années, dans la terre, au tranquille cimetière des Croyants d'Annaba? [...] Quand Vava à son tour est retourné à l'originelle poussière et quand de tout ce qui semblait si tenacement durable, rien ne reste plus debout, quand tout s'est écroulé, anéanti pour le temps et pour l'éternité! [...] [38] ». Quinze jours plus tard ce sont les souvenirs de Vava et ceux de la villa Neuve confondus qui la hantent à nouveau : « Non! Pas de malédiction à cette vie de jadis. Quelles heures bénies n'y ai-je pas connues, malgré tout, malgré la captivité, malgré les ennuis, les injustices. Depuis que j'ai quitté pour toujours cette maison où tout s'est éteint, où tout était mort avant que de tomber définitivement en ruine, ma vie n'est plus qu'un rêve rapide, fulgurant à travers des pays disparates sous différents noms, sous différents aspects[39]. »

Des années s'écouleront sans qu'Isabelle parvienne à se convaincre que les bonheurs de la villa Neuve avaient disparu à jamais. Elle n'était donc ni aussi nomade ni aussi libérée qu'elle l'avait cru. Un soir, à Alger – c'était le 31 décembre 1902 – elle écrivit : « Où sont les rêves envolés, les rêves azurés de jadis, là-bas, en face du Jura neigeux et des grands bois de chênes? Où sont les êtres chers qui ne sont plus? Bien loin, hélas!

« Jadis, j'envisageais – depuis très tôt – et avec terreur, l'échéance de la mort des chers vieux aimés, Maman et Vava... Et il me semblait impossible qu'ils meurent. Maintenant, depuis cinq ans, Maman dort par un hasard dont ils ont emporté le secret dans la tombe, parmi des sépultures musulmanes, dans la terre d'Islam... Depuis tantôt quatre ans, Vava et l'inexpliqué Volodia reposent dans la terre d'exil, là-bas, à Vernier... Tandis qu'à Bône, autour de la tombe de Maman les fleurs de l'hiver algérien s'épanouissent, là-bas, les deux tombes sont sans doute couvertes de neige[40]. »

Aux pires heures de sa vie, lorsqu'elle se trouva face à des choix difficiles voire dangereux, ainsi lorsqu'un grand quotidien français, *le Temps,* reconnaissant la compétence d'Isabelle en matière d'« affaires indigènes », lui proposa d'être son correspondant au procès des insurgés de Margueritte, ce sera encore et toujours vers Mme de Moerder et vers Vava que se tournera Isabelle. Une Isabelle émue et presque étonnée que ses compétences et que sa personne soient enfin reconnues : « Ah, Maman ! Ah Vava ! Voyez votre enfant, *l'unique,* le seul qui vous ait suivis et qui, au moins, après la tombe, vous honore ! Je ne vous oublie pas. Si votre pensée n'est pas comme jadis, constamment présente à mon esprit, c'est que la lutte est dure et rude et que j'ai trop souffert. Mais votre cher souvenir ne me quittera jamais. Aux pires heures de détresse, n'est-ce pas vous que j'ai invoqués ?[41] » Ce ton, proche du cri, évoque Jean Amrouche dédiant *Etoile secrète* à ses parents : « Voici le poème que votre enfant a composé. » N'était-il pas comme Isabelle, et de son propre aveu, « un hybride culturel[42] » ?

Même nomade et heureuse de l'être, jamais Isabelle ne réussit à s'arracher complètement à son terreau natal. Ses racines tenaient bon. Convertie à l'Islam, profondément croyante et n'ayant de goût que pour ce pays d'Algérie devenu le sien, Isabelle n'en demeurait pas moins la fille d'Alexandre Nicolaïevitch et de Mme de Moerder. Rien n'allait jamais la guérir de son enfance russe.

Quelques semaines après la mort d'Alexandre Nicolaïevitch, des scellés furent apposés sur sa demeure. Chassés de la villa Neuve, Augustin et Isabelle allèrent à Genève rejoindre Véra Popova, Chouchka, Ga Hahn et quelques autres « orientaux » de leurs amis. Ce n'étaient pas les pensions de famille qui manquaient.

Tel fut le résultat d'un échange de lettres entre le

vice-consul de Russie et le président du Conseil d'Etat de Genève, une correspondance dans laquelle, à mots feutrés, l'inévitable baron zur Gosen, « chargé par la loi russe de défendre les droits des héritiers légitimes absents », laissait entendre qu'ils existaient bel et bien ces héritiers inconnus et que « le défunt avait laissé, en Russie, une famille[43] ».

Akoulina et ses fils allaient faire parler d'eux.

Le comte Prozor réussit à mettre le plus de distance possible entre lui et « l'Affaire ». En villégiature à Arcachon il n'intervint que mollement, se bornant à demander aux autorités helvétiques de « vouloir bien assister de leur précieux concours Monsieur zur Gosen[44] », auquel il s'en remettait pour que les droits de chacun soient respectés.

L'épouse légitime était donc décidée à faire main basse sur l'héritage de son indigne époux. Elle comptait pour cela sur l'appui des barons du consulat impérial. Mais l'insistance qu'ils manifestèrent fut jugée excessive. La loi helvétique ne favorisait guère ce genre de manigances. Les Gosen et Rosen en firent trop et ce fut par un curieux retour des choses que les droits de ceux des héritiers de Vava demeurant en Suisse semblèrent avoir plus de chances d'être reconnus par le gouvernement fédéral que ceux de ses héritiers demeurant à Odessa. Il y avait là matière à rire. C'était bien le seul aspect comique de cette sombre histoire que l'irruption soudaine d'une nouvelle fournée de demi-frères inconnus dans la vie d'Isabelle. Il était question tantôt des quatre fils de Vava, tantôt on n'en comptait plus que deux. Augustin en faisait des gorges chaudes. Isabelle, qui retrouvait avec lui son élan d'autrefois et leurs connivences, se régalait de ses plaisanteries.

Or elle n'avait qu'une hâte : s'en aller.

De son mariage avec Archavir il n'était plus question. Elle en avait averti Ali Abdul Wahab en temps voulu : « Mon malheureux ami Ahmed R. est lui-même dans une situation aussi inextricable que cruelle. Ses lettres se sont faites désolées. Il est en proie à une dépression intellectuelle complète. Des circonstances longues et peu aptes à être décrites dans une lettre – vous comprendrez aisément – nous forcent à remettre notre union à une époque indéterminée...[45] » Ali comprenait d'autant mieux que les lettres d'Isabelle contenaient des phrases qu'il retournait inlassablement dans sa tête : « Je vous aime, Ali, et ne me parlez plus jamais d'oubli ni d'indifférence[46]. »

Isabelle comptait avoir quitté la Suisse dans les quinze jours. C'eût été mal la connaître que de l'imaginer retardant son départ pour veiller à ses intérêts. Vivre à Tunis... Revoir Bône... Aller à Batna avec Eugène Letord... Isabelle était plus que jamais étrangère à tout ce qui n'était pas l'Afrique. Elle se sentait très forte, très libre et fière des quelques rentes qu'elle avait réussi à soustraire à l'héritage de sa mère avant que les Moerder de Russie n'aient fait opposition. Elle parlait de ces sommes comme d'un pactole. L'Afrique en tête, cela signifiait partir de suite, sans s'occuper des négociations en cours. Sa décision fut vite prise : elle fit d'Augustin son mandataire et laissa une procuration lui donnant les pleins pouvoirs. Elle était loin d'imaginer que la confiance qu'elle lui témoignait allait la vouer à la misère pour le restant de ses jours. Elle venait de signer son acte de ruine.

Augustin, pour sa part, aspirait à tout autre chose que de rester en Suisse. Il ne rêvait que de retourner à Marseille. Sa maladie secrète, cette léthargie qui s'emparait de lui à son insu et en faisait un inconscient, lui dicta la pire des décisions. Il remit ses intérêts et ceux de sa sœur entre les mains d'un certain Samuel qui, à l'en croire, avait les qualités les plus rares. Augustin chantait ses mérites à tout propos et Isabelle elle-même était conquise. A quel point l'un et l'autre manquaient de discernement ! Plus d'inquiétudes, plus de tourments, à les en croire. Chacun allait mener sa vie comme il l'entendait et Isabelle tenait au courant Ali Abdul Wahab de leurs projets d'avenir : « Vous me demandez ce que nous comptons faire, Augustin et moi. Augustin va se marier et s'établir à Marseille. Moi j'arrive dans douze ou quinze jours à Tunis où j'habiterai [...]. Augustin viendra nous voir tous les mois[47]. »

En attendant que la villa Neuve fût vendue, Augustin, tout en pressant Samuel de trouver une solution, joua les grands seigneurs. Il multiplia les voyages. Il invita Samuel à l'accompagner en Tunisie où il souhaitait le présenter à ses amis. Il fit des emprunts, promettant aux banques de les rembourser sur ce qu'allait rapporter la vente. Or Samuel ne faisait rien pour hâter les choses. Alors Augustin avança de l'argent à Samuel et continua de s'adresser aux banques, ignorant que Samuel en faisait autant de son côté, sans en rien dire, qu'il le faisait au nom d'Augustin et qu'utilisant sa procuration il avait opéré d'importants prélèvements chez le notaire. Dix mois s'écoulèrent ainsi pendant lesquels, en dépit des scellés, la villa Neuve fut cambriolée à deux reprises. Certains indices laissèrent supposer que les héritiers les plus pressés avaient réussi à se payer sur l'argenterie de famille.

Quand il devint possible d'envisager la vente de la villa Neuve, l'homme de confiance d'Augustin Pavlovitch n'était plus là. Il s'était volatilisé. Deux laborieuses enchères eurent lieu sans lui. Elles donnèrent un résultat si médiocre qu'il ne put suffire à rembourser les emprunts consentis à Samuel. Le notaire fit savoir aux héritiers d'Alexandre Nicolaïevitch qu'ils étaient débiteurs d'une somme de soixante francs! Leurs espoirs aussi s'étaient volatilisés. Avec Samuel...

Pendant le temps qu'avait duré l'attente, la vente de la villa Neuve avait nourri les rêves d'Isabelle. Son journal est là pour en témoigner : « Ah! toucher enfin l'argent de cette malheureuse villa Neuve et aller retrouver la terre d'Afrique, qui sait, peut-être même le Souf inoubliable ! Pouvoir de nouveau lire, écrire, dessiner, peindre peut-être, vivre, enfin, de la vie intellectuelle et poser le fondement de ma carrière littéraire ! Peut-être au lieu d'aller en Algérie, faudrait-il aller à Paris raisonnablement, avec une certaine quantité d'articles à placer ?[48] » Or ce ne fut pas la fortune qui se présenta le jour où la villa Neuve changea de propriétaire, ce fut la misère en personne, cette fidèle compagne d'Isabelle, celle qui n'allait jamais plus la quitter.

L'escroquerie dont Isabelle avait été victime provoqua en elle un changement profond. Elle avait vécu jusque-là sans soupçon, prête à ouvrir son cœur au premier venu. C'était fini : « Ma méfiance est devenue terrible, invincible, avouait-elle, depuis Samuel surtout[49]. »

A la catégorie des hommes dont Vava lui avait appris à se méfier, la catégorie des politiciens avides, des arrivistes et des apparatchiks aux dents longues, s'ajoutait désormais la catégorie des affairistes et des spéculateurs, des hommes comme elle n'en avait jamais connu. Mais elle n'avait plus besoin d'être avertie. Elle avait vu Samuel à l'œuvre, elle l'avait vu tromper et mentir. Elle savait désormais ce qu'était un escroc.

Je l'ai dit, Isabelle avait changé. Longtemps elle avait souhaité rompre avec la Suisse, mais une fois la chose faite et de façon irréversible, alors elle réalisa pleinement ce qu'elle avait perdu en perdant la villa Neuve : un asile, un lieu d'où partir vers la lointaine Afrique et un lieu où revenir.

Pour la première fois elle était seule. Plus rien ne la rattachait à son enfance. Elle commençait enfin à comprendre qu'il était plus difficile qu'elle ne l'avait cru d'aller vers l'inconnu sans liens à briser, sans opposition à vaincre, plus difficile aussi de vivre une liberté tant de fois revendiquée sachant qu'elle lui était donnée au prix de la disparition de tout ce qu'elle avait le plus aimé.

Isabelle fut informée à Marseille, dans le logement

misérable qu'elle occupait rue Grignan, de l'événement qui allait profondément modifier sa vie : « Pauvre chère *villa Neuve* où je n'entrerai certes jamais plus, que j'ai même bien des chances de ne plus jamais revoir !

« Depuis hier, date à laquelle j'ai appris que *la maison* a été vendue le 27 septembre, les souvenirs de là-bas viennent me hanter.

« Finie cette fois pour toujours l'histoire de la vie là-bas, la première de mes idées ici-bas ! Tout est dispersé, fini, enterré. Dans peu de jours, les vieux meubles eux-mêmes, les témoins inanimés du passé seront vendus à l'encan, disséminés. Quant à nous [...], nous partirons pour le plus loin possible dans le Sud et cette fois, s'il plaît à Allah, pour toujours[50]. »

Une vie qui changeait, une liberté qui s'offrait, tout cela commençait avec le siècle. Isabelle croyait avoir de nombreuses et belles années devant elle. Or elle n'avait que cinq ans à vivre. C'était peu. Mais cela elle ne pouvait l'imaginer. A son âge – vingt-trois ans – la vie et sa durée ne sont jamais mises en doute. Cinq ans seulement pour vivre pleinement sa passion de l'Islam, pour approfondir sa connaissance de la religion qu'elle s'était donnée et s'éloigner d'empires séculaires qui s'effondraient, cinq ans pour chercher ailleurs un accomplissement en notant au jour le jour les menus faits d'une vie errante, c'était peu. Cinq ans pour obtenir ce qu'elle avait si ardemment souhaité : une vie d'écrivain et, plus périlleux encore, une vie libre, voilà le temps dont elle disposa. « La chose la plus difficile, la seule difficile peut-être est de s'affranchir et encore bien plus de vivre libre », notait-elle à Alger, un soir de Noël. C'était en 1902. Elle venait de lire *Résurrection* et recopiait sur son journal ce passage de l'œuvre de Tolstoï : « Autre chose est de savoir que quelque part, très loin, certains hommes s'occupent à en torturer d'autres, à leur infliger toutes les variétés de la souffrance et de l'humiliation, et autre chose est d'assister durant trois mois à cette torture, de voir infliger journellement ces souffrances et ces humiliations. » Pourquoi cette note et pourquoi précisément ce passage-là? Qu'avait-elle vu de si terrible en ce pays devenu le sien, cette Algérie où Isabelle n'était plus qu'une Arabe parmi les Arabes?

La jeune fille russe, dont le mode de vie, les amitiés et les habits masculins en avaient étonné plus d'un sur les rives du Léman, étonna bien davantage les Français d'Algérie qui – à quelques rares exceptions près – l'observèrent avec méfiance. Convenons qu'il y avait de quoi. Ses motivations, ses sujets de curiosité, tout dans son comportement était jugé répréhensible. Elle ne manifestait d'intérêt que pour le monde musulman dans son expression la plus populaire. A l'inverse des tendances de ses plus illustres devancières, Isabelle ne se laissait prendre au piège d'aucun des fantasmes dont l'Europe raffolait. Pas de descriptions flatteuses. La lectrice passionnée de Loti se détournait de celui dont les écrits l'avaient initiée à l'Orient. Elle devenait son antithèse et ne racontait de l'Algérie rien de ce qui aurait pu plaire, rien non plus des mondes auxquels, par privilège dû à son sexe, elle aurait pu avoir accès : le monde secret des femmes, les bains, l'intimité familiale, les costumes chatoyants, les heures de farniente, le mystère des harems, les billets doux. Isabelle avait les yeux ailleurs. Son regard n'allait se poser ni sur l'Orient des richesses ni sur l'Orient des mirages, il n'allait qu'à l'Orient des réalités quotidiennes, aux faits et gestes des plus humbles, « ceux qui n'ont rien et à qui on refuse jusqu'à la tranquillité de ce rien ».[51] Aucune trace de douceur de vivre dans ses Orients. Peu de visions paradisiaques. Elle avançait hors des circuits protégés et des sites offerts à l'admiration des visiteurs de haut rang. A une époque où des femmes n'affrontèrent les risques des expéditions lointaines que sous forte escorte en emportant leur nourriture et leurs draps de lit, Isabelle ne voyagea qu'avec les vêtements qu'elle avait sur elle et un sac de livres. Ce fut en cet équipage qu'elle s'en alla par les pistes désertes dans le sillage des caravanes. Elle était différente jusque dans sa façon de voyager. Si elle ne ressembla à personne c'est que personne – du moins aucune femme avant ni après elle – ne tenta pareille aventure, et qu'aucun homme ne connut les Arabes et le désert comme elle, qui vécut avec eux. Elle vécut expatriée, dérangeante et partageant tout avec eux. Elle partagea les duretés de leur vie, leur pauvreté, la saleté, la poussière, les dangers, leur goût des grands espaces, leur paresse, leurs excès, le kif, le haschisch, les plaisirs défendus, l'alcool, l'épuisement, la maladie. Elle prit comme un pari sur la confiance, pari perdu d'avance.

Aucune des pionnières de l'exploration ne peut lui être comparée. Pas de princes dans la vie d'Isabelle, pas de hauts fonctionnaires, pas d'appuis, tout ce qu'elle réalisa fut entrepris sans aide et dans la solitude. Elle ne fut ni une riche exploratrice comme Alexine Tinné au tragique destin, ni la puissante épouse d'un grand chef religieux comme Aurélie Picard, la « maraboute » des sables. Elle n'eut pas pour époux un chef de guerre et ne régna pas sur ses tribus comme Jane Digby el Mezrab. Elle n'inspira de son vivant ni un Balzac ni un Edmond About. Isabelle demeura une âme en peine, en peine de liberté. Elle revendiqua seulement la liberté de se convertir à l'Islam, d'aimer un peuple et un pays qui n'était pas le sien – l'Algérie – d'y vivre fièrement en déracinée, tout en cherchant une intégration à première vue interdite. Mais cette liberté-là en entraînait d'autres, beaucoup d'autres et celle-ci en particulier : la liberté de prendre ses distances avec la société coloniale. Elle fut jugée d'une « irrégularité outrageante ». Car c'était cela aussi, la liberté, Isabelle, c'était braver l'opinion et en subir les conséquences, c'était aller jusqu'au bout de soi-même en provoquant haines et suspicions, c'était aimer le désert à en mourir...

Ecrivain, sa notoriété fut posthume et son œuvre, qui aussitôt publiée s'imposa, ne parut pas sous sa forme originale mais souvent corrigée, réécrite ou tronquée suscitant, de ce fait, d'interminables polémiques. Encore un domaine où elle se singularisa. Son approche de la réalité algérienne apporte la preuve répétée qu'elle n'admettait point qu'il y eût culture dominante en terre algérienne et que, pour sa part, elle se situait instinctivement à mi-chemin entre la culture française et la culture arabo-maghrébine. Une place qu'elle fut seule à occuper. Russe, elle fut le premier écrivain maghrébin d'expression française. Cette « déclassée », au parler nasal, cette exclue, au crâne rasé, tout en demeurant une énigme pour ceux qui la connaissaient le mieux et un motif de scandale pour ceux qui ne la connaissaient pas, malgré ses bizarreries, ses travestis, malgré ses excès de toutes sortes, malgré ses passions, ses liaisons, malgré la drogue, malgré l'alcool et un délabrement physique aussi précoce qu'évident, devint un personnage auréolé de mystère, Isabelle du désert, une femme de légende. Que de singuliers défis...

Paris. Place Beauvau, 1982.
Marseille. Vieux-Port, 1986.
Saint-Antonin-sur-Bayon, 1988

REMERCIEMENTS

Aix-en-Provence : J. F. Maurel, conservateur en chef du dépôt des Archives d'outre-mer. Olivier Vergniot. Christine Drouot. Bruno Étienne. Michel Faure. Solande Ory. – *Alger :* Noureddine Aba. Khelifa Belaïd, président du Conseil populaire d'Alger. Kader Boutaleb. Michel de La Fournière, conseiller culturel. Dr Ouldaoudia. François Scheer, ambassadeur de France. – *Annaba :* Jacques Grandadan, consul général de France. – *Aubagne :* Tibor Szecsko, conservateur du musée de la Légion étrangère. – *Bourg-la-Reine :* Pr X. Yacono. – *Cuers :* Marguerite Benhoura. Jean de Maisonseul. – *Genève :* Robert Borgis, officier d'état civil de la commune de Vernier. Comte Georges de Boulloche. M. Boyer, consul général de France. Don Clemente et Donna Noëlle del Drago. Jean Plihon, ministre chargé du Consulat général de France. Claude Richoz, rédacteur en chef de *la Suisse.* Marc Vuilleumier, de l'université de Genève. – *Johannisberg (R.F.A.) :* Tatiana, princesse de Metternich. – *Leningrad :* La direction générale des Archives. Les Archives centrales d'Etat de l'URSS. – *Londres :* Prince Georges Vassilchikov. – *Lyon :* Jacques Duprilot. – *Marseille :* Oleg Avramenko, consul général d'URSS. Archam Babayan, président du conseil de l'Eglise arménienne de Marseille. Georges Bergoin, de l'Académie de Marseille. Marcel Courdurié, directeur délégué aux Affaires culturelles de la Chambre de commerce de Marseille. France Eyraud. Marc Faigre, attaché aux Archives de la ville de Marseille. Loïc Fauchon, directeur de cabinet du maire. Arnaud Ramière de Fortanier, conservateur en chef des Archives de la ville de Marseille. J. P. Jaubert, conservateur du cimetière Saint-Pierre. Nina Kehayan. Jeanne Laffitte. Simone Lambert, conservateur adjoint du musée de la Marine. Simone Orsoni. – *Moscou :* O. Agronski. Youri Joukov, commentateur politique de la *Pravda,* député du Soviet suprême. La Société géographique de l'Académie des sciences de l'URSS. – *Naples :* Prince Ferdinando Ferrara Pignatelli. – *Nice :* Pierre Lambertin, commissaire de la République. – *Paris :* Nikolaï Afanassievski, ministre conseiller. Pr Charles-Robert Ageron. Jacqueline

Arnaud, maître de conférences à Paris-Nord. Mme Jacques Baszanger. Paule de Broglie. Alain Bonzon, chargé de mission à la Mission des Archives. Lily Denis ? Jean Duvignaud, de l'université Paris-VII. Daniel Farcis, conservateur en chef de la Mission des Archives. Jean Favier, directeur des Archives de France. Philippe Grégoire, chef de cabinet du ministre de l'Intérieur. Roger Grenier. Préfet Maurice Grimaud, directeur de cabinet de Gaston Defferre. Charles Hernu, ministre de la Défense. Charles-André Julien. Véronique Klein, chargée de mission à la Mission des Archives. Martine Lévy, directeur adjoint du cabinet du recteur de l'Académie de Paris. Cecily Macworth. André Miquel. Martine Muller. Prince Louis de Polignac. Danielle Sébille. Prince Dimitri Shakovskoi. Gérard Sourd, conservateur à la Bibliothèque nationale. E. Szapiro. Michel Thénault, chef de cabinet du ministre de l'Intérieur. Youli M. Vorontsov, ambassadeur de l'URSS en France. Faiza Abdul Wahab. – *Salon-de-Provence :* Raoul Brunon, conservateur du musée de l'Emperi. – *Stockholm :* Jean-Pierre Armengaud, conseiller culturel à l'ambassade de France. – *Toulon :* Jean Paul Serge Dauchart et Mme Astorkia du centre de documentation et de recherches de la 3e Région maritime. – *Valence :* Mme Fernand Grivet. Rodolphe Pesce, député maire. – *Vincennes :* Jean-Pierre Busson, conservateur en chef du service historique de la Marine. Contre-amiral Chatelle, chef du service historique de la Marine. Mme Combes, conservateur des Archives historiques de l'Armée. Général Delmas, chef du service historique de l'Armée de terre. Jean-Claude Devos, conservateur des Archives historiques de l'Armée.

« Je mets peut-être bien de la minutie à raconter ces choses : mais c'est qu'on ne rêve bien qu'à condition d'avoir pour point de départ un paysage réel, tout un entourage, même inutile, d'associations d'idées. »

ARAGON, *J'abats mon jeu.*

Notes
ou
mes secrets de fabrication

I. RACINES

CHAPITRE 1

Page 16

1. Sainte-Beuve, *Nouveaux Lundis*, 25 novembre 1861.

Page 18

2. Robert Randau, *Isabelle Eberhardt. Notes et souvenirs*, Chariot, 1945, p. 50. L'écrivain algérianiste Robert Randau, de son vrai nom Robert Arnaud (1873-1950), avait été affecté en 1902 à la commune mixte de Tenès en qualité de 5e adjoint. C'est à Tenès qu'il connut Isabelle Eberhardt.

3. *Ibid.*, p. 39. Raymond Marival, de son vrai nom M. Vayssié, juge de paix à Tenès, était un pseudonyme sous lequel ce magistrat français fit paraître d'abord en feuilleton puis au Mercure de France, deux romans, *Chair d'ambre* (1901) et surtout *Le Cof* (1902), qui témoignent d'un intérêt, rare à l'époque, pour les traditions et les mœurs kabyles. Voir la préface de Louis Bertrand publiée dans l'anthologie *Notre Afrique* (1925, Editions du Monde) : «... Parmi les écrivains, fils du pays ou suffisamment adaptés et acclimatés pour qu'on les considère comme d'authentiques Algériens (*sic*), je voudrais en citer et louer un grand nombre dont les noms sont célèbres : [...] un Raymond Marival, un Ferdinand Duchêne ou une Elisa Rhaïs... »

Page 19

4. *Ibid.*, p. 101. Jean Rodes, dont Randau rapporte les propos, grand reporter au journal *le Matin* et au *Temps*, avait publié un roman, *Adolescents*, au Mercure de France.

5. *Ibid.*, p. 98. Victor Barrucand, collaborateur de *la Revue blanche* et journaliste, avait repris en 1902 le vieil *Akhbar* (fondé en 1839). Il en fit un hebdomadaire franco-musulman d'une formule très nouvelle : son journal était bilingue. Barrucand s'assura la collaboration d'Isabelle Eberhardt. C'est lui qui fit éditer son œuvre après sa mort.

6. Madame de Sévigné, *Lettre 767*, à Madame de Grignan, Nantes, 25 mai 1680. « Je vous recommande votre santé et de ne guère écrire si vous m'aimez; ma belle, servez-vous de la *Pythie*. N'avez-vous jamais ouï dire : " Il a une belle voix pour écrire "? », p. 948, Bibl. de la Pléiade. Même le perspicace Roger Duchêne n'est pas parvenu à découvrir quel était le vrai nom du personnage qui répondait à ce sobriquet. La Pythie prenait en dictée les lettres que Mme de Grignan adressait à sa mère.

CHAPITRE 2

Page 20

1. Pour l'aspect physique de Natalia de Moerder, voir le rapport nº 694, adressé par le commissariat spécial d'Annemasse, service de Surveillance des étrangers, au préfet de Haute-Savoie. Comme ses collègues suisses, il n'accorde à Mme de Moerder que 1,55 mètre de taille. Ce même rapport donne le lieu et la date de naissance de Mme de Moerder : 23 septembre 1838 à Saint-Pétersbourg.

2. La table des rangs fut instituée par Pierre le Grand pour opposer à la vieille noblesse des boyards, trop imbue de ses droits héréditaires, une nouvelle noblesse de service. La table des rangs, qui est restée en vigueur jusqu'en 1917, régissait toutes les hiérarchies de l'Empire : administratives, militaires, navales, religieuses, et jusqu'aux charges de cour. Aux quatorze *rangs* des fonctionnaires correspondaient les quatorze *grades* des militaires.

3. Pour les Korff, voir l'*Encyclopédie biographique russe*, de Brockhaus et Efron, pp. 354 et suiv. Sans doute René-Louis Doyon ne disposait-il pas de cet ouvrage lorsque, citant le nom de Korff, il rédigea (p. 40 des *Infortunes et ivresses d'une errante*, Sorlot, Paris, 1944) une note sibylline dans laquelle, par la suite, la plupart des biographes d'Isabelle Eberhardt virent une allusion à l'origine juive de ce nom. Considérée par

les uns comme une « découverte capitale », considérablement amplifiée par les autres, cette hypothèse selon laquelle Korff, un Israélite allemand, aurait été le père naturel de Natalia Nicolaïevna de Moerder n'a pas le moindre fondement.

Pour le colonel baron Korff, voir dans les Archives historiques centrales d'Etat de l'URSS, fonds 1405, inventaire 71, le dossier 6158 concernant le lieutenant général de Moerder. On en conclura que le baron de Korff n'avait aucun lien de sang avec Isabelle Eberhardt et que de toute façon les Korff n'étaient pas juifs.

Gardons-nous d'oublier qu'un condisciple de Pouchkine au lycée de Tsarskoïe Selo, où n'était accueillie qu'une noblesse petite ou grande, mais triée sur le volet, s'appelait Modeste Korff. Rappelons aussi Maurice Paléologue qui, dans *La Russie des tsars,* fait état de l'aversion que les barons baltes, si nombreux à la cour du tsar, inspirèrent à la vieille aristocratie russe. Et de citer entre autres noms celui du baron Korff, grand maître des cérémomes. Imagine-t-on Nicolas II choisissant un Juif pour tenir un tel emploi ? Notons enfin – toujours à titre d'exemple – que l'écrivain Vladimir Nabokov qui compta parmi ses ancêtres un ministre de la Justice sous les tsars Alexandre II et III, un juge de paix et un président de l'Académie impériale de médecine, eut pour trisaïeul un Nicolas von Korff, fils de Wilhelm Karl von Korff et d'Eleonore von der Osten-Sacksen.

Page 21

4. Dès 1728, « les héritiers des Romanov ne comptent plus dans leurs veines qu'un quart de sang russe pour trois quarts de sang allemand ». A chaque génération suivante, la proportion de sang russe diminue, si bien que chez Alexandre II elle n'est plus que de 1/32. Voir *La Russie des tsars,* Maurice Paléologue, Plon, t. I, pp. 343-344.

5. L'édit impérial annonçant l'émancipation des serfs et la distribution des terres date de 1861.

Page 22

6. Vassili Vladimirovitch Poukirev (1832-1890), peintre de genre et portraitiste, mort à Moscou. Sa toile, *le Mariage inégal,* est à la galerie Tretiakov, à Moscou.

Page 23

7. A Pétersbourg, on donnait le nom de « Françaises » aux femmes de mœurs faciles. Peut-être parce que les restaurants que fréquentaient les noceurs étaient tous français. Ces « viveurs » se retrouvaient tous les soirs chez Donneau, chez Borel

ou chez Dusseau. Peut-être aussi parce les « personnes du sexe » qu'ils conviaient à leur table étaient souvent françaises. Demoiselles de magasin, marchandes, commerçantes parfumeuses, artistes de cabaret venues de Paris à Saint-Pétersbourg dans l'espoir de faire fortune, elles se laissaient volontiers inviter.

CHAPITRE 3

Page 28

1. Selon le protocole alors en usage, le nom, le titre ou même un quelconque adjectif relatif à l'empereur ne figurait jamais autrement qu'en capitales dans les documents administratifs. C'est le cas tout au long des *Etats de service complets* du lieutenant général de Moerder, déposés aux Archives historiques centrales de l'URSS, fonds 1405, inv. 71, dos. 6158.

2. Alexandre Ier, Nicolas Ier, Alexandre II.

3. Alexandre Ier, fils du tsar Paul, n'avait pas d'héritier direct. A sa mort, son successeur aurait dû être son frère Constantin, deuxième fils du tsar Paul. Mais Constantin, qui avait une réputation de libéral, avait secrètement renoncé à la couronne, et ce fut Nicolas, le troisième fils de Paul, qui fut proclamé tsar, au vif mécontentement d'un noyau d'officiers qui, le 14 décembre 1825 – d'où le nom de décabristes ou décembristes –, décidèrent de passer à l'action, afin que les droits du grand-duc Constantin soient respectés. Le soulèvement fut noyé dans le sang.

4. Voir *Holy Russia*, de Fitzroy Maclean, p. 117.

Page 29

5. Le corps des gendarmes dépendait du ministère de l'Intérieur. Il formait avec la police un département spécial, très richement doté en fonds spéciaux.

Page 30

6. Une administration policière fort ancienne. Elle remontait à Pierre le Grand. Réorganisée par Nicolas Ier sous le nom de *Troisième section de la Chancellerie de Sa Majesté Impériale*, elle adopta un caractère nouveau sous « l'influence des méthodes prussiennes, l'imitation de la bureaucratie prussienne et le militarisme prussien... La Troisième Section conserva néanmoins des pouvoirs exorbitants ». Maurice Paléologue, *La Russie des tsars pendant la grande guerre*, t. I, chap. VIII, p. 252.

7. Dans les *Œuvres complètes* d'Alexandre Ivanovitch Herzen (1812-1870), écrivain et révolutionnaire russe. Herzen fut arrêté

pour la première fois en 1834. Après 1837, il se réfugia à Paris. Trente volumes publiés par l'Académie des sciences de l'URSS.

Page 31

8. L'équivalent d'une citation à l'ordre de l'Empire.

Page 32

9. Robert Musil, *L'Homme sans qualités,* Seuil, t. I, 1961.

Page 33

10. Tchaadaïev. *Lettres philosophiques adressées à une dame,* parues en 1836, publiées à Paris, Librairie des Cinq Continents, en 1970.

Page 34

11. Environ 2 200 hectares.

Page 37

12. L'équivalent en France de la Grande Chancellerie.

Page 38

13. Paru le 17 août 1854. Publié dans les *Œuvres politiques* de Karl Marx, Paris, Alfred Costes, 1930, t. V, p. 117.

Page 40

14. La *Chanson de Sébastopol.* Elle fut éditée pour la première fois à Londres en 1858. L'opinion en attribuait le texte au comte Léon Tolstoï.

Page 41

15. « La puissance militaire de la Russie », article paru le 31 octobre 1854. *New York Times.* Karl Marx, *Œuvres politiques,* t. V, p. 151. 1930.

Page 44

16. Hymne national russe que le prince Lvov avait composé en 1825. La mélodie, dans la tradition de Haendel, était beaucoup plus allemande que russe.

CHAPITRE 4

Page 46

1. Lettre de Lydia Alexandrovna Pachkov, femme de lettres russe, née à Moscou en 1850, journaliste et voyageuse. Fut

correspondante du *Figaro* à Saint-Pétersbourg. Elle publia des articles de voyages dans la presse française et russe. Ses romans paraissaient chez Calmann-Lévy. La lettre qu'elle adressa à Isabelle de Yalta, le 7 avril 1900, se trouve aux Archives d'outre-mer d'Aix-en-Provence, dos. 23 × 29, fonds Isabelle Eberhardt.

Page 47

2. Piotr Karlovitch de Moerder, né en 1819, général d'infanterie et aide de camp d'Alexandre II. Il était le neveu de Pavel Karlovitch de Moerder.

3. Olga Nicolaïevna Boulbenkova (1835-1918), connue sous le nom de Madame Olga. Elle dirigeait un atelier de mode qui fonctionna jusqu'en 1917. Les traînes de ses robes de cour étaient célèbres et ses broderies d'une perfection rare. Elles étaient exécutées dans ses ateliers pour sa clientèle, et pour la famille impériale au couvent Novodievitchi. Sa marque – *Mme Olga. Robes. St-Pétersbourg. 8 Moïka* –, imprimée en lettres d'or sur un ruban de moire blanche, était une garantie d'élégance.

4. Ivan Karlovitch de Moerder, né en 1832, frère de Piotr. Il devint, par la suite, *Stallmeister,* titre du directeur général des Haras impériaux. Un personnage considérable.

Page 49

5. L'ouvrage d'Ivan Karlovitch de Moerder parut d'abord à Moscou vers 1893, puis en traduction française en 1895, à l'Imprimerie de l'Art, Paris. Il était intitulé *Les Institutions hippiques et les races chevalines de la Russie* et l'auteur avait francisé son nom : il signait Jean de Moerder.

Page 50

6. C'est entre les résidences impériales de Tsarskoïe Sélo et de Pavlovsk que fut construite, en 1834, la première voie ferrée de Russie. Trois ans plus tard, une autre voie ferrée relia Tsarskoïe Sélo à la capitale de l'Empire.

Page 51

7. Pour les dates exactes des naissances des enfants de Moerder, se reporter au folio 16 des *Etats de service complets* du lieutenant général de Moerder, établi le 30 septembre 1873. On y lit : Elisabeth, née le 11.X.1859, Olga, le 21.III.1861, Nicolas, le 6.II.1864, Natalia, le 19.II.1865. Faute de remise à jour, il n'est fait mention ni de Vladimir ni d'Augustin. Mais les dates de naissance des premiers enfants sont exactes, tandis que

celles consignées en Suisse dans le *Bulletin matriculaire de famille et de ménage* sont souvent erronées.

CHAPITRE 5

Page 54

1. Les vocables allemands se rencontraient à profusion dans la nomenclature des titres officiels. Ainsi jusqu'à la déclaration de guerre de 1914, grand maréchal de la cour se disait : *Ober-Hofmarschall;* secrétaire d'Etat, *Staatssekretär;* chambellan, *Kammerherr;* demoiselle d'honneur, *Fräulein,* etc. Voir Maurice Paléologue, *op. cit.* , t. II, p. 119.

2. Rapport nº 694, en date du 7 juin 1897, adressé à M. le préfet de Haute-Savoie à Annecy. Commissariat spécial, Surveillance des étrangers. Un rapport émanant du Département de justice et de police du canton de Genève en date du 13 mai 1897 confirme cette description.

Page 55

3. Le rapport nº 694, fait le 7 juin 1897 par un Français, le commissaire spécial Perrin, de la Surveillance des étrangers, et adressé au préfet de Haute-Savoie à Annecy, reprend la même information. Selon lui, Trofimovsky avait tout d'abord été prêtre, puis intendant chez le lieutenant général de Moerder. « Tout cela aurait eu lieu à Moscou (*sic*).»

Page 56

4. Petit moujik.

Page 57

5. « Les châtiments physiques ne font pas partie du système officiel de l'éducation. Ils entrent clandestinement dans un milieu qui les accueille sans résistance. Ils sont une contamination inévitable de la barbarie ambiante », lit-on dans *Education et société en Russie,* d'Alain Besançon, Mouton, 1974, p. 29. Les châtiments corporels étaient en usage jusque dans la plus privilégiée des écoles : le corps des pages : « Pour une cigarette on administrait parfois mille coups de verge en présence de tout le Corps. Le médecin se tenait auprès du jeune garçon que l'on torturait et n'ordonnait de suspendre la punition que lorsqu'il constatait que le pouls allait cesser de battre. » Kropotkine, *Zapiski révolioutsionéra.* Moscou. Leningrad, 1933, pp. 43 et 56.

Page 58

6. L'université de Kiev fut créée en 1834, celle d'Odessa en 1865. Voir *les Nihilistes russes,* de Wanda Bannour, Ed. Anthropos, p. 65.

7. Parmi les plus célèbres contemporains de Trofimovsky, il faut citer Tchernychevski, l'auteur de *Que faire?,* véritable roman d'apprentissage des révolutionnaires, traduisant une fois inébranlable dans les idées nouvelles. Il faut également citer le nom de Dobrolioubov. Tous deux furent élèves des séminaires avant de devenir les guides de la jeunesse révolutionnaire.

8. Déjà cité p. 46. Dos. 23 × 29, AOM d'Aix-en-Provence.

Page 60

9. Titre d'une nouvelle de Tolstoï écrite de 1908 à 1909. Resta inachevée. Publiée dans les œuvres posthumes de Léon Tolstoï, t. V Moscou, 1911.

10. Propos de Tolstoï rapportés par V. F. Boulgakov dans *Léon Tolstoï et ses proches,* Julliard, p. 55.

11. Lettre de Léon Tolstoï à sa femme du 14 juillet 1910. Citée par Boulgakov, p. 215 : « Je ne puis te reprocher et je ne te reproche pas de ne pas m'avoir suivi dans mon itinéraire spirituel d'exception. »

Page 62

12. Les orthodoxes ayant conservé le calendrier julien ou Ancien Calendrier que la réforme du pape Grégoire XIII, en 1582, avait remplacé par le calendrier grégorien, les dates des fêtes officielles russes ne coïncidaient pas toujours avec les dates des fêtes telles qu'elles étaient célébrées dans d'autres pays d'Europe. Ainsi c'était vers la mi-janvier que se fêtait parfois le premier jour de l'année dans la Russie des tsars.

13. Complément aux *Etats de service complets* du lieutenant général de Moerder, arrêté au 5 décembre 1871, f° 26, paragr. X, intitulé : « Cessation de service pour congés temporaires. » F° 26. Archives historiques centrales de l'URSS.

Page 64

14. *De Saint-Pétersbourg en Suisse :* le voyage de Natalia Nicolaïevna de Moerder, de ses enfants et de Trofimovsky, tel qu'il a été relaté dans les principales biographies d'Isabelle Eberhardt.

Dans *Le Destin d'Isabelle Eberhardt* de Cecily Macworth, p. 10 : « Le couple fila d'abord sur la Turquie où Trofimovsky apparemment avait des relations. Ils restèrent quelque temps à

Istamboul, puis partirent pour Naples... puis insatisfaits et avides de changement, ils arrivèrent en Suisse. »

Dans *Isabelle Eberhardt, Notes et souvenirs,* de Robert Randau, *op. cit.*, p. 10 : « En 1873, Madame de Moerder, née Natalia Eberhardt, d'origine allemande, épouse séparée du général de Moerder, s'installe, venant de Naples, à Meyrin près de Genève. »

Dans *Au pays des sables, Infortunes et ivresses d'une errante,* de René-Louis Doyon, *op. cit.* , p. 13 : « En 1873... cette respectable mère avait quitté, dès la mort de son mari, sa situation et sa famille pour des raisons apparemment raisonnables. Elle avait d'abord séjourné à Naples, mais elle lui préféra Meyrin. »

Dans *La Couronne de sable, Vie d'Isabelle Eberhardt,* de Françoise d'Eaubonne, Flammarion, 1968, p. 11 : « Vava (Trofimovsky) fut bientôt compromis par ses discours. Il décida de fuir avec sa disciple, abandonnant femme et enfants. Nathalie emmena les siens. Le mari rejoignit à Naples le couple adultère qui arrivait de Turquie... De cet accord éphémère naîtra Augustin en 1872. Les époux ne se reverront plus. L'ex-pope et Nathalie prendront avec les quatre enfants la route de Genève. »

Dans *Isabelle Eberhardt ou la bonne nomade,* de P. Vigné d'Octon, d'après des documents inédits, suivi de *Mektoub,* œuvre posthume, p. 36. Notons que les « documents inédits » autant que « l'œuvre posthume » sont des faux, reconnus comme tels. De toutes les versions de ce voyage, celle-ci est la plus fantaisiste. D'après Vigné d'Octon, Trofimovsky aurait été l'oncle de Natalia Nicolaïevna : « L'oncle et la nièce possédaient au même degré ces instincts nomades dont, par sa mère, devait hériter Isabelle Eberhardt. Ils allaient donc de Lausanne à Berne, de Berne à Bâle, de Bâle à Zurich et Lucerne, estivant en Herzégovine, promenant leurs automnales rêveries sur les rives aimables du lac Majeur, descendant jusqu'à Florence et Rome, pour hiverner à Naples, Palerme et visiter la riante Trinacrie. »

15. Cecily Macworth, *The Destiny of Isabelle Eberhardt,* paru à Londres chez Routledge en 1951. Traduit de l'anglais par André Lebois. Paru sous le titre *Le Destin d'Isabelle Eberhardt* à Oran en 1956.

Page 65

16. Ce n'est qu'en 1906 que Maxime Gorki, en exil, s'installa à Capri. Il y vécut sept ans, lançant la mode des séjours russes dans les environs de Naples.

17. Voir le jugement de Maurice Paléologue sur la puissance

du commandant en chef de la gendarmerie en 1915. *La Russie des tsars, op. cit.*, T. II, p. 69.

CHAPITRE 6

Page 66

1. Complément aux *Etats de service* du lieutenant général de Moerder, arrêté au 5 décembre 1871 : « Est rentré dudit séjour le 31 (*sic*) septembre 1871. » Relu par Pavel Karlovitch de Moerder, signé par le procureur général et le directeur des Affaires de justice Likhatchov.

Page 67

2. George Mortimer Pullman fit circuler la première voiture-lits entre Chicago et Bloomington (*Illinois*) dans la nuit du 1er septembre 1859. En 1867, quarante-huit voitures-lits étaient en circulation aux USA. En 1868, Pullman créait la première voiture-restaurant. (Voir *l'Aventure des chemins de fer*, 1832-1914, par Jean des Cars, André Barret éd.)

3. La Compagnie internationale des wagons-lits a été fondée le 4 décembre 1876.

Page 68

4. Guide Joanne *Suisse*, par Adolphe et Paul Joanne, 3e édition, Paris, Hachette, 1872.

Page 69

5. Paul Morand, « Le lac Léman, cet éternel encrier... », dans *Voyages.* Textes recueillis par J. P. Caracalla, Olivier Orban éd.

Page 72

6. Au bureau de contrôle des étrangers de Montreux, à la page 172 du registre intitulé *Confédérés et Etrangers*, 21/V/1870 jusqu'au 1/V1/1872, on lit : « Commune du Châtelard. N° du syndic 2589. N° du département 4266. Trofimovsky. Monsieur. Russie. Pensionnaire. Domicile : pension Maladeyre Garantie de Mlle Ramseyer. Permis du 17 février 1872 au 31 janvier 1873. Est parti. » Et trois lignes plus bas : « De Moerder. Madame. Russie. Pensionnaire... » Mêmes indications. Chacun a payé 3 francs.

Page 73

7. Extrait de naissance n° 597 de « Moerder Augustin ». Registre des naissances de l'arrondissement de Montreux, année 1871.

Page 76

8. Archives d'Etat, Genève, Etrangers. Dg 24, p. 167. Permis de séjour établi le 2 décembre 1872, valable jusqu'en décembre 1876. Premier domicile indiqué : rue du Mont-Blanc, n° 8, 3e.

Page 77

9. Rapport de renseignements concernant Alexandre Trofimovsky établi, pour le Département de justice et police du canton de Genève, par l'agent de sûreté H. Kohlenberger, le 13 mai 1897. Archives du Département.

CHAPITRE 7

Page 79

1. Archives historiques centrales d'Etat de l'URSS, fonds 1405, invent. 71, dos. 6158, f° 11.
2. *Idem*, f° 12. La note émane du ministère des Finances, département de la Trésorerie d'Etat.

Page 80

3. Archives d'Etat, Genève, service Etrangers, Dg 29, p. 67. Permis de séjour provisoire du 2 décembre 1872. Domicile indiqué : Villa des Grottes, rue de la Pépinière.

Page 81

4. Lettre du 17 décembre 1898, adressée aux directeurs de la Banque d'escompte de Moscou. Dos. 23 × 27, AOM.

Page 83

5. « Le divorce en Russie coûte très cher, quelquefois soixante mille francs et plus. » « Mœurs russes ». *La Princesse Véra Glinsky*, par Lydia Pachkov, Calmann-Lévy, 1876.

Page 85

6. Correspondance en russe d'Isabelle Eberhardt. Dos. 23 × 20, AOM. La Banque d'escompte de Moscou, après avoir été la banque de Mme de Moerder, continua d'être celle de sa fille. Nous savons que des lettres de Trofimovsky, adressées aux directeurs de cette banque moscovite, se trouvent dans le dossier 23 × 27, AOM. Ajoutons que Mme de Moerder avait un

autre compte à la Banque internationale de commerce de Moscou, qui avait une succursale à Marseille 33, cours Pierre-Puget. Le directeur de cette succursale, Frank Markovitch, correspondait en russe avec Isabelle Eberhardt. Voir lettre du 25 janv. 1900, dos. 23 × 20, AOM.

7. Archives d'Etat, Genève, Etrangers, Dh 27, p. 228, Dh 46 bis, p. 36, Dh 50, p. 178. Selon les mentions de ces registres, Constantin de Moerder a été l'élève de la pension Cougnard, rond-point du Plainpalais à Genève, du 1er juillet 1874 à l'année 1877.

Page 86

8. Le procureur, au procès de Sophie Leschern von Gerschfeld : « Ce n'était pas une femme, mais un monstre, une sorte d'hermaphrodite. » Propos cités par Christine Fauré dans sa préface à *Quatre Femmes terroristes contre le tsar,* Maspero, 1978.

9. Sophie Leschern von Gerschfeld. Arrêtée en 1874. Jeune propagandiste révolutionnaire de la décennie des années soixante-dix. Elle fut l'amie de Kovalskaïa pendant la première vague de lutte contre le tsarisme.

10. Par oukase du 1er janvier 1874.

Page 87

11. Voir le registre des permis de séjour. Archives d'Etat, Genève, Dg 27.

12. Adresse à laquelle elle fit plusieurs séjours. Elle y reçut une lettre du chef de la Sûreté, adressée à « La Comtesse de Moerder », n° d'établissement F 10368, déposée aux Archives d'Etat de Genève. Signalée par M. Claude Richoz.

13. La maison avait été édifiée à la fin des années 1850 par Fendt, architecte et homme politique genevois qui espérait sans doute tirer parti de cette réalisation dans sa carrière municipale. La maison existe toujours.

Page 88

14. Des reçus d'acquittement des leçons données à Nicolas de Moerder figurent dans le dossier 23 × 30 aux AOM d'Aix-en-Provence. Ces leçons portent sur le latin et le français. La période est octobre/novembre 1876. D'autre part, il n'est pas impossible que Nicolas de Moerder ait été un certain temps externe libre dans la classe de 5e B du collège de Genève.

Page 89

15. Registre des naissances du canton de Genève, A.Z. 1876-1880, année 1877, n° 188. « Le samedi dix-sept février, mil huit cent soixante-dix-sept, à dix heures avant midi, est née à Genève, Grottes, petite villa Fendt, Isabelle, Wilhelmine, Marie Eberhardt, fille illégitime de Nathalie, Charlotte, Dorothée Eberhardt, rentière, de Moscou, Russie, domiciliée à Genève, âgée de trente-neuf ans, veuve de Paul Moerder, décédé à Moscou le vingt-trois avril dix-huit cent septante-trois... » La lecture de ce document appelle quelques remarques. A l'époque de la naissance d'Isabelle, Natalia Nicolaïevna était domiciliée à Genève, quartier des Grottes et non pas à Meyrin, comme cela a souvent été dit, la raison étant qu'elle n'allait acquérir la villa Tropicale que trois ans plus tard. Notons aussi que Mme de Moerder, comme sur la déclaration faite à Montreux concernant la naissance de son fils Augustin, était dite « de Moscou » et non de Saint-Pétersbourg. Etait-ce une erreur involontaire des services d'enregistrement ou une ruse de la principale intéressée pour mieux brouiller les pistes?

16. D'après les registres de permis de séjour et de permis d'établissement. Dh 50, p. 178.

Page 90

17. *Tuberculose, religion et tourisme.* Le fils aîné du tsar Alexandre II, le grand-duc Nicolas, fut pris, le 13 octobre 1864, lors d'une escale à Nice où sa mère était en séjour, d'une violente rechute du mal qui allait l'emporter. L'héritier du trône était en voyage officiel. Il s'installa pour quelques jours à la villa Diesbach avec son gouverneur et son médecin. Sa suite envahit l'hôtel Victoria, à la grande satisfaction de ses propriétaires.

L'état du prince allant en se dégradant, il fut décidé qu'il resterait à Nice où on le confia aux soins de deux éminents praticiens, lumières, disait-on, de la science médicale française, messieurs Nélaton et Rayer. Ils ne diagnostiquèrent rien d'autre que des rhumatismes. Or c'était d'ostéite tuberculeuse que souffrait le jeune homme.

Le 11 mars 1865, dans *le Journal de Nice*, la publication d'un article affirmant que « sous l'influence bénéfique du climat de Nice » la santé du prince s'était « complètement rétablie », précéda de peu l'annonce que le tsarévitch ne survivrait pas à son mal. Le tsar en personne arriva de Saint-Pétersbourg, puis la fiancée du prince qui, elle, venait de Copenhague. La population niçoise était aux cent coups. Si le prince mourait, qui allait en pâtir? La ville parbleu, et le tourisme...

La nuit du 26 avril, à la lueur des torches, la dépouille

mortelle du grand-duc Nicolas Alexandrovitch, suivie d'un cortège impressionnant d'altesses, fut conduite à l'église orthodoxe de la rue de Longchamp. L'affliction de la population fut à la mesure de son inquiétude, c'est-à-dire immense. La ville avait un air sinistre. La façade des hôtels était voilée de noir et les portiers arboraient un crêpe à leur haut-de-forme. Comment ne pas craindre que tout cela ne portât tort au tourisme ?

La frégate *Alexandre-Nevski* ramena à Saint-Pétersbourg le corps du grand-duc héritier, au prix d'un périple de cauchemar : cinq semaines marquées d'affreuses tempêtes et de collisions, qui mirent en péril le corps du défunt autant que les vivants.

Mais Nice n'eut pas à souffrir de ce tragique événement. Mieux : elle y gagna un monument hautement touristique. Car l'empereur Alexandre II fit construire une chapelle commémorative de pur style byzantin sur l'emplacement même où son fils était passé de vie à trépas. Et les poitrinaires, qu'ils fussent ou non de sang impérial, continuèrent d'aller à Nice pour y guérir ou y mourir.

On peut même considérer que la fatale erreur des docteurs français valut à la ville deux nouveaux sanctuaires au lieu d'un. Car la jeune fiancée danoise, venue jadis à Nice pour assister le grand-duc Nicolas dans ses derniers moments, épousa par la suite le frère du défunt et devint tsarine. Et trente ans plus tard, l'impératrice douairière Maria Feodorovna revint à Nice. Pour favoriser la guérison de son fils Georges, atteint lui aussi de tuberculose, elle accorda son patronage à la construction d'une église orthodoxe de très grandes dimensions. C'était en 1896. On engagea neuf ans de travaux et des sommes considérables, mais le monument en valait la peine : c'est l'actuelle cathédrale Saint-Nicolas, joyau du tourisme niçois.

II. LA VILLA NEUVE

CHAPITRE 1

Page 95

1. *Mes journaliers,* Isabelle Eberhardt, Paris, La Connaissance, 1923, p. 16.

2. Le registre foncier du canton de Genève et les services du cadastre fournissent toutes précisions sur l'acquisition de ce terrain par « Alexandre Trofimovsky, précepteur ». La parcelle

qui porte le numéro 1539 provient d'unc propriété appartenant aux époux Gallois. Elle avait été divisée en trois en juillet 1861.

Il ne reste plus trace aujourd'hui de la villa Neuve. Elle a été démolie à une date qu'aucun texte ne précise mais qui doit être relativement récente. Car nous savons par René-Louis Doyon qu'elle existait encore en 1944. M. Bieler, de l'état civil de Meyrin, lui écrivait : « Elle s'appelle actuellement Valombre. » *Au pays des sables, op. cit.*, note p. 13.

Et à l'époque où Cecily Macworth se rendit en Suisse pour préparer *The Destiny of Isabelle Eberhardt, op. cit.*, la villa Neuve existait toujours. L'auteur déclarait : « Dans la commune de Vernier, sur la route de Meyrin, est une belle villa entourée d'un jardin sauvage, nommée aujourd'hui *Casa Bamba* et qu'on appelait alors villa Neuve... Après une longue période d'abandon et de chicaneries procédurières, elle fut vendue et presque entièrement rebâtie. » *Journal de Genève*, nº 88, 15 et 16 avril 1950. Quant au beau nom de « Val Ombré », il est confirmé par le certificat de décès de Vladimir de Moerder en 1898, où on lit « domicilié à Val Ombré ».

Page 96

3. *Mes journaliers*, Isabelle Eberhardt, p. 253.

4. L'ensemble de ces rapports de renseignements se trouve aux archives du Département de justice et de police, à Genève.

Page 97

5. Voir le témoignage essentiel de Mme Cosson, dont le mari était un ami de Trofimovsky et un visiteur fidèle de la villa Neuve. Lettre de Genève, du 20 février 1914, à Victor Barrucand. Dos. 23 × 17, AOM. Elle rapporte la première visite de M. et Mme Cosson à la villa Neuve en 1894.

6. Voir article intitulé « Les années d'enfance d'Isabelle Eberhardt », signé J. de T., paru dans la presse suisse et communiqué par Claude Richoz.

Page 98

7. *Nouveau Guide de l'étranger à Genève et dans ses environs*, Genève, 1875, p. 43.

8. La vie à la villa Neuve fut considérablement simplifiée par la création en 1890 de transports publics entre Genève et Vernier. Isabelle Eberhardt avait treize ans quand la Société genevoise de chemins de fer à voie étroite établit, de la rue Chantepoulet, proche de la gare de Cornavin, une ligne de tram

jusqu'à Vernier-Village. La ligne connut d'abord la traction par locomotives à vapeur. L'électrification fut postérieure à 1897. (Historique in *Bulletin CGTE,* n° 36, déc. 1942.)

9. Depuis 1872, les séjours de Pierre Kropotkine, tantôt à Clarens chez Elisée Reclus tantôt à Genève, étaient fréquents. Il y était le 21 avril 1881 quand il participa au meeting international convoqué à l'occasion de « l'exécution » d'Alexandre II. Il y était encore en juillet 1881, avant de partir pour Londres où il prit part au congrès anarchiste. Il était de retour à Genève fin août, quelques jours avant que, sur intervention du gouvernement russe, il fût expulsé. Saint-Pétersbourg exprima publiquement sa satisfaction. (Voir G. Woodcock et I. Avakoumovitch, *Pierre Kropotkine, le prince anarchiste,* Paris, Calmann-Lévy, 1953.)

Page 100

10. *Mes journaliers,* Isabelle Eberhardt, pp. 253 et 287.
11, 12. *Ibid.*

Page 101

13. *Bylines :* nom donné aux cantilènes épiques ou héroïques de tradition populaire et aux ballades faites à leur imitation.

Page 103

14. *Doukhobor* (en russe : « lutteurs de l'esprit »). Communauté religieuse fondée par des agriculteurs et des ouvriers à la fin du XVIIIe siècle. Ils pratiquaient la non-violence et refusaient d'obéir à la conscription. Ils furent en butte aux persécutions jusqu'en 1890, date à laquelle ils demandèrent à quitter la Russie. Tolstoï usa de son influence pour faire aboutir leur requête. En 1898, vingt mille Doukhobor s'établirent dans l'ouest du Canada.

15. En 1862, le prince Pierre Kropotkine, jeune officier à peine sorti de l'école des pages, nullement révolutionnaire à l'époque, mais peut-être un peu plus libéral que les jeunes gens de sa promotion, demanda, à la surprise générale, d'être affecté dans un poste lointain. Il fut détaché auprès du gouverneur de la Transbaïkalie, le libéral Koukel, et cela malgré son père qui, hors de lui, télégraphia au grand-duc Michel : « J'interdis à mon fils d'aller à l'Amour. » Ce fut au cours de cette mission que Pierre Kropotkine devint un adversaire irréductible de la coalition réactionnaire de Saint-Pétersbourg et que les Doukhobor prirent à ses yeux valeur d'exemple. «... Je vis les immenses avantages qu'ils retiraient du fait de leur organisation fraternelle et semi-communiste... » écrit-il dans *les Mémoires d'un révolté.*

« Bien que je n'aie pas formulé alors mes observations sous la forme de luttes de parti, je peux dire que j'ai perdu en Sibérie toute confiance en la discipline de l'Etat que j'avais aimée précédemment. J'étais prêt à devenir anarchiste. »

16. Cette année-là, le 13 mars 1881, le tsar Alexandre II avait été mortellement blessé dans un attentat terroriste. Son fils aîné, le grand-duc Nicolas, étant mort de tuberculose, ce fut son deuxième fils, Alexandre III, qui devint tsar.

Page 104

17. Voir note 5 ci-dessus.

18. *Mes journaliers*, Isabelle Eberhardt, 1923, p. 11.

19. Rapport de renseignements du 13 mai 1897, signé par l'inspecteur Kohlenberger : « Trofimovsky a dû quitter la Russie pour éviter une arrestation, étant impliqué dans un procès nihiliste. »

Page 105

20. Même source que note 19.

21. Le facteur Gavard est mentionné dans le rapport de M. Vallet, inspecteur des gardes ruraux à Saconnex, rédigé sur ordre du directeur de la police centrale le 8 janvier 1888. Archives du Département de justice et police de Genève.

22. Un formulaire officiel de la Confédération helvétique, rédigé en langue allemande, copié de la main d'Alexandre Trofimovsky et servant de certificat d'origine ainsi que de déclaration à tout expéditeur de plantes à l'étranger, se trouve dans le dossier 23 × 55 du fonds Isabelle Eberhardt, AOM.

CHAPITRE 2

Page 107

1. A Genève, les archives du Département de police et de justice ne conservent aucune trace de ce départ.

Page 108

2. Fiche d'incorporation de Nicolas de Moerder. Archives de la Légion étrangère, Aubagne.

3. Le *Touareg*, construit en 1864, fut le premier bâtiment de la Société générale des transports maritimes, fondée en 1865, et dont le siège était à Marseille. Par la suite, neuf vapeurs à hélices de la même compagnie desservirent régulièrement l'Algérie. Il y eut la ligne de Bône, puis deux lignes sur Alger, Oran

et Philippeville. Le *Touareg*, qui fut désarmé en 1887, transportait en 1883 le minerai de Mokta El-Hadid.

Page 109

4. Dans *Trimardeur*, paru en 1922 chez Fasquelle, p. 210.

5. Le premier chant de la Légion étrangère. Intitulé *Chant de la Légion française en Espagne*, il avait été composé pendant les quatre années au cours desquelles – de 1835 à 1839 – la France apporta son soutien à la reine Isabelle II contre les troupes carlistes. La plus meurtrière et la plus inutile des aventures dans lesquelles fut engagée la Légion.

Le *Chant de la Légion française* fut chanté jusqu'en 1870. Après quoi, on ne l'entendit qu'en de rares occasions. Le texte se transmettait par tradition orale, de briscard à briscard.

Page 115

6. Nom donné pendant la guerre de Crimée aux légionnaires du 1er Etranger, en raison de leur cartouchière de ceinture, jugée aussi incongrue que l'ample capote à capuchon – la « criméenne » – qui, la nuit, donnait aux sentinelles des airs de spectres. Que penser desdits légionnaires lorsqu'on était russe, imbu de rigorisme, entraîné et vêtu à la prussienne ? La révolte dont Trofimovsky se faisait l'écho avait été celle de tous les gradés de l'armée du tsar. Que des soldats dignes de ce nom se permettent, les jours de froid, de s'envelopper la tête dans un mouchoir à carreaux noué au-dessus de la visière du képi, visière passablement malmenée afin d'être tout sauf droite, rien de tout cela n'était admis du côté russe où les soldats de l'armée d'Afrique suscitaient une animosité qui tenait en partie à leur désinvolture, mais surtout au caractère légendaire qu'avait pris dans l'esprit des assiégés la furia des hommes de la Brigade étrangère. Des gens qui ne respectaient rien, pas même les instruments de musique : ainsi un dénommé Wanderput, légionnaire de son état, après avoir sonné la charge, avait utilisé son clairon pour assommer un major russe qui se trouvait en travers de son chemin. Tout ceci pour dire que les façons de faire des étrangers au service de la France avaient laissé des traces profondes dans les esprits et que Trofimovsky, dans les jugements qu'il portait sur la Légion étrangère, ne faisait que refléter ce qui se disait en Russie depuis un quart de siècle.

Page 116

7. *Mes journaliers*, *op. cit.*, p. 116.

8. *Ibid.*, p. 159, et *Pages d'Islam*, Fasquelle, 1932, p. 218.

9, 10. *Dans l'ombre chaude de l'Islam*, Fasquelle, 1947, p. 45.

Page 117

11. *Pages d'Islam, op. cit.*, p. 239. « Heimatlos », terme allemand pour « sans patrie ». Très usité à cette époque dans la Légion et souvent utilisé par Isabelle Eberhardt.

12. *Trimardeur*, roman paru huit ans après la mort d'Isabelle Eberhardt. La couverture porte cette mention : « Terminé par Victor Barrucand. » Celui-ci fut l'objet de polémiques acerbes dans lesquelles je n'entrerai pas. L'essentiel est que ce roman, bien qu'adultéré, soit sorti de l'imagination d'Isabelle. Denise Brahimi, dans *L'Oued et la Zaouïa* (OPV, Alger, 1983), le confirme en citant (p. 144) une lettre d'Isabelle, écrite de l'hôpital militaire d'Aïn Sefra, le 14 octobre 1904, dans laquelle on lit : « Comme j'hivernerai probablement à Timimoun je finirai *Trimardeur* qui pourra paraître au printemps. »

Page 119

13. En plus de la fiche d'incorporation de Nicolas de Moerder, le dossier de ce dernier comporte les circonstances de sa désertion. Elle est relatée dans le journal de bord du bataillon de Légion se rendant en Extrême-Orient sur le transport de troupes le *Tonkin*. Il a été rédigé au jour le jour depuis l'embarquement à Alger, le 27 septembre 1883, jusqu'au transbordement des quatre compagnies en baie d'Along, le 8 novembre. Ce rapport révèle les péripéties habituelles de ces sortes de voyage. Le bataillon – qui comptait 600 légionnaires au départ, 34 officiers et 9 chevaux – laissa deux malades à l'hôpital de Port-Saïd, et perdit six hommes pendant la seule journée du 29 octobre. En effet, cinq légionnaires désertèrent pendant la seule escale de Singapour. D'abord les nommés Jurgens, Dietzel et Fulbener. Cela se passa dans le courant de la matinée. Dans l'après-midi, le nommé Freeping mourut de la fièvre typhoïde. Ce fut dans la soirée que Nicolas de Moerder et le légionnaire Plwaska, profitant de la nuit, réussirent à quitter le bord. Ils manquèrent à l'appel du soir. On les déclara déserteurs le 2 novembre 1883.

Page 121

14. Lettre de Mme Gabrielle Audemars, adressée à M. Claude Richoz, le 11 mars 1967. La petite fille « qui allait très souvent prendre le thé et s'amuser avec Isabelle » était la mère de Mme Audemars. Elle était de cinq ans plus jeune qu'Isabelle. Les deux petites filles étaient voisines. Dossier Richoz.

Page 122

15. Signalement de Louis, Jules, Alexandre Perez-Moreyra tel qu'il a été établi par la police française dans le rapport nº 733 le concernant. Archives de la Haute-Savoie.

16. Bureau général du recensement, canton de Genève, cote : recensement L 62. Archives d'Etat de Genève.

17. Louis Héritier (1861-1898) fut le véritable fondateur du parti socialiste à Genève, où il était né. Il avait séjourné à Paris au début des années 1880 et adhéré au parti blanquiste (d'où son expulsion). Puis il alla en Allemagne où il s'inscrivit au parti social-démocrate. Rentré à Genève il s'efforça d'y créer un parti s'inspirant du modèle allemand. Il n'y parvint qu'en 1892. Il mourut à 37 ans.

18. Rapport nº 733, du 27 avril 1894, établi par le commissaire Léal du commissariat spécial d'Annemasse. Ce rapport fut adressé à la Sûreté générale.

Page 123

19. Lettre d'Alexandre Perez-Moreyra au directeur de la police centrale de Genève, le 23 décembre 1887 : « je vous envoie en communication à charge pour vous de me restituer les pièces, soixante lettres, prises entre quantité d'autres, provenant de Nathalie mais qu'il m'est *bien pénible* d'avoir à mettre au jour... » Dossier Perez, Département de justice et de police, Genève.

20. Rapport de Vallet, inspecteur des gardes ruraux à Saconnex, du 8 janvier 1888. Département de justice et de police, Genève.

Page 126

21. Rapport de Vallet. Il précise qu'Alexandre Perez-Moreyra était « depuis deux ans en relation avec Mademoiselle de Moerder et se rendait fréquemment chez elle à l'insu de sa mère, lorsque dans la nuit du 23 novembre dernier, elle est partie clandestinement avec lui ».

22. Lettre de Mme Gabrielle Audemars à M. Claude Richoz en date du 12 avril 1967. Dossier Richoz.

23. « Je suis seul », ainsi commence *Mes journaliers.* L'absence de *e* n'est pas un hasard dans ce document, considéré à juste titre comme « irremplaçable » par Denise Brahimi dans l'étude qu'elle a consacrée à Isabelle Eberhardt (*L'Oued et la Zaouïa,* 1983, p. 62). On sait que cette mise au masculin correspond à un choix délibéré d'Isabelle Eberhardt qui signe la plupart de ses écrits sous un pseudonyme masculin.

Page 127

24. Lettre du 27 décembre 1887, adressée par Alexandre Perez-Moreyra au directeur de la police. Dossier Perez. Département de justice et de police, Genève.

Page 128

25. *Ibid.*

Page 130

26. Rapport de Vallet, du 8 janvier 1888. Département de justice et de police, Genève.

Page 131

27. Dans un article très controversé, signé Fanny Guillermet, paru dans *les Marges* le 15 juillet 1914, Mlle Guillermet nous apprend qu'Isabelle Eberhardt fut un bébé souffreteux auquel sa demi-sœur dut « servir de mère ». Et aussi que : « Nulle part dans ses écrits, Isabelle ne mentionne cette sœur aînée qui veilla, si tendre, sur son berceau. » Or Mlle Guillermet, qui n'a jamais vu Isabelle Eberhardt, ainsi qu'elle le précise dans le même article, a souvent entendu parler d'elle « par sa demi-sœur », c'est-à-dire par Natalia Perez. On est donc en droit de considérer que, tenus de bonne source, les renseignements concernant la petite enfance d'Isabelle sont exacts.

Page 132

28. Isabelle Eberhardt, *Mes journaliers, op. cit.*, p. 147.
29. *Ibid.*, p. 110.
30. Il n'est pas indifférent que cette remarque ait été rédigée en langue russe. Elle figure dans l'un des trois petits cahiers cartonnés auxquels Isabelle confiait ses impressions, ses pensées, et qui ont été publiés sous le titre *Mes journaliers.* (Voir page 226 de l'édition de 1923.)
31. *Mes journaliers, op. cit.*, p. 135.

Page 133

32. *Ibid.*, p. 237.
33. Dans un registre de correspondance commencé à Marseille et scrupuleusement tenu à jour, Isabelle consignait le nom de chacun de ses correspondants, leur adresse et la date à laquelle elle leur écrivait. Or, à la date du 13 octobre 1899, on trouve mention d'une dépêche envoyée à Nicolas de Moerder à son adresse de Pavlovsk, troisième rue des Matelots n° 1.

Comme sa sœur Natalia, Isabelle écrivait beaucoup. Elle fait mention de 5 lettres, d'un télégramme et d'une dépêche pour cette seule journée du 13 octobre. Dos. 23 × 48, AOM.

CHAPITRE 3

Page 135

1. Lettre d'Alexandre Trofimovsky, propriétaire, adressée à Monsieur le Maire de la commune de Vernier le 6 juin 1888. Dossier Trofimovsky – Vve de Moerder, nº 233. Département de justice et de police, Genève.

Page 136

2. Lettre inédite de Mme de Moerder, datée du 6 juin 1888. Un ensemble de trois grands feuillets et un demi-feuillet écrits avec soin, sans ratures ni fautes. Document d'autant plus important que deux lettres seulement écrites de sa main sont parvenues jusqu'à nous. Toutes deux sont conservées dans les archives du Département de justice et de police de Genève, dos. nº 233.

Page 138

3. Rapport du capitaine F. Juillard, du poste de gendarmerie de Meyrin, en date du 26 février 1888. Archives du Département de justice et de police, Genève.

Page 139

4. Deuxième lettre inédite de Mme de Moerder au président du Département de justice et de police. Trois grands feuillets. Archives du Département.

5. *Journal de Genève,* le 15 juin 1888, article « Drame ».

Page 140

6. Lettre de Trofimovsky au maire de la commune de Vernier, en date du 6 juin 1888. Archives du Département de police et de justice, Genève.

7. Lettre du 15 juin 1888, adressée par Trofimovsky au président du Département de justice. Archives du Département.

Page 141

8. *Isabelle Eberhardt. De la légende à la vérité,* p. 88, *les Marges,* 15 juillet 1914. Fanny Guillermet était née à Genève en 1860. Elle y mourut en 1931. Issue d'une famille des plus respectables, elle était la fille de César Charles Guillermet,

1er greffier au tribunal de police de Genève en 1899, et la petite-fille d'un marchand horloger, qui avait été conseiller municipal puis conseiller d'Etat et enfin vice-président du Conseil d'Etat de 1859 à 1861. Fanny Guillermet avait débuté en qualité d'enseignante dans les écoles primaires. Les avis mortuaires parus dans *la Suisse* et le *Journal de Genève* à son décès nous informent que Fanny Guillermet était une « figure bien genevoise », qu'elle avait collaboré à la *Gazette de Lausanne,* « qu'elle ignorait la vulgarité verbale et les qualificatifs douteux », qu'elle n'était pas « une littératureuse » et qu'elle avait tenu un rôle utile dans la littérature romande en se consacrant à des ouvrages pour la jeunesse.

Page 142

9. *Le Destin d'Isabelle Eberhardt,* Cecily Macworth, *op. cit.*, p. 19.

10. *La Couronne de sable,* Françoise d'Eaubonne, *op. cit*, p. 24.

11. Lettre du 7 juin 1888, adressée par Louis Pictet, maire de la commune de Vernier, au directeur de la police centrale. Archives du Département de police et de justice, Genève.

Page 143

12. Fanny Guillermet. Article paru dans *les Marges* le 15 juillet 1951.

13. Dans une lettre du 25 juin 1888, adressée par Trofimovsky au directeur de la Police centrale de Genève, on lit ceci : « Ayant reçu votre convocation pour demain le 26 courant, je trouve convenable de vous prévenir que je me présenterai avec Monsieur Marchand. curé de Meyrin... En observateur impartial, il pourra vous expliquer les diverses nuances concernant la vie de la famille qui pendant seize ans était tranquille dans votre canton et qui tout à coup est attaquée si brutalement et criminellement... ». Archives du Département de justice et de police, Genève.

14. Complément, en date du 19 juin 1888, de la plainte déposée le 6 juin 1888 au Département de justice et de police par Trofimovsky. Quatre feuillets manuscrits et inédits où toute l'affaire est relatée en détail. On lit notamment ceci : « J'affirme que Perez avait commis le 26 mai au Tribunal Civil de Genève la tentative de m'empoisonner par la piqûre d'une épingle empoisonnée. »

Page 145

15. *L'Avenir* était un groupe d'anarchistes de diverses nationalités qui, vers 1893 et jusqu'en 1895, imprimèrent à Genève un petit journal de ce nom, dans l'imprimerie dont Jean Karlen était propriétaire.

L'Humanité était un autre groupe anarchiste fondé, animé et financé par Ulysse Alméras qui, après avoir dévoré la dot de sa femme, s'y ruina. Alméras et Karlen cessèrent leurs activités vers la même date. En 1903. Karlen vivait retiré à Conches, chez Alméras.

16, 18. Archives départementales de la Haute-Savoie, 4 M 14 et 4 M 21. Ainsi que les Archives fédérales de Berne, dossier Alméras.

17. Rapport nº 733 du 27 avril 1894, établi par le commissaire Léal. Archives de la Haute-Savoie.

Page 146

19, 20. Lettre de M. Charles Trottet. adressée le 15 décembre 1965 à M. Marc-Auguste Borgeaud, directeur de la Bibliothèque publique et universitaire de Genève. Dossier Claude Richoz.

Page 147

21. Augustin de Moerder fait l'objet d'un volumineux rapport du maréchal des logis Willermin, en date du 4 avril 1899. Il nous apprend qu'Augustin allait « plusieurs fois par semaine... faire des passes au bordel sis nº 5 rue du Perron ». Archives du Département de justice et de police, Genève.

22. Un signalement d'Augustin de Moerder, en date du 21 avril 1899, se trouve aux archives du Département de justice et de police de Genève. En plus d'une description physique, cette pièce indique le nom et l'adresse du coiffeur où Augustin se faisait raser, celle du café de Genève où il se rendait et une description minutieuse de la façon dont il s'habillait.

Page 152

23. *Un été à Mazargues*, Francine de Martinoir, Maurice Nadeau éd., p. 115.

24. Dossier Trofimovsky, année 1888. Archives du Département de justice et de police, Genève.

25. Un rapport déjà cité (voir note 2 de la page 54) de la police française permet d'identifier le dénommé Champion. On y lit : « L'année suivante (1888), le quatrième fils, Augustin, alors âgé de seize ans, disparaissait également, emportant une somme de six mille francs environ dont une partie provenait

d'emprunts contractés chez les MM. Kirschhofer et Champion, marchands de timbres. » Ce rapport, adressé au préfet de la Haute-Savoie, est signé Perrin, commissaire spécial. Rapport nº 194, Surveillance des étrangers. Archives de la Haute-Savoie.

Page 153

26. Rapport d'enquête de M. Miguet, agent de sûreté, en date du 10 septembre. Archives du Département de justice et de police, Genève.

Page 154

27. Lettre de Gérard de Nerval à son père, le docteur Etienne Labrunie, datée du 25 décembre 1847.

28. Rapport de l'agent de sûreté Kohlenberger, établi le 30 décembre 1887 sur demande du directeur de la Police centrale après réception d'une lettre du sieur Kirschhofer. Archives du Département de justice et de police, Genève.

Page 155

29. Dossier Kirschhofer. Décembre 1887. Archives du Département de justice et de police, Genève.

CHAPITRE 4

Page 156

1. Léon Tolstoï. La première phrase d'*Anna Karénine*.

Page 157

2. Lettre d'Isabelle Eberhardt à son frère Augustin, 1897. « Tu écris que tu suivras désormais les conseils du *proprius* (mot latin pour propriétaire]. Hélas, le seul bon conseil de ce *proprius* tu ne l'as pas suivi ! *C'était la chimie.* Mais c'est sans doute trop tard. » Dos. 25 × 28, AOM.

Page 158

3. Vladimir Nabokov, *Littérature II : Gogol, Tourgueniev, Dostoïevski, Tolstoï, Tchekhov, Gorki*, Fayard, p. 298, 1985.

4. Dans une lettre inédite à son frère, de 1896, Isabelle Eberhardt décrivait une soirée à Genève chez un ami commun, le pharmacien Schwartz, où « à sa grande confusion » elle s'était saoulée à la bière (six canettes), si bien qu'en retournant à la gare *où la bonne l'attendait,* elle s'était trompée et avait

pris un billet de troisième classe pour La Plaine au lieu de le prendre pour Meyrin. Dos. 23 × 28, AOM.

5. Lettre du 24 décembre 1895 à Augustin : « Je passerai presque toute la nuit hors de la maison, car je vais seule avec notre vieille bonne voir à l'église catholique la messe de Noël. » Cette lettre faisait partie de l'ensemble des manuscrits et des carnets d'Isabelle Eberhardt, sauvés de la dispersion par Mme Chloé Bulliod, remis à René-Louis Doyon, utilisés par lui dans sa préface à *Mes journaliers,* et disparus depuis. La lettre paraît *in extenso* p. XVIII de la présentation de Doyon intitulée « La vie tragique de la bonne nomade. »

Une autre information est, elle aussi, révélatrice de l'esprit de tolérance de Trofimovsky : autour des années 1895, nous voyons Isabelle faire l'acquisition d'une « chaîne ivoire avec croix ». Dos. 23 × 51, AOM.

6. C'est à dessein que je ne tiens pas compte du portrait de Trofimovsky tel que l'a tracé Fanny Guillermet dans *les Marges* (article déjà cité de la page 141), voir note 8. La méfiance dont témoigne René-Louis Doyon à son égard justifie et explique la mienne. Dans sa préface à *Mes journaliers,* Doyon par deux fois met en garde le lecteur : « Les renseignements incomplets et les peintures outrées de Mlle F. Guillermet... » (p. XII), et plus loin : « On acceptera, non sans réserves, le récit que rapporte Mlle Guillermet... » (p. XIV).

N'étant jamais allée chez Alexandre Nicolaïevitch, F. Guillermet n'a pas entendu les paroles qu'elle lui prête : « Jésus-Christ canaille ! vociférait-il hors de propos en frappant du poing sur la table. » Elle affirme qu'elles lui ont été rapportées par un ami dont elle ne précise pas le nom. Or la correspondance inédite de Barrucand révèle ce nom : M. Cosson est cet ami dont l'épouse, inconnue de Barrucand, lui écrivait au sujet d'Isabelle Eberhardt qu'elle avait souvent vue à la villa Neuve. (Lettre déjà citée. Voir note 5 de la page 97.) Si le récit de la visite du couple Cosson chez Trofimovsky correspond dans ses grandes lignes à la relation qu'en fait Mlle Guillermet dans *les Marges,* la lettre de Mme Cosson présente cette différence essentielle : elle ne donne pas d'Alexandre Trofimovsky la même image que F. Guillermet, elle ne lui prête pas les mêmes propos et l'on n'entend pas, dans cette lettre, le père d'Isabelle vociférer : « Jésus-Christ, canaille ! » Il est donc permis de mettre en doute d'autres faits qui paraissent tout aussi fantaisistes. Mlle Guillermet affirme que les serres de Trofimovsky attiraient « dans la villa tous les botanistes en renom » ! Comment, dans ces conditions, expliquer l'échec commercial de Trofimovsky ? Elle affirme aussi que « l'ex-pope insulte et maltraite les enfants ». On s'explique mieux la hargne de l'auteur de ces lignes lorsque l'on sait que Fanny Guillermet, de son propre aveu (lettre inédite à Barrucand du 22 février 1914), tenait l'essentiel de ses informations de la demi-sœur d'Isabelle, « mariée à l'un de mes amis », ce Perez qui avait persécuté Trofimovsky de la façon que l'on sait. Notons enfin une indéniable méfiance de Mme Cosson à l'égard de Fanny Guillermet, exprimée ainsi dans sa lettre à Barrucand : « Je ne parle pas de ma lettre à Mademoiselle Guillermet et je vous prie, Monsieur, de ne pas la mentionner non plus. » Dos. 23 × 17, AOM.

Page 159

7. *Littératures II,* Vladimir Nabokov, *op. cit.*, p. 38.

8. Lettre à Augustin de Moerder, 1896 : « Il (Charles Schwartz) est venu patiner dimanche avec sa femme et son volontaire. » Charles Schwartz gérait une pharmacie située rue et place du Rhône à Genève. Le mot « volontaire » utilisé ici par Isabelle Eberhardt désigne peut-être un stagiaire.

Page 160

9. Lettre du professeur E. Repman. Sa correspondance en langue russe est inédite. Elle nous informe sur certains événements de la vie d'Isabelle Eberhardt entre 1898 et 1904. Toutes ses lettres sont datées. Dos. 23 × 20, AOM. La copie d'un télégramme d'Isabelle à Repman (dos. 23 × 52) précise que ce dernier enseignait au gymnase Razgouliaï à Moscou.

10. Lettres du docteur Vassili Masslenikov, écrite de Saint-Pétersbourg le 16 mars 1897 : « Il est évident qu'avec de telles responsabilités, on ne peut conserver ses nerfs en bon état et la fin de saison se fait sentir. J'attends avec beaucoup d'impatience le début mai où je pourrai me reposer un peu, me rendre par les îles à Stockholm et après je m'envolerai à nouveau pour mon Caucase en vue d'une nouvelle tranche de travaux médicaux contre la souffrance humaine. Je serai de retour à Moscou début août pour le Congrès mondial des médecins, et après... après, peut-être nous reverrons-nous à Genève. Comment allez-vous ? Etes-vous enceinte ? (!!) Comment se porte votre mère ? Et Alexandre Nicolaïevitch ? Transmettez-leur mes plus profonds respects... » Cette lettre laisserait supposer qu'Isabelle avait une liaison – avec qui ? Schwartz ? – et que redoutant une grossesse elle avait confié ses craintes à cet ami de sa famille.

11. Lettres d'Anne Joliet. Dos. 23 × 35, AOM.

12. Lydia Pachkov avait une grande audience dans la presse russe. Elle fit l'objet d'articles dans plusieurs numéros de *Grajdanin* en 1876 et 1877 ; dans les journaux d'Odessa *Novosti* et *Sovremennost* en avril 1879 ; dans le *Télégraphe* de Novorossisk, en 1879. Enquête de O. Agronski, Moscou.

Page 161

13. Romans de Victor Cherbuliez (1829-1899), écrivain suisse. Il opta pour la nationalité française en 1880, dans l'espoir d'être élu à l'Académie française. Elle l'accueillit en 1881. Les jeunes filles absorbaient les gentillesses exotiques de Cherbuliez, comme quarante ans plus tard elles firent leur pitance quotidienne du *Mariage de Chiffon* de Gyp.

14. La visite eut lieu en 1891, sous le règne d'Alexandre III.

15. Réunis sous le titre « Mœurs russes », trois récits de Lydia Pachkov, parus chez Calmann-Lévy en 1876 : *la Princesse Vera Glinski, la Niania Marfa* et *Un divorce en Russie.* Le moins fade des trois étant *la Niania Marfa,* portrait d'une serve venue de la campagne pour veiller sur les filles d'un général. Le maître refusera de vendre Marfa au riche marchand qui l'aime. L'édit impérial décrétant la fin du servage viendra trop tard pour sauver Marfa. Le marchand qui l'avait aimée est marié. Marfa refusera la liberté qui lui est offerte, et priera le Seigneur de pardonner au général le mal qu'il lui a fait. Une serve est une serve.

Page 164

16. *En Orient. Drames et paysages,* dans la nouvelle Hannah pacha, librairie Sandoz et Fischbacher, Paris et Neuchâtel, 1880, librairie Desroges, Genève, 1880, p. 48.

Page 165

17. *En Orient. Drames et paysages,* par Lydia Pachkov. *Fleur de Jade.* Nouvelles exotiques, Calmann-Lévy, 1890.

18. *La Russie.* Géographique, ethnologique, historique, administrative, économique, religieuse, littéraire, artistique, scientifique, pittoresque, etc., Librairie Larousse, Paris, vers 1894.

A cette liste il convient d'ajouter les Colonies françaises et anglaises en Extrême-Orient et en Orient, paru à Odessa en 1886.

Page 166

19. *Mes journaliers, op. cit.*, p. 237.

Page 167

20. Revue géographique publiée par Hachette. Elle parut entre 1860 et le premier semestre de 1914. Ce fut d'abord un fascicule hebdomadaire qui devint par la suite semestriel. L'iconographie sur bois était abondante. Quelques fascicules sur l'Espagne ont eu pour illustrateur Gustave Doré.

21. Jean-Claude Berchet parle de conjurer le risque oriental : « Virgile a très bien exprimé la profonde horreur latine pour cette rutilance " barbare " , à quoi il est impossible de consentir sans perdre sa raison, sa volonté, sa liberté. Etrange sexualisation de la relation Orient/Occident... » (Préface du *Voyage en Orient*, coll. Bouquins, Robert Laffont, p. 13.) Une sexualisation à laquelle Isabelle Eberhardt elle aussi se refusera.

Page 168

22. *Un été dans le Sahara*, Eugène Fromentin, Bibliothèque de la Pléiade, p. 65.

23. Encyclopédie de F. A. Brockhaus et I. A. Efron, Saint-Pétersbourg, 1890-1907, t. 45, p. 63.

Dans *Au pays des sables*, d'Isabelle Eberhardt, la préface de René-Louis Doyon, intitulée *Infortunes et ivresses d'une errante*, mentionne p. 23 cette courte notice biographique. Doyon l'avait découverte dans l'*Intermédiaire des chercheurs et des curieux*. Elle ne faisait que reproduire la note figurant dans l'*Encyclopédie biographique* de F. A. Brockhaus et I. A. Efron mentionnée cidessus.

Il existe d'autre part un article biographique en allemand, prêtant à Lydia Pachkov une date de naissance des plus fantaisistes mais contenant néanmoins quelques renseignements intéressants. Ce document fait partie d'un album, collection Laruelle, vol. 77, p. 51., Bibliothèque nationale, NE 63.

Page 169

24. *Dictionnaire biographique des femmes de lettres russes*, de N. N. Golitzyne, Saint-Pétersbourg, 1889. Et la même filiation est donnée dans l'édition de 1890.

25. Des recherches récentes menées à Moscou par O. Agronski ont considérablement éclairé les antécédents familiaux de Lydia Alexandrovna Pachkov, née Glinskaya. Selon Agronski, des Glinsky auraient vécu à Pétersbourg à la fin du siècle dernier (voir l'*Annuaire du Tout-Pétersbourg*, 1894-1895, édition Souvorine). Or, la lignée masculine du major-général Joachim Felicianovitch Glinsky († en 1845) ne mentionnant aucun fils du nom d'Alexandre mais une fille, du nom d'Alexandra Joachimovna Glinskaya, née en 1821, Agronski suppose qu'elle serait la mère de Lydia Pachkov. Hypothèse des plus vraisemblables. On sait que les Glinsky du XIXe siècle portaient indûment le titre de princes. Leurs tentatives répétées pour qu'il leur soit officiellement confirmé n'avaient pas eu l'heur d'obtenir l'assentiment impérial. La venue au monde, hors mariage, de la jeune Lydia, en réduisant à néant les espoirs nobiliaires de son grand-père maternel, ne fut certainement pas

un événement dont on eût à se réjouir dans la famille. L'hypothèse d'Agronski confirmerait ce que Lydia Pachkov écrivait à Isabelle Eberhardt le 10 septembre 1901 : « Moi petite-fille, fille et mère de généraux... » Lettre de Lydia Pachkov, dos. 23 × 49, AOM.

26. On lit dans l'autobiographie d'Elisabeth Kovalskaya, née Solntseva, révolutionnaire russe, née vers 1851 et fille illégitime – mais reconnue – d'un riche propriétaire terrien : « On distinguait [dans la maison de son père] les enfants légitimes et les enfants illégitimes; ces derniers, indépendamment de leurs qualités personnelles, suscitaient toujours le mépris et étaient l'objet de moqueries et d'humiliations. La marmaille de la famille me harcelait du vilain nom dont à l'époque, on affublait les enfants illégitimes. » *Quatre femmes terroristes contre le tsar,* François Maspero, coll. Actes et Mémoires du peuple, p. 255.

27. Lettre de Lydia Pachkov du 7 avril 1900, Yalta. Datcha Miassoïedova. Dos. 23 × 49, AOM.

28. Lettre de Lydia Pachkov du 1er août 1901. Hôtel du Nord, Odessa. Dos. 23 × 49, AOM.

Page 170

29. Lettre de Lydia Pachkov dont il n'existe que le feuillet 2, non daté. Sans doute de juillet 1901.

30. Dans *Mœurs russes. Un divorce en Russie,* de Lydia Pachkov, *op. cit.,* p. 191.

31. Iekatérina Alexandrovna Téléchova (1804-1857), danseuse russe, élève de Charles Didelot, célèbre chorégraphe français. Elle créa plusieurs de ses ballets, dont *Acis et Galatée* et *le Prisonnier du Caucase.* (Voir le *Dictionnaire encyclopédique soviétique,* Moscou.)

32. Dans *la Mort du Vazir-Moukhtar,* de Youri Tynianov, Gallimard, p. 67. Traduction de Lily Denis.

Page 171

33. Alexandre Sergueïevitch Griboïedov (1785-1829), diplomate russe, assassiné à Téhéran au cours d'une émeute. Ecrivain et dramaturge, Griboïedov est l'auteur d'une comédie, *Le Malheur d'avoir trop d'esprit,* dans laquelle il dénonce la gallomanie de ses contemporains et fait œuvre de novateur. Il inspira à Tynianov le principal personnage de *la Mort du Vazir-Moukhtar.*

34. Lettre de Lydia Pachkov du 1er août 1901. Hôtel du Nord, Odessa. Dos. 23 × 49, AOM.

35. Dans *Mœurs russes. Un divorce en Russie,* de Lydia Pachkov, *op. cit.,* p. 209.

Page 172

36. Selon la table des rangs (voir note 2 de la page 20), un secrétaire de collège occupait un échelon assez bas dans la hiérarchie civile. Son rang, le dixième, correspondait, chez les militaires, au grade de lieutenant.

37. Lettre de Lydia Pachkov. Odessa, 27 ou 28 juin 1900. Dos. 23 × 49, AOM.

La lettre, adressée conjointement au soi-disant Cheik Abou-Naddara et à Isabelle Eberhardt, est intéressante à plus d'un titre. Lydia manifeste une inquiétude sincère quant à l'avenir d'Isabelle.

Page 173

38. La présence de femmes de chambre dans la suite de Lydia Pachkov, qui peut paraître comme un signe d'une barbare somptuosité, n'a en réalité rien de très surprenant. Nous en donnerons pour preuve le voyage d'une Vaudoise, femme d'une grande rigueur, qui, en 1841, accompagnait son mari Agénor de Gasparin, Méridional de famille protestante. Elle alla avec lui de Trieste jusqu'à Jérusalem en passant par Le Caire, ce qui impliquait la traversée du Sinaï, et rédigea la relation de ce voyage en trois tomes. Or, elle voyagea accompagnée de « sa fidèle Jeannette », camériste dévouée et qui l'aida en plus d'une circonstance. Ce qui n'empêcha pas la comtesse de Gasparin de considérer qu'elle ne devait qu'au Seigneur le privilège d'avoir planté sa tente devant les rochers de Nazareth et d'avoir échappé aux dangers d'un si long voyage. Est-ce avec l'aide de Jeannette qu'elle offrit une bible à chaque bédouin qu'elle rencontrait? (Voir *le Voyage en Orient*, Jean-Claude Berchet, Laffont, p. 1085.)

Page 176

39. Voir les chapitres que lui a consacrés Lesley Blanch dans *The Wilder shores of Love*, 1954, paru en traduction chez Plon sous le titre *Les Rives sauvages de l'amour.*

40. Voir *Mon plaisir en littérature*, Paul Morand, Gallimard, 1967, chapitre : « Qui fut Lady Dudley », p. 263.

41. Historien, né à Jérusalem en 37 après J.-C. Général juif, engagé contre les Romains, il embrassa le parti de l'ennemi. Il écrivit d'abord en hébreu puis en grec. En quelle langue Lydia Pachkov prit-elle connaissance de ses écrits?

Page 177

42. Le récit du voyage de Vignes à Palmyre, paru en 1864, était déjà introuvable en 1872. Son expédition avait été financée par le duc de Luynes.

43. Charles-Jean Melchior de Vogüé (1829-1916), archéologue et diplomate. *Les Inscriptions sémitiques* ont paru en 1869. A l'époque du voyage de Lydia Pachkov, le marquis de Vogué était ambassadeur à Constantinople.

44. William-Henri Waddington, archéologue, protestant, diplomate et homme politique français. Il a copié toutes les inscriptions de Palmyre. Texte, traduction et commentaires ont paru en 1879 sous le titre : *Inscriptions grecques et latines de la Syrie.* A l'époque où Lydia Pachkov était à Palmyre, Waddington était ministre de l'Education publique.

45. Constantin-François Chassebœuf, dit Volney (1757-1820), médecin, philologue, voyageur. Claude Roy lui décerne la palme d'or de la littérature de voyage. Volney prétendait n'avoir tenté le voyage en Orient que pour faire fondre un héritage dont il ne savait que faire. Mais on a lieu de penser qu'il fut chargé de mission par Vergennes qui souhaitait se renseigner sur le Moyen-Orient. Volney quitta la France en 1872 et ne revint que trois ans plus tard. *Voyage,* paru en 1787, obtint un grand succès. *Ruines* (1791) est une méditation sur les ruines de Palmyre.

Page 179

46. Une liste établie de la main d'Isabelle Eberhardt récapitule sur trois pages les livres qu'elle a achetés, avec leurs prix respectifs en regard. Il y est fait mention d'un texte intitulé *Palmyre.* Dos. 23 × 51, AOM.

Page 181

47. Longue lettre inédite d'Isabelle à Augustin, non datée (de 1895 ?), envoyée dès réception de la lettre du 16 novembre que lui a écrite Augustin. Elle commence par les mots « Mon chéri ». Dos. 23 × 28, AOM.

48. Qui est le personnage au nom difficile à déchiffrer auquel se réfère Isabelle ? Est-ce un personnage de légende, un héros de roman ou un personnage de l'histoire contemporaine ? Ecrivait-elle ce nom à sa façon et pourrait-il s'agir d'Azef, un agent double qui effectivement alla « toujours plus loin », si loin même qu'il laissa une image odieuse dans l'histoire de la Russie ? Il débuta en organisant une série d'actions terroristes afin de gagner la confiance des révolutionnaires et se faire admettre parmi eux. On le trouve en 1901 livrant un congrès

entier à la police secrète du tsar, puis en 1905, livrant un groupe de combat et continuant de trahir, plus loin, « toujours plus loin » puisque le voilà déjouant, en 1906, un attentat contre le ministre de l'Intérieur, puis, en 1907, un attentat contre le tsar et que le voilà encore un an plus tard livrant à la police les noms de dix-sept révolutionnaires aussitôt exécutés. En 1908, le comité central du SR, enfin conscient de la trahison de l'un des siens, condamna Azef à mort. Il s'évada. Et le voilà contraint d'aller « plus loin, toujours plus loin » puisqu'il s'exila à Berlin où il s'établit sous un faux nom et parvint à survivre tant bien que mal en boursicotant. Une vraie figure de traître, cet Enno Fichelevitch Azef, et qui suffirait à prouver que la trahison est un engrenage fatal. C'est à Lily Denis que l'on doit la supposition selon laquelle Isabelle ferait peut-être allusion à ce sombre personnage, qui vécut entre 1869 et 1918. Lettre déjà citée, note 47.

49. Carte adressée par Isabelle à son frère Augustin le 11 janvier 1896. Dos. 23 × 28, AOM.

50. Lettre inédite et non datée d'Isabelle à Augustin. Dossier 23 × 28, AOM.

Page 182

51. Un document fondamental, dans lequel on aurait tort de voir une simple liste d'ouvrages lus ou à lire. Ce registre rend perceptible la diversité des curiosités qui étaient à l'époque celles de l'intelligentsia russe. Elles prennent une signification particulière lorsqu'elles se manifestent chez une jeune fille des années 1890. Dans les premiers choix de livres, l'influence d'Alexandre Trofimovsky paraît évidente – ne serait-ce que dans la liste des ouvrages de Zola (*la Terre, l'Argent, le Docteur Pascal, Germinal, Rome, Lourdes*) ainsi que dans le choix des ouvrages classiques de l'antiquité grecque ou romaine, les classiques italiens et français. Par contre, on serait tenté de parler d'une initiation littéraire très personnelle lorsque Isabelle se procure les *Curiosités esthétiques* de Baudelaire, *les Histoires extraordinaires* et *les Aventures d'Arthur Gordon Pym* d'Edgar Poe. Enfin, la surprise est grande lorsqu'on constate qu'elle achète des collections complètes de *la Revue blanche* et de *la Revue moderne*, qu'elle lit *Maîtresse d'Esthètes* de Willy ou un ouvrage à peine paru de Villiers de l'Isle-Adam : *Axel*. Dos. 23 × 51, AOM.

52. Un signalement d'Augustin de Moerder, enregistré au Département de justice et de police de Genève sous le numéro 167, précise sa tenue habituelle : « redingote et pantalon noir, chapeau feutre noir, parapluie avec manche en corne grise ». Augustin avait donc adopté cette « redingote noire des bour-

geois de la IIIe République » qui, si l'on en croit Elisabeth de Gramont dans ses *Mémoires*, avait valeur d'uniforme.

Page 184

53. Tocqueville en 1837. Cité par Charles Ageron dans *Histoire de l'Algérie contemporaine*, Presses universitaires de France, t. II, p. 137.

54. Colonel Hanoteau, *Grammaire kabyle* préfacée par l'auteur, 1858. Citée p. 882 de l'*Histoire de l'Algérie contemporaine* par Charles Ageron.

Page 185

55. Colonel Hanoteau, *Poésies populaires de la Kabylie du Jurjura*, texte kabyle et traduction, Paris, 1867.

56. Témoignage d'André Breton sur les chants berbères chantés par Taos Amrouche. *Jean Amrouche, l'éternel Jugurtha*, p. 74. Publié par les archives de la Ville de Marseille, 1985.

57. A. Hanoteau et A. Letourneux, *la Kabylie et les Coutumes kabyles*, en trois volumes, Imprimeries impériales, Paris, 1863-1867. L'ouvrage fut réédité en 1893.

58. « La *djemâ'a* kabyle ou *thadjmâ'ath* était le libre conseil du village. » Dans *les Algériens musulmans et la France*, Charles-Robert Ageron, t. I, p. 278.

59. Isabelle se rendait chez Mme Seylaz sous un nom d'emprunt. Il existe une facture, d'un montant de 7,35 francs, pour la réparation d'une jaquette, établie au nom de Mlle Podolinsky. Dos. 23 × 51, AOM.

Page 186

60. Dans une lettre en russe d'Isabelle Eberhardt à son frère Augustin, datant d'octobre ou novembre 1895, elle lui écrit : « Pop qu'as-tu, qu'as-tu fait? » Lettre inédite, dos. 23 × 20, AOM.

Dans une lettre du 24 décembre 1895, de la même au même, citée par Doyon dans sa préface à *Mes journaliers* (p. XVIII), Isabelle appelle son frère « Tino ». Ce sont les premiers signes d'un goût pour les diminutifs qui ira en s'accentuant et qui rend souvent impossible le repérage des personnages cités, tant dans sa correspondance que dans ses œuvres. Isabelle était totalement russe dans cette manie des diminutifs à partir desquels elle construisait des variantes sans fin : chouch, chouchka, chouchinka, etc.

Page 187

61. Lettre de Madeleine Bernard, écrite de Genève à un inconnu et non datée. Dos. 23 × 55, AOM.

Page 188

62. Lettre d'Anne Joliet, écrite de Genève le 9 juillet 1894 et adressée à Trohmovsky. Dos. 23 × 55, AOM.

63. « Je n'étais pas préparé à cette escale brûlante/Don du hasard et de la mer... » Louis Brauquier dans *Eau douce pour navires*, Gallimard, p. 147.

Page 190

64. Lettre de Madeleine Bernard à Anne Joliet, écrite de San Nicolao le 22 juillet 1894. Dos. 23 × 55, AOM.

Page 191

65. Lettre de Madeleine Bernard à Anne Joliet, écrite de San Nicolao le 21 juillet 1894. Dos. 23 × 55, AOM.

Page 192

66. *Idem.*

67. *Idem.*

Page 194

68. Certains passages des lettres de Madeleine sont soigneusement découpés aux ciseaux. Une censure opérée après coup, peut-être par Barrucand.

Page 196

69. Lettre d'Anne Joliet à Alexandre Trofimovsky, écrite de Genève le 1er août 1894. Dos. 23 × 55, AOM.

Page 197

70. Lettre du 5 août 1894, adressée par P. Schoenlaub, pharmacien, 38, rue et place du Rhône, à Augustin de Moerder. Le seul document d'archives donnant des éclaircissements sur la nature du mal dont souffrait Mme de Moerder et précisant certains traits de son caractère. Dos. 23 × 29, AOM.

Page 198

71. Ces passages d'une lettre de Madeleine Bernard à sa cousine avaient été transmis à Isabelle Eberhardt dans une lettre non datée d'Anne Joliet annonçant le retour d'Augustin. Dos. 23 × 55, AOM.

Page 199

72. Lettre d'Anne Joliet à Madeleine Bernard sans date ni lieu d'expédition. Vraisemblablement de juillet 1894. Dos. 23 × 35, AOM.

73. Sans doute « le souvenir de la villa Neuve » que mentionne Anne Joliet est-il une aquarelle ou une huile d'Isabelle Eberhardt. Lettre non datée d'Anne Joliet à Isabelle Eberhardt, donnant pour adresse « Poste restante, St Moritz Dorf. Haute Engadine ». Dos. 23 × 35, AOM.

Page 200

74. Lettre du 25 janvier 1895 d'Anne Joliet à Isabelle qu'elle appelle *Cher Abbas*. AOM.

III. GENEVE

CHAPITRE 1

Page 205

1. Tolstoï avait mis en pratique ses théories dans l'école qu'il avait fondée, à Iasnaïa Poliana, à la suite d'un long voyage d'étude en Europe (entre le 3 juillet 1860 et avril 1861), de séjours à Dresde, Londres, Bruxelles et de deux séjours successifs à Marseille. Il avait exposé ses méthodes dans la revue *Iasnaïa Poliana* en 1862 (voir le tome XIII des œuvres complètes).

2. Léon Tolstoï dans ses « Entretiens avec Tenemono », cité par Romain Rolland dans *Vie de Tolstoï;* Albin Michel, p. 149.

Page 207

3. Expression datant des dernières années du XIXe siècle, citée par Ladislas Mysyrowicz dans *Université et Révolution, Revue suisse d'histoire,* 25e année, n° 4, 1975, p. 516.

4. *Le Mémorial du Grand Conseil* (p. 471) fait état des grandes fortunes établies à Genève en 1886 : « 90 millionnaires dont plusieurs multi-millionnaires y étaient fixés à demeure. » Cité par Ladislas Mysyrowicz dans *Université et Révolution, Revue suisse d'histoire,* p. 516.

Page 208

5. En 1886, l'université de Genève « méritait pleinement le titre d'*Université internationale* vu qu'ici comme nulle part ailleurs l'élément indigène jouait un rôle subordonné vis-à-vis des étudiants confédérés et étrangers ». Ne comptait-elle pas 255 étudiants et auditeurs étrangers contre 244 à Berlin (ville infiniment plus grande et plus peuplée que Genève). Carl Vogt, *Quelques mots sur la question universitaire,* 1886, p. 78. Cité par Ladislas Mysyrowicz dans *Université et Révolution,* p. 516. On notera qu'à partir de cette date le pourcentage des étudiants étrangers fréquentant les facultés de Genève ne cessera d'augmenter. Ainsi, autour des années 93, époque où Isabelle commençait à se familiariser avec les milieux estudiantins, sur un total de 591 étudiants inscrits, 361 étaient étrangers, soit près de 61 %. Voir : le *Deuxième Congrès international des étudiants socialistes* (Genève, 22-25 décembre 1893), Marc Vuilleumier, *Revue européenne des Sciences sociales* et *Cahiers Vilfredo Pareto,* t. XV, 1977, n° 42, p. 68.

6. Voltaire. Cité par Paul Morand dans *Le lac Léman, cet éternel encrier.* Textes recueillis par J.-P. Caracalla dans *Voyages, op. cit.*

7. Dans *la Suisse universitaire,* périodique patronné par des enseignants conservateurs et qui parut aux dernières années du XIXe siècle. Cité par Ladislas Mysyrowicz dans *Université et Révolution,* p. 523.

8. *Le Peuple,* 7 février 1903. Cité par Ladislas Mysyrowicz dans *Université et Révolution,* p. 531.

Page 209

9. Le juge Porphyre dans *Crime et Châtiment :* « Le crime de Raskolnikov est l'œuvre d'un cœur surexcité par des théories. »

10. *La Tribune de Genève,* 24-26 décembre 1893. Cité par Marc Vuilleumier, *le Deuxième Congrès international des étudiants socialistes,* Genève, décembre 1893. Dans *la Revue européenne des Sciences sociales* et *Cahiers Vilfredo Pareto, op. cit.*

11. Lors d'un voyage clandestin qui devait conduire de Suisse en Russie plusieurs révolutionnaires notoires – dont Véra Zassoulitch –, au moment de franchir la frontière, le passeur, un homme de grande expérience, spécialiste de l'évasion des condamnés, donna à ses camarades des conseils pratiques : « S'il vous plaît n'enfoncez pas votre chapeau jusqu'aux yeux... » « Le proche et le lointain » d'Olga Loubatovitch, dans *Quatre femmes terroristes contre le tsar, op. cit.,* p. 180.

12. *La Tribune de Genève,* 24-26 décembre 1893. « Les hommes sont couverts au moyen d'un pardessus crasseux laissant passer par le col relevé mais entrouvert un bout de la chemise de nuit (!) le plus souvent agrémenté dans le haut d'une broderie rouge. »

Page 210

13. « Les Etudiants russes en Suisse », de Max Adler dans *le Peuple,* 2 décembre 1903. Cité par Ladislas Mysyrowicz. *Université et Révolution,* p. 532.

14. En 1903, les conservateurs lançaient sous forme de manifeste, un *Appel aux électeurs,* où il était dit que « l'honneur n'est pas tout. Il faut aussi regarder l'argent... Et qu'on ne nous dise pas que ces Orientaux font à Genève des dépenses dont profite l'ensemble de la population. Les étudiants profitables et vraiment intéressants sont ceux dont les parents sont domiciliés dans le Canton. »

La même année, il y eut des manifestations d'étudiants « de nationalité suisse » contre les « Orientaux ». L'organe socialiste *le Peuple* faisait état d'un sentiment d'hostilité à l'égard des étudiants et étudiantes russes de la part « d'étudiants suisses pour la plupart fils de familles aisées ». Dans *Université et Révolution,* de Ladislas Mysyrowicz, p. 527.

15. En 1896, sur 117 « Orientaux » on remarquait 73 femmes. « La faculté de médecine de Genève possède dorénavant un *type* qui s'accentuera jusqu'à la Première Guerre mondiale. Les " Orientaux " y viendront de plus en plus nombreux et parmi eux la proportion des femmes grossira en dépit des mesures administratives prises pour freiner cet afflux jugé *indésirable* par les autorités. » Dix ans plus tard, les « Orientaux » forment « les deux tiers de la population estudiantine, soit 200 individus dont 150 femmes, alors qu'on ne remarque qu'une seule candidate d'origine helvétique... ». *Les étudiants « orientaux » en médecine à Genève* (1876-1914), par Ladislas Mysyrowicz. *Gesnerus,* vol. 34. Année 1977, fascicule 1/2, numéro consacré au 100ᵉ anniversaire de la faculté de médecine de Genève.

16. Véra Zassoulitch, de famille noble. Le 29 juillet 1878 elle avait tiré sur le général gouverneur Trepov, préfet de police de Saint-Pétersbourg. Elle avait bénéficié du droit d'asile en Suisse.

17. Sophie Perovskaïa participa directement à l'assassinat d'Alexandre II le 1ᵉʳ mars 1881. Elle fut pendue le 3 avril.

Page 211

18. *Journal de Genève,* 14 décembre 1904. Cité par Ladislas Mysyrowicz dans *Université et Révolution,* pp. 533 et 534.

19. *Le Courrier*, 24 décembre 1893. Cité par Ladislas Mysyrowicz dans *Université et Révolution*, p. 559.

20. Le *Swiss Times*, 5 juin 1873. Cité par Ladislas Mysyrowicz dans *Université et Révolution*, p. 538.

21. *Le Peuple*, 2 décembre 1903. Cité par Ladislas Mysyrowicz dans *Université et Révolution*, p. 533.

22. Le terme de *raznotchintsy* servait à désigner les représentants d'une bourgeoisie nouvelle faite de « hors rang » ou de « sans rang ».

Page 212

23. L'Académie de Genève avait été fondée par Calvin en 1559.

24. Cité par Ladislas Mysyrowicz dans *Université et Révolution*, p. 523.

Page 214

25. Dimitri Merejkowski dans une étude sur les troubles insurrectionnels de 1905. Cité par Maurice Paléologue dans *La Russie des tsars, op. cit.*, t. I, p. 274.

26. « Je vivais à Genève dans ce cloaque à espions » lit-on dans « Le proche et le lointain » d'Olga Loubatovitch (1853-1917). Membre du cercle révolutionnaire des femmes, elle avait étudié la médecine à Zurich, puis, emprisonnée et déportée en Sibérie, elle avait séjourné illégalement en Suisse. Voir *Quatre Femmes terroristes contre le tsar, op. cit.*, p. 215.

27. Le voyage d'Augustin en Algérie est confirmé par une note manuscrite de Victor Barrucand, écrite en marge d'une lettre de Louis David à Augustin, en date du 30 janvier 1894. Dos. 23 × 38, AOM.

28. L'école secondaire des jeunes filles était située quai de la Poste, à Genève. Il est plus que probable que Mme Buholzer donna à Isabelle des leçons particulières.

Page 215

29. Lettre de Louis David à Augustin, Blida, 20 juin 1894. Dos. 23 × 38, AOM.

Page 216

30. Lettre de Cécile David à Mme de Moerder, Blida, 27 janvier 1895. Dos. 23 × 38, AOM.

Page 217

31. Lettre de Louis David à Augustin. Blida, 31 janvier 1895. Dos. 23 × 38, AOM.

Page 218

32. Maxime Du Camp avait publié en 1852 un album intitulé Egypte, *Nubie, Palestine et Syrie. Dessins photographiques recueillis pendant les années 1849, 1850, 1851.* « C'est une grande première mondiale : le premier livre illustré de photographies » lit-on dans *Le Voyage en Orient, Anthologie des voyageurs français dans le Levant au XIXe siècle,* de Jean-Claude Berchet, Robert Laffont, p. 1082.

33. Maxime Du Camp dans *Souvenirs littéraires.*

34. Une lettre de Maubert à sa mère, datée du 5 janvier 1850, et racontant les aventures de Maxime Du Camp, nous éclaire sur les dangers auxquels s'exposaient les pionniers de la photographie au cours de leur voyage en Orient : « La photographie absorbe et consume les jours de Max... Vraiment s'il ne se calme, il en crèvera. Il a du reste obtenu des résultats superbes, aussi depuis quelques jours son moral est remonté. Avant-hier un mulet a failli réduire toute sa boutique en morceaux. »

35. Isabelle Eberhardt était de bon conseil en cette occasion. Elle conseillait à son frère d'opter pour un métier d'avenir : le métier de photographe. Or, cela faisait moins de quatre ans que Paul Nadar avait rapporté d'un voyage au Turkestan russe (1890) un ensemble de clichés et de portraits qui constituent le premier reportage photographique consacré à cette région de l'empire des tsars. On peut rêver sur ce qu'aurait été la vie d'Augustin de Moerder s'il avait accepté de suivre cette voie.

Page 219

36. En post-scriptum d'une lettre du 5 décembre 1894, adressée à Alexandre Trofimovsky, Anne Joliet écrit : « Veuillez je vous prie serrer bien amicalement de ma part la main à Isabelle et dites-lui que j'irai constater les progrès de ma future toile la semaine prochaine. » Tandis que le 24 janvier 1895, la même, sur le point de changer de logement, écrivait à Isabelle : «... peut-être qu'un nouveau local mettra plus en valeur ma future toile, cher artiste ! » Dos. 23 × 35, AOM.

37. Une lettre de Genève, à en-tête de la papeterie Robert Frères, 4 place Bel-Air, en date du 20 novembre 1896, adressée à *Isabelle de Moerder,* Villa Neuve. En réponse à une lettre d'Isabelle du 18 novembre 1896, la papeterie accepte de vendre ses aquarelles et peintures en prenant 10 % de commission. Au revers, note manuscrite de Victor Barrucand : « Cette lettre prouve qu'en 1896 Isabelle Eberhardt songeait à se créer des ressources. » Dos. 23 × 51, AOM.

38. Les cahiers de voyages faisaient partie des manuscrits vendus par son mari après la mort d'Isabelle, devenus la

propriété de Mme Chloé Bulliod, sa fervente admiratrice, – et perdus depuis. Le docteur Bulliod, propriétaire du *Réveil bônois*, avait acheté « de grands sacs poussiéreux où dormaient pêle-mêle romans, nouvelles, articles, brouillons, correspondances, croquis et reliques de la Bonne Nomade ». Il les offrit à son épouse pour son anniversaire. Elle s'en expliqua dans un article de *la Dépêche de l'Est* paru en Algérie le 5 juillet 1923.

Les cahiers furent publiés en 1923, à Paris, aux éditions de la Connaissance, sous le titre *Mes journaliers*, par les soins de René-Louis Doyon, auteur d'une longue préface intitulée « La vie tragique de la bonne nomade ». Cet ouvrage constitue avec *Au pays des sables*, recueil de nouvelles paru en 1944, les deux seuls textes authentiques d'Isabelle Eberhardt, ainsi que l'a fait remarquer Denise Brahimi dans *L'Oued et la Zaouia*. Tous les autres ouvrages d'Isabelle, bien que d'un grand intérêt, ont subi des altérations dues au zèle excessif de celui qui fut le premier à reconnaître le talent littéraire de la jeune Russe et le premier à la publier : Victor Barrucand. Les coupures et les retouches qu'il a infligées aux textes originaux ont suscité un demi-siècle de polémiques passionnées.

39. *Carnet du voyage en Egypte* (octobre, novembre, décembre 1869), Eugène Fromentin, Bibl. de la Pléiade, p. 1111.

Page 220

40. Dans le rapport n° 323 du commissariat spécial d'Annemasse, en date du 25 mars 1895, le commissaire Léal signale à ses supérieurs une réunion organisée par les « réfugiés » russes qui a eu lieu quelques jours auparavant à la brasserie Treiber à La Terrassière. En plus des Russes, le policier note la présence d'une trentaine d'« anarchistes » allemands, autrichiens et bulgares. Après le tableau vivant, il y eut une distribution de « gravures représentant des nihilistes au bagne » dont le policier avait déjà transmis quelques exemplaires à ses chefs dans un précédent rapport. Ministère de l'Intérieur, police des chemins de fer, archives de la Haute-Savoie.

Page 221

41. Tchernychevsky (Nicolaï Gavrilovitch), 1828-1889. Comme Alexandre Trofimovsky, il était de naissance modeste et fils de prêtre. Il fut de ces *novopenseurs (novodoumy)* – l'expression est de Dostoïevski – qui exercèrent une influence déterminante sur la jeunesse russe et l'intelligentsia. Mort à soixante et un ans, son activité d'essayiste et de publiciste ne dura que huit ans. Le reste de sa vie – vingt-sept ans – s'écoula en forteresse ou en déportation. *Que faire ?* paru en 1863, est le titre de sa première œuvre romanesque, écrite en trois mois.

L'auteur était détenu à la forteresse Pierre-et-Paul, au secret. C'est une sorte « d'utopie sociale » nous dit Isaïah Berlin qui définit Nicolaï Gavrilovitch comme « la figure la plus importante du mouvement populiste... Ses aspirations et ses émotions les plus profondes, il les déversa dans *Que faire?...* Sa touchante sincérité et sa passion morale envoûtèrent l'imagination des fils idéalistes et culpabilisés de parents prospères et leur fournirent un modèle idéal; à sa lumière, une génération entière de révolutionnaires s'éduqua et s'aguerrit pour défier les lois et les conventions existantes et accepter l'exil et la mort avec une indifférence sublime ». *Les Penseurs russes,* Albin Michel, pp. 280 et 284.

42. Michel Bakounine, 1814-1876. Le fondateur de la Première Internationale, de passage à Genève en 1868, avait fait appel au parrainage d'Elpidine lors de sa demande d'adhésion à l'Association internationale des travailleurs.

Page 222

43. Une note de la police française en date de 1890 précise que le libraire Elpidine « se dit réfugié russe. Passe pour indicateur de police. Divorcé, remarié à une domestique... Reçu bourgeois le 22 novembre 1876. Fait partie du groupe des proscrits et assiste à toutes les réunions secrètes ». (ANF 7 12519, Etat des réfugiés russes et affiliés résidant à Genève). Cité par Ladislas Mysyrowicz dans *Agents secrets tsaristes et révolutionnaires russes à Genève, 1879-1903, Revue suisse d'histoire,* 23e année, n° 1, 1973, p. 42.

44. *Jacques* de George Sand est un roman par lettres, écrit seize ans avant la parution du premier roman de Tchernychevsky. Or il semble offrir quelques analogies avec le thème de *Que faire?* Tchernychevsky, qui était fasciné par l'œuvre de Sand comme l'étaient de nombreux intellectuels russes de l'époque prérévolutionnaire, n'aurait fait que transposer, de mémoire – n'oublions pas qu'il était au secret –, les thèmes et les personnages d'un roman qui déjà présentait en termes sociaux le cas de son héros, *Jacques,* mais le traitait à la manière romantique. Si l'on en croit Wanda Bannour, Tchernychevsky, sur ce même thème, aurait écrit un anti-roman, «... un anti-Sand ou plus précisément un anti-Jacques ». *Les Nihilistes russes,* Anthropos, p. 172.

Page 223

45. C'est Vladislav Khodassevitch qui a donné à la ville de Berlin le nom de « marâtre des villes russes ». C'est là qu'en 1922, au sein d'une importante colonie d'émigrés, Vladimir

Nabokov devint un poète russe. « L'allemagne dans l'œuvre de Nabokov », Dieter E. Zimmer, *L'Arc*, p. 67.

46. Charles de Foucauld, lettre de novembre 1895 écrite de la Trappe de Cheîkhlé (Asie Mineure) : « Je vous écris pour vous quêter; non pour nous (les trappistes), à Dieu ne plaise, car je ne serai jamais assez pauvre, mais pour les victimes des persécutions. Par ordre du Sultan, on a massacré près de 140 000 chrétiens depuis quelques mois... Dans la ville la plus proche d'ici, à Marache, la garnison a tué 4 500 chrétiens en deux jours... C'est honteux pour l'Europe : d'un mot elle aurait pu empêcher ces horreurs et elle ne l'a pas fait. »

Page 224

47. *De l'autre rive,* Alexandre Herzen, Œuvres complètes en 30 volumes, Moscou, 1954-1969, t. VI. Cité par Isaïah Berlin dans *Les Penseurs russes,* p. 250. Il présente *De l'autre rive* comme « la profession de foi de Herzen et son testament politique ».

Page 227

48. L'*oblomoverie,* mot composé à partir du titre d'un roman de Yvan Gontcharov, *Oblomov,* paru en 1859. Le mot, très utilisé – Lénine l'employa pour flétrir ceux que la révolution n'avait su tirer hors de leur frilosité et de leurs craintes – désigne une race d'hommes désœuvrés, avachis. L'*oblomoverie* est un état de fainéantise et d'aboulie collective. Les plus grands écrivains de l'époque prérévolutionnaire se penchèrent sur ce type d'hommes nés de la réalité russe et d'un comportement lié à une époque et à un régime déterminés. Deux hommes en particulier, deux amis, tous deux fils de prêtres et tous deux en lutte contre le régime impérial, tous deux pauvres et dévoués jusqu'à la mort à la cause de la justice sociale, ont chacun à leur manière immortalisé l'*oblomoverie.* L'un fut Nicolas Dobrolioubov qui lui consacra un essai : « Qu'est-ce que l'*oblomovchtchina* ? ». L'autre fut Nicolas Tchernychevsky qui, lui, écrivit entre 1865 et 1870, alors qu'il était déporté en Sibérie, un récit publié en appendice de l'*Histoire d'une jeune fille,* dans lequel, à travers le personnage d'Onoufriev, il fait le portrait d'une « belle âme » à tendances rétrogrades, présentant tous les symptômes d'une inguérissable *oblomoverie.* Voir les deux essais de Wanda Bannour sur *les Nihilistes russes* parus aux éditions Aubier-Montaigne, 1974, et Anthropos, 1978.

Page 229

49. Isabelle à Augustin. Lettre du 24 décembre 1895, écrite à « à six heures cinq du soir ». Citée p. XVII par René-Louis Doyon dans « La vie tragique de la bonne nomade », texte qui sert d'introduction à *Mes journaliers.* Le manuscrit de cette lettre, vendu après la mort d'Isabelle Eberhardt, a été perdu comme l'ensemble des carnets formant le manuscrit de *Mes journaliers.* (Voir note 38 ci-dessus.)

Page 234

50. Voir note 70 de la page 197.

51. Rapports n°s 600 et 694 adressés par M. Perrier, commissaire spécial d'Annemasse, chargé de la surveillance des étrangers, les 25 mai 1897 et 7 juin 1897 à M. le préfet de la Haute-Savoie à Annecy, archives de la Haute-Savoie. Il y est abondamment question de Mme de Moerder, de Trofimovsky, des personnes qu'ils fréquentaient et des réceptions dominicales à la villa Neuve.

Page 235

52. Voir note 37, ci-dessus.

Page 238

53. Ecrite de Genève, la lettre de Christo Christidi, en réponse à une lettre d'Isabelle Eberhardt, est datée du 7 décembre 1895. Dos. 23 × 36, AOM.

Page 239

54. Lettre en russe, traduite par Lily Denis. Ecrite le 21 mars 1895, elle figure dans le dossier 23 × 20 (Papiers et correspondances en russe) des AOM d'Aix-en-Provence.

CHAPITRE 2

Page 244

1. Lettre d'Isabelle Eberhardt à Augustin de Moerder. Cette lettre commence par « Cher ami » et est signée d'un I majuscule. Dos. 23 × 28, AOM.

Page 245

2. Lettre d'Isabelle à son frère Augustin de Moerder, portant la mention : « Villa Neuve », elle est soigneusement datée (ce qui est rare) : « le 23 × 1895 ». Commençant par les mots

« Mon cher ami » c'est l'une des plus longues lettres qu'elle lui ait écrites. Elle compte douze feuillets. Dos. 23 × 28» AOM.

Page 247

3. Le docteur Christo Christidi fait allusion au contenu de cette enveloppe dans la réponse qu'il adresse à Isabelle Eberhardt : « Cette lettre m'a complètement plongé dans les ténèbres à cause surtout de cette poudre dont je ne comprenais ni la signification ni la destination. C'est pour cela que je me suis mis en tête tous les mauvais soupçons possibles. J'ai donc ouvert l'enveloppe avec les précautions voulues et après avoir analysé la poudre je trouvais qu'elle était une substance végétale aromatique tout à fait inoffensive. » Bien que l'ordre ne fût jamais le trait dominant du caractère d'Augustin de Moerder, il n'était pas imprudent au point de s'enfuir de son domicile en y oubliant des sachets de cocaïne. Dos. 23 × 36, AOM.

Page 249

4. Longue lettre d'Isabelle à Augustin. Trois feuillets inédits, non datés, et dont de nombreux passages en russe n'avaient jamais été traduits. Porte dans le haut une phrase au crayon : « Ne mentionne pas cette lettre si tu veux le secret. Ecris I (pour Isabelle) M (pour Moerder) P. O. Vernier. » Cette lettre date de novembre 1895, époque à laquelle Isabelle était seule informée de l'engagement d'Augustin, de sa durée et de sa présence à Sidi-bel-Abbès, alors que Trofimovsky et Mme de Moerder n'en savaient rien.

Page 250

5. Lettre d'Edouard Vivicorsi au matelot Podolinsky – alias Isabelle Eberhardt – datée du 17 novembre 1895 et commençant par « Cher Camarade ». Cette lettre porte en son début une longue explication manuscrite de Victor Barrucand qui note que « cette lettre montre comment Augustin de Moerder s'est engagé à la Légion » et ajoute à propos de Podolinsky « il peut se faire aussi qu'il s'agisse de Nicolas de Moerder mais c'est douteux », ce qui suffit à prouver que le premier biographe d'Isabelle, qui fut aussi son employeur et son ami, ignorait tout de l'aventure de son frère aîné. Ce qui ressort de cette lettre et ne peut manquer de frapper un lecteur attentif est la similitude dans les subterfuges imaginés aussi bien par le frère que par la sœur alors qu'ils sont séparés l'un de l'autre par plusieurs centaines de kilomètres et qu'ils ne se sont pas le moins du monde consultés. Voilà Augustin de Moerder qui, à Toulon, se dit marin de la flotte du tsar afin de susciter la sympathie d'un

matelot français, cet Edouard Vivicorsi auquel, depuis la Suisse et quelques semaines plus tard, Isabelle Eberhardt fera croire qu'elle est un matelot russe pour mieux le convaincre d'entrer en correspondance avec elle. Dos. 23 × 29, AOM.

Page 251

6. Courte lettre d'Isabelle à son frère Augustin, non datée, commençant par le mot « chéri ». Elle est signée *Myriam*, prénom qu'Isabelle utilisera de plus en plus fréquemment. Elle porte une note manuscrite de Victor Barrucand : « d'Isabelle Eberhardt à son frère Augustin ». Elle se termine par la formule « Je t'embrasse mille fois, mon aimé ». Dos. 23 × 28, AOM.

7. Lettre d'Isabelle Eberhardt à son frère Augustin. (Voir note 4, ci-dessus.)

8. Cette expression « entrer à l'Etat » est empruntée au langage des matelots de la marine de guerre et s'oppose à cette autre expression populaire « naviguer au commerce ». Elles se retrouvent aussi souvent dans l'œuvre d'Isabelle que dans celle de Loti. « Et comme j'étais cause, moi, qu'il s'était engagé à l'Etat », lit-on dans *Mon frère Yves;* ou bien « Déserter pour aller naviguer au commerce... c'est toujours le rêve qui obsède les matelots » (pp. 35 et 36 de *Mon frère Yves*, Calmann-Lévy). Les lectures d'Isabelle portaient leurs fruits.

9. Lettre déjà mentionnée. (Voir note 4, ci-dessus.)

Page 253

10. Première et deuxième lettre d'Edouard Vivicorsi, au matelot Podolinsky – alias « Mademoiselle de Moerder ». Elles sont datées du 9 et du 17 novembre 1895. Dos. 23 × 39, AOM.

Page 254

11. Lettre d'Edouard Vivicorsi. Elle a été adressée à Mlle de Moerder le 23 novembre 1895. Dos. 23 × 39, AOM.

12. La lettre d'Augustin à sa sœur Isabelle datée du 12 novembre 1895 est sans doute la première qu'il lui écrivit. Elle est reproduite page XVII de la préface par René-Louis Doyon à *Mes journaliers.* Le manuscrit de cette lettre ne se trouvant pas dans le fonds Eberhardt aux archives d'Outre-mer a été probablement perdu.

Page 255

13. Georges, Henri, Victor de Villebois-Mareuil était d'une très ancienne famille vendéenne, catholique et royaliste. Né en 1847, brillant saint-cyrien, il alla guerroyer en Cochinchine

puis s'engagea dans l'armée de la Loire en 1870. En 1882, il s'éprit d'une jeune fille de la grande bourgeoisie marseillaise, Paula Estrangin, qu'il épousa. Sa famille ne le lui pardonna jamais. Epouser la fille d'un négociant marseillais était la pire des mésalliances. On lui en fit reproche toute sa vie. Reçu, en 1888, onzième sur soixante-sept candidats à l'Ecole de guerre, il se lia avec Lyautey. Affecté à Sidi-bel-Abbès en avril 1895, il prit le commandement du 1er régiment Etranger qu'il quitta en décembre 1895 sur un coup de tête. Il démissionna après trente ans de service. Ce fut quand même Villebois-Mareuil qui eut la charge du « cas Moerder » et qui répondit aux lettres de Natalia Nicolaïevna.

En 1899, quand éclata la guerre du Transvaal, le colonel de VilleboisMareuil offrit ses services aux Boers. Il lança des appels à ses anciens légionnaires et « forma un détachement de quelques dizaines de combattants français. Très populaire, on l'appelait *die Franze Kolonel.* Après quoi, devenu général des républiques libres d'Orange et du Transvaal, il prit le commandement de la Légion internationale qui groupait Allemands, Russes, Hollandais et Français en une même unité. Villebois-Mareuil fut tué par les forces de Lord Methuen à la bataille de Boshof, le 5 avril 1900. Au Palais-Bourbon ce fut un beau tollé. Le général de Galliffet prit la parole pour faire l'éloge du disparu. Sa mort, qui provoqua en France une émotion considérable, fut utilisée par l'*Action française* dont il était un membre fondateur ». Voir la notice de Robert Cornevin dans *Hommes et destins,* t. II, p. 742.

Ce personnage haut en couleur aurait, si l'on en croit Roland de Margerie, inspiré à Edmond Rostand, dont il était l'ami, certains traits de *Cyrano.* Un passage du discours d'Edmond Rostand, lors de sa réception à l'Académie française en avril 1900, le laisserait supposer. A l'écouter évoquer Villebois-Mareuil, on retrouve Cyrano : « brusque, pimpant, la moustache ébouriffée, l'œil bleu... Parfois un de ses mots avait l'amertume saine d'une feuille de laurier qu'on mâche : il était jusqu'au soir étincelant sans y tâcher, ou profond comme par mégarde... » (*Revue de Marseille,* janvier 1968, p. 25. *Edmond Rostand,* par Roland de Margerie.)

14. Lettre d'Isabelle à son frère Augustin. Non datée, commençant par les mots « Mon chéri », signée *Myriam* et comportant quatre grands feuillets. Elle offre deux particularités : plusieurs paragraphes (qui n'avaient jamais été traduits) sont écrits en grec, une langue qu'Isabelle paraît manier avec aisance. Elle a aussi recours à des citations latines qui semblent faire partie, entre son frère et elle, d'un langage familier. D'autre part le deuxième feuillet a été couvert de ratures par

Victor Barrucand. Cette page que je n'ai pas citée est pourtant révélatrice d'une sorte d'affolement – sans doute consécutif à la reprise en main dont Isabelle est l'objet de la part de Vava – et aussi de l'extrême tension qui règne à la villa Neuve où Trofimovsky et Natalia Nicolaïevna sont toujours sans nouvelles d'Augustin. Dans ce feuillet, Isabelle, qui annonce à son frère : « Je t'envoie du papier et des enveloppes », lui suggère d'avoir recours à toutes sortes de stratagèmes pour reprendre un contact épistolaire avec ses parents. Mais ces stratagèmes sont d'une si folle complication – faux intermédiaires, faux docteur en médecine, etc. – qu'Isabelle y renonce d'elle-même : « Je réfléchis que cela te nuirait. Ecris plutôt vite à Vava, et avec prudence. »

Cette lettre, l'une des plus intéressantes de la correspondance d'Isabelle, a déjà fait l'objet de plusieurs notes. (Voir notes 47, 48 et 50 de la page 181.) Dossier 23 × 28, AOM.

Page 256

15. Fiche d'incorporation d'Augustin de Moerder. Numéro matricule 19.686. Archives de la Légion étrangère, Aubagne.

Page 257

16. Voir note 14, ci-dessus.

Page 259

17. Michelet, *Histoire de la Révolution française,* t. IV, chapitre X.

Page 260

18. Jean Cocteau, *Le Grand Ecart,* Stock, 1923, p. 8.

Page 261

19. Voir note 14, ci-dessus.

20. *Ibid.*

21. Lettre d'Isabelle à son frère Augustin de Moerder. Sans date – probablement écrite en novembre 1895 – elle comporte huit feuillets, commence par les mots « Mon chéri », se termine par une phrase en grec : « Je t'embrasse mille fois. » Elle est signée *Myriam.* Dos. 23 × 28. AOM.

22. Lettre d'Isabelle à son frère Augustin. Elle a été datée par Barrucand de 1896 et porte en post-scriptum : « *Motus* sur cette lettre. » Ses premiers mots sont « Mon bien-aimé chéri. » Elle n'est pas signée mais se termine ainsi : « Va à la poste restante : il doit y avoir des lettres pour toi depuis au moins trois mois. Au

revoir donc» à bientôt. Ta sœur t'embrasse mille fois. » Dos. 23 × 28, AOM.

Page 266

23. Voir lettre de Vivicorsi à son « camarade » Podolinsky, alias Isabelle Eberhardt, en date du 17 décembre 1895. « A que je me suis amuser... cher ami, tu me demande dou je suis. Bien je suis d'Avignon Vaucluse comme je te lé dit plus au. Seulement j'ai manqué depuis l'age de 7 ans et depuis je suis aller 3 fois passer quelques jours comme je viens de faire ces jours-ci, alors tu vois qu'il y a quelques ten puisque maintenan j'ai 23 ans passer. Et depuis l'age de 11 ans je suis dans la navigation du commerce où j'ai navigué jusqu'à 19 ans. Et depuis je suis à l'Etat... » Dos. 23 × 29, AOM.

Page 271

24. *Biribi,* de Georges Darien, paru en 1890 chez Savine et réédité par Jérôme Martineau en 1966 avec, en complément, le texte de la célèbre complainte de Bruant *A Biribi,* donne de ce mot mystérieux l'explication suivante : « On connaît le mot *biribisso,* un jeu de hasard méditerranéen, une sorte de loto. Un tableau fait de 70 cases sur lesquelles on mise. Un sac de boules. Si on tire la boule correspondant à la case sur laquelle le banquier a mis son argent, il paie au gagnant 60 fois sa mise. » Pourquoi et quand le nom de « Biribi » fut-il donné aux compagnies disciplinaires? Darien n'a jamais découvert l'origine de cette appellation qui n'est toujours pas éclaircie.

Page 274

25. Lettre d'Edouard Vivicorsi à Nicolas Podolinsky, datée du 17 décembre 1895. Dos. 23 × 39, AOM.

26. A propos de la soi-disant « expédition du *Touareg* » dont plusieurs biographes d'Isabelle Eberhardt font indirectement mention, notons que plusieurs navires marchands ayant eu Marseille pour port d'attache avaient porté ce nom mais qu'aucun n'était en service en 1893.

Le premier du nom fut construit en 1864 pour la Compagnie de navigation mixte. Un paquebot-poste qui transportait en plus du courrier des voyageurs et des marchandises. Il faisait l'Algérie. Il y eut une brillante parenthèse dans sa carrière lorsqu'une bande de jeunes femmes parmi les plus jolies de Marseille et de jeunes représentants de la Chambre de commerce – parmi lesquels Jules Charles-Roux – louèrent le Touareg pour aller assister (trop joyeusement aux dires des familles concernées) à l'inauguration du canal de Suez. Ce *Touareg*-là appartint ensuite à divers armateurs marseillais : les Roux, les Fraissinet, les Mante et cela jusqu'en 1887, date à laquelle il fut rayé des cadres de la flotte.

Le deuxième *Touareg* fut acheté au Portugal en 1897 par la Compagnie de navigation mixte. Un incendie le ravagea dans le port de Marseille en 1903. Ses propriétaires réussirent néanmoins à vendre ce qu'il en restait à une compagnie française du Sud-Est asiatique dont le siège social était à Marseille, rue de la République. Dès lors le *Touareg*, sous le nom de *Si Kiang* puis de *Fushiki Haru*, navigua dans les mers de Chine. Jusqu'en 1912, il eut Saigon pour port d'attache. Vint un jour où il n'eut plus de nom, plus de raison d'être, plus de port d'attache et l'on n'entendit plus parler de lui. Les navires meurent aussi.

Page 277

27. Lettre d'Edouard Vivicorsi à Nicolas Podolinsky en date du 28 novembre 1895. Dos. 23 × 39, AOM.

28. Lettres d'Edouard Vivicorsi à Nicolas Podolinsky en date du 28 novembre et du 18 décembre 1895. Dos. 23 × 39, AOM.

29. Aurélien Scholl, journaliste, chroniqueur, polémiste acerbe et duelliste redouté. Le texte cité, paru dans l'Evénement en 1897, visait les albums que publiait avec succès, sous le titre *Dans l'intimité des personnages illustres, 1860-1905*, l'un des premiers collectionneurs de photos, J. M. Dufrénoy.

Page 278

30. Voir à ce propos les souvenirs d'un jeune receveur des Domaines, Fernand Carayol, en poste à Tenès, en 1902, quand y arrivèrent Isabelle Eberhardt et son mari. Il fit à Robert Randau le récit suivant : « Moi, elle m'appelait familièrement " Domaine " et avait l'air de me traiter en petit garçon... Il me semble bien que nous fîmes route à cheval un jour... Profitant de son inattention à mes faits et gestes, je pris d'elle un cliché où on l'aperçoit à cheval sur votre jument Ziza. Mal m'en prit. Elle détestait d'être photographiée. Dès qu'elle découvrit mon indiscrétion, elle lança la jument au galop, et, passant près de moi, cingla d'un grand coup de cravache la croupe de mon cheval qui, en partant soudain à fond de train, manqua de me désarçonner... » Robert Randau, *Isabelle Eberhardt. Notes et souvenirs, op. cit.*, p. 40.

31. Une lettre des David à Isabelle Eberhardt, écrite de Genève le 13 janvier 1897, annonce que les photos sont prêtes. « Quant au cliché sur bois, vous nous aviez dit que vous reviendriez poser en marin, ainsi nous vous attendons pour cela... » Elle contient une mention « du mauvais état de santé

d'Augustin de Moerder, toujours à Sidi-bel-Abbès ». Dos. 23 × 38, AOM.

Page 279

32. Isabelle allait lire en 1897, et aussitôt paru, *Maîtresses d'esthètes*, un roman écrit par Jean de Tinan, mais signé Willy. Voir liste dans dossier 23 × 51, AOM.

33. *a*) Témoignage d'Ali Abdul Wahab, fonctionnaire tunisien, particulièrement révélateur de l'usage que fit Isabelle de sa photographie en marin. Ali Abdul Wahab remarqua cette photo au cours d'une visite chez le cheikh Abou Naddara : « C'était, dit-il, à Paris vers la fin de 1896... je remarquai sur son bureau le portrait d'un marin russe (*sic*). Intrigué par cette photographie de jeune éphèbe, au milieu de tant de respectables têtes de vieillards, pour la plupart des ministres, des pachas, des princes ou de hauts dignitaires de la cour ottomane, je hasardai une indiscrétion bien pardonnable auprès de mon affable hôte. – C'est, m'apprit-il, un jeune écrivain slave... » *Dans l'ombre chaude de l'Islam*, Fasquelle, 1947, ouvrage posthume signé Isabelle Eberhardt et Victor Barrucand. Postface, p. 323.

b) A ce témoignage s'ajoute celui d'un fidèle habitué des dimanches à la villa Neuve, l'étudiant en médecine « Moussa » qui appelle Isabelle « ma chère Myriam » et qui, devenu le docteur Shalit, ouvrira un cabinet à Naplouse. Elle gardera avec lui un contact épistolaire, tout au long de sa vie. Moussa, lui aussi, a été gratifié de la photo en marin. « Je vous remercie encore pour la photographie que j'irai chercher cet après-midi, cela me fera grand plaisir de l'avoir, lui écrivait-il. Je la garderai comme un précieux souvenir de notre amitié. » Isabelle est toujours aussi bouleversée par le départ et l'absence d'Augustin. Elle en est tombée malade. Nous ne savons rien de la nature de cette maladie. Faut-il voir là une explication de la phrase du docteur Masslenikov (voir note 10 de la page 160) « Etes-vous enceinte ? » Dans la même lettre, Moussa s'en inquiète : « J'espère que nous causerons amplement d'Augustin. Dimanche je ferai mon possible pour être exact à l'heure dite et de causer avec vous sur ce sujet. Je vous souhaite de vous remettre de suite. Votre ami qui vous le demande de tout son cœur. » Genève, le 29 janvier 1897. Dos. 23 × 36, AOM.

c) Une lettre inédite d'une étudiante en médecine, de nationalité russe, Véra Popova, apporte un témoignage supplémentaire. La lettre commence par les mots « Ma petite Isabelle » mais dans le corps de la lettre elle l'appelle « mon petit marin ». Voir parmi les documents en langue russe du dossier 23 × 20, AOM.

Page 281

34. Lettre d'Edouard Vivicorsi à Nicolas Podolinsky du 28 novembre 1895. Dos. 23 × 39, AOM.

35. Carte postale non datée commençant par « Mon bien cher ami ». Correspondance d'Edouard Vivicorsi avec Nicolas Podolinsky. Dos. 23 × 39, AOM.

36. Lettre d'Edouard Vivicorsi à Nicolas Podolinsky du 18 décembre 1895. Dos. 23 × 39, AOM.

CHAPITRE 3

Page 284

1. En 1896 venait de paraître une étude de vingt-six pages, consacrée à la Légion étrangère, signée Villebois-Mareuil. On y lisait notamment ceci : «... Il y a beaucoup à dire sur la manière dont les bureaux de recrutement comprennent leurs devoirs dès qu'il s'agit d'acceptations à délivrer pour la Légion... L'on est forcé de s'avouer que les choses ne se passent pas comme elles le devraient, si l'on en juge par l'étonnante proportion d'infirmes et de malingres que reçoivent les régiments étrangers... » (*la Revue des Deux Mondes,* p. 883.)

2. Datant du VIIe siècle et inlassablement repris par la suite, le conte *Leyla et Kaïssou* a largement dépassé les frontières de l'Arabie. Il a envahi l'Asie. Il a été repris en Azerbaïdjan ainsi qu'au Kazakhstan et en Kirghizie. Le héros de ce récit, Kaïssou, est surnommé *Madjnoun,* ce qui signifie l'insensé, le furieux. Madjnoun est fou d'amour. Il aime Leyla. Celle-ci a été mariée à un autre sans pour autant renoncer à ce Madjnoun qui, par amour pour elle, s'est enfui au désert où il vit seul parmi les bêtes sauvages, dédiant à Leyla des poèmes passionnés. Séparés l'un de l'autre les deux amants perdent le goût de la vie, languissent et meurent. Ils figurent dans la cohorte des « amants parfaits et maudits », tous les Werther, tous les Tristan et Roméo du monde. Voir *Laylâ, ma raison,* roman. André Miquel, Seuil, 1984.

Page 287

3. Lettre d'Isabelle Eberhardt à son frère, Augustin de Moerder. Huit feuillets non datés. Se terminant par une phrase en grec : « Je t'embrasse mille fois. » Déjà citée, cette lettre qui marque un stade nouveau dans l'émancipation de l'écriture est aussi particulièrement riche en informations. Elle permet de découvrir une Isabelle cruelle envers ses amoureux. Elle propose d'envoyer à Augustin « pour le faire rire, la thèse de

doctorat du rastaquouère grec aux yeux bruns » reparti pour Stamboul. Sans doute s'agit-il de Christo Christidi.

4. Poème de Nadson datant de 1881, cité p. 428 dans *Les Poètes russes*, par Emmanuel de Saint-Albin, Paris, Albert Savine, 1893.

Simon Iakovlevitch Nadson (1862-1887) mourut de phtisie à 25 ans. Issu d'une famille d'origine juive mais convertie : le grand-père de Simon, petit propriétaire à Kiev, avait abjuré le judaïsme et opté pour la religion orthodoxe. Si bien que l'étiquette « juif », accolée au nom de Nadson, sur laquelle insistent tant les biographes qui prêtent à Isabelle Eberhardt une ascendance juive, ne lui convient pas, selon les critères de l'époque. La meilleure preuve étant que Nadson avait été promu sous-lieutenant dans l'armée du tsar où l'on n'acceptait pas d'officiers juifs. Nadson eut une enfance tragique. Il avait deux ans quand son père mourut. Sa mère, de famille noble, se plaça comme gouvernante pour élever ses deux enfants. Elle mourut de phtisie à 32 ans. Simon Iakovlevitch, orphelin fort jeune, avait fait ses études au gymnase de Saint-Pétersbourg puis au corps des cadets, bien qu'il n'eût aucun goût pour le métier des armes. Poète précoce, il fut publié quand il avait 16 ans. Son premier recueil dédié à la mémoire d'une jeune fille de son âge qui venait de mourir de la poitrine, connut un succès immédiat. C'est à l'école militaire de Pavlovsk, en 1870, que le jeune poète subit la première atteinte du mal qui allait l'emporter. Il mourut à Yalta. Malgré sa mort prématurée et peut-être à cause de cette mort en pleine gloire, ses vers, mis en musique, devinrent dans les milieux cultivés des romances souvent chantées. « Les éditions de ses œuvres se sont multipliées comme elles se multiplient rarement en Russie », écrivait Emmanuel de Saint-Albin en 1893.

L'Encyclopédie soviétique insiste sur la nature révolutionnaire de ses écrits. Elle va jusqu'à parler de « l'œuvre d'un protestataire », s'appuyant sur le fait qu'en cette époque où les intellectuels n'avaient qu'un seul idéal : « l'art pour le peuple », Nadson faisait de même en exprimant « sa compassion pour le peuple asservi ». Tout cela est moins faux qu'il n'y paraît. La répulsion que manifesta Nadson pour l'autoritarisme, de quelque nature qu'il fût, pourrait être l'une des raisons de l'admiration que lui témoignait Isabelle Eberhardt. Nadson, comme le notait Emmanuel de Saint-Albin, était « un esprit cosmopolite, affranchi de toute école et dont les œuvres n'ont presque plus de russe que la langue ». Le véritable lien avec Isabelle Eberhardt était là. Ajoutons que dans ses contradictions, Nadson n'était pas sans rappeler Alexandre Nicolaïevitch Trofimovsky. Isabelle avait donc toutes les raisons de se reconnaître dans le dualisme d'un poète pris entre son amour du prochain, son désir de servir « la grande cause de la fraternité » et un pessimisme naturel qui lui interdisait tout espoir d'amélioration de la condition humaine. Le nom de Nadson ainsi que des strophes de ses poèmes sont souvent cités dans *Mes journaliers* (pp. 37, 45 et 109).

Page 288

5. Lettre d'Isabelle Eberhardt à son frère Augustin de Moerder, datée du 23/X/1895. (Voir note 2 de la page 245.)

6. *Idem.*

7. Ce Georg, chez qui Augustin avait fait des achats laissés impayés et qui vient « présenter sa note » à Vava, était libraire. Il est mentionné à plusieurs reprises dans les lettres d'Isabelle à son frère et devait être de leurs intimes.

Trois factures de la librairie Georg et Cie, Genève – au nom d'Isabelle de Moerder – s'échelonnent entre les années 1895 et 1898. Elles nous renseignent sur les lectures et les études d'Isabelle pendant ces années-là. En 1895, elle achetait un livre sur les pays arabes en langue allemande et deux volumes de Zola (*Nana et Germinal*); en 1896 elle achetait un numéro de *la Nouvelle Revue moderne* datant de novembre 1895 qu'elle faisait adresser par Georg à « Mr. le Cheik Sanua Abou Naddara à Paris ». Or, nous savons que c'est cette revue qui fit paraître l'un des premiers textes littéraires d'Isabelle, en octobre et novembre 1895 (voir note 14 de la page 255). Le 21 février 1898, elle achetait un *Manuel* algérien et le 30 mai de la même année encore un volume de Zola (*Paris*).

Ces divers documents nous renseignent non seulement sur ce qu'elle lisait et ce qu'elle étudiait pendant qu'Augustin était à Saïda, mais au travers des achats faits en 1898 – c'est-à-dire après la mort de sa mère – ils nous renseignent sur les dates de ses séjours à la villa Neuve et de son retour en Suisse. Dos. 23 × 57, AOM.

8. Lettre d'Isabelle Eberhardt à son frère, Augustin de Moerder, de deux feuillets, portant la date de 1896, de la main de Barrucand. Elle commence par « Mon cher ami » et se termine par « Je t'embrasse. I.M. » Dos. 23 × 28, AOM.

Page 289

9. Lettre d'Isabelle Eberhardt à son frère, Augustin de Moerder. Quatre feuillets non datés. Elle commence par « Mon bien-aimé chéri » et se termine par « Ta sœur t'embrasse mille fois. » Elle porte sur sa première page une note marginale : « Motus sur cette lettre ». Dos. 23 × 28, AOM.

10. Lettre d'Isabelle Eberhardt à son frère, Augustin de

Moerder. Neuf feuillets non datés. Elle porte en manière d'en-tête le mot « confidentielle », écrit et souligné de la main d'Isabelle. La lettre commence par « Mon bien-aimé » et se termine par une phrase en russe dont les deux ou trois derniers mots sont illisibles : « A qui a beaucoup aimé, il sera beaucoup pardonné et toi, mon chéri, tu as aimé et souffert... » La lettre porte une annotation marginale de la main de Barrucand : « Lettre à Augustin de Moerder, demi-frère d'Isabelle Eberhardt ». Dos. 23 × 28, AOM.

11. Lettre d'Isabelle Eberhardt à son frère Augustin de Moerder. Six feuillets non datés. Elle commence par « Mon cher ami » et se termine par « Toujours fidèle, ton Isabelle ». Dos. 23 × 28, AOM.

12. Lettre d'Isabelle Eberhardt à son frère Augustin de Moerder. Huit feuillets non datés. Elle commence par « Mon cher ami » et est signée « ta toujours fidèle Isabelle ». Dos. 23 × 28, AOM.

Page 290

13. Lettre d'Isabelle Eberhardt à son frère Augustin de Moerder. (Voir note 9, ci-dessus.)

14. Lettre d'Isabelle Eberhardt à son frère Augustin de Moerder. Huit feuillets non datés (note 12, ci-dessus). Elle commence par « Mon cher ami » et se termine par « Je t'embrasse et appelle sur toi la bénédiction du grand Inconnaissable, Infini et Immortel. Au revoir. Ta toujours fidèle Isabelle ». Dos. 23 × 28, AOM.

15. « Ghazaminière » : mot mystérieux – qui pourrait avoir été forgé à partir du mot turc *ghazan* = marmite – et par lequel Isabelle désignait la villa Neuve. Dans cette même lettre – ses références sont données dans la note cidessus – elle appelait son père le *ghazamien :* « notre domestique étant malade et au lit, je fais avec le *ghazamien* la cuisine... »; elle donnait à son frère un nouveau surnom : « pauvre *Glal!* », enfin elle arabisait le nom des Moerder dont elle parlait, non sans ironie, comme des membres d'une tribu algérienne : « les *Beni-Moerder* ».

16. Lettre d'Isabelle Eberhardt à son frère Augustin de Moerder. (Voir note 11, ci-dessus.)

Page 291

17. Lettre d'Isabelle Eberhardt à son frère Augustin de Moerder. (Voir note 8, ci-dessus.)

18. Lettre de Paul Schoenlaub, pharmacien, 7 rue Saint-Jean, Genève, à Augustin de Moerder, légionnaire à Sidi-bel-Abbès. Elle est datée du 2.1.1896. Dos. 23 × 29, AOM.

19. Carte de Paul Schoenlaub à Augustin de Moerder,

adressée « Villa Neuve des Cactées », datée du 5 août 1894. Dos. 23 × 29, AOM.

Page 292

20. Lettre d'Isabelle Eberhardt à son frère Augustin de Moerder. Huit feuillets non datés. (Voir note 12, ci-dessus.)
21. Lettre d'Isabelle Eberhardt à son frère Augustin de Moerder. (Voir note 7, ci-dessus.)

Page 293

22. *Idem.*

Page 294

23. Lettre déjà citée. (Voir note 8, ci-dessus.)
24. Courte lettre de Veniamine Bernstein à Isabelle Eberhardt, non datée, écrite en russe, non traduite jusqu'à présent et donc inédite. Traduction Lily Denis. Il est clair qu'aux yeux du scripteur, Isabelle était Elisabeth de Moerder, fille de Paul. Rien d'étonnant dans ce prénom, Elisabeth, que nous voyons figurer ici en un pays où Isabelle, forme espagnole d'Elisabeth, n'était pas en usage. Le court message de Bernstein précise en ces termes l'impossibilité où il se trouvait de rembourser à la généreuse Isabelle l'argent qu'elle lui avait prêté : « Pour ce qui est de l'argent, à mon grand regret, je n'ai plus en poche, après les grosses dépenses d'habillement que j'ai faites ce mois-ci, qu'environ 70 francs. Comme vous le voyez mon porte-monnaie est plutôt plat. » Dos. 23 × 20, AOM.
25. Lettre de Veniamine Bernstein à Isabelle Eberhardt, écrite en russe, inédite, comptant six feuillets, expédiée de Bourzovitza, datée du 30/11/1895. Document essentiel, traduit par Lily Denis, commençant par « Chère Mademoiselle I. de Moerder » et se terminant par « votre esclave coupable vous souhaite bien des choses », formule suivie par un long post-scriptum : «. .. Je vous dirai qu'en dépit de vos bizarreries (et peut-être à cause d'elles) j'éprouve pour vous la plus vive des sympathies et que vos lettres (un peu hérissées), me font un réel plaisir. Alors ne soyez pas cruelle, ne tardez pas à me répondre ! » Ces quelques lignes tranchent avec le reste de la lettre qui contient des remarques telles que celle-ci, rédigées sur un ton peu amène : « Quelle je-sais-tout vous faites, Mademoiselle de Moerder ! »

Ce document nous éclaire sur l'atmosphère de roueries, d'intrigues à la fois cyniques et ludiques qui était celle des cercles étudiants. Les relations en ces années-là, à Genève, entre étudiants russes et grecs, qualifiés par Bernstein de « menu fretin et nuées de petits esprits », étaient des plus conflictuelles. Les Orientaux s'espionnaient et utilisaient pour cela les services de « personnes suspectes d'origine russe ». Ils s'introduisaient les uns chez les autres grâce à des subterfuges qui provoquaient bien des turbulences dans leur vie quotidienne.

La lettre de Bernstein laisse supposer qu'Isabelle aurait éprouvé un sentiment pour Christo Christidi avant que celui-ci se fût épris d'elle. Au moment de son départ pour Istanbul, Christidi aurait révélé à Veniamine qu'il s'interrogeait sur « ses sentiments et ses intentions d'avenir » concernant Mlle de Moerder. Mais comme Bernstein brûlait de la connaître aussi, Christidi conseilla à son ami de lui « adresser directement une lettre et d'y dire quelques mensonges, ce que j'ai fait. Comme vous le voyez rien ne l'incitait à craindre pour votre conduite en son absence... Je viens de vous écrire l'entière vérité, quant à ma petite tromperie, je vous en demande pardon ». Dos. 23 × 20, AOM.

Page 295

26. Courte lettre en russe de Veniamine Bernstein à Isabelle Eberhardt, commençant par les mots « Chère Mademoiselle M. Moerder ». Ce fut donc Veniamine Bernstein qui, à la demande de Christo Christidi, se chargea d'adresser à Isabelle Eberhardt sa thèse de doctorat en médecine. On sait (voir note 3, ci-dessus) qu'elle l'envoya aussitôt à Augustin « pour le faire rire » et qu'elle s'en gaussa. Dos. 23 × 20, AOM.

Page 296

27. Lettre de Veniamine Bernstein à Isabelle Eberhardt. Dos. 23 × 20, AOM.

Page 297

28. Une courte lettre en russe, non datée. Elle commence par les mots « Très cher Pop » et se termine par « Votre M. Moerder, également Podolinsky ». Cette lettre, inédite et traduite par Lily Denis, pourrait fort bien avoir pour destinataire non point l'ami Pop dont il est question dans *Mes journaliers* mais Véra Popova car, en milieu de lettre, Isabelle passe du masculin au féminin et écrit ceci : « Ma chérie (sic) vous trouverez en moi un changement infini. Le monde et la vie m'inspirent un terrible dégoût. J'ai dû faire l'expérience de tant de sottises et de tant de crapuleries depuis que nous nous sommes vues ! Le principal c'est mon pauvre frère ! Mais mon destin à moi au moins, s'est définitivement réglé. Je vous dirai mes plans d'avenir lorsque nous nous reverrons. Bientôt. » Dos. 23 × 20, AOM.

Page 298

29. Deux cartes postales d'Isabelle Eberhardt à son frère Augustin de Moerder et qui, suprême imprudence, étaient écrites en russe. Datées de 1896. Traduites par Lily Denis. Dos. 23 × 20, AOM.

30. Lettre de Lydia Pachkov à Isabelle Eberhardt, Yalta, 18 mars 1900. Dos. 23 × 49, AOM.

31. *Mes Journaliers*, Isabelle Eberhardt, *op. cit.* p. 26.

Page 299

32. L'Institut Smolny pour l'éducation des jeunes filles, fondé au XVIIIe siècle par Catherine la Grande et situé à Saint-Pétersbourg, était réservé aux membres de la noblesse, aux cadres de l'armée et aux dignitaires. On avait créé dans quelques villes de Russie des instituts à l'image du Smolny où seules des familles issues de la meilleure société pouvaient envoyer leurs fillettes.

Page 300

33. Dans *Enfance*, de Maxime Gorki. Œuvres complètes, Editeurs français réunis, p. 34.

34. *Thomas Gordeiev*, de Maxime Gorki. Œuvres complètes, Editeurs français réunis, p. 43.

35. *La destruction de la personnalité*, de Maxime Gorki, cité par Jean-Claude Fall dans *Approches « Répertoire »*, n° 7. Ed. Jeanne Laffitte, Marseille.

36. *Ibid.*

37. Les changements de logement des étudiants russes en séjour dans le canton étaient scrupuleusement consignés par la police genevoise dans un *Etat annuel des réfugiés russes et affiliés* qui, aussitôt établi, était communiqué au préfet de la Haute-Savoie et au commissaire de la police française d'Annemasse.

Plus les changements d'adresse étaient fréquents, plus l'étudiant devenait suspect et plus il était surveillé. On en concluait qu'il avait quelque chose à cacher. On le filait. On notait le nom de ses amis, les maisons qu'il fréquentait, les réunions auxquelles il se rendait. Il dépassait alors le stade de la simple mention sur un état annuel et faisait l'objet de rapports. Il était signalé non plus comme réfugié, proscrit ou étudiant, mais comme « nihiliste ».

La lecture de la prose policière telle qu'elle se manifeste en lettres minuscules dans les colonnes des rapports de renseignements a quelque chose d'hallucinant. A chaque nom correspond un paragraphe. On sent comme une rage de ne rien laisser échapper. « Se dit réfugié russe », « fréquente les réfugiés et assiste à leurs réunions », « correspond avec les nihilistes de Paris et de Vienne », « a pris la parole dans une réunion de proscrits », « amant d'untel », « maîtresse d'untel », « s'est rendu en août 1890 à Chamonix, hôtel de la Poste », « a épousé sa maîtresse », « fils de gentilhomme très riche, voyage beaucoup. En relation avec les réfugiés russes de Genève et de Cannes, dangereux », « a assisté à une réunion d'étudiants, a voté une adresse aux étudiants des universités de Russie », « résidait en dernier lieu à Saint-Pétersbourg. Reçoit une pension mensuelle de 150 francs ».

Il ressort de l'ensemble de ces renseignements que la suspicion majeure allait à ceux qui prenaient la parole au cours des manifestations d'étudiants, ceux qui avaient des maîtresses, ceux qui recevaient chez eux, ceux qui simplifiaient leur nom – comme ce cordonnier de Varsovie devenu imprimeur, Stanislas Littkié, dit Linka, ce qui était proprement intolérable – ainsi qu'à ceux qui contractaient des dettes ou se singularisaient par leur tenue.

La lecture de la fiche de renseignements concernant une jeune étudiante de la faculté des sciences, Gabrielle Unrug, née en Pologne, domiciliée chemin des Grands-Philosophes, non loin du logement de Véra Popova, est à divers titres digne d'être citée du fait des similitudes qu'elle offre à la fois avec le cas de Véra et avec celui d'Isabelle Eberhardt : « Réfugiée russe. Fait partie du groupe des proscrits et assiste à toutes les réunions secrètes. A assisté à la manifestation internationale qui a eu lieu le 1er mai dernier à Florissant. A fait plus de quinze domiciles d'où elle a été renvoyée pour ses agissements. Tenait des réunions chez elle. Très exaltée et très dangereuse. S'habille en homme. Correspond avec Paris. » *Etat des réfugiés russes et affiliés résidant à Genève à la date du 1er janvier 1890,* Annemasse 19 août 1890, signé du commissaire spécial. Annemasse, archives de la Haute-Savoie.

38. *Mes journaliers,* Isabelle Eberhardt, *op. cit.,* p. 30.

Page 301

39. *Liste des autorités, professeurs étudiants et auditeurs de l'université de Genève.* Cette publication semestrielle mentionne la date de la première inscription de Véra Popova à la faculté de médecine de Genève : hiver 1892-93 et été 1893. Ce document précise aussi que l'étudiante était de nationalité russe et donne son adresse : 15 boulevard des Philosophes. La même publication permet de contrôler toutes les inscriptions suivantes ainsi que les divers logements que Véra occupa. Le nom de famille de Véra est orthographié : Popoff. Son prénom est

tantôt orthographié Wera tantôt Wiera. Pendant l'hiver 94-95, elle loge 26 chemin de la Roseraie. Pendant l'été 95 elle déménagea 26 chemin des Battoirs et réintégra son logement chemin de la Roseraie durant l'hiver et l'été 96. L'hiver suivant elle s'installa 19 chemin des Minoteries. Elle s'établit ensuite au 19 boulevard de la Cluse où elle demeura jusqu'en 1901, l'année de son doctorat en médecine et de la présentation de sa thèse sous le numéro 193, le 26 février 1901. Son sujet était : « Hystéropexie abdominale antérieure dans le traitement des rétrodéviations et du prolapsus utérin », 58 pages. Les archives de l'université de Genève ne renferment aucune pièce et aucun dossier au nom de Véra Popova.

Page 302

40. Le nom de Christian Rakovsky, animateur du Cercle des étudiants socialistes de Genève et le nom de Georges Plekhanov, président du groupe des proscrits russes de Genève, sont mentionnés dans les rapports de police concernant Isabelle Eberhardt comme étant parmi les personnes qu'elle fréquentait autour des années 95 et 96. Voici ce que les fiches de renseignements de la police et les rapports établis à Annemasse le 22 août 1891 et le 21 mars 1893 nous apprennent à leur sujet.

Christian Rakovsky était né à Kotel, Bulgarie, en 1873, mais il avait aussi droit à la nationalité roumaine du fait des propriétés que sa famille possédait dans la Dobroudja. Il fut l'un des éléments les plus agissants dans la propagation du socialisme parmi les « Orientaux » de la faculté de Genève. Le 21 août 1891, le commissaire spécial d'Annemasse rapportait : « On signale la présence à Mornex, pension Larnaz, du nommé Rakovsky Krestu, étudiant en médecine domicilié à Genève, aux Grands Acacias n° 505, où se trouve l'imprimerie clandestine russe. » Et c'était effectivement là qu'était logé Rakovsky, et là qu'était imprimé un périodique nihiliste intitulé le *Social-Démocrate*. « Ce journal, publié sous forme de brochure, ne paraît que tous les trois mois et a pour rédacteur en chef le sieur Plekhanov Georges, né en 1857 à Lipetsk, Gouvt de Tambov (Russie). »

41. Georges Plekhanov était fiché dans les termes suivants : « Expulsé du canton de Genève par arrêté du 21 juin 1889 et demeurant maison Molland, à Mornex (Haute-Savoie), d'où il correspond avec le groupe terroriste, autrement dit des proscrits (une trentaine de Russes et de Polonais), par l'intermédiaire de sa femme ou plutôt de sa maîtresse, la née Bograde Rosalie, docteur en médecine. Auteur des brochures révolution-

naires paraissant à Genève. Propriétaire de l'imprimerie clandestine russe. Très dangereux. »

Page 303

42. Rapport de renseignements signé de l'inspecteur Kohlenberger en date du 13 mai 1897. Dép. de justice et police, Genève. Déjà cité.

Page 304

43. Récépissé d'un mandat consigné le 15/VIII/96 par Mlle Eberhardt à l'adresse de Popova, Genève, Plainpalais. Dos. 23 × 20, AOM.

Page 305

44. Note au crayon en russe dans *Mes journaliers,* p. 100.
45. Courte note en russe de Véra Popova à Isabelle Eberhardt écrite sur un récépissé de mandat en date du 15 août 1896. Traduction de Nina Kehayan Dos. 23 × 20, AOM.

Page 307

46. En Russie, les campagnes étaient plus souvent desservies par des infirmiers ou infirmières-majors faisant fonction de médecins auxiliaires que par les médecins eux-mêmes.
47. Il s'agit plus que probablement d'Augusta Klamelevsky qui était arrivée à Genève quelques années avant Véra Popova, née en Russie en 1863, étudiante en médecine, inscrite à la faculté de Genève. Elle était fichée par la police française et genevoise parce que « fréquentant les réfugiés et assistant à leurs réunions », parce qu'elle avait voté « une adresse aux étudiants des universités de Russie » et que – comme Véra Popova – elle s'était rendue en France, à une réunion clandestine aux Houches. *Etat des réfugiés russes et affiliés résidant à Genève en 1890.* Archives de la Haute-Savoie.

Page 309

48. Lettre inédite, en langue russe, de huit feuillets, écrite par Véra Popova à Isabelle Eberhardt, datée de Genève, 27 mai 1901. Traduite par Lily Denis. Dos. 23 × 20, AOM.

Page 311

49. Toutes les citations concernant Hyacinthe Delastre sont extraites des deux lettres qu'il écrivit de la compagnie de dépôt du 2e Etranger à Saïda (Oran) et adressa en octobre et en novembre 1895 au nom de Nicolas Podolinsky et qui étaient en réalité destinées à Isabelle Eberhardt. Dos. 23 × 24, AOM.

Page 312

50. Voir note 49 ci-dessus.
51. Voir note 45 ci-dessus.

Page 313

52. Rarissime lettre d'Augustin de Moerder à sa sœur Isabelle Eberhardt. Si la correspondance d'Augustin ne fait l'objet d'aucune citation dans cet ouvrage c'est qu'aucune lettre écrite par Augustin ne figure dans les dossiers du fonds Eberhardt à Aix-en-Provence. La citation dont il est fait usage ici se trouve dans la préface de Victor Barrucand pour *Trimardeur, op. cit.*, p. 8.

Seul Barrucand avait eu connaissance des lettres d'Augustin à sa sœur ainsi que des lettres de quelques autres correspondants d'Isabelle qu'il restitua ensuite à ceux qui les avaient écrites. Ce fut le cas pour Augustin, ce fut aussi le cas pour Ali Abdul Wahab. Celui-ci ayant récupéré les lettres qu'il avait écrites à Isabelle, les communiqua à Barrucand à sa demande, lorsqu'il en eut besoin. Cela est confirmé p. 325 de *Dans l'ombre chaude de l'Islam,* ainsi que dans une note, de la main de Barrucand, au dossier 23 × 31, AOM. Le même Victor Barrucand fait très clairement allusion aux lettres d'Augustin à sa sœur Isabelle dans ses *Notes sur la vie et les œuvres d'Isabelle Eberhardt,* p. 325. « A ce moment, écrit-il, Isabelle Eberhardt avait déjà commencé le roman qu'elle devait publier plus tard, sous le titre *Trimardeur.* Cette œuvre s'intitulait alors *A la dérive.* Dans la correspondance d'Isabelle Eberhardt avec l'un de ses frères, engagé à la Légion étrangère, celui-ci s'intéresse à ce livre et promet des notes. Il donne aussi ses impressions de légionnaire. Elles sont fort intéressantes. »

53. Voir note 49 ci-dessus.

Page 314

54. Jadis dans l'argot des hommes de troupes *trav's* – qu'Isabelle écrit *trave* (voir le récit « Hausser le Trave » dans *Pages d'Islam,* p. 168) – était le mot qui désignait les soldats affectés aux « travaux publics », le bagne militaire français, à ne pas confondre avec « les durs » des travaux forcés, les bagnards de Cayenne qui, eux, étaient des détenus de droit commun.

55. Dans *les Français en Algérie,* Louis Veuillot, Œuvres complètes, t. IV, Introduction, p. 3.

Louis Veuillot (1813-1883) était le champion toutes catégories du catholicisme ultramontain. En 1832, chroniqueur à *l'Echo de la Seine-Inférieure,* il était considéré comme « la meilleure plume de la presse de province ». Ce fut Guizot qui le pria d'accompagner Bugeaud en Algérie. Il se passionna pour la jeune Eglise d'Algérie et vit dans les conquêtes françaises la suite des croisades. Ses considérations sur la marine à vapeur – « Lorsque l'on songe qu'il suffit de deux jours pour aborder de France en Afrique, il faut conclure que les derniers jours de l'islamisme sont venus » –, ses jugements littéraires – « *Don Quichotte* est un chef-d'œuvre mais un chef-d'œuvre que n'aurait jamais écrit un cœur vraiment généreux et j'aimerais mieux avoir dit la dernière et pieuse parole de Bayard que fait tous les livres de Michel de Cervantes » –, ses opinions sur la politique de colonisation – « Je me crois autorisé à dire qu'il faut en Algérie non pas des concubinaires et des bâtards mais des familles et des familles chrétiennes... » –, ses propos sur la poésie algérienne, les danses populaires et l'avenir de l'Algérie constituent une réserve inépuisable de la plus épaisse sottise. Jamais Français ne s'est rendu coupable d'un bêtisier de cette envergure. *Les Français en Algérie* parurent chez Mame en 1845.

56. La définition que donne Gorki du mot *bossiak* est extraordinairement proche de la conception qu'avait Isabelle Eberhardt des trimardeurs de différentes origines sur le sort desquels elle s'est penchée. Il est clair que Gorki porte une certaine admiration à cette « variété d'hommes dignes d'attention, qui loin d'être stupides nourrissent certaines aspirations et qu'il convient de considérer comme une classe ». Le cheminement des deux écrivains et leurs motivations sont identiques. Ce qu'Isabelle admire chez eux est aussi ce qu'admire Gorki « qui ose se détourner du moujik, du saint moujik, du bon moujik, martyr et idole patentée de la littérature démocratique, et lui préfère un hors-la-loi, un bandit, mais plein de vie et sachant aimer la liberté ». *Gorki par lui-même,* Nina Gourfinkel, coll. Ecrivains de toujours, Seuil, p. 8.

Page 315

57. Dans *Littératures II,* de Vladimir Nabokov. « Anton Tchékhov », Fayard, pp. 333 et 334.

58. Voir dans Pages d'Islam, dans le chapitre En Marge, p. 151, le récit « Hausser le Trave » et dans le chapitre *Dans la Légion,* p. 215, les récits « Le Russe » et « Cœur faible ».

59. Voir note 57 ci-dessus.

Page 316

60. Dans *Pages d'Islam,* voir « Prisonniers sur la route », p. 177.

Page 318

61. *La Nouvelle Revue moderne*, qui se disait « politique, littéraire, artistique et illustrée », était l'une des revues dont le nombre et la diversité témoignent de la vigueur qu'avaient acquises les publications spécialisées dans la France de la fin du XIXe siècle. Ces publications, mal connues et mal inventoriées, sont pour l'historien « une source de documentation irremplaçable » (voir *Histoire générale de la Presse française*, p. 390). La revue qui publia en 1895 les premiers récits d'Isabelle Eberhardt connut des appellations et des fortunes diverses. Fondée en 1884, elle avait commencé par s'appeler *la Revue moderne*. En fusionnant avec *la Revue de l'Est*, elle allait devenir en 1895 *la Nouvelle Revue moderne*, l'année même où étaient acceptés les récits intitulés *Visions du Moghreb* et *Infernalia* qu'Isabelle Eberhardt signait de son pseudonyme : Nicolas Podolinsky.

Page 320

62. Voir note 12 de la page 341.

Page 323

63. Voir note 49 ci-dessus.

Page 324

64. Lettre d'Isabelle Eberhardt à son frère, Augustin de Moerder. Huit feuillets non datés. (Voir note 12 de la page 289 et note 14 de la page 290).

Page 325

65. Lettre d'Isabelle Eberhardt à son frère, Augustin de Moerder. Six feuillets non datés. (Voir note 11 de la page 289.)

Page 326

66. *Ibid.*
67. *Ibid.*

Page 327

68. *Ibid.*
69. Voir *Isabelle Eberhardt ou la Révélation du Sahara* par Raoul Stephan, préface de Victor Margueritte, Mammarion, 1929 (?), p. 36.

Page 328

70. L'étude des actes de naissance autant que celle des lettres que les filles de Michel Long (dos. 23 × 29) adressaient à Isabelle Eberhardt permettent de les situer socialement. La famille Long était des plus modeste. Michel Long avait un fils, Henri, dont le destin allait très brièvement être lié à celui d'Isabelle Eberhardt. Il avait aussi trois filles : Hélène, Hortense et Suzanne. Helène, ouvrière dans un atelier de couture, allait épouser Augustin de Moerder. Hortense avait épousé Henri Vivicorsi, domicilié à Marseille et parent d'Edouard Vivicorsi, matelot de son état, ami d'Augustin et correspondant d'Isabelle. C'était à Marseille, chez Henri et Hortense Vivicorsi, qu'Edouard venait passer ses permissions. Bien que très lié avec Henri Long ainsi qu'avec ses sœurs, bien que s'étant marié trois fois au cours de sa vie aventureuse – en 1899, en 1905 et en 1914 – contrairement à ce qui a souvent été écrit, Edouard Vivicorsi n'eut jamais pour épouse aucune des filles de Michel Long.

71. Isabelle Eberhardt dans « Amara le Forçat », *Contes et paysages,* Textes originaux, Paris, La Connaissance, 1925, p. 91.

72. Isabelle Eberhardt, dans « Doctorat », *Contes et paysages,* p. 60.

CHAPITRE 4

Page 332

1. Le baron Victor Rosen (1849-1908), savant arabiste russe, spécialiste de la poésie arabe classique et des rapports arabo-byzantins. Auteur notamment de *La Poésie arabe ancienne et sa critique,* paru à Saint-Pétersbourg en 1872. Victor Rosen avait été en 1883 le fondateur, le rédacteur en chef et ensuite le collaborateur très actif d'une publication intitulée *Notes de la Section orientale et de la Société d'archéologie de Russie.* C'est Lily Denis qui a traduit la lettre inédite de Maslenikov à Isabelle et qui a fait les recherches concernant Victor Rosen.

2. Le dossier 23 × 20 contient deux lettres en russe de Vassili Maslenikov, l'une datée d'octobre 1896, l'autre de mars 1897, et toutes deux en provenance de Saint-Pétersbourg. AOM.

3. Max Van Berchem, orientaliste suisse, né à Genève en 1863, appartenait à une famille dotée de solides revenus. De formation bilingue, il fit ses études dans un gymnase de Stuttgart et présenta son baccalauréat à Genève. Il s'inscrivit à la faculté des sciences de Genève en compagnie de son cousin,

le linguiste Ferdinand de Saussure. Au bout de deux semestres, il changea d'orientation et opta pour les études arabes. La connaissance de l'Orient musulman allait devenir le but de sa vie.

Il reprit le chemin de l'Allemagne et s'inscrivit à l'université de Leipzig, considérée comme l'un des centres mondiaux de cette science nouvelle qu'était l'orientalisme. Après trois ans d'études acharnées de la langue et de l'histoire arabes, il soutint avec succès sa thèse. Après quoi, le jeune Max visita les universités allemandes et les universités françaises de Strasbourg et de Paris. Il suivit les cours de Barbier de Meynard, Schefer, Clermont Ganneau et du baron de Rey. Il avait vingt-quatre ans. Il décida de partir pour l'Egypte avec sa mère et d'y passer un hiver entier. Il s'établit au Caire qu'il arpenta infatigablement, photographiant monuments et inscriptions. Il suivit les rives du Nil à dos d'âne, accompagné de son professeur d'arabe Ali Bey Baghat qui deviendra directeur du musée arabe du Caire. C'est au cours de cette première année de recherches qu'il découvrit la voie dans laquelle il s'engagea et qui sera sienne jusqu'à sa mort : l'appréhension de la civilisation arabe et musulmane à travers l'archéologie et l'épigraphie. Ce faisant, il innovait avec l'appui d'esprits éclairés, tel l'égyptologue Maspero, fondateur de l'Ecole du Caire (l'actuel Institut français d'archéologie), et celui de l'éminent orientaliste qu'était Barbier de Meynard. Van Berchem s'opposait donc à Renan et à la conception d'un orientalisme en chambre, dirigé par une caste de savants disséquant un objet mort. « Une inscription n'est pas un texte », affirmait Renan – « Un monument bien étudié vaut mieux qu'un texte », affirmait Van Berchem pour qui le couple textes/recherches sur le terrain sera toujours indissociable.

Van Berchem fut en correspondance suivie avec l'orientaliste russe, le baron von Rosen, qui l'invita à Samarcande.

Berchem attachait une importance extrême aux photographies. Sa collection comprend plus de quatre mille clichés (C.F. Solange Ory, catalogue de la photothèque, 1975).

Deux autres remarques s'imposent. Une réflexion sur l'orientalisme de Van Berchem serait incomplète si l'on omettait de parler de son caractère international. « Pour lui pas de frontière entre les savants », ainsi que le note Solange Ory. C'est dans cet esprit qu'il lance en 1892 son grand projet de *Corpus inscriptionum Arabicorum* dont la préparation devait donner lieu à la création d'une commission de savants de toutes nationalités : berlinois, anglais, français (Massignon et Viollet) et, ce qui est plus étonnant, de savants musulmans (Ali Baghat et Halel Edhem), choix qui font de Berchem un précurseur. Enfin, deuxième particularité : l'extraordinaire témoignage d'internationalisme qu'il donne dans sa correspondance scientifique : 4 960 lettres adressées à 553 correspondants ! Cette correspondance (dont Anouar Louca a établi un premier inventaire) ainsi que les carnets de voyage du savant et ses collections de clichés sont conservés dans les archives Van Berchem à la Bibliothèque publique et universitaire de Genève.

Max Van Berchem fut profondément affecté par les conséquences de la guerre de 1914. Elle annihila son entreprise internationale, faisant des savants étrangers avec lesquels il avait travaillé des adversaires dispersés entre camps ennemis. Il mourut épuisé à Genève en 1921. Il avait 58 ans.

Cette note est extraite d'une recherche sur Berchem et son œuvre, par Solange Ory.

Page 336

4. Maxime Rodinson. Cité par Jean Duvignaud dans *Chebika*, Gallimard, 1968.

5. Les Archives départementales de Haute-Savoie conservent un rapport de police, adressé le 16 septembre 1896 au préfet à Annecy, selon lequel, en prévision de la prochaine visite du tsar en France, le directeur de la Sûreté générale à Paris avait décidé de tenir à l'œil les anarchistes, nihilistes, socialistes et autres révolutionnaires résidant en Suisse. En conséquence, deux inspecteurs attachés à la direction de la Sûreté et deux commissaires adjoints avaient été envoyés à Genève où pendant trois jours et sous la conduite de deux collègues de la police politique de cette ville (MM. Kohlenberger et Pocquet) « ils s'étaient rendus, soit de jour soit de nuit, dans les endroits fréquentés par les nihilistes russes et arméniens habitant Genève... » Ils avaient exercé « dans les différents quartiers de cette ville une surveillance occulte destinée à connaître de *visu* le plus grand nombre possible de nihilistes et autres individus connus par leurs fréquentations avec ces derniers ».

Le document nous livre ainsi une liste exhaustive de leurs points de rencontre – la « Cuisine russe », rue Calvin, la bibliothèque de l'université, les galeries du Grand théâtre, la brasserie Landolt, rue du Conseil-général, etc. – ainsi que des divers établissements du canton de Vaud et du Valais où ils logeaient.

L'enquête s'étendit à Lausanne, Vevey, Blonay, Chernex, Souzier, Montreux et Finshaut. Ces fonctionnaires zélés passèrent une nuit dans chacune des pensions de famille « qui logeaient des Russes des deux sexes... A la pension tenue par un sieur Jean Burtly, à Blonay, les agents susnommés ont pu pendant le repas de midi, pris en commun, observer attentivement les individus qui nous intéressaient... » A la suite de quoi l'un des agents du service politique de la police de Genève, désigné pour surveiller plus particulièrement « les Russes pouvant quitter la Suisse en direction de la capitale française », fut mis à la disposition des services français de la direction de la Sûreté générale. Il se rendit à Paris. Il s'agissait du sieur Kohlenberger en personne, celui-là même qui surveillait la villa Neuve depuis plus de quinze ans et avait rédigé tous les rapports de police concernant Isabelle Eberhardt et sa famille.

Rapport au ministère de l'Intérieur du commissaire spécial Perrin, nº 1169, Surveillance générale des nihilistes en Suisse.

Page 338

6. Trois feuillets portant de la main de Victor Barrucand l'indication suivante : « Petit vocabulaire franco-russe rédigé par Isabelle Eberhardt » (autographe) Dos. 23 × 19, AOM.

7. Dos. 23 × 51, AOM.

Page 339

8, 9. Sophie Kovalskaïa (185-1891). Elevée par son père, le lieutenant général Kroukovsky, elle fut une remarquable mathématicienne. Première femme à avoir obtenu un titre universitaire par dérogation spéciale. Mais jamais elle ne fut autorisée à enseigner en Russie. Elle était interdite d'université. Elle contracta un mariage fictif avec Kovalsky, pensant que son état de célibataire était à l'origine de l'interdiction dont elle était victime. Mais rien n'y fit. Sa sœur Anna, qu'elle alla rejoindre à Paris, avait épousé un Français, Jaquelard, qui fut emprisonné pendant la Commune. Sophie Kovalskaïa soigna les blessés de l'insurrection et parvint à faire évader son beau-frère.

Quand la Commune prit fin, elle rentra en Russie où elle se lia avec Tourgueniev et Dostoïevski. Après quoi elle s'expatria et accepta d'enseigner à l'université de Stockholm où elle fit toute sa carrière. L'université de Göttingen lui conféra le titre de docteur en philosophie. Elle publia trois ouvrages importants : *La Lutte pour le bonheur,* 1887, *Souvenirs d'enfance,* 1890, *La Nihiliste,* 1891.

10. Dans les *Mémoires* de Gleb Oupenski, *Œuvres,* Saint-Pétersbourg, 1889, t. I, pp. 175 et 176. Cité par Isaiah Berlin dans *les Penseurs russes,* Albin Michel, 1984, p. 46.

11. Isabelle Eberhardt avait le goût de ce type d'inventaires. On en trouve plusieurs dans ses archives personnelles. C'est à Victor Barrucand qu'ils doivent le titre : « Amis et connaissances d'I.E. » Dos. 23 × 51, AOM.

Page 341

12. Un cahier d'écolier contient l'inventaire dressé par Barrucand des articles d'Isabelle Eberhardt parus dans la *Nouvelle Revue moderne* en 1895 et dans *l'Athénée* de 1897 à 1901. Ce cahier contient aussi une note de Barrucand sur les caractéristiques de *l'Athénée,* ainsi que, recopiée de sa main, une lettre d'Isabelle adressée à cette revue en manière de préface aux poèmes de Nadson traduits par elle et qui allaient être publiés dans *l'Athénée.* Dos. 23 * 19, AOM. Il y a lieu de noter que le même cahier contient, toujours de la main de Barrucand, la copie d'*Infernalia* – récit paru le 15 septembre 1895 dans la *Nouvelle Revue moderne* –, copie tronquée par les soins de Barrucand. Lorsqu'il jugeait certains textes choquants ou de nature à nuire à la bonne réputation de sa protégée, il ne les recopiait que partiellement. Ce fut le cas pour *Infernalia.* On peut regretter aussi que Barrucand n'ait pas recopié systématiquement récits, lettres ou traductions – en tout une dizaine de textes – que publièrent ces deux revues éphémères, au tirage modeste et qui ne pouvaient prétendre ni à la notoriété ni au rayonnement des grandes revues de la fin du XIXe siècle. La *Nouvelle Revue moderne* et *l'Athénée* sont des revues mal connues, dont l'étude fut négligée par Barrucand. Elles ne figurent pas dans les fichiers des bibliothèques, à l'exception de celui de la Bibliothèque nationale.

On notera enfin le silence dont Barrucand a entouré *Visions du Moghreb* – paru dans la *Nouvelle Revue moderne,* numéros du 15 août et du 1er novembre 1895 – ainsi que le peu de cas qu'il fit de *Silhouettes d'Afrique* – paru dans *l'Athénée,* numéros de mars, avril et juin 1898. Jamais la moindre allusion à ces deux textes. Pourquoi ? Pour plusieurs raisons sans doute. Tout d'abord parce qu'il redoutait le ton de *Visions du Moghreb.* Si ce récit avait été réédité, il aurait pu compromettre Isabelle aux yeux des autorités militaires françaises et la mettre en difficulté en tant que journaliste et collaboratrice à *l'Akbhar.* Autre raison : il semble que Barrucand n'ait pas souhaité divulguer des textes traitant de l'Algérie, écrits et signés par Isabelle Eberhardt *avant* qu'elle ne soit venue en Afrique. Peut-être, enfin, que d'une manière ou d'une autre Barrucand désapprouvait des récits écrits par Isabelle en collaboration avec son frère. Il refusait à Augustin un droit qu'il s'accorda quand, à coups de retouches, de coupures et de refontes, il cosigna avec Isabelle *A l'ombre chaude de l'Islam,* un ouvrage publié par ses soins à titre posthume.

Page 344

13. *Le Journal* – qui après l'armistice de 1940 se replia sur Limoges, Marseille, Lyon et se saborda en juin 1944 – était un quotidien, fondé en 1892 et lancé à grand renfort d'affiches, de banderoles et de communiqués. Son directeur, Fernand Xau, imposait à ses futurs lecteurs une expérience nouvelle, celle de la publicité. Il était à son affaire : Xau avait été l'imprésario de la tournée du cirque Buffalo Bill en France. Mais il n'était pas que cela. Journaliste reporter à *l'Echo de Paris* et député de la Loire-Inférieure, il avait une conception aussi personnelle que nouvelle de ce que devait être un grand quotidien parisien. Dans l'immeuble du *Journal*, au 106 de la rue de Richelieu, Xau ouvrit un bar qui devint le rendez-vous des gloires du journalisme parisien. Il voulait lancer «... un journal d'un sou et mettre à la portée des petits commerçants, des ouvriers, des instituteurs, des employés, un peu de littérature... la table d'hôtes à prix réduit », nous dit Arthur Meyer dans ses souvenirs *(Ce que mes yeux ont vu)* et c'est bien cela que fut *le Journal*, dont le succès fut considérable.

A l'époque où Isabelle Eberhardt s'y abonna, *le Journal* tirait à un demi-million d'exemplaires. Elle aurait pu plus mal choisir. Fernand Xau avait su attirer « l'élite littéraire de l'époque ». Catulle Mendès, Gyp, Lucien Descaves, Barrès, Mirbeau, Coppée, Zola, Jules Renard, Richepin, Jean Lorrain, Alphonse Allais, Tristan Bernard, Séverine, Courteline... *Le Journal*, qui se voulait plus littéraire mais aussi plus léger et plus osé que ses concurrents (*le Matin* et *l'Echo de Paris*) était l'un des rares quotidiens de l'époque à publier en quatrième page un type d'annonces que certains jugeaient osées ou amusantes et d'autres déshonorantes. Octave Mirbeau fait allusion à ces annonces : « Ça dépasse en pornographie les annonces de quatrième page qui font la fortune du *Journal* », lit-on dans *La 628 E.8.*, Paris, Carpentier, 1908, p. 409. Voir aussi *Histoire générale de la Presse française*, Presses universitaires de France, 1972, t. III, p. 134.

Ainsi, contrairement à ce qui a souvent été affirmé par les biographes d'Isabelle Eberhardt, ce ne fut ni dans *le Petit Journal* – qui ne publiait aucune annonce – ni dans le *Journal de Genève* – qui ne publiait que des annonces concernant l'emploi et le commerce – qu'Isabelle Eberhardt trouva la proposition d'un officier français en opérations dans le Sud algérien à la recherche d'une correspondante. Seul René-Louis Doyon donne la référence exacte de cette annonce dans sa préface à *Mes journaliers* (p. XXII) encore que le texte qu'il en donne soit inexact. Ce fut donc dans *le Journal*, pour lequel elle souscrivit un abonnement de six mois, le 17 mars 1896, qu'Isabelle trouva l'annonce mise par Eugène Letord. Dos. 23 × 51, AOM.

Page 345

14. *Mes journaliers,* Isabelle Eberhardt, *op. cit.*, p. 25.
15. Cahiers dans *Notes de route,* Isabelle Eberhardt, *op. cit.*, p. 315.

Page 346

16. Stendhal. *Mémoires d'un touriste.*

Page 348

17. Eugène Letord, qui mourut sans enfants, s'était marié un an presque jour pour jour après la mort d'Isabelle Eberhardt, à Aïn Sefra. Il lui survécut onze ans. Il avait épousé une demoiselle Hélène, Joséphine, Emilie Waldmann, fille d'Abel Félix Waldmann, agent de change lyonnais. Il résultait de l'enquête faite par l'autorité militaire que la parfaite respectabilité de la jeune fille et de sa famille, que l'importance de sa dot (environ 85 000 francs en espèces) ainsi que ses espérances de fortune en valeurs et en immeubles, permettaient que l'autorisation de se marier soit donnée au capitaine Letord par le général commandant le 16ᵉ corps d'armée.

Après la mort d'Isabelle Eberhardt en octobre 1904, sachant qu'Eugène Letord s'était marié, Barrucand considéra ne pas devoir lui rendre les lettres qu'il avait adressées à Isabelle (ce qu'il fit hélas, pour tant d'autres de ses correspondants). Les lettres d'Eugène Letord, celles du moins qui n'avaient pas été égarées par Isabelle et se trouvaient encore parmi ses papiers à l'époque de sa mort, étaient très peu nombreuses. Tout juste huit lettres dont la plus ancienne date de 1898 et la dernière de septembre 1901. Mais même incomplètes et à l'état de fragments, elles sont quand même, et grâce à Barrucand, parvenues jusqu'à nous. Dos. 23 × 37, AOM.

On a tout lieu de croire que ce fut l'épouse d'Eugène Letord qui, après la mort de ce dernier, détruisit la correspondance d'Isabelle Eberhardt et détruisit aussi – ce qui est plus regrettable encore – de nombreuses pages de ses Carnets.

Page 349

18. Lettre d'Eugène Letord à Isabelle Eberhardt, écrite de Batna, le 10 avril 1900. Trois feuillets. Dos. 23 × 37, AOM.
19. Le vice-roi (don Rodrigue) dans *Le Soulier de satin,* Paul Claudel, Troisième journée, scène XII, coll. Folio, p. 319.

Page 350

20. Lettre d'Eugène Letord à Isabelle Eberhardt, écrite d'Adrar le 30 septembre 1901. Dos. 23 × 29, AOM.

21. René-Louis Doyon dans sa préface à *Mes journaliers*, p. XXIII. La très belle page qu'il consacre aux relations d'Eugène Letord et d'Isabelle, la précision de son propos se retrouvent dans le texte du même auteur qui sert de préface à *Au pays des sables*, p. 31. On y lit ceci : « Une jeune fille de 18 ans, à la pensée grave, à l'écriture fleurie de littérature qui signe *Nadia* des professions romantiques, qui choisit pour devise une pensée biblique : " J'irai seule dans le monde jusqu'à ce que j'en passe ". » La mention de cette devise dont aucune lettre d'Isabelle ne porte trace laisse supposer que Doyon a disposé d'une documentation et de lettres aujourd'hui disparues.

Page 352

22. Henry de Montherlant, dans *Il y a encore des paradis*, « Images d'Alger » (1928-1931), pp. 10 et 11. L'expression « grognatout » est du même auteur.

Page 353

23. Le manuscrit du journal de route d'Isabelle Eberhardt comporte sept feuillets recto verso. Il retrace d'abord et entre autres voyages l'itinéraire du premier grand périple d'Isabelle Eberhardt en Algérie, du 4 juin au 29 août 1899. Le manuscrit comporte des corrections le plus souvent inutiles ou stupides de la main de Barrucand. Des phrases entières sont barrées, rendant le document difficilement lisible. Dos. 23 × 11, AOM.

Barrucand tend un voile pudique sur certaines altercations entre Isabelle et des fonctionnaires, sur des parties de cartes avec des spahis, sur des jugements sévères portés par Isabelle sur certains officiers. Il efface toutes traces d'une soirée au bordel (ce mot est recouvert d'un gribouillis particulièrement épais) en compagnie d'une chanteuse et du brigadier Smaïn. La phrase « sieste chez Mohammed ben Tahar » lui paraît suspecte. Il la barre. Il ne publie pas dans sa postface des phrases telles que « Rentre au galop par superbe clair de lune jusqu'au village nègre » (terme consacré qui, en langage militaire, signifie « quartier réservé »). Il censure des notations telles que celle-ci : « Fumé le kif jusqu'à environ minuit. » Ainsi des passages entiers sont supprimés tandis que d'autres sont ajoutés. « Suivons son carnet de route complété par sa correspondance », écrit l'auteur de la postface dans l'espoir de justifier ces rajouts.

Le journal de route a été utilisé sans vergogne par Barrucand sous le titre « Notes sur la vie et les œuvres d'Isabelle Eberhardt » en postface à *Dans l'ombre chaude de l'Islam,* 1947. L'ouvrage est signé Victor Barrucand et Isabelle Eberhardt. Mais assez étrangement, alors qu'il est fait mention de certains hôtels où Isabelle Eberhardt a séjourné et dont Barrucand a, de toute évidence, consulté les registres pour contrôler la durée des séjours d'Isabelle – l'hôtel Beauvau à Marseille, l'hôtel de l'Oasis à Biskra et l'hôtel d'Orient à Bône – pas un mot n'est dit à propos de l'hôtel Continental et du séjour qu'Isabelle fit à Batna en compagnie de « l'ami Eugène ». Le nom d'Eugène Letord n'est pas cité.

Page 354

24. Carte postale adressée de Genève à Sidi-bel-Abbès par Isabelle à « Monsieur de Moerder Augustin, soldat », le 11.1.1896. Dos. 23 × 28, AOM.

25. Sur une feuille de notes de Victor Barrucand, on fit : « Le jeudi 17 octobre 1896 au matin, Augustin de Moerder était de retour à la villa Neuve. Il avait quitté Marseille la veille à midi. Il repartait le 19 octobre... » Nous savons par une lettre d'Isabelle à Ali Abdul Wahab en date du 22 août 1897 que c'est le 9 décembre 1896 qu'Augustin de Moerder quitta la demeure familiale (cf. note 26). Dos. 23 × 17, AOM.

Page 355

26. Voir dans la revue *l'Internationale de l'imaginaire,* n° 9, p. 16, les lettres inédites d'Isabelle Eberhardt à Ali Abdul Wahab, présentées par Jean Duvignaud. La lettre citée, écrite de Bône, est datée du 22 août 1897.

Page 356

27. Carte d'Edouard Vivicorsi à Nicolas Podolinsky, écrite de Toulon, datée de mars 1896. Dos. 23 × 39, AOM.

Page 357

28. Carte non datée d'Edouard Vivicorsi à Nicolas Podolinsky commençant par « Mon cher ami Nicolas ». Dos. 23 × 39, AOM.

Page 358

29. Lettre d'Edouard Vivicorsi à Nicolas Podolinsky, datée du 25 janvier 1897. Dos. 23 × 39, AOM.

Page 362

30. Voir dans *l'Internationale de l'imaginaire*, nº 9, p. 17, lettres inédites d'Isabelle Eberhardt à Ali Abdul Wahab.

IV. RUPTURES

CHAPITRE 1

Page 369

1. Le Mahdi est pour les musulmans l'envoyé de Dieu. Celui auquel la foule parisienne croyait manifester sa sympathie fut l'un des plus célèbres de l'histoire : ce Mohammed Ali qui s'était taillé un empire au sud de l'Egypte et avait pris Khartoum, en 1885. A sa mort, en 1898, Lord Kitchener, dans la crainte que sa tombe devînt un lieu de pèlerinage, fit disperser ses reliques au vent des sables.

2. Article paru dans *la France*, le 25 juin 1885. L'un des fleurons de la presse républicaine avait été sur le point de sombrer à l'époque où Emile de Girardin en prit la direction, en 1874. Ce fut le dernier journal de ce grand homme de presse qui sut imposer le principe des annonces payées et des feuilletons. Sous sa direction, le tirage de *la France* fut plus que doublé. Emile de Girardin y écrivit jusqu'à sa mort en 1881. Après quoi *la France*, dont les tirages ne cessèrent de baisser, passa en diverses mains, devint peu à peu un journal fantôme et cessa de paraître en 1914.

Page 371

3. *Souhaits d'Orient*, avec une préface d'Alfred Letellier, 32 pages. Imprimerie Lefebvre, 87-89 passage du Caire, 1892. Les œuvres d'Abou Naddara, qu'il s'agisse de l'*Hommage de reconnaissance que le proscrit offre à la France*, paru en 1887, du *Voyage populaire de l'homme aux lunettes bleues de la ville victorieuse du Caire à la capitale glorieuse de la France*, paru à Paris et en langue arabe en 1878-1879, des *Albums d'Abou Naddara*, 1886, qui n'étaient qu'un assemblage des bonnes feuilles de son journal, de la *Biographie de S.A. Hammoud ben Mohammed ben Saïd, sultan de Zanzibar*, écrite en six langues, parue en 1897, ou de l'opuscule *Les Sœurs latines, prose et vers en plusieurs langues*, paru en 1905, tout ce qu'il fit paraître avait un caractère d'autosuffisance un peu besogneuse. Illustrées de portraits de l'auteur ou de photos des souverains

dont il faisait l'éloge, ses œuvres sont souvent d'une médiocrité consternante et l'on s'étonne que la *Revue diplomatique* du 23 décembre 1905 en ait donné un compte rendu approbateur. On lit à propos des *Sœurs latines :* « Nous avons sous les yeux ce livre sans précédent car c'est la première fois, croyons-nous, qu'un même écrivain fasse de la prose et des vers en six langues différentes. » Abou Naddara, qui donnait des conférences dans une loge maçonnique, ce qui lui avait valu le titre de membre honoraire du Temple des amis de l'honneur français, disposait d'armes secrètes : « James Sanua est républicain et franc-maçon. Il le dit et il faut l'en croire », lit-on sous la signature de Paul de Baignères. Ceci explique cela.

Page 372

4. Portrait paru dans le *Saturday Review* du 26 novembre 1879. Cité par Paul de Baignères dans *L'Egypte satirique,* 112 pages, imprimerie Lefebvre, Paris, 1886, p. 5.

Page 373

5. Jamal el Din el-Afghani (1838 ou 39-1897). Ce cheikh qui pour diverses raisons désirait être considéré comme afghan alors qu'il était presque certainement persan et chiite fut l'artisan du réveil de l'Egypte et son premier « réformiste ». « Personnalité de premier plan, écrit Charles-André Julien. De tempérament révolutionnaire mais violemment contrasté, il démontra l'opposition irréductible de l'Occident et de l'Orient. Il puisa dans les deux camps une argumentation qui donna corps à la pensée plus ou moins diffuse chez beaucoup de musulmans que la révolte était légitime... » *Le Maroc face aux impérialismes 1415-1956,* C.A. Julien, éd. J.A. p. 153. Voir également les passages concernant el-Afghani dans les Africains, chap. « Moh'Ammed'Abduh », par Albert Hourami, éd. J.A., t. X, p. 47.

6. Le cheikh Mohammed Abdouh (1848-1907). Natif d'un petit village du delta du Nil et disciple de Jamal el Din el-Afghani. « Ce Luther de l'Islam », dit à son propos Simonne Lacouture. « Il introduit le principe même de la révolution dans le domaine spirituel : l'esprit d'examen, le rationalisme qui font irruption dans le monde alors clos de la pensée musulmane... La pensée d'Abdouh donne une structure intellectuelle au panislamisme et indirectement au nationalisme égyptien. C'est de cette époque que date la naissance de la presse qui, relue aujourd'hui, surprend par son audace et sa liberté de ton. » *Egypte,* « Petite Planète », Seuil, p. 168. Ajoutons que les deux docteurs de l'Islam dont il est question ici, maître et disciple, adhérèrent à la franc-maçonnerie. Ce qui nous ramène à James

Sanua, « représentant en France de la franc-maçonnerie orientale ». Notons aussi qu'en 1895, l'année où Isabelle Eberhardt adressait à James Sanua ses premières lettres, le cheikh Abdouh était membre du conseil d'Al-Azhar, la plus grande école religieuse du monde musulman. Notons enfin que Mohammed Abdouh était en correspondance avec le comte Tolstoï, ce qui nous ramène à Alexandre Trofimovsky et à la villa Neuve.

Page 374

7. Voir note 4, ci-dessus. Ajoutons que Abou Naddara est signalé dans l'*Encyclopédie de l'Islam*, t. I, fasc. 3, 2e édition, comme un journaliste d'opposition au gouvernement égyptien, et comme le fondateur de la presse et du théâtre satirique en Egypte. Il aurait écrit plus de trente pièces, traduit tout Molière en arabe et écrit de nombreux articles en faveur des fellahs et contre les ingérences anglaises en Egypte.

Page 375

8. Cela faisait tout juste deux ans qu'un député de droite, M. de Kérohant, qui s'attachait à faire de Jeanne d'Arc l'archange de la xénophobie, expliquait que si l'évêque Cauchon s'était trouvé l'allié des Anglais pour faire de la Pucelle d'Orléans une martyre, c'était selon toute probabilité parce que l'évêque était juif... Et les étudiants parisiens s'affrontaient déjà sur la place des Pyramides. Voir *Edouard Drumont et compagnie, Antisémitisme et fascisme en France*, Paris, Seuil, 1982, chap. III : « Jeanne d'Arc et les Juifs ».

Page 376

9. Voir Abou Naddara (1839-1912), chap. X de *Voyageurs et écrivains égyptiens en France au XIXe siècle*, Anouar Louca, Didier 1970, pp. 153 à 176.

10. On lit dans l'*Encyclopedia judaïca*, t. 14, p. 849, à la rubrique *Sanu ya Qub or James (known as Abou Nazzara)* (1839-1912) : « Egyptian playwright, one of the first authors of plays in spoken Arabic. He was born in Egypt and studied in Leghorn. He then returned to Egypt and earned is livelihood by giving private lessons. He began to write as a result of his interest in politics, a rare phenomenon among Egyptian Jews of that time... For several years he presented plays in spoken Arabic until this was prohibited in 1872. Thereafter he concentrated his literary and political efforts on publishing a newspaper of which he was printing editor and (from 1876) owner. In these he mocked the Khedive Ismaïl and incited his readers against his rule. In 1878, he was compelled to leave Egypt. He

continued his journalistic activities in Paris, and his periodicals were smuggled into Egypt, each time under a different title. After 1882 he directed his attacks against the British who had occupied Egypt and tried to enlist support against them in France and Turkey. His failure in this project whas the cause of his retirement from political activity a few years before his death »

11. Voir note 4, ci-dessus.

12. Interview de Jehan Soudan dans *la Jeune France.* Jehan Soudan fut rédacteur en chef du *Courrier d'Egypte.* Cité par Paul de Baignères dans *L'Egypte satirique, op. cit.*, p. 11.

Page 378

13. Article en langue allemande de Paul Ewald. Il fait partie d'un album réunissant une collection d'articles sur les femmes de lettres, parus de 1841 à 1914 et découpés dans divers journaux. Coll. L. Laruelle, p. 51. Bibliothèque nationale, N.E. 63, vol. 177.

Page 379

14. Dans la préface de Paul de Baignères, chap. « Abou Naddara à Paris », *L'Egypte satirique, op. cit.*, p. 9.

Page 381

15. Plus d'un demi-siècle après que ces écrits en arabe eurent été adressés à Abou Naddara, et toujours inédits, ils furent soumis pour traduction à Maxime Rodinson, alors directeur d'études à l'Ecole des Hautes Etudes. Le jugement de ce dernier vint en 1956 confirmer presque mot pour mot le jugement du professeur Rosen en 1896. Comme le savant russe, Rodinson jugea les premiers textes arabes d'Isabelle Eberhardt incohérents, truffés d'expressions vulgaires et d'une graphie si incertaine qu'il eut quelques difficultés à les déchiffrer.

Les lettres d'Isabelle avaient été remises par le fils d'Abou Naddara, Helmi Sanua, à G. Roger. Elles firent l'objet d'une publication – *Les prémices d'une vocation : lettres inédites d'Isabelle Eberhardt* – parue dans la revue *Europe* en juin 1956. Toutes les lettres d'Isabelle à Abou Naddara qui sont citées ici sont extraites de cette revue.

Page 385

16. Journal arabe de Paris que publiait aussi Abou Naddara.

17. *La Revue de l'Est*, 1-15 mai 1895. En fusionnant avec *la Revue moderne, la Revue de l'Est* allait bientôt devenir *la*

Nouvelle Revue moderne à laquelle, nous le savons, Isabelle Eberhardt était abonnée et collaborait. Mais l'auteur de l'article auquel elle fait allusion et qu'elle désignait en ces termes : « Mon ancien confrère » était une femme : Mme L. d'Ariel. Bien introduite dans la société cairote, elle dédiait son *Etude sur la femme musulmane* « A l'intelligente et charmante Alihé Hanoum, fille du savant juriste Ottoman, Son Excellence Djewdad Pacha... » Ce numéro de *la Revue de l'Est* avait certainement retenu l'attention d'Isabelle Eberhardt à plus d'un titre car il comportait une longue interview d'Abou Naddara. Elle permet de mesurer le rôle du Cheikh dans les rapports entre les journalistes parisiens et les milieux intellectuels du Caire. Les journalistes en partance venaient le consulter. Il les conseillait, il leur indiquait des interviews à faire, leur fournissait des lettres d'introduction pour des personnalités du monde politique et leur facilitait la tâche de toute son expérience. L'activité d'Abou Naddara dans ce domaine n'était pas négligeable.

Page 387

18. « Maison de guerre » (en arabe *Dar el Harb*), un terme conforme à la tradition et qu'Isabelle utilise pour situer le lieu d'où elle écrit sa lettre. Ce terme – on dit aussi « terre de guerre » – signifie territoire qui n'est pas terre d'Islam et qui par conséquent échappe au pouvoir, à la juridiction et à la religion de l'Islam.

Page 388

19. Balzac, dans *La Maison Nucingen.*

Page 390

20. Ecrit à Marseille le 16 juillet 1900, *Mes journaliers, op. cit.*, p. 93.

Page 391

21. Lettre d'Isabelle Eberhardt à son frère, Augustin de Moerder, écrite le 24 décembre 1895 à 6 h 5 du soir. Reproduite p. XVII dans la préface de RenéLouis Doyon à *Mes journaliers.*

Page 392

22. Lettre d'Isabelle Eberhardt à son frère, Augustin de Moerder. Non datée. 4 feuillets commençant par « Mon chéri », se terminant par « Ta sœur qui t'adore et qui t'aime pour L'Eternité », signée *Myriam.*

Page 395

23. Lausanne, le 15 juin 1896. Rapport de l'agent Favre à Monsieur le chef de la police de Sûreté. Transmis par le Département de justice et police au Ministère public fédéral. Archives fédérales, Berne, dossier Gaspariantz, E 21/6478.

Page 396

24. Annemasse, le 29 juin 1896. Rapport du commissaire spécial au préfet de la Haute-Savoie à Annecy, « Etrangers suspects », rapport nº 748 : Gaspariantz (Archavir).

25. Annemasse, le 30 novembre 1896. Rapport du commissaire spécial au préfet de la Haute-Savoie à Annecy, intitulé « Surveillance des nihilistes », rapport nº 1555 : Gaspariantz (Archavir).

Page 397

26. Liste des autorités, professeurs, étudiants et auditeurs de l'université de Genève. Semestre hiver 1895-1896, faculté des lettres et sciences sociales. Certificat original en russe, délivré le 13 juin 1893, par le collège de la ville d'Ahalkalaki, à Archavir Gaspariantz, dix-huit ans, fils de prêtre. Entré au collège en 1888, il y était resté cinq ans. Conduite exemplaire. Toutes les notes obtenues dans les diverses matières sont précisées : on ne relève que des *Bien* et des *Très bien.*

Page 398

27. Le personnage de Razumov dans *Sous les yeux d'Occident,* de Joseph Conrad, Gallimard, p. 61.

Page 399

28. Cité par *la Revue occidentale,* série XV, septembre 1897, pp. 216-217, dans un article commentant le jugement rendu contre les éditeurs de *Mechveret* par la 9e Chambre de la Seine. Repris par Ernest Edmondson Ramsaur, *The Young Turks; Prelude to the Revolution of 1908,* Princeton, 1957, p. 36.

Page 401

29. Dossiers réunissant lettres et rapports concernant le mouvement Jeunes-Turcs à Genève. Documents des Archives fédérales, Berne, cote E21 N2 14248, rapport du 4 juillet 1897 : « Zeky Canias, né le 24 novembre 1857 à Constantinople. A Genève depuis le 5 mai, venant de Zurich. »

30. Dans les renseignements concernant « ce Karlen, graveur, élu au conseil municipal de Genève sur une *liste ouvrière* et classé anarchiste », on lit ceci : « Comme on ne dispose pas de

caractères turcs à Genève, la partie turque des journaux révolutionnaires sera lithographiée et la partie française imprimée. Le journal sera probablement tiré à l'imprimerie Studer, rond-point de Plainpalais, et composé par Davthianz, 8 chemin de la Roseraie. » Documents des Archives fédérales, Berne, cote E21 N2 14248, lettre du 19 mai 1896.

31. Les titres des journaux turcs avaient en français les significations suivantes : *Mechveret* pouvait signifier « consultation » ou « délibération »; *Mizan* était le mot turc pour « balance » ou « égalité »; enfin *Osmanli* est le mot par lequel on désignait tous les citoyens vivant sur le territoire de l'empire ottoman.

Page 402

32. Le 21 novembre 1895, le Département de justice et de police adressait au Ministère public fédéral « une circulaire arménienne, tirée à l'imprimerie Studer pour le compte d'Archavir Gaspariantz, rédacteur du *Droschak* ». Le 10 juin 1896, un nouveau rapport de même provenance et ayant les mêmes destinataires précisait : « Gaspariantz se dit étudiant... Il est nihiliste. Est en relations suivies avec Attabekianz, Davthiantz et autres. Travaille à l'imprimerie de la rue Pictet de Bock où se fait le *Droschak.* » Archives fédérales, Berne, E /216478, Gaspariantz.

33. Lettre du conseiller d'Etat Didier, chef du Département de justice et de police, Genève, 10 avril 1899. Archives fédérales, Berne, cote E/21 N2 14248.

34. Dans un rapport n° 1228, en date du 26 septembre 1896, le commissaire spécial d'Annemasse informe le ministère de l'Intérieur que « le dénommé Gaspariantz (Archavir) donne comme adresses tantôt rue Pictet de Bock, tantôt route de Carouge n° 36, alors qu'il n'habite dans aucun de ces deux endroits ».

35. Un rapport du Département de justice et de police, daté du 19 juin 1896, signale que « les deux Gaspariantz sont bien frères. Tous deux sont socialistes et très militants ».

Michel Gaspariantz était connu depuis longtemps des services de renseignements français. Dès janvier 1894, il avait fait l'objet d'un rapport dans lequel étaient signalés ses contacts avec Véra Zassoulitch et sa présence fréquente dans les brasseries du quartier de Carouge. On l'appelait : « Gasparov (Michel), dit Gasparian, sujet russe né à Tiflis », tandis que deux ans plus tard, les mêmes services l'appelaient « le nihiliste arménien Michel Gaspariantz, dit Gasparov (!) » et démentaient tout lien de parenté entre lui et Archavir Gaspariantz.

Page 403

36. Rapport n° 12, du 2 janvier 1894, du commissaire spécial d'Annemasse au ministère de l'Intérieur. Archives de la Haute-Savoie, 4 M 19.

Page 404

37. Dans un rapport n° 1228, du commissariat spécial d'Annemasse, adressé au ministère de l'Intérieur et intitulé *les Publications arméniennes,* on relève les informations suivantes à propos du Droschak : « Ces expéditions faites principalement du bureau de poste du Plainpalais étaient adressées à MM. Gregor à New York et Portoukalian à Marseille. » Haute figure de la résistance arménienne, ennemi acharné de l'absolutisme turc, pédagogue et fondateur de nombreuses écoles en Arménie historique, Meguerditch Portoukalian était donc parmi les lecteurs du *Droschak.* Fuyant Constantinople où il était né en 1848, dans le quartier arménien de Koum Kapou, Portoukalian avait trouvé refuge à Marseille où il vécut dans la gêne. Il fonda en 1885 *Armenia,* journal en langue arménienne, qui servit de trait d'union entre les Arméniens de la diaspora. Interdit par Abdul Hamid, interdit par le tsar, *Armenia* continua à paraître malgré les tentatives musclées des agents secrets du Sultan qui vinrent à Marseille à plusieurs reprises pour menacer Portoukalian et tenter – en vain – en « l'achetant », de le contraindre au silence. Portoukalian mourut en 1921 sans avoir cédé ni avoir conclu le moindre compromis. Armenia continua de paraître à Marseille jusqu'en 1923.

38. *Constantinople aux derniers jours d'Abdul-Hamid,* Paul Fesch, p. 328.

Page 405

39. « On comprend facilement que sous le règne d'Abdul Hamid les défenseurs des idées " Jeunes-Turcs " soient traqués comme des bêtes fauves, assassinés, noyés par milliers. Les rares individus qui réussissent à prendre la fuite se réfugient qui en Egypte, qui en France, en Angleterre, en Suisse et même en Amérique... Souvent on les condamne à mort par le fait même de leur fuite. » *Constantinople aux derniers jours d'Abdul-Hamid,* Paul Fesch, p. 325.

40. Midhat Pasha fut étranglé en 1884 dans la prison de Taïf la même nuit que Damad Mahmoud Pasha, beau-frère d'Abdul Hamid.

Page 406

41. Abd Allah Djevdet fut emprisonné avec cent quatre détenus politiques dans la forteresse de Tripoli d'Afrique, en janvier 1897. Il s'enfuit au cours de l'été 1897 et passa en Tunisie française. Il débarqua à Marseille en août 1897. *Encyclopédie d'Islam,* 1re édition, supplément 1er fasc. » Paris, 1934, pp. 58-64.

42. Un rapport du 1er août 1896 adressé par le Département de justice et de police au procureur général de la Confédération signalait Demierre, né à Vevey en 1870, comme étant « un ami des anarchistes » et comme un bon ouvrier lithographe « n'aimant pas le travail... Il préférait le plaisir. Du reste ses braves parents ne voulaient plus le recevoir ». Le 7 août 1896, ordre fut donné au préfet de Vevey d'avoir Demierre à l'œil. Archives fédérales de Berne, E 21 6139.

Page 407

43. Abd Allah Djevdet (1869-1932). De famille kurde, il entra fort jeune à l'école militaire de Mamuret-el-Aziz. Il se maria à douze ans, avec une fillette de son âge qui mourut en 1898. Il avait quinze ans quand il entra à l'école préparatoire de médecine, à Constantinople, qu'il quitta en 1889. Il suivit ensuite les cours de l'Ecole de médecine militaire de Gül-Khäne et obtint son titre de docteur en 1894. Il mena sa carrière de médecin et écrivit des ouvrages de caractère médical sur le cerveau et la physiologie de la pensée tout en se distinguant, dès 1890, en qualité de poète. Ce fut à l'Ecole militaire de GülKhäne, et dès 1890, qu'il fonda avec trois condisciples une société politique que l'on appela « la Société des Quatre » puis la « Société sous le Figuier ». Son but? Imposer des réformes libérales. En 1892, Djevdet, victime d'une opération de police de vaste envergure, se retrouva en prison. En 1895 il était détenu à la centrale de Constantinople et quelque temps plus tard il fut déporté à Tripoli d'Afrique. Djevdet fut tantôt aux fers en forteresse, tantôt affecté en qualité d'oculiste à l'hôpital militaire. Ayant pris part à la violente agitation locale des fonctionnaires il passa en conseil de guerre en 1897 et fut acquitté. C'est alors qu'eut lieu son évasion.

Sa carrière politique, fort longue, fut marquée par l'exil et par des expulsions exigées par le Sultan des divers pays où il trouva refuge (Allemagne ou Autriche). Il est vrai que Djevdet adressait directement au Sultan des cartes postales où, le tutoyant, il l'invitait à changer de politique. Il est vrai aussi qu'à Vienne il administra quatre soufflets au ministre de Turquie après l'avoir provoqué en duel.

Après l'abdication d'Abdul Hamid en 1911, Djevdet rentra en Turquie. Ses traductions de Shakespeare (*King Lear*), de Byron, de Schiller, ses écrits politiques et ses poèmes publiés dans de nombreuses capitales européennes avaient fait de lui un écrivain de très grande notoriété. Mais, libre penseur, il démontra l'absurdité de la prière et ses différends avec les autorités en place se multiplièrent. Les défenseurs de la foi islamique le mirent à l'index. Ses ouvrages furent jetés à la mer, son journal interdit. En 1912, il fut incarcéré. Et en 1915 « la vie même de Djevdet parut menacée ». Pacifiste, il attendit que la Turquie se fût retirée de la guerre pour faire reparaître son journal. Le 1er novembre 1918, il fut promu directeur général du Service de santé. Mais il fut assez rapidement relevé de ses fonctions. En 1922, au cours de l'une des plus célèbres affaires judiciaires turques engagée par le dernier sultan Osmanli, Djevdet fut condamné pour blasphème à deux ans de prison. En 1923, Mustapha Kemal déposait le Sultan et proclamait la République. Après quatre ans et demi de débats, Djevdet fut acquitté par application du nouveau code pénal turc.

En novembre 1932, il tomba inanimé à Ankara dans l'ancienne rue de la Sublime Porte. Il mourut peu après. Sa troisième épouse insista pour qu'il fût enterré religieusement. On récita force prières sur sa tombe.

44. Voir *The Emergence of Modern Turkey*, Bernard Lewis. London Oxford University press, 1961, p. 196.

45. Nedjib Melhamé était le cadet de onze enfants, d'une famille de bourgeois maronites, originaire de Beyrouth. Des Arabes fort respectables. Son frère Selim fit son chemin dans l'administration turque. Il eut une brillante carrière. Bien que chrétien, il fut ministre de l'Agriculture, des Mines, des Eaux et Forêts puis vizir (ministre d'Etat du Sultan). A peine Selim Melhamé pourvu d'un poste de directeur à la Dette ottomane, son jeune frère Nedjib considéra qu'il avait droit lui aussi à un poste dans l'administration turque, fût-ce au prix d'un scandale. Il se serait, dit-on, installé devant le palais de la Dette et aurait ameuté les passants : « Faites-vous cirer les bottes par le frère du directeur ! » hurlait-il. Epouvanté, Selim aurait réussi à faire prendre son frère comme stagiaire au ministère des Contributions. Nedjib en tira avantage de la pire façon. Il mena de front plusieurs activités : certaines de façade et une réelle : il était un agent fort actif de la police politique du sultan Abdul Hamid. Envoyé à ce titre à Tunis, il y fit des débuts remarqués de 1886 à 1893. Diriger *le Lac*, un journal à la solde du Sultan ne lui suffit pas. Il se lança dans les affaires. Elles étaient véreuses. Il y eut coups, blessures et enfin un procès au cours duquel Nedjib gifla un juge d'instruction. Après quoi il enleva une jeune

fille à Tripoli d'Egypte, Fortunée Naoum. Elle était israélite. Nedjib se fit passer pour juif et improvisa une cérémonie de mariage à Djerba, célébrée par un rabbin. Après quoi il abandonna la jeune femme et une petite fille dont il était le père. Mauvais débuts pour un homme qui allait se dire diplomate. Il lui fallut déguerpir de Tunis au plus vite. On le nomma par faveur spéciale à l'ambassade de Paris. Mais le ministre français des Affaires étrangères, Gabriel Hanotaux, refusa son agrément. Où caser ce Melhamé ? A Constantinople, on lui avait trouvé un surnom : « Nedjib Malfamé ». On le mit au service de presse. Cette activité ne servait qu'à en masquer une autre. Nedjib était chargé de la surveillance des émigrés Jeunes-Turcs. C'était en 1897 et 1898, époque de ses missions à Genève.

Toujours protégé par Abdul Hamid, Nedjib Melhamé devint par la suite haut commissaire ottoman en Bulgarie et pour services rendus reçut le titre de pacha ainsi que deux importantes concessions de pétrole, l'une à Trébizonde, l'autre à Alep. En 1905, Nedjib fut chargé de l'enquête après un attentat manqué contre le Sultan. Les conjurés étaient arméniens. Les méthodes de Nedjib Pacha Melhamé firent merveille. Les terroristes furent arrêtés puis interrogés et leur chef se suicida. En récompense de quoi Nedjib Pacha fut honoré d'un nouveau don : la concession des tramways de Beyrouth. En 1921 « Nedjib le Malfamé » fut candidat à la présidence de la République libanaise. Sans succès. Il mourut peu après, à Paris, ne laissant que des dettes. (Recherches faites par Georges de Boulloche, petit-fils de Selim Melhamé et diplomate français.)

Page 408

46. Voir les articles particulièrement violents d'Eugène Trachsel dans la *Tribune de Genève* du 16 mars 1898. Des lecteurs lui avaient signalé la présence à Genève « d'un envoyé du Sultan venu ici pour intimider les sujets ottomans, étudiants à l'université, leur enjoignant l'ordre de quitter la Suisse s'ils ne voulaient pas voir les pires maux fondre sur leurs familles restées en Turquie ». Ses correspondants ajoutaient que le but de « l'agent provocateur » était de chercher à isoler les comités ottomans libéraux et qu'il fallait « refuser l'hospitalité à un personnage qui cherchait à entraver la marche du progrès et de la liberté ». Eugène Trachsel alla interviewer le « provocateur » qui n'était autre que l'élégant Nedjib Effendi Melhamé, « aussi aimable qu'intelligent ». Mais le journaliste suisse prenait ses distances à l'égard des propos du jeune conseiller d'ambassade qui « niait les massacres d'Arméniens, disant que ce n'était là que légendes et mensonges », laissant Eugène Trachsel « un peu interloqué ».

47. Dans *la Russie en 1839*, marquis de Custine.

Page 411

48. Reçu à en-tête de « David. Genève », en date de 1897 : « Reçu de Mlle de Moerder la somme de 2,50 f. pour six photos al [?] dont une coloriée. » Dos. 23 × 38, AOM.

49. Lettre des David à Trofimovsky écrite à Genève le 3 mars 1897. Dos. 23 × 28, AOM.

50. Lettre de Cécile David à Isabelle Eberhardt écrite à Blida le 27 mars 1895. *Idem.*

51. Voir note 49 ci-dessus.

Page 412

52. Lettre de Cécile David à Isabelle Eberhardt écrite à Genève le 12 mars 1897. *Idem.*

53. Lettre de Cécile David à Isabelle Eberhardt du 3 mars 1897. Elle s'adresse à Isabelle en l'appelant Nicolas (Podolinsky?). Elle dit avoir vu Isabelle avec « tous ses copains » et l'avoir suivie « dans ses tours et détours ». D'évidence cela se passait à la villa Neuve. *Idem.*

Page 413

54. Voir note 49, ci-dessus.

Page 414

55. Lettre de Cécile David à Isabelle Eberhardt écrite de Bône le 16 mars 1897. Dos. 23 × 28, AOM.

Page 415

56. Voir note 55, ci-dessus.

57. Cette phrase d'une lettre de Cécile David à Isabelle Eberhardt en date du 16 mai 1897, bien que très vague et qui pourrait n'être qu'une maladresse de style, laisserait supposer qu'un troisième voyageur (Alexandre Trofimovsky?) allait s'embarquer avec Mme de Moerder et sa fille : « Hâtez-vous, à dimanche, soyez tous à Bône! Bon voyage... » Dossier 23 × 28, AOM.

On lit d'autre part dans une lettre d'Isabelle Eberhardt à Ali Abdul Wahab écrite de Bône le 22 août 1897 (revue *l'Internationale de l'imaginaire*, p. 19) : « Arrivés en Algérie et à peine installés à Bône, mon père se mit en quête d'un maître d'arabe pour moi. » Ce qui laisserait supposer qu'Alexandre Trofimovsky ait été du voyape et qu'après un bref séjour à Bône, il ait regagné Genève.

Page 416

58. Voir dans la revue *l'Internationale de l'imaginaire*, nº 9. p. 18, les lettres inédites d'Isabelle Eberhardt à Ali Abdul Wahab. La lettre citée, écrite de Bône et datée du 22 août 1897, relate les circonstances du départ d'Isabelle en Algérie.

59. Lettre des David à Isabelle Eberhardt écrite de Paris le 29 mars 1897. Dos. 23 × 28, AOM.

Page 420

60. Dans *Trimardeur*, roman, *op. cit.*, p. 207.

Page 421

61. Dans *Mes journaliers, op. cit.*, p. 235.

62. *Dans l'ombre chaude de l'Islam*, Isabelle Eberhardt et Victor Barrucand, *op. cit.*, chap. « Réminiscences ». p. 254.

63. *Ibid.*, p. 255.

Page 422

64. *Ibid.*, p. 247.

CHAPITRE 2

Page 425

1. Dans *Mes Journaliers, op. cit.*, p. 12.

Page 426

2. Voir *Bône*, par Hubert Cataldo, t. 1. Edité par Africa Nostra, 6 rue Paladilhe, Montpellier.

Page 429

3. Les adresses des deux logements qu'Isabelle et sa mère occupèrent à Bône ne laissent aucun doute. Elles sont précisées dans les deux plans établis de la main d'Isabelle où sont nommées toutes les rues et les voies d'accès adjacentes. L'un de ces plans concerne un logement – le premier qu'elles occupèrent –, situé en bordure de la rue Moreau. L'autre un logement, dans lequel elles s'installèrent par la suite, situé en bordure de la rue Rovigo à l'angle de deux ruelles, « l'une allant au quartier de Carthage, l'autre vers la rue Vieille-Saint-Augustin ». Chacune de ces ruelles débouchait sur la place des Pyrénées. Dos. 23 × 25, AOM.

S'ajoute à ces relevés un télégramme d'Alexandre Trofimovsky, adressé à Mme de Moerder, chez Carrus, le 13 août 1897 (Dos. 23 × 27). Enfin, plus précis encore et, datant du même jour, il existe une copie d'un acte notarié dressé par huissier à la requête de Mme de Moerder pour signifier aux David qu'elle allait quitter « la maison Carrus sise à Bône, rue Moreau nº 10 et dont le sieur David est le principal propriétaire, le 15 octobre prochain » (Dos. 23 × 28). Rien ne permet de prêter aux deux voyageuses d'autres logements que ceux-là. Elles n'en occupèrent aucun autre.

Page 430

4. Relevé rédigé de la main d'Eugène Letord sous le titre : « Notes inscrites à mon Feuillet du Personnel » et « Notes d'Inspection générale ». Elles s'échelonnent du 1er semestre 1890 au dernier semestre 1895. Archives familiales, Valence.

Page 432

5. Télégramme de Trofimovsky adressé à Mme de Moerder, Maison Carrus, Bône, le 19 août 1897. Dos. 23 × 27, AOM.

6. Fragment de papier avec note de Victor Barrucand : « Madame de Moerder et sa fille devaient loger c/o Mr et Madame David, photographe à Bône. » Dos. 23 × 28, AOM.

Page 433

7. Voir dos. 23 × 45, dessins. AOM.

Page 435

8. Voir note 33, p. 279.

9. Il existe dans le Fonds Isabelle Eberhardt divers fragments de lettres, sans date ni lieu, écrites par Isabelle à Ali Abdul Wahab. L'une des lettres précise : « Un jeune homme comme vous, c'est-à-dire éduqué à l'européenne... » Dos. 23 × 31, AOM.

Réunis, les fragments de lettres d'Isabelle Eberhardt à Ali Abdul Wahab font sept grandes pages d'une écriture serrée. C'est dans ces pages que j'ai sélectionné l'essentiel des citations utilisées. Sans doute ont-elles été recopiées de la main d'Ali Abdul Wahab à la demande de Victor Barrucand après que celui-ci lui eut renvoyé toutes celles dont il était l'auteur, trouvées dans les papiers d'Isabelle. La lecture de ces textes, pourtant recopiés avec beaucoup de soin et d'une écriture très claire, est rendue malaisée par des ratures nombreuses et désordonnées opérées par Victor Barrucand ainsi que par des ajouts intempestifs. Plus graves encore sont les omissions, l'absence de date, les traductions approximatives des mots et des expressions en arabe utilisés par Isabelle Eberhardt, les coupures longues et nombreuses voulues soit par Barrucand, soit par Ali Abdul Wahab et que rien n'a signalé à l'attention des chercheurs pendant plus d'un demi-siècle. La parution en 1988 de quelques-unes des lettres d'Ali Abdul Wahab à Isabelle Eberhardt dans leur version intégrale, commentées par Jean Duvignaud (revue *l'Internationale de l'imaginaire*, nº 9), a fort heureusement comblé un grand nombre de ces lacunes et permis de corriger la plupart des inexactitudes contenues dans les fragments recopiés.

Page 436

10. Lettre d'Isabelle Eberhardt à Ali Abdul Wahab. « Moi aussi j'ai eu recours à la prière, moi aussi aux heures terribles où je me suis trouvée sans appui et sans secours, aux heures de *naufrage moral*, je me suis raccrochée pour ainsi dire à cette dernière ancre de salut, à cette ultime espérance. » Fragments (voir note ci-dessus). Dos. 23 × 31, AOM.

Dans la version intégrale de cette même lettre parue dans *l'Internationale de l'imaginaire*, nº 9, p. 25, on lit ces quelques mots supplémentaires, coupés par Barrucand : « Moi aussi, moi qui n'ai jamais été et qui ne serai jamais chrétienne... »

11. Voir dans la revue *l'Internationale de l'imaginaire*, nº 9, p. 6, les lettres inédites d'Isabelle Eberhardt à Ali Abdul Wahab, présentées par Jean Duvignaud.

Page 437

12. Récit de la visite qu'Ali Abdul Wahab fit à Isabelle Eberhardt en 1897. Texte sans doute rédigé à la demande de Victor Barrucand et publié dans ses « Notes sur la vie et les œuvres d'Isabelle Eberhardt » parues en manière de postface à *Dans l'ombre chaude de l'Islam*, p. 323.

13. Lettre d'Ali Abdul Wahab à Isabelle Eberhardt, écrite de Tunis et datée du 5 janvier 1898; trois feuillets. Ali Abdul Wahab fait état de chagrins : « J'aurais désiré avoir pu vous les communiquer. Seulement ces chagrins – dont je prévoyais l'inévitable arrivée – ne seraient compréhensibles que lorsque je vous aurais raconté l'histoire complète de ma famille. Histoire mêlée de pas mal d'incidents politiques et par cela même très longue à narrer, histoire que je ne voudrais jamais livrer à la curiosité de la poste locale, qui est loin de jouir de la moindre confiance de ma part et dont j'aurais raison de me méfier » Dans une lettre d'Isabelle Eberhardt à Ali Abdul Wahab recopiée par ce dernier (voir note 9 ci-dessus) on trouve une phrase particulièrement révélatrice des causes profondes de leur entente : « Tous les deux nous avons à lutter contre les circonstances ambiantes, tout aussi – ou presque – défavorables chez l'un comme chez l'autre. » Dos. 23 × 31, AOM.

14. Voir dans la revue *l'Internationale de l'imaginaire,* nº 9, p. 39. La lettre citée écrite de Bône est datée du 13 octobre 1897.

Page 438

15. *Une passion dans le désert,* Honoré de Balzac.
16. *Apocalypse de saint Jean,* 11 et 12.

Page 439

17. Une lettre d'Ali Abdul Wahab à Isabelle, sans lieu ni date, signée Aly Kenedine. Elle commence par « Ami chéri ». L'ami susceptible d'aider Augustin s'appelle Sidi Okba. Dos. 23 × 31, AOM.

Page 440

18. Voir dans *l'Internationale de l'imaginaire,* nº 9, p. 13. La lettre concernant le récit de sa vie, écrite de Bône, est datée du 22 août 1897.
19. Lettre d'Augustin de Moerder, soldat du 2e Régiment Etranger, 17e Cie, nº matricule 16 155, à Ali Abdul Wahab. Elle a été écrite du Fort du Nord, à Arzeu (département d'Oran), le 23 janvier 1898. Archives de la famille Abdul Wahab.

Page 441

20. Voir note 17, ci-dessus.
21. Dans une lettre de Khoudja ben Abdallah à Isabelle Eberhardt, en date du 2 mai 1899, on trouve dans le septième paragraphe les précisions suivantes données par Augustin de Moerder lui-même : « Pour Si Aly Abdul Wahab, il ne m'a dit que des choses très charmantes, il m'a affirmé qu'il est resté avec lui à Tunis pendant neuf mois. Il le considère comme un charmant garçon. » Dos. 23 × 41, AOM.

Page 442

22. Lettre d'Ali Abdul Wahab à Isabelle Eberhardt. Ecrite de Tunis. Dos. 23 × 31, AOM.

Page 443

23. Dans la copie de cette lettre que fit Barrucand et qui se trouve aux AOM d'Aix-en-Provence, les mots « ce pauvre Podolinsky » ou « votre ami Podolinsky » deviennent chaque fois « cette pauvre Isabelle » ou « votre amie Isabelle », expression qu'il devait juger plus conforme à ce que devait être une correspondance amoureuse.

Page 444

24. Voir dans la revue *l'Internationale de l'imaginaire*, n° 9, page 24, les lettres inédites d'Isabelle Eberhardt à Ali Abdul Wahab. La lettre citée, écrite de Bône, est datée du 28 août 1897.

Page 445

25. Voir dans la revue *Internationale de l'imaginaire*, n° 9, pp. 19 et 20. La lettre citée écrite de Bône est datée du 22 août 1897.

26. *Ibid.*, p. 20. Extrait d'une lettre du 22 août 1897.

Page 446

27. *Ibid.*, p. 11. Extrait d'une lettre du 12 août 1897.

28. Même source, pages 37 et 38. Extrait d'une lettre du 13 octobre 1897.

29. *Ibid.*, p. 21. Extrait d'une lettre du 22 août 1897.

Page 447

30. *Ibid.*, p. 26. Extrait d'une lettre du 28 août 1897.

31. *Ibid.*, p. 21. Extrait d'une lettre du 22 août 1897.

Page 448

32. Nous trouvons dans *Mes journaliers* ce que sous-entendait pour Isabelle le terme « philistin » qu'elle utilise souvent. De toute évidence il s'agissait des Européens et surtout des Français : « la bande de Philistins prétentieux qui s'imaginent être quelqu'un parce qu'ils portent un pantalon étriqué, un ridicule chapeau, voire un képi galonné » lit-on p. 272. Elle ne donne pas sa définition du mot « pharisien » encore qu'elle paraisse correspondre à celle qu'en donnait Alain : « Le Pharisien est celui qui croit en Dieu et qui croit que Dieu est content de lui. » (*Propos*, 1913, « Le Pharisien ».) L'idée qu'Isabelle se faisait de la religion lui était gâtée par l'hypocrisie de ceux qui la pratiquaient. Elle allait toute sa vie demeurer en cela la digne fille de Vava. Lettre d'Isabelle à Ali Abdul Wahab, sans lieu ni date, signée N. Podolinsky, commençant par « Mon cher petit frère! » suivi par « Mon chéri » écrit en arabe. Les salutations d'usage de début et de fin de lettre sont en arabe ainsi que les noms de lieu et les noms propres et en particulier celui de Khoudja. Huit pages, portant une note de Victor Barrucand leur attribuant une datation erronée : « Cette lettre a été adressée de Genève à Ali Abdul Wahab en 1899. » La lettre semble avoir été écrite dès le retour d'Isabelle Eberhardt à Genève aux premiers mois de 1898. Dos. 23 × 31, AOM.

Page 449

33. Lettre d'Isabelle Eberhardt à Ali Abdul Wahab. (Voir note 9, ci-dessus.)

Page 451

34. Ce passage d'une lettre d'Isabelle Eberhardt à Ali Abdul Wahab, inédit sous cette forme, était rendu d'un déchiffrage particulièrement malaisé du fait des corrections et des retouches faites à l'encre noire par Victor Barrucand. Il a paru le plus souvent sous une forme tronquée qui est celle qu'utilisa Barrucand *Dans l'ombre chaude de l'Islam*, à la p. 327 de ses « Notes sur la vie et les œuvres d'Isabelle Eberhardt ». (Voir note 9, ci-dessus.)

Page 453

35. Voir note 32, ci-dessus.

36. Double page cartonnée et dédicacée ayant servi de couverture à l'opuscule et ne contenant que deux pages écrites en arabe. La dédicace est datée du 20 février 1898. Dos. 23 × 31, AOM.

Page 454

37. Voir lettre de Khoudja ben Abdallah à Isabelle Eberhardt, écrite de Bône le 2 mai 1899. Quatre pages commençant par « Mademoiselle », signées Khoudja. Dos. 25 × 41, AOM.

38. *L'Internationale de l'imaginaire,* n° 9, page 8, lettres d'Isabelle Eberhardt à Ali Abdul Wahab. La lettre citée, écrite de Bône, est datée du 1er juillet 1897.

Page 455

39. Copie d'un acte dressé le 13 juillet 1897, qui fut déposé par David Layani au domicile de Louis David. « Coût 4,80 F. Timbre spécial de copie, une feuille à 60 centimes. » Dos. 23 × 28, AOM.

Page 456

40. Voir note 39, ci-dessus.

41. Lettre d'Isabelle Eberhardt, datée du 10 septembre 1897. Archives de la famille Abdul Wahab.

42. Revue l'*Internationale de l'imaginaire,* n° 9, p. 32. La lettre citée, écrite de Bône, est datée du 23 septembre 1897.

Page 458

43. *Bône,* par René-Louis Doyon dans la revue mensuelle *Algeria,* 1937, pp. 2 et 3.

Page 461

44. Lettre d'Eugène Letord à Isabelle Eberhardt écrite de Batna le 25 mars 1899. La fin de la lettre manque. Dos. 23 × 37, AOM.

Page 462

45. Lettre de Khoudja ben Abdallah à Isabelle Eberhardt, écrite de Bône le 2 mai 1899. Dos. 23 × 41, AOM.

46. Lettre de Moussa Shalit à Isabelle Eberhardt, écrite le 13 juin 1897. Doc 23 × 29, AOM.

47. Isabelle Eberhardt dans *Mes journaliers, op. cit.*, p. 116.

Page 463

48. Voir note 9, ci-dessus.

49. Une nouvelle d'Isabelle Eberhardt écrite vraisemblablement entre 1899 et 1902. *Yasmina* parut en feuilleton dans *le Courrier de l'Est* à partir du 4 février 1902.

50. Article de René-Louis Doyon paru dans la revue *Algeria* en janvier 1937.

Page 464

51. Les *Silhouettes d'Afrique* d'Isabelle Eberhardt. Ce sont des tableaux de la vie bônoise à peine romancés. Ils firent l'objet de trois parutions successives dans la revue *l'Athénée*. Le premier de ces tableaux, sous-titré « Les Oulémas », parut en mars 1898, sous une signature erronée : Paul Pionis. Ce dont la rédaction s'excusa auprès de ses lecteurs dès la deuxième parution, signée comme la suivante : Nicolas Podolinsky. Cette première parution comporte en manière de préambule un passage douloureux particulièrement émouvant, sans doute de quelques semaines plus tardif que l'ensemble de ces écrits. Il a été ajouté par Isabelle après la mort de sa mère. La deuxième livraison parut en avril et la troisième en juin 1898. *Silhouettes d'Afrique* était dédié à feu le caïd Bou Ramadane. Une lettre d'Isabelle Eberhardt nous éclaire sur les raisons de ce choix : « Il fut un sage et un homme de bien. Il est mort un mois avant Maman », écrivait-elle à Ali Abdul Wahab.

Page 465

52. « *Aïssouas*, confrérie comptant dans l'Occident musulman une grande quantité de membres capables, par de très curieux phénomènes d'extase réelle, d'arriver à une insensibilité complète. » Note originale d'Isabelle Eberhardt accompagnant

le premier volet de *Silhouettes d'Afrique* paru en mars 1898 dans la revue *l'Athénée*.

53. « *Taleb :* savant connaissant le Coran, la loi, la jurisprudence, la poétique, l'histoire musulmane et la si riche littérature arabe. » Note originale d'Isabelle Eberhardt.

54. *Djémâ :* mot servant à désigner à la fois les mosquées et dans la langue vulgaire les écoles primaires.

Page 467

55. Bossuet, cité par René Bazin dans *Charles de Foucauld*, Plon, 1921, p. 90.

Page 468

56. Voir note 9, ci-dessus.

Page 469

57. Voir note 51, ci-dessus.

Page 470

58. « En arabe le patriarche Job. » Note d'Isabelle Eberhardt.

Page 471

59. Voir note 9, ci-dessus.

60. L'acte de décès de Natalia Nicolaïevna fut signé par le fils de sa logeuse, Georges Pailhès juge de paix demeurant à Tunis et par Hamdi (Khodja) oukil judiciaire demeurant à Bône, 1, rue du Croissant. Ils déclarèrent le décès en présence de Félix Pettrolacci, conseiller municipal, délégué par le maire de Bône. Mme de Moerder était déclarée sous le nom de « Korff Natalie, veuve de Moerder. Fille de Korff Nicolas et de... ». La mère de Mme de Moerder était déclarée « de nom et prénom inconnus ». Service central de l'état civil des Français nés à l'étranger, Algérie, 3e division, Nantes Les erreurs que contenait cet acte ont donné lieu dans plusieurs ouvrages aux interprétations les plus fantaisistes quant aux origines d'Isabelle Eberhardt. Jamais n'ont été prises en compte les rectifications apportées à cet acte par la suite, car l'état civil erroné de Mme de Moerder fut corrigé à la demande d'Augustin de Moerder. Dans une lettre d'Isabelle Eberhardt à Slimane Ehni, écrite de l'hôpital d'El-Oued, on lit notamment ceci : « Je viens de recevoir une dépêche d'Augustin. Il a chargé le consulat de Russie de rectifier l'erreur à l'état civil de Bône... » Dos. 23 × 21, AOM.

D'autre part, une lettre du spahi Slimane Ehni, demandant à

ses supérieurs l'autorisation de contracter mariage avec Isabelle Eberhardt, fait mention des rectifications apportées à l'acte de décès : «... Dressé à la mairie de Bône sur les déclarations de personnes étrangéres à la famille, il y a erreur dans les noms, prénoms et filiation de la défunte, ce qu'il appert de la décision du tribunal d'arrondissement de Saint-Pétersbourg établissant suffisamment que feue Mme Nathalie de Moerder, née Eberhardt et belle-fille de feu le baron Nicolas de Korff, est bien la mère de ma fiancée... » Dos. 23 × 21, AOM.

61. Copie d'un télégramme signé Trofimovsky adressé à la police, Blida : « Hier télégraphié préfet d'Alger réponse payée. Préciser somme et mode rapatriement. Ménager malade. Prière accélérer réponse préfectorale. Lettre personnelle Moerder suit. » Dos. 23 × 27, AOM.

Page 472

62. Aucun doute possible, Alexandre Trofimovsky était à Bône lors de l'enterrement de Mme de Moerder. Deux passages de lettres de Khoudja ben Abdallah en font foi : « Quant aux livres, lit-on dans une lettre à Trofimovsky datée par Barrucand du 10 janvier 1898, ils sont dans des caisses et prêts à être expédiés, seulement je n'ai pas voulu le faire sans savoir si vous êtes arrivé à Genève et surtout avant de recevoir une lettre de vous ou de Mademoiselle comme cela était convenu entre nous... » Dans une autre lettre de Khoudja ben Abdallah, datant d'avril 1899 et adressée à Isabelle Eberhardt, on lit : « Donnez le bonjour de ma part à Monsieur Trofimovsky. » Des lettres du même Khoudja ben Abdallah adressées à Isabelle en 1899 nous apprennent que ce fut cette année-là qu'il vit Augustin pour la première fois et qu'il l'accompagna au cimetière afin de lui montrer où sa mère avait été enterrée. Dos. 23 × 41, AOM.

Page 473

63. *Mes journaliers* d'Isabelle Eberhardt. Dans la préface de René-Louis Doyon : « La vie tragique de la Bonne Nomade », p. XXIV. Une préface de Doyon offre une version raccourcie du même épisode dans *Au pays des sables* d'Isabelle Eberhardt, p. 20. De tous les biographes d'Isabelle Eberhardt, c'est Raoul Stephan qui exprime le plus de doutes sur cette version des faits : « S'il faut en croire M. René-Louis Doyon... » lit-on dans *Isabelle Eberhardt ou la Révélation du Sahara, op. cit.* L'épisode y est résumé en dix lignes, p. 35. On peut en effet s'étonner que l'étranger qu'était Vava, citoyen russe soumis à une surveillance policière impitoyable, se soit mis en route pour l'Algérie en emportant une arme chargée. Vava, le tolstoïen, le pacifiste, voyageur armé ? Cela paraît peu vraisemblable.

Page 474

64. Revue l'*Internationale de l'imaginaire,* n° 9, p. 48, lettres inédites d'Isabelle Eberhardt à Ali Abdul Wahab. La lettre citée, écrite de Genève, est datée du 13 décembre 1897.

Page 475

65. On sait que les contemporains d'Isabelle Eberhardt ont mis en doute la conversion de Mme de Moerder à l'Islam. Nombre d'entre eux ont considéré que son inhumation dans le cimetière musulman de Bône n'avait été qu'une faveur accordée à sa fille dont la foi était sincère et l'arabophilie notoire. Doyon écrit notamment : « On a fait croire et l'on dit encore que Mme de Moerder était musulmane et fut inhumée sous des vocables musulmans. La réalité est moins poétique; sa tombe dans le cimetière arabe de Bône porte en français une simple inscription funéraire : " Natalie-Dorothée de Moerder " et malgré le style du tombeau blanc, les indigènes ne s'y trompent guère et savent toujours distinguer le cénotaphe de la *Roumia.* » Dans *Mes journaliers,* préface de René-Louis Doyon, p. XXVI.

66. Voir note 64, ci-dessus.

Page 476

67. Cité par H'sen Derdour dans *Annaba,* t. 2, p. 385.

Page 477

68. Lettre de Rechid Bey à Isabelle Eberhardt. Ecrite de Paris le 5 juillet 1898. « L'Iman nous unira mais tu resteras chrétienne. Tu verras la loi. » Dos. 23 × 42, AOM.

69. Revue l'*Internationale de l'imaginaire,* n° 9, p. 49, lettres inédites d'Isabelle Eberhardt à Ali Abdul Wahab. La lettre citée, écrite de Genève, est datée du 13 décembre 1897.

Page 478

70. Petit cahier bleu, daté en arabe. Note manuscrite de Victor Barrucand : « Daté en arabe. 1316 = 1898. » Les dates en chiffres romains, qu'elles figurent sur la couverture ou sur la première page du manuscrit, sont des plus fantaisistes. On lit 1890, 1889. Les pages sont numérotées en arabe. Manuscrit de 31 pages. Il se termine par le récit imaginaire d'un soulèvement sanglant. La population musulmane de Bône se révolte contre la présence française, provoquant une vigoureuse répression. Dos. 23 × 18, AOM.

71. La tentation du suicide est clairement exprimée pour la première fois dans la lettre d'Isabelle Eberhardt à Ali Abdul

Wahab citée p. 477. Mais elle est souvent exprimée par la suite et envisagée à plusieurs reprises comme en témoignent de nombreux passages de son œuvre. « La vie en elle-même bien sincèrement ne m'est rien, et la mort exerce sur mon imagination une attraction étrange », lit-on dans *Mes journaliers,* p. 121. Voir aussi *Requiem pour Isabelle,* de Denise Brahimi, p. 25.

72. Dans « l'Eternel Jugurtha. Proposition sur le génie africain », de Jean Amrouche. Article paru dans *L'Arche* en février 1946, repris en 1963 dans le dernier numéro des *Etudes Méditerranéennes.* Voir les actes du colloque Jean Amrouche parus aux éditions du Quai-Jeanne Laffitte, Marseille, 1987.

Page 480

73. Revue *l'Internationale de l'imaginaire,* n° 9, pp. 53 et 54, lettres inédites d'Isabelle Eberhardt à Ali Abdul Wahab. La lettre citée est écrite de Genève, datée du 8 février 1898.

Page 481

74. Lettre mentionnée note 32, ci-dessus.

Page 483

75. Dans *La 628-E-8,* Octave Mirbeau, coll. 10/18, p. 127. Nous savons que, comme Trofimovsky, Mirbeau était un défenseur passionné de Zola. *Le Calvaire,* réquisitoire contre la société et, les mœurs de l'armée était l'un des livres de chevet d'Alexandre Nicolaïevitch.

CHAPITRE 3

Page 487

1. Le comte Maurice Prozor (1849-1928) était né dans une propriété familiale située entre Kaunas et Vilna qui furent successivement les deux capitales intellectuelles de la Lituanie. Orphelin, il avait été élevé par ses grands-parents maternels. Sa mère, Marie Zaleska, avait trouvé la mort dans des circonstances tragiques quand le petit Maurice n'avait que trois ans. Voyageant en calèche avec sa femme de chambre, la comtesse Prozor s'apprêtait à rejoindre par le bac la rive opposée du Niemen quand ses chevaux prirent peur. Ils entraînèrent la voiture dans le fleuve et les deux femmes périrent noyées. A cette époque, dans cette lointaine province balte annexée depuis 1815 et que la Russie s'acharnait à « russifier », la culture était demeurée française. Maurice Prozor avait appris à vivre entre

des grandsparents qui idolâtraient Napoléon parce qu'il avait libéré la Pologne du joug russe. Ils ne pensaient qu'à transmettre à leur petit-fils une connaissance parfaite du français et des sentiments d'un « polonisme » exacerbé, toutes choses que les tsars n'avaient jamais réussi à extirper.

Dès qu'il fut en âge d'entreprendre des études, Maurice fut envoyé au Prytanée militaire de La Nèche. Il y passa de longues années, après quoi il alla entreprendre d'autres études à l'université de Göttingen.

Lui qui se croyait polonais entra dans la diplomatie du tsar; slave il s'éprit de littérature scandinave; étranger il n'écrivit qu'en français.

Ce fut après la révolution russe de 1917, et à 70 ans passés, que le comte Prozor s'aperçut qu'il n'était ni polonais ni russe. Il se découvrit alors un cœur de patriote et se mit aussitôt au service d'une cause toute neuve, celle de la nouvelle république lituanienne. Il quitta le service diplomatique russe et fut nommé conseiller d'Etat au ministère des Affaires étrangères à Kovno.

Son retour au pays se fit en compagnie de sa fille Greta, et d'un homme auquel le liait une profonde amitié. Lui aussi était lituanien, écrivain et de langue française. Prozor voyageait avec le poète Oscar Lubicz de Milosz. Greta Prozor, qui voyait la Lituanie pour la première fois, a laissé, sur plusieurs pages couvertes d'une écriture échevelée, un récit très émouvant du pèlerinage aux sources entrepris par les deux amis. Ils longeaient ensemble les rives du Niemen le jour où ils aperçurent deux stèles sur une hauteur. L'une était au nom de la comtesse Prozor, l'autre au nom de sa femme de chambre. Sans le savoir, ils venaient de passer sur les lieux de l'accident. Mais le bac avait disparu. Il avait été remplacé par un pont.

Le comte Prozor mourut en 1928 à Nice, dans la villa baptisée *Maison Rose* qu'il avait achetée en 1907 sur les hauteurs de Cimiez. Il y mourut l'année où l'on célébrait le centenaire d'Ibsen. Maurice Prozor fut enterré en grande pompe au cimetière de Caucade. Sa femme y fut enterrée à son tour en 1931. Mais leur tombe n'a pas été préservée et leurs deux corps n'ont plus de sépulture. Pas de rue au nom de Prozor. Aucun souvenir. La ville de Nice n'a même pas apposé de plaque sur sa maison. (D'après des archives familiales consultées avec l'aimable autorisation des descendantes du comte et de la comtesse Prozor.)

Page 489

2. Edouard Rod (1857-1910), écrivain suisse de langue française. Il s'établit à Paris où il publia plusieurs romans naturalis-

tes. Il manifesta son intérêt pour Ramuz et l'aida dans ses débuts.

3. Charles Ferdinand Ramuz accompagna le comte Prozor quand il fut nommé ministre plénipotentiaire à Weimar. Il le suivit en qualité de précepteur de son fils Maurice. Ramuz devait rester à Weimar de 1903 à 1904. Quand Prozor fut nommé au Brésil, il essaya vainement d'emmener Ramuz. Greta Prozor, alors âgée de dix-neuf ans, avait assisté à leurs discussions : « Lorsque mon père lui demanda de partir avec nous, Ramuz refusa car il craignait les voyages lointains comme la peste. Les pays tropicaux surtout l'effrayaient. Il se plut à nous décrire en petites phrases imagées tous les animaux et insectes dangereux que nous y trouverions. » *Souvenirs de Greta Prozor.* Texte lu à Genève le 30 janvier 1966 lors de la célébration des soixante-dix ans de l'artiste.

4. Théodore Flournoy. On lit dans l'*Histoire secrète de Genève* de RenéePaule Guillot, l'Age d'Homme, 1982 : « 1900... Genève bascule dans l'insolite avec l'étonnant professeur Théodore Flournoy. Un contemporain d'Edouard Claparède avec lequel crée – en vue de l'éducation et de l'enseignement des enfants – l'institut Jean-Jacques Rousseau. Outre cela, le professeur s'avère un profond psychologue de l'élan religieux, un précurseur de Freud dans l'exploration du rêve envisagé comme clé de l'inconscient. » Flournoy devint spécialiste de la médiumnité après avoir publié *Des Indes à la planète Mars* une étude consacrée à une jeune Valaisane dont il étudia les états de transe.

5. Le peintre Ferdinand Hodler (1853-1918) était bernois. A l'époque où il était reçu au consulat de Russie il vivait dans la plus extrême misère. Le comte Prozor l'engagea en 1897 comme professeur. Hodler enseigna le dessin au jeune Maurice Prozor qui se rendait à son atelier pour apprendre à travailler d'après un modèle vivant. Mais Hodler n'avait pas de quoi payer un modèle et c'était sa femme qui tenait cet emploi. Il ne fut reconnu maître du *Jugendstil* et célébré comme le plus grand peintre suisse de son temps que sept ans plus tard.

6. Le sculpteur Auguste de Niederhausen (1863-1913) était de Vevey. Lui aussi avait pris part au Salon des Rose-Croix. Il fut l'assistant de Rodin pendant huit ans. Bohème, ami de Verlaine, avec des airs de vieil étudiant farceur, il précisait toujours que son nom devait se prononcer « Nid de roses ». Niederhausen est l'auteur du monument à Paul Verlaine érigé dans le jardin du Luxembourg à Paris.

7. Greta Prozor, comédienne. Elle créa *Hedda Gabler* d'Ibsen en 1908, dans la traduction de son père chez Lugné-Poé. Elle avait vingt-trois ans. Ce fut donc dans le rôle clef d'Eleonora

Duse qu'elle s'affirma. Elle reprit le rôle avec Pitoeff à Genève en 1913. Elle fut Lechy Albernon dans *L'Echange*, Sœur Béatrice de Maeterlinck, et Cocteau lui fit travailler le rôle de la Mort lors de la reprise d'*Orphée*. Habituée du Dôme, elle partagea la bohème des peintres de 1915 à 1930. Elle posa pour Matisse qui fit d'elle un portrait célèbre.

Page 491

8. Ecrit en français, publié en 1892 à la Librairie académique Didier, le roman du comte Prozor était dédié à un ami suisse, l'écrivain Edouard Rod, lui aussi ibsénien de la première heure. Traducteur sans égal, ami et confident d'Ibsen, préfacier lucide de son théâtre, de sa correspondance, de ses poèmes, le comte Prozor fut le garant sans lequel l'œuvre d'Ibsen n'aurait été ni publiée ni jouée en France, et c'est en cela qu'il fit œuvre de novateur. Dans le domaine de l'invention romanesque, Prozor s'exprime en homme du monde, parfois en homme de chancellerie, rarement en écrivain. *La Bohème diplomatique* est une œuvre superficielle. Le narrateur se rend en *sleeping car* à Munich. Il est vêtu d'une pelisse et accompagné de son valet. Munich n'est qu'une halte, le lieu de ses adieux avec une ancienne protectrice, une fort belle femme; Munich n'est qu'un détour avant le grand départ vers un poste lointain : « On venait de me nommer à Lima, ministre plénipotentiaire, avant que j'eusse doublé le cap de la cinquantaine, magnifique succès sans doute, mais acheté au prix de quelques années d'exil... » Tous les personnages de cette bohème-là sont des diplomates aux nationalités diverses. Dans ce qu'il offre de pire, le roman du comte Prozor est ce que Morand aurait appelé « le dernier salon où l'on cause », dans ce qu'il offre de meilleur une satire de la Carrière en son âge d'or.

Page 492

9. Rapport de Vladimir de Moerder adressé à M. le Président du Département de justice et police. Quatre pages manuscrites en date du 15 décembre 1897. Il est à noter que dans ce récit d'une tentative d'enlèvement, s'il met souvent en cause « Monsieur le Consul de Russie », Vladimir de Moerder ne cite jamais le nom du comte Prozor. Archives d'Etat, Genève.

Page 493

10. Télégramme n° 2101 de Saint-Pétersbourg en date du 26 février 1897. Adressé à Vladimir de Moerder, Meyrin près Genève villa Neuve. Il porte une note du télégraphiste : « Avons

été hier vendredi soir. Personne n'a répondu à la villa Neuve. » Signé d'un paraphe désabusé. Dos. 23 × 30, AOM.

11. Voir note 9, ci-dessus.

Page 497

12. Dans une lettre manuscrite traitant de l'affaire Moerder, expédiée d'Arcachon et adressée le 13 juin 1899 par le comte Prozor à un fonctionnaire suisse du Département de justice et police, on lit : « Bien qu'il n'existe pas de convention sur les successions entre la Suisse et la Russie... etc. » » Archives d'Etat, Genève, Département de justice et police, dos. 928.

Page 498

13. Lettre du comte Prozor en date du 4 février 1898. Archives d'Etat, Genève, Département de justice et police, dos. 928.

Page 499

14. Voir revue *Internationale de l'imaginaire,* n° 9, p. 57. La lettre citée écrite de Genève est datée du 12 février 1898.

Page 500

15. Voir revue *Internationale de l'imaginaire,* n° 9, p 64. La lettre citée est écrite de Genève et datée du 18 février 1898.

16. Voir revue *Internationale de l'imaginaire,* n° 9, p. 62. La lettre citée, écrite de Genève, est datée du 8 février 1898.

17. Lettre d'Isabelle Eberhardt du 28 avril 1898. Archives de la famille Abdul Wahab.

Page 501

18. Lettre d'Isabelle Eberhardt non datée sans doute d'avril 1898. *Ibid.*

19. Lettre d'Isabelle Eberhardt du 22 avril 1898. *Ibid.*

Page 502

20. Les biographes d'Isabelle Eberhardt – René-Louis Doyon et Robert Randau exceptés – ont presque tous présenté Archavir Gaspariantz non point sous les traits d'un étudiant arménien vivant dans la plus grande pauvreté, mais sous l'aspect d'un jeune et charmant diplomate « secrétaire d'ambassade du gouvernement turc », allant jusqu'à préciser qu'Archavir était en poste à Genève... Or il n'y avait pas encore de consulat turc à Genève quand Isabelle rencontra Archavir Gaspariantz. Leur rencontre est antérieure au premier départ d'Augustin pour Sidi-bel-Abbès (octobre 1895). Ce ne fut que trois ans plus tard

qu'un diplomate turc, Atif Bey, ouvrit un consulat turc et reçut *l'exequatur* (le 8 mars 1898). (Registre du Conseil d'Etat de Genève, 1898, t. 1, p. 282, 314, 319, 333 et 401). Or Archavir ne figura jamais sur les listes de ses fonctionnaires.

Le Conseil fédéral suisse avait hésité deux ans avant de laisser le gouvernement turc bénéficier d'une représentation officielle à Genève. L'ouverture du consulat ottoman suscita un tollé. Une partie de la presse suisse ne pardonnait pas au Sultan les 300 000 victimes du génocide arménien. On lisait dans *le Genevois,* organe du parti radical, du 21 mars 1898 : «... le consulat turc ne fera pas long feu dans notre ville. A son premier acte de pression, toute la population genevoise se dressera devant lui dans une protestation unanime et demandera au Conseil fédéral de lui retirer l'*exequatur*... Nous ne voulons pas chez nous d'espions attitrés... »

Page 504

21. Voir la lettre d'Edouard Demierre, datée du 6 décembre 1898, écrite du 7 rue de Carouge à Vevey, et la lettre d'un ami d'Isabelle et d'Augustin en date du 7 décembre 1898, écrite de Genève. Ces deux messages nous montrent une Isabelle lancée à la recherche à la fois de Djevdet – qui était en déplacement à Paris – et... de vêtements arabes!

De la même époque date la carte de visite du « Docteur Abdullah Djevdet ex-médecin de l'hôpital central de Tripoli » écrite de Genève, gravée à sa devise « Tout pour la science et pour l'humanité ». Elle portait au revers un message de remerciements en arabe adressé à Mlle Podolinsky, jusqu'à présent inédit : « J'ai été très sensible à l'attention et aux égards que vous m'avez témoignés dans votre lettre. J'ai eu l'occasion d'apprendre beaucoup de choses lors de notre entrevue. Je vous attends aujourd'hui chez moi entre une heure et trois heures de l'après-midi. Chaleureusement. [Signé] Docteur Djevdet. » Dos. 23 × 36, AOM.

Pour Edouard Demierre, voir note 42, p. 406. Pour Abdullah Djevdet, voir sa biographie note 43, p. 407.

22. Dans une lettre jusqu'ici inédite et que vient de publier *l'Internationale de l'imaginaire* (hiver 1987-1988) avec un commentaire de Jean Duvignaud, Isabelle Eberhardt écrivait de Genève à Ali Abdul Wahab : « ... je ne veux absolument rien demander à mon tuteur qui a dû payer nos dettes à Bône et même l'ensevelissement de Maman, et le docteur pour Maman et pour moi, à peine guérie maintenant d'un commencement de fluxion de poitrine. » 1er janvier 1898.

Page 506

23. Lettre de Khoudja ben Abdallah adressée à « Monsieur Trophimovsky à Genève », écrite de Bône et datée par erreur du 10 janvier 1897. Une note manuscrite de Barrucand rétablit la vérité : « Ce doit être le 10 janvier 1898. V. B. » Trois pages, dos. 23 × 41, AOM.

24. René-Louis Doyon est le seul biographe d'Isabelle Eberhardt qui fasse allusion au testament de Mme de Moerder, dont il cite un court passage. Doyon parle d'un petit capital spécialement destiné « à ma fille Isabelle qui porte mon nom de naissance » et il ajoute : « comme elle s'exprime dans son testament ». *Au pays des sables,* précédé d'*Infortunes et ivresses d'une errante,* Fernand Sorlot, 1944, p. 40.

Le document original ne figure pas dans le fonds Isabelle Eberhardt aux AOM d'Aix-en-Provence.

Il est fait mention du testament de Mme de Moerder dans une lettre d'Isabelle Eberhardt écrite de l'hôpital d'El-Oued et adressée à son mari, Slimène Ehni, le 9 février 1901. Elle informe Slimène qu'elle va écrire à Bône et demander à Khoudja ben Abdallah de se procurer une copie du testament de sa mère afin de le lui envoyer à Biskra où elle le prendra lors de son passage quelques mois plus tard.

Plus significative encore est la lettre sans date du spahi Slimène Ehni adressée à l'autorité militaire pour solliciter l'autorisation de contracter mariage avec Mlle Isabelle Marie Wilhelmine Eberhardt, sujette russe, rentière. On y lit ceci : « Mlle Eberhardt est de plus titulaire d'une rente viagère qui lui a été constituée par feu sa mère et qui lui a été reconnue par décision du Tribunal d'arrondissement de Moscou. Russie. »

Page 507

25. Voir revue *Internationale de l'imaginaire,* n° 9, p. 4. La lettre citée, écrite de Genève, est datée du 1er janvier 1898.

26. Communications de *l'Athénée* adressées à Nicolas Podolinsky entre mai 1897 et février 1898. Dos. 23 × 35, AOM.

27. Lettre d'Isabelle Eberhardt. Ecrite de Genève le 1er mars 1898. Archives de la famille Abdul Wahab.

Page 508

28. On trouve mention de ce texte, dont le manuscrit semble perdu. dans la préface que Victor Barrucand écrivit quand il publia *Trimardeur.* Parlant d'Isabelle et de son frère, Barrucand écrit : « Ils avaient commencé à rédiger des *Rêves azurés* », p. 8.

Une autre allusion se trouve dans le corps même du roman

d'Isabelle Eberhardt, quand Orchanov – engagé à la Légion étrangère et qui rappelle Augustin par plus d'un trait – arrive à Saïda : « Comme les engagés se penchaient curieusement aux portières pour voir le lieu d'exil, le grand jeune homme blond dit [...] – Tiens, voilà où aboutissent les *rêves azurés*, voilà le refuge *où l'on revient* fatalement... », p. 221, *Trimardeur, op. cit.* Texte à rapprocher d'un passage d'une lettre d'Isabelle à son frère, écrite en 1896 : « Tu me trouveras changée infiniment. Je ne m'en flatte guère. Ces derniers mois m'ont ôté mes dernières illusions. Le règne des rêves est fini pour moi. Dieu fasse qu'il soit aussi fini pour toi. Les rêves t'ont mené à la Légion étrangère sans que tu puisses y rester. Cela suffit, n'est-ce pas? » Dos. 23 × 28, AOM.

29. Lettre déjà citée. Voir note 17, ci-dessus.

Page 509

30. Le manuscrit de *Rakhil* est inédit. Il comporte de nombreuses variantes, parfois transcrites par Isabelle Eberhardt sur divers cahiers – dont trois sur quatre sont parvenus jusqu'à nous – parfois sur des feuilles volantes. Victor Barrucand, après s'être défendu d'avoir eu l'intention de publier *Rakhil* (voir note 36 p. 511) a quand même cherché à poursuivre le travail laissé inachevé : « Si je reprends ses manuscrits après une attente de trente années, a-t-il écrit, c'est que le public a continué de se montrer curieux de tout ce qu'Isabelle Eberhardt avait écrit ou noté... »

Le manuscrit porte des corrections de la main de Barrucand et les marques de ses préoccupations moralisatrices. Il souhaitait ardemment protéger la mémoire d'Isabelle et supprimait systématiquement ce qui pouvait laisser supposer qu'elle n'avait pas été un parangon de vertu. Ainsi voit-on censurées par Barrucand jusqu'aux notations les plus anodines. De la phrase : « Belkacem était beau, ardent comme tous les hommes de sa race », il ne laissa que les mots : « Belkacem était beau! » Barrucand chercha en vain à donner à ce récit un dénouement exemplaire. Projet ambitieux qu'il ne sut maîtriser. Trois pages de sa main proposent une fin qui ne compte pas moins de deux meurtres : Rakhil est égorgée par Mahmoud qui meurt à son tour, assassiné par le frère dont il avait déshonoré l'épouse. Dans la note de Barrucand citée plus haut, il est précisé qu'Isabelle avait entrepris ce récit « sans trop savoir où elle conduirait son intrigue entre juifs et musulmans ».

Le roman comporte quelques très belles pages descriptives : le golfe de Bône, la place d'Armes aux heures d'affluence, la maison et la chambre de Rakhil. Le récit est éclairant. Il nous informe sur l'enfermement des épouses, des sœurs et des cousines dans certaines vieilles demeures d'Annaba, leurs intrigues, leurs jalousies, leurs drames. Isabelle montre aussi la misère du quartier juif et le mécanisme inexorable qui conduit certaines familles à prostituer leurs filles. L'état d'esprit des Arabes à l'égard des Juifs est remarquablement analysé. Le point de vue qu'exprime Chelbia, une jeune femme des milieux arabes les plus traditionnels, en apprenant la liaison de son beau-frère – qui est aussi son amant – avec une Juive, est très révélateur. « Pour Chelbia qui ne possédait sur l'Islam que de bien vagues données et qui partageait d'instinct les superstitions populaires de sa race, le fait que sa rivale était juive lui semblait une aggravation terrible de la faute de Mahmoud. Sa rivale était juive ! Elle appartenait à la race réprouvée, la race maudite qui a *trafiqué au Livre.* Et en ces heures amères, Chelbia englobait en sa haine profonde Mahmoud, Rakhil et tous les *Kefirine* de la terre. » Dos. 23 × 18, AOM.

31. *Mes journaliers* d'Isabelle Eberhardt, *op. cit.*, p. 34.

32. *Ibid.* Dans le paragraphe intitulé « Idées littéraires », p. 27.

33. *Ibid.*, p 36.

34. Dossier 23 × 45, AOM.

Page 511

35. Dossier 23 × 18, AOM. Il s'agit du célèbre « Mené, Mené, Tekel ou farsin » du livre de Daniel, V, 25.

36. « Ici le roman s'interrompit » sont les premiers mots d'une page écrite par Victor Barrucand à propos de *Rakhil* et de la perte de la version définitive, contenue dans un cahier qu'Isabelle avait « emporté dans le Sud pour le remanier ». La note de Barrucand se termine par cette phrase : « Je n'avais pas l'intention de publier *Rakhil,* terminé à Marseille, en juillet 1900, après quatre ans de redites, de variantes et d'incertitudes. » Dos. 23 × 9, AOM.

37. Dans *Mes journaliers,* p. 27. En bas de pape une note de Doyon précise à propos de *Rakhil* « Son premier roman dont nous n'avons que trois parties ».

Page 513

38. Vœux adressés à Isabelle Eberhardt par E. Repman, professeur de lycée, sur une carte de correspondance de l'*Union postale universelle de Russie.* Ce message a été écrit à « Razpouliaï, maison Réchétnikov », le 23 décembre 1898. Un texte inédit comme l'ensemble des lettres de Repman à Isabelle Eberhardt, écrites entre 1898 et 1904. Isabelle n'a de sa vie eu soutien plus dévoué ni plus fidèle que celui de ce fervent ami de son père. On notera aussi entre les lettres de Trofimovsky et

celles de Repman une grande similitude. Ils avaient en commun le style particulier des pédagogues russes de l'époque. « Très estimée Isabelle Nicolaïevna. Pardonnez à un vieillard de s'enhardir à vous écrire. Ce qui me fait transgresser les règles de l'étiquette est le désir irrésistible de vous envoyer mes vœux de Nouvel An, à vous ainsi qu'à Alexandre Nicolaïevitch, de vous souhaiter toutes les facilités et, à vous particulièrement, de conserver le plus longtemps possible votre plus-que-père et ami, A. N. Trofimovsky. Votre humble serviteur. » (Trad. de Lily Denis.) Dos. 23 × 20, AOM.

39. Voir revue *Internationale de l'imaginaire,* nº 9, p. 62. La lettre citée, écrite de Genève, est datée du 18 février 1898.

40. Henri Michaux, *Affrontements,* Gallimard.

Page 514

41. Voir revue *Internationale de l'imaginaire,* nº 9, p. 3. La lettre citée écrite de Genève est datée du 1er janvier 1898. On ne peut manquer d'être étonné par l'adjonction de ce « de Liesen » au nom d'Eberhardt. Brusque anoblissement dont jamais il n'est fait mention ailleurs.

42. *Ibid.*

Page 515

43. Lettre d'Isabelle Eberhardt du 1er mars 1898. Archives de la famille Abdul Wahab.

44. Lettre d'Isabelle Eberhardt du 9 janvier 1898. *Ibid.*

Page 517

45. Revue *Internationale de l'imaginaire,* p. 32. La lettre citée, écrite de Bône, est datée du 23 septembre 1897.

Page 518

46. *Idem,* pp. 45, 46, 47. La lettre citée, écrite de Bône une quinzaine de jours avant la mort de sa mère, est datée du 13 novembre 1897.

47. *Idem,* p. 54. La lettre citée, écrite de Genève, est datée du 8 février 1898.

48. Déjà citée. Voir note 44, ci-dessus.

Page 521

49. Lettre d'Ali Abdul Wahab à Alexandre Trofimovsky. Cinq pages commençant par « Monsieur » et écrite de « Tunis, rue Abdul Wahab ». La lettre porte une date qui paraît fausse : le 18 avril 1897. On trouve aux archives de Vincennes la preuve qu'Augustin de Moerder fut réformé pour la seconde fois à

Mascara, le 2 mars 1898, et qu'il déclara se rendre à Tunis. Il faudrait plutôt dater la lettre d'Ali Abdul Wahab du 18 avril 1898, soit environ un mois après l'arrivée d'Augustin à Tunis. Dos. 23 × 31, AOM.

Page 522

50. Lettre d'Isabelle Eberhardt à Ali Abdul Wanab non datée. Sans doute du mois de mars 1898. Archives de la famille Abdul Wahab.

51. Voir revue *Internationale de l'imaginaire*, nº 9, p. 30. Dans une lettre datée du 28 août 1897 et écrite de Bône, on lit : « Bon ! J'ai failli oublier une commission fort drôle. Il y a mon père qui m'a priée de lui envoyer un couple de pigeons tunisiens vivants. Ainsi c'est à mon frère tunisien que je m'adresse. Voulez-vous m'aider en trouvant un couple de compatriotes ailés de la plus grosse race qui soit et en l'expédiant en cage... »

Page 524

52. *Idem*, p. 54. La lettre citée, écrite de Genève, est datée du 8 février 1898.

53. *Idem*, p. 62. Lettre du 18 février 1898.

Page 525

54. Tolstoï; par Pietro Citati, Denoël, pp. 70 et 72.

55. *Ibid.*, pp. 70 et 72.

56 et 57. Voir revue *Internationale de l'imaginaire*, nº 9, pp. 60 et 62. La lettre citée, écrite de Genève, est du 18 février 1898.

Page 527

58. *Idem*, p. 61. La lettre citée, écrite de Genève, est datée du 18 février 1898.

59. Lettre d'Isabelle Eberhardt du 28 avril 1898. Archives de la famille Abdul Wahab.

Page 529

60. Lettre déjà citée. Voir note 19. Cette lettre, datée du 22 avril 1898, écrite après la mort de Volodia à laquelle Isabelle fait allusion : « Mon tuteur encore très affligé par la mort de mon malheureux frère », contient des messages et des salutations à l'intention d'amis et de parents d'Ali Abdul Wahab qu'Isabelle Eberhardt a rencontrés et connaît déjà. Ce qui tendrait à confirmer qu'elle aurait fait un voyage à Tunis. Archives de la famille Abdul Wahab.

Page 533

61. Dans le dossier 23 × 19, AOM. Un petit cahier contenant une douzaine de pages manuscrites, intitulées *La Zaouiya.* Un projet de nouvelle que Barrucand n'a pas cru devoir publier.

Page 534

62. Cité par Fanny Guillermet dans un article sur la villa Neuve publié par la revue *les Marges,* le 15 juillet 1914, p. 92. Le fait que Fanny Guillermet n'ait pas précisé le nom de l'auteur de ce témoignage – M. Cosson – rend son article contestable. Du témoignage de Cosson deux passages cités sonnent vrai Celui où Cosson rencontre pour la première fois Isabelle Eberhardt et où Trofimovsky précise à son visiteur qu'elle est sa fille : « Dans la cour se tenait un jeune garçon en train de fendre du bois. Grand, bien découplé, il paraissait âgé de seize ans. Figure ronde, un peu pleine lune, visage imberbe, cheveux noirs. C'était Isabelle Eberhardt. Mais je ne m'en doutais nullement au premier abord. " Vous avez vu ma fille, me dit Trofimovsky. Elle s'habille en homme, c'est plus commode pour descendre en ville. " » Et le passage concernant Volodia : « Un jour je reçois de Trofimovsky un billet ainsi conçu : " Mon cactophile est mort ! Venez. " Le pauvre malade s'était volontairement asphyxié : il avait ouvert les robinets du gaz. »

63. Voir *Mes journaliers, op. cit.* , p. 288.

Page 535

64. Lettre d'Isabelle Eberhardt du 28 avril 1898. Archives familiales Abdul Wahab.

65. Lettre d'Isabelle Eberhardt en date du 22 avril 1898. *Ibid.*

Page 536

66. Lettre d'Abou Naddara à Isabelle Eberhardt datée du 20 avril 1898 et sans doute écrite de Paris, sur papier portant gravé le portrait du « Cheikh », ses titres, ses fonctions et quelques paysages. Au crayon une note erronée de Victor Barrucand : « Allusion à la mort de Vladimir, 1897. » Alors que le suicide de Volodia, qui date du 13 avril 1898, a eu lieu quelques jours auparavant. Dos. 23 × 43, AOM.

Page 537

67. Dans *Mes journaliers, op. cit.*, p. 42.

Page 538

68. Lettre d'Isabelle Eberhardt du 27 avril 1898. Archives de la famille Abdul Wahab.

Page 541

69. Lettre de Rechid Bey à Isabelle Eberhardt, écrite de Paris, le 12 juin 1898. Dos. 24 × 41, AOM.

Page 542

70. Dans *Tolstoï; op. cit.*, p. 285.

Page 543

71. Lettre de Rechid Bey à Isabelle Eberhardt écrite de Paris et datée du 4 juin 1898. Elle commence par les mots « Ma chère bien-aimée » et contient une notation intéressante sur les dangers qu'il y avait à ce qu'il demeurât longtemps à Genève : « Il faut que nous pensions dès maintenant comment nous nous verrons à Genève pendant le très court séjour que j'y dois faire. Car je ne puis pas rester plus d'une semaine. Il est indispensable, paraît-il, de quitter Genève. » Dos. 23 × 42, AOM.

72. Copie conforme sur papier à en-tête de l'Ambassade impériale ottomane à Paris d'une notification du 16 juin 1898. L'ambassadeur à Paris, Munir Bey, informait Rechid Bey que par ordonnance impériale il était affecté à la légation ottomane de La Haye et que Son Excellence Trevfik Pacha, ministre des Affaires étrangères, « l'invitait à aller rejoindre sa résidence ». Dos. 23 × 42 AOM.

73. Lettre de Rechid Bey à Isabelle Eberhardt, écrite de Paris le 16 juin 1898. Dos. 23 × 42, AOM.

74. Lettre de Rechid Bey à Isabelle Eberhardt, écrite de Paris et datée du 12 juin 1898. Dos. 23 × 42, AOM.

Page 544

75. Lettre de Rechid Bey à Isabelle Eberhardt, deux pages datées du 5 juillet 1898 et écrites de Paris. Dos. 23 × 42, AOM.

76. Lettre déjà citée. Voir note 74.

77. *Idem.*

Page 545

78. Lettre déjà citée. Voir note 75.

79. Lettre de Rechid Bey à Isabelle Eberhardt, sans lieu ni

date, écrite un mardi (sans doute 21 juin et expédiée de Paris). « J'ai reçu tes lettres et aussi la copie de la lettre adressée au Sultan. » Dos. 23 × 42, AOM.

Page 546

80. Ahmed Riza a joué un rôle déterminant dans la révolution ottomane. Membre du Comité d'union et progrès, il prit une part active à la préparation de la révolution Jeune-Turque qui, avec l'aide des officiers de l'armée de Macédoine, allait obliger, en 1908, le sultan Abdul Hamid à rétablir la constitution abolie depuis 1877, puis en 1909 entrait à Constantinople, déposait le « sultan rouge » et prenait en main, pour le meilleur et pour le pire, les destinées de la Turquie.

Ahmed Riza s'était réfugié à Paris où il vivait en exil. Il avait été directeur de l'Instruction publique dans une lointaine province turque et ce fut de là, en 1892, après avoir adressé au Sultan un rapport demandant le rétablissement de la constitution et des réformes qui lui furent refusées, que Ahmed Riza jugea prudent de quitter le sol de l'empire ottoman sans esprit de retour. Lorsque, en 1896, se créa en Turquie le Comité d'union et progrès, Ahmed Riza fut désigné pour en devenir le représentant en Europe. Il prit aussi la direction de l'organe du Comité, le *Mechveret* (la Consultation), un journal rédigé en turc et paraissant à Paris, auquel Riza adjoignit un supplément en langue française.

Ahmed Riza n'était pas un partisan du panislamisme. Positiviste, incrédule et matérialiste, il était un disciple d'Auguste Comte. Il était aussi ce que les Anglais appellent « un caractère ». En butte aux pires avanies menées contre sa personne – il fut déféré devant les tribunaux français en 1897 – et contre son journal – le Sultan soudoya l'imprimeur et réussit à acheter les caractères turcs qui servaient à l'impression du *Mechveret* â Riza fit preuve d'une détermination et d'une fermeté dont peu d'opposants turcs furent capables.

Pour préparer la révolution, Riza fit du Comité d'union et progrès une organisation redoutable dont les méthodes étaient empruntées en partie à la franc-maçonnerie (rites d'initiation, serment spécial, cérémonial) et en partie aux Carbonari italiens qui exigeaient de leurs membres un secret absolu. Ahmed Riza employa toutes ses forces à créer dans les villes turques et parmi les officiers des IIe et IIIe corps d'armée de Macédoine des groupements secrets qui, l'heure venue, se révélèrent d'une remarquable efficacité. Les émissaires du Comité d'union et progrès ne cessèrent de sillonner l'empire ottoman pour recruter de nouveaux adeptes. Par un rare bonheur, le secret fut respecté. Jamais l'activité du Comité ne fut révélée aux agents du Sultan auxquels elle échappa complètement.

Quand les proscrits purent rentrer en Turquie, Ahmed Riza retourna à Constantinople. Le correspondant d'Isabelle Eberhardt, qui avait été chargé, en 1898, de présenter les manuscrits d'Isabelle au comité de rédaction de *la Fronde,* devint le premier président de la Chambre ottomane et par la suite il fut sénateur. Son exil avait duré dix-huit ans. (Voir *Constantinople aux derniers jours d'Abdul Hamid,* de Paul Fesch, pp. 334-335, et la *Revue du Monde musulman,* t. 21, 1912, un article intitulé « Les courants politiques dans la Turquie contemporaine » où Ahmed Riza est cité, pp. 177, 176, 180 et 185, 190. L'article est anonyme. Une note de la direction précise que l'auteur est « un homme d'Etat » éminent.)

81. Lettre de Rechid Bey à Isabelle Eberhardt. Dos. 23 × 42, AOM.

Page 547

82. Munir Bey avait commencé sa carrière, à Paris, en qualité d'espion. Sa mission avait été jugée si satisfaisante et ses dons en matière de surveillance si exceptionnels que le Sultan avait fait de lui son représentant permanent à Paris, où il demeura pendant de nombreuses années en qualité d'ambassadeur. *Le Figaro,* dont l'impartialité n'était pas la préoccupation dominante, donnait sur son compte, et selon les circonstances, des appréciations contradictoires. En septembre 1901, Munir Bey était en disgrâce. Les relations diplomatiques entre la France et la Turquie étaient rompues. Le Sultan avait prié son ambassadeur d'aller se mettre au vert en Suisse et *le Figaro* l'accablait : « Munir Bey rappelle à s'y méprendre le type de ses affranchis qui peuplaient la cour des Césars du Bas-Empire. Il a de la race parce qu'il appartient à une seconde génération de favoris. Son père mourut, il y a un an et demi, laissant à son fils une grande richesse venant de la dépouille des peuples qu'il avait eu à administrer, musulmans ou chrétiens. Grâce à son air câlin, à ses manières doucereuses et insinuantes, il a réussi non pas tout à fait à pénétrer notre haute société, mais à attirer en son hôtel ce qu'on peut appeler un demi-grand monde. »

Trois mois plus tard, il n'y avait plus de conflit entre Paris et la Porte et Munir Bey était de retour. Il ne restait au *Figaro* qu'à l'accueillir avec les louanges dues à son rang. Le 17 décembre 1907, on lisait à propos de Munir Bey (qui retrouvait miraculeusement de « l'Excellence ») le compte rendu suivant : « Il y a sept ans que Son Excellence Munir Bey représente, à Paris, Sa Majesté le Sultan. Il y a sept ans qu'on est habitué à voir en lui un Parisien d'adoption. Sa silhouette élégante est familière à qui fréquente le monde. Le nombre de ses amis est grand parmi nous. Et son absence de quatre mois a paru longue à beaucoup. Il a repris, depuis hier, la direction de l'ambassade, faisant disparaître les dernières traces du conflit franco-turc... » Cité par Paul Fesch dans *Constantinople aux derniers jours d'Abdul Hamid*, pp. 363, 364.

83. Lettre de Rechid Bey à Isabelle Eberhardt. Dos. 23 × 42, AOM.

84. *Ibid.*

Page 548

85. Dans *Mes journaliers, op. cit.*, p. 29.

Page 549

86. Lettre de Khoudja ben Abdallah à Isabelle Eberhardt, écrite de Bône le 2 mai 1899. Dos. 23 × 41, AOM.

Page 550

87. Lettre manuscrite d'Isabelle Eberhardt à Ali Abdul Wahab, reproduite p. 66 de la revue *Internationale de l'imaginaire*, n° 9.

88. Lettre d'Isabelle Eberhardt du 27 avril 1898. Archives de la famille Abdul Wahab.

Page 551

89. Lettre d'Isabelle Eberhardt du 28 mai 1898. *Ibid.*

Page 552

90. Lettre déjà citée. Voir note 75, ci-dessus.

91. Lettre de Rechid Bey à Alexandre Trofimovsky, datée du 28 juin 1898, écrite de l'ambassade ottomane de Paris, 10 rue de Presbourg. Dos. 23 × 27, AOM.

92. Lettre déjà citée. Voir note 75, ci-dessus.

Page 553

93. Lettre de Rechid Bey à Isabelle Eberhardt, écrite à Paris le 5 juin 1898. Dos. 23 × 42, AOM.

94. Lettre de Rechid Bey à Isabelle Eberhardt, écrite de Paris, le 16 juin 1898. Dos. 23 × 42, AOM.

95. *Mon plaisir en littérature*, Paul Morand, *op. cit.*, p. 96.

Page 554

96. Lettre de Rechid Bey à Isabelle Eberhardt. Quatre pages écrites de Genève, un jeudi 26 (juin ?) à 11 heures du soir. La lettre, malheureusement incomplète, dénote un immense désar-

roi chez Rechid Bey qui, à Genève depuis trois jours, ne pouvait toujours pas comprendre les raisons pour lesquelles Isabelle n'avait pas pu ou pas voulu quitter la villa Neuve. Dos. 23 × 42, AOM.

97. Lettre citée ci-dessus. On y lit ceci notamment : «... Tu pensais même à me présenter au V. comme un parent de E. »

Page 555

98 Lettre déjà citée. Voir n. 96, ci-dessus.

Page 556

99 Lettre déjà citée. Voir n. 71, ci-dessus.

100. Lettre déjà citée. Voir n. 96, ci-dessus.

101. Lettre de Rechid Bey à Isabelle Eberhardt. Quatre pages datées en fin de lettre : « mardi-midi ». Dos. 23 × 42, AOM.

Page 557

102. Fragment de lettre de Rechid Bey à Isabelle Eberhardt. Une page datée « mercredi-5 heures », se terminant par les mots : « Il me semble qu'il... » Le reste a été perdu. Dos. 23 × 42, AOM.

103. Lettre d'Isabelle Eberhardt du 4 août 1898. Archives de famille Abdul Wahab.

Page 558

104. Voir *Mes journaliers, op. cit.*, p. 116.

105. *Ibid.*, p. 137.

Page 559

106. Lettre déjà citée. Voir note 96, ci-dessus.

Page 560

107. Lettre d'Abdullah Djevdet à Isabelle Eberhardt. Quatre pages signées « Dr Djevdet » et datée, sous la signature : « le 3 janvier 1899, Paris ».

108. Voir Documents des Affaires fédérales, Berne. E. 21/142 48. Note émanant du Département de justice et police, adressée au Procureur général de la Confédération helvétique le 7 septembre 1899.

109. Voir Documents des Affaires fédérales, Berne. E. 21/142 48. Réponse du Département politique fédéral à M. le baron Charles de Richthofen, en date du 30 novembre.

110. Voir Documents des Affaires fédérales, Berne. E. 21/142 48. Dossier contenant une note de l'ambassadeur de Turquie à

Paris remise au ministre de Suisse Charles Lardy, le 8 avril 1899. Elle permet de fixer aux premiers jours du printemps de l'année 1899 la date où Djevdet signa un compromis avec le gouvernement de Constantinople.

CHAPITRE 4

Page 563

1. Lettre d'Isabelle Eberhardt, datée du 2 octobre 1898. Archives de la famille Abdul Wahab.

Page 564

2. Trois pages non datées de l'écriture d'Isabelle Eberhardt dans lesquelles elle prie Ali Abdul Wahab de s'occuper « sans lenteur » de la vente de « 300 exemplaires de cactus en pleine force de vitalité ». Archives familiales Abdul Wahab.

3. On trouve dans les archives d'Isabelle Eberhardt un reçu pour un mois de travail et divers travaux signé de Jacques Henri Bons. N° matricule 14025 5e Cie, 2e Régiment Etranger Dos. 23 × 51, AOM.

Page 566

4. Lettre d'une certaine Adèle à Isabelle Eberhardt, écrite de Genève, le 18 octobre 1898. Ce document s'ajoutant à d'autres – facture de la Librairie Georg où Isabelle acheta « un Zola » en avril 1898, un reçu de la Société des Gens de Lettres, 30 rue Laffitte Paris, qui, le 1er septembre 98, accusait réception de sa cotisation (6 F) à Mlle Nicolas Podolinsky – ces diverses pièces témoignent de la présence d'Isabelle à Genève pendant la plus grande partie de l'année 1898. Elles apportent un démenti formel aux nombreux récits selon lesquels Alexandre Trofimovsky, malade, aurait été abandonné par sa fille. Dos. 23 × 51, AOM.

5. Lettre d'Isabelle Eberhardt datée du 4 août 1898. Archives de la famille Abdul Wahab.

6. Voir ci-dessus note 2.

Page 567

7. *Idem.*

Page 571

8. Sur papier en-tête de H. Egimann et Cie, Libraires éditeurs, 9 rue Calvin Genève. Vente et achat de livres anciens –, lettre de dénonciation adressée par Alexandre Perez-

Moreyra au directeur de la Police centrale de Genève le 3 juin 1899, soit quinze jours après le décès d'Alexandre Trofimovsky. Perez demandait l'autorisation de consulter le dossier de police de Trofimovsky «pour faire à Maître Page une exposition aussi complète que possible de la situation de sa belle famille». Ecrite par un policier en fin de lettre, une note précise que la demande de Perez obtint une réponse négative.

Perez développe longuement la thèse selon laquelle «les biens de Trofimovsky ont été acquis illégalement». Il se pose en bienfaiteur des fils légitimes du général de Moerder. Ainsi il avait essayé de procurer à Vladimir un emploi de jardinier. Il se plaint d'avoir été filé par la police (au cours des années écoulées) et d'avoir été surveillé pendant trois jours consécutifs; il se plaint aussi d'avoir été convoqué et interrogé par la police à trois reprises. Il affirme que ses ennuis ont toujours eu pour cause «ses liens de famille avec Augustin, alors qu'Augustin était fils de Trofimovsky, celui-là».

Archives de Justice et Police de Genève. Dos «Succession Trofimovsky».

Page 573

9. Lettre inédite d'Alexandre Trofimovsky écrite en russe, adressée aux directeurs de la banque d'escompte de Moscou, datée de Genève le 26 décembre 1898. Traduction de copies conformes délivrées par cette banque le 21 février 1900. Dos. 23 × 27, AOM.

Page 574

10. Le nom du témoin est cité dans le testament d'Alexandre Trofimovsky. C'était «Monsieur Nicole, frère cadet, régisseur d'immeubles».

11. Le testament d'Alexandre, fils de Nicolas Trofimovsky, daté du 28 décembre 1898, avait été déposé chez Maître Charles Page, notaire 1, rue des Moulins à Genève. Archives d'Etat de la ville de Genève, 1er semestre 1899.

Page 576

12. Voir dans le T. I, pp. 153 à 166 de *La Russie des Tsars* de Maurice Paléologue, le passage, en date du 2 octobre 1914, que l'auteur consacre au couple énigmatique que formaient ensemble la grande-duchesse Elisabeth Feodorovna, née princesse de Hesse Darmstadt, sœur de l'impératrice de Russie, et le grand-duc Serge, son mari, fils de l'empereur Alexandre 11, le tsar libérateur des serfs. Paléologue, pourtant fort avare de confidences de cette sorte, avoue que la grande-duchesse était

« infiniment désirable... » Il accorde au grand-duc « un caractère acrimonieux et despotique, une intelligence courte, une instruction pauvre... Il se montrait le plus soupçonneux et le plus inquisitorial des maris ». Mais Elisabeth Féodorovna répondait à qui la plaignait : « Malgré tout ce qu'on peut dire, je suis heureuse car je suis très aimée. » Le grand-duc Serge fut assassiné le 17 février 1905 par Kaliaev et le récit que fait Paléologue de la pendaison du jeune terroriste est hallucinant. Après ce drame, la grande-duchesse se retira du monde et fonda une communauté de nonnes dont elle fut l'abbesse. « Par un dernier souci d'élégance », elle demanda à un peintre réputé de dessiner l'habit de son ordre. L'effet général du costume qu'elle adopta pour se vouer au secours des malades et des pauvres était, selon Paléologue « simple, austère et charmant ». Elle fut arrêtée par les bolcheviks au printemps de 1918. Vingt-quatre heures après le massacre de l'empereur, de sa femme et de ses enfants, la grande-duchesse Elisabeth Feodorovna fut assommée à coups de crosse et jetée dans un puits de mine à Alapaïevsk. Son corps fut retrouvé quelques semaines plus tard par des officiers de l'armée de l'amiral Koltchak. Une note de Maurice Paléologue nous apprend qu'après des vicissitudes multiples, son cercueil fut apporté à Pékin et qu'elle allait être inhumée à Jérusalem dans le couvent russe de « Sainte Marie-Madeleine aux Portes du Jugement ».

13. Lettre d'Isabelle Eberhardt non datée. Voir note 18, p. 501.

Page 578

14. Lettre d'Augustin de Moerder à Ali Abdul Wahab, écrite de la « Campagne villa Neuve, par Meyrin près de Genève, (Suisse) le 10 décembre 1898 ». Ce document très long et d'un intérêt unique est inédit. L'accueil glacial que lui a fait son tuteur a blessé profondément Augustin de Moerder, éternel écorché. Le frère d'Isabelle veut faire partager à Ali Abdul Wahab ses plus récentes découvertes : « Je viens de lire, la nuit passée, *le Docteur Pascal*. .. » Comme Isabelle, Augustin parle des romans de Zola – « cet Apôtre de la Vérité » – en termes admiratifs. Et il insiste sur le caractère héroïque de ce grand écrivain persécuté et abreuvé d'injures. Plusieurs pages de la lettre d'Augustin sont consacrées à des réflexions sur des œuvres de Schopenhauer et de Chamfort dont il recommande la lecture à son ami tunisien. Archives de la famille Abdul Wahab.

Page 579

15. Sur une page manuscrite on lit un titre qui est dit « définitif ». Ce titre est « Rakhil ». La page est datée de Marseille, juin 1900. Elle porte cette note de la main d'Isabelle Eberhardt : « Continuation du texte contenu dans les deux cahiers bleus de novembre 1898, Genève [...]. » Dos. 23 × 18, AOM.

16. Lettre d'Isabelle Eberhardt datée du 8 novembre 1898 Archives de la famille Abdul Wahab.

17. Lettre d'Isabelle Eberhardt datée du 17 novembre 1898. *Ibid.*

18. Une facture de la librairie Georg et Cie, 10 Corraterie, Genève, en date du 15 avril 1899, et au nom de M. Alexandre Trofimovsky, mentionne l'achat fait par lui du XIe volume de *l'Histoire Générale du IVe siècle à nos jours* par Lavisse et Rambaud. C'était le volume intitulé : « Révolutions et guerres nationales 1848-1870. » On sait que douze volumes de cet ouvrage parurent entre 1893 et 1900. Dos. 23 × 27, AOM.

Page 580

19. A propos du prince de Ligne dans *Mon plaisir en littérature,* Paul Morand, Gallimard.

Page 586

20. Lettre non datée et incomplète d'Isabelle Eberhardt. Des allusions à l'anniversaire d'Augustin « en décembre dernier » et à son anniversaire à elle – elle allait avoir vingt-deux ans « en février prochain » – laisserait supposer que cette lettre a été écrite en janvier 1899. Elle contient en outre d'intéressantes précisions sur la vie que mène Isabelle, ses impatiences et ses craintes quant à « cette langue arabe que je continue à aimer profondément mais que j'ai peur d'oublier, hélas, faute d'usage et faute de temps pour lire... J'aurais tant à faire, tant à lire, tant à étudier, tant à écrire. Et au lieu de cela il faut scier du bois, laver des planchers, pomper de l'eau ! Quelle affreuse vie que la nôtre ! » Une allusion à ses efforts pour continuer à écrire fait mention du travail qu'elle a en cours. Il s'agit de *Rakhil.* « Pour le moment, j'écris (quelquefois la nuit) un roman algérien, où je m'attache à dépeindre l'influence néfaste de *l'européanisation* des Arabes et le rôle de la Juive dans la société maure d'Algérie – rôle immense et néfaste. » Cette notation de caractère antisémite bien que rare n'est pas unique et l'on en trouve quelques autres du même esprit dans la correspondance d'Isabelle Eberhardt toujours à propos de *Rakhil.*

21. Petite carte illustrée format carte de visite, écrite de Marseille le 1er janvier 1899. Porte au dos : « Bonne année, en souvenir d'amitié. Suzanne Long à son amie Isabelle. » Dos. 23 × 39, AOM.

Page 587

22. Une lettre d'Henri Vivicorsi, époux d'Hortense Long et beau-frère d'Henri Long, adressée à ce dernier aux soins de Mademoiselle Isabelle Eberhardt, villa Neuve, Bel-Air, Meyrin. La lettre est écrite de Marseille et datée du 30 avril 1899. Le ton est administratif. L'écriture et l'orthographe sont meilleures que celles des autres membres des familles Long et Vivicorsi. Henri Vivicorsi était employé de bureau. Dos. 21 × 39, AOM.

23. Rapport du 24 avril 1899 du maréchal des logis chef Willemin, adressé au directeur de la police centrale. Il s'est rendu le jeudi 13 avril à Meyrin d'où Augustin a disparu, « disant au frère de sa fiancée, M. Long Henri, domicilié rue de l'Abbé-de-l'Epée à Marseille, actuellement en visite chez les de Moerder qu'il se rendait à la ville pour affaires. Le soir il ne rentra pas et depuis ce jour il n'a pas reparu. Le tenancier du café du Siècle et M. Baudin, coiffeur place Cornavin, où il avait coutume de se rendre, ne l'ont pas davantage aperçu depuis le jour de sa disparition [...]. Je n'ai pas cru devoir prendre d'autres renseignements sur ces gens, attendu qu'il doit exister sur eux un volumineux dossier aux archives du département. Le brigadier Kohlenberger doit en particulier être très au courant de la vie intime de cette famille qui a déjà, à maintes reprises, occupé la police. Ci-joint photo de groupe au milieu duquel se trouve de Moerder ». Le rapport précise que le fugueur avait quitté sa sœur « en lui emportant deux billets de mille francs ».

24. Rapport du 28 avril 1899 du brigadier de sûreté H. Kohlenberg, adressé à M. le Directeur de la Police centrale. Kohlenberger certifie qu'il avait été requis par le chef de la Sûreté à la suite d' « une note ci-jointe dans laquelle Mlle Eberhardt, de Bel Air près Meyrin, demande que son frère, qui a disparu le 13 avril, soit recherché [...]. J'ai fait des recherches dans les maisons de tolérance, au Kursal Espérance et Alambra, mais elles sont restées sans résultat. Il a dû quitter Genève, chose qu'il a déjà faite plusieurs fois ». Archives du département de Justice et Police, Canton de Genève.

Page 588

25. Lettre de Hortense Vivicorsi adressée à Henri Long et à Isabelle Eberhardt – « Cher frère et chère Isabelle » – écrite de Marseille et datée du 15 avril 1899. Dos. 23 × 39, AOM.

Page 589

26. Lettre d'Emma Lehman, dite Frieda, fille publique et pensionnaire du bordel, sis rue du Perron n° 5, à Augustin de Moerder. La lettre écrite en allemand a été postée à Genève. Elle est adressée à la villa Neuve. L'enveloppe porte un tampon postal daté du 20/3/99. Archives du département de Justice et Police, Canton de Genève. Dos. Augustin de Moerder.

Page 591

27. Lettre inédite de Khoudja ben Abdallah à Isabelle Eberhardt, datée de la fin avril 1899 et écrite de Bône. Dos. 23 × 41, AOM.

Page 592

28. Lettre inédite de Khoudja ben Abodallah à Isabelle Eberhardt, écrite de Bône, datée du 2 mai 1899. Quatre pages grand format. Dos. 23 × 41, AOM.

29. *Mes journaliers, op. cit.*, p. 200. Note prise à « Marseille le 15 juillet 1901 à 11 heures du matin ».

30. Deux dates ont été avancées concernant le suicide d'Augustin de Moerder. Cecily Macworth dans *Le Destin d'Isabelle Eberhardt* et Robert Randau dans ses *Notes et Souvenirs* situent le suicide en 1914 tandis que Victor Barrucand qui resta en contact avec amis et parents d'Isabelle durant de longues années après sa mort, dans sa préface à *Trimardeur*, le roman d'Isabelle Eberhardt paru en 1922, situe le suicide d'Augustin de Moerder en 1920. « Il devait se suicider bien plus tard à Marseille sans raisons déprimantes, simplement pour en finir à son heure avec la vie. Il cédait d'ailleurs en cela à un instinct de famille » (p. 7). La date est invérifiable. Pas plus d'annonce dans *l'Akbar* en 1914 qu'en 1920. Pas trace de décès d'un Augustin de Moerder dans les registres de la ville de Marseille pour les années 1914 et 1920 et il n'existe plus d'archives de police antérieures à 1942, celles-ci ayant été brûlées. Rien non plus dans les archives municipales et rien dans les archives départementales.

Page 593

31. *Mes journaliers, op. cit.*, p. 119. Note prise à l'hôpital d'El-Oued le 20 février 1901 à sept heures du matin.

32. Rapport du maréchal des logis chef Willemin adresse au Commandement de la gendarmerie de Genève, le 3 mai 1899. Transmis au directeur de la Police centrale. Pièce versée au dossier d'Augustin de Moerder. Département de Justice et Police, n° 928, Genève.

33. *Mes journaliers, op. cit.*, p. 154. Note prise à Marseille le 12 mai 1901.

Page 594

34. *Id.*, p. 206. Note prise à Marseille le 25 juillet 1901.

35. *Id.*, p. 256. Note prise à Marseille « le 8 juin 1902 à 11 heures et demie du soir ».

36. Extrait du registre des décès. Vol (A) 1899, n° 5. Arrondissement de l'état civil de la commune de Vernier, Canton de Genève. Trofimovsky mourut le 15 mai 1899.

Par lettre de M. Robert Borgis, officier d'état civil, en date du 6 juillet 1987, confirmation a été donnée de la présence d'Augustin au chevet d'Alexandre Trofimovsky : « Nous pouvons vous confirmer que le décès de M. Alexandre Trofimovsky a été inscrit sur la déclaration de M. Augustin de Moerder, logeant chez M. Trofimovsky, et fils de Paul de Moerder et de Nathalie, née Eberhardt. » Cette lettre met fin à une légende née des articles de Mlle Guillermet selon laquelle Trofimovsky aurait été abandonné par les siens. La mort d'Alexandre Trofimovsky a aussi inspiré à certains des biographes d'Isabelle Eberhardt des récits fantaisistes qui tous reprennent en l'amplifiant la version des faits donnée par René-Louis Doyon. Il fut le premier à accréditer la version de l'euthanasie ou celle du suicide de Trofimovsky ainsi que celle de la « fuite » d'Isabelle et d'Augustin démentie par les dates de leurs départs respectifs de Genève, infiniment plus tardifs que ne le laisse supposer Doyon. Selon lui Isabelle ou Augustin auraient « donné au vieillard la drogue qui va l'endormir sans réveil. La terreur les saisit; auraient-ils causé la mort du grand proscrit ou l'indompté négateur se serait-il lui-même libéré de la vie? Ils fuient tous deux; personne ne s'inquiétera de la mort d'un suspect dont les relations sont soigneusement repérées; personne ne le regrettera surtout ». *Mes Journaliers*, préface de René-Louis Doyon, p. XXIX). Rien dans les écrits d'Isabelle Eberhardt ne vient confirmer cette version des faits.

Page 595

37. Dans *Mes journaliers, op. cit.*, page de dédicace du Deuxième Journalier, p. 19.

Page 596

38. *Id.*, Cagliari le 1er janvier 1900, Premier Journalier, p. 6.

39. *Id.*, Cagliari le 18 janvier 1900, Premier Journalier, p. 11.

40. *Id.*, Alger le 31 décembre 1902, minuit, Quatrième Journalier, p. 287.

Page 597

41. *Id.*, Alger le mercredi 13 octobre 1902 à cinq heures du soir, Quatrième Journalier, p. 276.

42. Jean Amrouche interrogé au cours d'une rencontre avec Jules Roy et Jean Daniel déclarait : « Je suis un hybride culturel. Les hybrides culturels sont des monstres. Des monstres très intéressants mais des monstres sans avenir. Je me considère donc comme un condamné par l'histoire. » *Afrique-Action*, 13 février 1916, Tunis. Voir *Jean Amrouche l'éternel Jugurtha*, publié par les Archives de la ville de Marseille en novembre 1985, p. 134.

Page 598

43. Lettre sur papier à en-tête du consulat impérial de Russie à Genève, en date du 16 juin 1899, signée par le vice-consul zur Gosen chargé de la gestion du consulat impérial et adressée au président du conseil d'Etat de Genève, chef du département de Justice et Police. Archives du département de Justice et Police. Succession Trofimovsky. Dos. 928.

44. Lettre du 13 juin 1899, écrite à Arcachon par le comte Prozor. Archives du département de Justice et Police, *op. cit.*

Page 599

45. Lettre d'Isabelle Eberhardt, datée du 4 août 1898. Archives de la famille Abdul Wahab.

46. Lettre d'Isabelle Eberhardt datée du 23 février 1899, *ibid.*

Page 600

47. Lettre d'Isabelle Eberhardt datée du 29 mai 1899, *ibid.*

Page 601

48. Marseille 27 juillet 1901. Quatrième Journalier, p. 212. *Mes journaliers, op. cit.*

49. *Id.*, Genève le 8 juin 1900. Deuxième Journalier, p. 23.

Page 602

50. *Id.*, Quatrième Journalier, p. 234.

Page 603

51. Federico Garcia Lorca. Déclaration à la presse madrilène. Décembre 1934. « Je serai toujours du côté de ceux qui n'ont rien et à qui on refuse jusqu'à la tranquillité de ce rien. » Reprise dans le journal libéral de Grenade cette déclaration devait faire scandale.

Table

II. LA VILLA NEUVE 1879-1894

III. GENÈVE 1894-1897

DU MÊME AUTEUR

OUBLIER PALERME, roman, Grasset, prix Goncourt 1966.
ELLE, ADRIENNE, roman, Grasset, 1971.
L'IRRÉGULIÈRE ou mon itinéraire Chanel, Grasset, 1974.
STÈLE POUR UN BÂTARD, Grasset, 1980.
UNE ENFANCE SICILIENNE, d'après Fulco di Verdura,
Grasset, 1981.

A paraître :

ISABELLE DU DÉSERT,
Les années algériennes d'Isabelle Eberhardt
(1899-1904).

IMPRIMÉ EN FRANCE PAR BRODARD ET TAUPIN
Usine de La Flèche (Sarthe).
LIBRAIRIE GÉNÉRALE FRANÇAISE - 6, rue Pierre-Sarrazin - 75006 Paris.
ISBN : 2 - 253 - 05690 - 1 30/6971/3